中國歷代名著全譯叢書

宋词三百首全译

(修订版)

沙灵娜 译注

上

贵州出版集团
贵州人民出版社

中国历代名著全译丛书

编 委 会

（以姓氏笔画为序）

王运熙　　余冠英　　张　克(常务)
罗尔纲　　程千帆　　缪　钺

再版说明

出版的境界是：为饥作浆，为旱作润，为冥作光，为往圣继绝学。《中国历代名著全译丛书》担当这一历史的重托，挟着春风走到了学人和国学爱好者的面前。

书似青山常乱叠，眼光如炬淘金来。《中国历代名著全译丛书》自上个世纪九十年代推出，即以权威、精到、普及的面貌风靡整个书界。本套丛书曾获中宣部精神文明建设五个一工程奖及中华人民共和国出版规划重点项目。但多年断档，令人怀恋。上个世纪九十年代的名著全译，多以三五本的规模推出，而今天的《中国历代名著全译丛书》，出手尽显大家气度，一次集中推出五十种，满足眼睛与心灵的饕餮。

中华民族有数千年的文明历史，产生了辉煌灿烂的古代文化。浩如烟海的历代名著，就是中国古代文化遗产的重要组成部分。这些文字不仅记录了中国古代各个方面的历史与人文，物质与精神，成为后来人的精神家园，而且对中华民族的成长提供了丰富的营养，对中华民族的形成和发展产生了巨大的凝聚力和感召力。

但古人留下的典籍，由于时代的变异，语言的古奥，当下人已难识其庐山真面目。且以往坊间的不少古籍今译的读物，大都难尽人意：

——选译本。如《国语选译》《诗经选译》等。了解中国古代文学批评史的人知道，"选"是一种评论的方式。鲁迅先生曾指出，如果对陶渊明只选"采菊东篱下，悠然见南山"，而不选"刑天舞干戚，猛志固常在"这类"金刚怒目"式的作品，那就很难使读者对陶渊明的"全人"有完整的认识，若"再加抑扬"，就"更离真实"了。所以说选译本的缺陷是显而易见的。

——白话本。如《白话史记》《白话搜神记》之类。这类今译本有的置原文于不顾，随意增删敷衍，从严格意义上已不是原书；有的译文尚称严谨，但无原文对照核查，欲引用古人文句还要另觅原书，难称人意。

——单译本。这类书最多,译文之外附有原文、注释,其中也不乏质量较高者。遗憾的是见木不见林,缺乏学术系统性,读者买到一本算一本,对中华民族传统文化的了解很难达到全面。

本丛书在策划之初就考虑到避免以上各种译本之不足,本着推陈出新、汇聚英华、弘扬传统、振兴华夏之宗旨,化艰深为浅显,融译注为一炉,俾使社会各界广大读者了解我国古代各名著之完整原貌,有利于当下人文精神建设,又利于中外文化之交流译介,乃延聘海内学界通人,精选史有定评之夏商迄晚清经史子集四部,以全注全译形式重新装帧、重新校勘整理出版。所选各书前言对该名著之时代、作者、内容、成就、文献版本皆有详赡说明,各篇各卷前有简明扼要的题解,原文选用业经整理的善本,注释采用学术界公认的成果,译文强调忠实原文、通达流畅。

书行天下,道亦随之,既有品味,又有普及,为大家营造出一片文化底蕴深厚、知识境界广博、思想空间深邃的精神沃土,是《中国历代名著全译丛书》的孜孜追求。此次修订是在前辈学人呕心沥血的基础上,重新进行认真的审读和勘校,是在"国学热"基础上的一次新的提升,在强调通俗性的同时,亦重视学术性与资料性。今日重现书界,必将旋起一种新的阅读风暴。

我们相信,这套丛书的问世,对传播中华民族优秀的传统文化,提升我们国家的软实力,形成当代的人文精神有着重要意义,在现代化人文化的进程中对开启今人智慧、滋养今人心灵都有着不可估量的意义。

经典不腐更不朽,它是源远流长的活水,天光云影,亘古永在。

贵州人民出版社
2008年9月

宋词三百首全译

目 录

宴山亭·北行见杏花 赵 佶 …………………… 1
木兰花 钱惟演 …………………………………… 3
渔家傲·秋思 范仲淹 …………………………… 4
苏幕遮·别恨 范仲淹 …………………………… 7
御街行·离怀 范仲淹 …………………………… 8
千秋岁 张 先 …………………………………… 10
菩萨蛮 张 先 …………………………………… 11
醉垂鞭 张 先 …………………………………… 13
一丛花 张 先 …………………………………… 14
天仙子·春恨 张 先 …………………………… 15
青门引·恨旧 张 先 …………………………… 17
浣溪沙 晏 殊 …………………………………… 18
浣溪沙 晏 殊 …………………………………… 20
清平乐 晏 殊 …………………………………… 21
清平乐 晏 殊 …………………………………… 22
木兰花 晏 殊 …………………………………… 23
木兰花 晏 殊 …………………………………… 24
木兰花 晏 殊 …………………………………… 26

踏莎行 晏殊	27
踏莎行·春思 晏殊	28
蝶恋花 晏殊	29
凤箫吟·芳草 韩缜	31
木兰花 宋祁	33
采桑子 欧阳修	34
诉衷情·眉意 欧阳修	36
踏莎行·相别 欧阳修	38
蝶恋花 欧阳修	39
蝶恋花 欧阳修	41
蝶恋花 欧阳修	42
木兰花 欧阳修	43
临江仙 欧阳修	45
浣溪沙 欧阳修	46
浪淘沙 欧阳修	47
青玉案 欧阳修	49
曲玉管 柳永	50
雨霖铃 柳永	53
蝶恋花·凤梧桐 柳永	55
采莲令 柳永	56
浪淘沙慢 柳永	58
定风波 柳永	60
少年游 柳永	62
戚氏 柳永	64
夜半乐 柳永	67
玉胡蝶 柳永	69
八声甘州 柳永	71
迷神引 柳永	73
竹马子 柳永	75
桂枝香 王安石	77
千秋岁引 王安石	79
清平乐·春晚 王安国	81

临江仙　晏几道	83
蝶恋花　晏几道	85
蝶恋花　晏几道	86
鹧鸪天　晏几道	87
生查子　晏几道	89
木兰花　晏几道	90
木兰花　晏几道	91
清平乐　晏几道	92
阮郎归　晏几道	94
阮郎归　晏几道	95
六幺令　晏几道	96
御街行　晏几道	98
虞美人　晏几道	100
留春令　晏几道	101
思远人　晏几道	102
水调歌头　苏　轼	103
水龙吟·次韵章质夫杨花词　苏　轼	107
念奴娇　苏　轼	109
永遇乐　苏　轼	112
洞仙歌　苏　轼	114
卜算子·黄州定惠院寓居作　苏　轼	116
青玉案　苏　轼	118
临江仙·夜归临皋　苏　轼	120
定风波　苏　轼	121
江城子　苏　轼	123
木兰花·次欧公西湖韵　苏　轼	124
贺新郎　苏　轼	126
鹧鸪天　黄庭坚	128
定风波　黄庭坚	130
望海潮·洛阳怀古　秦　观	132
八六子　秦　观	135
满庭芳　秦　观	137

满庭芳 秦 观	139
减字木兰花 秦 观	141
踏莎行·郴州旅舍 秦 观	142
浣溪沙 秦 观	143
阮郎归 秦 观	145
鹧鸪天 秦 观	146
绿头鸭·咏月 晁元礼	147
蝶恋花 赵令畤	150
蝶恋花 赵令畤	151
清平乐 赵令畤	152
风流子 张 耒	154
水龙吟 晁补之	156
忆少年·十二时 晁补之	158
洞仙歌 晁补之	160
临江仙 晁冲之	162
虞美人·寄公度 舒 亶	163
渔家傲 朱 服	165
惜分飞 毛 滂	166
菩萨蛮 陈 克	168
菩萨蛮 陈 克	169
洞仙歌 李元膺	171
青门饮·寄宠人 时 彦	173
谢池春 李之仪	175
卜算子 李之仪	177
瑞龙吟 周邦彦	178
风流子 周邦彦	181
兰陵王·渭城三叠 周邦彦	184
琐窗寒 周邦彦	187
六丑·落花 周邦彦	189
夜飞鹊·别情 周邦彦	191
满庭芳 周邦彦	194
过秦楼 周邦彦	196

花犯·泳梅 周邦彦	198
大酺·春雨 周邦彦	200
解语花·上元 周邦彦	203
蝶恋花·早行 周邦彦	205
解连环 周邦彦	207
拜星月慢·秋思 周邦彦	209
关河令 周邦彦	211
绮寮怨 周邦彦	212
尉迟杯·离恨 周邦彦	214
西河·金陵怀 周邦彦	216
瑞鹤仙 周邦彦	218
浪淘沙慢 周邦彦	220
应天长·寒食 周邦彦	222
夜游宫 周邦彦	225
青玉案 贺铸	226
感皇恩 贺铸	228
薄倖 贺铸	230
浣溪沙 贺铸	232
浣溪沙 贺铸	233
石州慢 贺铸	234
蝶恋花 贺铸	236
天门谣·登采石蛾眉亭 贺铸	237
天香 贺铸	239
望湘人 贺铸	241
绿头鸭 贺铸	243
石州慢 张元幹	246
兰陵王·春恨 张元幹	248
贺新郎 叶梦得	251
虞美人 叶梦得	253
点绛唇 汪藻	254
喜迁莺·晓行 刘一止	256
高阳台·除夜 韩疁	258

汉宫春　李 邴	260
临江仙　陈与义	262
临江仙·夜登小阁忆洛中旧游　陈与义	264
苏武慢　蔡 伸	265
柳梢青　蔡 伸	268
鹧鸪天　周紫芝	269
踏莎行　周紫芝	270
帝台春　李 甲	271
忆王孙·春词　李重元	274
三台·清明应制　万俟咏	275
二郎神　徐 伸	279
江神子慢　田 为	281
蓦山溪·梅　曹 组	283
贺新郎·春情　李 玉	284
烛影摇红·题安陆浮云楼　廖世美	287
薄倖　吕滨老	289
南浦·旅怀　鲁逸仲	291
满江红　岳 飞	294
烛影摇红·上元有怀　张 抡	296
水龙吟　程 垓	298
六州歌头　张孝祥	300
念奴娇·过洞庭　张孝祥	304
六州歌头·桃花　韩元吉	307
好事近·汴京赐宴,闻教坊乐有感　韩元吉	310
瑞鹤仙　袁去华	311
剑器近　袁去华	313
安公子　袁去华	315
瑞鹤仙　陆 淞	317
卜算子·咏梅　陆 游	319
渔家傲·寄仲高　陆 游	321
定风波·进贤道上见梅赠王伯寿　陆 游	322
水龙吟·春恨　陈 亮	324

忆秦娥　范成大	326
眼儿媚　范成大	328
醉落魄　范成大	329
霜天晓角·梅　范成大	331
好事近·送春　蔡幼学	332
贺新郎·别茂嘉十二弟　辛弃疾	333
念奴娇·书东流村壁　辛弃疾	336
汉宫春·立春　辛弃疾	338
贺新郎·赋琵琶　辛弃疾	340
水龙吟·登建康赏心亭　辛弃疾	343
摸鱼儿·暮春　辛弃疾	345
永遇乐·京口北固亭怀古　辛弃疾	348
木兰花慢·滁州送范倅　辛弃疾	350
祝英台近·晚春　辛弃疾	352
青玉案　辛弃疾	354
鹧鸪天　辛弃疾	356
菩萨蛮·书江西造口壁　辛弃疾	358
点绛唇　姜夔	360
鹧鸪天·元夕有所梦　姜夔	362
踏莎行　姜夔	363
庆宫春　姜夔	365
齐天乐　姜夔	368
琵琶仙　姜夔	371
八归·湘中送胡德华　姜夔	374
念奴娇　姜夔	376
扬州慢　姜夔	378
长亭怨慢　姜夔	381
淡黄柳　姜夔	383
暗香　姜夔	385
疏影　姜夔	388
翠楼吟　姜夔	390
杏花天影　姜夔	393

一萼红　姜　夔 ……………………………………… 395
霓裳中序第一　姜　夔 …………………………… 398
小重山　章良能 …………………………………… 402
唐多令·重过武昌　刘　过 ……………………… 403
木兰花　严　仁 …………………………………… 405
风入松　俞国宝 …………………………………… 407
满庭芳·促织儿　张　镃 ………………………… 408
宴山亭　张　镃 …………………………………… 411
绮罗香·咏春雨　史达祖 ………………………… 413
双双燕·咏燕　史达祖 …………………………… 415
东风第一枝·春雪　史达祖 ……………………… 417
喜迁莺　史达祖 …………………………………… 419
三姝媚　史达祖 …………………………………… 421
秋霁　史达祖 ……………………………………… 423
夜合花　史达祖 …………………………………… 425
玉胡蝶　史达祖 …………………………………… 427
八归　史达祖 ……………………………………… 429
生查子·元夕戏陈敬叟　刘克庄 ………………… 431
贺新郎·端午　刘克庄 …………………………… 432
贺新郎·九日　刘克庄 …………………………… 435
木兰花·戏林推　刘克庄 ………………………… 437
江城子　卢祖皋 …………………………………… 439
宴清都　卢祖皋 …………………………………… 440
南乡子·题南剑州妓馆　潘　牥 ………………… 442
瑞鹤仙·梅　陆　叡 ……………………………… 444
霜天晓角　萧泰来 ………………………………… 446
渡江云·西湖清明　吴文英 ……………………… 447
夜合花　吴文英 …………………………………… 450
霜叶飞·重九　吴文英 …………………………… 452
宴清都·连理海棠　吴文英 ……………………… 455
齐天乐　吴文英 …………………………………… 458
花犯·郭希道送水仙索赋　吴文英 ……………… 460

浣溪沙　吴文英	462
浣溪沙　吴文英	463
点绛唇·试灯夜初晴　吴文英	464
祝英台近·春日客龟溪游废园　吴文英	466
祝英台近·除夜立春　吴文英	468
澡兰香·淮安重午　吴文英	470
风入松　吴文英	472
莺啼序·春晚感怀　吴文英	474
惜黄花慢　吴文英	478
高阳台·落梅　吴文英	481
高阳台·丰乐楼分韵得"如"字　吴文英	483
三姝媚·过都城旧居有感　吴文英	485
八声甘州·灵岩陪庾幕诸公游　吴文英	487
踏莎行　吴文英	490
瑞鹤仙　吴文英	492
鹧鸪天·化度寺作　吴文英	494
夜游宫　吴文英	495
贺新郎·陪履斋先生沧浪看梅　吴文英	496
唐多令·惜别　吴文英	499
湘春夜月　黄孝迈	500
大有·九日　潘希白	502
青玉案　无名氏	504
摸鱼儿　朱嗣发	505
兰陵王·丙子送春　刘辰翁	508
宝鼎现·丁酉元夕　刘辰翁	511
永遇乐　刘辰翁	515
摸鱼儿·酒边留同年徐云屋　刘辰翁	518
高阳台·送陈君衡被召　周密	520
瑶华　周密	522
玉京秋　周密	525
曲游春　周密	527
花犯·水仙花　周密	530

瑞鹤仙·乡城见月 蒋 捷	532
贺新郎·怀旧 蒋 捷	535
女冠子·元夕 蒋 捷	537
高阳台·西湖春感 张 炎	539
渡江云 张 炎	541
八声甘州 张 炎	544
解连环·孤雁 张 炎	546
绿意·咏荷叶 张 炎	548
月下笛 张 炎	550
天香·龙涎香 王沂孙	552
眉妩·新月 王沂孙	555
齐天乐·蝉 王沂孙	557
长亭怨慢·重过中庵故园 王沂孙	559
高阳台·和周草窗寄越中诸友韵 王沂孙	561
法曲献仙音·聚景亭梅次草窗韵 王沂孙	563
疏影·寻梅不见 彭元逊	565
六丑·杨花 彭元逊	568
紫萸香慢·重阳感怀 姚云文	570
金明池·伤春 僧 挥	572
如梦令·春晚 李清照	574
凤凰台上忆吹箫 李清照	576
醉花阴·重阳 李清照	578
声声慢 李清照	579
念奴娇 李清照	581
永遇乐 李清照	583
浣溪沙 李清照	585
附录	587

序　言

　　三年前,我曾给同一译者的《唐诗三百首全译》写过一篇序,我说:"诗其实是不能翻译的……翻成白话不难,不失诗味则很难,不失诗味而又不改原诗诗意、诗境更难。"至今我仍坚持这个看法。

　　但是,就在当时,凭着我对译者和校订者的了解,也曾大胆地预言过:"她们的合作成果,应该是既忠实于原诗,又确实是诗的吧!"

　　看来,广大读者是首肯了我的荐辞的,这证明便是《唐诗三百首全译》荣获了中国图书金钥匙奖和在短短两年内便印刷了三次,发行达13万册,而且,据说正在重排新版。读者是热爱优秀的中国传统文化的,读者是很需要向他们奉献既富营养又合口味的精神食粮的!

　　现在《唐诗三百首》的译者又奉出了《宋词三百首全译》。词比诗还要难译,我觉得。因为词的主题、题材不如诗的宽广丰富,而语意却多半要委婉含蓄得多,格律的谨严更往往造成词意的隐曲。译得不当,很容易流于千人一面或迂曲奥涩。我是译文的第一个读者,我想,也许是因为有了翻译《唐诗三百首》的经验,或许还因为译者是主攻宋词的,又是女性,读起译文来,我觉得意境、神韵,以至于语言、节律大都在《唐诗三百首全译》之右。我不能说自己是完全公正的,广大读者是庄严的裁判。

　　唐诗、宋词是中国诗史上的双子星座。《宋词三百首》比《唐诗三百首》晚出了150年,它刻印流布时,多数童蒙塾馆已随着清王朝的倒台而关闭了,代之而起的新学堂,于旧体诗已不感兴趣,于词自然更甚之。比如我,我在《唐诗三百首全译》的序中说过:我最初接触唐诗,就是在北京东北城角一座小四合院里,是私塾果老师教给我的。那时《宋词三百首》的刻本已经刊布了,可是果老师就从来没有提到过它。因此,在中国一般人眼里,《宋词三百首》的位置远不如《唐诗三百首》。其实若以选家的眼光论选本,《宋词三百首》自有超过《唐诗三百首》的地方。

  关于此书成书的经过、编选的原则和所长所短之处，译者有《前言》，说得很清楚，我自无庸赘述。我只是希望对唐诗有兴趣的读者也读读宋词，对《唐诗三百首全译》有兴趣的读者，更可以读读《宋词三百首全译》。因为，说到底词就是诗（是合乐歌唱的诗），而且由于词多抒情之作，读起译文来，恐怕更易令你神往。

  值得再提一句的是，译者在题解和注释上下了不少功夫。宋词确有不少篇章是非常迂奥的，题解将大有助于理解词意、欣赏词的艺术特点，细心的读者必能从中得到收益。

  在我提笔写这篇短序的时候，不时袭来阵阵伤痛之情，《唐诗三百首全译》的校订者、敬爱的九叶诗人陈敬容先生，在校完该书后不久（公元 1989 年 11 月），便与世长辞了。她再也无法看到她女儿独力完成的这部《唐诗三百首全译》的姊妹篇了。这不能不说是一件极大的憾事。

陈振寰
1991 年 7 月于北京

前　言

　　为配合燕乐歌唱而兴起于隋唐的曲子词，经五代的进一步发展，到宋朝臻于极盛，蔚为大观，名家辈出，佳作如林，成为一代之胜，与唐诗后先比美，相互辉映。然而，词作众多，流派纷杂，玉石俱陈，一般读者既不可能也没有必要遍观尽读，因此词选的编录就是一件意义重大而深远的事。

　　清代号为词学中兴时期，各类词选应运而生。鲁迅先生关于"选本"，有一段十分精辟的评论，他说："凡选本，往往能比所选各家的全集更流行，更有作用。册数不多，而包罗诸作，固然也是一种原因，但还在近则由选者的名位，远则凭古人之威灵，读者想从一个有名的选家，窥见许多有名作家的作品……凡是对于文本，自有主张的作家，他所赖以发表和流布自己的主张的手段，倒并不在作文心，文则，诗品，诗话，而在出选本"（《集外集·选本》）。清代词学之所以继明朝的衰微而复盛，浙西词派与常州词派之所以确立，正是跟几种著名选本的问世密不可分的。

　　清初朱彝尊借选词标宗立义，经八年努力，辑成《词综》，选词二千二百五十余首，存录了由唐至元的不少优秀作品。尽管他说："善言词者，假闺房儿女子之言，通之于《离骚》、《变雅》之义"（朱彝尊《红盐词序》），似乎他编选《词综》的主旨在于推尊词体，而实际上，他更多强调的却是词的雅俗之分。他明确提出词宗南宋、师尚姜夔的主张，说："世人言词，必称北宋，然至南宋始极其工，至宋季始极其变；姜尧章氏，最为杰出"（《词综·发凡》）。又说："词莫善于姜夔，宗之者张辑、卢祖皋、史达祖、陈允平、张翥、杨基，皆具夔之一体"（《黑蝶斋诗余序》）。朱彝尊不但自己将姜夔推为宗主，还让古人也列队向之礼拜。他就是借选词以达到尊姜夔为宗师，建立浙西派雅词体系的目的，最终造成"家白石而户玉田"的风气，其"赖以发表和流布自己的主张和手段"，由《词综》的编录得以实现。朱彝尊对词学的复兴有不小的功劳，但这个词派力主清空，而对苏轼、辛弃疾在词史上的重要地位、作用和影响视而不见、听若罔闻，却是极不科学、极不公正的派别、门户之见。

嗣后，张惠言为了切切实实推尊词体，矫正浙西词派偏重艺术形式的流弊，特意另编《词选》，强调词的比兴寄托，强调词的政治寓意。但张惠言以一个经学家的目光来选词和论词，要旨在于"尊体"，因而无视词史作为一种音乐文学的真实面目，无视词史的全面状况，只选录了唐、五代、宋词一百十六首，而宋词仅选六十八首。他错误地将温庭筠词作为比兴寄托的祖师，录其词十八首之多。在两宋诸家中，秦观选十首，辛弃疾只选六首，苏轼、周邦彦才各选四首，对词史上卓有贡献的柳永及独辟蹊径、自成一派的吴文英竟连一首词也不录，拣择实在过于偏狭。张惠言为了推尊词体，对具体作品的评析更不惜穿凿附会，给一些词强加上原作所没有的政治寓意，为有识者所讥。常州词派由《词选》的产生而建立，它以沈著沉厚为宗旨，对当时和后世"扫靡曼之浮音，接风骚之真脉"，倒也确实起了一定的积极作用，历史功绩自不可没。

周济不满意《词选》门庭过隘，又未能示学词津途于后人，因此编录《宋四家词选》，标举周邦彦、辛弃疾、王沂孙、吴文英四家，将他们作为词人中的典范，他在序中说："清真，集大成者也；稼轩，敛雄心，抗高调，变温婉，成悲凉；碧山，餍心切理，言近旨远，声容调度，一一可循；梦窗，奇思壮采，腾天潜渊，返南宋之清泚，为北宋之浓挚，是为四家，领袖一代。"他对这四家的评论并没有很不妥当的地方，比如其中评辛弃疾典型风格特点的一段话还十分精采，问题是他以这四家作为宋代词史的领袖人物，却不能反映出词学发展的真实情况。并且周济抑苏而扬辛，又将周、辛、王、吴四家分庭抗礼，都不够恰当。他指出的"问涂碧山，历梦窗、稼轩，以还清真之浑化"的学词途径，也使人不得要领，迷不知所从。

总而言之，以上三种享誉当世、影响巨大的词选其实质主要是为宗派服务，作为一种宣传纲领的。社会上迫切需要一种适合大众口味的普及读物，这一历史任务必须由一位胸襟宽阔、目光远大、见解精深的学者来完成，晚近的朱孝臧就正是这样一位学者。

朱孝臧（公元1857—1931年）早年工诗，四十岁始专力作词，并潜心于词学研究。他师从常州派大师王鹏运,艺术上取法吴文英、周邦彦,同时也向秦观、贺铸、苏轼、辛弃疾诸家学习,打破浙派、常州派的偏见,取精用宏,成为一大词家。对于当代词人,朱孝臧不仅盛赞与自己风格相近的王鹏运、况周颐、郑文焯等人,并且对宗法苏、辛,气魄沉雄的文廷式词也推崇备至,表现出大家胸襟和转益多师的治学态度。他所刻《彊村丛书》是最为完备的词总集,校订精审,张尔田赞其可与乾嘉时期的朴学大师比美。

朱孝臧不满意《词综》、《词选》、《宋四家词选》,是怕"读者的读选本,自以为是由此得了古人文笔的精华的,殊不知却被选者缩小了眼界……况且有时还加以批评,提醒了他之以为然,而默杀了他之以为不然处"(鲁迅《集外集·选本》)。为了矫正那几种词选偏颇、狭隘的流弊,为了使宋词被更多的读者所了解、喜爱,朱孝臧特意广采博收,编录了《宋词三百首》。清代乾隆廿九年(公元1764年),孙洙编《唐诗三百首》,作为唐诗的普及读本,"专就唐诗中脍炙人口之作,择其尤要者",以简驭繁,广收名篇,成为一本家喻户晓、影响久远的唐诗读本,朱孝臧有意继承这种文学普及事业,编选了《宋词三百首》,与《唐诗三百首》珠联璧合,驰名当世。

《宋词三百首》录两宋词人八十五家,选柳永十三首、晏几道十八首、苏轼十二首、周邦彦二十三首、贺铸十二首、辛弃疾十二首、姜夔十六首、吴文英二十五首,这八家的作品,占全书将近一半,俨然推为宗主。编选者虽然对周邦彦、吴文英有所偏爱,但基本上舍弃了浙、常二派的缺点而吸取了他们的长处。此书"量既较多,而内容主旨以浑成为归,亦较精辟。大抵宋词专家及其代表作品俱已入录,即次要作家如时彦、周紫芝、韩元吉、袁去华、黄孝迈等所制浑成之作,亦广泛采及,不弃遗珠。至目次,首录帝王,末录女流,乃当时沿袭旧书编选体例"(唐圭璋《宋词三百首笺注》自序),亦无足深怪。

我们知道,判断历史人物的功绩,不是依据历史人物有没有提供现代所要求的东西,而是依据他们是否比他们的前辈提供了新的东西。朱孝臧所编《宋词三百首》虽不能算尽善尽美——其实没有任何一种选本能做到尽善尽美——它在当时却起到了应有的历史作用,而比起在这之前的宋词选本,它要精当、全面得多,也公允合理得多,它基本展示了宋词发展的真实面貌,各种风格流派兼收并蓄,使我们得以博览近百位词家的精品。但是，由于词在内容、形式方面的种种局限，加上词本来就比诗难读，因此《宋词三百首》虽是一部比较完备、精到的选本，却始终没能像《唐诗三百首》那样妇孺皆知、深入人心。

然而，我们感到不无遗憾的是，一些文学史家、词学研究家没有给予《宋词三百首》比较公允的历史评价。如六十年代初胡云翼编《宋词选》，在前言中说，《宋词三百首》"……曾是一时的权威著作，从今天来看，距离我们的要求已经很远……其中偏重形式艺术的词作占压倒的比重"；又说："范仲淹的《渔家傲》'塞下秋来风景异'和苏轼的《念奴娇》'大江东去'那样的名作也都在摒弃之列……"胡云翼先生并且特别声明他所编录的《宋词选》，"是以苏轼、辛弃疾为首的豪放派作为骨干，重点选录南宋爱国词人的优秀作品，同时也照顾到其他风格流派的代表作，藉以窥见宋词丰富多采的全貌。"胡先生的选词标准适应当时特定历史情况的需要，强调政治内容，原本无可厚非，但他对许多大词家的评论却失之偏颇，如将周邦彦、姜夔、吴文英等人定为格律派词人，给王沂孙、张炎戴上"失节词人"的帽子，而无视他们真实的历史情况和思想倾向，无视他们作品中所表现的忧时伤世、悱恻动人的爱国感情。胡先生所选篇目，如在词史上并不占重要地位的陆游十一首、刘克庄十二首，而作为宋词昌盛的奠基人、影响及于两宋及金元曲的大词人柳永却只选七首、晏几道仅四首、秦观只六首、周邦彦十首，南宋末期存词近四百首、独开流派的吴文英才选录四首，所显示的"并非作者的特色，倒是选者的眼光"(鲁迅《题未定草》六)，这使得我们也还没能真正从《宋词选》"窥见宋词丰富多采的面目"。当然，胡先生的词选同所有的选本一样，既然是一定的历史的产物，就必然带有一定历史条件的局限性，何况，它也完成了一定的历史任务，起到了一定的历史作用，关于它的功过得失，在这里我们不打算详细评论。

可是，在重新出版和评价朱孝臧《宋词三百首》的今天，我们首先需要说明的一个事实是，《宋词三百首》民国刻本选词整三百首，收录了范仲淹的《渔家傲》和苏轼的《念奴娇》。胡云翼先生或许没有看到过这一本子，所见的是唐圭璋先生的笺注本，那是朱孝臧的重编本，选词二百八十三首，大约删去了他认为不符合"浑成"要求的一些作品，其中包括范、苏二词。据台湾的汪中先生说，后来朱孝臧在重编本的基础上又增补了二十余首词。范、苏二词也在补入之列，因此，汪中所据本子选词有三百一十首。

诚然,《宋词三百首》还有一些缺陷,这倒并不是因为"其中偏重形式艺术的词占压倒的比重"。我们不应把文学的思想内容的概念看得过于狭隘,如果认为只有直接反映阶级矛盾、阶级斗争、民生疾苦的作品,才能叫做"不偏重形式艺术"并且用这样一个极端的标准去衡量古人的作品,那么可取的恐怕也就很有限了。一个作家的创作范围不可能超越他自己所熟悉的生活,他多半只能通过自身的经历、遭遇、所闻所见来表现他对当时社会生活的看法、感受。何况,词还有它的特殊性,有它形式上的局限性和人们对它认识方面的局限性,以及它在社会生活中所起作用的局限性。词作为一种主要是在酒边宴间歌唱的艺术样式,除少数作家如辛弃疾的作品外,一般在词中所表现的只是作家的一部分思想感情、一部分人格。只要把许多作家的诗文和词对照来看,就可以明白,有关国计民生的大事,文人们惯常在诗文中所表现的广阔深厚的内容,在词中则是极少表现的。据我们的粗略统计,《宋词三百首》所选具有爱国忧国或感时伤世的思想感情的作品,约在五十首左右,占全书的六分之一。在《全宋词》近两万首词中,此类作品无论如何不会占到这样大的比重,如此看来,朱孝臧也算得够重视政治内容的了,有些次要作家,如所选蒋捷三首均为爱国词章,张抡、程垓各选一首也都是爱国词章,所选姜夔抒发忧国之思的《八归》、《翠楼吟》,连《宋词选》也并未采录。此外,陈亮、刘过也选入其优秀的爱国词章,而不录其粗豪浅露、缺少情韵之作。《宋词三百首》所选词家多达八十五人,所用词调一百五十一个(胡云翼《宋词选》录七十五家,词二百八十三首,词调一百十七个),目的在于使读者除广泛了解宋词作品外,对词调、词律也有比较全面的了解,所谓"多识夫草木鸟兽之名"。

前面我们提到,《宋词三百首》也有不足之处。唐圭璋先生曾指出它将李重元《忆王孙》一词误为李甲作,又将无名氏《青玉案》一词误为黄公绍所作。此外,可能是囿于《宋史》对朱敦儒"晚节不终"的错误结论,朱孝臧竟未收这样一位其词被命名为"希真体",影响下及辛弃疾、陆游诸人的南北宋之交重要爱国词家的作品,这不能不说是一个很大的缺憾,就如《唐诗三百首》未收在诗坛上以奇诡冷艳独树一帜的李贺诗一样,不是一般的、偶然的疏略遗漏。而是出于一种偏见。

再者，此书不录王观、朱淑贞、文天祥、汪元量词，又柳永词未录其咏杭州的《望海潮》、苏轼未选其《江城子·密州出猎》词，贺铸不收其慷慨生哀的《六州歌头》，张元幹未录其悲壮激烈的《贺新郎》，陆游不选其沉郁苍凉的《诉衷情》，周密未录其忧时伤世的《一萼红》，僧挥不选其清新秀丽的小令而选其艺术上平庸的长调，等等，均使人感到意犹未足。至于其书的编次序目，也屡有混杂不清处，如贺铸不应排在周邦彦之后，鲁逸仲与李廌同时，却编在了陈与义、周紫芝之后，又万俟咏、徐伸、田为、曹组等人亦均不应排在周紫芝以后，再如陈克为南北宋之交的词人，与朱敦儒同时代，反编在李之仪、周邦彦之前，程垓词，《全宋词》编在辛弃疾之后，《宋词三百首》却编在张孝祥以前，《全宋词》将韩疁编入第四册，宁宗开禧时人王武子在其前，时代与张端义、方千里略近，《宋词三百首》却与南北宋之交的叶梦得编在一处。就许多词家来看，作品未能以写作年代先后编次，也是不能尽如人意的。另外，入选的词有少数篇章不算好，如贺铸的《浣溪沙》"不信芳春厌老人"、周邦彦的《尉迟杯》"隋堤路"、刘克庄的《生查子》〔元夕劝陈敬叟〕等，思想内容与艺术表现均平庸无足称道。然而，尽管《宋词三百首》存在某些缺点，但比起在它之前和同时代的甚至是以后的一些宋词选本，它还是经得起时间的考验，经得起推究考查的。尽管它是历史的产物，就是用今天的标准来衡量测定，仍可以说它瑕不掩瑜，是一本广采博收、拣择较为精当的词选，具有相当的价值。对于这样一本曾经产生过巨大影响的选本，我们既要看到它的不足，更要充分肯定它的成绩。

我们这个译注本是以唐圭璋先生的《宋词三百首笺注》上彊村民（朱孝臧）重编本为底本，又参照了民国初年刻印的《宋词三百首》及湖南岳麓书社翻印的台湾汪中《宋词三百首注析》（据朱孝臧增补的重编本，录词三百一十首）的篇目，在唐本二百八十三首的基础上，又选择唐本中未收词十七首，以补足三百首之数，使其名实相副。一些字词、句读并参考《全宋词》、龙榆生《唐宋名家词选》等总集和选本，择善从之，恕不在注释中一一说明。为了使读者对词调的由来有最基本的了解，所有首次出现的调名均加上说明。唐圭璋先生的《宋词三百首笺注》本，辑录了历代对每位词人的评论，因篇幅所限不能尽录，择其精者于作者介绍部分及作品题解部分采录一二，以便使读者概要地了解其风格、艺术特点。唐先生所作注释过于简略,我们这个译注本,增补了注释内容,原注有所不当或讹误处,均尽力予以订正,原注不标明出处的均为注明。因学力及完稿时间所限,难免有许多错误和不足,切望大家予以批评指正。

沙灵娜
1991 年 7 月

宴山亭·北行见杏花

赵　佶

【作者简介】

　　宋徽宗赵佶(公元1082—1135年),神宗第十一子,哲宗弟,元符三年(公元1100年)即位,宣和七年(公元1125年)金兵南侵,赵佶传位其子赵桓(钦宗),靖康二年(公元1127年),为金人俘虏北去,死于五国城(今黑龙江依兰)。他在政治上的昏庸无能、生活上的穷奢极侈和艺术上的多才多艺,以及亡国后的悲惨遭遇等方面,均与南唐后主李煜相类似。他曾于崇宁四年(公元1105年)建立国家音乐机关"大晟府",命周邦彦、万俟咏、田为等人讨论古音、审定古调、创制新曲,对北宋后期词章的繁荣起了很大的作用。赵佶工书善画,诗、文、词俱佳,著有《宣和宫词》三卷,已佚。《全宋词》录其词十二首。

【题解】

　　《宴山亭》,词调名。万树《词律》卷十五云:"此调本名《燕山亭》,恐是燕国之燕,《词汇》刻作《宴山亭》,非也。"始见于赵佶词。

　　赵佶的前期词作主要描写宫廷游乐生活,风调曼艳,辞采富丽,被俘北去后词风顿变为哀惋凄切,这首《宴山亭》据《朝野遗记》说是他的"绝笔",词中以美丽绝世的杏花被无情风雨摧折而凋零,来比喻自己一旦归为臣虏、横遭蹂躏的不幸命运,并用委婉曲折的笔法倾诉了他对故国山河的无限眷念,以及希冀成灰的绝望心情,词情真挚动人。王国维《人间词话》借尼采的话评李煜词为"以血书者",并说此词"略似之"。

【原词】

　　裁剪冰绡①,轻叠数重,淡著燕脂匀注。新样靓妆②,艳溢香融,羞杀蕊珠宫女③。易得凋零,更多少、无情风雨。愁苦,问院落凄凉,几番春暮？　凭寄离恨重重,者双燕何曾④,会人言语？天遥地远,万水千山,知他故宫何处？怎不思量？除梦里有时曾去。无据,和梦也新来不做。

注释

①冰绡(xiāo)：白色透明的丝绸,王勃《七夕赋》"引鸳杼兮割冰绡。"

②靓(jìng)妆：用脂粉妆扮。司马相如《上林赋》："靓庄(同"妆")刻饬,便嬛绰约。"集解："靓庄,粉白黛黑也。晋王廙《洛都赋》："若乃暮春嘉禊,三巳之辰,丽服靓妆,袚乎洛滨。"

③蕊珠宫：道家传说天上上清宫有蕊珠宫,神仙所居。《十洲记》："玉晟大道君治蕊珠贝阙。"

④者：同"这"。《开天传信记》"尝有投牒误书纸背,(裴)谓判曰："者畔有那畔,那畔有这畔。"

【今译】

你重叠的花瓣这样轻巧,
如同透明的白纱裁制,
又均匀地敷上淡淡胭脂。
你打扮得新奇艳丽,
光采照人,芳香浓郁,
蕊珠宫的仙女和你相比,
竟羞惭得容身无地。
可叹你终将凋零,
更有多少无情风雨折磨着你。
我的心满是愁苦,
那旧日的院落该是怎样地凄凉?
它捱过了几度冷寂的春暮?

想托寄我的离恨重重,
这双飞的燕子,
又哪里懂得人间言语。
天遥地远,阻隔着万水千山,
故宫究竟在何处?
怎能不深深怀想,
却只有梦魂曾偶然归去。

一切都无凭无据,
近来连梦也不肯到我这里。

木兰花

钱惟演

【作者简介】

　　钱惟演(公元962—1034年),字希圣,临安(今浙江杭州)人,吴越王钱俶次子,博学能文,辞藻清丽,从其父归宋。曾参预编撰大型类书《册府元龟》,他是西昆诗派的代表诗人之一,与杨亿、刘筠等相唱和,杨亿编《西昆酬唱集》录其诗五十四首。累官至枢密使同中书门下平章事,终崇信军节度使。《全宋词》录其词二首。

【题解】

　　《木兰花》,唐教坊曲名,后用作词调。唐五代人用此调如《花间集》所载之作为三七言长短句式,《尊前集》所载之作则为七言八句式,与《玉楼春》格律形式相同,至宋朝此调已成为《玉楼春》的别称。
　　此词是作者临死前不久所作,胡仔《苕溪渔隐丛话后集》卷三十九引《侍儿小名录》云:"钱思公(惟演)谪汉东(指随州,今湖北随州)日,撰《玉楼春》(即《木兰花》)词云云,每酒阑歌之则泣下。"作者一生仕宦显达,晚年被贬外放,自觉政治生命与人生旅途都到了尽头,因作此词,借悼惜春光抒发他无限的迟暮之悲。词中用清丽的语言描绘了春声、春色,首句的"乱"字用得极好,将春景渲染得十分生动热闹,而群莺乱啼已是暮春天气,这里也暗含春光将尽之意。作者又用明丽的景色来反衬自己凄黯的心情,以及对于年光飞逝、生命无多的感伤,末二句以借酒浇愁来表现他无可奈何的心境,又隐约地显示了他对于生命的留恋。整首词情调极其凄惋。

【原词】

　　城上风光莺语乱,城下烟波春拍岸。绿杨芳草几时休?泪眼愁肠先已断。　　情怀渐觉成衰晚,鸾镜朱颜惊暗换①。昔年多病厌芳尊,今日芳尊惟恐浅。

注释

①鸾镜:妆镜。《艺文类聚》引〔南朝〕〔宋〕范泰《鸾鸟诗序》说晋罽宾王获一鸾鸟,不鸣,后悬镜映之乃鸣,后世因称妆镜为鸾镜。白居易《太行路》诗:"何况如今鸾镜中,妾颜未改君心改。"

【今译】

城上,风光明媚,
一片群莺声乱,
城下,轻烟迷离的春波,
温柔地拍打着堤岸。
杨柳、芳草年年黄了又绿,
几时才是了局?
我早就泪水流干,愁肠寸断。

那往昔多情多感的心怀,
似乎已渐渐衰减,
揽镜自照,
惊见青春的容颜暗中改换。
从前,多病的我常常厌弃酒杯,
在阳春将尽的今天,
却只嫌酒杯太浅。

渔家傲·秋思

范仲淹

【作者简介】

范仲淹(公元989—1052年),字希文,吴县(今江苏苏州)人。大中祥符八年(公元1015年)进士。官至枢密副使、参知政事。宋仁宗时守卫西北边境,遏制了西夏的侵扰。在政治上他主张革新,为当时著名的政治家,"庆历新政"的主持者之一。诗文词均有名篇传诵于世。《全宋词》录其词五首,留存篇章虽少,内容风格却丰富多样,其中《渔家傲》一词,极悲壮苍凉之致;《剔银灯》〔与欧阳公席上分题〕为怀古词,以寻常口语入词,戏谑议论,格调颇近诙谐,其抒情篇章委婉深情而笔意淡远清劲。

【题解】

《渔家傲》,词调名。《词谱》卷十四云:"此调始自晏殊,因词有'神仙一曲渔家傲'句,取以为名。"

此词别本题作"秋思"。魏泰《东轩笔录》卷十一:"范文正公守边日,作《渔家傲》乐歌数阕,皆以'塞下秋来'为首句,颇述边镇之劳苦。"今所谓"数阕"者,仅存此篇。范仲淹于宋仁宗康定元年(公元1040年),任陕西经略副使兼知延州(治所在今陕西延安市),守边四年,当时边地民谣曰:"军中有一范,西贼闻之惊破胆。"本词上片从听觉、视觉两方面写足了边地秋天景象,"千嶂里,长烟落日孤城闭"与王维《使至塞上》诗:"大漠孤烟直,长河落日圆。"意境相类而情调迥异,王诗壮阔高远,范句则寥廓荒寒。下片抒情,表达了边地将士破敌立功的决心与思念家乡的矛盾心情,苍凉激楚。"羌管悠悠霜满地"绘军中月夜之景,景中含情,极富典型意义。此篇词境开阔,格调悲壮,给宋初充满吟风弄月,男欢女爱的词坛,吹来一股清劲的雄风,对以后的词风革新产生了积极影响,是一首难得的佳作。

【原词】

塞下秋来风景异,衡阳雁去无留意①。四面边声连角起②。千嶂里,长烟落日孤城闭③。 浊酒一杯家万里,燕然未勒归无计④。羌管悠悠霜满地⑤,人不寐,将军白发征夫泪。

注释

①衡阳句:庾信《和侃法师三绝》诗:"近学衡阳雁,秋分俱渡河。"湖南衡阳旧城南有回雁峰,相传雁至此不再南飞。王象之《舆地纪胜》卷五十五《荆湖南路·衡州》载,回雁峰"在州城南。或曰:'雁不过衡阳。'或曰:峰势如雁之回。'"

②边声:边地的悲凉之声。李陵《答苏武书》:"侧耳远听,胡笳互动,牧马悲

鸣,吟啸成群,边声四起。"

③千嶂句:化用王之涣《凉州词》:"一片孤城万仞山"及王维诗句(见解题)。

④燕然未勒:《后汉书·窦宪传》载窦宪追北单于,"登燕然山,去塞三千余里,刻石勒功"而还。燕然山,即今杭爱山。勒,指刻石纪功。

⑤羌管三句:李益《夜上受降城闻笛》诗:"回乐峰前沙似雪,受降城下月如霜。不知何处吹芦管,一夜征人尽望乡。"此化用其意。羌管,笛子出自羌中,故称。

【今译】
　　塞下秋来风光凄凄,
　　不似中原清爽美丽,
　　鸿雁毫不留恋这荒寒地方,
　　一群群急急向衡阳飞去。
　　军中号角一吹,
　　悲凉的边声四面响起。
　　在层层山峰环抱里,
　　一缕烽烟笔直升向天际,
　　一轮圆日沉沉西下,
　　孤城重门紧闭。

　　浊酒一杯聊以解忧,
　　家乡远隔万里,
　　不曾破敌立功,
　　归去还没有日期。
　　羌笛声清越悠扬,
　　月色如霜洒满大地。
　　漫漫长夜我难以入睡,
　　将军头发空白,征夫乡泪暗滴。

苏幕遮·别恨

范仲淹

【题解】

《苏幕遮》，唐代教坊曲名，来自西域。幕，一作"莫"或"摩"。慧琳《一切经音义》卷四十一《大乘理趣六波罗蜜多经》《苏莫遮冒》条云："'苏莫遮'，西戎胡语也，正云'飒磨遮'。此戏本出西龟兹国，至今犹有此曲，此国浑脱、大面、拨头之类也。"后用为词调。曲辞原为七言绝句体，以配合"浑脱舞"，后衍为长短句。敦煌曲子词中有《苏莫遮》，双调六十二字，宋人即沿用此体。

这首《苏幕遮》，黄升《唐宋诸贤绝妙词选》题作"别恨"，《全宋词》题作"怀旧"，抒写作者秋天思乡怀人的感情。上片用多彩的画笔绘出绚丽、高远的秋景，意境开阔，"碧云天，黄叶地"为传诵名句，王实甫《西厢记》第四本第三折极负盛名的《端正好》一曲"碧云天、黄花地"之句本此。词的下片表达客思乡愁带给作者的困扰，极其缠绵婉曲。清彭孙遹《金粟词话》说此词"前段多入丽语，后段纯写柔情，遂成绝唱。"

【原词】

　　碧云天，黄叶地，秋色连波，波上寒烟翠。山映斜阳天接水，芳草无情，更在斜阳外①。　黯乡魂，追旅思②。夜夜除非，好梦留人睡。明月楼高休独倚，酒入愁肠，化作相思泪。

注释

①芳草二句：以芳草的无边无际比喻离愁的无穷无尽。古乐府《饮马长城窟行》："青青河畔草，绵绵思远道"；李煜《清平乐》词："离恨恰如春草，更行更远还生"；杜牧《池州送前进士蒯希逸》诗："芳草复芳草，断肠还断肠。自然堪下泪，何必更斜阳"，此处化用其意。

②黯乡魂：思念家乡，黯然消魂。江淹《别赋》"黯然销魂者，惟别而已矣。"追旅思(sì)：羁旅的愁思纠缠不休。追，追随，纠缠。

【今译】

碧空飘着白云,
黄叶落满大地,
秋色直连到水波,
水上烟雾凝成一片寒绿。
斜阳映山,远水接天,
芳草牵动我的离怀,
它却青得这样无情,
延伸到斜阳以外。

思念家乡令我黯然消魂,
纠缠不休的是那羁旅的愁闷,
每一个夜晚,只有归去的梦
能带给我片刻安慰。
明月皎洁,
不要登上高楼去远望,
滴滴醇酒才饮入愁肠,
就化作点点相思的眼泪。

御街行·离怀

范仲淹

【题解】

《御街行》,词调名,始见于柳永词。据杨湜《古今词话》,无名氏词有"听孤雁,声嚘唳"句,故又称《孤雁儿》。

这首词上片以寒夜秋声衬托主人公环境的冷寂,突出人去楼空的落寞感,并抒发了良辰美景无人与共的愁情。沈际飞《草堂诗余隽》称赏"天淡"句写景空灵。词的下片淋漓尽致地写出作者长夜不寐,无由排遣思愁别恨的情景和心态,"都来此事"几句为李清照《一剪梅》词所袭用,化作"此情无计可消除,才下眉头,却上心头",向为词评家所赞誉。这首词虽写似水柔情,却骨力遒劲,绝不流于软媚。

【原词】

纷纷坠叶飘香砌,夜寂静,寒声碎。真珠帘卷玉楼空①,天淡银河垂地。年年今夜,月华如练②,长是人千里。　愁肠已断无由醉。酒未到,先成泪。残灯明灭枕头欹③,谙尽孤眠滋味④。都来此事⑤,眉间心上,无计相回避。

注释

①真珠:即珍珠。玉楼,天帝住的白玉楼,借指华美的楼阁。
②练:煮过的白色丝绸。
③欹(qī):倾斜。
④谙(ān)尽:尝尽。
⑤都来:即算来。王闿运《湘绮楼词选》云:'都来'即'算来'也,因此处宜平,故用'都'字。"

【今译】

纷纷凋零的树叶飘上香阶,
寒夜一片静寂,
只听见风吹落叶细碎的声息。
珠帘高卷,楼空人去,
天色清明,银河斜垂到地。
年年今夜,
月色都如白绸一般皓洁,
人却常常远隔着千里。

我如何能用沉醉来忘却,
酒到不了已断的愁肠,
先就变成泪水。
深夜里残灯忽明忽暗,
斜靠枕头,我尝尽孤眠的滋味。
你看这离愁别怨,
不是来在眉间,便是潜入心底,
我简直无法将它回避。

千秋岁

张　先

【作者简介】

　　张先(公元990—1078年),字子野,乌程(今浙江湖州)人。天圣八年(公元1030年)进士。曾知吴江县(今江苏吴江),终尚书都官郎中。词与柳永齐名,才力不如柳永,而词风含蓄蕴藉,情味隽永,韵致高逸,也是上承晏、欧,下启苏、秦的一位重要词人,"有含蓄处,亦有发越处。但含蓄不似温、韦,发越亦不似豪苏腻柳。规模虽隘,气格却近古"(陈廷焯《白雨斋词话》)。词章内容不如柳永丰富开阔,艺术上有相当造诣。他也是较早大量创作慢词长调的词家,对词体的发展有一定贡献。有《安陆词》,又名《张子野词》。

【题解】

　　《千秋岁》,又名《千秋节》,据《宋史·乐志》,原为唐教坊曲名,后用作词调。始见于张先词。
　　这首词抒写作者惜花伤春的情怀,同时暗寓相思之意。上片织入鹈鴂鸣叫、花残、雨轻、风狂、梅青、人静、絮飞种种景象,造成浓重的、令人感伤欲绝的氛围,逼出下片满腔幽怨的倾诉。"天不老,情难绝"化用李贺《金铜仙人辞汉歌》"天若有情天亦老"诗句,以天的无情作为反衬,表现了作者"之死矢靡它"的执著感情。词中用双丝网比喻愁心千结,十分惬当有味。

【原词】

　　数声鹈鴂①,又报芳菲歇。惜春更选残红折,雨轻风色暴,梅子青时节。永丰柳②,无人尽日花飞雪。　　莫把幺弦拨③,怨极弦能说。天不老,情难绝,心似双丝网,中有千千结。夜过也,东窗未白孤灯灭。

【注释】

　　①鹈鴂(tí jué):亦作"鹈鴂",鸟名,屈原《离骚》"恐鹈鴂之先鸣兮,使夫百草

为之不芳。"

②永丰柳:用典,白居易《杨柳枝》词:"永丰西角荒园里,尽日无人属阿谁。"

③幺弦:琵琶的第四弦,因其最细,故称。刘禹锡《澈上人文集》:"如幺弦孤韵,瞥入人耳,非大乐之音。"

【今译】

听得鸣几声鹈鸠,
报道花事又已消歇。
满怀惜春的情意,
我特地把开残的花枝攀折。
细雨轻濛,风色狂暴,
正当梅子青青的时节。
庭院寂寞无人,
整天只见杨柳飞花堆雪。

不要去拨弄纤弱的幺弦,
我的幽怨它哪里能够代言。
天既不会老,这情思也难断绝,
就像一张双丝的网,
我的心有千万个结。
夜晚过去了,
曙光还未映上东窗,
孤灯却已自灭。

菩萨蛮

张　先

【题解】

《菩萨蛮》,唐教坊曲,原系古代缅甸乐曲,由云南传入,后用为词调。文人词始见于温庭筠词。

本词描写一位歌女弹奏筝曲时"弦弦掩抑声声思","说尽心中无限事"的情景,十分细腻动人,这是一位内心世界极其丰富的女子,作者没有正面绘出她的外貌,但从"纤指"、"秋水"、"春山眉黛"这些画龙点睛的侧笔,我们完全可以想见她那与心灵同样美好的容颜。本词文字华美,意浓韵远,情真调新。《全宋词》将此词归入晏几道所作,并说:"案此首别误作张子野词,见《类编草堂诗余》卷一"。

【原词】

　　哀筝一弄《湘江曲》,声声写尽湘波绿。纤指十三弦①,细将幽恨传。　当筵秋水慢②,玉柱斜飞雁。弹到断肠时,春山眉黛低③。

【注释】

　　①十三弦:唐宋时教坊用筝均为十三弦,唯清乐用十二弦。
　　②秋水:形容美目明澈如秋水,白居易《咏筝》诗:"双眸剪秋水,十指剥春葱。"
　　③春山眉黛:《西京杂记》:"文君姣好,眉色如望远山",后因以山喻美人双眉,古人以黛色(青黑色颜料)画眉,故称眉黛。

【今译】

　　她抚弄哀筝弹奏着《湘江曲》,
　　一声声如闻湘波翻绿。
　　纤纤素手拨动十三根弦柱,
　　将心中幽怨细细地传出。

　　歌筵上她秋波慢转,
　　筝柱斜列如飞翔的群雁。
　　弹到感情激越、哀愁伤悲,
　　她频频低下春山般美丽的双眉。

醉垂鞭

张　先

【题解】

《醉垂鞭》,词调名,始见于张先词。

这首小词描写作者初次见到的一位女子,那绣有双蝶的罗裙,暗示着她对于爱情的期望。作者称赞她妆饰淡雅,身材窈窕,写得很平常,唯末二句化用李白《清平调》"云想衣裳花想容,春风拂槛露华浓。若非群玉山头见,会向瑶台月下逢"诗意,赋与女主人公理想的华彩,颇有韵致。

【原词】

双蝶绣罗裙,东池宴初相见。朱粉不深匀,闲花淡淡春。　细看诸处好,人人道柳腰身。昨日乱山昏,来时衣上云。

【今译】

罗裙绣着蝴蝶双双,
我同她初次见面,
在东池的宴会上。
她没有把自己打扮得秾艳,
就像一枝淡雅的花,
开放在可爱的春天。

仔细看哪儿都长得妙,
人人称赞她轻柔的身腰,
宛如柳条一样。
昨天日落时乱山昏暝,
她从仙山降临,
穿着彩云制成的衣裳。

一丛花

张 先

【题解】

　　《一丛花》,词调名,始见于张先词。

　　这是一首闺怨词,描写一位女子念远伤怀的情状。上片用倒叙法,先着意渲染女主人公的愁绪,在这样的心理背景上,现出离别的镜头,给人十分强烈的印象。下片描绘了这女子华美而孤寂的生活环境,"又还是斜月帘栊"句,极其含蓄地点出她日复一日的孤单、索寞,由此自然地生出不如桃杏嫁东风的痴想,无理而妙。范公偁《过庭录》云:"子野郎中《一丛花》词云:'沉恨细思,不如桃杏,犹解嫁东风。'一时盛传。(欧阳)永叔尤爱之,……子野谒永叔,永叔倒屣迎之,曰:'此乃"桃杏嫁东风"郎中。'"

【原词】

　　伤高怀远几时穷?无物似情浓。离愁正引千丝乱,更东陌、飞絮濛濛。嘶骑渐遥①,征尘不断,何处认郎踪?　双鸳池沼水溶溶,南北小桡通②。梯横画阁黄昏后,又还是、斜月帘栊③。沉恨细思,不如桃杏,犹解嫁东风。

注释

　　①骑(jì):备有鞍辔的马,亦指马兵或一人一马。班固《东都赋》:"千乘雷起,万骑纷纭。"

　　②桡(ráo):桨,《淮南子·主术训》:"夫七尺之桡而制船之左右者,以水为资。"此处代指船。

　　③帘栊(lóng):指窗户。栊,窗格子。

【今译】

　　伤高怀远几时才穷尽?
　　世间没有任何事物,

浓烈更胜感情。
离愁正使我心乱如千条丝缕,
东边道路上又飞着濛濛柳絮。
那嘶叫的马儿渐渐远去,
只看见扬起阵阵尘沙,
迷茫中我辨不清他的踪迹。

池塘里春水溶溶,
鸳鸯双双嬉戏,小舟南北可通。
扶梯空横,黄昏后,
画阁又还是一样地
明月斜照窗栊。
满怀幽恨我细细思量,
真不如桃杏,还懂得嫁给东风,
可以随着它自由地飞翔。

天仙子·春恨

张 先

时为嘉禾小倅①,以病眠,不赴府会。

【题解】

《天仙子》,唐教坊曲名,后用为词调。唐、五代人多用此调咏天仙、仙子(借指妓女)。双调始见于张先词。

本词是作者五十二岁任嘉禾(今浙江嘉兴)判官时所作,抒发了惜花惜春、留连光景、感伤时序和相思别离的情怀,黄升《花庵词选》题作"春恨"。这首词语言清丽,内容一般,词中的"云破月来花弄影"为传诵名句,以工巧的画笔表现了一种意境朦胧的美,向为人所称道。胡仔《苕溪渔隐丛话前集》卷三十七引《古今诗话》云:"有客谓子野曰:'人皆谓公张三中,即心中事、眼中泪、意中人也。'子野曰:'何不目之为张三影?'客不晓。公曰:"'云破月来花弄影'"、"'娇柔懒起,帘压卷花影"、"柳径无人,堕风絮无影",此余平生所得意也。'"

【原词】

　　《水调》数声持酒听②,午醉醒来愁未醒。送春春去几时回?临晚镜,伤流景,往事后期空记省。　沙上并禽池上暝,云破月来花弄影。重重帘幕密遮灯,风不定,人初静,明日落红应满径。

【注释】

　　①小倅(cuì)小官。
　　②《水调》:曲调名,相传为隋炀帝开汴河时所制,唐人演为大曲,十分流行,王昌龄有《听流人水调子》诗。罗隐《席上歌水调》诗,有云:"若使炀帝魂魄在,为君应合过江来。"宋时仍流行不衰。苏轼《虞美人》词:"沙河塘里灯初上,《水调》谁家唱?"

【今译】

　　一边饮酒,
　　一边倾听《水调》歌曲,
　　午醉中我沉睡许久,
　　酒醒时,忧愁却逗留不去。
　　送别春天,
　　它几时才能重回?
　　黄昏时对镜自伤,
　　感叹那年华去如流水。
　　往昔的欢乐、后会的佳期,
　　不过令我徒然地怀念和希冀。

　　沙岸边鸳鸯双双相依,
　　池上暮色暝暝。
　　月光穿破云层,
　　弄婆娑花影,
　　在我窗前摇曳不定。
　　帘幕一重重低垂,

密密遮起孤灯,
风儿飘忽,人声初静,
到明天,
凋落的红花将铺满小径。

青门引·恨旧

张　先

【题解】

《青门引》,词调名,据毛先舒《填词名解》载:"《三辅黄图》云:'长安城东出南头第一门,门色青,曰青门';《萧相国世家》云:'邵平种瓜长安城东',而阮籍诗:'昔闻东陵侯,种瓜青门外'语,亦可证词取以名。"始见于张先词。

这首词无名氏《草堂诗余》题作"怀旧",抒发了残春时节作者萧索落寞的情怀。词中写出从风雨初定的黄昏直到月明之夜,孤独的作者触景伤心的种种感受。用字非常新警,如"楼头画角风吹醒"句,"醒"字极尖利,给人触耳惊心之感。末二句与前面提到的"三影"同为名句,系描神之笔,它不实写打秋千的人,而借秋千影来显示他人对春残花落的无知无感和作者的多情善感,以及他人欢乐而己独伤悲的难堪情状,意味隽永。

【原词】

　　乍暖还轻冷,风雨晚来方定。庭轩寂寞近清明,残花中酒①,又是去年病。　　楼头画角风吹醒②,入夜重门静。那堪更被明月,隔墙送过秋千影。

注释

①中(zhòng)酒:因酒醉而身体不爽,犹病酒。《史记·樊哙传》"项羽既飨军士,中酒。"杜牧《睦州四韵》诗:"残春杜陵客,中酒落花前。"
②画角:彩绘的号角,古时军中多用以警昏晓,振士气。〔南朝·梁〕简文帝《和湘东王折杨柳》诗:"城高短箫发,空林画角悲。"高适《送浑将军出塞》诗:"城

头画角三四声,匣里宝刀昼夜鸣。"

【今译】
  刚刚和暖的天气忽而微冷,
  风雨飘摇,晚来方停。
  庭院一片空寂,
  又临近恼人的清明。
  不忍见繁花飘落将尽,
  我喝下太多的酒,
  勾起年年伤春的心病。

  戍楼上凄厉的画角,
  是那风儿吹醒,
  到夜里,
  重门冷落寂静。
  正伤情,
  哪堪明月又送过来
  隔壁人家秋千的投影。

浣溪沙

晏　殊

【作者简介】
  晏殊(公元991—1055年),字同叔,临川(今江西抚州)人。少年时以神童召试,赐同进士出身。宋仁宗时官至同中书门下平章事兼枢密使。政治上无甚建树,然喜奖掖后进,范仲淹、韩琦、富弼、欧阳修等名臣,皆出其门下。词风承袭五代,受南唐冯延巳影响较深。刘攽《贡父诗话》说:"元献(晏殊谥号)尤喜冯延巳歌词,其所自作,亦不减延巳。"晏殊词多为佳会宴游之余的消遣之作,有着浓厚的雍容华贵的气派,况周颐《蕙风词话》将其词比作牡丹花。但其词不铺金缀玉而清雅婉丽,音韵和谐。有《珠玉集》。

【题解】

《浣溪沙》,唐教坊曲名,后用为词调。沙,一作"纱"。有杂言、齐言二体。宋时杂言称为《摊破浣溪沙》,齐言仍称《浣溪沙》(或称《减字浣溪沙》)。始见于晚唐张曙词。

本词为晏殊的名篇之一,抒写悼惜春残花落,好景不常的愁怀,又暗寓相思离别之情。语意十分蕴藉含蓄,通篇无一字正面表现思情别绪,读者却能从"去年天气旧亭台"、"燕归来"、"独徘徊"等句,领会到作者对景物依旧、人事全非的暗示和深深的叹恨。词中"无可奈何花落去"一联工巧而流丽,风韵天然,向称名句。杨慎《词品》赞曰:"二语工丽,天然奇偶"。作者自己也很欣赏此二句,还把它组织在一首题作《示张寺丞、王校勘》的七言律诗中。

【原词】

　　一曲新词酒一杯①,去年天气旧亭台②,夕阳西下几时回?　无可奈何花落去,似曾相识燕归来,小园香径独徘徊。

注释

①一曲句:白居易《长安道》诗:"花枝缺处青楼开,艳歌一曲酒一杯。"
②亭台:原本作"池台",据别本改。

【今译】

　　我饮一杯美酒,
　　听一曲新歌,
　　依然像去年那样的天气,
　　依然是旧日的亭楼台阁。
　　夕阳西沉,
　　几时才能东升?

　　一任红花飘零,
　　我万般无奈,
　　似曾相识的燕子却已归来。
　　在寂寞的庭院,

在满是花香的小路,
我久久地独自徘徊。

浣溪沙

晏 殊

【题解】

晏殊一生仕宦得意,过着"未尝一日不宴饮"、"亦必以歌乐相佐"(叶梦得《避暑录话》)的生活。这首词描写他有感于人生短暂,想借歌筵之乐来消释惜春念远、感伤时序的愁情。"不如怜取眼前人"句,表现出作者感情的浅薄,他的《木兰花》词:"美酒一杯谁与共?往事旧欢时节动。不如怜取眼前人,免更劳魂兼役梦"等句,可作为此句的注脚。本词思想内容无足论,唯语言清丽、音调谐婉,艺术方面尚有可取。

【原词】

一向年光有限身①,等闲离别易消魂,酒筵歌席莫辞频。 满目山河空念远,落花风雨更伤春,不如怜取眼前人②。

【注释】

①一向:即一晌,片刻。
②怜取眼前人:元稹《会真记》崔莺莺诗:"还将旧来意,怜取眼前人。"

【今译】

年光是那样短促,
一生的时间实在有限。
平常的离别也令人消魂,
我还是沉醉于频频的酒席歌筵。

满目只见山河,伊人遥远,
思念她终归徒然。

落花风雨更叫我伤情,
不如就把眼前的人儿爱怜。

清平乐

晏 殊

【题解】

《清平乐》,词调名,始见于晚唐温庭筠词,至五代时,已为文人所习用。欧阳炯称李白"有应制《清平乐》四首"(王灼《碧鸡漫志》卷五引),当为《清平调》之误。

这首词上片抒写作者的一片深情,以及此情难寄的惆怅,语意恳挚;下片前两句显示主人公的孤独寂寞,含蓄有致,"遥山恰对帘钩"暗示心上人未至,帘钩闲挂,唯远山与自己相伴的苦况。末二句点明相思之意,"绿波依旧东流",一则说明只有景物依旧,同时又以流水的悠悠比喻作者的思情和愁绪的悠悠。

【原词】

红笺小字,说尽平生意。鸿雁在云鱼在水①,惆怅此情难寄。 斜阳独倚西楼,遥山恰对帘钩。人面不知何处,绿波依旧东流②。

【注释】

①鸿雁句:旧说鱼雁可以传书。《汉书·苏武传》"常惠……教使者谓单于言:'天子射上林中得雁,足有系帛书,言武等在某泽中。'"后因以雁代指信使;古乐府《饮马长城窟行》:"呼儿烹鲤鱼,中有尺素书。"后因称书信为"鱼书",亦以鱼代指信使。

②人面两句:孟棨《本事诗·情感》载唐崔护尝于清明日独游长安城南,见一庄居,花木丛萃,乃叩门求饮;有女子"以杯水至,开门设床命坐,独倚小桃斜柯伫立,而意属殊厚。"来岁清明,崔又"往寻之,门墙如故,而已锁扃之,因题诗于左扉曰:'去年今日此门中,人面桃花相映红。人面只今何处去,桃花依旧笑春风。'"此处化用其意。

【今译】

　　红色信笺写满密密小字,
　　说尽平生相思的情意。
　　鸿雁在云间高飞,鱼儿在水中浮游,
　　惆怅我这一片深情难以寄递。

　　斜阳中独倚西楼,
　　远山恰恰对着我闲挂的帘钩。
　　美丽的她不知今在何处?
　　绿波却依旧日夜东流。

清平乐

晏　殊

【题解】

　　这首小词抒发初秋时节淡淡的哀愁,语意极含蕴、极有分寸。作者只从景物的变易和主人公细微的感觉着笔,而不正面写情,读来却使人品味到句句寓情、字字含愁。语言清丽,风调和婉。

【原词】

　　金风细细①,叶叶梧桐坠。绿酒初尝人易醉,一枕小窗浓睡。　紫薇朱槿花残②,斜阳却照阑干③。双燕欲归时节,银屏昨夜微寒④。

注释

　　①金风:秋风,古代以阴阳五行解释季节演变,秋属金,故称秋风为金风。〔晋〕张协《杂诗》之三:"金风扇素节,丹霞启阴期。"
　　②紫薇:花名,亦称紫葳,凌霄花的别名,夏秋开花。朱槿,花名,即扶桑。
　　③阑干:横斜貌,〔唐〕刘方平《夜月》诗:"更深月色半人家,北斗阑干南斗斜。"
　　④银屏:镶银或银色的屏风,借指华美的居室。

【今译】

秋风细细,
吹梧桐叶片片飞坠。
新酿的绿酒容易喝醉,
小窗下,我沉入浓浓的酣睡。

紫薇朱槿已经凋谢,
斜阳却多情地照残枝横斜。
双燕就要飞向南方,
昨夜感到微寒,在我华美的卧房。

木兰花

晏　殊

【题解】

本词抒写相思别离之情,它不像晏殊多数作品那样委婉含蓄、欲露不露,不着一字道破,而是直抒胸臆,写得酣畅淋漓,但思想和艺术方面都十分平庸。

【原词】

燕鸿过后莺归去,细算浮生千万绪。长于春梦几多时,散似秋云无觅处①。　闻琴解佩神仙侣②,挽断罗衣留不住。劝君莫作独醒人③,烂醉花间应有数④。

注释

①长于春梦两句:白居易《花非花》诗:"来如春梦不多时,去似朝云无觅处。"
②闻琴:用卓文君事,《史记·司马相如列传》:"是时卓王孙有女文君,新寡,好音。故相如缪与令相重,而以琴心挑之。"解佩:用江妃二女事,刘向《列仙传·江妃二女》:"江妃二女者,不知何许人也,出游于江汉之湄,逢郑交甫,见而悦之,不知其神人也,谓其仆曰:'我欲下请其佩。'……遂手解佩与交甫。"
③独醒:《楚辞·渔父》:"屈原曰:'举世皆浊我独清,众人皆醉我独醒

……,'"。

④数:旧指气数,即命运。刘峻《辩命论》:"将荣悴有定数,天命有志极。"

【今译】
　　燕子和鸿雁已经飞过,
　　黄莺儿也已归去。
　　仔细思量,
　　浮生总是千愁万绪。
　　欢会如春梦没有几时,
　　她去了,就像吹散的秋云,
　　无处寻觅。

　　她是知音的文君,
　　又仿佛解佩的仙侣。
　　但我却留她不住,
　　哪怕是挽断罗衣。
　　我不要再做独醒的人,
　　命中注定该烂醉花底。

木兰花

晏　殊

【题解】
　　这首词抒写了初春时作者回首往事、不胜今昔之慨的情怀。词中"重头歌韵响铮琮,入破舞腰红旋乱"两句,刘攽《贡父诗话》评曰:"重头、入破,管弦家语也",说明作者妙解音律。这两句将酣歌醉舞的场景渲染得十分热闹,声色俱佳。上片用实笔,过片两句则用虚笔来表现欢乐。末二句忽然急转直下,词语似乎平直,却寓无限伤今之意,使人感到前面所言情事恍若隔世,领悟到作者对于人生无常的深深感慨,言尽而意不尽。

【原词】

　　池塘水绿风微暖,记得玉真初见面①。重头歌韵响琤琮,入破舞腰红乱旋②。　玉钩阑下香阶畔,醉后不知斜日晚。当时共我赏花人,点检如今无一半③。

注释

①玉真:谓仙人,此处借指佳人。
②重(chóng)头:词中上下片声调全同的,称"重头"。入破:《唐书·五行志》:"天宝后,乐曲多以边地为名,有伊州、甘州、凉州等,至其曲遍繁声,谓之入破。"因繁弦急响喻为破碎,故名入破。
③点检:查核。

【今译】

　　池塘泛着新绿,
　　春风满含暖意,
　　回忆起同她初次相遇。
　　如泉水琤琮,
　　她唱着重头歌曲,
　　入破乐调急促繁密,
　　舞蹈时只看见
　　她一团旋转的红衣。

　　在玉帘钩下的窗栏,
　　在散放着花香的石阶畔,
　　沉醉于欢乐中,
　　不知道天色已晚。
　　多么可叹,
　　当时和我一道赏花的友伴,
　　如今屈指细算,
　　只剩下不到一半。

木兰花

晏　殊

【题解】

　　这首词描写一位女子的离愁别恨。词中句句是对情人的怨,语意却极柔婉,饱含着无限的爱与思念,黄了翁《蓼园词选》说:"'楼头'二语,意致凄然,掣起多情苦来。末二句总见多情之苦耳,妙在意思忠厚,无怨怼口角。"晏殊词多写相思别离,有些词(如本篇)代女子言情,他的幼子晏几道却曲为之讳,赵与时《宾退录》云:"晏叔原(几道字)见蒲传正曰:'先君平日小词虽多,未尝作妇人语也。'传正曰:"绿杨芳草长亭路,年少抛人容易去",岂非妇人语乎?'叔原曰:'公谓年少为所欢乎?因公言,遂解得乐天(白居易)诗两句:"欲留所欢(指情人)待富贵,富贵不来所欢去。"传正笑而悟。"赵与时说,"按全篇云云,盖真谓所欢者,与乐天'欲留年少待富贵,富贵不来年少去'之句不同,叔原之言失之。"

【原词】

　　绿杨芳草长亭路,年少抛人容易去。楼头残梦五更钟①,花底离愁三月雨。　无情不似多情苦,一寸还成千万缕②。天涯地角有穷时,只有相思无尽处。

【注释】

　　①楼头句:李商隐《无题》诗:"来是空言去绝踪,月斜楼上五更钟。"此处化用其意。

　　②一寸:即寸心,区区之心。何逊《夜梦故人》诗:"相思不可寄,直在寸心中。"

【今译】

　　在长满绿杨芳草的长亭路,
　　那少年轻易地抛我而去。

同他相会的残梦依稀,
楼头钟敲五更,把人惊起。
繁花在三月的雨中憔悴,
离恨更掺和着伤春意绪。

无情不像多情这样愁苦,
我小小的心乱成千丝万缕。
天涯地角纵然遥远,
到底还有边际,
我对他的思念啊,
却永远无穷无已。

踏莎行

晏 殊

【题解】

　　《踏莎行》,词调名,唐、五代词不载,始见于北宋寇准、晏殊词。杨慎《词品》卷一:"韩翃诗:'踏莎行草过春豀。'词名《踏莎行》,本此。"
　　这首词抒写送别之后的依恋不舍和登高望远的无限思念,融情于景,含蕴深婉。"香尘已隔犹回面"句,传神地描摹了送别归去,作者步步回顾、步步留恋的情状。"斜阳只送平波远"句,分明怨斜阳不解留人,反随着行舟渐远,也从水面渐渐消隐,却说得极婉转,王世贞《艺苑卮言》评此句曰:"淡语之有致者也"。

【原词】

　　祖席离歌①,长亭别宴②,香尘已隔犹回面③。居人匹马映林嘶,行人去棹依波转。　画阁魂消,高楼目断,斜阳只送平波远。无穷无尽是离愁,天涯地角寻思遍。

【注释】

　　①祖席:送别的宴席。姚合《送韩湘赴江西从事》诗:"行装有兵器,祖席尽

诗人。"

②长亭:秦汉十里置亭,亦谓之长亭。《白孔六帖》卷九:"十里一长亭,五里一短亭。"古时设在路旁的亭舍,常用作饯别处。庾信《哀江南赋》:"十里五里,长亭短亭。"

③香尘:因地下落花多,尘土都带着香气,故称。

【今译】

酒席上唱着离歌,
长亭里安排下别宴,
香尘飞扬,遮挡了视线,
我依然频频回顾、无限留恋。
我孤单的马在树林的隐映中嘶鸣,
她离去的船随着江波回旋。

画阁里我黯然伤神,
独倚高楼望穿双眼,
怨斜阳不懂得把人留住,
却只为平波送远。
无穷无尽的离愁缠绕心头,
天涯地角思量不断。

踏莎行·春思

晏　殊

【题解】

　　这首词黄升《花庵词选》题作"春思"。作者以含蓄清丽的诗笔,抒写了感伤春暮的淡淡哀愁。词中绘景如画,在色彩的选择和映衬上特别讲究,十分谐调。前八句无一字正面描写愁情,仔细品味却句句显示伤春之意。作者又使用象征手法,以杨花的迷濛暗喻愁思的撩乱,饶有风致。全篇意境浑融、语言流丽、格调和婉,艺术方面是相当出色的。

【原词】

　　小径红稀,芳郊绿遍,高台树色阴阴见①。春风不解禁杨花,濛濛乱扑行人面。　翠叶藏莺,朱帘隔燕,炉香静逐游丝转②。一场愁梦酒醒时,斜阳却照深深院。

注释

　　①阴阴见:暗暗显露。见,同"现"。
　　②游丝:蜘蛛、青虫之类的丝,飞扬空中,叫做游丝。庚信《春赋》:"一丛香草足碍人,数尺游丝即横路。"

【今译】

　　小路上红花渐稀,
　　郊野里芳草绿遍,
　　浓密幽暗的树色中,
　　高高的楼台依稀难辨。
　　春风不懂得留住杨花,
　　一任它迷濛飞舞、
　　乱扑行人的脸面。

　　黄莺藏在翠叶丛中歌唱,
　　朱帘外,燕子呢喃在梁间。
　　一缕缕香烟从炉中飘出,
　　静静地追着游丝回旋。
　　饮过闷酒做一场忧伤的短梦,
　　醒来时,斜阳已照在
　　深深的庭院。

蝶恋花

晏　殊

【题解】

　　《蝶恋花》,词调名,本唐教坊曲,又名《鹊踏枝》。另有《黄金缕》、

《卷珠帘》、《明月生南浦》、《细雨吹池沼》、《凤栖梧》、《一箩金》、《鱼水同欢》、《转调蝶恋花》等别称。《词谱》卷十二谓"宋晏殊词改今名"。毛先舒《填词名解》卷二谓："采梁简文帝乐府'翻阶蛱蝶恋花情'为名"。

此首一作冯延巳词，又作欧阳修词。词意蕴藉含蓄，如主人公闻筝而触动心事，见海燕双飞而自伤孤独，均未在句中点明，而是意在言外。过片几句也只从所绘景物，表现主人公惜花伤春的情绪，末二句则融化金昌绪《春怨》诗句，暗寓怀人之意。谭献《谭评词辩》评本词曰："金碧山水，一片空濛"，因为本词语言极明丽，而用意极婉曲，我们看不到主人公的形象和生活状况，却能够领会他的万千思绪。

【原词】

六曲阑干偎碧树，杨柳风轻，展尽黄金缕。谁把钿筝移玉柱①，穿帘海燕双飞去②。　满眼游丝兼落絮③，红杏开时，一霎清明雨。浓睡觉来莺乱语，惊残好梦无寻处④。

【注释】

①钿筝：以罗钿装饰的筝。玉柱，指弦柱。
②海燕：燕子的别称。古人认为燕子产于南方，渡海而至，故称。沈佺期《古意》诗之一："卢家少妇郁金堂，海燕双栖玳瑁梁。"
③游丝：见晏殊《踏莎行》注。
④浓睡两句：暗用金昌绪《春怨》"打起黄莺儿，莫教枝上啼。啼时惊妾梦，不得到辽西"诗意。

【今译】

栏杆曲折回环，倚靠着绿树，
春风轻软，飘拂的杨柳展示着
千万条美丽的金色丝缕。
是谁，在拨弄装饰罗钿的筝柱？
海燕穿度帘幕双双飞去。

满眼游丝和落絮，

红杏开得正好,
清明时又下了一阵急雨。
浓睡醒来只听见黄莺乱语,
惊破我的好梦无处寻觅。

凤箫吟·芳草

韩 缜

【作者简介】

　　韩缜(公元1019—1097年),字玉汝,开封雍丘(今河南杞县)人。庆历间进士。曾官尚书右仆射兼中书侍郎,以太子少保致仕。

【题解】

　　《凤箫吟》,词调名,又名《芳草》、《凤楼吟》,《芳草》即因此词咏芳草得名。

　　叶梦得《石林诗话》云:"元丰初,夏人来议地界,韩丞相玉汝出分画,将行,与爱妾刘氏剧饮通夕,且作词留别。翌日,忽中批步兵司遣为搬家追送之,初莫测所由,久之方知自乐府发也。"又沈雄《古今词话》引《乐府纪闻》云:"韩缜有爱姬能词,韩奉使时,姬作《蝶恋花》送之云:'香作风光浓着露,正怅双栖,又遣分飞去。密诉东君应不许,泪波一洒奴衷素。'神宗知之,遣使送行。刘贡父(攽)赠以诗:'卷耳幸容留婉娈,皇华何啻有光辉。'莫测中旨何自而出,后乃知姬人别曲传入内廷也。韩亦有《凤箫吟》词咏芳草以留别,与《兰陵王》咏柳以叙别同意。后人竟以《芳草》为调名,则失《凤箫吟》原唱意也。"韩缜词仅存此一首。韩缜身为北宋使臣,全不以国事为念,临行唯赠此词与爱妾,而天子竟派兵追送其妾随行,并传为佳话,北宋的大臣是怎样地文恬武嬉,于此可见一斑。此词融入淮南小山《招隐士》、江淹《别赋》、白居易《赋得古原草送别》,以及牛希济《生查子》等篇句意,以萋萋芳草喻离愁,全词无一"草"字,却几乎是句句咏草。"长行长在眼"、"尽日目断王孙"、"曾行处、绿妒轻裙"等句,以芳草的无所不在渲染离情的无穷无尽,委婉深曲,很有情致。史达祖《绮罗春》句句咏春雨,而终篇不见一"雨"字,显然受此词影响。

【原词】

锁离愁连绵无际,来时陌上初熏①。绣帏人念远②,暗垂珠露,泣送征轮。长行长在眼,更重重、远水孤云。但望极楼高,尽日目断王孙③。　消魂,池塘别后,曾行处、绿妒轻裙④。恁时携素手⑤,乱花飞絮里,缓步香茵。朱颜空自改,向年年、芳意长新⑥。遍绿野、嬉游醉眼,莫负青春。

注释

①陌上初熏:江淹《别赋》:"闺中风暖,陌上草熏",杨慎《词品》卷一:"佛经云:'奇草芳花,能逆风闻熏(香气)',江淹……正用佛经语。"

②绣帏(wéi)人:即闺中人,"帏"同"帷",帐。绣帏:精美华丽的帷帐,代指闺房。

③目断王孙:淮南小山《招隐士》:"王孙游兮不归,芳草生兮萋萋(繁盛貌)"。此用其意。

④绿妒轻裙:牛希济《生查子》词:"记得绿罗裙,处处怜芳草。"

⑤恁(rèn)时:那时。

⑥向年年句:白居易《赋得古原草送别》诗:"离离原上草,一岁一枯荣,野火烧不尽,春风吹又生",此用其意。

【今译】

如锁在心间的离愁,
芳草连绵,无边无际,
在来时的路上散发香气。
闺中人念远伤情,
暗滴泪水像一串串珠露,
哭泣着为我送行。
无论走到哪里,芳草总在眼底,
一重重远水孤云,更添愁意。
她将整天在高楼极目望远,
却只看见一片芳草萋萋。

伤心啊,我们在池塘边别离,
那从前一同走过的地方,
也依然只有芳草与罗裙争绿。
几时才能重携素手,
乱花飞絮里,
漫步在如茵的芳草地?
年轻的容颜空自改变,
草儿却年年芳意长新。
我愿在绿野,尽情地陶醉嬉戏,
不要辜负这大好青春。

木兰花

宋 祁

【作者简介】

宋祁(公元998—1062年),字子京,雍丘(今河南杞县)人。天圣初(公元1023年)与兄庠同举进士,排名第一,章献太后以为弟不可先兄,乃擢庠第一,而置祁第十,时号大、小宋,并称"二宋"。累迁工部尚书、翰林学士承旨。善诗文,曾与欧阳修同修《新唐书》。《全宋词》录其词六首。

【题解】

此词别本均作《玉楼春》。这是当时传诵的名篇,作者因此而获得"红杏枝头春意闹尚书"的雅号。上片描绘春天的绚丽景色极有韵致。王国维《人间词话》说:"'红杏枝头春意闹',著一'闹'字,而境界全出",它运用通感手段,化视觉印象为听觉,将繁丽的春色点染得十分生动,可惜下片意思俗滥,与上片不称,李清照《词论》讥评:"宋子京兄弟……虽时时有妙语,而破碎何足名家",确有见地。

【原词】

东城渐觉风光好,縠绉波纹迎客棹①。绿杨烟外晓寒轻②,红杏枝头春意闹。　浮生长恨欢娱少③,肯爱千金轻一笑? 为君持酒劝斜阳,且向花间留晚照④。

注释

①縠(hú)绉:绉纱,此处比喻波纹柔细。棹(zhào):摇船的用具,代指船,徐彦明《采莲曲》:"春歌弄明月,归棹落花前。"
②晓寒:原为"晓云",据别本改。
③浮生:《庄子·刻意》:"其生若浮,其死若休。"意谓人生在世,虚浮无定,因称人生为浮生。李白《春夜宴从弟桃李园序》:"夫天地者,万物之逆旅,光阴者百代之过客,而浮生若梦,为欢几何?"
④晚照:夕阳余晖,〔宋〕孝武帝《七夕诗》:"白日倾晚照,弦月外初光。"

【今译】

东城,风光一天天更好,
縠纱般的微波在迎接游船。
清晨,如烟的杨柳外轻寒荡漾,
红杏怒放在枝头,春意无边。

浮生总恨乐事太少,
难道会轻视欢笑去吝惜金钱?
我要为你,向斜阳频频劝酒,
请他把美丽的余晖长留花间。

采桑子

欧阳修

【作者简介】

欧阳修(公元1007—1072年),字永叔,号醉翁,晚年又号六一居士,吉州永丰(今江西永丰)人。天圣八年(公元1030年)进士。官至枢密副使、参知政事,以太子少师致仕。欧阳修是北宋诗文革新的领袖,一代文宗,散文名列唐宋八大家,又是其中影响较大的一位,文风平易流畅,纡徐婉曲,富于情韵。他又是史学家,与宋祁同修《新唐书》,独力完成《新五代史》,他还开了宋代笔记文的先声,并为散文赋的开山作者,对当时的浮艳诗风也有所革新。欧阳修善论诗,他的《六一诗话》开了《诗话》这一新的文学批评形式,对后来词话的产生有很大影响。欧阳修也擅长写词,与晏殊齐名,并称"晏欧"。他的词主要内容与晏殊相仿,多写恋情相思、酣歌醉舞、惜春赏花之类,但他的词比晏词更深婉缠绵、意境更浑融。欧词也深受冯延巳词影响,其中的一些作品与冯延巳相混。刘熙载《艺概》卷四说:"冯延巳词,晏同叔得其俊,欧阳永叔得其深。"欧词有一部分赠答、咏史以及抒发仕途坎坷的作品,词风除深婉清丽外还有疏宕明快的,内容、风格均比晏词丰富,冯煦《宋六十家词选例言》说他的词;"疏隽开子瞻(苏轼),深婉开少游(秦观)"。欧词也受到民间俚曲影响,有些词十分口语化,他还仿民间曲子词的定格联章体(组词),用《渔家傲》十二首两组分咏十二个月的节物风光,《采桑子》十首咏颍州西湖。欧阳修是北宋前期重要的词家之一,有《六一词》传世,又名《欧阳文忠公近体乐府》,另一种本子为《醉翁情趣外篇》,共存词二百余首。

【题解】

《采桑子》,《词谱》卷五:"唐教坊曲有《杨下采桑》,调名本此。"唐词不载此调,始见于五代后晋和凝词。

欧阳修《采桑子》十首咏颍州(今安徽阜阳)西湖,为晚年所作,词前有序,说明他为爱西湖之美、记游赏之乐,"翻旧阕之辞,写以新声之调",写作目的是为了"聊佐清欢"。《采桑子》组词以清新疏淡的画笔描绘了西湖的天容水色、春花夏荷、晨风夕照、晴光雨意,犹如一幅幅淡雅的有声画,十首皆以"西湖好"为首句,词意无一重复。本词为其中第四首,描写了暮春西湖迷离的美,语言清丽,风格空灵淡远。

【原词】

群芳过后西湖好①,狼藉残红②,飞絮濛濛,垂柳阑干尽日风。笙歌散尽游人去,始觉春空,垂下帘栊,双燕归来细雨中。

【注释】

①西湖:在安徽阜阳县西北,颍水合诸水汇流处,风景佳胜。
②狼藉残红:落花散乱貌。狼藉:纵横散乱。旧传狼群常藉草而卧,起则践草使乱以灭迹,后因以"狼藉"为散乱之形容。

【今译】

　　百花开过,西湖别是一番好景,
　　落英缤纷,遍地残红,
　　柳絮轻飞如细雨迷濛,
　　栏槛边,垂杨千万缕,
　　整天摇曳向着春风。

　　热闹的弦管,歌声渐渐沉寂,
　　熙熙攘攘的游人也已散尽,
　　才感到春光是异样地纯净空灵,
　　垂下我的窗帘,
　　闲看绵绵丝雨中归来的双燕。

诉衷情·眉意

欧阳修

【题解】

　　《诉衷情》,唐教坊曲名,后用为词调,单调词始见于韦庄词,双调始见于五代毛文锡词,因其词有"桃花流水漾纵横"句,故又名《桃花水》。

　　这首词黄升《花庵词选》题作"眉意"。古人多以山水表示离情别意,本词以女主人公特地将双眉画成远山模样来表现离恨,用意新巧奇警。"拟歌先敛,欲笑还颦"八个字,透露了这位靠色艺谋生的歌女不得不强颜欢笑的苦闷,隐含着作者的同情,语简意深,十分传神。

【原词】

　　清晨帘幕卷轻霜,呵手试梅妆①。都缘自有离恨,故画作远山长②。思往事,惜流芳,易成伤。拟歌先敛③,欲笑还颦④,最断人肠。

注释

①呵(hē)手:天冷时哈气使手暖灵活。梅妆,梅花妆,《太平御览·时序部》引《杂五行书》:"宋武帝女寿阳公主人日卧于含章殿檐下。梅花落公主额上,成五朵花,拂之不去。皇后留之,看得几时。经三日,洗之乃落。宫女奇其异,竟效之。今梅花妆是也。"李商隐《对雪》诗之二:"侵寒可能争桂魄,忍寒应欲试梅妆。"

②远山:比喻女子美丽的双眉。葛洪《西京杂记》:"文君姣好,眉色如望远山。"

③敛:敛容,犹正容,表示肃敬。

④颦:皱眉。

【今译】

清晨卷起帘幕,
见门外一片轻霜,
我呵暖双手试化梅花新妆。
只因为内心缠结着离恨,
特意把双眉画成远山样长。

追忆美好的往事,
惋惜华年去如流水一样,
总引起无限感伤。
我不得不做出庄敬的神情,
好准备歌唱,
想对人扮成笑容,
却掩饰不住愁苦模样,
这强颜欢笑的时刻最令人断肠!

踏莎行·相别

欧阳修

【题解】

　　此词黄升《唐宋诸贤绝妙词选》题作"相别"。这首词以温柔的笔触抒写离愁。上片从远行人着眼,展示了他感情的渐变过程:初行时在融和春光中,为美丽景物所感,他轻摇征辔、怡然自得,离家渐远,别恨便一步比一步更强烈地袭击他,终于在心底驱之不去。下片从闺中人着眼,代她设想相思苦况,劝她不要倚栏望远,因为行人越走越远,思妇亦将愈望愈远。李攀龙《草堂诗余隽》评此词:"春水写愁,春山骋望,极切极婉。"王世贞《艺苑卮言》说最后两句是"淡语之有情者"。本词细腻缠绵、委婉清丽、情景双绝。

【原词】

　　候馆梅残①,溪桥柳细,草熏风暖摇征辔②。离愁渐远渐无穷,迢迢不断如春水③。　　寸寸柔肠,盈盈粉泪④,楼高莫近危阑倚⑤。平芜尽处是春山,行人更在春山外。

【注释】

①候馆:迎接宾客的馆舍,即指客舍。《周礼·地官·遗人》:"五十里有市,市有候馆。'"
②草熏句:江淹《别赋》:"闺中风暖,陌上草熏。"熏,香气。辔(pèi):马缰绳。
③离愁二句:化用寇准《江南春》:"日落汀洲一望时,柔情不断如春水"句意。
④盈盈:泪水充溢貌。
⑤危阑:高楼上的栏杆。

【今译】

　　客舍边开残了红梅,
　　溪畔桥头,杨柳纤细柔媚。
　　绿草在暖风中散着芳馨,

春光荡漾中
我轻摇马鞭悠然前行。
行程渐远,心中的离愁步步加深,
终于如迢迢春水无穷无尽。

遥想闺中人,寸寸柔肠
一定千回百转,
和着脂粉的眼泪长流不断。
你千万不要在高楼独自凭栏,
那平广草地的尽头
是春山重叠绵延,
你思念的人更远在春山外边。

蝶恋花

欧阳修

【题解】

这是一首闺怨词。欧阳修的词风深受南唐冯延巳影响,以至此词并见于冯延巳《阳春集》。李清照《临江仙》词序说:"欧阳公作《蝶恋花》,有'深深深几许'之句,予酷爱之,用其语作'庭院深深'数阕,其声即旧'临江仙'也。"又黄升《花庵词选》亦将此词归入欧作,应较可信。

作者以含蕴的笔法描写了幽居深院的少妇伤春及怀人的复杂思绪和怨情,整首词如泣如诉,凄婉动人,意境浑融、语言清丽。尤其是最后两句,向为词评家所赞誉。《古今词论》引毛先舒语云:"'泪眼问花花不语,乱红飞过秋千去',此可谓层深而浑成。何也?因花而有泪,此一层意也;因泪而问花,此一层意也;花竟不语,此一层意也;不但不语,且又乱落、飞过秋千,此一层意也。人愈伤心,花愈恼人,语愈浅而意愈入,又绝无刻画费力之迹。"张惠言以为此词有政治寄托,殊无根据,为王国维所讥。

【原词】

庭院深深深几许?杨柳堆烟,帘幕无重数。玉勒雕鞍游冶处[1],楼高不见章台路[2]。 雨横风狂三月暮[3],门掩黄昏,无计留春住。泪眼问花花不语,乱红飞过秋千去[4]。

注释

[1]玉勒雕鞍:镶玉的马笼头和雕绣的马鞍,指华贵的车马。庾信《马射赋》:"控玉勒而摇星,跨金鞍而动月。"游冶处:指歌楼妓馆。

[2]章台:本为汉代长安下街名,为妓女聚居之所,后因以章台为妓女住所的代称。

[3]雨横(hèng):雨势凶猛。

[4]泪眼两句:张宗橚《词林纪事》卷四引《南部新书》记严恽诗:"尽日问花花不语,为谁零落为谁开?"说此二句"似本此"。

【今译】

庭院深深,多么地幽深!
浓密的杨柳如烟如雾,
就像数不清的重重帘幕。
乘着华丽的车马到哪里游乐?
高楼上,我望不见他的去处。

雨那么凶猛,风这样狂暴,
正当三月将暮。
黄昏掩门独坐,
苦恨不能把春光留住。
我含泪的眼睛,询问着花朵,
花朵却默然不语,
又零乱地片片飘落,
随风飞过秋千而去。

蝶恋花

欧阳修

【题解】

　　欧阳修与冯延巳互见于词集的作品有十多首,这首词历代词选、词评大多列为冯延巳的名作之首。本篇抒写了一片难以指实的、浓重的感伤之情,大有"春花秋月何时了,往事知多少"的那种对于整个人生的迷惘和得不到解脱的苦闷,但又不仅限于此,词中也还同时包涵着主人公对美好事物的无限眷恋,以及他甘心为此憔悴的执著感情。"独立小桥"两句,表现了主人公如有所待又若有所失的情状,语淡而意远。

【原词】

　　谁道闲情抛弃久?每到春来,惆怅还依旧。日日花前常病酒①,不辞镜里朱颜瘦②。　河畔青芜堤上柳③,为问新愁,何事年年有?独立小桥风满袖,平林新月人归后。

注释

　　①病酒:饮酒过量沉醉如病。《晏子春秋·谏上》:"景公饮酒酲(chéng),三日而后发。晏子曰:'君病酒乎?'"
　　②日日花前两句:化用杜甫《曲江》诗二首之一:"且看欲尽花经眼,莫厌伤多酒入唇"诗意。
　　③青芜:青草,古乐府《饮马长城窟行》"青青河畔草。"

【今译】

　　谁说闲情抛弃已久?
　　每当新春到来,
　　内心的惆怅甦生如旧。
　　天天对着容易凋落的繁花,
　　常常喝下过量的酒,

珍惜春光,我多愁多感,
却情愿因此容颜消瘦。

河畔芳草青青,
堤上杨柳依依,
为什么我心中的愁绪
总随着它们年年常新?
我独自在小桥久久伫立,
任清风吹满衣袖,
看行人渐渐归尽,
一弯新月升起在平林的高头。

蝶恋花

欧阳修

【题解】

此词又见于冯延巳《阳春集》。这是一首思妇词,内容和意境与另一首《蝶恋花》"庭院深深"十分相似。上片抒写女主人公对游荡不知返的爱人由念极而生怨的复杂感情,那怨情又只表现为"微愠而不怒",词中没有一句正言历色的谴责,而只有温柔的嗔怪。下片通过女主人公倚楼、独语、问燕、寻梦等一系列行为和内心活动,抒写了她满怀相思与撩乱春愁交织在一起的、缠绵悱恻的情感。"双燕"的问句是痴极之语,十分动人。末二句层深而浑成,与"泪眼问花花不语"有异曲同工之妙。

【原词】

几日行云何处去①?忘了归来,不道春将暮。百草千花寒食路②,香车系在谁家树③? 泪眼倚楼频独语,双燕来时,陌上相逢否?撩乱春愁如柳絮,依依梦里无寻处④。

注释

①行云:宋玉《高唐赋序》:"妾在巫山之阳,高丘之阴,旦为朝云,暮为行雨,

朝朝暮暮,阳台之下。"本以朝云、行雨指女性,此处指人行踪不定如流云飘浮。

②百草千花:词意双关,既指寒食时节的实景,也暗喻花街柳巷的妓女,白居易《赠长安妓人阿软》:"绿水红莲一朵开,千花百草无颜色。"寒食:节令名,清明前一天(一说前两天),相传起于晋文公悼念介子推事,以介子推抱木焚死,就定于是日禁火寒食。

③香车:七香车,用多种香料涂饰的车,泛指华丽的马车。

④依依:一作"悠悠"。

【今译】

像天上的流云飘荡无定,
这几天他去到哪里?
游兴正浓他忘了回来,
难道竟不知春天就要归去?
寒食时节,大路上
满是争奇斗艳的百草千花。
他那华丽的车马,
究竟系在了谁家?

我独倚空寂的楼台,
含着眼泪频频自语,
我问那双飞的燕子,
来时的路上可曾和他相遇?
我心中撩乱的春愁,
正如迷濛纷飞的柳絮。
在孤独而悠长的梦里,
他的踪迹也难寻觅。

木兰花

欧阳修

【题解】

此词抒写别情。上片传达了女主人公对远行的爱人之关切、思念和怪怨,语意柔婉曲折。下片以秋声衬托离情,"夜深风竹"句铿然有金石之声,"敲"字用得极响亮,见出秋声入离人耳的力度,仿佛声声敲在心头。钑钑铮铮的秋声,又越发衬托了秋夜的冷寂凄清。"万叶千声"句寄情于景,显得摇曳多姿。结尾两句描写女主人公孤梦难成、长夜相思的情景,语似轻倩而含情深蕴。

【原词】

　　别后不知君远近,触目凄凉多少闷!渐行渐远渐无书,水阔鱼沉何处问①？　　夜深风竹敲秋韵②,万叶千声皆是恨。故欹单枕梦中寻③,梦又不成灯又烬④。

注释

　　①鱼沉:相传鱼能传书,详见晏殊《清平乐》注。鱼沉谓书信不传。
　　②秋韵:秋声,秋时西风作,草木零落,多肃杀之声,曰秋声。庾信《周谯国公夫人步陆孤氏墓志铭》:"树树秋声,山山寒色。"
　　③欹(qī):倾斜,斜倚。
　　④烬(jìn):火烧东西的剩余,如灰烬、烛烬。韦应物《对残灯》诗:"独照碧窗久,欲随寒烬灭。"

【今译】

　　别后不知你去到何方,
　　是远是近,
　　满眼只觉得景色凄凉,
　　我心中多么愁闷!
　　你渐渐去远,
　　越来越得不到你的音信,
　　河水浩淼无边,鱼儿踪影不见,
　　我能到哪里去探问?

　　夜已深沉,西风敲击翠竹,
　　弹着秋天哀切的音韵,
　　万叶千声,

全都是离愁别恨。
我特地斜靠着孤枕,
想在梦中把你找寻,
可叹梦儿难成,
残灯又燃成灰烬。

临江仙

欧阳修

【题解】

《临江仙》,唐教坊曲名,后用为词调。黄升《唐宋诸贤绝妙词选》卷一李询《巫山一段云》词注:"《临江仙》则言仙事。"五代词人用此调为题,多由仙事转入艳情。始见于南唐冯延巳词。

作者把飘然而至、倏尔而逝的夏日雨景,刻画得十分细腻、美丽,"轻雷"而从"柳外"隐隐传来,疏雨而从池中荷上听得,在暑热中,这简直是梦一般的境界,有着诗和音乐的韵味,使人神清意远。词中又写出"小楼西角断虹明"的初晴光景,更觉意趣横生。那倚楼待月的人物,也是整幅图画的组成部分。下片描绘夜景,精致华美的居室引人遐想,"凉波不动簟纹平"的清爽适意,又与上片的阵雨关合。从"水精双枕"二句,我们可以想像出卧房中神仙般美好的人物。整首词笔意轻灵秀丽,意境极其清美。

【原词】

柳外轻雷池上雨,雨声滴碎荷声。小楼西角断虹明。阑干私倚处,待得月华生①。　燕子飞来窥画栋,玉钩垂下帘旌②。凉波不动簟纹平③。水精双枕畔④,傍有堕钗横。

注释

①月华:月亮。庾信《舟中望月》诗:"舟子夜离家,开舲望月华。"
②帘旌(jīng):即帘子、帘幕。
③簟(diàn):竹席。

④水精:即水晶。

【今译】
　　高柳外传来隐隐轻雷,
　　一阵疏雨洒上池塘,
　　雨滴荷叶,
　　细碎的乐音声声送爽。
　　疏雨过处,半弯彩虹
　　映小楼西角美丽明亮。
　　她久久倚着栏杆,
　　直待到清月初上。

　　燕子悄悄飞来,
　　栖息在雕梁画栋,
　　一双玉钩闲挂,
　　屋内已垂下帘栊。
　　清凉的竹席
　　冰纹凝结不动。
　　华美的水晶枕间,
　　横斜着坠落的钗钿。

浣溪沙

欧阳修

【题解】
　　上片描绘了在空阔、明丽的湖上春景中活跃着的众多游人,并着意点出"绿杨楼外"的秋千影。吴曾《能改斋漫录》引晁补之语,说此词上片"要皆绝妙",尤其是其中的"出"字,"自是后人道不到处",因为用此一字,突出了万绿丛中忽然闪现的荡秋千少女的身影,使人更感到春天的欢乐,生命的欢乐。下片自抒情怀,一方面写出作者虽已白发,却仍旧热爱生活、享受生活,陶醉于美酒和乐舞中的情景;而"人生何处似尊前"句,又使人体味到一种幽微的凄伤之慨。

【原词】

　　堤上游人逐画船,拍堤春水四垂天,绿杨楼外出秋千①。　白发戴花君莫笑,六幺催拍盏频传②,人生何处似尊前。

注释

　　①绿杨句:王维《寒食城东即事》诗:"蹴鞠屡过飞鸟上,秋千竞出垂杨里。"冯延巳《上行杯》词》:"柳外秋千出画墙。"

　　②六幺(yāo):唐时琵琶曲名。王灼《碧鸡漫志》卷三云:"《六幺》,一名《绿腰》,一名《乐世》,一名《录要》。"白居易《琵琶行》:"轻拢慢捻抹复挑,初为霓裳后六幺。"

【今译】

　　堤上游人如云,
　　追随着湖中画船,
　　春水拍打堤岸,
　　蓝天空阔垂向四面。
　　绿杨掩映的楼外,
　　闪出飘荡的秋千。

　　请不要笑我头发白了,
　　还把花朵戴在鬓边,
　　《六幺》琵琶曲节拍繁密,
　　催促人酒盏频传。
　　且让我纵情陶醉,人生有什么
　　比沉湎美酒更叫人留连?

浪淘沙

欧阳修

【题解】

　　《浪淘沙》,唐教坊曲名,后用作词调。唐人作品与七绝同,至〔南朝·

唐]李煜始创新声为双片。又名《浪淘沙令》、《卖花声》、《曲入冥》、《过龙门》。

这首词抒写留连光景和相思离别的情怀,对于自然界好景不常、人世间聚散匆匆的种种现象发出深深慨叹,内容并不新鲜,唯语言平易舒畅,不假藻饰,如由胸中自然流出。

【原词】

把酒祝东风,且共从容①。垂杨紫陌洛城东②,总是当时携手处,游遍芳丛。 聚散苦匆匆,此恨无穷。今年花胜去年红,可惜明年花更好,知与谁同?

【注释】

①从(cōng)容:舒缓,不急迫。《庄子·秋水》:"鯈鱼出游从容,是鱼之乐也。"
②紫陌:指帝都的道路,李白《南都行》诗:"高楼对紫陌,甲第连青山。"

【今译】

我举酒向东风祝告,
请暂且留步,不要去得飞快。
在绿柳成阴的京都大道,
在洛阳城东的郊外,
所有美丽的地方,我们都曾携手,
一同赏遍了千花百卉。

苦叹聚散总是那样匆忙,
惹起思情别恨无限。
今年的花比去年还鲜艳,
可惜只有我独自留连,
明年,花儿或许开得更好,
却不知能和谁人一起赏玩?

青玉案

欧阳修

【题解】

《青玉案》,词调名,《词谱》卷十五:"汉张衡诗(《四愁诗》):'何以报之青玉案。'调名取此。"又名《西湖路》。《全宋词》据《草堂诗余》将此篇归入无名氏词。

上片感叹春光无多,又描绘了"绿暗红嫣"的明丽景色,并以此欢景写愁情,造成人物心理和景色的强烈反差。下片"买花载酒长安市,又争似、家山见桃李"的鲜明对比,显示主人公思乡之切,由此揭出"有个人憔悴"之因,使人至此方如梦初醒。以下几句极言乡愁之深,结拍直赋"归去来",似裂帛之声,全词感情达到高潮。此篇只如平日谈家常,娓娓道来,真实动人。

【原词】

一年春事都来几?早过了、三之二。绿暗红嫣浑可事①,绿杨庭院,暖风帘幕,有个人憔悴。 买花载酒长安市②,又争似、家山见桃李?不枉东风吹客泪③,相思难表,梦魂无据,惟有归来是。

【注释】

① 嫣(yān):美好貌。浑,全、满。可:合宜,好。
② 长安:此处借指京都。
③ 不枉:犹不怪。

【今译】

一年里芳菲时节能有多少?
又早过了春光的大半。
绿叶幽密、红花秾丽,
赏心乐事应无限。
但是,在那深深的绿杨庭院,

当和暖的东风吹进帘幕，
有一个人却憔悴了容颜。

买名花、饮美酒，在繁喧的京华，
又怎么比得上悠然地观赏
家乡普普通通的桃李花？
不必去嗔怪是东风吹落客泪，
相思之愁原本就在心底存埋，
梦魂度越关山总是虚幻，
我只应该早早归来！

曲玉管

柳 永

【作者简介】

柳永（公元987？—1053年？），原名三变，字耆卿，崇安（今福建崇安县）人，宋仁宗朝进士，做过屯田员外郎，世称柳屯田，又因排行第七，亦称柳七。由于他在京师应举时留连于歌楼妓馆，"好为淫冶讴歌之曲"，受到了以道德文章装点门面的统治者的打击，屡试不第，一生飘泊。他自称"奉旨填词柳三变"，以毕生精力作词，并以"白衣卿相"自许，以作为对当时现实的一种反抗。柳永是北宋一大词家，在词史上有重要地位。他扩大了词境，所写内容不限于男女风月，尤工羁旅行役，佳作极多，许多篇章用凄切的曲调唱出了盛世中部分落魄文人的痛苦，真实感人。他还有相当多的词篇抒写了与歌妓舞女的诚挚恋情，有部分作品反映了她们悲酸的生活和她们要求过合理生活的愿望。也有一些青楼调笑的庸俗作品，为其糟粕。柳词还描绘了都市的繁华景象及四时节物风光，另有游仙、咏史、咏物等题材。柳永发展了词体，留存二百多首词，所用词调竟有一百五十个之多，并大部分为前所未见的、以旧腔改造或自制的新调，又十之七八为长调慢词，对词的解放与进步作出了巨大贡献，为后人提供了更便于抒情叙事的艺术形式。柳永还丰富了词的表现手法，他的词长于铺叙、工于写景言情，讲究章法结构，词风真率明朗，语言自然流畅,有鲜明的个性特色。他上承敦煌曲,用民间口语写作大量"俚词",下开金元曲。柳词又多用新腔、美腔,旖旎近情,富于音乐美。他的词不仅在当时流播极广,对后世影响也十分深巨,之后的词家几乎无不受其影响,他是北宋前期最有成就的词家,有《乐章集》。柳永亦工诗文,可惜作品大都散佚,今存的《煮海歌》反映了盐民生活的痛苦,极富社会意义,为北宋前期难得的佳作。

【题解】

《曲玉管》,唐教坊曲,后用为词调,始见于柳永词,是其"变旧声、作新声",改制的长调慢词。这是一首双拽头三片词,前两片字数完全相同,如像是第三片的两个头,故称双拽头。

这首词抒写羁旅之愁与相思别情,章法结构很像王粲《登楼赋》。全词以登高望远始,第一片描写所见秋景,境界高远开阔,又笼罩着凄暗的色彩,由此引出当前望远徒添悲哀的感慨,接入第二片的抒情叙事,而在相思别情的抒写中又寄寓了身世不偶的飘零之慨,并以孤雁作为进一步引发思绪的媒介,自然而然地转入第三片对于欢乐往事的追忆、眷恋,最后归结到登山临水非但不能消忧,反而更增愁闷的现实,与开头相呼应。近人夏敬观说柳永雅词"用六朝小品文赋作法,层层铺叙、情景兼融,一笔到底,始终不懈"(《手批乐章集》),本词与柳永多数优秀的长调一样,具有这种特点。

【原词】

陇首云飞①,江边日晚,烟波满目凭阑久。一望关河萧索,千里清秋,忍凝眸。　杳杳神京②,盈盈仙子③,别来锦字终难偶④。断雁无凭⑤,冉冉飞下汀洲,思悠悠。　暗想当初,有多少、幽欢佳会;岂知聚散难期,翻成雨恨云愁⑥。阻追游⑦,每登山临水⑧,惹起平生心事,一场消黯⑨,永日无言⑩,却下层楼⑪。

▎注释

①陇首云飞:柳恽《捣衣诗》五首之二:"亭皋木叶下,陇首秋云飞。"陇首:山头。
②神京:即帝都。谢庄《世祖孝武皇帝歌》:"刷定四海,肇构神京。"
③盈盈:美好貌,多指人之风姿、仪态。《古诗十九首》之二:"盈盈楼上女,皎皎

当窗牖。"仙子:本指仙人、仙女,后亦用以指美貌的女子,或指妓女。

④锦字:用苏蕙、窦滔事,《晋书·窦滔妻苏氏传》:"窦滔妻苏氏……名蕙,字若兰,善属文。滔,苻坚时为秦州刺史,被徙流沙。苏氏思之,织锦为回文璇玑图诗以赠滔,宛转循环以读之,词甚凄婉,凡八百四十字。"

⑤断雁:失群孤雁。

⑥雨恨云愁:因宋玉《高唐赋序》所述神女事(见欧阳修《蝶恋花》注),后以云雨指男女欢会,雨恨云愁,指相思离别之恨。

⑦阻:断,止;追:随。

⑧登山临水:宋玉《九辩》"登山临水兮送将归。"

⑨消黯:黯然伤神貌。

⑩永日:长日、整日。

⑪层楼:重楼,高楼。

【今译】

　　山头轻云飘飞,
　　江边日色渐晚,
　　满目烟波,
　　我久久地独自凭栏。
　　唯见关河萧索,
　　凄凉的秋色绵延千里,
　　这情景又怎忍长时间摄入眼底。

　　京城遥远又遥远,
　　没有织锦回文的诗篇,
　　自从和可爱的人相别,
　　重逢的心愿终难实现。
　　天边,一只失群的孤雁,
　　缓缓地飞到水边小洲,
　　引起我思绪悠悠。

　　我暗暗地回想,
　　当初曾有过多少秘密的欢娱,
　　有过多少令人陶醉的约会,

谁知聚散总难预计,
只留下满怀思情别绪。
我不愿再去漫游,
每当我登山临水试图消忧,
反惹起平生心事,
换来一场凄伤哀愁,
就像这样整天缄默不语,
闷闷地走下高楼。

雨霖铃

柳 永

【题解】

　　《雨霖铃》,唐教坊大曲名,后用为词调。霖,一作"淋"。王灼《碧鸡漫志》卷五《雨淋铃》条:"《明皇杂录》及《杨妃外传》云:'帝幸蜀,初入斜谷,霖雨弥旬。栈道中闻铃声,帝方悼念贵妃,采其声为《雨淋铃》曲以寄恨。'……今双调《雨淋铃慢》,颇极哀怨,真本曲遗声。"《词谱》卷三十一:"宋词盖借旧曲名,另倚新声也。"始见于柳永词。

　　这首词是柳永著名的代表作。词中以种种凄凉、冷落的秋天景象衬托和渲染离情别绪,活画出一幅秋江别离图。作者仕途失意,不得不离开京都远行,不得不与心爱的人分手,这双重的痛苦交织在一起,使他感到格外难以忍受,他真实地描述了临别时的情景,"执手"两句,以白描手法表现情人相别的情状,语简情深,极其感人。作者又用想像的画笔,以景物点染,绘出别后及未来岁月一幅幅凄清的生活图画,使人如临其境,如感其情。整首词情景兼融,结构如行云流水般舒卷自如,时间的层次和感情的层次交叠着循序渐进,一步步将读者带入作者内心世界的深处,艺术手法十分高明。"杨柳岸、晓风残月"系千古名句,宋代以来人们就以之概括柳词的风格特点。

【原词】

　　寒蝉凄切,对长亭晚①,骤雨初歇。都门帐饮无绪②,留恋处、兰舟催发③。执手相看泪眼,竟无语凝噎④。念去去、千里烟波,暮霭沉沉楚天阔。　多情自古伤离别,更那堪、冷落清秋节！今宵酒醒何处？杨柳岸、晓风残月。此去经年,应是良辰好景虚设。便纵有千种风情,更与何人说？

注释

①长亭：见晏殊《木兰花》注。
②帐饮：在郊野张设帷帐,宴饮饯别。江淹《别赋》："至若龙马银鞍,朱轩绣轴,帐饮东都,送客金谷。"
③兰舟：木兰舟,船的美称。
④凝噎：喉中气塞,说不出话。

【今译】

　　寒蝉的鸣声早已是一片凄切,
　　更何况长亭笼罩着暮色,
　　一场骤雨刚刚停歇。
　　在京城郊外的饯别宴会上,
　　你我都无情无绪,
　　正在作最后的留连,
　　舟子却声声把人催唤。
　　紧握彼此的手,
　　一双泪眼凝望着另一双泪眼,
　　万千言语,
　　竟然哽塞在喉间。
　　远去了,远去了,
　　我的小舟将浮游于烟波千里,
　　当黄昏的云霭低压在水际,
　　只有我独自一人,
　　伴同着南方空漠的天宇。

　　多情的人自古就感伤别离,
　　更哪堪在这萧瑟冷落的秋季！

今宵酒醒时我将栖身何地?
几缕晨风、一弯残月,
沙岸边杨柳依依。
这一去,年复一年,
良辰美景从此就形同虚设。
纵然有千万种深情密意,
又能向谁人去诉说?

蝶恋花·凤梧桐

柳 永

【题解】

　　这首词《彊村丛书·乐章集》题为《凤栖梧》,是同一词调的别名。上片以写景为主,景中含情,见出作者伫立望远之苦;下片以明畅淋漓的笔调抒写他"虽九死其犹未悔"的执著恋情,真挚感人。贺裳《皱水轩词筌》说:"小词以含蓄为佳,亦有作决绝语而妙者。"如韦庄'陌上谁家年少足风流,妾拟将身嫁与一生休,纵被无情弃,不能羞。'之类是也。……柳耆卿'衣带渐宽终不悔,为伊消得人憔悴。'亦即韦意,而气加婉矣。"王国维《人间词话》以这两句词所表现的刻骨爱情,来比喻"古今之成大事业、大学问者,必经过三种之境界"的第二境,即锲而不舍、甘愿献身的精神。并说此等语"非大词人不能道"。

【原词】

　　伫倚危楼风细细,望极春愁,黯黯生天际①。草色烟光残照里,无言谁会凭阑意? 　拟把疏狂图一醉②,对酒当歌③,强乐还无味④。衣带渐宽终不悔⑤,为伊消得人憔悴⑥。

注释

①黯黯:伤别貌。
②拟把:打算。
③对酒当歌:曹操《短歌行》"对酒当歌,人生几何?"

④强(qiǎng):勉强。
⑤衣带渐宽句:古乐府《古歌》:"离家日趋远,衣带日趋缓。"
⑥消得:值得。

【今译】
　　和风细细,
　　我独倚高楼久久伫立,
　　极目遥望,
　　伤别交织着伤春的愁情
　　仿佛充满了天宇。
　　当青青草色、濛濛烟霭
　　沐浴在夕阳的金光里,
　　我默默无言,
　　有谁能领会我凭栏时的心意?

　　我真想从此疏放狂荡,
　　在沉醉中求得忘记,
　　但无论是饮甘醇的酒
　　还是听美妙歌曲,
　　勉强地行乐,
　　实在只觉得乏味。
　　唉,纵然衣带渐宽,
　　我也绝不懊悔,
　　那可爱的人,
　　值得为了她消瘦憔悴。

采莲令

柳　永

【题解】
　　《采莲令》,词调名,始见于柳永词。

刘熙载《艺概·词曲概》说柳永词"细密而妥溜,明白而家常,善于叙事,有过前人",本词就体现了这一特点,上片细致地写出离别的时间、季节,情人如何送行、临别时彼此的情态;下片描绘别后的心境、无限的留恋与怅惘之情,又以萧疏的景物作为衬托,全词平铺直叙,脉络井然,语周而意显。

【原词】

月华收,云淡霜天曙。西征客、此时情苦。翠娥执手①、送临歧②、轧轧开朱户③。千娇面、盈盈伫立,无言有泪,断肠争忍回顾? 一叶兰舟,便恁急桨凌波去。贪行色、岂知离绪,万般方寸④,但饮恨、脉脉同谁语?更回首、重城不见⑤,寒江天外,隐隐两三烟树。

【注释】

①翠娥,即翠蛾,本指美人之眉,眉修长如蛾,以黛点色,故称,亦借指美人,白居易《李夫人》诗:"翠娥仿佛平生貌,不似昭阳寝疾时。"
②临歧:指分道惜别,高适《别韦参军》诗:"丈夫不作儿女别,临歧涕泪沾衣巾。"
③轧轧:象声词,开门声。
④方寸:指心。
⑤重城不见:欧阳詹《初发太原途中寄太原所思》:"高城已不见,况复城中人",此用其意。

【今译】

月亮收敛起光华,
白云疏淡,寒冷的秋空渐曙。
远征西行的游子,
此时心情正苦。
亲爱的人执手送我上路,
轧轧地打开门户。
千娇百媚的她,
美好的身躯久久伫立在道路。
没有一句话,只有万点泪,

愁肠已断的我，
怎忍再回头朝她盼顾？

无情的客船，
就这样迅急地凌波而去。
舟子只知道及早赶路，
哪里懂得人心里
有万种思情、千般离绪。
我只有默默地忍受着痛苦，
脉脉柔情又能向谁倾诉？
当我在舟中频频回顾，
重城早已不见，
只有遥远的寒江天外
隐约中矗立着几株
晓烟笼罩的高树。

浪淘沙慢

柳 永

【题解】

　　《浪淘沙慢》，系柳永依据《浪淘沙》本宫调改制的长调慢曲。
　　这首词的特点是将相思离别之情刻画得淋漓尽致，没有半点儿含蓄，这种露骨地表达感情的方式显然受到民间俚曲的影响。词中描写情事周详细密，只是绮罗香泽之气很浓，声态颇近市民，故此类作品为标榜雅正的贵族士大夫所轻视。但本词风格虽秾艳，却因直抒胸臆、感情真挚而不使人觉得浮薄轻佻。个别句子如"空阶夜雨频滴"清丽疏淡，为人称赏。

【原词】

　　梦觉透窗风一线,寒灯吹息。那堪酒醒,又闻空阶夜雨频滴[①]。嗟因循[②]、久作天涯客。负佳人、几许盟言,便忍把、从前欢会,陡顿翻成忧戚③。　愁极,再三追思,洞房深处,几度饮散歌阑,香暖鸳鸯被。岂暂时疏散,费伊心力。殢云尤雨④,有万般千种,相怜相惜。　恰到如今⑤,天长漏永,无端自家疏隔。知何时、却拥秦云态⑥?愿低帏昵枕⑦,轻轻细说与,江乡夜夜,数寒更思忆⑧。

注释

①空阶夜雨:龚颐正《芥隐笔记》云:"阴铿有'夜雨滴空阶',柳耆卿用其语",按,今阴铿诗集不载。
②嗟(juē)因循:嗟,叹词,表示忧叹、感叹。《诗经·周南·卷耳》:"嗟我怀人,寘彼周行。"因循,沿袭,照旧不改,引申为拖沓、疲塌之意。
③陡(dǒu)顿:突然,猝然变化,同"斗顿",宋时口语。
④殢(tì)云尤雨:恋昵不舍,形容男女相爱、欢合。
⑤恰:犹"却"。
⑥秦云:秦楼云雨。
⑦帏:帷帐。昵(nì):亲近。
⑧轻轻细说与几句:李商隐《夜雨寄北》诗:"君问归期未有期,巴山夜雨涨秋池。何当共剪西窗烛,却话巴山夜雨时";此处化用其意。

【今译】

短梦醒来,寒风透入窗隙,
将残灯吹灭。
哪堪酒意尽消,
又听得夜雨频滴空阶。
我感叹迁延蹉跎,
长久在天涯流落,
辜负了佳人多少盟约,
竟这样忍心地把从前的欢会,
顿然翻成如今的离缺。

我心中愁闷已极,
不断地追忆着美妙的往昔,
在那洞房深处,
有多少次,当欢乐的歌宴散去,

在香暖的鸳鸯被底,
还有无限柔情蜜意。
她心里从不曾有过
同我暂时分离的忧戚。
沉醉在浓烈的欢爱中,
彼此间有千万种相怜相惜。

而现在,每一个白天和黑夜,
只觉得漫长到没有边际。
怨自己无缘无故造成这样的别离。
谁知道什么时候
才能重新领受她温存的爱意?
我愿在低垂的帐中,在团圆的枕边,
轻声地向她细叙
江乡的每一个夜晚,
我曾怎样数着寒更把她思忆。

定风波

柳 永

【题解】

《定风波》,一作《定风波令》,唐教坊曲名,后用为词调。敦煌曲子词《定风波》中有:"问儒士,谁人敢去定风波"语,可见此调取名的本义为平定叛乱之意。原调六十二字,柳永衍为慢词。

这是柳永俚词的代表作之一。作者用明白透彻的语言,大胆而直露地描写一位女子的相思别离之情,上片铺叙她别后百无聊赖的情态;下片纯系内心独白,写出她的一片痴心,以及对爱情生活的渴望,刻画细致入微,真实动人。但这类市民意识和趣味较浓的作品,却遭到贵族文人的鄙视。张舜民《画墁录》载:"柳三变既以词忤仁庙,吏部不放改官,三变不能堪,诣政府,晏公(殊)曰:'贤俊作曲子么?'三变曰:'只如相公亦作曲子。'公曰:'殊虽作曲子,不曾道:'彩线慵拈伴伊坐。'柳遂退。"

【原词】

　　自春来、惨绿愁红,芳心是事可可①。日上花梢,莺穿柳带,犹压香衾卧②。暖酥消③,腻云䰀④,终日厌厌倦梳裹⑤。无那⑥。恨薄情一去,音书无个。　早知恁么,悔当初、不把雕鞍锁。向鸡窗⑦、只与蛮笺象管⑧、拘束教吟课⑨。镇相随、莫抛躲,针线闲拈伴伊坐⑩。和我,免使年少光阴虚过。

注释

　　①可可:不关紧要,不在意。薛昭蕴《浣溪沙》词:"瞥地见时犹可可,却来闲处暗思量"。
　　②衾(qīn):被子。
　　③暖酥:指肌肤。
　　④䰀(duǒ):下垂貌。
　　⑤厌厌(yān):犹"恹恹",精神不振貌。
　　⑥无那(nuò):无可奈何。
　　⑦鸡窗:书窗、书房。《艺文类聚》卷九一引《幽明录》:"晋兖州刺史沛国宋处宗尝买得一长鸣鸡,爱养甚至,恒笼著窗间,鸡遂作人语,与处宗谈论极有言智,终日不辍。"后遂称鸡窗为书斋。罗隐《题袁溪张逸人所居》诗:"鸡窗夜静开书卷。"
　　⑧蛮笺象管:纸笔。蛮笺,古时四川所产的彩色笺纸;象管,象牙制的笔管。
　　⑨吟课:把吟咏当作功课。
　　⑩针线闲拈:一作"彩线慵拈"。

【今译】

　　自从春天来临,
　　看到花红叶绿,
　　只觉得惨目伤情,
　　一片芳心什么事都不在意。
　　太阳映上花梢,
　　黄莺歌唱着穿过柳条,
　　我还压着绣被躺卧未起。
　　肌肤消瘦,头发散乱,

成天无精打采懒得梳理。
实在是无可奈何,
恨薄情郎一去,
没有半点儿信息。

早知如此,
真后悔没把车马锁起,
就让他守着书窗,
给他纸笔,
只许他吟诗咏句,
整天相随不会分离,
闲拈针线伴他坐在家里。
我跟他总在一起,
免得把大好青春
像这样白白抛弃。

少年游

柳　永

【题解】

　　《少年游》,词调名,因晏殊词有"长似少年时"句,取以为名。始见于晏殊、柳永等人词。又名《玉腊梅枝》等。

　　柳永晚年到过古都长安,这首词抒发了他功名心冷淡、风情减尽和往事不堪回首的凄凉怀抱。上片描绘长安衰飒清远的秋景,并绘出高天夐地中兀立着的词人孤独的形象,羁旅之愁和不遇之慨也隐然蕴于景中。下片对失落的爱情和少年时疏狂欢乐的生活,表现无限的眷恋及惋惜,并以往者已矣、自己已无复当年的情兴作结,显示他对现实生活深深的失望。在另一首《少年游》中,柳永曾哀叹:"一生赢得是凄凉";一个天才的文学家,只因多作俚词艳曲,便终身困顿漂泊,不能不引起人们深切的同情。

【原词】

　　长安古道马迟迟,高柳乱蝉嘶。夕阳岛外,秋风原上,目断四天垂。　归云一去无踪迹①,何处是前期?狎兴生疏②,酒徒萧索③,不似去年时。

注释

①归云:用巫山神女事(见欧阳修《蝶恋花》注),此处指所爱的女子。
②狎兴:冶游之兴,狎,游戏。
③酒徒:嗜酒者,这里指朋友。

【今译】

　　我骑着马儿缓缓行走
　　在长安古道,
　　高高的柳树上
　　寒蝉悲切地乱叫。
　　岛外映着夕阳,
　　平原上秋风凄凄,
　　极目望去,苍茫的天幕
　　四面垂向大地。

　　亲爱的人像白云般归飞。
　　一去再没有踪迹,
　　我能到哪儿去寻找
　　从前约定的佳期?
　　游冶的兴致早就冷却,
　　酒朋诗友也零落无几,
　　当年的逸兴豪情,
　　都已成为过去。

戚 氏

柳 永

【题解】

《戚氏》，词调名，始见于柳永词，是其自度的三片长调慢词。

柳永年轻时曾过了一段奢华浪漫的生活，曾"论槛买花，盈车载酒，百琲千金邀妓"(《剔银灯》)，后来屡遭统治者的压抑和打击，一生只做过几任小官，长年南北转徙、四方漂流，尝尽羁旅行役的苦痛。本词可看作柳永的自叙传，它几乎概括了作者一生的思想和生活状况。王灼《碧鸡漫志》引前人语云："《离骚》寂寞千载后，《戚氏》凄凉一曲终"；柳永词中多以宋玉自况，继承宋玉悲秋的余绪，抒写他"贫士失职（不得其职）而志不平"(宋玉《九辩》)的感慨，本词颇具代表性。全词篇幅宏阔而针线细密，首叙悲秋情绪，次述永夜幽思，末尾写出对于功名利禄的厌倦，层次分明，首尾呼应，言与意会、情与景融，语言清丽、音律谐美，"状难状之景，达难达之情，而出之以自然。"(冯煦《宋六十一家词选例言》)是一首出色的佳作。

【原词】

　　晚秋天，一霎微雨洒庭轩。槛菊萧疏，井梧零乱，惹残烟。凄然，望江关，飞云黯淡夕阳闲。当时宋玉悲感，向此临水与登山①。远道迢递，行人凄楚，倦听陇水潺湲②。正蝉吟败叶，蛩响衰草③，相应喧喧。

　　孤馆度日如年，风露渐变，悄悄至更阑。长天净，绛河清浅④，皓月婵娟⑤，思绵绵。夜永对景，那堪屈指，暗想从前，未名未禄，绮陌红楼⑥，往往经岁迁延⑦。　　帝里风光好，当年少日，暮宴朝欢。况有狂朋怪侣，遇当歌对酒竟留连。别来迅景如梭，旧游似梦，烟水程何限？念利名、憔悴长萦绊，追往事、空惨愁颜。漏箭移⑧，稍觉轻寒，渐呜咽、画角数声残。对闲窗畔，停灯向晓，抱影无眠。

注释

①当时宋玉句：宋玉《九辩》："悲哉秋之为气也，萧瑟兮草木摇落而变衰。憭

慄兮若在远行,登山临水兮送将归。"杜甫《垂白诗》:"垂白冯唐老,清秋宋玉悲。"

②倦听陇水句:北朝乐府《陇头歌辞》三首其一:"陇头流水,流离山下。念吾一身,飘然旷野。"其三:"陇头流水,鸣声呜咽。遥望秦川,心肝断绝。"此处暗用两首句意。陇水:在陕西陇县西北,此处系泛指。潺(chán)湲(yuán):水徐流貌。屈原《九歌·湘夫人》:"观流水兮潺湲。"

③蛩(qióng):蟋蟀。

④绛(jiàng)河:即银河。王达《蠡海集·天文类》:"天之色苍苍然也,而前辈曰丹霄,曰绛霄;河汉曰银河可也,而曰绛河。盖观天者以北极为标准,所仰视而见者,皆在北极之南,故称之曰丹、曰绛,借南之色以为喻也。"杜审言《七夕》诗:"白露含明月,青霞断绛河。"

⑤婵娟:美好貌,也用以指月亮。

⑥绮(qǐ)陌:纵横交错的道路,此处指花街柳巷。红楼:华丽的楼房,此处指歌楼妓馆。

⑦迁延:犹徜徉、留连。

⑧漏箭:古代计时器漏壶上的浮标,刻节文,随水浮沉以计时。也泛指时间。

【今译】
　　晚秋天,一阵微雨
　　洒在庭院、窗间。
　　栏槛内菊花萧疏,
　　井台边梧叶零乱,
　　沾惹着几缕残冷的轻烟。
　　四周一片凄然,
　　遥望江关,飞云暗淡,
　　一轮夕阳闲挂天边。
　　当年宋玉悲感,
　　也曾在这样的时节临水登山。
　　道路迢远,
　　我心中凄楚,不愿再听
　　那陇头水缓流如呜咽。
　　秋蝉在败叶间悲鸣,
　　寒蛩在衰草中哀吟,
　　凄切的声响应和着,交织成一片。

在孤独的客舍,我度日如年,
清宵的寒风,把白露凝成霜霰,
我独自一人,
悄无声息捱到夜深。
长空澄净,银河清浅,
明月皎洁团圆,
漫漫长夜对此清景
不由得思绪绵绵。
哪堪细细地回忆从前,
暗想当初,没有名位和官衔,
我往往在繁华的街巷与歌楼,
年复一年地倘佯迁延。

帝城的风光分外明妍,
那时我正当青春少年,
常常是夜晚宴饮早起寻欢。
何况有许多狂放的友伴,
每每遇动听的歌、醇美的酒,
大家争相留连。
自从离别京都,
光阴快如飞梭,
昔日的游乐恍如梦境,
望前路一重重烟村水驿,
落寞的旅程无穷无尽。
想那名缰利锁把人拘系,
空令人憔悴了容颜,
追思往事,
徒然增添愁怨。
漏箭渐渐移动,
我感到有些微寒,
远处号角一声声呜咽,
直听到夜尽更残。

守在寂寥的窗边,
熄灭寒灯,我独抱孤影,
天色渐晓也未能成眠。

夜半乐

柳 永

【题解】

《夜半乐》,唐教坊曲名,段安节《乐府杂录》载:"明皇自潞州入,平内难,正夜半,斩长乐门关,领兵入宫,剪逆人,后撰此曲。"《太平御览》作"平韦庶人(韦后),后乃命乐人撰此曲。"一说此曲即《还京乐》,据《乐府杂录》,《还京乐》系"明皇自西蜀返,乐人张野狐所制。"后用为词调,柳永改制为长调慢曲。

郑文焯《大鹤山人词论》说柳永的长调"尤能以沉雄之魄,清劲之气,写奇丽之情,作挥绰之声",本词就很能表现这一特点。作者用濡染大笔描写他漂泊天涯的客愁乡思。上片叙道途所经,气象森然,历历如见;中片言目中所见,有远有近,绘景如画;下片抒去国离乡之慨,沉咽动人,感情起伏变化极有层次。全词舒卷自如,疏密相间,大开大合,尽情表露而又不见斧凿之痕。

【原词】

　　冻云黯淡天气,扁舟一叶①,乘兴离江渚②。度万壑千岩,越溪深处③。怒涛渐息,樵风乍起,更闻商旅相呼。片帆高举,泛画鹢、翩翩过南浦④。　望中酒旆闪闪⑤,一簇烟村,数行霜树。残日下、渔人鸣榔归去⑥。败荷零落,衰杨掩映,岸边两两三三,浣纱游女,避行客、含羞笑相语。　到此因念,绣阁轻抛⑦,浪萍难驻。叹后约丁宁竟何据?惨离怀、空恨岁晚归期阻。凝泪眼、杳杳神京路,断鸿声远长天暮。

【注释】

①扁(piān)舟:小舟。
②江渚(zhǔ):渚,水中小块陆地,此处江渚指江岸。

③越溪:越国美人西施浣纱的若耶溪,在今浙江绍兴市南,此处系泛指。
④画鹢(yì):鹢,水鸟,像鹭鸶,能高飞。古时画在船头以图吉利,因称船为画鹢。沈佺期《三日梨园侍宴》诗:"画鹢中流动,青龙上苑来。"南浦:南面的水边,屈原《九歌·河伯》:"送美人兮南浦。"江淹《别赋》:"送君南浦,伤如之何",后因以南浦指送别之地,此处泛指水边。
⑤酒斾(pèi):酒旗。
⑥鸣榔(láng):击木榔惊鱼,使鱼聚于一处,易捕。
⑦绣阁:指妇女的居处。

【今译】

寒云凝结遮蔽高空,
天气又阴又暗,
我乘兴登上一叶小舟,
离开了江岸。
度过千岩万壑,越溪深处。
汹涌的波涛渐渐平息,
山风一阵阵吹起,
又听到商船上,人们相互招呼。
我的行舟布帆高举,
轻快地驶过南浦。

视野中,
远处酒旗在闪动,
一丛烟雾缭绕的孤村,
几行经霜的秋树。
夕阳的余晖下,
渔人敲着木榔——归去。
衰败的杨柳掩映着
凋残的荷花,零零落落,
岸边,浣纱游女三三两两,
避开行客,含羞地玩笑低语。

我触景生情,

想到轻易地告别了亲人,
一直像浮萍般漂流无定。
可叹殷勤地订下后会的日期,
终竟又能有什么意义?
我离思萦怀,心情愁惨,
空恨岁月已晚,
归期却依然被阻断。
京城的道路远而又远,
我泪眼模糊凝望四方,
孤雁凄厉的叫声一点点消隐,
长天也变得幽暗昏黄。

玉胡蝶

柳 永

【题解】

《玉胡蝶》,唐曲,始见于温庭筠词,原为小令,宋教坊衍为慢曲。

这首词抒写秋日黄昏引起的故人之思与羁旅之愁。柳永最善于描绘秋景,并以之衬托愁情,本词以"望处"统摄全篇,先虚写晚景令人生悲,再实写苹老梧黄的实景,由此自然地过渡到念远之感。下片以往日欢乐突出别后的孤凄,进一步抒发怀人深情以及音信难通、痴望不见的怅惘,苍苍莽莽,笔力弥满。结尾"断鸿声里,立尽斜阳",与篇首遥相呼应,八个字包含天涯游子无限的哀怨。周济说柳词:"铺叙委婉,言近意远,森秀幽淡之趣在骨"(《介存斋论词杂著》),本词即表现了这些特点。

【原词】

　　望处雨收云断,凭阑悄悄①,目送秋光。晚景萧疏,堪动宋玉悲凉②。水风轻,苹花渐老;月露冷,梧叶飘黄。遣情伤,故人何在?烟水茫茫。　　难忘,文期酒会,几孤风月③,屡变星霜④。海阔山遥,未知何处是潇湘⑤?念双燕、难凭音信;指暮天、空识归航⑥。黯相望,断鸿声里,立尽斜阳。

注释

①悄悄:忧愁貌。《诗·邶风·柏舟》:"忧心悄悄"。
②宋玉悲凉:见柳永《戚氏》注。
③孤:负。风月:清风明月,良辰美景。
④星霜:星辰运转,一年循环一次,霜则每年至秋始降,因用以指年岁,一星霜即一年。张九龄《饯济阴梁明府》诗:"但恐星霜改,还将蒲稗衰。"
⑤潇湘:即指潇水和湘水,后泛指为所思之处。柳恽《江南曲》:"洞庭有归客,潇湘逢故人。"
⑥指暮天二句:谢朓《之宣城郡出新林浦向板桥》诗:"天际识归舟,云中辨江树。"温庭筠《望江南》词:"过尽千帆皆不是,斜晖脉脉水悠悠,肠断白蘋洲。"

【今译】

天边雨收云散,
我独自凭栏,
忧愁地目送秋光。
晚景萧疏,
引惹得心情像宋玉一样悲凉。
水上风轻,蘋花渐老;
月寒露冷,梧叶飘落片片飞黄。
这景象真令人感伤。
故人今在何处?
惟见烟笼江水迷迷茫茫。

过去的文期酒会,
我总也难以淡忘。
这些年,辜负了多少清风明月,
又度过多少凄寂时光!
海阔山遥,
我思念的人究竟在哪厢?
想这双飞的燕子,
实在难以把书信寄上,

我空自在黄昏中,朝天边
辨认着熟识的归航。
我心绪黯然,向远方凝望,
在孤雁的哀鸣声中,
久久地伫立,直到斜阳沉下山冈。

八声甘州

柳 永

【题解】

《八声甘州》,又名《甘州》、《潇潇雨》等。《甘州》本唐教坊大曲名,来自西域。王灼《碧鸡漫志》卷三引蔡絛《西清诗话》:"如《伊州》、《甘州》、《凉州》,皆自龟兹致。"后用为词调,此调因上下阕八韵,故名八声,乃慢词,与《甘州遍》之曲破,《甘州子》之为令词不同。始见于柳永词。

本词是柳永的名篇。作者描写了萧瑟寥廓的秋景,倾诉了他流落异乡、伤别念远、思归故里而不可得的痛苦心情。上片以写景为主而景中寓情。起句意境开阔清远,"渐霜风"几句为千古登临名句,苏轼赞曰:"此语于诗句不减唐人高处"(赵令畤《侯鲭录》卷七)。刘体仁《七颂堂词绎》说:"词有与古诗同妙者","'关河冷落,残照当楼'即《敕勒》之歌也",因其绘景自然而气象浑沦。"惟有长江水"二句,言余意外,韵味无穷。下片先从作者这方抒写羁愁乡思,自问自叹,感慨万千;然后再从代对方设想着笔,两方面相互映衬,抒情效果绝佳。"想佳人"数句,翻用谢朓诗及温庭筠词句意,作进一层描写,更加灵动有致。梁启超说;"飞卿(温庭筠字)词;'照花前后镜,花面交相映',此词境颇似之"(《艺蘅馆词选》)。此词"或发端、或结尾、或换头,以一二语勾勒提掇,有千钧之力"(周济《宋四家词选》),词中又多用去声字领起,转折跌宕,铿锵有力。本篇情景兼融,骨韵俱高,不愧是传诵千古的佳作。

【原词】

对潇潇暮雨洒江天①,一番洗清秋。渐霜风凄紧,关河冷落,残照当楼。是处红衰翠减②,苒苒物华休③。惟有长江水,无语东流。 不忍登高临远,望故乡渺邈,归思难收④。叹年来踪迹,何事苦淹留⑤?想佳人、妆楼凝望⑥,误几回、天际识归舟⑦?争知我⑧、倚阑干处,正恁凝愁。

注释

①潇潇:雨势急骤貌。《诗·郑风·风雨》:"风雨潇潇。"
②红衰翠减:李商隐《赠荷花》诗:"此荷此叶常相映,翠减红衰愁煞人。"
③苒(rǎn)苒:渐渐,刘禹锡《酬窦员外旬休早凉见示》诗:"四时苒苒催容鬓,三爵油油忘是非。"物华,自然景色。
④不忍登高三句:古乐府《悲歌》:"悲歌可以当泣,远望可以当归。思念故乡,郁郁垒垒。"此处化用其意。渺邈(miǎo):遥远。归思(sì):思归的心情。
⑤淹留:久留。
⑥凝望:别本作"颙(yóng)望。"
⑦误几回二句:翻用谢朓诗句,见柳永《玉胡蝶》注。
⑧争:怎。

【今译】

看潇潇暮雨洒满江天,
洗出澄净空明的清秋,
西风渐渐惨急凄切,
关河冷落,残阳正照楼头。
四处红花凋零,绿叶衰谢,
芳华的景物慢慢到了生命尽头。
惟有长江水,
亘古是这样无言无语地向东奔流。

我不忍心再登高眺望,
故乡遥远又遥远,
思归的心愿却难以敛收。
感叹连年奔走,
究竟为了什么长久在异地滞留?
遥想伊人,

在妆楼苦苦地凝眸,
有多少次,
错认了天边的归舟。
她哪里知道,
倚栏的此刻,我心中,
正结聚着无限哀愁。

迷神引

柳 永

【题解】

《迷神引》,词调名,始见于柳永词。

作者仕途坎壈,四十多岁改了名字才考中进士,之后辗转州县、四处飘荡。他在江南逗留时间较久,淮楚一带是其常常经行之地。本词上片以疏淡的笔墨描绘了一幅晚泊楚江图,景色清丽而带着凄凉意味。"孤城暮角,引胡笳怨"二句,写出异乡客子的特殊感受,透露羁旅况味,为下片言愁张目。下片着意抒写游宦的艰辛和作者矛盾与厌倦的心理,以及他远离京华、与情人阻隔的无限惆怅,并以"芳草连空阔、残照满"的寥廓景象衬托行客的孤独和悲哀。柳永半生尝尽"游宦成羁旅"的痛苦,表现此类感受的词章特别凄楚动人。

【原词】

　　一叶扁舟轻帆卷,暂泊楚江南岸。孤城暮角,引胡笳怨①。水茫茫,平沙雁,旋惊散。烟敛寒林簇,画屏展,天际遥山小,黛眉浅。 旧赏轻抛,到此成游宦。觉客程劳,年光晚。异乡风物,忍萧索,当愁眼。帝城赊②,秦楼阻③,旅魂乱。芳草连空阔,残照满,佳人无消息,断云远④。

【注释】

　　①胡笳:古代北方民族的管乐器,传说由张骞从西域传入。其音悲凉。武帝时李延年因其曲造新声二十八解,以为武乐。李陵《答苏武书》:"侧耳远听,胡笳

互动,牧马悲鸣。"
②赊(shē):远,韩愈《赠译经僧》:"万里休言道路赊。"
③秦楼:秦楼楚馆,指城市中的歌楼妓馆。亦泛指妇女居所。
④断云;孤云。

【今译】

　　一叶小舟卷起轻帆,
　　暂且停靠在楚江南岸。
　　听孤城黄昏凄凉的号角,
　　如置身边关,闻胡笳声声幽怨。
　　江水茫茫,栖息在平沙的群雁
　　忽地又被惊散。
　　暮霭渐消,一簇簇寒林显现,
　　清景如画屏开展,
　　天边远山点点,
　　就像美人的蛾眉浅浅。

　　旧日的赏心乐事轻易抛掷,
　　到如今,为了仕宦我四处流转。
　　只觉得旅途劳顿,年光已晚,
　　怎忍把萧索的异乡风物,
　　再摄入一双愁眼。
　　京华辽远,秦楼阻断,
　　我这天涯游子神迷魂乱。
　　无边芳草连接长空,
　　残阳的余晖洒遍,
　　佳人没有半点消息,
　　犹如片云飘飘去远。

竹马子

柳 永

【题解】

《竹马子》,一名《竹马儿》,词调名,始见于柳永词。

本词描写作者登上荒凉的孤垒极目远望,雨后初晴的新秋景色尽收眼底,他惊觉时序更迭之快,引起追怀往事、离京去国的悲哀,感慨政治上的失意和昔日欢乐的一去不返。"凭高尽日凝伫,赢得消魂无语"是柳永在多数羁旅行役的词章中经常描绘的自我形象和心理状态,这个富于才华却漂泊半世的文人形象,千载以下仍能引起人们的深深同情。"极目霁霭"以下几句,有声有色地绘出寂寞江城秋日黄昏的凄迷景象,以景结情,余韵无穷。

【原词】

登孤垒荒凉①,危亭旷望,静临烟渚。对雌霓挂雨②,雄风拂槛③,微收残暑。渐觉一叶惊秋④,残蝉噪晚,素商时序⑤。览景想前欢,指神京、非雾非烟深处。　向此成追感,新愁易积,故人难聚。凭高尽日凝伫,赢得消魂无语。极目霁霭霏微⑥,暝鸦零乱,萧索江城暮。南楼画角,又送残阳去。

注释

①垒:军营墙壁或防守工事。

②雌霓:即霓,双虹中色彩浅淡的虹,亦名副虹。张衡《七辩》:"建彩虹之长斿,系雌霓以为旗。"

③雄风:强劲之风。宋玉《风赋》:"清清泠泠,愈病析酲,发明耳目,宁体便人,此所谓大王之雄风也。"

④一叶惊秋:《淮南子·说山训》:"以小明大,见一叶落,而知岁之将暮。"朱邺《落叶赋》:"见一叶之已落,感四序之惊秋。"

⑤素商:秋季的别称。《初学记》卷三引梁元帝《纂要》:"秋曰白藏,亦曰收成,亦曰三秋、九秋、素秋、素商、高商。"按古代五行的说法,秋季色尚白,乐音配商,故有此称。马祖常《秋夜》诗:"素商凄清扬微风,草根知秋有鸣蛩。"

⑥霁(jì)霭:晴烟。霏微:迷濛貌。王僧孺《侍宴诗》之二:"散漫轻烟转,霏微商云散。"

【今译】

登上废旧的古垒,一派荒凉,
在高亭我纵目眺望,
四周寂静,
下临的洲渚轻烟飘荡。
看骤雨初歇,
一道虹霓挂在天际,
疾风吹拂栏槛,
稍稍退去残留的暑气。
一片木叶飘落,渐渐惊觉
秋天真地已经来临,
听寒蝉向晚,鼓噪不停,
正是素秋时令。
观览景色,我回想起欢乐的从前,
遥指京城,
却在那非烟非雾缥缈的高天。

追思往事引起多少感慨!
新愁容易堆积,
故人难以重聚。
凭倚着高栏,
我整天呆呆地凝眸伫立,
空赢得黯黯伤神,凄凉无语。
极目向长空遥望,
但只见晴烟霏霏,
黄昏时,回巢的乌鸦零零乱乱,
萧条冷落的江城已近日晚。
南楼声声号角,
又送残阳归去。

桂枝香

王安石

【作者简介】

　　王安石(公元 1021—1086 年)，字介甫，号半山，临川(今江西抚州)人，庆历二年(公元 1042 年)进士。神宗朝两度为相，实行变法，内容为理财、整军两大类，试图革新当时积贫积弱的社会状况，后遭到皇族、豪族及许多大臣的反对，又因新法本身亦多有流弊，加上用人不当，变法终于失败。晚年退居金陵。封荆国公，世称王荆公。王安石是一位大政治家，又是一位大文学家，散文为唐宋八大家之一，文风峭刻，政治色彩浓厚。诗歌成就更大于文，瘦硬清峻，意新语工，多有名章妙句传世，写景小诗尤为出色。词作不多，而"瘦削雅素，一洗五代旧习"(刘熙载《艺概》)，如《桂枝香》、《清平乐》、《诉衷情》等。词风清新爽朗，亦间有婉丽之作，对后世有影响。今传《临川先生歌曲》，《全宋词》录其词二十九首。

【题解】

　　《桂枝香》，词调名，始见于王安石词。《白香词谱》题考："唐裴思谦和袁皓诗中有'桂枝香'句，词名当本于此。"后因张辑词中有"疏帘淡月"句，故又名《疏帘淡月》。

　　本词黄升《花庵词选》题作"金陵怀古"，上片描绘金陵山河的清丽景色，大笔挥洒，气象宏阔。下片对六朝统治者竞逐繁华，亡国覆辙相蹈的可悲历史发出浩叹，并寓谴责之意，又暗含伤时之慨。词中多融入前人诗句而浑化无迹。《草堂诗余》引杨湜《古今词话》说："金陵怀古，诸公寄调于《桂枝香》，凡三十余首，独介甫最为绝唱。东坡见之，不觉叹息曰：'此老乃野狐精也。'"张炎《词源》赞曰："王荆公金陵《桂枝香》词，清空中有意趣，无笔力者未易到。"梁启超评此词可"颉颃清真(周邦彦)、稼轩(辛弃疾)"(《艺衡馆词选》)。

【原词】

登临送目,正故国晚秋①,天气初肃②。千里澄江似练③,翠峰如簇④。征帆去棹斜阳里⑤,背西风、酒旗斜矗。彩舟云淡,星河鹭起⑥,画图难足。　念往昔、繁华竞逐,叹门外楼头⑦,悲恨相续⑧。千古凭高,对此漫嗟荣辱。六朝旧事随流水,但寒烟衰草凝绿⑨。至今商女,时时犹唱,《后庭》遗曲⑩。

【注释】

①故国:指金陵,三国东吴、东晋、宋、齐、梁、陈六朝旧都,地在今江苏南京。

②肃:清肃、萧索,《诗·豳风·七月》:"九月肃霜。"毛传:"肃,缩也,霜降而收缩万物。"

③千里句:谢朓《晚登三山还望京邑》诗:"澄江静如练。"江,指长江。

④簇(cù):箭头,形容山峰峭拔。

⑤征帆:原本作"归帆",据别本改。

⑥彩舟二句:将长江比拟为天河。南京西南长江中有白鹭洲,作者活用为"星河鹭起"的动景。

⑦门外楼头:杜牧《台城曲》:"门外韩擒虎,楼头张丽华。"意谓隋兵已临城下,陈后主(叔宝)还在和宠妃张丽华寻欢作乐。楼头指张所住结绮楼。韩擒虎为隋朝开国大将,于隋文帝开皇九年(公元589年),与贺若弼统率军队伐陈,次年正月,韩军从朱雀门攻入金陵,俘获陈后主、张丽华等,灭陈。门外,指朱雀门外。

⑧悲恨相续:指南朝各个王朝的覆亡相继(也暗指后来隋炀帝在江都的身死国灭及五代南唐的灭亡)。此处暗用杜牧《阿房宫赋》:"秦人不暇自哀,而后人哀之;后人哀之而不鉴之,亦使后人而复哀后人也"之意。

⑨六朝二句:窦巩《南游感兴》诗:"伤心欲问南朝事,惟见江流去不回。日暮东风春草绿,鹧鸪飞上越王台。"此处化用其意。随流水,原本作"如流水",衰草,原本作"芳草",据别本改。

⑩至今三句:杜牧《夜泊秦淮》诗:"商女不知亡国恨,隔江犹唱《后庭花》。"商女,歌女。《后庭花》,《玉树后庭花》歌曲的简称,陈后主作。《隋书·五行志上》:"祯明初,后主作新歌,词甚哀怨,令后宫美人习而歌之。其辞曰:'玉树后庭花,花开不复久。'时人以为歌谶。此其不久兆也。"故后人把它看作亡国之音。

【今译】

我登山临水驰骋目力,

天气渐渐变得萧索凄清,
故都正值晚秋时季。
千里长江像一条澄静的绸带,
苍翠的山峰如箭头般尖利。
斜阳中,船只穿梭来去,
背对西风,
酒家斜斜地竖着酒旗。
五彩的船帆仿佛浮游于云端,
白鹭就像从银河翩然飞起。
纵有多彩的笔,
也难把山河画得这样清丽。

感念往昔,
人们在此地比赛着繁华奢靡,
可叹隋兵来到了门外,
陈后主和妃子还在楼头酣饮未已,
亡国的悲恨一代代
不断地继续。
我凭高面对着历史遗迹,
空自叹息千古的荣辱兴废。
六朝旧事随流水去而不还,
暮烟衰草总是凝成一片寒绿。
到今天,歌女依然时时唱着
前朝《玉树后庭花》的歌曲。

千秋岁引

王安石

【题解】

《千秋岁引》,词调名,始见于王安石词。《词律》卷十曰:"此词即《千秋岁》调添、减、摊破自成一体,与《千秋岁》相较,前段第一二句减一字,第三句添一字;后段第一二句各添二字,第三句添一字,前后段第四五句各添二字,结句各减一字摊破作三字两句,其源实出于《千秋岁》。"

本词以轻倩的语言表现了作者复杂矛盾的内心世界。上片"不着一愁语,而寂寂景色,隐隐在目,洵一幅秋光图"(李攀龙《草堂诗余隽》),在燕、雁各有所归的描写中,含蓄地透露了作者自身无所归依的怅惘。美好的风月又引发他思绪万千,下片着重抒慨,作者政治上既不能如愿,无端被名利所缚、弃世学道也不成,又贻误了爱情的盟约,这三重失落使他不能不在清醒时沉入深深的思索。细玩此词,当系安石变法失败后所作。杨慎《词品》说:"荆公此词,大有感慨,大有见道语。"安石平生并无风流韵事,词中"秦楼约"云云,当是借以寄慨之辞。此词意致清迥,言近旨远而空灵婉丽。

【原词】

别馆寒砧①,孤城画角,一派秋声入寥廓②。东归燕从海上去,南来雁向沙头落。楚台风③,庾楼月④,宛如昨。　无奈被些名利缚,无奈被他情担阁,可惜风流总闲却。当初漫留华表语⑤,而今误我秦楼约。梦阑时,酒醒后,思量着。

注释

①别馆:客馆。庾信《哀江南赋》:"三日哭于都亭,三年囚于别馆。"寒砧(zhēn),砧:捣衣石。指秋后的捣衣声,诗词中常用来象征凄凉景象。沈佺期《独不见》诗:"九月寒砧催木叶。"

②寥廓:空阔,此处指天空。

③楚台风:宋玉《风赋》:"楚王游于兰台,有风飒至,王乃披襟以当之曰:'快哉此风。'"

④庾楼月:《世说新语·容止》及《晋书·庾亮传》载,庾亮尝为江荆豫州刺史,治武昌,曾与僚吏殷浩、王胡之等登南楼赏月,谈咏竟夕。后江州州治移浔阳,好事者遂于此建楼名为"庾公楼",亦称"庾楼"。元稹《凭李忠州寄书乐天》诗:"伤心最是江头月,莫把书将上庾楼。"此处及前面,风曰楚台、月称庾楼,皆为修饰语,与本事无涉。

⑤华表语:《搜神后记》云,丁令威学道于灵虚山,后化鹤归辽东,止于城门华表上,有少年举弓欲射,遂在空中盘旋而歌:"有鸟有鸟丁令威,去家千年今始归;城郭如故人民非,何不学仙冢累累!"华表,古代用以表示王者纳谏或指路的木柱

及古代立于宫殿、城垣或陵墓前的石柱。

【今译】
　　听客舍捣衣的寒砧，
　　应和着孤城号角，
　　寥廓的天穹充满一片秋声。
　　东归的燕子从海上飞去，
　　南来的鸿雁向沙岸栖息。
　　楚台清爽的风，
　　庾楼皎洁的月，
　　美好一如往昔。

　　可惜我总被名缰利锁束缚，
　　又被世情俗务担搁，
　　把风流的怀抱白白地抛却。
　　当初空留学仙的话语，
　　而今又贻误了秦楼的盟约。
　　梦后酒醒的时节，
　　我不由得沉入深深的思索。

清平乐·春晚

王安国

【作者简介】
　　王安国(公元1208—1074年)，字平甫，临川(今江西抚州)人，王安石弟。熙宁元年应茂才异等科入等，赐进士出身，官至大理寺丞、集贤校理。与兄政见不合，且结怨于吕惠卿，安石罢相后，吕遂以郑侠事陷安国，夺官，放归田里。有《王校理集》，不传。《全宋词》录其词三首。

【题解】
　　本词黄升《花庵词选》题作"春晚"，亦见于安石词集。这首小词上片抒写惜花惜春的情意,首二句使用倒装法,强调留春不住的怅恨,不说人殷勤留春,而借"费尽莺儿语"委婉言之,别致有趣。作者以美丽的宫锦被污,比喻繁花在风雨中凋落,意象新鲜。过片忽地转入听琵琶的感受,于虚处传神,表现女子伤春念远的幽怨。末二句并非实咏杨花,而是承接上文喻琵琶女品格之高,借以自况。本词清新婉丽,委折多致。

【原词】

留春不住,费尽莺儿语。满地残红宫锦污①,昨夜南园风雨。 小怜初上琵琶②,晓来思绕天涯。不肯画堂朱户,春风自在杨花。

【注释】

①宫锦:宫中特制的锦缎。
②小怜:北齐后主高纬宠妃冯淑妃名小怜,"慧黠,能弹琵琶,工歌舞。"(《北史·冯淑妃传》)。李贺《冯小怜》诗:"湾头见小怜,请上琵琶弦。"此处泛指歌女。

【今译】

  任凭黄莺声声啼唱,费尽言语,
  春天依然不肯留住。
  南园昨夜风风雨雨,
  残红遍地,
  可惜美丽的宫锦落入污泥。

  听小怜初次拨动琵琶,
  到晓来,
  无限情思环绕天涯。
  就像那春风中自由飞舞的杨花,
  她不肯走进富贵人家。

临江仙

晏几道

【作者简介】

晏几道(约公元1030—1106年),字叔原,号小山,晏殊的幼子。仕宦不得志,只做过卑微的小官,曾任颖昌府许田镇(在今河南许昌市南)监。词与晏殊齐名,号称"二晏",其父称"大晏",他称"小晏"。他曾经历由大富大贵走向没落的生活,对人情冷暖、世态炎凉有较深的感受,他词中所抒发的愁恨较其父词中春花秋月的闲愁深沉得多。冯煦称他为"古之伤心人"。他的词章内容主要写相思离别之情,有些词表现出一种离经叛道的精神,有些词以严肃的态度写他与歌女的爱情,大部分词章以感伤的笔调追忆过去的旧欢残梦。词风受《花间》、南唐影响,凄婉清新,秀丽精工,哀怨自然处颇近李煜。有《小山词》(原名《补亡》)。

【题解】

晏几道《小山词跋》:"始时沈十二廉叔、陈十君宠家有莲、鸿、苹、云,品清讴娱客,每得一解,即以草授诸儿,吾三人持酒听之,为一笑乐。已而君宠疾废卧家,廉叔下世,昔之狂篇醉句,遂与两家歌儿酒使俱流转人间。"张宗橚《词林纪事》卷六谓:"此词当是追忆苹、云而作。"上片描写人去楼空的索寞景象,以及年年伤春伤别的凄凉怀抱。"落花"二句套用前人成句而更见出色。下片追忆初见小苹温馨动人的一幕,末二句化用李白诗句,另造新境,表现作者对旧欢"如幻、如电、如昨梦、前尘"(《小山词·自序》)的怃然之慨。陈廷焯评此词"既闲婉,又沉着,当时更无敌手"(《白雨斋词话》)。

【原词】

梦后楼台高锁,酒醒帘幕低垂。去年春恨却来时。落花人独立,微雨燕双飞[1]。　记得小苹初见,两重心字罗衣[2]。琵琶弦上说相思。当时明月在,曾照彩云归[3]。

注释

①落花二句：翁宏《春残》诗："又是春残也，如何出翠帏？落花人独立，微雨燕双飞。"

②心字罗衣：杨慎《词品》卷二"心字香"条："所谓心字香者，以香末萦篆成心字也。'心字罗衣'，则谓心字香熏之尔。或谓女人衣曲领如心字，又与此别。"这里"心字"还含有深情蜜意的双关之意。

③当时二句：李白《宫中行乐词》八首其一："只愁歌舞散，化作彩云飞。"此处彩云，比喻小苹。

【今译】

欢乐的幻梦醒来，
唯见高高的楼台锁闭，
沉酣的酒意消尽，
只有寂寂帘幕垂得低低。
去年伤春惜别的愁恨，
此时恰恰又来到心里。
落花霏霏，我独自伫立，
濛濛细雨中，燕子双双飞去。

记得和小苹初次相见，
她穿着两重心字的罗衣。
她细细拨弄琵琶，
借曲调传达相思情意。
曾经照临她归去的明月，
皎洁一如往昔，
而她，却像彩云般，
不知飘向何地。

蝶恋花

晏几道

【题解】

　　本词上片借梦境曲折地倾诉离情别绪,"觉来惆怅消魂误"七个字为痴绝之语,千回百转地表现了作者梦后沉重的失落感和他的一片深心,极耐人寻味。下片抒写音信难通的感慨,作者寄情于弦索,却因积郁的感情如山洪爆发,而终于弹破了弦柱,语虽夸张却真挚感人。作者有过人之情,所为词不是酒宴间的消遣之作,是深有所感而发,因此"清壮顿挫,能动摇人心"(黄庭坚《小山词序》)。

【原词】

　　梦入江南烟水路,行尽江南,不与离人遇。睡里消魂无说处,觉来惆怅消魂误。　欲尽此情书尺素①,浮雁沉鱼②,终了无凭据。却倚缓弦歌别绪,断肠移破秦筝柱③。

注释

　　①尺素:书简。素,白色丝绢,古人为书,多书于绢,故称书简为尺素。古乐府《饮马长城窟行》:"客从远方来,遗我双鲤鱼。呼儿烹鲤鱼,中有尺素书。"
　　②浮雁沉鱼:见晏殊《清平乐》"红笺小字"注。
　　③秦筝:见张先《菩萨蛮》注。

【今译】

　　梦里到烟水茫茫的江南去,
　　走遍江南各地,
　　却没有同她相遇。
　　睡梦中黯然伤神无处诉说,
　　醒来更觉得满怀惆怅,
　　原来连江南路寻她不见的悲伤
　　也不过是幻梦一场。

我想在书信里倾诉这番苦衷,
鱼沉在水、飞鸿浮空,
终究无人为我传送。
我只好缓缓地拨动丝弦,
唱出我深深的思念,
唱到伤心断肠处,
不觉弹破了筝柱。

蝶恋花

晏几道

【题解】

　　上片表现作者别时及别后痴迷、恍惚的情态和深深感慨,并以"画屏闲展吴山翠"显示环境的孤寂凄清,"吴山翠"又暗寓和情人阻隔之意。下片抒写满怀离情别绪,又以红烛替人垂泪作为陪衬,极言愁情之深。晏殊《撼庭秋》词有"念兰堂红烛,心长焰短,向人垂泪"句,纯系客观描写,此词句中言"自怜"、"空替",将红烛拟人化,使之参与作者的感情活动,尤觉情味隽永。本词正如冯煦所评:"其淡语皆有味,浅语皆有致"《宋六十一家词选·例言》)。

【原词】

　　醉别西楼醒不记,春梦秋云,聚散真容易①。斜月半窗还少睡,画屏闲展吴山翠。　衣上酒痕诗里字,点点行行,总是凄凉意。红烛自怜无好计,夜寒空替人垂泪②。

【注释】

　　①春梦两句:白居易《花非花》诗:"来如春梦不多时,去似朝云无觅处。"
　　②红烛二句:杜牧《赠别》诗:"蜡烛有心还惜别,替人垂泪到天明。"此处化用其意。

【今译】

　　沉醉中在西楼分手,

醒来还以为并不曾别离,
相会短暂如春梦一场,
她去后像秋云般没有踪迹,
聚散竟然是这样地轻易!
对半窗斜月我难以入睡,
画屏闲展,屏上吴山重重叠翠。

衣服上酒痕斑斑,
诗篇里无限字句,
那一点点、一行行,
全都是凄凉的离情别意。
红烛自怜无计安慰愁人,
寒夜中,它只有不断地
为我空垂泪痕。

鹧鸪天

晏几道

【题解】

　　《鹧鸪天》,词调名,首见于宋祁词。杨慎《词品》卷一说此调采郑嵎诗:"家在鹧鸪天"为名,聊备一说。毛先舒《填词名解》云此调"一名《思佳客》,一名《于中好》";又名《思越人》、《剪朝霞》、《半死桐》等。

　　这首词《花庵词选》题作"佳会"。上片追怀欢乐的往事,"舞低杨柳"两句为传世名句,向为词评家所称赞,赵令畤《侯鲭录》引晁补之说见此二句"自可知此人不生在三家村中也";胡仔《苕溪渔隐丛话》引《雪浪斋日记》评此二句"不愧六朝官掖体";它以秾艳工致的笔墨刻画了华筵上通宵达旦地欢歌狂舞的特定情景。下片描写别后两地相思及重逢时悲喜交集之情,化用杜甫诗句,而更用虚字转折,以加强语意,尤觉委曲深婉。全篇辞采浓淡相间,婉妙明畅,正如陈廷焯所说:"自有艳词,更不得不让伊独步。"

【原词】

彩袖殷勤捧玉钟①,当年拚却醉颜红②。舞低杨柳楼心月,歌尽桃花扇底风③。　从别后,忆相逢,几回魂梦与君同。今宵剩把银釭照,犹恐相逢是梦中④。

注释

①彩袖:指歌舞女。玉钟:酒杯的美称。
②拚(pàn):不顾惜,甘愿。
③扇底:古人歌舞时多持扇。庾信《春赋》:"月入歌扇,花承节鼓。"
④今宵三句:杜甫《羌村》三首之一:"夜阑更秉烛,相对如梦寐。"剩把,尽把,再三把。釭(gāng):灯。

【今译】

当年,你美丽的女郎,
捧着精致的酒杯劝饮,
为了报答你的情意,
我不惜喝得大醉酩酊。
宴会上长久地狂舞,
直把楼心的明月催下柳阴,
欢歌一曲连着一曲,
扇底的风都被搧尽。

自从分别以后,
我总是回忆从前的相遇,
曾经有多少次,
梦中和你同在一起。
今夜晚,我频频高举灯烛,
好证实你果真来到此地,
我生怕这样的欢聚,
会是在一场虚幻的梦里。

生查子

晏几道

【题解】

　　《生查子》,唐教坊曲名,后用为词调。文人词始见于晚唐韩偓所作。《考正白香词谱》注云:"本名《生楂子》,其后从省笔作'查'。五言八句,唐时作者,平仄多无定格……至宋以后始奉魏承班一首为律。"此调异名颇多,有《楚云深》、《陌上郎》、《愁风月》等。

　　这首词抒写相思怀远之情,下片纯由想象生发,真实而亲切,于平淡中见韵味,然此类篇章在小山词中并非上品,不具有小山词精工婉丽的典型特色。

【原词】

　　关山魂梦长,塞雁音书少[①]。两鬓可怜青[②],只为相思老。　归傍碧纱窗[③],说与人人道[④]:"真个别离难,不似相逢好。"

注释

①塞雁句:别本作"鱼雁音尘少"。
②可怜:可爱,古乐府《孔雀东南飞》:"自名秦罗敷,可怜体无比。"
③归傍:别本作"归梦"。
④人人:对于亲爱者的称呼,宋时口语,欧阳修《蝶恋花》词:"翠被双盘金缕凤,忆得前春,有个人人共。"

【今译】

　　关山遥远,
　　梦魂才能够度越,
　　塞雁飞回,音书却不曾带来。
　　我青青的两鬓原是多么可爱,
　　却只为着相思变得斑白。

有一天我如归去,
和她把碧纱窗同倚,
我将对心爱的人说:
"令人难过的最是别离,
不如长久相守在一起。"

木兰花

晏几道

【题解】

　　这首词抒写惜花伤春的情意。开头两句大声疾呼,直怨东风,"碧楼"二句语气转为委婉,涵义隽永,言简意繁,表现了作者年年伤春而又无处可避春愁的感情。下片故用反诘自悔之词,故作自我安慰的旷达之语,却更显出作者感情的沉痛。全词语言清丽自然,转折多致。

【原词】

　　东风又作无情计,艳粉娇红吹满地①。碧楼帘影不遮愁,还似去年今日意。　谁知错管春残事,到处登临曾费泪。此时金盏直须深②,看尽落花能几醉。

注释

①艳粉娇红:红粉,胭脂和铅粉,女子的化妆品,代指美人,此处借喻花朵。
②金盏:酒杯的美称。直须:就要,就是要,宋时口语。

【今译】

　　东风又无情如昔,
　　将红粉般娇艳的春花,
　　片片吹落满地。
　　这情景我不忍目睹,
　　碧楼上垂下重重帘幕,
　　但它依然遮不住愁心,

我还是像去年一样地愁苦。

谁知道为什么偏要去
错管春残的闲事!
到处登山临水,
曾经空费了多少眼泪!
我就要频频斟满酒杯,
繁花眼看飘飞将尽,
还能再有几番沉醉?

木兰花

晏几道

【题解】

　　本词抒写怀旧之情。首二句想像伊人别后孤寂的生活情景,"墙头"句寓意很深,暗用韩翃《章台柳》诗意,一方面怜惜伊人或已憔悴,一方面深慨会合无缘;"门外"句自叹飘零也很精采。周邦彦《玉楼春》词"人如风后入江云,情似雨余粘地絮"二句,言对方的一去无迹和自己的一往情深、难以自拔,即受此词影响,故沈际飞说:"雨余花,风后絮,入江云,粘地絮,如出一手"(《草堂诗余正集》)。下片表达怀人之意,末二句不直言人多情,而借马言之,婉曲有致,沈谦说:"填词结句,或以动荡见奇,或以迷离称胜,著一实语败矣"。他举此二句曰:"深得此法"(《填词杂说》),诚为知言。

【原词】

　　秋千院落重帘暮,彩笔闲来题绣户①。墙头丹杏雨余花②,门外绿杨风后絮。　朝云信断知何处?应作襄王春梦去③。紫骝认得旧游踪④,嘶过画桥东畔路。

【注释】

　　①绣户:华丽的居室,指妇女所居。

②墙头句：暗用韩翃《章台柳》诗意；唐韩翃有姬柳氏，安史乱起，两人离散，柳出家为尼，后为蕃将沙咤利所劫，韩使人寄诗云："章台柳，章台柳，昔日青青今在否？纵使长条似旧垂，也应攀折他人手。"

③朝云二句：用高唐神女事，见欧阳修《蝶恋花》注。

④紫骝(liú)：良马名，又名枣骝。

【今译】

　　那挂着秋千的院落，
　　黄昏中低垂着重重帷帐，
　　闲暇时她也许在绣房，
　　用彩笔题写着诗行？
　　如雨后墙头的红杏，
　　可望而不可即，
　　我是门外风后的柳絮，
　　飘飘无所依倚。

　　她仿佛一片朝云，
　　飞去就没有信息，
　　又不知今在何处？
　　要相会除非是高唐的梦里。
　　我那多情的枣红马
　　认得惯曾经行的旧地，
　　它一边嘶鸣，
　　一边踏过画桥东边的路衢。

清平乐

晏几道

【题解】

　　作者先用白描手法写出留人不住、借酒浇愁，醉中对方却已登舟离去的怅恨，然后，他想像情人舟行春水、处处闻莺的明丽风光，不言怨而自含怨意：唯其无情故能毅然离去、又能领略春光的欢乐。作者又使用对比法，描写自己伫立渡头的冷清和依恋，古人有折柳赠别的风习，柳谐"留"音，依依杨柳也象征着惜别之情，"渡头"两句用移情法倾诉作者的离愁别恨，贴切而柔婉。"结句殊怨，然不忍割"（《宋四家词选》）。晏几道是一位情痴，故言情之作多刻骨铭心之语，感人肺腑，本词即是一例。

【原词】

　　留人不住，醉解兰舟去①。一棹碧涛春水路，过尽晓莺啼处。　渡头杨柳青青，枝枝叶叶离情②。此后锦书休寄③，画楼云雨无凭。

【注释】

　　①留人不住二句：郑文宝《柳枝词》："亭亭画舸系春潭，直到行人酒半酣。不管烟波与风雨，载将离恨过江南。"此处翻用其意。
　　②渡头杨柳二句：刘禹锡《杨柳枝》词："长安陌上无穷柳，唯有垂杨管别离。"此处化用其意。
　　③锦书：书信的美称。

【今译】

　　苦苦留人不住，
　　饯别酒喝得醉昏昏，
　　她的船已经解开缆绳。
　　小舟拨开轻卷的碧波，
　　走在漫漫的春水路上，
　　她将听不尽晓莺处处啼唱。

　　渡头冷落，只有杨柳青青，
　　一枝枝，一叶叶，
　　全都代表着离情。
　　再也不必寄什么书信，
　　画楼里种种的深情厚爱，
　　从今后没有了依凭。

阮郎归

晏几道

【题解】

《阮郎归》，词调名，始见于李煜词。《神仙记》载刘晨、阮肇入天台山采药，遇二仙女，留住半年，思归甚苦。既归则乡邑零落，经已十世。曲名本此，故作凄音。又名《碧桃春》《醉桃源》等。

黄庭坚《小山词序》说小山有"四痴"，第四痴是"人百负之而不恨，己信人，终不疑其欺己"，对待朋友如此，对待情人亦复如此。本词就写出尽管情人负心、改变了初衷，作者虽然怨恨人情淡薄，却依旧宁愿独抱痴情、自守寂寞。末二句陈述连梦中相会聊以自欺的慰藉都没有，其难堪、痛苦诚何以堪！言语虽浅淡，感情极沉痛。赵佶抒写故国之思的《宴山亭》词："除梦里有时曾去，无据，和梦也新来不做"即由此变化而来。

【原词】

旧香残粉似当初，人情恨不如。一春犹有数行书，秋来书更疏。衾凤冷，枕鸳孤①，愁肠待酒舒。梦魂纵有也成虚，那堪和梦无！

注释

①衾(qīn)凤：即凤衾，绣有凤凰的被子。枕鸳：即鸳枕，绣有鸳鸯的枕头。

【今译】

她残留的脂粉，
依旧像从前一样芳香四溢，
恨人情淡薄比不上当初。
一春里还寄来短短的音书，
入秋后，书信却渐渐稀疏。

绣着凤凰的锦被冷冷清清，
绣着鸳鸯的枕头孤孤零零，

我的百折愁肠,
要舒展只有沉于酒乡。
梦里纵然能够相会,
也不过是一场虚妄,
哪堪连梦都不来到我的身旁。

阮郎归

晏几道

【题解】

晏几道"仕宦连蹇,而不能一傍贵人之门……论文自有体,不肯一作新进士语……"(黄庭坚《小山词序》),他是一个不肯屈事权贵、不愿趋附时俗、傲骨铮铮的人,因之一生不得志,本词便抒写了他失意的感慨。作者以故作轻松的笔调描写他重阳佳节在异乡为客,因主人殷勤而产生"人情似故乡"的亲切感,但从"绿杯"句,已可见其佯狂及借酒浇愁之状,下片的"欲将沉醉换悲凉"即是此句注脚。作者又化用《离骚》句意,以佩兰簪菊来象征自己品格的高洁。而"殷勤理旧狂"五个字有三层意思:"狂者,所谓一肚皮不合时宜,发见于外者也。狂已旧矣,而理之,而殷勤理之,其狂若有甚不得已者"(况周颐《蕙风词话》)。夏敬观说:"叔原以贵人暮子,落拓一生,华屋山丘,身亲经历,哀丝豪竹,寓其微痛纤悲,宜其造诣又过于父"(夏评《小山词·跋尾》),于此词可见一斑。这类"狂篇醉句",超出男女幽怨的狭小范围,思想内容较为深刻,风格沉着凝重,又觉清丽空灵。

【原词】

天边金掌露成霜①,云随雁字长②。绿杯红袖趁重阳③,人情似故乡。 兰佩紫,菊簪黄④,殷勤理旧狂。欲将沉醉换悲凉,清歌莫断肠。

注释

①天边金掌句:《三辅黄图》:"神明台,武帝造,上有承露盘,有铜仙人舒掌捧铜盘、玉杯,以承云表之露。"金掌,指铜人掌承露盘。此处并非实指,而是用典。

露成霜,《诗·秦风·蒹葭》:"蒹葭苍苍,白露为霜。"

②雁字:雁群飞行时组成行列,形状如字,故云。

③绿杯:指绿酒。红袖,代指美女,白居易《对酒吟》诗:"今夜还先醉,应烦红袖扶。"此处指歌女。

④兰佩二句:由屈原《离骚》"纫秋兰以为佩"、"夕餐秋菊之落英"等句化出。

【今译】

　　天边,金铜仙人的掌中,
　　白露已凝结成秋霜,
　　那飘浮的薄云,
　　追随着长长的雁行。
　　面对美酒和佳人,
　　趁这重阳时节我要尽量欢畅,
　　身处异地,
　　人情却醇厚如在故乡。

　　把紫色的兰花佩在衣襟,
　　又将黄菊插上发鬓,
　　我一无顾忌地重新搬出
　　向来的怪胆狂情。
　　我只想在酣醉中忘掉心头的悲伤,
　　美人呵,那些凄凉的歌,
　　请不要再对着我高唱,
　　不然我就会愁断肝肠!

六幺令

晏几道

【题解】

　　《六幺令》,唐时琵琶曲名,后用为词调。王灼《碧鸡漫志》卷三云:"《六幺》,一名《绿腰》、一名《乐世》、一名《录要》。元微之(稹)

《琵琶歌》云:'《绿腰》散序多拢捻,又云:'逡巡弹得《六幺》彻';段安节《琵琶录》云:'《绿腰》,本《录要》也,乐工进曲,上令录其要者.'……至乐天(白居易)又独谓之《乐世》,他书不见也。"

小山词多清远含蓄、深婉凄恻,本篇则为别调,受《花间词》影响,风格秾艳。作者描写了一位歌女的美貌、伶俐、精绝的技艺、过人的才华,和她对作者大胆、热烈的追求,以及作者未及吐露心曲而对方慧心已觉、两下里精神上的沟通、默契,并描写了他们花前月下的幽期密约,很富有戏剧意味。本词表现爱情十分露骨,却不流于轻亵,但与小山其他许多深情之作,则不属同一流品,显然不算上乘作品。

【原词】

绿阴春尽,飞絮绕香阁。晚来翠眉宫样①,巧把远山学②。一寸狂心未说,已向横波觉③。画帘遮匝④,新翻曲妙,暗许闲人带偷掐⑤。前度书多隐语,意浅愁难答。昨夜诗有回文⑥,韵险还慵押⑦。都待笙歌散了,记取留时霎⑧。不消红蜡,闲云归后,月在庭花旧阑角。

【注释】

①翠眉:用黛螺画的眉。〔晋〕崔豹《古今注》下:"魏宫人好画长眉。今多作翠眉警鹤髻。"宫样,宫廷里流行的式样。

②远山:葛洪《西京杂记》:"文君姣好,眉色如望远山。"

③已向横波句:横波,比喻眼神流动,如水闪波。傅毅《舞赋》:"眉连娟以增绕兮,目流睇而横波。"屈原《九歌·少司命》:"满堂兮美人,忽独与予兮目成",此句暗用其意。

④遮匝(zā):四面遮蔽。

⑤掐:指暗记。

⑥回文:诗体的一种,同一语句顺读回读皆可成文,有的诗篇可以反复回旋,一首诗读成多首,多属文字游戏,相传始于晋代傅咸、温峤,诗皆不传,今存苏蕙《璇玑图》诗等。

⑦韵险:指诗句用艰僻字押韵,以示诗艺高超。

⑧留时霎:原本作"来时霎",据别本改。

【今译】

绿阴沉沉春光已尽,

柳絮环绕香阁飘飞不定。
晚来,她学着翠眉宫妆,
巧把双蛾画作远山模样。
我倾慕的一寸狂心
还不曾向她细剖,
她已流动着知情的眼波。
软软的画帘垂下,
把四面紧紧遮着。
她弹奏新翻的曲调美妙无比,
曲谱被旁人悄悄暗记,
她也全不在意。

前次的来书多是隐语,
用意明显,叫我愁于对答。
昨夜又赠我回文诗篇,
韵险我也懒怠去押。
只等笙歌收去人散尽,
切记稍留一霎。
不必在红烛下夜话,
当闲云归去,月光映上庭花,
我们依然相会在
旧日的栏杆角下。

御街行

晏几道

【题解】

　　作者以大量笔墨描写他心向神往的那个所在:"街南绿树"下的"朱户人家",绘出那里飞絮濛濛、娇花烂漫的暮春光景,描写自己日日登楼凝望的痴心,至"晚春盘马"二句揭出往事,方悟作者留连不舍的处所早已人去楼空,这就越发显示他感情的执著。"曾傍绿阴深驻"六个字有千钧之力,其间包含着多少往日的欢乐、今日的怀恋与悲酸!深得蕴藉之致。末三句写出景物依旧人事全非的无限惆怅,哀而不伤,情味绵长。本篇虽是小令,却写得往复回环,结构安排巧妙,颇见匠心。

【原词】

　　街南绿树春饶絮①,雪满游春路。树头花艳杂娇云,树底人家朱户。北楼闲上,疏帘高卷,直见街南树。　阑干倚尽犹慵去,几度黄昏雨。晚春盘马踏青苔②,曾傍绿阴深驻。落花犹在,香屏空掩,人面知何处③?

注释

①饶:多。
②盘马:跨马盘旋。韩愈《雉带箭》诗:"将军欲以巧服人,盘马弯弓惜不发。"
③香屏二句:用崔护事,见晏殊《清平乐》"红笺小字"注。

【今译】

　　街南一丛丛绿树,
　　晚春时纷纷飘絮,
　　游春的道上白雪满路。
　　树头朵朵秾丽的花,
　　夹杂着天边娇艳的彩云,
　　树底下有一个朱户人家。
　　我登上北楼,
　　把疏帘高高卷起,
　　直直地向街南的绿树凝睇。

　　我倚着栏杆不忍离去,
　　有多少次在黄昏的微雨中独立。
　　记得从前,也是这样的暮春,
　　我骑着马在青苔路上盘旋,
　　我们曾经傍着绿阴,

长久地、长久地留连。
如今,落花仍旧,
香屏空掩,
伊人不知去向哪边?

虞美人

晏几道

【题解】

《虞美人》,唐教坊曲名,后用为词调。《乐府诗集》卷五十八《琴曲歌辞·力拔山操》序:"按《琴集》有《力拔山操》,项羽所作也。近世又有《虞美人》曲,亦出于此。"可见此调源出古琴曲,本意为咏虞姬事。一名《虞美人令》,又名《一江春水》、《玉壶冰》等。始见于五代李煜词。

本篇抒写相思别恨,与《阮郎归》"旧香残粉"篇意思略近而写法各异;《阮郎归》笔致疏隽深永,此篇则较质实沉厚,上片极言盼望之切,下片陈述始终不改初衷的诚挚之情,哀婉动人。

【原词】

曲阑干外天如水,昨夜还曾倚。初将明月比佳期,长向月圆时候、望人归。 罗衣著破前香在,旧意谁教改。一春离恨懒调弦,犹有两行闲泪、宝筝前。

【今译】

曲栏杆外,
天色水一般澄澈蔚蓝,
昨夜我还曾独自凭栏。
最初,我总把明月比作佳期,
长在月圆时,一次次
盼望她回还。

我的罗衣虽已穿破,
她芳香的气息依然存在,
旧日的情意又如何能改?
一春里我被离恨缠磨,
懒得去调理丝弦,
却仍将两行热泪洒向筝前。

留春令

晏几道

【题解】

《留春令》,词调名,始见于晏几道词。

开头三句描写主人公魂梦依稀、醒来仍不知处身何所的迷离之状,十分真实,情景凄美。作者于此作一顿挫,然后转入实事:因梦而愈感其情,主人公连忙展纸作书向对方诉说,过渡自然。"伤春事"亦即"伤别事",一语双关,既陈述情由,又点明时令。下片极言凭高望远历时久远而不衰的离愁,化用前人成句,而感情层次更深,更曲折委婉。

【原词】

画屏天畔,梦回依约①,十洲云水②。手捻红笺寄人书③,写无限、伤春事。 别浦高楼曾漫倚,对江南千里。楼下分流水声中,有当日、凭高泪④。

【注释】

①依约:隐约,白居易《答苏庶子》诗:"蓬山闲气味,依约似龙楼。"
②十洲:古代传说中仙人居住的十个岛。《海内十洲记》:"汉武帝既闻西王母说八方巨海之中有祖洲、瀛洲、玄洲、炎洲、长洲、元洲、流洲、生洲、凤麟洲、聚窟洲。有此十洲,乃人迹所稀绝处。"
③笺(jiān):精美的纸张,供题诗、写信等用。
④楼下分流二句:郑文焯《评小山词》说此词末二句,"袭冯延巳《三台令》:

'流水,流水,中有伤心双泪。'"

【今译】

梦中同她相会,醒来时,
恍惚依然置身缥缈的仙山,
室中画屏,
却仿佛远在天畔。
我拿过红色信笺,
向她诉说无限伤春的情感。

我在离别的河岸,
曾几度独倚高楼,
遥望千里江南。
楼下分流水声中,
有当日凭高送别的眼泪长流不断。

思远人

晏几道

【题解】

《思远人》,词调名,始见于晏几道词。

本篇调名与词意紧密结合。上片描绘了"红叶黄花"的晚秋图画,以及主人公怀念远人、翘首盼待之情。"飞云"二句极言失望之深。过片承上,描写无处寄书而弹泪,却仍然和泪研墨作书的痴人痴事,情、语双绝。"渐写"几句"不言己之悲哀,而红笺都为无色,亦慧心妙语也"(唐圭璋《唐宋词简释》);较之他的《蝶恋花》"欲写彩笺书别怨,泪痕早已先书满"及《两同心》"相思处,一纸红笺,无限啼痕"等句,觉委折动人多矣。

【原词】

红叶黄花秋意晚①,千里念行客。飞云过尽,归鸿无信,何处寄书得？　泪弹不尽临窗滴,就砚旋研墨②。渐写到别来,此情深处,红笺为无色。

注释

①黄花:菊花。
②泪弹不尽等句:由孟郊《归信吟》"泪墨洒为书"句意生发变化。

【今译】

　　林叶染红,黄花开遍,
　　凄清的晚秋时节,
　　我把远隔千里的行客怀念。
　　天边,过尽飞云片片,
　　归雁也没有带回音书,
　　待要写信,却不知寄往何处?

　　临窗滴滴点点,
　　我伤心的眼泪弹不尽,
　　且就石砚把墨研。
　　渐渐写到别后的一片深心,
　　泪墨湿透了信笺,
　　纸上的红色全都褪尽。

水调歌头

苏　轼

丙辰中秋,欢饮达旦,作此篇兼怀子由。

【作者简介】

　　苏轼(公元1037—1101年),字子瞻,号东坡居士,眉山(今四川眉山)人。嘉祐二年(公元1057年)进士。曾任杭州通判,又知密州、徐州、湖州,政绩卓著。元丰三年(公元1079年),御史劾其以作诗讪谤朝廷,被捕入狱,后贬黄州团练副使。元祐间,官翰林学士、礼部尚书,旋出知杭州、颍州。绍圣初,为新党再三迫害,远贬惠州(今广东惠阳)、儋州(今海南岛)。公元1100年徽宗即位,被赦北归,次年死于常州。苏轼在政治上主张革新,但反对王安石的激烈作法,在地方官任上,对新法的流弊他常"托事以讽",对其合理部分,又能在执行时"因法以便民";元祐间旧党执政时,苏轼不同意全面废除新法。由于他立身自有本末,不以个人好恶或政治偏见有所依违,因而得不到新旧两党任何一方的信任和谅解,一生仕宦不得志,但他却始终关心国计民生。他一生不断地转徙四方州郡,历览名山大川,结识各种人物,了解官场弊端,体察风土人情,接触下层生活,加深了阅历,扩大了视野,为文学创作提供了丰厚的基础。

苏轼是北宋文坛领袖,建树了多方面的文学业绩,散文与欧阳修并称"欧苏",是唐宋八大家之一;诗歌与黄庭坚并称"苏黄"。开有宋一代诗歌新貌;词与辛弃疾并称"苏辛",改革了词风,开拓了词境,提高了词品;书法与黄庭坚、米芾、蔡襄并称"四大家";绘画是以文同为首的"文湖州竹派"的重要人物。他在文学艺术的各个领域都取得了突出的成就,在中国文学史上极为罕见。

苏轼在词史上有特殊贡献,他在前人或同辈如范仲淹、柳永、欧阳修、王安石等人开拓词境的基础上,进一步将词家"缘情"与诗人"言志"两者结合起来,使文章道德和儿女私情并见于词,将词提高到和诗一样的文学地位,扩展内容到怀古、咏史、谈玄、说理,感时伤世,以及对山水田园、农村风俗的描绘、身世友情的抒写,达到"无意不可入,无事不可言"(刘熙载《艺概》);词至东坡,其体始尊,其境益大。苏轼词创造了多种风格,除传统的婉约清丽外,他的词或清旷、或雄放、或凝重、或空灵,佳作极多,对后世影响极为深远。有《东坡乐府》,存词三百余首。

【题解】

《水调歌头》,原为隋曲,后用作词调。郭茂倩《乐府诗集》卷七十九《近代曲辞》录《水调歌》引《乐苑》曰:"《水调》,商调曲也。旧说:《水调》、《河传》,隋炀帝幸江都时所制。曲成奏之,声韵悲切。"《词谱》卷二十三:"按《水调》乃唐人大曲,凡大曲有歌头,此必裁截其歌头,另倚新声也。"始见于北宋刘潜词。

神宗熙宁九年(丙,公元1076年),苏轼任密州(治所在今山东诸城县)知州时作此词。作者青年时抱着"有笔头千字,胸中万卷,致君尧舜,此事何难"(《沁园春》)的政治理想入仕,后因与王安石政见不合,辗转州郡,政治上颇不得志,又与胞弟子由(苏辙字)七年未能团聚,心情抑郁,于中秋之夜写下这千古名篇。词中以问天、问月来探索人生哲理,抒发兄弟的手足情谊,并以谪仙自喻,写他幻想乘风上天,又觉得人间更使人眷恋,反映了他因政治上失意而对现实不满,想要超脱尘世,却依然热爱人生的矛盾。"但愿人长久,千里共婵娟"的美好祝愿,已不仅限于手足之情,而且概括了人类对生活中美好事物能够长久留存的普遍愿望。这首词表现了苏轼洒落的襟怀和积极达观的人生态度,笔致奇逸自然,大开大合,风格清雄高旷而又委折蕴藉,刚柔相济。胡仔《苕溪渔隐丛话》说:"中秋词自东坡《水调歌头》一出,余词尽废。"可见其独步当时之概。

【原词】

明月几时有,把酒问青天①。不知天上宫阙,今夕是何年。我欲乘风归去,惟恐琼楼玉宇②,高处不胜寒③。起舞弄清影,何似在人间④。

转朱阁,低绮户,照无眠。不应有恨,何事长向别时圆⑤?人有悲欢离合,月有阴晴圆缺,此事古难全。但愿人长久,千里共婵娟⑥。

注释

①明月二句:李白《把酒问月》诗:"青天有月来几时?我今停杯一问之。"此用其语。

②惟:一作"又",或作"只"。琼楼玉宇:指月中宫殿。《大业拾遗记》:"瞿乾佑于江岸玩月。或问此中何有。瞿笑曰:'可随我观之。'俄见月规半天,琼楼玉宇烂然。"

③高处句:《淮南子·天文训》:"积阴之寒气为水,水气之精者为月。"又《龙城录》载唐玄宗游月宫,见一大宫府,榜曰:"广寒清虚之府。"后人因称月宫为广寒宫。此皆月宫寒之所本。

④起舞二句:李白《月下独酌》诗:"我歌月徘徊,我舞影零乱。"此化用其意。蔡絛《铁围山丛谈》云:"歌者袁绹,乃天宝之李龟年也。宣和间,供奉九重。尝为吾言:东坡公者与客游金山,适中秋夕,天宇四垂,一碧无际,如江流倾涌,俄月色

如昼,遂共登金山山顶之妙高台,命绹歌其《水调歌头》'明月几时有?……'歌罢,坡为起舞,而顾问曰:'此便是神仙矣!吾辈文章人物,诚千载一时,后世安所得乎?'"由此则故事可知东坡善舞,可知其如何热爱人生,亦可知其自己爱赏此词的程度。

⑤不应二句:司马光《温公诗话》引石曼卿对李贺"天若有情天亦老"句云:"月如无恨月长圆。"此处变化其意,更觉委曲而层深。长向,一作"偏向"。

⑥千里句:谢庄《月赋》:"美人迈兮音尘阙,隔千里兮共明月。"此处翻用其意。婵(chán)娟:形态美好,此处指月亮。孟郊《婵娟篇》:"月婵娟,真可怜。"

【今译】

"从几时开始,
明月普照人间?"
我高举酒杯,
询问着浩渺的苍天。
"请告诉我,那蟾宫桂殿,
今夜是何月何年?"
我多想乘风飞归天边,
却又怕琼楼玉宇碧空高悬,
我这平凡的身躯禁不住天外凄寒。
还是在月下起舞吧,
让影儿随着我回旋,
翩翩如尘世的神仙。

明月轻盈地转过彩绘的楼宇,
又低低透进了雕花窗栏,
把银光洒满帷幔,
帷幔中愁人难眠。
月亮呵,你不应该有什么愁恨,
为什么总在人们别离时偏偏团圆?
唉,人间有离合悲欢,
月儿有阴晴圆缺,
这些事自古就难以求全。
但愿美好感情长留人们心间,

虽然远隔千里,
却共对同一轮明月,就好像彼此相见。

水龙吟·次韵章质夫杨花词①

苏　轼

【题解】

　　《水龙吟》,词调名,首见于柳永的咏梅之作,(见《历代诗余》卷七十四,今本《乐章集》不载;《全宋词》引《梅苑》卷一,作无名氏词),其次则为章质夫、苏轼的唱和词。调名的来源,毛先舒《填词名解》卷三谓采李白诗"笛奏龙吟水",陈元龙《片玉集注》卷十谓本于李贺诗"雌龙怨吟寒水光",这些说法可备参考。

　　此词是哲宗元祐二年(公元1087年)苏轼在汴京任翰林学士时所作。这首杨花词虽为和作,在格律方面受到相当局限,却因作者天才卓荦,毫无拘束之痕,有似原唱。本篇构思巧妙,刻画细致,咏物与拟人浑成一体:柔肠、娇眼的想像已是出神入化,随风万里寻郎,更是将杨花的精魂和思妇的形象处理得不即不离、若即若离,表现出极其缠绵悱恻的情思,达到物与神游的境界。沈谦《填词杂说》云:"此词幽怨缠绵,直是言情,非复赋物";刘熙载《艺概》说其句"似花还似非花","可作全词评语,盖不即不离也";王国维《人间词话》更是赞道:"咏物之词,自以东坡《水龙吟》为最工。"此词以貌取神,空灵婉转,精妙绝伦,确实压倒古今,为咏物词的极品。

【原词】

　　似花还似非花,也无人惜从教坠。抛家傍路,思量却是,无情有思②。萦损柔肠,困酣娇眼,欲开还闭。梦随风万里,寻郎去处,又还被、莺呼起③。　　不恨此花飞尽,恨西园、落红难缀。晓来雨过,遗踪何在?一池萍碎④。春色三分,二分尘土,一分流水⑤。细看来,不是杨花,点点是离人泪⑥。

【注释】

①次韵:用原韵并依照其先后次序写作诗词。章质夫,名楶(jié),浦城(今福建浦城)人。历官吏部郎中、同知枢密院事。其《水龙吟》(杨花)词云:"燕忙莺懒花残,正堤上柳花飞坠。轻飞乱舞,点画青林,全无才思。闲趁游丝,静临深院,日长门闭。傍珠帘散漫,垂垂欲下,依前被风扶起。兰帐玉人睡觉,怪春衣、雪沾琼缀。绣床渐满,香毯无数,才圆却碎。时见蜂儿,仰粘轻粉,鱼吞池水。望章台路杳,金鞍游荡,有盈盈泪。"

②抛家傍路三句:韩愈《晚春》诗:"杨花榆荚无才思,惟解漫天作雪飞。"此处反用其意。思(sì),情思,愁思。

③梦随三句:金昌绪《春怨》诗:"打起黄莺儿,莫教枝上啼,啼时惊妾梦,不得到辽西。"此用其意。

④萍碎:苏轼《再和曾仲锡荔支》诗自注:"飞絮落水中,经宿即化为萍。"

⑤春色三分:由叶清臣《贺圣朝》词:"三分春色二分愁,更一分风雨"句化出。

⑥细看来二句:曾季狸《艇斋诗话》引唐人诗"时人有酒送张八,惟我无酒送张八。君看陌上梅花红,尽是离人眼中血",说此二句即由此"夺胎换骨"。

【今译】

  它像花,终究又不是花,
  没有人爱惜,任随它飘落,
  依傍着道路,抛别了故家。
  人们说它无情,细细思索,
  情思绵长的不正是它!
  那轻盈的身姿,回旋转侧,
  就像美人,愁断了寸寸柔肠,
  又像她困倦的娇眼,
  才想睁开复又闭上,
  更像她依依的梦魂,随风万里,
  苦苦地寻找情郎,
  却被莺啼声惊醒了好梦一场。

  我不恨杨花纷纷飘飞,
  只遗憾西园里落红遍地,
  无法重新缀上枝头,

花事就这样轻易完毕。
早晨,雨歇天晴,
只见细碎的浮萍满池,
何处有杨花的踪迹?
可叹呵! 春色总共还剩三分,
二分已飘落埃尘,
一分又跟随流水,
细看来,飞坠的哪里是杨花,
千点万点,全都是离人的眼泪。

念奴娇

赤壁怀古①

苏 轼

【题解】

《念奴娇》,王灼《碧鸡漫志》卷五:"今大石调《念奴娇》,世以为天宝间所制曲,予固疑之。然唐中叶渐有今体慢曲子,而近世有填《连昌词》入此曲者。"元稹《连昌宫词》中有"力士传呼觅念奴,念奴潜伴诸郎宿。须臾觅得又连催,特敕街中许燃烛。春娇满眼泪红绡,掠削云鬟旋装束"语。作者自注云:"念奴,天宝中名倡,善歌。"调名《念奴娇》本此。宋词此调始见于苏轼词,因苏轼〔赤壁怀古〕词特别有名,又称《大江东去》、《大江东》、《酹江月》等。

神宗元丰五年(公元1082年),苏轼谪居黄州游赤壁时写下这首名作。他在《与陈季常书》中曾说:"日近新阕甚多,篇篇皆奇",此篇就是他词风革新、词艺臻于精绝的代表作之一。词中以濡染大笔绘出江流浩荡、"乱石穿空,惊涛拍岸"的古战场雄奇壮丽的景象,令人惊心骇目、叹为观止,并引起一种超越时空的遐想。在众多豪杰中,作者着意塑造了周瑜的英雄形象,又以"小乔初嫁"衬托其风流儒雅。"羽扇纶巾,谈笑间、强虏灰飞烟灭"两句,赞颂他指挥若定的大将丰采,赞颂他建立的赫赫战功,笔墨省净,却十分传神。缅怀古人古事对照自己,作者感伤年纪老大而功业无成,不由得发出深深慨叹,这慨叹中寓有对建功立业的极度渴望和对不公平命运的愤激情绪,发人深省。此词笔力遒劲,高唱入云,真有"一洗万古凡马空"气象。俞文豹《吹剑续录》载:"东坡在玉堂(翰林院),有幕士善讴。因问:'我词比柳词何如?'对曰:'柳郎中词,只合十七八女郎,执红牙板,歌"杨柳岸、晓风残月";学士词,须关西大汉,铜琵琶,铁绰板,唱"大江东去"。'"可见此词很能代表苏词的典型风格。胡仔《苕溪渔隐丛话前集》盛赞本词:"语意高妙,真古今绝唱。"后人推尊此词,和韵之作甚多。

【原词】

　　大江东去,浪淘尽、千古风流人物。故垒西边,人道是、三国周郎赤壁②。乱石穿空,惊涛拍岸,卷起千堆雪。江山如画,一时多少豪杰。

　　遥想公瑾当年③,小乔初嫁了④,雄姿英发⑤。羽扇纶巾⑥,谈笑间、强虏灰飞烟灭⑦。故国神游,多情应笑我,早生华发。人生如梦,一樽还酹江月⑧。

注释

　　①赤壁:赤壁之说不一,实际上三国时周瑜击败曹操大军的赤壁是在湖北蒲圻县西北、长江南岸。朱彧《萍洲可谈》卷二载黄州"州治之西,距江名赤鼻矶,俗呼鼻为弼,后人往往以此为赤壁。……东坡词有'人道是周郎赤壁'之句,指赤鼻矶也。坡非不知自有赤壁,故言'人道是'者,以明俗定尔。"

　　②周郎:《三国志·吴志·周瑜传》载,周瑜年二十四为中郎将,吴中皆呼为周郎。

　　③公瑾:周瑜字公瑾。

　　④小乔:周瑜妻。乔,本作桥。《三国志·吴志·周瑜传》载,周瑜从孙策攻皖,"得桥公两女,皆国色也。策自纳大桥,瑜纳小桥。"

　　⑤雄姿:《三国志·吴志·周瑜传》:"瑜长壮有姿貌。"英发,指言论见解卓越不凡。《三国志·吴志·吕蒙传》载孙权曾和陆逊评论当时人物,说:"公瑾雄烈,胆略兼人",吕蒙可以次于公瑾,"但言论英发,不及之耳。"苏轼《送欧阳推官赴华州监酒》诗:"知音如周郎,议论亦英发。"

　　⑥羽扇纶(guān)巾:魏、晋时人的装束。羽扇,亦用以指挥军事。《晋书·顾荣传》:"(陈)敏率万余人出,不获济。荣麾以羽扇,其众溃散。"纶巾,青丝带做的头巾。《晋书·谢万传》:"万著白纶巾,鹤氅裘,履版(木屐)而前。"

　　⑦谈笑间句:指赤壁大战中周瑜使用火攻,烧毁了曹军的战船,使曹军大败。

强虏,一作"樯橹"。李白《赤壁歌送别》诗:"二龙争战决雌雄,赤壁楼船扫地空。烈火张天照云海,周瑜于此破曹公。"

⑧酹(lèi):把酒倒在地上祭奠。

【今译】

　　大江滚滚向东流去,
　　终古以来,浪底淘尽了
　　无数英雄人物的业绩!
　　故旧营垒之西,
　　听说是三国时
　　大破曹军的周郎赤壁。
　　陡峭不平的山崖,
　　高高插入云际,
　　惊涛骇浪凶猛地拍击江岸,
　　千万堆雪浪一重重卷起。
　　江山美丽如画,
　　曾有多少豪杰争雄斗奇。

　　遥想公瑾当年,
　　小乔刚刚出嫁,
　　映衬他更加英姿勃勃,
　　议论卓绝、风流儒雅。
　　头戴青丝巾,手执白羽扇,
　　看他临战多么从容潇洒,
　　指挥若定,谈笑间
　　强敌就如同烟尘飞灭熔化。
　　神游故国旧地,
　　真要笑我多情善感、早生白发。
　　唉,人生不过像一场梦啊,
　　还是让我高举杯酒,
　　致意永恒的江水和月华。

永遇乐

苏 轼

彭城夜宿燕子楼,梦盼盼,因作此词①。

【题解】

《永遇乐》,词调名,首见于柳永词。

此词系神宗元丰元年(公元1078年)苏轼知徐州时所作。上片描写深秋夜色,清绝、幽绝,"曲港跳鱼,圆荷泻露"的细微动景的描绘,更显出万籁俱寂,作者心迹双清。以下述梦境为鼓声、落叶声惊断的茫茫然及寻梦不见的怅惘,体物入微。下片抒发由梦境所引起的对于世事无常、古今如梦的无限感慨,以及作者留恋人生终于不能超脱、彻悟的矛盾心情,真实精警,悱恻动人。词中又表达了作者因功业无成、政治上不得志而产生的、对于奔走仕途的厌倦和思归故里却不能的苦闷。"燕子楼"十三字咏盼盼事,言简意繁,寄慨万端,兴起以下"后之视今,亦犹今之视昔"的历史浩叹。整首词如环无端,熔情、景、理于一炉,在清丽缠绵的情致中寓清旷超迈之思,自然天成,无一毫雕琢痕迹。

【原词】

　　明月如霜②,好风如水,清景无限。曲港跳鱼,圆荷泻露,寂寞无人见。紞如三鼓③,铿然一叶④,黯黯梦云惊断⑤。夜茫茫、重寻无处,觉来小园行遍。　天涯倦客,山中归路,望断故园心眼。燕子楼空,佳人何在?空锁楼中燕。古今如梦,何曾梦觉?但有旧欢新怨。异时对、黄楼夜景⑥,为余浩叹。

【注释】

　　①彭城三句:彭城,今江苏徐州。白居易《燕子楼诗序》:"徐州故尚书(张建封)有爱妓名盼盼,善歌舞,雅多风态。尚书既没,彭城有旧第,第中有小楼名燕子。盼盼念旧爱而不嫁,居是楼十余年。"

②明月如霜:李白《静夜思》诗:"床前明月光,疑是地上霜。"

③紞(dǎn)如三鼓:三更敲响了。紞,打鼓声。如,语助词。《晋书·邓攸传》引吴人歌:"紞如打五鼓,鸡鸣天欲曙。"

④铿然:形容声音清脆悦耳如金石、琴瑟。

⑤黯黯:伤神貌。梦云,指梦盼盼,用宋玉《高唐赋序》楚襄王梦神女事。

⑥黄楼:彭城东门上的大楼,苏轼在徐州时所建。

【今译】

　　明月寒白似霜,
　　好风凉爽如水,
　　深秋的景色清丽无限。
　　曲港里鱼儿泼喇跳跃,
　　夜露轻轻流泻在圆圆的荷叶,
　　万籁俱寂,这美景没有别人得见。
　　三更沉沉的鼓声振荡,
　　一片秋叶坠地,铿然如击金石,
　　把我的好梦惊断,我心情凄伤黯淡。
　　夜色茫茫,
　　失落的梦已无处重寻,
　　醒来,我独自走遍庭园。

　　我这厌倦了宦海风波的天涯行客,
　　向往踏上山中归路,向往返回故乡,
　　多年来,心心念念,望穿了双眼。
　　燕子楼空空如也,
　　佳人今在何处?
　　楼中空锁着旧燕。
　　古往今来的一切都像是梦,
　　又何曾真正从梦中警觉?
　　总忘不了从前的欢娱,现时的愁怨。
　　正如我今天缅怀久远的故事,
　　将来,对着黄楼夜景,

人们也会为我深深叹息,思绪万千。

洞仙歌

苏　轼

余七岁时,见眉州老尼,姓朱,忘其名,年九十岁。自言尝随其师入蜀主孟昶宫中①。一日大热,蜀主与花蕊夫人夜纳凉摩诃池上②,作一词③。朱具能记之。今四十年,朱已死久矣,人无知此词者,但记其首两句。暇日寻味,岂《洞仙歌令》乎?乃为足之云。

【题解】

《洞仙歌》,唐教坊曲名,后用为词调。此调欧阳修词,名《洞仙令》,潘阆词,名《羽仙歌》,《宋史·乐志》,名《洞中仙》。始见于敦煌词。

本词是苏轼的名篇之一,作于神宗元丰六年(公元1083年),写作之由作者词序中已讲得十分清楚,篇中所述情景,纯由想像生发。上片记人物、环境之清凉,人物则"冰肌玉骨",具不同凡响的神仙资质,环境则水殿、清风、暗香、月光,如置身月殿瑶台的清虚之境,无一毫尘俗气。"绣帘开"几句绘闺房情景宛然如见,"一点明月窥人"句,"一点"与"窥"字灵动奇妙,为本词增添许多情致。下片描写蜀主孟昶和花蕊夫人留连月下纳凉所见以及因纳凉而思秋风,因思秋风而感念流光飞逝的怅惋之情,其间融入作者对人生的深深感慨,自然流丽。整首词奇逸疏隽,如空山鸣泉,清响绝伦。"清空中有意趣,无笔力者未易到"(张炎《词源》卷下)。

【原词】

冰肌玉骨④,自清凉无汗。水殿风来暗香满⑤。绣帘开、一点明月窥人,人未寝,欹枕钗横鬓乱。　起来携素手⑥,庭户无声,时见疏星渡河汉⑦。试问夜如何?夜已三更,金波淡、玉绳低转⑧。但屈指、西风几时来,又不道流年⑨、暗中偷换。

【注释】

①孟昶(chǎng)：五代时后蜀国君，生活奢侈，爱好文学，工声曲，后兵败降宋，封秦国公。

②花蕊夫人：陶宗仪《辍耕录》："蜀主孟昶纳徐匡璋女，拜贵妃，别号花蕊夫人，意花不足拟其色，似花蕊之翾(xuān)轻也。或以为姓费氏，则误矣。"

③作一词：苏轼词序云词已失传，只记其首二句，后世所传孟昶《玉楼春》词乃"东京士人隐括东坡《洞仙歌》"(沈雄《古今词话》)。赵闻礼《阳春白雪》引潘叔明云："蜀帅谢元明因开摩诃池，得古石刻，遂见全篇(指原《洞仙歌》)，词云：'冰肌玉骨，自清凉无汗。贝阙琳宫恨初远。玉阑干倚遍，怯尽朝寒；回首处，何必留连穆满。芙蓉开过也，楼阁香融，千片红英泛波面。洞房深深锁，莫放轻舟。瑶台去，甘与尘寰路断。更莫遣流红到人间，怕一似当时误他刘阮'。"宋翔凤《乐府余论》评此词为伪托。

④冰肌玉骨：庄子《逍遥游》："藐姑射之山，有神人居焉，肌肤若冰雪，淖约若处子……"

⑤水殿：指筑于成都摩诃池上的宫殿。暗香：指梅、兰、荷、菊一类花清幽的香气。

⑥素手：美人白皙的手。

⑦河汉：天河，银河。

⑧金波：月光。《汉书·礼乐志·郊祀歌》："月穆穆以金波，日华耀以宣明。"注："言月光穆穆，若金之波流也。"玉绳，两星名，在北斗第五星玉衡的北面。谢朓《暂使下都夜发新林……》诗："金波丽鳷鹊，玉绳低建章。"

⑨不道：不觉。

【今译】

　　我七岁时，见到眉山一位九十岁的老尼姑，姓朱，忘了叫什么名字。她说曾经跟随她的师父到过蜀主孟昶的宫中。有一天，天气奇热，蜀主和花蕊夫人夜里在摩诃池上乘凉，作了一首词，朱全都能记得。现在过了四十年，姓朱的尼姑早已死去，再没有人知道这首词，而我只记得开头两句。空闲时我仔细思索品味，这不正是《洞仙歌令》吗？于是我就把它补成一首完整的词。

　　冰雪是她的肌肤，
　　白玉是她的柔骨，
　　本来就天人般清凉非凡。

水殿好风阵阵,
送荷花的幽香溢满。
清风吹开绣帘,
一点明月透入帷幔,
窥见那人还未安眠,
枕头边,钗钿横斜、鬓发散乱。

他们一同起身,
拉着手在月下久久盘桓。
庭院悄无声息,
仰望苍空,不时看见
飞渡银河的疏星数点。
试问夜分如何?
夜深沉已是三更,月光清淡,
北斗低低斜转。
他们细细地计算
几时才到清凉的秋天,
却深深怅惋当西风来临,
又将暗中偷偷改换
那流水般去而不还的华年。

卜算子·黄州定惠院寓居作①

苏　轼

【题解】

《卜算子》,词调名。万树《词律》卷三《卜算子》:"毛氏云:'骆义乌(骆宾王)诗用数名,人谓为"卜算子",故牌名取之'。按山谷词'似扶著卖卜算',盖取义以今卖卜算命之人也"。沈雄《古今话词·词辨卷上》引《古今词谱》谓《卜算子》的平韵,即《巫山一段云》。按柳永、张先集中均有《卜算子慢》,据此,《卜算子》词调的出现当更早。此调因苏轼有"缺月挂疏桐"句,故又名《缺月挂疏桐》。其它异名有《百尺楼》、《楚天遥》等。

本词作于神宗元丰六年(公元1083年)"乌台诗案"之后,苏轼以罪人身分索居黄州,政治上极度失意,故旧亲朋又多与之疏隔,词中借咏孤雁,自标高洁,表示不与世俗同流而宁肯固守孤独、落寞的人生态度和幽僻心情。"初从人说起,言如孤鸿之冷落;下专就鸿说,语语双关,格奇而语隽,斯为超诣神品"(黄了翁《蓼园词选》)。词中是人是雁,浑然不可分割,取象托譬,寄意深远,风格清奇冷隽,诚如黄庭坚所说:"语意高妙,似非食烟火人语。非胸中有数万卷书,笔下无一点尘俗气,孰能至此!"(《山谷题跋》)。此词章法颇奇特,胡仔《苕溪渔隐丛话前集》卷三十九云:"此词本咏夜景,至换头但只说鸿,……盖其文章之妙,语意到处即为之,不可限以绳墨也。"

【原词】

缺月挂疏桐,漏断人初静②。谁见幽人独往来,飘渺孤鸿影③。惊起却回头,有恨无人省④。拣尽寒枝不肯栖⑤,寂寞沙洲冷。

【注释】

①黄州:苏轼于元丰三年(公元1080年)三月贬至黄州(今湖北黄冈),初寓居定惠院。定惠院,在黄冈县东南,惠,一作"慧"。
②漏断:漏壶里水滴尽了。指深夜。漏,古时用水计时之器。静,一作"定"。
③飘渺:高远隐约貌。
④省(xǐng):领悟,了解。
⑤拣尽句:陈鹄《耆旧续闻》卷二:"盖'拣尽寒枝不肯栖',取兴鸟择木之意,所以山谷谓之高妙。"

【今译】

一弯缺月挂在疏落的梧桐,
漏壶已不再滴响,
深夜是多么寂静。
有谁看见幽居的我独自彷徨?
宛如形影相吊的孤雁,
在悠悠的天地间、飘忽来往。

它时而被什么惊起,
猛然转回若有所思的头;
仿佛有满心愁怨,
却恨没有人为它分忧。
拣尽寒枝不肯随便栖息,
它宁愿独自徘徊在寂寞凄冷的沙洲。

青玉案

送伯固归吴中①

苏　轼

【题解】

　　元丰间苏轼曾请求居住常州,并在宜兴买田置屋,预备终老于斯。神宗去世,旧党执政,苏轼一度任京官,后因反对废除一切新法为旧党所不满,又与程颐等人发生矛盾,请求外放,于元祐四年(公元1089年)出知杭州。苏坚随其在杭三年,本词为元祐七年(公元1092年)送苏坚归吴中而作。上片用当地典故,抒写作者对苏坚归吴的羡慕和自己对吴中旧游的系念之情。过片使用虚笔,以王维诗画赞美吴中山水,抒发自己欲归不得的叹惋,间接地表现他对宦海浮沉的厌倦,笔致极委婉清丽。况周颐说"'曾湿西湖雨',是情语,非艳语,与上三句相连属,遂成奇艳、绝艳,令人爱不忍释"(《蕙风词话》)。

【原词】

　　三年枕上吴中路,遣黄犬②、随君去。若到松江呼小渡,莫惊鸳鹭,四桥尽是③、老子经行处。　辋川图上看春暮④,常记高人右丞句⑤。作个归期天定许⑥,春衫犹是,小蛮针线⑦,曾湿西湖雨。

【注释】

　　①伯固:苏坚,字伯固,苏轼宗族。
　　②黄犬:《晋书·陆机传》载陆机有犬名黄耳,他在洛阳时,曾系书犬颈,致松江家中,并得回书返洛。

③四桥:指苏州垂虹桥、枫桥等四座名桥。
④辋川图:唐王维官尚书右丞,有别墅在陕西蓝田辋川,维尝于蓝田清凉寺壁上画辋川图。
⑤常记句:此句语意双关,赞美王维诗,同时称誉苏坚诗才。
⑥天定许:别本作"天已许"。
⑦小蛮:白居易有姬樊素善歌,妓小蛮善舞,白有诗赞二姬:"樱桃樊素口,杨柳小蛮腰。"此处泛指侍妾。

【今译】

　　三年来,我在梦中走遍了吴中旧路,
　　我让黄犬跟随你归去,
　　好常常带给我吴地的消息。
　　假如你到松江去呼唤舟子摆渡,
　　请记住,千万不要惊动
　　江边的鸳鸯和白鹭,
　　它们都曾同我一起
　　徜徉在姑苏四桥的佳胜处。

　　看吴中暮春的清景,
　　如王维的辋川图那样美丽,
　　正像当年的高人右丞,
　　你将吟咏美妙的诗句。
　　我想苍天会允许我归去,
　　我身上穿的
　　还是小蛮老早缝制的春衣,
　　它曾浸湿过多少西湖的丝雨。

临江仙·夜归临皋

苏 轼

【题解】

　　此词王文诰《苏诗总案》题作"壬戌(元丰五年,公元1082年)九月,雪堂夜饮,醉归临皋作。"叶梦得《避暑录话》云:"子瞻在黄州病赤眼,逾月不愈,或疑有他疾,过客遂传以为死矣。……故后量移汝州,谢表有云:'疾病连年,人皆相传为已死'。未几,复与客饮江上,夜归,江面际天,风露浩然,有当其意,乃作歌词,所谓'夜阑风静縠纹平,小舟从此逝,江海寄余生'者,与客大歌数过而散。翌日,喧传子瞻夜作此词,挂冠服江边,挐舟长啸去矣。郡守徐君猷闻之,惊且惧,以为州失罪人,急命驾往谒,则子瞻鼻鼾如雷,犹未兴也。然此语卒传至京师,虽裕陵(神宗)亦闻而疑之。"上述故事说明了苏轼待罪黄州的政治处境何等艰危,正如李白遭到打击后,声称"人生在世不称意,明朝散发弄扁舟"(《宣州谢朓楼饯别校书叔云》诗),本词所抒写的想要获得解脱,获得精神上的自由的强烈愿望是十分合理和自然的。本词不假藻饰,直抒胸臆而自然动人,行吟江畔的不得志的词人形象历历如在目前。

【原词】

　　夜饮东坡醒复醉①,归来仿佛三更。家童鼻息已雷鸣,敲门都不应,倚杖听江声。　长恨此身非我有②,何时忘却营营③。夜阑风静縠纹平④,小舟从此逝,江海寄余生。

【注释】

　　①东坡:在黄冈的东面,苏轼谪居黄州时,筑屋于此(即雪堂),作为游息之所,因以为号。寓所在黄冈县南长江边(即临皋)。
　　②此身非我有:《庄子·知北游》:"舜问乎丞曰:'道可得而有乎?'曰:'汝身非汝有也,汝何得有夫道?'舜曰:'吾身非吾有也,孰有之哉?'曰:'是天地之委形也。'"此谓身不由己,不能自主,因拘于外物之故,这里亦有不能自己掌握命运的

愤懑之意。

　　③营营：纷扰貌，指为世俗名利而奔忙、劳神。
　　④縠(hú)纹：比喻水的波纹如绉纱。宋祁《玉楼春》词："东城渐觉风光好，縠绉波纹迎客棹。"

【今译】
　　我在东坡尽情夜饮，
　　醒醒醉醉，醉醉醒醒，
　　归来时差不多已是三更。
　　家童早都熟睡，鼻息有如雷鸣，
　　敲门也没有人应承，
　　我只得斜靠着手杖，
　　独自倾听江上的涛声。

　　长恨这躯体本不属于我自身，
　　何时才能完完全全地
　　忘掉名利和世情？
　　夜深沉，风已停，
　　水波轻泛，绉纱般温柔平静。
　　我将驾一叶小舟从此远去，
　　在隐秘的江海度我的余生。

定风波

苏　轼

　　三月三日沙湖道中遇雨①，雨具先去，同行皆狼狈②，余不觉。已而遂晴，故作此。

【题解】
　　这首词作于神宗元丰五年(公元1082年)，时苏轼谪居黄州，政治处境十分险恶，但他却总能保持坦荡的胸怀，而不戚戚于贫贱。此词只写了生活中的一件小事,以曲笔直抒胸臆,表现作者豪迈开朗的个性和履险如夷的人生态度。"一蓑烟雨任平生",不仅指苏轼对待自然界的风风雨雨能处之泰然,也表现了他对政治上阴晴无定、升沉难测的情况,听任自然的超脱气度和不畏挫折的坚毅精神,语意双关,情味隽永,且富有理趣。

【原词】

　　莫听穿林打叶声,何妨吟啸且徐行③。竹杖芒鞋轻胜马,谁怕?一蓑烟雨任平生。　料峭春风吹酒醒④,微冷,山头斜照却相迎。回首向来萧瑟处,归去,也无风雨也无晴。

注释

　　①沙湖:在黄冈县东三十里处。
　　②狼狈:进退两难的样子。
　　③吟啸:吟诗、长啸,表示意态闲适。陶渊明《归去来辞》:"登东皋以舒啸,临清流而赋诗。"
　　④料峭:风寒着肌战慄貌,多形容春寒。陆龟蒙《开元寺客省早景即事韵》诗:"橘柚满地贝多雪,料峭入楼于闐风。"

【今译】

　　三月三日在沙湖道中遇雨,拿着雨具的仆人先走了,同行者在风雨中一个个感到进退两难,只有我毫不在意。一会儿天气重又放晴,于是写下此词。

　　何必去理会那穿林打叶的雨声,
　　不妨一边吟咏一边长啸,
　　悠然地前行。
　　竹杖和草鞋轻捷更胜骏马,
　　有什么可怕?
　　我披一领蓑衣,只管在风雨中过它一生?

　　轻寒的东风将酒意吹醒,

我感到微冷,
山头初晴的斜阳却在相迎。
回望走过的风雨萧瑟处,
我信步归去,
既无所谓风雨,也无所谓天晴。

江城子

乙卯正月二十日夜记梦[①]

苏 轼

【题解】

《江城子》,词调名,始见于晚唐韦庄词,为平韵单调。欧阳炯所作词中有"如西子镜,照江城"语,犹含本意。至宋始作双调,实将原曲重增一阕。一名《江神子》;韩淲词有"腊后春前村意远"句,故又名《村意远》。

苏轼妻王弗是青神乡贡进士王方之女,仁宗至和元年(公元1054年),年方十六,与苏轼结婚,夫妇感情很好,不幸王弗年仅二十七岁即染病早逝。神宗熙宁八年(公元1075年),苏轼知密州(40岁),写下这首著名的悼亡词,对亡妻表达了永难忘情的怀念,并寄寓仕宦不得志的深沉感慨。词中所记梦中之日常生活小景,亲切而沉痛,令人不忍卒读。此词感情淳厚凝重,格调高尚凄厉,成就远在元稹《遣悲怀》诗以上。

【原词】

十年生死两茫茫[②],不思量,自难忘。千里孤坟[③],无处话凄凉。纵使相逢应不识,尘满面、鬓如霜。 夜来幽梦忽还乡,小轩窗,正梳妆。相顾无言,惟有泪千行。料得年年肠断处,明月夜、短松冈。

注释

①乙卯:宋神宗熙宁八年(公元1075年)。
②十年:王弗卒于宋英宗治平二年(公元1065年)五月,至作此词,正十年。

③千里孤坟:苏轼《亡妻王氏墓志铭》:"明年(治平三年,公元1066年)六月壬午,葬于眉(山)之东北彭县安镇乡可龙里先君先夫人墓之西北八步。"

【今译】

十年来,一死一生,
两下里音信茫茫。
就算不去特别思量,
这份久远的深情总也难忘。
你孤独的坟墓在千里之外,
我到哪儿去诉说心中的凄伤。
纵然能够重逢,
如今我旅尘满面,两鬓如霜,
你也无法辨识我当年的模样。

夜里我忽然梦见回到了故乡,
你正坐在小窗下,
像从前一样对镜梳妆。
我们久久地互相凝望,
说不出一句话,
唯有泪流千行。
料定每当明月之夜,
想起你在那植满小松的山冈,
将使我年复一年痛断肝肠。

木兰花·次欧公西湖韵①

苏 轼

【题解】

这首词于哲宗元祐六年(公元1091年)作于颍州(治所在今安徽阜阳)知州任上,时年56岁。苏轼早年知遇于欧阳修,二人谊兼师友,交情非比寻常。当他泛舟于颍水,自然而然地追念在这里作过知州、并终老于斯的欧公。上片先描写深秋淮河将涸的荒落景象,并以颍水呜咽来诉说对欧公的思念。正当他临风怀想、情不自禁,更听得传来佳人高唱醉翁词的歌声,于是益增悲惋,深叹流光如飞电一闪。过片仍借秋露和明月发人生短暂、世事无常之慨。末二句想落天外,偕"西湖波底月"共抒伤逝哀情,内涵丰富,诗情浓郁,令人玩味不尽。整首词任情而发,"觉来落笔不经意,神妙独到秋毫颠"(苏轼《书吴道子画后》)。

【原词】

　　霜余已失长淮阔,空听潺潺清颍咽。佳人犹唱醉翁词②,四十三年如电抹③。　　草头秋露流珠滑④,三五盈盈还二八⑤。与余同是识翁人,惟有西湖波底月。

注释

　　①欧公西湖韵:欧阳修在颍州写有《木兰花》多首,其中之一云:"西湖南北烟波阔,风里丝簧声韵咽。舞余裙带绿双垂,酒入香腮红一抹。杯深不觉琉璃滑,贪看六幺花十八。明朝车马各西东,惆怅画桥风与月。"

　　②醉翁词:指欧阳修咏颍州西湖的词,如《木兰花》若干首及组词《采桑子》等。

　　③四十三年:指上距欧阳修为颍州知州的年数。

　　④草头句:古乐府《薤露》:"薤上露,何易晞!露晞明朝更复落,人死一去何时归。"曹操《短歌行》:"对酒当歌,人生几何?譬若朝露,去日苦多。"此化用其意。

　　⑤三五:十五。二八:十六。谢灵运《怨晓月赋》:"昨三五兮既满,今二八兮将缺。"

【今译】

　　秋霜降后,
　　长淮失去了往日壮阔的气势,
　　只听见颍水潺潺,
　　像是在代我哭泣伤逝。
　　河上传来歌声悠扬,
　　佳人还唱着醉翁的曲词。

四十三年匆匆流去,
如同飞电一闪即驰。

生命像草上秋露晶莹圆润,
遗落消失却不过一瞬。
十五的月轮多么皓洁完满,
第二天就会渐渐缺损。
和我一样同醉翁相识,
如今还剩有几人?
唯有西湖波底的明月,
曾经把所有的人照临。

贺新郎

苏 轼

【题解】

《贺新郎》,宋人常用的长调之一。首见于苏轼词,因词中有"晚凉新浴",亦题为《贺新凉》。毛先舒《填词名解》卷三谓此调系苏轼所创。

这首词咏人兼咏物。上片描写在清幽环境中的一位美人,她高洁绝尘,又十分孤独寂寞。"帘外谁来推绣户"几句,化用唐李益"开门复动竹,疑是故人来"(《竹窗闻风寄苗发司空曙》)诗意,却更具神韵,如梦似幻,动而愈静,极其婉曲地表现了女主人公的孤寂。过片转而咏榴花,这不与"浮花浪蕊"为伍的榴花,也即是女主人公的象征。最后四句描写美人和榴花的迟暮之叹,意境极似杜甫《佳人》诗:"天寒翠袖薄,日暮倚修竹"。这首词意象清隽,托意高远,隐约地抒写了作者怀才不遇的抑郁情怀。

【原词】

乳燕飞华屋①,悄无人、桐阴转午②,晚凉新浴。手弄生绡白团扇,扇手一时似玉③。渐困倚、孤眠清熟。帘外谁来推绣户?枉教人、梦断瑶台曲④,又却是、风敲竹。　石榴半吐红巾蹙⑤,待浮花、浪蕊都尽⑥,伴君幽独。秾艳一枝细看取,芳心千重似束。又恐被、西风惊绿,若待得君来向此,花前对酒不忍触。共粉泪、两簌簌。

注释

①飞华屋:曾季貍《艇斋诗话》:"其真本云:'乳燕栖华屋',今本作'飞',非是。"赵彦卫《云麓漫钞》卷四,亦云"见真迹作'栖',并云'以此知前辈文章为后人妄改亦多矣'。"

②桐阴:原本作"槐阴",据别本改。

③扇手句:《世说新语·容止篇》:"王夷甫容貌整丽,妙于玄谈,恒捉白玉柄麈(zhǔ)尾,与手都无分别。"此用其意。

④瑶台:屈原《离骚》:"望瑶台之偃蹇兮,见有娀(sōng)之佚女。"瑶台,以玉为台,指仙境。曲,幽深处。

⑤红巾蹙:白居易《题孤山寺山石榴花示诸僧众》诗:"山榴花似结红巾,容艳新妍占断春。"

⑥浮花浪蕊:韩愈《杏花》诗:"浮花浪蕊镇长有,才开还落瘴雾中。"

【今译】

初生小燕飞进华丽的屋宇,
静悄悄没有半点儿声息。
桐树阴渐渐转过午后,
黄昏的清凉中你刚刚沐浴。
手里摆弄着生丝团扇,
一时间扇子和纤手都美如白玉。
你困倦了,
独自斜卧不觉睡熟,
是谁,在帘外推着雕镂的门户?
白白地把人
从仙游的美梦中惊觉,
原来只是风儿敲击着翠竹。

半开的石榴花宛如摺皱的红巾,
等浮艳轻薄的百花开尽,

她才来陪伴你,安慰你的幽独凄清。
请仔细看看这秾丽的花枝,
重重叠叠的花瓣像是束在一起。
真怕西风骤吹,
红花会立刻凋谢,只留下残绿,
假如那一时辰到临,
花前对酒,又怎忍看这情景。
你掺和着脂粉的眼泪,
将与花片一同簌簌落尽。

鹧鸪天

黄庭坚

座中有眉山隐客史应之和前韵,即席答之①。

【作者简介】

黄庭坚(公元1045—1105年),字鲁直,号山谷,又号涪翁。洪州分宁(今江西修水)人。治平四年(公元1067年)进士。曾任国子监教授、校书郎、起居舍人等官职。绍圣时新党执政,迫害元祐旧臣,黄庭坚被诬以修《神宗实录》不实的罪名,责贬涪州(今四川涪陵)别驾。徽宗时曾一度起用,后又被除名编管宜州(今广西宜山),死于贬所。他以诗文受知于苏轼,为苏门四学士之一。他是江西诗派的开山大师,诗风生新瘦硬,他又是著名的书法家。词与秦观齐名,艺术成就则逊于秦。其词良莠不齐,早期词作多写花月艳情,部分篇章流于猥亵,为人所讥。有些词疏宕豪迈,表现他"超轶绝尘,独立万物之表"(苏轼语)的兀傲性格与浩然之气,风调颇近苏轼。有《山谷词》,又名《山谷琴趣外篇》。

【题解】

黄庭坚绍圣元年(公元1095年)被贬涪州,先居黔州(今四川彭水),后移戎州(今四川宜宾)前后五年余,但他身处逆境,却"不以得丧休戚芥蒂其中"(《豫章先生传》),自持清操,讲学、著述不倦。对不公平的命运,他心中虽然充满愤激情绪,却总是以一种调侃、自嘲、慢世侮俗的方式来表现,而不流于哀怨颓丧。这首词形象地描绘了作者"风前横笛斜吹雨,醉里簪花倒著冠"的狂情醉态,以表示对现实社会的抗争,并以尽眼前之欢娱从反面写出内心深处的悲愤。最后两句用傲霜菊花为喻,抒写了烈士暮年志节不移,一任时人冷眼相看、独立特行的人生态度和高洁的胸次。全词语言陡健清峭,风格疏宕豪迈,不失为一首佳作。

【原词】

黄菊枝头生晓寒,人生莫放酒杯干。风前横笛斜吹雨[②],醉里簪花倒著冠[③]。 身健在,且加餐。舞裙歌板尽清欢。黄花白发相牵挽,付与时人冷眼看。

注释

①史应之:黄庭坚在戎州贬所结识的友人。黄庭坚《谢应之》诗,任渊注云:"应之名铸,眉山人,授馆于人,为童子师;落魄无检,喜作鄙语,人以屠侩目之;客泸、戎间,因识山谷。"

②风前句:黄庭坚《念奴娇》有云:"老子平生,江南江北,最爱临风笛。"

③醉里句:用山简事。晋朝山简镇守襄阳时,喜欢在外饮酒,常常大醉骑马而归。当地民歌唱曰:"山公时一醉,径造高阳池。日暮倒载归,酩酊无所知。复能骑骏马,倒著白接篱(一种白帽子)。"

【今译】

宴会上有眉山隐士史应之,他曾依我的一首《鹧鸪天》写了和诗,我即席写了这一首以示酬答。

黄菊开放在枝头,
早晨送过来一阵轻寒。
人生能有多少岁月,
且莫让酒杯空干。
我在斜风细雨中吹起横笛,

旁若无人,一副狂态。
喝醉酒我满头插花,
又把帽子倒戴。

趁着此身健在,
我要努力加餐饭。
细细欣赏缓歌曼舞,
尽情享受人世清欢。
黄花和白发,
正是携手同行的友伴,
坚守我们的晚节,
任他时人冷眼相看。

定风波

次高左藏使君韵①

黄庭坚

【题解】

本词作于黔州贬所。黔州荒凉僻远,气候恶劣,但黄庭坚却能随缘自适、安贫乐道,置荣辱生死于度外。而他天性中原有沉着、滑稽、孤芳自赏的特点,所以能够"处涸泽以犹欢"。这首词以轻松而豪健的笔调,写出他重阳节酬饮赏菊的风雅情致、骑马驰射的英雄气概,以及艺术上不断进取的奋发精神,读之使人神气鹰扬。

【原词】

万里黔中一漏天②,屋居终日似乘船。及至重阳天也霁,催醉,鬼门关外蜀江前③。　莫笑老翁犹气岸④,君看,几人黄菊上华颠⑤?戏马台南追两谢⑥,驰射,风流犹拍古人肩。

【注释】

①高左藏:作者友人,生平不详。使君,古代对州郡长官的尊称。

②黔中:郡名,唐置,后改黔州,宋升为绍庆府,治所在今四川彭水。漏天,指阴雨连绵。白居易《多雨春空过》诗:"浸淫似漏天。"

③鬼门关:即石门关,在四川奉节县东,两山相夹如门,故名。陆游《入蜀记》:"舟中望石门关,仅通一人行,天下至险也。"蜀江,指四川境内流经彭水的乌江。

④气岸:气概高傲。李白《流夜郎赠辛判官》诗:"气岸遥凌豪士前,风流肯落他人后?"

⑤几人句:古代重阳节有插戴菊花的习俗。杜牧《九日齐山登高》诗:"尘世难逢开口笑,菊花须插满头归。"

⑥戏马台:台名,项羽所筑,高八丈,广数百步,在今江苏铜山县南。东晋安帝义熙十二年(公元416年),刘裕北征,至彭城(今江苏徐州),九月九日会将佐群僚于戏马台,赋诗为乐,当时著名诗人谢瞻和谢灵运曾各写一诗。两谢即指谢瞻、谢灵运。

【今译】

　　黔州万里阴雨连绵,
　　就像天漏了一般,
　　终日枯坐家中,
　　如同在水上乘船。
　　待到重阳居然雨过天晴,
　　在鬼门关外乌江前,
　　我要纵情醉饮,
　　趁着这难得的艳阳天。

　　不要笑我虽是老翁,
　　气概依旧高傲不减,
　　试看有几人豪迈地把菊花
　　插上白发苍苍的鬓边?
　　我要追步戏马台南
　　那写下清词秀句的两谢,
　　还要驰马射箭,
　　和古代风流人物并驾比肩!

望海潮·洛阳怀古

秦 观

【作者简介】

秦观(公元1049—1100年),字少游,一字太虚,号淮海居士,扬州高邮(今江苏高邮)人。元丰八年(公元1085年)进士。哲宗时历任太学博士,秘书省正字、国史院编修官。后坐党籍历贬郴(chēn)州(治所在今湖南郴县)、雷州(治所在今广东海康县)等地。徽宗即位(公元1100年),放还,至广西藤州,死于途中。秦观是"苏门四学士"之一,在四学士中他最受苏轼爱重,诗、文、词皆工,词名尤著,当时即负盛誉,如陈师道《后山诗话》赞之为"当代词手",叶梦得《避暑录话》说他"善为乐府,语工而入律,知乐者谓之作家歌,元丰间盛行于淮楚。"《四库全书总目》说他:"诗格不如苏黄,而词则情韵兼胜,在苏黄之上;流传虽少,要为倚声家一作手。"近人薛砺若《宋词通论》称李煜、晏几道、秦观为词中的三位美少年,他们的词风相近。有《淮海居士长短句》传世,存词八十余首,思想内容较狭窄,多抒写爱情和身世之慨。秦观是党争中的牺牲者,他的不幸是由于统治者的一再打击,因此,他词中抒写的愁苦不是无病呻吟,而有着极其深刻的政治背景。他的词艺术成就很高,柔丽典雅,情味深永,音律谐婉。词风上承柳永、晏几道,下开周邦彦、李清照。

【题解】

《望海潮》,词调名,首见于柳永词。柳词为咏钱塘而作,调名当是以钱塘作为观潮胜地取意。

本篇《宋六十名家词·淮海词》题作"洛阳怀古",其实此词系"感旧",作词之地为汴京而非洛阳,作年应在绍圣元年(公元1094年)新党再度执政,作者被贬离京时。元祐五年(公元1092年)秦观制举及第后,曾留京供职五年,多次参与公卿名流的文期酒会。后贬居处州(今浙江丽水)时,有《千秋岁》词"忆昔西池会,鹓鹭同飞盖"句,并深慨"携手处,今谁在?日边清梦断,镜里朱颜改",黄庭坚追和的《千秋岁》亦云:"苑边花外,记得同朝退,飞骑轧,鸣珂碎。齐歌云绕扇,赵舞风回带"。本词抒写今昔之慨,由今感昔,又由昔慨今,错综交织,而以怀旧为主。词中以"陈、隋小赋"手法极力铺叙过去的欢乐,句法丽密,而目前的凄清牢落,却只以疏笔借景物点染,形成强烈对照,感人至深。词中"柳下桃蹊"几句,把绚烂的春色、无处不在的春光渲染得十分真切动人,充满了生意。整首词语言典雅清丽,温婉平和而意脉不断、气骨不衰,是出色的长调。

【原词】

　　梅英疏淡,冰澌溶泄①,东风暗换年华。金谷俊游②,铜驼巷陌③,新晴细履平沙。长记误随车④,正絮翻蝶舞,芳思交加。柳下桃蹊⑤,乱分春色到人家。　西园夜饮鸣笳⑥,有华灯碍月,飞盖妨花⑦。兰苑未空⑧,行人渐老,重来是事堪嗟。烟暝酒旗斜。但倚楼极目,时见栖鸦。无奈归心,暗随流水到天涯⑨。

注释

①冰澌(sī):冰块,澌,流冰。

②金谷:金谷园,在洛阳西北,为晋石崇所建别馆。《晋书·石崇传》载石崇"出为征虏将军,假节,监徐州诸军事,镇下邳。崇有别馆在河阳之金谷,一名梓泽。送者倾都,帐饮于此焉。"此处泛指汴京名园。

③铜驼巷陌:古代洛阳宫门南四会道口,有二铜驼夹道相对,后称铜驼陌。徐陵《洛阳道》诗:"东门向金马,南陌接铜驼"。古人咏洛阳,多以金谷、铜驼对举,如骆宾王《艳情代郭氏赠卢照邻》诗:"铜驼路上柳千条,金谷园中花几色?"刘禹锡《杨柳枝》词:"金谷园中莺乱飞,铜驼陌上好风吹。"此处铜驼巷陌借指汴京的繁华街道。

④误随车:韩愈《嘲少年》诗:"只知闲信马,不觉误随车。"

⑤桃蹊:桃树下的路径,语出《史记·李将军列传》赞引谚云:"桃李不言,下自成蹊。"

⑥西园句:曹植《公宴》诗:"清夜游西园,飞盖相追随。"曹植所言西园在邺城(今河北临漳),此处系用典。鸣笳:奏乐。笳,胡笳,古代传自北方少数民族的一种乐器。

⑦盖:车顶,此借指车辆。

⑧兰苑:犹言花园,指西园。

⑨无奈二句:李频《送友人下第归越》诗:"归意随流水,江湖共在东。"此用其意。

【今译】

梅花已经稀疏浅淡,
河上的流冰渐渐溶化,
又是一度东风,
不知不觉中换了年华。
金谷园是当初的游赏胜地,
铜驼巷陌曾经多么繁丽!
雨后新晴,天朗气清,
我悠闲地漫步,踏着细细的平沙。
总记得错跟上别家女眷的香车,
留下一段温馨的佳话。
那时正柳絮轻翻,蝴蝶群舞,
引起柔曼的情思无涯。
明丽春色,乱纷纷来到每户人家,
不管在桃边还是柳下。

夜晚,在西园宴饮,
弦管歌乐交加。
华灯辉煌灿烂,
掩蔽了明月的光华,
飞驰的车马来来往往,
妨碍人们安闲地赏花。
今天,西园依然游人如云,
我这远行之客却渐至老境,
往昔的欢乐一去不返,
重游旧地只觉得事事伤情。
暮烟凄迷,
寂寞的酒旗斜挂。
独倚高楼极目遥望,

时见天空飞几只寻巢的乌鸦。
我那不可遏制的思归之心,
暗暗跟随流水远到天涯。

八六子

秦　观

【题解】

《八六子》,唐词调名,始见于《尊前集》载杜牧词。

此词抒写怀人之情。起句为神来之笔,见景物而陡然逗起离恨,融入《淮南小山·招隐士》、白居易《赋得古原草送别》及李煜《清平乐》等篇句意,以划尽还生的芳草比喻剪不断的离情,变故为新,用笔空灵含蓄。"念柳外"至"十里柔情"六句,回忆分别情景及往日欢娱,缠绵婉曲,意味无穷。以下几句再叙离恨,并融情入景,以飞花、残雨、黄鹂等幽美意象,衬托凄迷的感情,形容处虽无刻肌入骨之语,却于清淳中见沉着。张炎《词源》评此篇:"离情当如此作,全在情景交炼,得言外意。"本词清丽精美,音律柔曼和谐,确是情韵兼胜的佳作。

【原词】

倚危亭、恨如芳草,萋萋划尽还生①。念柳外青骢别后,水边红袂分时②,怆然暗惊。　无端天与娉婷③,夜月一帘幽梦,春风十里柔情④。怎奈向⑤、欢娱渐随流水,素弦声断,翠绡香减。那堪片片飞花弄晚,濛濛残雨笼晴。正销凝,黄鹂又啼数声⑥。

注释

①恨如二句:《淮南小山·招隐士》:"王孙游兮不归,春草生兮萋萋。"白居易《赋得古原草送别》诗:"离离原上草,一岁一枯荣,野火烧不尽,春风吹又生。……又送王孙去,萋萋满别情。"李煜《清平乐》词:"离恨恰如春草,更行更远还生。"划尽:划,chǎn,铲的异体字。划尽,即铲尽,铲除士净。

②红袂(mèi):红袖,借指美人。

③娉(pīng)婷(tíng):美好貌。南朝乐府《春歌》:"娉婷扬舞袖,阿那曲

身轻。"

④春风十里:杜牧《赠别》诗:"春风十里扬州路,卷上珠帘总不如。"

⑤怎奈向:宋人方言,向即向来之意。

⑥正销凝二句:洪迈《容斋随笔·四笔》说系模仿杜牧《八六子》结句:"正销凝,梧桐又移翠阴。"销凝:销魂、凝魂的略语,谓因感伤而出神。

【今译】

我独倚高亭,
心中离恨恰似这萋萋芳草,
不断铲尽又不断孳生。
同她分别的情景如在眼底,
我把青骢马系在柳外,
望水边红袖渐渐离去。
猛然想起那一幕已是多么久远,
不由得心中凄怆,暗暗惊悸。

苍天没来由赋予她绰约丰姿,
致使我为了她心迷神痴,
在夜月清明的良辰,
深深的绣帘中,
我们曾有过甜蜜的梦境。
十里长街富丽如春风中繁花开放,
却没有谁比她更温柔多情。
无奈往昔的欢娱挽留不住,
它渐渐跟随流水远去,
美妙的乐曲戛然中断,
绿色丝帕的旧香消减,
使我心情黯淡。
哪堪晚风弄,飞花片片,
濛濛残雨笼住了晴天。
正感伤出神,
又听得催春的黄鹂啼叫数声。

满庭芳

秦 观

【题解】

《满庭芳》,词调名,毛先舒《填词名解》说此调名采吴融诗:"满庭芳草易黄昏",又柳宗元诗:"满庭芳草积"。始见于苏轼词。又名《潇湘雨》、《潇湘夜雨》、《锁阳台》、《话桐乡》等。

这是秦观的名作之一。胡仔《苕溪渔隐丛话》引《艺苑雌黄》云:"程公辟守会稽(今浙江绍兴),少游(秦观字)客焉,馆之蓬莱阁。一日,席上有所悦,自尔眷眷不能忘情,因赋长短句。所谓'多少蓬莱旧事,空回首、烟霭纷纷'也。"

此词的特点是"将身世之感,打入艳情"(周济《宋四家词选》),在意境、句法等方面,深受柳永《雨霖铃》影响。作者写此词时年三十一,诗文已享有一定声誉,却仕途蹭蹬,连举乡贡亦未得成功,加上失去爱情慰藉,更使他分外愁闷。词中以凄凉的秋天晚景渲染离情,非常出色。苏轼极赏其首句新奇精警,戏呼秦观为"山抹微云君"。晁补之说"'斜阳外、寒鸦万点,流水绕孤村',虽不识字人,亦知是天生好言语"(吴曾《能改斋漫录》引),但总起来看,此词虽婉丽精工,却不如柳永《雨霖铃》自然动人。

【原词】

　　山抹微云,天粘衰草,画角声断谯门①。暂停征棹②,聊共引离尊。多少蓬莱旧事,空回首、烟霭纷纷。斜阳外,寒鸦数点,流水绕孤村③。
　　消魂,当此际,香囊暗解④,罗带轻分⑤。漫赢得青楼,薄倖名存⑥。此去何时见也?襟袖上、空惹啼痕。伤情处,高城望断,灯火已黄昏⑦。

【注释】

　　①画角:彩绘的号角。详见张先《青门引》注。谯门:建有望远楼的城门。《汉书·陈胜传》:"攻陈,陈守令皆不在,独守丞与战谯门中。"
　　②征棹(zhào):远行的船。

③寒鸦数点:原本作"万点",据别本改。隋炀帝杨广诗(失题):"寒鸦千万点,流水绕孤村。"
④香囊暗解:繁钦《定情诗》:"何以致叩叩(拳拳情意),香囊系肘后。"
⑤罗带轻分:古人以结带象征相爱,罗带轻分表示别离。
⑥青楼句:杜牧《遣怀》诗:"十年一觉扬州梦,赢得青楼薄倖名。"青楼:指妓女的居处。
⑦高城望断:欧阳詹《初发太原途中寄太原所思》诗:"高城已不见,况复城中人。"此用其意。

【今译】

山头抹几缕轻云,
远天粘无边衰草,
城楼上号角声初停。
让航船再稍待片刻,
我们且把别离的酒同饮。
蓬莱阁多少往事,
回想起来,幻如烟霭纷纷。
斜阳外飞着寒鸦数点,
一弯寂寞的流水环绕孤村。

怎不教人黯然伤神,
此时此刻,
暗暗解下香囊当作纪念,
我们就这样轻易离分。
可叹我得到了什么?
只有那薄倖的名声在青楼留存。
这一去,何时才能再见?
我的胸襟和衣袖,空自沾满泪痕。
伤心呵,当我回头凝望,
看不见,城中的伊人,
连高城也已在黄昏的灯火中消隐。

满庭芳

秦 观

【题解】

秦观青年时客游扬州,结交师友与俊杰,醉心于风流豪迈的生活,因而词中屡以在扬州有过曼艳情事的杜牧自况。此词当系绍圣初被贬后途经扬州时所作。上片主要描绘雨后初晴清丽的春景,笔调明快。"飞燕蹴红英"及"舞困榆钱自落"二句,摹写物态出神入化。"东风里"几句及过片四句,回忆当年欢乐,辞采富丽。"渐酒空"以下抚今思昔,抒不尽之感慨,末尾以景结情,与篇首遥相呼应,显示出感情变化过程,极富余味。冯煦说秦观"所为词寄慨身世,闲雅有情思,酒边花下,一往而深"(《宋六十一家词选例言》),于此词可见一斑。

【原词】

晓色云开,春随人意,骤雨才过还晴。古台芳榭,飞燕蹴红英①。舞困榆钱自落②,秋千外、绿水桥平。东风里,朱门映柳,低按小秦筝③。 多情,行乐处,珠钿翠盖④,玉辔红缨⑤。渐酒空金榼⑥,花困蓬瀛⑦。豆蔻梢头旧恨,十年梦、屈指堪惊⑧。凭阑久,疏烟淡日,寂寞下芜城⑨。

注释

①蹴(cù):踢,踏。丁鹤年《登北固山多景楼》诗:"潮蹴海西流。"红英,红花。

②榆钱:榆荚。《本草纲目·木部二》:"榆未生叶时,枝条间先生榆荚,形状似钱而小,色白成串,俗呼榆钱。"

③秦筝:战国时筝已流行于秦地,故称。

④珠钿(diàn):用珠宝制成的花朵形首饰,借指美人。

⑤玉辔(pèi):用玉装饰的马缰绳。缨(yīng),系在颔下的冠带。

⑥金榼(kē):金杯。

⑦莲、瀛:蓬莱和瀛洲。传说中神山名。《汉书·郊祀志上》:"自威、宣、燕昭使人入海求蓬莱、方丈、瀛洲,此三神山者,其传在渤海中。"后用以指想像中的仙境。此处借指美人所在之处。

⑧豆蔻二句:杜牧《赠别》诗:"娉娉袅袅十三余,豆蔻梢头二月初";《遣怀》诗:"十年一觉扬州梦,赢得青楼薄倖名。"此处化用其意。

⑨芜城:指扬州城。北魏入侵及南朝竟陵王刘诞乱后,城邑荒凉,鲍照作《芜城赋》凭吊,后因称扬州为"芜城"。

【今译】

晓空散去了沉沉乌云,
可爱的春天随人心愿,
骤雨才过重又放晴。
古老的池台,芬芳的亭榭,
见飞燕不时戏踏着地上的落英。
榆钱舞困从枝头片片飘下,
秋千外,盈盈绿水与小桥齐平。
和煦东风里,
在杨柳掩映的朱门,
那人轻柔地抚弄着秦筝。

曾经浪漫多情,
游乐的地方,
有乘着翠盖香车的丽人,
而我,是手摇玉辔、帽系红缨的才俊。
往日盛满欢乐的酒杯如今空空,
蓬瀛仙境也无处找寻。
当初的情事记忆犹新,
屈指细算,竟已过去十个春秋,
就如一场幻梦,徒然令我心惊。
我倚栏久久地凝神,
见疏薄暮烟中隐一轮淡日,
寂寞地沉下芜城。

减字木兰花

秦 观

【题解】

《木兰花》,唐教坊曲名,后用作词调(详见前钱惟演《木兰花》题解)。后人就七言八句式,于一、三、五、七句各减去末三字,并调整韵脚,变为句句押韵,两句一换韵,称作《减字木兰花》。

此词以凄婉含蓄的笔触抒写一位女子的相思别情,上片以篆香比喻九曲回肠,奇妙而贴切。下片描写女主人公盼望远人的无限愁闷,显示了她的满怀深情。整首词语言极清丽,意味极绵长。

【原词】

天涯旧恨,独自凄凉人不问。欲见回肠,断尽金炉小篆香①。 黛蛾长敛②,任是春风吹不展。困倚危楼,过尽飞鸿字字愁。

注释

①篆(zhuàn)香:制成篆文形的盘香。

②黛蛾:指眉。黛,青黑色的颜料,古时女子用以画眉。蛾,以蚕蛾触角比喻美人弯弯的眉毛。《诗·卫风·硕人》:"螓首蛾眉。"

【今译】

怀念天边的远人,
已是长久的愁恨,
我独抱凄凉,没有谁关心存问。
金炉中的篆字盘香,
燃成了寸寸灰壤,
就像我愁断的九曲回肠。

我的双眉长敛,
尽管春风阵阵,柔和而温暖,

却不能将我的愁眉吹展。
我闷闷地独倚高楼,
排成字形的鸿雁全都从眼前飞走,
没有半点音信,只带给我更多的忧愁。

踏莎行·郴州旅舍

秦 观

【题解】

　　哲宗绍圣初,新党再度执政,残酷打击元祐旧党,苏轼、黄庭坚均遭远徙,秦观也被一贬再贬,从处州(今浙江丽水)贬至郴(chēn)州(今属湖南),此词作于贬居郴州时期。上片描绘了凄迷的春景,以衬托作者暗淡怅惘的心境。传说中的桃花源离此不远,想要寻找那理想中的仙境却不可得,而独居孤馆、春寒料峭、啼鹃哀切、斜阳欲下,作者所感所闻所见无非愁苦,心情的愁苦已借景写足。过片诉说友人的情谊使他更增离恨,"郴江"二句,用比兴手法,对自己不公平的命运发出痛切的呼号,苏轼绝爱词尾两句,将它书于扇上。此词情景交炼,凄楚欲绝,千载以下读之,仍使人深深感动,并为作者的不幸遭遇叹惋不已。

【原词】

　　雾失楼台,月迷津渡,桃源望断无寻处①。可堪孤馆闭春寒,杜鹃声里斜阳暮。　驿寄梅花②,鱼传尺素③,砌成此恨无重数。郴江幸自绕郴山,为谁流下潇湘去④。

【注释】

　　①桃源:桃花源,是陶渊明在《桃花源记》中虚构的世外乐园,并假称其地在武陵(今湖南桃源)。
　　②驿寄梅花:陆凯《赠范晔诗》:"折梅逢驿使,寄与陇头人。江南无所有,聊寄一枝春。"此处以远离江南故乡的范晔自比。
　　③鱼传尺素:见晏殊《蝶恋花》注。

④郴江二句:张宗橚《词林纪事》卷六引释天隐云:"末二句从'沅湘日夜东流去,不为愁人住少时'变化来。"顾祖禹《读史方舆纪要·湖广》载郴水在"州东一里,一名郴江,源发黄岑山,北流经此,……下流会耒水及白豹水入湘江。"幸自,本是。为谁,为什么。潇湘,湖南二水名,合流后曰湘江。诗词中多称潇湘。

【今译】
　　夜雾凄迷,楼台依稀难辨,
　　月色朦胧,渡口也隐匿不见,
　　望尽天涯,
　　找不到理想中的桃花源。
　　怎能忍受独居在孤寂的客馆,
　　春寒料峭,刺人肌骨,
　　杜鹃声声哀鸣,
　　斜阳西下,沉沉欲暮。

　　远方友人的音书,
　　寄来温暖的关心和嘱咐,
　　却引起我深深的别恨离愁,
　　心中更觉无限愁苦。
　　郴江原本环绕着郴山,
　　流下潇湘究竟为了什么?
　　连无知无情的江水,
　　也耐不住这山城的寂寞!

浣溪沙

秦　观

【题解】

　　这首词抒写女子的相思别情,却不用直笔,而是于景中见情。上片写天气与室内环境的凄清,因主人公心中原本含愁,所见所感自然无非愁境,不言愁而愁自见。下片"自在飞花"二句,梁启超称为"奇语"(《艺蘅馆词选》),作者以抽象的梦和愁来比拟具体的飞花与丝雨,显得空灵之极,温柔之极,对借景抒情起了更好的效果,描绘了一种凄迷的景色,显示出人物同样凄迷的心情。末句以景作结,点出帘外愁境与帘内愁人,语似疏淡而情实浓郁。

【原词】

漠漠轻寒上小楼①,晓阴无赖似穷秋②,淡烟流水画屏幽。 自在飞花轻似梦,无边丝雨细如愁,宝帘闲挂小银钩。

【注释】

①漠漠:弥漫貌。《楚辞》王逸《九思·疾世》:"时昢昢兮旦旦,尘漠漠兮未晞。"韩愈《同水部张员外曲江春游寄白二十二舍人》诗:"漠漠轻阴晚自开,青天白日映楼台。"

②无赖:无聊,没有道理。

【今译】

春天里轻寒弥漫,
我独自登上小楼,
早晨,天气阴沉,
无聊有如深秋,
屏风画着淡烟流水,
使人更觉得寂寥清幽。

自在地飞舞的落花,
梦一般轻柔,
无边细雨,
就像心中绵绵的忧愁。
宝帘低垂,
闲挂着小小的银钩。

阮郎归

秦 观

【题解】

本词应是哲宗绍圣四年(公元 1097 年)前后作于湖南郴州贬所,抒写羁旅之愁。冯煦说秦观和晏几道是"古之伤心人",而秦观伤心的内容更有深刻的政治原因。在贬谪生涯中,他不能如其师苏轼之开朗旷达,所作诗词多辞情哀惋,凄切动人,此词便是一例。"衡阳犹有"两句受晏几道《阮郎归》"一春犹有数行书,秋来书更疏"影响,而同工异曲,各极其妙。

【原词】

湘天风雨破寒初,深沉庭院虚。丽谯吹罢小单于①,迢迢清夜徂②。 乡梦断,旅魂孤,峥嵘岁又除③。衡阳犹有雁传书,郴阳和雁无④。

【注释】

①丽谯:壮美的高楼。《庄子·徐无鬼》:"君亦必无盛鹤列于丽谯之间。"晋郭象注:"丽谯,高楼也。"小单于,唐曲调名。此处借指角声。李益《听晓角》诗:"无数塞鸿飞不度,秋风卷入小单于。"

②徂(cú):往,过去。

③峥嵘:不同寻常。唐圭璋注引杜甫诗:"峥嵘岁又除",按今杜集无此句。

④衡阳二句:衡阳,今湖南市名,旧城南有回雁峰,相传雁至此不再南飞,郴(chēn)州在衡阳南,故云"和雁无"。

【今译】

潇湘风雨满天,
送走了冬日的严寒,
空寂一片是这深深庭院。
高高的城楼角声初停,

漫漫清夜已临近天明。

回乡的幻梦早就断绝,
旅居他方,我只觉得无限孤寂,
这不同寻常的岁月又翻过新的一页。
衡阳还有鸿雁传书,
郴州却连鸿雁的踪影都无。

鹧鸪天①

秦　观

【题解】

　　词中塑造了一位深于情、专于情的女性形象。她独居幽闺,日日夜夜思念着远在"千里关山"之外的情人。尽管对方"一春鱼雁无消息",她却依旧梦绕魂萦,为着相思而断肠。"新啼痕间旧啼痕"句,形象地表现了女主人公绵绵不绝的离愁别恨,言简意永。"雨打梨花深闭门"句不仅描绘了凄清的晚春光景,也表现了女主人公自甘索寞的高尚情操。全词语言极其清婉自然,"体制淡雅,气骨不衰,清丽中不断意脉,咀嚼无滓,久而知味"(张炎《词源》)。

【原词】

　　枝上流莺和泪闻,新啼痕间旧啼痕。一春鱼雁无消息,千里关山劳梦魂。　无一语,对芳尊,安排肠断到黄昏。甫能炙得灯儿了②,雨打梨花深闭门③。

注释

①此词《全宋词》据《草堂诗余·前集》卷上列为无名氏词。
②甫:方,才。《汉书·孝成许皇后传》:"今吏甫受诏读记。"
③雨打句:刘方平《春怨》诗:"寂寞空庭春欲晚,梨花满地不开门。"此化用其意。

【今译】

　　我正在伤心流泪,
　　听枝头流莺啼唱声声,
　　早就沾满泪痕的罗衣,
　　不断染上新的泪痕。
　　一春里没有得到他的音信,
　　千里关山牵系着我的梦魂。

　　我默然无语,对清酒一尊,
　　依旧是相思断肠,
　　独自捱到黄昏。
　　才把青灯点亮,
　　听春雨声声打在梨花,
　　我紧紧关上自家的院门。

绿头鸭·咏月

晁元礼

【作者简介】

　　晁元礼(公元1048—1113年),一名端礼,字次膺。其先为开德府清丰县(今属河南)人,后徙家彭门(今江苏徐州),晁补之族叔,熙宁六年(公元1073年)进士。曾任地方官,因得罪上司,废徙三十年。徽宗朝以承事郎为大晟府协律,未及供职即病逝。词多颂圣祝寿之作,爱情词章艺术上亦多平庸无奇,少数篇章尚称清婉。今传《闲斋琴趣外篇》。

【题解】

　　《绿头鸭》,唐教坊曲,后用为词调,始见于晁元礼词。

　　本词别本题作"咏月",内容是中秋咏月兼怀人。上片描绘了月出的生动景象,意境清远,然后又抒写作者对良宵的咏赞与留恋,刻划细腻,暗寓怀人之意。过片想像佳人对月相思之状,以此反衬自己的一片深情,"料得来宵"以下化用苏轼《水调歌头》中秋词"人有悲欢离合"等句意,以珍惜今宵共勉,并对未来致良好祝愿。此篇结构完密,层次分明,舒卷自如,虽抒相思离愁却词情放旷,无小儿女泣涕之态。胡仔《苕溪渔隐丛话后集》卷三十九云:"中秋词,自东坡《水调歌头》一出,余词尽废;然其后,亦岂无佳词?如晁次膺《绿头鸭》一词,殊清婉,但樽俎间歌喉,以其篇长,惮唱,故湮没无闻焉。"

【原词】

晚云收,淡天一片琉璃①。烂银盘、来从海底②,皓色千里澄辉。莹无尘、素娥淡伫③,静可数、丹桂参差④。玉露初零,金风未凛⑤,一年无似此佳时。露坐久、疏萤时度,乌鹊正南飞⑥。瑶台泠⑦,阑干凭暖,欲下迟迟。　念佳人,音尘别后,对此应解相思⑧。最关情、漏声正永,暗断肠、花阴偷移。料得来宵,清光未减,阴晴天气又争知。共凝恋、如今别后,还是隔年期。人强健,清尊素影,长愿相随⑨。

注释

①琉璃:一作"流离",或"瑠璃",天然的各种有光宝石。颜师古注《汉书·西域传》引《魏略》:"大秦国出赤、白、黑……等十种流离。"唐代称为玻璃,宋元以来称为宝石。

②烂银盘句:卢仝《月蚀》诗:"烂银盘从海底出。"

③素娥:月中女神名嫦娥,月色白,故又称素娥。谢庄《月赋》:"引玄兔于帝台,集素娥于后庭。"

④丹桂:相传月中有桂树,高五百丈。

⑤玉露:白露。金风,秋风。文人诗家多以金风玉露并用,如李世民《秋日》诗:"菊散金风起,荷疏玉露圆。"

⑥乌鹊句:曹操《短歌行》:"月明星稀,乌鹊南飞。"

⑦瑶台:指雕饰华丽、结构精巧的楼台。

⑧念佳人二句:谢庄《月赋》:"美人迈兮音尘阙,隔千里兮共明月。"此用其意。音尘,信息。

⑨料得来宵以下八句:化用苏轼《水调歌头》中秋词:"人有悲欢离合,月有阴晴圆缺,此事古难全。但愿人长久,千里共婵娟"等句意。

【今译】

　　晚云散尽,

淡淡天宇,透明如浅色琉璃。
一个灿烂的银盘从海底生出,
澄澈清辉洒遍千里。
月儿晶莹,没有一颗微尘,
装束素雅的嫦娥婷婷伫立,
四周寂静,月中丹桂
那参差的枝叶可以数得清晰。
白露初降,
秋风还未变得凄厉,
一年里再没有比这更好的时际。
我在夜露中久坐,
时见点点流萤闪耀,
向南飞去了惊觉的乌鹊。
华丽的楼台虽然幽冷,
久靠的栏杆却已被我温暖,
多少次想要下楼归寝,
但又再三栖迟留连。

自从和佳人分别,
音信难通,彼此相隔遥远,
对此一轮皓月,
她定会像我这样深深思念。
一声声清漏,她最为关情,
见月光悄悄移过花阴,
生怕良夜将尽,
她必定会暗自伤心。
明晚,月亮的清光想来不会消减,
可天气阴晴谁又能够料定。
我们分处两地,
却共对同一轮秋月,
凝视着它,心中有无限缱绻,
今宵与它相别,

再相见，又要等待来年。
但愿我们总是强壮康健，
但愿美酒和明月，
同我们相随，直到永远。

蝶恋花

赵令畤

【作者简介】

赵令畤(zhì)（公元1051—1134年），字景贶，又字德麟，自号聊复翁，又号藏六居士，赵宋宗室。与苏轼有交谊，入党籍。绍兴初，袭封安定郡王，迁同知行在大宗正事。著有笔记《侯鲭录》，多记文坛掌故，品评诗词多有新见。词虽与苏轼多唱和，气格殊异。值得注意的是他以十二首《商调蝶恋花》鼓子词咏张生、崔莺莺故事，韵、散相间，有说有唱，夹叙夹议，是研究宋金说唱文学与戏剧文学的重要资料。词集《聊复集》今不传，有赵万里辑本。

【题解】

这首小词抒写一位女子伤春怨别而又甘愿独抱浓愁的执著感情，语言清疏秀丽，情致蕴藉缠绵，有小晏、秦观风味。

【原词】

欲减罗衣寒未去，不卷珠帘，人在深深处。红杏枝头花几许？啼痕止恨清明雨①。　尽日沉烟香一缕②，宿酒醒迟，恼破春情绪。飞燕又将归信误，小屏风上西江路。

> 注释

①止：犹"只"。
②沉烟香：即沉香，植物名，亦称"伽南香"、"奇南香"，瑞香科。心材为著名熏香料，又名沉水香。

【今译】

　　我有心减去罗衣，
　　却没有尽退春寒，
　　一任珠帘垂地，
　　我独守在深深庭院。
　　枝头红杏还剩下几许？
　　我伤心流泪，
　　只怨恨清明的无情风雨。

　　为消磨长日我点燃沉香，
　　孤独的我痴对着香烟一缕，
　　昨夜饮过闷酒今晨醒得迟迟，
　　满心都是恼春情绪。
　　飞燕又没带来他归家的音信，
　　看屏风上西江水路淼淼，
　　更引起我无限愁情。

蝶恋花

赵令畤

【题解】

　　词的上片描写暮春景象，惜花伤春的感情中织入相思别怨，语婉而层深，沈雄特别称赏"新酒又添残酒困,今春不减前春恨"二句，引黄庭坚"好词惟取陡健圆转"语，评此二句为"陡健圆转之榜样"(《古今词话》)。下片极言得不到信息的失望，晚春昼景已使人忧愁万端，末二句更以含蓄的笔触表现怕黄昏又近的难耐之情，沁人心脾。沈谦《填词杂说》云："小调要言短意长"；此词正是语不多而意无穷。

【原词】

　　卷絮风头寒欲尽,坠粉飘香,日日红成阵。新酒又添残酒困,今春不减前春恨①。　　蝶去莺飞无处问,隔水高楼,望断双鱼信②。恼乱横波秋一寸③,斜阳只与黄昏近④。

注释

①新酒二句:张先《青门引》词:"残花中酒,又是去年病",此化用其意。

②双鱼信:古乐府《饮马长城窟行》:"客从远方来,遗我双鲤鱼。呼儿烹鲤鱼,中有尺素书",后因谓鱼能传书,并称书信为鱼书、鱼信。

③横波:比喻眼波流动,如水闪波。秋一寸,谓目系一寸秋波。

④斜阳句:李商隐《乐游原》诗:"夕阳无限好,只是近黄昏",此处翻用其意。

【今译】

翻卷柳絮的和风透着温暖,
驱走了残留的春寒,
美丽花朵却坠粉飘香,
天天落红万点,使我惆怅遗憾。
还没从旧醉的烦忧中醒来,
频频饮下新酒,更添多少新的困恼!
今春的愁恨一点不比去年减少。

蝴蝶和黄莺一齐都飞去,
我到何处去探问他的消息?
高楼隔着盈盈春水,
我终日凝眸,望断秋波,
也不见鱼儿传来书信。
满目斜阳,使我心绪撩乱,
难捱的黄昏又已临近。

清平乐

赵令畤

【题解】

这首小词写景抒情颇为别致,如以"搓得鹅儿黄欲就"形容春风催柳叶初生,将自然的神工写得十分生动有趣。又如不堪黄昏伤春怀人的愁闷,则说:"断送一生憔悴,只消几个黄昏?"语意新警,为"恒语之有情者也"(王世贞《艺苑卮言》)。此词一作刘弇所作。

【原词】

　　春风依旧,着意隋堤柳①。搓得鹅儿黄欲就②。天气清明时候。去年紫陌青门③,今宵雨魄云魂④。断送一生憔悴,只消几个黄昏?

注释

　　①隋堤柳:隋炀帝开通运河,沿河筑堤,沿堤植柳,此处系泛指。
　　②鹅黄:淡黄色,多用以形容初春的杨柳。王安石《南浦》诗:"含风鸭绿粼粼起,弄日鹅黄袅袅垂。"
　　③紫陌:旧谓帝都的道路,贾至《早朝大明宫》诗:"银烛朝天紫陌长,禁城春色晓苍苍。"青门,汉长安城东南门,本名霸城门,俗因门色青,呼为青门。此处紫陌青门泛指游冶之地。
　　④雨魄云魂:化用宋玉《高唐赋》序所言襄王梦神女事,此处表示伊人不见,只能于梦中寻见。

【今译】

　　春风年年依旧,
　　特别垂顾隋堤的杨柳。
　　把千丝万缕搓成嫩绿鹅黄,
　　天气正当清明时候。

　　去年一同游玩在紫陌青门,
　　今宵却只能到梦里将她找寻。
　　让我一生都憔悴愁闷,
　　用得着几个春日黄昏?

风流子

张耒

【作者简介】

张耒(公元1054—1114年),字文潜,号柯山。祖籍亳州谯县(今属安徽),生长于楚州淮阴(今属江苏)。熙宁六年(公元1073)进士。曾任秘书省正字、起居舍人等职。张耒是苏门四学士之一,政治上亦与苏轼同进退,绍圣年间谪监黄州酒税,又贬复州(即竟陵,后改沔阳县,今属湖北)。徽宗朝曾一度起复,又以党籍被贬房州(今属湖北)别驾,黄州安置。后诏除党禁,始得"自便",居陈州(今属河南)。张耒以诗著名,词流传甚少,《全宋词》录其词六首。

【题解】

《风流子》,唐教坊曲名,后用作词调,始见于五代孙光宪词,本为小令,三十四字,秦观衍为长调慢词。

本词上片倾诉了作者久久羁留他乡、岁月空逝的忧愁,并拍合重阳节令,化用苏轼诗句写出自己失去赏菊簪花情致的慵倦心境。"楚天晚"以下几句,描绘作者独立白苹洲、红蓼汀,在暮色中凝神望远所见秋景、所感情怀,句句清丽,字字含情,韵味清醇悠远。下片抒写两地相思,婉曲深情,结句尤觉意蕴无穷。此词疏密相间,前呼后应,结构完整,意境浑融,语言工丽自然。张耒虽不以词名家,本篇却是情景俱胜的佳作。

【原词】

亭皋木叶下[①],重阳近、又是捣衣秋。奈愁入庾肠[②],老侵潘鬓[③],漫簪黄菊,花也应羞[④]。楚天晚、白苹烟尽处,红蓼水边头[⑤]。芳草有情[⑥],夕阳无语,雁横南浦,人倚西楼。　玉容知安否?香笺共锦字[⑦],两处悠悠。空恨碧云离合[⑧],青鸟沉浮[⑨]。向风前懊恼,芳心一点,寸眉两叶,禁甚闲愁。情到不堪言处,分付东流。

【注释】

①亭皋句：柳恽《捣衣诗》五首之二："亭皋木叶下，陇首秋云飞。"亭皋，水旁平地。司马相如《上林赋》："亭皋千里，靡不被筑。"木叶下，屈原《九歌·湘夫人》："洞庭波兮木叶下。"柳永《醉蓬莱》："渐亭皋叶下，陇首云飞，素秋新霁。"此处化用以上句意。

②庾肠：庾信愁肠。南朝梁诗人庾信出使北魏，梁亡，被强留北方，历仕北魏、北周，有《哀江南赋》《愁赋》等，表达乡关之思、羁旅异域之苦。此处作者自喻。

③潘鬓：潘岳《秋兴赋序》云："余春秋三十有二，始见二毛。"又《秋兴赋》："斑鬓髟以承弁兮。"后因以"潘鬓"作为鬓发斑白的代词。〔唐〕赵嘏《春尽独游慈恩寺南池》诗："秦城马上半年客，潘鬓水边今日愁。"李煜《破阵子》词："一旦归为臣虏，沈腰潘鬓消磨。"

④漫簪二句：苏轼《吉祥寺赏牡丹》诗："人老簪花不自羞，花应羞上老人头。"

⑤红蓼(liǎo)：即蓼蓝，秋季开花，花红色，穗状花序。

⑥芳草句：见前韩缜《凤箫吟》注。

⑦锦字：见前柳永《曲玉管》注。

⑧空恨句：江淹《休上人怨别》诗"日暮碧云合，佳人殊未来。"此处暗用其意。

⑨青鸟句：李璟《浣溪沙》词："青鸟不传云外信"，此用其意。青鸟，信使的代称。《汉武故事》说西王母与汉武帝约会，命青鸟先期飞降承华殿，以通报消息。

【今译】

落叶飘下水边平地，
重阳将近，
又是捣衣寄远的清秋。
我像庾信在他乡羁留，
柔肠积满忧愁，
又像潘岳双鬓渐白，
感叹着岁月如流。
我想戴应时黄菊，
恐花朵羞于插上老人头。
南天已晚，
我伫立在暮烟迷离的白蘋洲，
在那红蓼丛生的水边头。
有情芳草延伸到天涯，

牵动人不尽离忧,
我默然地对一轮无语斜阳,
鸿雁横飞南浦,我久久独倚西楼。

未知伊人安康与否?
两下里音讯悠悠。
空恨碧云乍离乍合,
伊人踪迹始终没有,
传信的青鸟不知在何处沉浮?
我懊恼地在晚风中滞留,
一点芳心,两叶寸眉,
怎么禁得住万千忧愁。
情到无从诉说处,
只好交付给东去的江流。

水龙吟

次韵林圣予惜春

晁补之

【作者简介】

　　晁补之(公元1053—1110年),字无咎,号归来子。济州巨野(今属山东)人。苏门四学士之一。元丰二年(公元1079年)进士。历任秘书省正字、校书郎、礼部郎中及地方官职等,曾两度被贬。早年以文章受知于苏轼,苏轼称其"于文无所不能,博辩俊伟,绝人远甚。"文与词受苏轼影响较深,刘熙载曰:"东坡词,在当时鲜与同调,不独秦七、黄九,别成两派也。晁无咎坦易之怀,磊落之气,差堪骖靳……"(《艺概》);冯煦评其词"无子瞻之高华,而沉咽则过之"(《宋六十一家词选例言》)。有词集《晁氏琴趣外篇》传世。

【题解】

　　林圣予原词已佚,此篇为和作。开头抒写惜春感情,"占春长久,不如垂柳"二句,体物明哲,道出自然之理与作者朴素的美学趣味。"算春长不老"几句,表现了作者对自然界时序、景物变换循环不灭、生生不息的辩证认识,富有理趣。尽管如此,每当春残花落,作者仍不免伤心,"春恨十常八九"四句便写出作者虽则通晓物理却未能忘情的复杂心绪。"世上"三句又进一层揭示他伤情的实质原因是年纪老大而功业无成,言简意永。末三句宕开一笔,以友情的温暖自慰,殊觉作者胸次超旷。本词语意不凡,笔如游龙,转折多致,不以形象而以趣味胜。

【原词】

　　问春何苦匆匆,带风伴雨如驰骤。幽葩细萼①,小园低槛,壅培未就③。吹尽繁红,占春长久,不如垂柳。算春长不老,人愁春老,愁只是、人间有。　春恨十常八九,忍轻辜、芳醪经口③。那知自是、桃花结子,不因春瘦④。世上功名,老来风味,春归时候。最多情犹有,尊前青眼⑤,相逢依旧。

注释

　　①葩(pā):花。
　　②壅(yōng):用泥土或肥料培育植物的根部。
　　③孤:同"辜"。芳醪(láo):美酒。
　　④那知二句:王建《宫词》:"树头树底觅残红,一片西飞一片东。自是桃花贪结子,错教人恨五更风。"此处化用其意。
　　⑤青眼:《世说新语·简傲》注引《晋百官名》载阮籍能为青白眼,见凡俗之士,以白眼对之。嵇康赍酒挟琴来访,籍大悦,乃对以青眼。后因谓对人重视、喜爱曰青眼。又见《晋书·阮籍传》。白居易《春雪过皇甫家》诗:"唯要主人青眼待,琴诗谈笑自将来。"

【今译】

　　春天呵,你何苦去得这样匆忙,
　　挟带着风雨奔驰如飞马。
　　小园里低矮栏槛中,
　　精心地培育名贵的幽花,
　　刚刚绽放出细嫩的奇葩,

就被片片吹落地下。
真不如依依垂柳,
长久独占芳华。
细想那春天归去又归来,
它其实永不会变老。
春愁不过是多情的人
自己心头生出的烦恼。

可我仍然难免对景伤心,
不忍轻易辜负晚春时候,
往往喝下过多的美酒。
明知道,桃花凋谢、只为着结子,
并不是春风无情偏叫她消瘦。
我那想要建立功名的空望,
我那渐入老境凄凉的心田,
都像眼前正在逝去的春天。
唯有你这多情的友人,
和我亲切地对饮,
总带给我无限温馨。

忆少年・十二时

别历下[①]

晁补之

【题解】

《忆少年》,词调名,始见于晁补之词。朱敦儒用此调作词,题名《十二时》,故又名《十二时》。

起三句化用郑文宝《柳枝词》句意,妙语警绝,抒写别情简洁含蓄。词中又写出作者对友人和历城风光的眷恋之情,以及设想日后重来此地将会是人、物皆非的无限怅惘。沈雄说本词结句"如泉流归海","收得尽,又似尽而不尽者"(《古今词话》)。

【原词】

　　无穷官柳,无情画舸,无根行客②。南山尚相送,只高城人隔③。罨画园林溪绀碧④,算重来、尽成陈迹。刘郎鬓如此,况桃花颜色⑤。

注释

　　①历下:今山东济南。
　　②郑文宝《柳枝词》:"亭亭画舸系春潭,直到行人酒半酣。不管烟波与风雨,载将离恨过江南。"此处化用其意。
　　③高城人隔:见秦观《满庭芳》注引欧阳詹诗。
　　④罨(yǎn)画:画家称杂彩色的画为罨画。绀(gàn),天青色,一种深青带红的颜色。
　　⑤刘郎二句:刘禹锡《元和十年自朗州召至京戏赠看花诸君子》诗:"玄都观里桃千树,尽是刘郎去后栽。"十四年后又写了《再游玄都观绝句》:"种桃道士归何处？前度刘郎今又来。"后世文人多喜自称刘郎。

【今译】

　　河岸上无穷的官柳碧绿一片,
　　河岸边无情的画船催人启程,
　　我这无根的行客
　　将如浮萍般飘零。
　　南山一路上还能伴送我,
　　伊人却阻隔着高城。

　　园林风景彩画般绮丽,
　　一泓绀青的溪水轻泛涟漪。
　　日后再度重游,
　　这一切都将成为陈迹。
　　我的双鬓会变得斑白,
　　桃花颜色自然早就褪去。

洞仙歌

泗州中秋作①

晁补之

【题解】

毛晋《晁氏琴趣外篇跋》云:"无咎,大观四年(公元1110年)卒于泗州官舍,自画山水留春堂大屏,上题云:'胸中正可吞云梦,盏底何妨对圣贤?有意清秋入衡霍,为君无尽写江天。'又咏《洞仙歌》一阕,遂绝笔。"胡仔盛赞本词结构完密,他说:"凡作诗词,要当如常山之蛇,救首救尾,不可偏也。"他举本篇其首云:"青烟幂处"三句,"固已佳矣";其后阕"待都将"至末,"若此可谓善救首尾者矣"(《苕溪渔隐丛话后集》)。黄了翁评曰:"前段从无月看到有月,后段从有月看到月满,层次井井,而词致奇杰。各段俱有新警语,自觉冰魂玉魄,气象万千,兴乃不浅"(《蓼园词选》)。无咎词多凌丽奇卓,出于天成,而堂庑颇大,《四库全书总目》说"其词神姿高秀,与苏轼可肩随",诚非虚誉。

【原词】

青烟幂处②,碧海飞金镜③。永夜闲阶卧桂影。露凉时,零乱多少寒螀④,神京远,惟有蓝桥路近⑤。 水晶帘不下,云母屏开⑥,冷浸佳人淡脂粉。待都将许多明,付与金尊,投晓共流霞倾尽⑦。更携取胡床上南楼⑧,看玉做人间,素秋千顷。

注释

①泗州:治所在今江苏宿迁东南。
②幂(mì):覆盖、笼罩。
③碧海句:李白《古朗月行》:"小时不识月,呼作白玉盘,又疑瑶台镜,飞在青云端。"此化用其意。李贺《七夕》诗:"天上分金镜,人间望玉钩。"
④寒螀(jiāng):寒蝉。《尔雅·释虫》"蜺,寒蜩,"郭璞注:"寒螀也。似蝉而小,青赤。"
⑤神京二句:化用日近长安远的典故。〔南朝·宋〕刘义庆《世说新语·夙

慧》:"晋明帝数岁,坐元帝膝上,有人从长安来。……因问明帝:'汝意谓长安何如日远?'答曰:'日远。不闻人从日边来,居然可知。'元帝异之。明日,集群臣宴会,告以此意,更重问之,乃答曰:'日近。'元帝失色曰:'尔何故异昨日之言耶?'答曰:'举目见日,不见长安。'"后多用以比喻帝京遥远,此处活用,以蓝桥仙境代指月,以月代指日。蓝桥:桥名,在陕西蓝田县东南蓝溪之上,相传其地有仙窟,为裴航遇仙女云英处,事见《太平广记》卷五十"裴航"。

⑥云母屏:云母做成的屏风。云母,矿石名,古人以为此石为云之根,故名。可析为片,薄者透光,可为屏镜。

⑦流霞:神话中的仙酒,泛指美酒。庾信《卫王赠桑落酒奉答》诗:"愁人坐狭邪,喜得送流霞。"

⑧南楼:见王安石《千秋岁引》注。

【今译】

　　青烟笼盖苍穹,
　　一轮皓月穿破层云,
　　就像碧海中飞出一面金镜。
　　月光将彻夜洒在庭院,
　　台阶上印着婆娑桂影。
　　夜深露冷,
　　我长久地徘徊留连,
　　只听得零乱的寒蝉不住啼鸣,
　　帝城是多么遥远!
　　月宫仙境倒和我更加贴近。

　　我把水晶帘高高卷起,
　　打开美丽的云屏,
　　让冷光沁入房中,
　　将佳人淡淡的脂粉照映。
　　我们要掬满月亮的清光
　　和金尊里的美酒一同畅饮,
　　待到天明,
　　把月光和美酒都喝个干净。
　　我们挟着绳床登上南楼,

观赏月夜里人世间如白玉做成,
看素秋的清景绵延千顷。

临江仙

晁冲之

【作者简介】

晁冲之,生卒年不详,字叔用,早年字用道,巨野(今属山东)人,补之堂弟。绍圣初,党争剧烈,冲之亦坐党籍,后隐居于阳翟(今河南禹县)具茨山,自号具茨。词有一定的艺术成就,有《晁叔用词》一卷,今不传,有赵万里辑本,刊入《全宋词》,存词十六首。

【题解】

许昂霄评此词"淡语有深致,咀之无穷"(《词综偶评》),可谓知言。这不是一首平常的怀友诗,它寄托着深沉的政治感慨。哲宗绍圣初新党再度执政,冲之兄弟朋辈多遭贬谪,自己也被迫隐居,彼此难通音讯,他心中有无限殷忧。但从本词超旷冲和的格调来看,作者的胸襟是豁达的、性情是开朗的,当然他所遭受的打击要比苏门四学士小得多,秦观抚今思昔的《千秋岁》"忆昔西池会"一词,简直是用泪墨写成,读来摧人肺腑,此词则出之以平淡,别具一格,而艺术感染力不如秦观词。

【原词】

忆昔西池池上饮①,年年多少欢娱。别来不寄一行书,寻常相见了,犹道不如初。 安稳锦衾今夜梦,月明好渡江湖②。相思休问定何如? 情知春去后,管得落花无。

注释

①西池:即金明池,在宋京开封西郑门西北,因称西池,周回九里。五代周世宗欲伐南唐,始凿池以习水战。宋时为游览胜地,文期酒会多在此举行。

②安稳二句:杜甫《梦李白》二首其一:"江南瘴疠地,逐客无消息。故人入我梦,明我长相忆。"此处化用其意。

【今译】

记得从前在西池宴饮相聚,
年复一年,
曾经有过多少欢娱!
别离后音讯难通,
没有交换过片言只语,
纵然像平昔一样常常相见,
又哪能再如往日无忧无虑。

今夜,当我在锦被中安眠,
朋友呵,愿你趁着月明,
飞渡江湖来到我的梦境。
只要你我相思相念,
彼此的景况又何必过多询问?
试想,春天已经归去,
有谁再来理会落花的命运。

虞美人·寄公度

舒 亶

【作者简介】

舒亶(公元1042—1104年),宇信道,号懒堂。明州慈谿(今属浙江)人。治平二年(公元1065年)举进士第一。神宗元丰间为监察御史里行,同李定多次弹劾苏轼以诗歌讪谤时政,酿成"乌台诗案",为士林所鄙。累官至龙图阁待制。工小词,内容多留连光景、相思别离之类,风格、意境较单调,正如王灼所评:"思致妍密,要是波澜小"(《碧鸡漫志》)。有集,不传。《全宋词》录其词五十首。

【题解】

这首小词别本题作"寄公度",抒写怀友之情。上片描绘了一幅萧疏淡远的清秋图画,化用李璟《摊破浣溪沙》词意,暗示离忧。作者又以凭栏所见分飞之双燕象征与友人的别离,词情生动含蓄。过片突然进入对冬景冬情的描写,时间跳跃性极大,以此显示作者经久不衰的怀友之情。末二句设想对方的思念与盼望,并使用了陆凯寄梅花给范晔的动人故事,诗意浓郁,不失为一首佳作。

【原词】

芙蓉落尽天涵水,日暮沧波起①。背飞双燕贴云寒,独向小楼东畔倚阑看。 浮生只合尊前老,雪满长安道。故人早晚上高台,寄我江南春色一枝梅②。

【注释】

①芙蓉二句:李琛《摊破浣溪沙》:"菡萏香销翠叶残,西风愁起碧波间。还与容光共憔悴,不堪看。"此处化用其意。

②故人二句:用陆凯赠梅与范晔事。《荆州记》:"陆凯与范晔交善,自江南寄梅花一枝,诣长安与晔,曾赠诗……"诗云:"折梅逢驿使,寄与陇头人。江南无所有,聊赠一枝春。"此处化用其意。

【今译】

芙蓉都已凋落,
远天涵着近水,苍茫一片,
黄昏时秋风阵阵,涌起波澜。
我独自在小楼东畔,
久久地倚着栏杆,
看分飞的双燕各自东西,
远远向寒云飞去,
引起我一怀愁绪。

浮生有多少难以消释的烦恼,
真应该在醉乡中老去。
光阴荏苒,
京城又盖满纷纷大雪。
我的朋友,每个清晨和夜晚,

你也会登上高台把我怀想,
你将寄给我一枝梅花,
饱含着美丽的江南春光。

渔家傲

朱 服

【作者简介】

朱服(公元1048—？年),字行中,乌程(今浙江湖州)人。熙宁六年(公元1073年)进士。哲宗朝,官至礼部侍郎。徽宗朝,加集贤殿修撰,后坐与苏轼游,一贬再贬,卒于贬所。《全宋词》录其词一首。

【题解】

朱服门客方勺《泊宅篇》云:"朱行中自右史出典数郡,是时年尚少,风流才藻皆秀整。守东阳日,尝作《渔家傲》'春词'云云。"这首词抒写惜花伤春的情绪。上片"恋树湿花飞不起"句饶有韵致。诗僧参寥子有诗云:"禅心已作粘泥絮,不逐东风上下狂",与此句意思各别而工妙则同。下片抒作者有感于好景不长、因此借酒消愁的情状,他自己很欣赏"而今乐事他年泪"之句,况周颐也称道此是"一意化两之法"(《蕙风词话》),其实意思、手法皆平常,并不值得特别赞誉。

【原词】

小雨纤纤风细细,万家杨柳青烟里。恋树湿花飞不起,愁无际,和春付与东流水。 九十光阴能有几①？金龟解尽留无计②。寄语东阳沽酒市③,拚一醉④,而今乐事他年泪。

【注释】

①九十光阴:指孟、仲、季三春共九十天。

②金龟解尽:用贺知章以金龟换酒事,孟棨《本事诗》说:"李太白……至京师,舍于逆旅。贺监知章闻其名,首访之。既奇其姿,复请所为文。出《蜀道难》以示之。读未竟,称叹者数四,号为谪仙,解金龟换酒,与倾尽醉。"金龟,唐三品以

上官佩金龟。此处解金龟指沽酒。

③东阳:今浙江金华。

④拚(pàn):不顾惜,甘愿。晏几道《鹧鸪天》词:"当年拚却醉颜红。"

【今译】

小雨绵绵,和风细细,
千家万户掩映在青濛的烟柳里。
雨中飘零的落花留恋着故枝,
却粘在地下再不能飞起,
生命伴着春天随流水东去,
这情景真令我忧愁无际。

三春好景能有几许?
频频沽酒也挽留无计。
请告诉东阳的酒肆,
我要尽情喝个酩酊大醉,
今天的乐事将来回想时,
都会化作伤心的眼泪。

惜分飞

富阳僧舍作别语赠妓琼芳

毛 滂

【作者简介】

毛滂(公元1064—?年),字泽民,号东堂。衢州江山(今属浙江)人。曾受知于苏轼。苏轼守杭时,毛尝任法曹。元符初为武康县令,改官舍尽心堂为"东堂",因以为号。蔡京当政时,曾献谀词而骤得进用。宣和间出知秀州。毛滂工诗能文,词风清疏潇洒,《四库全书总目》称其词"情韵特胜"。近人薛砺若《宋词通论》称之为"潇洒派",说他是个"俯仰自乐不沾世态的风雅作家",并说其影响及于陈与义、朱敦儒及姜夔、张炎等词人。有《东堂词》一卷。

【题解】

《惜分飞》,词调名,始见于毛滂、晁补之词。

元佑中,苏轼守杭州,毛滂为法曹,秩满离任时作此词赠歌妓琼芳。黄升尝言毛因此词方见知于苏轼,张宗橚《词林纪事》卷七特为辩之,言苏集中《次韵毛滂法曹感雨诗》以韩愈自况,以孟郊、贾岛目滂,证明滂受知苏公,早在此前。此词抒别情,没有一句绮丽香艳语,而以清新含蓄的笔触写得一往情深,末二句尤为出色。周辉《清波杂志》卷九赞此词:"语尽而意不尽,意尽而情不尽,何酷似乎少游也!"

【原词】

泪湿阑干花著露①,愁到眉峰碧聚。此恨平分取,更无言语空相觑②。　断雨残云无意绪,寂寞朝朝暮暮。今夜山深处,断魂分付潮回去③。

注释

①泪湿句:白居易《长恨歌》:"玉容寂寞泪阑干,梨花一枝春带雨。"此用其意。阑干,纵横貌。

②觑(qù):看,视。

③断魂:犹销魂,形容哀伤,也形容情深。

【今译】

你脸上泪水纵横
像一枝鲜花沾带着露珠,
忧愁在你眉间紧紧缠结,
又像是碧山重叠攒聚。
这别恨不仅属于你,
我们两人平均分取。
你我久久地、久久地互相凝望,
再说不出一句话语。

雨收云散,
一切欢乐都成为过去,
令人无情无绪。

从此朝朝暮暮,
我将空守孤寂。
今夜,当我投宿在荒山野店,
我深情的灵魂
会跟随潮汐回到你那里。

菩萨蛮

陈 克

【作者简介】

陈克(公元1081—？年),字子高,自号赤城居士。临海(今属浙江)人。绍兴七年(公元1137年),吕祉节制淮西抗金军马,荐为幕府参谋。曾与吴若共著《东南防守便利》三卷,陈抗金方略。少数词章对战乱及民生疾苦有所反映。词风主要承袭"花间"、北宋之婉丽,陈廷焯称其词"婉雅闲丽,暗合温、韦之旨"(《白雨斋词话》)。有《赤城词》一卷,《全宋词》录其词五十一首。

【题解】

这首小词上片以浓艳的色彩描绘了明媚春光中的街景和人家,下片以微婉而讽的笔调描写了贵族少年日日游冶的放浪生活,及其"酒酣气益振"的狂态。词中"花晴帘影红"、"午香吹暗尘"二句凝炼有致。

【原词】

赤阑桥尽香街直,笼街细柳娇无力①。金碧上青空,花晴帘影红。黄衫飞白马②,日日青楼下。醉眼不逢人,午香吹暗尘③。

【注释】

①娇无力:白居易《长恨歌》"侍儿扶起娇无力";温庭筠《菩萨蛮》词:"柳丝袅娜春无力",此处合用其意将柳丝拟人化。

②黄衫:隋、唐时少年华贵之服。《新唐书·礼乐志》言明皇尝以马百匹施三重榻,舞《倾杯》数十回。又以乐工少年姿秀者十余人衣黄衫文玉带立左右。此

处泛指贵公子。

③午香句:李白《古风》二十四:"大车扬飞尘,亭午暗阡陌。"此处化用其意。

【今译】

朱红栏杆桥头,
有一条笔直繁华的街道,
两旁笼盖细细垂柳,
轻风中飘拂着娇软的枝条。
高楼金碧伟丽
直插入青空,
晴日下,
帘影映着秾艳的花红。

身穿黄衫的少年公子,
天天骑着白马飞跑,
到青楼去追欢买笑。
他醉眼惺忪,
认不出相熟的人,
正午时花气馥郁,
飞马过处,遮天蔽日的路尘,
夹带着芳香阵阵。

菩萨蛮

陈 克

【题解】

这是一首闺怨词。上片描绘了春日黄昏寂寞的庭院,"蝴蝶上阶飞"的热闹景象越发衬托出"烘帘自在垂"的幽寂,以显示主人公"不闻不见之无穷也"(谭献《谭评词辨》)。下片以双语燕及他人的笑语欢乐反衬女主人公的孤独,那一切足以引起愁思的声音,又都从她轻浅的春睡中闻听,写得笔意空灵、富有情致。

【原词】

　　绿芜墙绕青苔院①,中庭日淡芭蕉卷。蝴蝶上阶飞,烘帘自在垂②。　玉钩双语燕,宝甃杨花转③。几处簸钱声④,绿窗春睡轻。

注释

　　①芜:丛生的草。颜延之《秋胡诗》:"寝兴日已寒,白露生庭芜。"注:《尔雅》曰:"芜,草也。"
　　②烘帘:暖帘,风帘。
　　③甃(zhòu):井壁。《庄子·秋水》:"吾跳梁乎井干之上,入休乎缺甃之崖。"《释文》:"李(颐)云:甃,如栏,以砖为之,著井底栏也。"
　　④簸钱:掷钱为赌戏。王建《宫词》百首之九十三:"暂向玉花阶上坐,簸钱赢得两三筹。"

【今译】

　　墙边绿草丛生,
　　环绕着处处苔痕的庭院,
　　中庭寂静,日色疏淡,
　　芭蕉叶叶自卷。
　　蝴蝶在石阶上乱飞,
　　暖帘悠闲地低垂。

　　帘钩外双燕软语呢喃,
　　井壁间杨花飘飘翻转。
　　我在绿窗下独眠,
　　春睡轻浅,
　　听几处人家做簸钱游戏,
　　传来一声声笑语。

洞仙歌

李元膺

一年春物,惟梅柳间意味最深,至莺花烂漫时,则春已衰迟,使人无复新意。余作《洞仙歌》,使探春者歌之,无后时之悔。

【作者简介】

李元膺,生卒年不详,东平(今属山东)人,南京教官。与蔡京同时,且有交谊。词多抒写留连光景,风格清丽,间有疏放之作。《全宋词》录其词九首。

【题解】

本篇与其说是咏梅,不如说是咏梅时、咏早春。词序中说,"一年春物,惟梅柳间意味最深",作者独识春光之微,深谙物理,词中描绘早春光景十分美妙动人,正如李攀龙所评:"梅心映远,一字一珠;春寒醉红自暖,得旸谷(古代传说中的日出处)初回趣"(《草堂诗余隽》)。此词并含有随分自得、知足持盈的人生哲理,读来使人感到兴会淋漓、意味深长。

【原词】

　　雪云散尽,放晓晴庭院。杨柳于人便青眼①。更风流多处,一点梅心,相映远,约略颦轻笑浅②。　一年春好处,不在浓芳,小艳疏香最娇软③。到清明时候,百紫千红花正乱,已失春风一半④。早占取、韶光共追游⑤,但莫管春寒,醉红自暖。

注释

①青眼:见前晁补之《水龙吟》注。此处借指柳叶发青。
②约略:大略,差不多。颦(pín):皱眉。
③疏香:〔宋〕初林逋《山园小梅》诗"疏影横斜水清浅,暗香浮动月黄昏"二句

最为著名,后遂称梅花为"疏影"或"暗香",亦称疏香。

④百紫二句:徐釚《词苑丛谈》卷六云:"潘佑与徐铉、汤悦、张泌,俱有文名,而佑好直谏。后主于宫中作红罗亭,四面栽红梅,作艳曲歌之。佑应命作小词,有'楼上春寒山四面,桃李不须夸烂漫,已失了春风一半',时已失淮南,故云。"此二句本此。

⑤韶光:美好的时光,常指春光。唐太宗《春日玄武门宴群臣》诗:"韶光开令节,淑气动芳年。"

【今译】

　　一年春天的景物,只有梅花开放、柳叶初青时意味最深,等到黄莺啼唱繁花烂漫,春光就已衰谢迟暮,使人觉得再没有什么新意。我作这首《洞仙歌》,让寻春的人及时歌唱,可以没有错过美好时光的悔恨。

　　雪霁阴云散尽,
　　清晨,庭院里一派新晴。
　　多情杨柳早对人垂青,
　　更有占尽风流的红梅,
　　和青青柳枝远远辉映,
　　那可爱的花容,
　　如同美人双眉微皱、笑靥轻盈。

　　一年春好处,
　　不在姹紫嫣红开遍,
　　梅花放时疏香点点,
　　最动人正是这小艳娇软。
　　到清明时候,
　　百花争妍芳华乱,
　　好春光已过去大半。
　　莫如早早抓住美好时光,
　　一同游赏去把梅探,
　　不必管它料峭春寒,
　　当你见红梅一片如佳人醉颜,

你就会感觉暖意无边。

青门饮·寄宠人

时 彦

【作者简介】

时彦(公元？—1107年),字邦美,开封人。元丰二年(公元1079年)进士第一。历官集贤校理、河东转运使、开封尹、吏部尚书。《全宋词》录其词一首。

【题解】

《青门饮》,词调名,始见于时彦、秦观词。

《宋史·时彦列传》载绍圣间时彦曾出使辽国,此词当作于使辽时,别本题作"寄宠人"。本篇上片描绘了北国早寒、多变的气候,寥廓荒凉的景物,以及寒夜漫漫,作者在孤寂的客馆中通宵难眠的情状,引出下片怀远之情。下片回忆心爱的人依依惜别的神态,特别点出最牵系作者情思的一幕:伊人附耳细语的情景。此词上片意境开阔,笔力苍劲,而下片柔婉细腻、楚楚动人,整首词刚柔相济,颇具特色。但作者使辽本为国家大事,他却与韩缜出使西夏赋《凤箫吟》一样,心心念念只记挂爱妾,正由于这种思想境界,时彦此次使辽失职,坐废,实在事出有因。

【原词】

胡马嘶风①,汉旗翻雪,彤云又吐②,一竿残照。古木连空,乱山无数,行尽暮沙衰草。星斗横幽馆,夜无眠灯花空老。雾浓香鸭、冰凝泪烛,霜天难晓。 长记小妆才了③,一杯未尽,离怀多少。醉里秋波,梦中朝雨④,都是醒时烦恼。料有牵情处,忍思量耳边曾道:甚时跃马归来,认得迎门轻笑。

注释

①胡马句:《古诗十九首·行行重行行》:"胡马依北风,越鸟巢南枝。"

②彤(tóng)云：阴云。宋之问《奉和春日玩雪应制》诗："北阙彤云掩曙霞，东风吹雪舞山家。"

③小妆；犹浅妆、淡妆。才了，原作"才老"，据别本改。

④朝雨：用神女事，见前欧阳修《蝶恋花》注。

【今译】
　　胡马对着北风嘶鸣，
　　汉家旌旗在飞雪中飘摇，
　　浓密的阴云开处，
　　吐一轮斜光到地的残照。
　　老树枯枝连接着云霄，
　　山峦错杂堆叠，
　　暮色中，踏不尽黄沙衰草。
　　幽寂的客馆外星斗空横，
　　我长夜无眠，
　　对一盏，灯花欲尽的孤灯。
　　鸭形熏炉飘出浓浓香雾，
　　烛泪滴下就凝结成冰。
　　寒冷的夜晚，
　　真是难以捱到天明。

　　总记得那人
　　淡淡地梳妆才停，
　　一杯饯行酒还没喝完，
　　心底已涌起多少别绪离情。
　　醉中依稀看到她明媚的眼睛，
　　梦儿里和她欢乐地相见，
　　醒来时全都失落，
　　只惹起更大的愁情。
　　我将总是情思牵萦，
　　怎么忍心回想
　　她附耳细语时的情景：

柔声地说:几时才跨马归来,
别忘了有人会守候在大门,
带着微笑把你相迎。

谢池春

李之仪

【作者简介】

李之仪(公元?—1117年),字端叔,自号姑溪居士。沧州无棣(今属山东)人,神宗时进士。元佑初曾为枢密院编修官,元佑末从苏轼于定州幕府,朝夕唱酬。徽宗朝曾提举河东常平。后因文章得罪蔡京,除名编管太平州(今安徽当涂)。《四库全书总目》云:"之仪以尺牍擅名,而其词亦工,小令尤清婉峭蒨,殆不减秦观。"颇溢美;冯煦评其词"长调近柳,短调近秦,而均有未至"(《宋六十一家词选例言》),较为公允。有《姑溪词》一卷。

【题解】

《谢池春》,词调名,又名《卖花声》,六十六字,李之仪此调实为《谢池春慢》,始见于张先词。

这首词上片主要写景,作者描绘了小径红遍、春水涟漪、燕穿庭户、飞絮沾袖种种美好动人的春光,抒发了"正佳时仍晚昼"的好景不长之慨,以及由此产生的浓重的感伤情绪。下片抒写一片相思痴情,和希望与心爱的人长久相守的强烈愿望,并怪怨老天不管人憔悴,以寻常口语细细倾诉,自然动人。最后以景语作结,以庭前柳象征作者千丝万缕的忧愁,显得摇曳多姿。

【原词】

残寒消尽,疏雨过、清明后。花径款余红①,风沼萦新皱②。乳燕穿庭户,飞絮沾襟袖。正佳时仍晚昼,著人滋味③,真个浓如酒。 频移带眼④,空只恁厌厌瘦⑤。不见又思量,见了还依旧,为问频相见,何似长相守。天不老⑥,人未偶。且将此恨,分付庭前柳。

【注释】

①款：缓。
②风沼句：冯延巳《谒金门》词："风乍起，吹皱一池春水。"此用其意。
③著人：让人感受到。
④频移带眼：《南史·沈约传》载沈约与徐勉书云："老病百日数旬，革带常应移孔。"形容日渐消瘦，后遂用作典故，或称消瘦为"沈腰。"柳永《凤栖梧》词有"衣带渐宽终不悔，为伊消得人憔悴"之句，此处亦暗用此意。
⑤恁：这样。厌厌（yānyān），同"恹恹"，精神不振貌。
⑥天不老：李贺《金铜仙人辞汉歌》"天若有情天亦老"，此处翻用其意。

【今译】

残留的寒意全都退尽，
下过疏疏的雨，
到了清明以后。
小径里处处繁花，
渐渐开得红透，
轻风吹拂春池，
微波萦回，有如细腻的绉绸。
小燕子穿过庭院和门窗，
濛濛飞絮沾人衣襟和双袖。
风光正佳丽，
可惜又近黄昏时候，
伤春惜别的种种滋味，
一齐涌上心头，
真个是浓如醇酒。

我衣带的扣眼
频频移挪朝后，
总是无精打采，不断消瘦。
见不到她就深深怀想，
见了面，依旧还得分手。
试问像这样常别常见，
怎么比得上长久厮守。

无情的苍天永不会老,
它不管人间有多少烦恼,
相爱的人还没能结成佳偶。
我只有把一腔幽怨,
交托给庭前杨柳,
那千丝万缕随风飘扬的枝条,
不正是我心中万缕千丝的忧愁。

卜算子

李之仪

【题解】

　　本词通首以长江作为寄情主体,使用回环复沓的手法围绕江水这一中心,来抒写女主人公深挚的情意,上片言相隔之遥与相思之深,"共饮长江水"句以脉脉江水暗示两情可通,极有韵味。下片"此水"二句化用古乐府《上邪》诗意,表现女主人公不可移易的执着感情,末二句翻用顾夐《诉衷情》词意,写出她对爱情的期望。此词富有民歌风采,毛晋称之为"古乐府俊语"(《姑溪词跋》),但本篇又比民歌更曲折婉妙,凝炼精致。

【原词】

　　我住长江头,君住长江尾,日日思君不见君,共饮长江水。　此水几时休,此恨何时已①。只愿君心似我心,定不负相思意②。

【注释】

　　①此水二句:古乐府《上邪》:"上邪,我欲与君相知,长命无绝衰。山无陵,江水为竭,冬雷震震夏雨雪,天地合,乃敢与君绝。"此处化用其意。
　　②只愿二句:顾夐《诉衷情》词:"换我心,为你心,始知相忆深。"此处翻用其意。

【今译】

　　我住在长江的上流,

你住在长江的下游,
天天把你思念,
天天不能和你会面,
我们却饮着同一的江水,
这江水将你我暗暗相连。

悠悠的江水几时不再奔流,
相思的愁憾何日才到尽头?
只希望你的心,
如同我深情的心,
定不会白白辜负,
这一番相思情。

瑞龙吟

周邦彦

【作者简介】

　　周邦彦(公元1057—1121年),字美成,自号清真居士,钱塘(今浙江杭州)人。神宗时为太学生,献《汴都赋》歌颂新法,赋中多奇文古字,得到神宗赏识,擢为太学正。后长期任京官及州县官吏,仕途并不得意。徽宗时任大晟乐府提举官,其时周已年老。王国维称其"立身颇有本末",于新旧两党皆无依附,集中无一颂圣及阿谀达官贵人的词(见《清真先生遗事》)。蔡京曾传达徽宗旨意,让周作词歌颂祥瑞,周辞以"某老矣,颇悔少作(指《汴都赋》)"(周密《浩然斋雅谈》)。可见有人称他为"帮闲文人"是很不公平的。周妙解音律,以"顾曲"名堂(三国时周瑜精通音律,有"曲有误,周郎顾"的美誉),多为乐工所制新曲作词,又多自创调。周邦彦模写物态,能曲尽其妙,其词浑厚和雅,富艳精工,结构完密,音律谐美,善于融化古人诗句入词而无生硬之弊。他被很多词评家推崇为词家的集大成者,当时歌女以能唱周词而自增身价。周词在章法、音律方面都起着规范作用,南宋词人方千里、杨泽民、陈允平三人甚至全和其词,"字字奉为标准"。周词内容主要抒写爱情与羁旅生活,艺术上有很高成就。他上承柳永、秦观,下开南宋姜夔、史达祖、吴文英一派,对元、明、清以至近代词的发展均有极大影响。今传《片玉集》(又名《清真集》)。

【题解】
　　《瑞龙吟》,词调名,始见于周邦彦词。此调为双拽头三片,详解见柳永《曲玉管》〔题解〕。
　　这首词为寻旧、怀旧而作,内容并没有什么特别新鲜,"不过人面桃花(指崔护事),旧曲翻新耳"(周济《宋四家词选》)。描写则十分生动细腻,富有层次,词中将写景、叙事、抒情融为一体,极钩勒之能事。第一片写重来故地景物依旧,暗寓人事已非的慨叹;第二片回忆伊人当年的服饰情态,历历如在目前;第三片抒写今昔之感,以侧笔写出寻访故人无着,自然地转入对过去赏心乐事的深切怀念,然后又归结到当前孤寂的无限怅恨,末尾以凄凉景色与开篇写景相照应,含不尽之意于言外。此词章法缜密曲折,层层脱换,笔笔往复,离合顺逆,无不如意,极沉郁顿挫、缠绵宛转之致,语言典丽精巧,是周词的代表作之一。

【原词】
　　章台路①,还见褪粉梅梢,试花桃树。愔愔坊陌人家②,定巢燕子,归来旧处。　黯凝伫,因念个人痴小,乍窥门户③。侵晨浅约宫黄④,障风映袖,盈盈笑语。　前度刘郎重到⑤,访邻寻里,同时歌舞,惟有旧家秋娘⑥,声价如故。吟笺赋笔,犹记燕台句⑦。知谁伴,名园露饮⑧,东城闲步?事与孤鸿去⑨,探春尽是,伤离意绪。官柳低金缕,归骑晚⑩、纤纤池塘飞雨。断肠院落,一帘风絮。

【注释】
　　①章台路:泛指歌妓集居之地,见欧阳修《蝶恋花》注。
　　②愔愔(yīn yīn):寂静无声貌。坊陌人家,即坊曲人家。唐制,妓女所居之里巷曰坊曲,此处泛指歌楼妓馆。
　　③乍窥门户:娼家女子常站立门口以招徕客人,所谓"倚门卖笑"即指此。元稹《李娃行》:"髻鬟峨峨高一尺,门前立地看春风。"此处指那少女刚开始这种

营生。

④侵晨:犹"侵早",破晓,天刚亮。浅约,淡淡,约,隐微。宫黄,宫人用以涂眉的黄色。〔南朝·梁〕简文帝萧纲《美女篇》:"约黄能效月,裁金巧作星。"张泌《浣溪沙》词:"依约残眉理旧黄。"

⑤前度句:用刘晨、阮肇入天台山采药遇仙女事及刘禹锡《再游玄都观》诗:"种桃道士归何处?前度刘郎今又来"句。刘郎,作者自指。

⑥秋娘:唐代歌妓女伶多用"秋娘"为名。白居易《琵琶行》"妆成每被秋娘妒。"《乐府杂录》中所记李德裕的亡姬名谢秋娘,亦用为歌妓的通称。

⑦燕台句:李商隐《柳枝五首并序》:"柳枝,洛中里娘……余从昆让山,比柳枝居为近。他日春,曾阴,让山上马柳枝南柳下,咏余《燕台诗》。柳枝惊问:'谁人有此?谁人为是?'让山谓曰:'此吾里中少年叔耳。'柳枝手断长带,结让山为赠叔乞诗。明日,余比马出其巷,柳枝丫环毕妆抱立扇下,风障一袖,指曰:'若叔是?后三日,邻当去溅裙水上,以博山香待,与郎俱过。'余诺之。"李商隐《赠柳枝》诗:"长吟远下燕台句,惟有花香染未消。"

⑧露饮:脱帽露顶而饮,表示豪迈不拘形迹。陈元龙注引《笔谈》载石曼卿露顶而饮。

⑨事与句:杜牧《题安州浮云寺楼寄湖州张郎中》诗:"恨如春草多,事与孤鸿去。"

⑩骑(jì):一人一马曰骑。

【今译】

我来到章台路,
又看见落梅已尽的空枝,
试放初花的桃树。
坊曲人家一片沉寂,
去年在这里筑巢的旧燕,
重新飞回故居。

我黯然凝神久久伫立,
回想当年,那个天真烂漫的少女,
刚刚开始站立门户的生计。
清晨她把眉毛淡淡地涂上鸦黄,
举起歌扇挡风,用罗袖遮住面庞,
笑盈盈地和我亲切谈讲。

从前天台遇仙的刘郎
我又再度来到此处,
殷勤地访寻邻里,
只有和她同时以歌舞闻名的姑娘
声价依然如故,
伊人却不知去向何地。
想起过去跟她诗歌唱和,
还记得那些深情的词句。
从今后有谁能陪伴我
在名园纵情地脱帽畅饮,
又有谁同我一道
去城东漫步闲行?
往事就像孤鸿一样
飞去再没有踪迹。
我独自寻春,
惹起的全都是伤别愁绪,
路旁官柳低垂着黄金缕,
我骑马迟迟归去,
池塘上正飞着纤纤细雨。
令人伤心欲绝的空空庭院,
只有风儿吹卷柳絮,
频频扑上寂寞的门帘。

风流子

周邦彦

【题解】

王明清《挥麈余话》云"周美成为江宁府溧水令,主簿之室(一作"姬")有色而慧,美成常款洽于尊席之间,世所传《风流子》词盖所寓意焉。"王国维认为此条"亦好事者为之"(《清真先生遗事》),未必实有其事。本篇为怀人之作,首三句描写春日黄昏奇丽的景色,"碎影"

句极其灵动。"羡金屋"四句,以燕子、青苔能年年回到伊人居所,反衬室迩人遐,自己不得亲近的苦闷。"绣阁里"以下想像伊人思念自己的情状,委折深沉。过片承上,继续想像伊人待月西厢的盼望,引出连梦魂也不能飞去的痛苦叹息,进一步抒发心中热望,末尾恨极而呼苍天,是痴绝的举动和言语。此词叙感情发展层层深入、层层高涨,由沉思遐想的含蓄婉约发展到呼天抢地的酣畅淋漓,不流于直率浅露,反觉真淳深情,正如况周颐所说,"'最苦'二句,'天便'二句,亦愈朴愈厚,愈厚愈雅"(《蕙风词话》)。

【原词】

新绿小池塘,风帘动、碎影舞斜阳。羡金屋去来①,旧时巢燕;土花缭绕,前度莓墙②。绣阁里、凤帏深几许?听得理丝簧③。欲说又休,虑乖芳信;未歌先噎,愁近清觞④。　遥知新妆了,开朱户、应自待月西厢⑤。最苦梦魂,今宵不到伊行⑥。问甚时说与,佳音密耗,寄将秦镜,偷换韩香⑦?天便教人,霎时厮见何妨!

注释

①金屋:《汉武故事》:"(胶东王)数岁,长公主嫖抱置膝上,问曰:'儿欲得妇否?'胶东王曰:'欲得妇。'长公主指左右长御百余人,皆云不用,末指其女问曰:'阿娇好否?'于是乃笑对曰:"好!若得阿娇作妇,当作金屋贮之也。"此处金屋犹言'金闺',系闺阁的美称。

②土花:苔藓,李贺《金铜仙人辞汉歌》:"三十六宫土花碧。"莓墙,长满青苔的墙。莓,莓苔,青苔。

③丝簧:管弦乐器。

④清觞(shāng):洁净的酒杯,觞,盛有酒的杯子。

⑤待月:元稹《会真记》莺莺与张生诗:"待月西厢下,迎风户半开。"

⑥伊行(háng):他那里。

⑦秦镜:汉秦嘉赴京师致事,其妻徐淑生病归母家,未获面别,留赠诗三首,其三云:"何用叙我心?遗思致款诚。宝钗好耀首,明镜可鉴形,芳香去垢秽,素琴有清声",临别留赠宝钗、明镜等物表达情意。韩香:《晋书·贾充传》载,贾充女午,与韩寿私通,窃武帝赐其父西域所进异香以赠寿。充发觉后,以女嫁寿。后以此指男女暗中通情。

【今译】

　　　　小池塘涨满碧绿的春水，
　　　　风吹帘动，金色斜阳里，
　　　　舞一池帘影细碎。
　　　　我真羡慕旧时在这里筑巢的燕子，
　　　　自由地在她华丽的屋宇飞来飞去，
　　　　我也羡慕那些幸运的青苔，
　　　　又缭绕着前番生长的墙壁。
　　　　她的闺房，绣着凤凰的罗帏多么幽深，
　　　　我依稀地听见她弹琴的乐音：
　　　　像有万千心事欲说还休，
　　　　又像忧虑着得不到爱人的音信。
　　　　她想要唱歌，
　　　　喉中却似梗塞着什么，
　　　　她怕饮清酒，
　　　　因为那并不能够解忧。

　　　　遥知她刚刚梳妆停当，
　　　　悄悄地打开朱门，
　　　　期待着月夜中在西厢会见情郎。
　　　　最苦的是今宵里
　　　　连梦魂也难以去到她身旁。
　　　　我真想问一问，
　　　　几时才能幽期密约互诉衷肠？
　　　　我要给她秦嘉赠妻的明镜，
　　　　换取她那贾午送与韩寿的异香。
　　　　老天爷，
　　　　你暂且行个方便又有何妨，
　　　　哪怕是让我们短短地相会一场！

兰陵王·渭城三叠

周邦彦

【题解】

《兰陵王》,唐教坊曲名,后用作词调,始见于周邦彦词。王灼《碧鸡漫志》卷四云:"《北齐史》及《隋唐嘉话》称:齐文襄之子长恭,封兰陵王,与周师战,尝著假面对敌,击周师金墉城下,勇冠三军。武士共歌谣之,曰《兰陵王入阵曲》。今越调《兰陵王》,凡三段二十四拍,或曰遗声也。此曲声犯正宫,管色用大凡字、大一字、勾字,故亦名《大犯》。又有大石调《兰陵王慢》,殊非旧曲,周、齐之际,未有前后十六拍慢曲子耳。"周邦彦此调即《兰陵王慢》。

此词别本题作"柳"。张端义《贵耳集》称这首词与宋徽宗和李师师的风流故事有关,王国维《清真先生遗事》特为辩明,说徽宗私幸李师师时,周已是老年,不可能作师师狎客。周济说此篇是"客中送客"之作(《宋四家词选》),托柳起兴,借送别之情表达作者倦客京华的抑郁心情。陈廷焯云:"'登临望故国,谁识京华倦客?'二语是一篇之主,上有'隋堤上,曾见几番,拂水飘绵送行客'之句,暗伏倦客之根,是其法密处。故下文接云:'长亭路,年去岁来,应折柔条过千尺。'久客淹留之感,和盘托出。……'闲寻旧踪迹'二叠,无一语不吞吐,只就眼前景物,约略点缀,更不写淹留之故,却无处非淹留之苦;直至收笔云:'沉思前事,似梦里,泪暗滴。'遥遥挽合,妙在才欲说破,便自咽住,其味正自无穷"(《白雨斋词话》)。词中"愁一箭"四句,代行者设想,极尽别离愁情,而"斜阳"七字,绮丽中带悲壮,意境开阔沉厚。此词流传甚广,毛开云:"绍兴初,都下盛传周清真《兰陵王慢》,西楼南瓦皆歌之,谓之《渭城三叠》,以周词凡三换头,至末段声尤激越,唯教坊老笛师能倚之以节歌者"(《樵隐笔录》)。有人认为此词系留别而非送别之作,也算是一家之言。但既名此篇为《渭城三叠》,似乎还应作为送别词,我们这里仍采取通常的说法。

【原词】

　　柳阴直,烟里丝丝弄碧。隋堤上①、曾见几番,拂水飘绵送行色。登临望故国,谁识、京华倦客?长亭路、年去岁来,应折柔条过千尺②。
　　闲寻旧踪迹,又酒趁哀弦,灯照离席,梨花榆火催寒食③。愁一箭风快,半篙波暖④,回头迢递便数驿。望人在天北。　　凄恻,恨堆积。渐别浦萦回⑤,津堠岑寂⑥,斜阳冉冉春无极⑦。念月榭携手,露桥闻笛⑧。沉思前事,似梦里,泪暗滴。

注释

①隋堤:指汴京附近汴河一带的堤,堤开自隋朝,故称隋堤。
②应折句:古人有折柳赠别的风俗,柳谐"留"音,表示留恋之情。
③梨花句:旧历清明前二日为寒食节,相传为纪念介之推抱木焚死,因而禁火,唯食冷食,节后另取新火。唐宋时朝廷于清明日取榆柳新火以赐百官。
④篙(gāo):撑船用的竹竿或木杆。
⑤别浦:原指银河,因银河为牛郎、织女二星隔绝之地,故称银河为别浦。此处借指分别的水路。
⑥津:渡口。堠(hòu),古代瞭望敌情的土堡。津堠,指码头上守候、可供住宿的处所。
⑦冉冉:慢慢移动貌。
⑧月榭、露桥:均指夜游之地。

【今译】

　　柳树排列成行,
　　柳阴笔直,一望无边。
　　迷濛的轻烟中,
　　柳丝飞舞翩翩,
　　卖弄着她青春的容颜。
　　隋堤上,
　　这拂水飘絮的柳枝,
　　她作为送别的见证
　　曾有过多少次!
　　我登上高堤遥望故家,
　　有谁理解我

早就厌倦了客居京华的生涯。
年去岁来,
我在长亭路,一次次
攀折柳枝赠别,
折下的枝条怕已超过千尺。

我追寻着往事的踪迹,
想起那一夜,
离宴上灯光闪烁
弦管声清越,
正当梨花开放,
临近寒食时节。
我愁着,顺风中船将飞行如箭,
竹篙才一半没入温暖的春水,
一回头,却早过了几个驿站,
遥望送别的人已在天北。

我心中凄凉哀恻,
愁憾如山一般堆积,
渐渐地只见水波回旋,
船儿早已远去,
岸边渡口一片冷寂,
夕阳缓缓地西沉,
温丽的春色无边无极。
回忆从前在亭榭携手赏月,
在河桥静听夜笛,
沉思往事
真像是在梦里,
我不由得清泪暗滴。

琐窗寒

周邦彦

【题解】

《琐窗寒》,词调名,始见于周邦彦词。

周邦彦中年后长期担任京官,仕途却并不得意,词多表现倦于久客京华、深深思念家乡的感情。本篇上片极言旅思宦情的凄清,抒写作者寒窗独对春雨,从黄昏直到深夜的感受,"故人"句化用李商隐诗意,反衬客居的孤独,"楚江"三句由今思昔,将少年旅况与目前情景相勾连,显示一生皆凄凉的怀感,似幻而实真,文笔曲折动荡。过片仍回到眼前迟暮心情的抒写:寒食禁烟、独处孤旅,无心游冶、豪饮,由此进一步引出思念故园春色的深切感情。"小唇秀靥"比喻家乡桃李的美艳可人,情致极佳。末尾想像归家后独赏残花的情景,句中的"客"字,隐含长年不归的怨思,意味深长。

【原词】

暗柳啼鸦,单衣伫立,小帘朱户。桐花半亩,静锁一庭愁雨。洒空阶、夜阑未休,故人剪烛西窗语①。似楚江暝宿,风灯零乱②,少年羁旅。　迟暮,嬉游处。正店舍无烟,禁城百五③。旗亭唤酒④,付与高阳俦侣⑤。想东园、桃李自春,小唇秀靥今在否⑥?到归时、定有残英,待客携尊俎。

注释

①故人句:李商隐《夜雨寄北诗》:"何当共剪西窗烛,却话巴山夜雨时。"

②风灯零乱:杜甫《船下夔州郭宿雨湿不得上岸别王十二判官》诗:"风起春灯乱,江鸣夜雨悬。"

③百五:即寒食节。宗懔《荆楚岁时记》:"去冬节(冬至)一百五日,即有疾风甚雨,谓之寒食,禁火三日。"元稹《连昌宫词》:"初过寒食一百六,店舍无烟宫树绿。"

④旗亭:酒楼。张衡《西京赋》"旗亭五重",薛综注:"旗亭,市楼也。"

⑤高阳俦(chóu)侣:指酒徒、狂放少年。《史记·郦生陆贾列传》:"初,沛公引兵过陈留,郦生(郦食其)踵军门上谒……使者出谢曰:'沛公敬谢先生,方以天下为事,未暇见儒人也。'郦生瞋目按剑叱使者曰:'走,复入言沛公,吾高阳酒徒,非儒人也。'"后用以指好饮酒而狂放不羁的人。俦侣,伴侣。

⑥小唇秀靥(yì):本指美貌女子,此处借喻桃李。李贺《兰香神女庙》诗:"团鬟分珠巢,浓眉笼小唇。"《恼公诗》:"晓奁妆秀靥,夜帐减香筒。"

【今译】
　　昏暗的柳阴传来声声鸦啼,
　　我穿着单衣,
　　在朱门小帘里伫立。
　　庭院中半亩桐花
　　静静地笼罩着漫天愁雨。
　　雨不断洒上空阶,
　　夜深沉依然点滴淋漓。
　　没有故人同我剪烛夜话,
　　只有孤寂的自己
　　在西窗久久凭倚。
　　这种凄凉况味,
　　如像少年时四方羁旅,
　　在楚江上夜泊,
　　风雨中灯影零乱摇曳。

　　我的年纪老大,
　　不再去嬉戏游冶。
　　独宿客舍又正逢寒食,
　　京城里处处不见炊烟。
　　酒楼酣饮的豪举,
　　尽让与狂放的少年。
　　我早已兴味索然。
　　遥想我的故园,
　　桃李年年装点成艳阳天,

那可爱的花朵,
如今不知是否依旧芳鲜?
归去时定有残花未谢,
等待我这远还的客子
携带清酒去叹赏留连。

六丑·落花

蔷薇谢后作

周邦彦

【题解】

《六丑》,词调名,首见于周邦彦词。周密《浩然斋雅谈》卷下载,宋徽宗"问《六丑》之义,莫能对。急召(周)邦彦问之。对曰:'此犯六调,皆声之美者,然绝难歌。昔高阳氏有子六人,才而丑,故以比之。'"

这首词《疆村丛书·片玉词》题作"落花"。黄了翁说此词是作者"自叹年老远宦,意境落寞,借花起兴,以下是花、是自己,比兴无端,指与物化……"(《蓼园词选》)。我们认为,词中可能寄寓了作者的身世之慨,但主要是抒写悼惜春残花落的情意。表现手法回环往复,缠绵多致。周济云:"'愿春暂留,春归如过翼,一去无迹'十三字千回百折,千锤百炼"(《宋四家词选》),写出作者惜春、留春、怨春的层层感情,言简意繁。辛弃疾《摸鱼儿》词中"春且住,且说道、天涯芳草无归路"几句,即由周词变化而来,只是语意更周详显豁。"长条故惹行客"以下,"不说人惜花,却说花恋人;不从无花惜春,却从有花惜春,不惜已簪之残英,偏惜欲去之断红"(周济《宋四家词选》),立意新奇,情致委婉。本词章法井然,曲折多变,摹写物态,曲尽其妙,是周邦彦的咏物名篇。

【原词】

正单衣试酒,怅客里、光阴虚掷。愿春暂留,春归如过翼,一去无迹。为问家何在?夜来风雨,葬楚宫倾国①。钗钿堕处遗香泽②,乱点桃蹊,轻翻柳陌。多情为谁追惜③?但蜂媒蝶使④,时叩窗槅⑤。　东园岑寂,渐蒙笼暗碧,静绕珍丛底,成叹息。长条故惹行客⑥,似牵衣待话,别情无极⑦。残英小、强簪巾帻⑧,终不似、一朵钗头颤袅,向人欹侧。漂流处、莫趁潮汐⑨;恐断红、尚有相思字⑩,何由见得?

注释

①楚宫倾国:楚王宫中的美人,此处比喻蔷薇花。韩偓《哭花》诗:"夜来风雨葬西施。"倾国,容颜绝代的佳人。汉李延年歌:"北方有佳人,绝世而独立。一顾倾人城,再顾倾人国。"见《汉书·外戚传》)

②钗钿:首饰,此处比喻落花。

③为谁:即"谁为"。

④蜂媒蝶使:蜜蜂和蝴蝶,因它们来往奔忙于花间,故称为花的媒人和使者。裴说《牡丹》诗:"游蜂与蝴蝶,来往自多情。"

⑤窗槅(gé):窗子。

⑥长条句:蔷薇有刺,会勾住人的衣服,故云。

⑦似牵衣二句:孟郊《古离别》诗:"欲别牵郎衣,郎今向何处?"

⑧巾帻(zé):头巾、布帽。

⑨潮:早潮;汐,晚潮。

⑩恐断红句:范摅《云溪友议》卷下:"(唐)卢渥舍人应举之岁,偶临御沟,见一红叶,命仆拏来。叶上乃有一绝句。……诗云:'水流何太急,深宫尽日闲。殷勤谢红叶,好去到人间。'"断红,落花。

【今译】

换上单衣把新酒初尝,
光阴在客居中虚抛,真令人惆怅。
我多么希望春的脚步稍停,
它却如飞去的鸟儿没有踪影。
花儿的故家今在哪里?
一夜风风雨雨,
葬送了艳丽绝世的蔷薇。
像美人遗失的钗钿,
点点花片发着香气,
乱落在桃树下面的小径,
又在碧柳交夹的道路上翻飞。

哪个多情的人来为她们惋惜?
只有蜂儿同蝴蝶,
殷勤地叩着窗扉。

东园里一片寂静冷落,
幽暗朦胧,绿阴渐密。
我独自环绕珍贵的花丛,
发出声声叹息。
长长的枝条有意勾住衣衫,
仿佛和我依依话别,
情意无极。
小小的残萼勉强插上我的帽子,
终不如盛开的花朵在钗头摇曳,
求取美人的爱悦。
落花啊,
你千万不要随潮水漂流远地,
我怕花片上题有相思的诗句,
那岂不就永远无人得知?

夜飞鹊·别情

周邦彦

【题解】

《夜飞鹊》,词调名,毛先舒《填词名解》云此调名"采曹孟德'月明星稀,乌鹊南飞'语;一作《夜飞鹊慢》。"始见于周邦彦词。

本篇为送别词,起句逆入,用倒叙法描写作者自昨夜与情人聚首至早晨送远的种种情景,"花骢"二句用语巧妙,以马儿尚且留连踟蹰,衬托人的依恋不舍之情,宛转而更富感染力。过片三句,将上片所叙情事"尽化烟云"(周济《宋四家词选》),然后转入写目前的怀感,"何意"以下,平出,描写聚会、送别等人事已为陈迹,其地虽在,情人的踪迹却荡然无存,眼前唯见景物萧索,作者低徊顾眷,情不能已。全篇层次井然而意致绵密,词采清丽、意味醇厚。梁启超赞曰:"'兔葵燕麦'二语,与柳屯田之'晓风残月',可称送别词中双绝,皆熔情入景也"(《艺蘅馆词选》)。

【原词】

　　河桥送人处,良夜何其①。斜月远、坠余辉,铜盘烛泪已流尽②,霏霏凉露沾衣③。相将散离会,探风前津鼓④,树杪参旗⑤。花骢会意⑥,纵扬鞭、亦自行迟。　迢递路回清野⑦,人语渐无闻,空带愁归。何意重经前地,遗钿不见⑧,斜径都迷。兔葵燕麦⑨,向斜阳影与人齐⑩。但徘徊班草⑪,欷歔酹酒⑫,极望天西。

注释

　　①良夜何其:《诗·小雅·庭燎》:"夜如何其?夜未央。"良夜,原作"凉夜":据别本改。

　　②铜盘句:杜牧《赠别》诗:"蜡烛有心还惜别,替人垂泪到天明。"此处暗用其意。

　　③霏霏(fēifēi):本形容雨雪之密,此处形容露浓如雨。

　　④津鼓:指渡口行舟催发的鼓声。

　　⑤树杪(miǎo):树梢。参(shēn)旗,星名,又名"天旗"、"天弓",属毕宿,共九星。初秋时于黎明前出现于天空。

　　⑥花骢(cōng):毛色斑驳的马。

　　⑦迢递:遥远貌,左思《吴都赋》:"旷瞻迢递,迥眺冥蒙。"

　　⑧遗钿:此处非实指遗落的钗钿,而是指情人的踪迹。

　　⑨兔葵燕麦:刘禹锡《再游玄都观绝句诗引》:"重游兹观,荡然无复一树,唯兔葵燕麦动摇于春风耳。"此处化用其意,形容景色凄寂。

　　⑩影与人齐:原作"欲与人齐",据别本改。

　　⑪班草:铺草于地而坐。《后汉书·陈留父老传》:"陈留张升去官归乡里,道逢友人,共班草而言。"谢灵运《相逢行》:"行行即长道,道长且息班草。"

　　⑫欷(xī)歔(xū):叹气,抽噎声。柳宗元《寄许京兆孟容书》:"憀憀然欷歔惴惕。"注:"欷戯,哀泣之声。"酹(lèi)酒"洒酒于地表示祭奠或立誓。此处用为祷祝之意。

【今译】

　　我在河桥送别情人,

难忘的良宵到了什么时辰?
斜月已沉沉欲下,
天边余辉正渐渐消隐。
铜盘里烛泪早都流尽,
凉露浓重,
濛濛然湿人衣襟。
我们最后的聚会也将离散,
细听着渡口是否已风送鼓声,
看树梢处高挂参星,
天色已近黎明。
我那伶俐的花马懂得人心,
纵使扬鞭催促,
它也只管迟迟前行。

送别了她,转回的路程,
聚然觉得遥远无比,
独自走在清寂的郊野,
渐渐地听不到行人的话语,
我空自载负着沉重的离愁归去。
为什么重又经行聚首的旧地,
连她遗落的花钿也不见踪迹?
斜斜小径只是一片迷离?
夕阳下,兔葵和燕麦的投影,
和我的身影交叠比齐。
我徘徊在同她列坐的草地,
饮泣着洒酒向天,
极目遥望她远去的西方,
为她祝告,暗自思念。

满庭芳

夏日溧水无想山作

周邦彦

【题解】

周邦彦于元祐八年(公元1093年)至绍圣三年(公元1096年)任溧水(今江苏县名)令,多年来他一直辗转于州县小官,很不得意,为溧水令时已近四十岁,心情悒郁,此词为任期中所作,抒发他沉重的宦情羁思。上片绘出江南初夏景色之美,而在地理、气候特色的描写中,已寓有不满之意。"人静"句,显示人不能如鸟之随境而乐,"黄芦"二句化用白居易《琵琶行》诗意,更将自己远宦僻地比作贬职谪居,词情含蓄而哀怨自见。过片承上,感叹身世,以社燕自况,表现长年漂泊羁旅的苦闷。"且莫"二句忽作解脱语,似乎主人公已将人间万事、穷达苦乐一概置之度外,"憔悴"句却又一转,见出酒宴歌席并不能消愁,引出末句只有醉眠方能了却愁情的无可奈何之辞。全篇于沈郁顿挫中别饶蕴藉,话不说尽而情愈无尽。

【原词】

风老莺雏①,雨肥梅子②,午阴嘉树清圆③。地卑山近,衣润费炉烟。人静乌鸢自乐④,小桥外、新绿溅溅⑤。凭阑久,黄芦苦竹,疑泛九江船⑥。　年年,如社燕⑦,飘流瀚海⑧,来寄修椽⑨。且莫思身外⑩,长近尊前。憔悴江南倦客,不堪听、急管繁弦。歌筵畔,先安簟枕⑪,容我醉时眠。

注释

①风老莺雏:杜牧《赴京初入汴口》:"风蒲燕雏老。"此化用其意。
②雨肥梅子:杜甫《陪郑广文游何将军山林》诗:"绿垂风折笋,红绽雨肥梅。"
③午阴句:刘禹锡《昼居池上亭独吟》:"日午树阴正。"
④人静句:《片玉集》陈元龙注:"杜甫诗:'人静乌鸢乐'",乌鸢(yuān):即乌鸦。

⑤溅溅(jiānjiān):水流声,古乐府《木兰诗》"但闻黄河流水鸣溅溅。"
⑥黄芦苦竹二句:白居易《琵琶行》:"住近湓江地低湿,黄芦苦竹绕宅生。"
⑦社燕:燕子春社时来,秋社时去,故称社燕。苏轼《送陈睦知潭州》诗:"有如社燕与秋鸿,相逢未稳还相送。"
⑧瀚海:沙漠地区,此处泛指遥远、荒僻之地。
⑨修椽(chuán):承屋瓦的长椽子。
⑩身外:指世俗的名利功业等。杜甫《绝句漫兴》:"莫思身外无穷事,且尽生前有限杯。"
⑪簟(diàn):席子。簟枕,原本作"枕簟",据别本改。

【今译】

  暖风中黄莺渐渐长成,
  雨润梅子,一天天变得肥大,
  树阴清晰圆正,
  在中午的阳光下。
  这里的地势多么低窪,
  左近全都是山峦,
  熏烤潮湿的衣衫,
  费去多少炉烟!
  人声寂静,
  乌鸦却快乐地跳跃啼鸣。
  小桥外,
  新绿的流水溅溅作响,
  满眼黄芦苦竹,
  我久久地凭栏凝望,
  疑心自己是当年的青衫司马,
  泛舟在九江。

  年复一年,
  我就像春来秋去的社燕,
  在荒漠的远方漂流,
  暂时寄身在人家的屋檐。
  还是别再去思虑身外的功名,

不如常常把美酒畅饮,
可我这憔悴的江南倦客,
受不了宴会上激越的管弦,
它使人愁绪更添。
最好在歌筵旁边,
预先安置好枕席,
让我喝醉时就地闲眠。

过秦楼

周邦彦

【题解】

《过秦楼》,词调名,万树《词律》卷十八云:"按此调,因又名《惜余春慢》,又名《苏武慢》,又名《选冠子》,故纷纷最甚,难以订正。"万树因李甲此调尾句有"过秦楼"三字,"恐此调之名因此而起,故以首列也。"

作者在一个初夏夜晚独自久久伫立庭院,沉入深深的回忆与遐想,表现恳挚的怀人之情。"水浴"六句用类似影视的"闪回"手法,突出呈现与情人共赏良辰美景的欢乐,绘景清丽,人物神态笑貌生动如见;"人静"句骤然钩转,使人方悟前面一幕原是回忆,眼前寂寞与往日欢情恰成强烈对照。换头用想像之笔写出情人因思念而憔悴的种种情状,进一层抒情,同时见出作者深心的怜惜之意。"梅风"三句以芳景消歇衬托凄寂之感。"谁信"三句又与过片处遥接,表达两地相思之苦,最后以景语结,应上片"立残更箭"。全篇章法回环曲折,抒情委婉细腻,笔墨极尽飞舞之致。

【原词】

水浴清蟾①,叶喧凉吹,巷陌马声初断。闲依露井②,笑扑流萤,惹破画罗轻扇③。人静夜久凭阑,愁不归眠,立残更箭④。叹年华一瞬,人今千里,梦沉书远。　　空见说鬓怯琼梳,容消金镜,渐懒趁时匀染。梅风地溽⑤,虹雨苔滋,一架舞红都变。谁信无聊为伊,才减江淹⑥,情伤荀倩⑦,但明河影下⑧,还看稀星数点。

注释

①清蟾:明月,传说月中有蟾蜍,故以蟾为月的代称。
②露井:没有盖的井。贺知章《望人家桃李》诗:"桃李从来露井傍。"
③笑扑二句:杜牧《秋夕》诗:"银烛秋光冷画屏,轻罗小扇扑流萤。"
④更箭:即漏箭,古代以铜壶盛水,壶中立箭以计时刻。
⑤溽(rù):湿,闷热。
⑥才减江淹:〔南朝·梁〕钟嵘《诗品》中:"初(江)淹罢宣城郡,遂宿冶亭,梦一美丈夫,自称郭璞,谓淹曰:'我有笔在卿处多年,可以见还。'淹探怀中,得五色笔授之,尔后为诗,不复成语,故世称'江淹才尽。'"
⑦情伤荀倩:《世说新语·惑溺》载:"荀奉倩(名粲)与妇至笃,冬月,妇病热,乃出中庭自取冷,还,以身熨之。妇亡,奉倩后少时亦卒。"注引《荀粲别传》曰:"后妇病亡,未殡,傅嘏往唁粲,粲不哭而神伤。嘏问曰:'……何哀之甚?'粲曰:'佳人难再得……'痛悼不能已,岁余亦亡,亡时年二十九。"
⑧明河:银河,天河。宋之问《明河篇》:"明河可望不可亲,愿得乘槎一问津。"

【今译】

明月纯净皎洁,
沐浴荡漾在水底,
风吹树叶沙沙作响,
送来一阵阵凉意。
大街小巷喧闹的车马声初停,
我们在井台边悠闲地留连,
她笑着扑打闪闪流萤,
弄破了彩画的轻罗小扇。
夜深人静,我久久凭栏,
欢乐的往事在眼前浮现,
忧愁的我不愿回到卧房,
伫立庭院直到夜尽更残。
可叹年华转瞬间就已逝去,
我同她如今相隔千里,

道路遥远,难通音信,
连梦魂也不能相依。

我空自听说她怕用玉梳
整理那日渐稀薄的鬓发,
容色消瘦憔悴,
她怕对菱花,
她越来越懒于
把自己妆扮得时髦美丽。
当此梅雨时节,
处处潮气蒸腾,青苔滋生,
满架艳丽的红花,
不多时就片片飞舞凋尽。
有谁知道我为了她百事无心,
江淹般的才情消减,
像荀倩一样神伤魂断。
我独自仰望天边,
但见迷迷茫茫的银河,
只剩下疏星几点。

花犯·泳梅

周邦彦

【题解】

　　《花犯》,词调名,周邦彦自度曲。毛先舒《填词名解·侧犯条》云:"自宣政间周柳诸公自制乐章,有《侧犯》、《尾犯》、《花犯》、《玲珑四犯》等曲。"按柳永制《尾犯》、《小镇西犯》。"犯",指词中"犯调",把不同的宫调之声合成一曲,以增加乐曲的变化。

　　此篇梅词主旨不在咏物而在抒情,作者由眼前风味绝佳的梅花引发回忆,追溯了去年独赏寒梅的情景,又归结到今年梅花正好而人将远别的愁情,进而想像梅子熟时自己将寄身空江,只能梦想梅影的怅惘,"总是见宦迹无常,情怀落寞耳。忽借梅花以写,意超而思永"(黄了翁《蓼园词选》)。词中表现的时间跨度很大,结构跳跃而浑化无迹,"圆美疏转如弹丸"(周济《宋四家词选》)。下片"相逢似有恨,依依愁悴"与《六丑》"长条故惹行客,似牵衣待话,别情无极"几句,移情于物,借物抒怀,一虚写,一实写,有异曲同工之妙。"相将见"四句以清婉之笔描绘种种幻出之景象,空灵隽永,意味无穷。

【原词】

粉墙低,梅花照眼,依然旧风味。露痕轻缀,疑净洗铅华①,无限佳丽。去年胜赏曾孤倚,冰盘同燕喜②。更可惜、雪中高树,香篝熏素被③。 今年对花最匆匆,相逢似有恨,依依愁悴。吟望久,青苔上,旋看飞坠。相将见、翠丸荐酒④,人正在、空江烟浪里。但梦想、一枝潇洒,黄昏斜照水⑤。

注释

①净洗铅华:王安石梅诗:"不御铅华知国色。"
②冰盘同燕喜:指以梅子下酒,韩愈《李花》二首之一:"冰盘夏荐碧实脆。"冰盘,指玉盘;冰,清,晶莹。燕喜,宴饮喜悦,同"宴喜",《诗·小雅·六月》:"吉甫燕喜,既多受趾"。笺:"吉甫既伐狁允而归,天子以燕礼乐之,则欢喜也。"
③香篝(gōu):"熏笼。篝,竹笼。
④相将:行将。翠丸,指梅子。
⑤黄昏句:林逋《山园小梅》诗:"疏影横斜水清浅,暗香浮动月黄昏。"此用其意。

【今译】

粉墙低矮,
梅花的光采炫人双眼,
这佳丽风味一如从前。
花枝装缀着轻盈露水,
仿佛洗净脂粉的美人,
淡雅绝世,姿质天成。
去年,寒梅开放的胜景,

我曾独自留连叹赏,
也曾在酒宴上,
欣喜地把玉盘中新脆的青梅品尝。
尤其令人爱惜难忘
那雪中盛开的梅树,
透出一阵阵清幽的芬芳,
宛如香笼覆盖着白色被絮。

今年对花最是匆忙,
寒梅似乎也懂得相逢苦短,
她含愁憔悴、情意绵绵。
我久久地沉吟凝望,
眼前忽见花片
飞坠在青苔上。
很快又一度青梅荐酒,
而我,将独自在空江烟浪里飘荡。
我只能在梦中想见
这潇洒的花枝
在夕阳的余照下,
水中疏影横斜的芳姿。

大酺·春雨

周邦彦

【题解】

　　《大酺》,毛先舒《填词名解》:"《大酺》,越调曲也,汉唐制,皆有赐酺词,取以名,唐教坊曲有《大酺乐》。"注引《乐苑》云:"《大酺》,商调曲,唐张文收造。"后用为词调,始见于周邦彦词。

　　本词别本题作"春雨"。"对宿烟"六句,展示了一个气势磅礴的雨的世界,在这背景上,作者特意绘出青竹细致的动态、声色,表现了刚柔兼备的风格。"润逼"三句写屋内景,体物入微。作者又着重叙述了凄寂无聊、神魂不宁的情状,而一切总由"雨"字生发,归结到"自怜幽独"的主题。过片用奇而入理的设想抒写作者欲归不能的愁闷,更用历史人物的故事渲染触景伤心的意绪。"况萧索"以下再现雨景,并寓惜春之情。末句"共谁秉烛"与上片"自怜幽独","如常山蛇势,首尾自相击应"(李攀龙《草堂诗余隽》)。这首词从雨声、雨色、雨思、雨愁各方面曲折铺叙,把作者凄清的旅况客思描写得淋漓尽致,不愧是咏雨佳作。史达祖咏雨名篇《绮罗春》,在内容、意境、表现手法等方面均受此词极大影响。

【原词】

对宿烟收[1],春禽静,飞雨时鸣高屋。墙头青玉旆[2],洗铅霜都尽,嫩梢相触。润逼琴丝[3],寒侵枕障,虫网吹粘帘竹。邮亭无人处[4],听檐声不断,困眠初熟。奈愁极频惊,梦轻难记,自怜幽独。　　行人归意速,最先念、流潦妨车毂[5]。怎奈向兰成憔悴[6],卫玠清羸[7],等闲时、易伤心目。未怪平阳客,双泪落、笛中哀曲[8]。况萧索、青芜国[9],红糁铺地[10],门外荆桃如菽[11]。夜游共谁秉烛[12]?

注释

[1]宿:隔夜。

[2]旆(pèi):古代旗帜末端如燕尾的垂饰。

[3]润逼琴丝:王充《论衡》:"天且雨,琴弦缓。"

[4]邮亭:古时设在沿途,供送文书的人和旅客歇宿的馆舍。

[5]流潦(lǎo):雨后地面积水。宋玉《九辩》:"寂寥兮收潦而水清。"洪兴祖补注引五臣云:"潦,雨水。"车毂(gǔ):毂,车轮中心的圆木,周围与车辐的一端相接,中有圆孔,用以插轴。《老子》:"三十辐共一毂。"也用作车轮的代称。此处车毂泛指车。

[6]兰成:庾信小字兰成,初仕南朝·梁,出使西魏,值梁灭,被留长安,后仕周,不得南归,常思故国,作《哀江南赋》、《愁赋》等。《愁赋》今不传,只留断句。

[7]卫玠:西晋卫玠有"玉人"之称,《世说新语·容止》载:"卫玠从豫章至下都,人久闻其名,观者如堵墙。玠先有羸(léi)疾,体不堪劳,遂成病而死,时人谓看杀卫玠。"羸、瘦、弱。

[8]未怪二句:用马融事。汉代马融,性好音乐,能鼓琴吹笛。卧平阳(今属山西)时,听客舍有人吹笛甚悲,因作《长笛赋》,见《注评昭明文选》卷四《长笛赋

序》。

⑨青芜国:杂草丛生的地区,温庭筠《春江花月夜》诗:"花庭忽作青芜国",此用其意。

⑩红糁(sǎn):指落花,糁,本指饭粒,引申为散粒。

⑪荆桃:樱桃的别名。《尔雅·释木》"楔,荆桃",注:"今樱桃"。

⑫秉烛夜游:《古诗十九首·生年不满百》:"昼短苦夜长,何不秉烛游?"

【今译】

隔夜屯聚的烟雾已经散去,
四周寂静,听不到春鸟啼鸣,
只有急雨铮铮,飞洒高高的屋顶。
新竹伸出墙头,
宛如玉制的流苏颜色青青,
竹皮霜粉被雨水冲洗干净,
柔嫩的竹梢,
在风中轻轻相敲。
雨气涨松了琴弦,
寒意阵阵侵人枕间,
虫网吹散,
一丝丝粘上竹帘。
在寂寥的旅店,
听檐下雨声不断,
我昏沉沉独自困眠。
怎奈愁闷已极,
孤眠频频被雨声惊断,
梦境是那样恍惚轻浅,
惊醒时已记不得半点,
幽独的我唯有自伤自怜。

我这远方过客归心似箭,
最担忧大雨滂沱,
车马难以行走,

泥泞的道路积水成河。
我像滞留异乡的兰成,
憔悴都因着欲归不能,
又像清瘦的卫玠,
多愁多病,动不动惨目伤情。
难怪客居平阳的马融,
听见悲凉的笛声,
眼泪就双双落在衣襟。
更何况鲜花开遍的庭院,
早变作杂草丛生萧条的荒园,
落红点点铺满了地面。
门外樱桃已结实如豆,
和谁一同去秉烛夜游?

解语花·上元

周邦彦

【题解】

《解语花》,词调名,毛先舒《填词名解》云:"唐玄宗太液池有千叶白莲,中秋盛开,帝宴赏左右,皆叹羡久之。帝指贵妃曰:'争如我解语花?'词取以名。"始见于周邦彦词。

周济《宋四家词选》说:"此美成在荆南(今湖北江陵)作,当与《齐天乐》同时。到处歌舞太平,京师尤为绝盛。"宋时元宵节最是隆重繁盛,此词上片记荆南元夜,描绘了一个灯月交辉、人物雅丽的神仙世界。过片别开一境,转叙京都上元"千门如昼"的壮观,以及市人纵情游乐、小儿女邂逅追慕的种种景象。作者三十二至三十七岁在荆南任学官,仕宦不得志,词中感慨节物依旧而情怀衰谢,隐约地透露了离乡去国的抑塞心情。全词一气如注,陈廷焯尤赞"后半阕纵笔挥洒,有水逝云卷,风驰电掣之感"(《白雨斋词话》)。

【原词】

　　风消绛蜡①,露浥红莲②,花市光相射。桂华流瓦③,纤云散、耿耿素娥欲下④。衣裳淡雅,看楚女纤腰一把⑤。箫鼓喧、人影参差,满路飘香麝⑥。　　因念都城放夜⑦,望千门如昼⑧,嬉笑游冶。钿车罗帕⑨,相逢处、自有暗尘随马⑩。年光是也,惟只见、旧情衰谢。清漏移、飞盖归来,从舞休歌罢。

注释

①绛蜡:红烛。原本作"焰蜡",据别本改。

②浥(yì):沾湿。红莲,指荷花灯。欧阳修《蓦山溪》元夕词:"纤手染香罗,剪红莲满城开遍。"红莲,原本作"烘炉",据别本改。

③桂华:月光。相传月中有桂树,故以桂代指月。

④耿耿:光明貌。谢朓《暂使下都夜发新林至京邑赠西府同僚》诗:"秋河曙耿耿,寒渚夜苍苍。"素娥,月中女神名嫦娥,因月色白,故亦称素娥。

⑤看楚女句:《韩非子·二柄》:"楚灵王好细腰,而国中多饿人。"杜牧《遣怀》诗:"楚腰肠断掌中轻。"

⑥香麝(shè):即麝香。麝似鹿而小,雄麝脐部有香腺,可作香料。

⑦放夜:开放夜禁。陈元龙《片玉集注》引《新记》:"京城街衢,有金吾晓暝传呼,以禁夜行。惟正月十五夜,敕许金吾弛禁,前后各一日,谓之'放夜'。"

⑧千门:指皇宫中千门万户,院宇深沉。《史记·孝武本纪》"作建章宫,度为千门万户。"

⑨钿车:以金为饰的华丽车乘。罗帕,女子使用的香罗手帕。

⑩暗尘随马:苏味道《正月十五夜》诗:"暗尘随马去,明月逐人来。"马蹄下尘土飞扬,夜间看不清楚,故曰"暗尘"。

【今译】

　　绛烛在风中渐渐消蚀,
　　红莲灯被夜露沾湿,
　　市街是一片花的海洋,
　　千万点灯火交相映射。
　　月光流动荡漾在屋瓦,
　　薄云飞散,
　　天宇空明,依稀见素娥飘飘欲下。

看南国佳人细腰纤纤,
衣裳何其淡雅。
箫鼓喧阗,
人影重叠,参差杂沓,
满路麝香飘洒。

想起京都开禁的上元夜;
望宫中千门灯光辉耀如昼,
人们纵情地嬉戏游冶。
美人的车乘多么豪华,
偶相逢,
暗尘飞扬,少年追随着车马,
拾取那遗落的罗帕。
节物风光年年如故,
只是衰谢了旧日的豪情。
夜已深沉,
我独自飞车归去,
任随他人欢歌狂舞直到天明。

蝶恋花·早行

周邦彦

【题解】

　　这首词别本题作"早行",为秋天早晨送别之作。首三句记未别时于枕上所闻乌啼、更残、汲井等声响,暗示离人凄恻难眠。"唤起"二句描写浅睡乍觉、惊别伤心之态,语少而层深。下片叙送别,情景真切,缠绵动人。歇拍写斗斜露寒人去、唯听鸡声相应的凄清景象,使人感到余音袅袅,不绝如缕。

【原词】

　　月皎惊乌栖不定①,更漏将阑,辘轳牵金井②。唤起两眸清炯炯③,

泪花落枕红绵冷。　执手霜风吹鬓影④,去意徊徨⑤,别语愁难听。楼上阑干横斗柄⑥,露寒人远鸡相应。

注释

①月皎句:曹操《短歌行》:"月明星稀,乌鹊南飞,绕树三匝,何枝可依。"此处化用其意。

②轧(h)轳(lù):象声词,象车轮或辘轳的转动声。苏轼《次韵舒教授寄李公择》诗:"门前轳轳想君车。"

③炯炯(jiǒng jiǒng):光亮貌。

④霜风句:李贺《咏怀》二首之一:"弹琴看文君,春风吹鬓影。"此化用其句。

⑤徊徨:彷徨不安貌。梁武帝《孝思赋》:"晨孤立而萦结,夕独处而徊徨。"

⑥阑干:横斜貌。斗柄,北斗七星中五至七三颗星形如斗柄,故称。古乐府:"月没参横,北斗阑干。"

【今译】

月光皎洁,
乌鸦惊飞不定,
乱纷纷啼鸣,
更漏将尽,
已听见辘轳汲水的声音。
从浅睡中唤起,
惊醒的双眸亮晶晶,
红棉枕浸透伤别的泪,
湿冷如同寒冰。

挽着手为她送行,
秋风吹拂她美丽的鬓影,
她欲去又迟疑,
再三徘徊不定,
分离的话语愁不忍听。
小楼外,
天边空横斗柄,
朝露寒冷,伊人去远,

只有晨鸡一声声远近呼应。

解连环

周邦彦

【题解】

《解连环》,词调名。《词谱》卷三十四云:"此调始自柳永……名《望梅》。后因周邦彦词有'妙手能解连环'句,更名《解连环》。"按《全宋词》据《梅苑》卷四以所谓柳永《望梅》词作"无名氏"词。又张辑此调有"把千种旧愁,付与杏梁燕"句,故又名《杏梁燕》。另又名《玉连环》。

主人公如环无端的幽怨、情思,用往复百折的手法表现得哀艳凄婉,楚楚动人。篇首直叙怨情,"纵妙手"以下抒写主人公想要从爱河中挣扎出来,而身边物、眼前景,无一不引起他对往日欢情的眷恋,因而无从得到解脱的复杂心理。过片用《九歌》辞意曲折表达对伊人的怨尤,以及自己不能忘情的深心。恨极之余,他甚至想把"当日音书""待总烧却",以示决绝,但却终于不忍割舍,转而希冀对方也还能依旧相思,词情极委折之致。在痛苦矛盾的心理历程之后,主人公最后发出"拚今生、对花对酒,为伊落泪"的誓言,表现他"直道相思了无益,未妨惆怅是清狂"(李商隐《无题》诗)、矢志不移的坚贞感情,凝重深至,堪称"壮烈"。

【原词】

怨怀无托,嗟情人断绝,信音辽邈。纵妙手、能解连环①,似风散雨收,雾轻云薄。燕子楼空②,暗尘锁、一床弦索③。想移根换叶,尽是旧时,手种红药。 汀洲渐生杜若④,料舟依岸曲,人在天角。漫记得、当日音书,把闲语闲言,待总烧却。水驿春回,望寄我、江南梅萼⑤。拚今生⑥、对花对酒,为伊泪落。

【注释】

①解连环:《战国策·齐策六》载:"秦昭王尝使使者遗(赠)君王后玉连环,曰:'齐多智,而解此环否?'君王后以示群臣,群臣不知解。君王后引锥锥破之,

谢秦使曰:'谨以解矣。'"此处比喻情怀难解。

②燕子楼空:指人去楼空。详见苏轼《永遇乐》"燕子楼"注。

③床:指琴床,安放琴的器具。

④汀洲句:屈原《九歌·湘夫人》"搴汀洲兮杜若,将以遗兮下女。"此用其意。杜若,香草名。

⑤水驿二句:〔南朝〕陆凯《赠范晔诗》:"折梅逢驿使,寄与陇头人。江南无所有,聊赠一枝春。"〔南朝〕乐府《西洲曲》又有"忆梅下西洲,折梅寄江北"句,此处化用其意。

⑥拚(pàn):舍弃,不顾惜。晏几道《鹧鸪天》词:"彩袖殷勤捧玉钟,当年拚却醉颜红。"

【今译】

　　幽怨的情怀无所依托,
　　哀叹着情人义绝恩断,
　　书信杳杳,音容辽远。
　　纵然有高手能解连环,
　　却正如风雨停息,
　　依旧是阴云绵薄、轻雾弥漫。
　　燕子楼空,伊人去远,
　　琴床上,厚厚的尘埃
　　封住了昔日弹奏妙曲的丝弦。
　　红芍药开得多么绚烂,
　　那都是我同她亲手栽植,
　　尽管如今已根移叶换。

　　江上小洲芳香的杜若渐生,
　　我想要采一枝寄赠,
　　而她,是否泊舟在深深的港湾,
　　远在那地角天边?
　　我还记得当初的书信,
　　有过许多爱的盟约,
　　我真想把这些无用的闲话统统烧却!
　　水边驿站又一度春回大地,

我痴心地盼望,
她还能将江南的梅花寄递。
唉,我宁愿舍弃今生今世,
对花对酒,永远为她落泪相思。

拜星月慢·秋思

周邦彦

【题解】

《拜星月慢》,唐教坊曲名,后用作词调。张璋、黄畬《全唐五代词》卷七《敦煌词·云谣集杂曲子》《拜新月》"笺评"曰:"《拜新月》曲调,因拜新月之民俗而产生。……《乐府诗集》所以录之《拜新月》,订为近代曲辞者,有李端五言四句仄韵及吉中孚妻张氏之长短曲。……宋人改名为《拜星月》,韵致全失。"敦煌曲子词此调为八十四字,周邦彦衍为《拜星月慢》,增至一百零四字。

此篇别本题作"秋思","全是追思,却纯用实写。但读前半阕,几疑是赋也。换头再为加倍跌宕之,他人万万无此力量"(周济《宋四家词选》),这评语精当地点明了此词结构、表现手法的独特性。上片回忆初识伊人的温馨情景,"惊艳"的感受,不用明眸皓齿之类的描写,而是从虚处传神,以"暖日明霞"、"水盼兰情"来表现伊人的光采夺目、温柔多情和清丽高雅,不落俗套。过片追溯未见面时的倾慕,以加强相遇的难能可贵。"自到瑶台"二句与上片关合,叙欢洽恋情。再用"苦惊风"句一笔钩转,描写现今旧梦幻灭,被迫分离,主人公独宿荒寒孤馆的苦况,结拍写山川阻隔而相思不断,见出主人公一往情深,饶敦厚之致。

【原词】

夜色催更,清尘收露,小曲幽坊月暗。竹槛灯窗,识秋娘庭院①。笑相遇,似觉琼枝玉树相倚②,暖日明霞光烂③。水盼兰情④,总平生稀见。　画图中、旧识春风面⑤,谁知道、自到瑶台畔⑥。眷恋雨润云温,苦惊风吹散。念荒寒、寄宿无人馆,重门闭,败壁秋虫叹⑦。怎奈向、一缕相思,隔溪山不断。

注释

①秋娘:见前周邦彦《瑞龙吟》注。
②琼枝玉树:比喻人物姿容秀美。沈约《古别离》诗:"愿一见颜色,不异琼树枝。"李商隐《送千牛李将军赴阙五十韵》:"照席琼枝秀,当年紫绶荣。"《世说新语·容止》:"魏明帝使后弟毛曾与夏侯玄共坐,时人谓蒹葭倚玉树。"柳永《尉迟杯》:"深深处,琼枝玉树相倚。"
③暖日明霞:宋玉《神女赋》:"其始来也,耀乎若白日初出照屋梁。"曹植《洛神赋》:"皎若太阳升朝霞。"
④水盼:比喻眼波清明,流动似水。
⑤画图句:杜甫《咏怀古迹》五首其三:"画图省识春风面"。春风面,指容貌美丽。
⑥瑶台:原指仙人所居,此地指伊人居所。
⑦败壁句:欧阳修《秋声赋》:"但闻四壁虫声唧唧,如助予之叹息。"此处暗用其意。

【今译】

夜色催更鼓初响,
露水洒,尘土不再飞扬,
天边弯月银光微淡,
照深巷,坊曲朦胧幽暗。
我看见清爽的翠竹栏槛,
小窗前灯火闪闪,
第一次来到她的庭院。
欣喜地同她相识,
仿佛靠近晶莹的玉树琼枝,
她就像太阳暖人心田,
又像朝霞般光采明艳。
含情的眼波如秋水流动,
性情清雅宛若幽兰,
这样可爱的人儿实在生平少见。

从前,观看她的画像,
那绝世容颜早曾倾羡,
没想到我竟真地去到她身边。
我们有过许多欢爱的时光,
相互间深深眷恋,
苦恨鸳梦忽地被狂风惊破,
不得不两下分散。
如今,我寄宿在荒寒的客馆,
寂寞无人,重门紧关,
颓败的四壁
唯听秋虫声声哀叹。
有什么办法,
我同她隔着万水千山,
相思情意却如丝缕绵绵不断。

关河令

周邦彦

【题解】

《关河令》,词调名,本名《清商怨》,欧阳修此调首句为"关河愁思望处满",周邦彦遂改名为《关河令》。

周邦彦词多温厚和雅,此篇却一变而为凄厉,他遭时不偶,曾长期浮沉于州县,黄庭坚说过:"天下清景不择愚贤而与之,然吾特疑端为我辈设。"本词上片即借阴沉凄清的秋景、秋声,显示作者同样阴沉凄清的心情。下片描写主人公孤馆独对寒灯,无以消永夜的旅况客愁,凄恻哀切。这首词虽系小令而章法缜密,时间层层推移,感情步步深刻,格调清峭。

【原词】

秋阴时晴渐向暝,变一庭凄冷。伫听寒声[1],云深无雁影。 更深人去寂静,但照壁、孤灯相映。酒已都醒,如何消夜永?

注释

①寒声:即秋声,秋天的风声、落叶声、虫鸟哀鸣声等。范仲淹《御街行》词:"纷纷坠叶飘香砌,夜寂静,寒声碎。"

【今译】

阴阴秋天少有片时放晴,
黄昏渐渐临近,
满庭顿变得凄清幽冷。
我凝神伫立,静听秋声,
看不见旅雁掠影,
寒云深处传来阵阵悲鸣。

夜半更深,
人去后四周寂静,
我孤独的身影,
映一盏照壁青灯。
酒意全都散尽,
如何消磨这长夜沉沉?

绮寮怨

周邦彦

【题解】

《绮寮怨》,词调名,始见于周邦彦词。

周邦彦长年漂泊羁旅,辗转州县,饱受别离行役之苦,此词为一曲离歌,当系其三十七岁以后所作。上片描写作者在残醉浓愁中走向渡口的情景,"当时曾题"二句暗用魏野故事,表现不得志的感怀,以下又对时移事去、流光匆匆发深深慨叹。下片抒写了作者对旧欢前程均感冷淡的颓唐心情,末几句叙当前别宴,化用王维《送元二使安西》诗意,对自己即将远行而无故人相送,表现凄伤之情。通篇迤逦写来,疏淡自然,含意深永。

【原词】

　　上马人扶残醉,晓风吹未醒。映水曲、翠瓦朱檐,垂杨里、乍见津亭。当时曾题败壁,蛛丝罩、淡墨苔晕青①。念去来②、岁月如流,徘徊久、叹息愁思盈。　　去去倦寻路程,江陵旧事③,何曾再问杨琼④。旧曲凄清,敛愁黛、与谁听？尊前故人如在⑤,想念我、最关情。何须《渭城》⑥,歌声未尽处,先泪零。

注释

　　①当时曾题二句:暗用魏野事:吴处厚《青箱杂记》六载,魏野尝从寇准游陕府僧舍,各有留题。后寇准显贵,复同游,见准诗已用碧纱笼盖护,而野诗独否,尘昏满壁……

　　②去来:指过去、未来。去来今,佛家语,指过去、未来、现在,窥基《大乘法苑义林章记一》:"去来今三,是时一切。"

　　③江陵:今属湖北。

　　④杨琼:唐时妓女名,此处泛指。白居易《寄李苏州兼示杨琼》诗:"为问苏台酒席中,使君歌笑与谁同。就中犹有杨琼在,堪上东山伴谢公。"

　　⑤尊前句:王维《送元二使安西》诗有:"劝君更尽一杯酒,西出阳关无故人"句,此处翻用其意。

　　⑥《渭城》:王维《送元二使安西》诗亦称《渭城曲》。

【今译】

　　上马人还带着残存的醉意,
　　晨风拂面也没能吹醒。
　　翠瓦朱檐的楼阁,
　　在水流深曲处倒映,
　　猛然见阴阴垂杨,
　　掩蔽着渡口的驿亭。
　　当初曾在败壁题诗,
　　如今早是凄凉光景:
　　蛛网罩字,
　　墨色消淡,苔痕青青。
　　想到过去未来的种种,
　　怅岁月如水奔流不停。

我久久地徘徊叹息,
愁思充溢胸襟。

我将越走越远,
懒得问讯前面的路径,
江陵绮艳的旧事,
也不再向杨琼去探寻。
别宴上,美人双眉紧皱,
唱旧曲声声凄清,
有谁忍心多听?
假如故人就在尊前,
一定会深深将我想念
寄与无限关心。
何必要高唱离歌,
一曲未尽,已叫人涕泪交零。

尉迟杯·离恨

周邦彦

【题解】

《尉迟杯》,词调名,毛先舒《填词名解》云"(唐)尉迟敬德(恭)饮酒必用大杯也",故用以为名。始见于柳永词。

此词别本题作"离恨",抒写夜宿舟中的怀感。上片绘黄昏及月夜两岸的凄迷景色如画,抒离愁别恨也极委婉,虽袭用郑文宝《柳枝词》诗意,却出之自然。过片由今思昔,追忆京华欢乐旧事,以与目前孤寂的客况作鲜明对比。陈洵云:"'隋堤'一境,'京华'一境,'渔村水驿'一境,总收入'焚香独自语'一句中"(《海绡说词》)。但"自语"中所念往事,不过是歌楼妓馆的艳冶生活,虽系直说,显得"朴拙浑厚",格调却不高。

【原词】

隋堤路,渐日晚、密霭生烟树。阴阴淡月笼纱①,还宿河桥深处。

无情画舸,都不管、烟波隔前浦。等行人、醉拥重衾,载将离恨归去②。
因思旧客京华,长偎傍疏林,小槛欢聚。冶叶倡条俱相识③,仍惯见珠歌翠舞。如今向、渔村水驿,夜如岁、焚香独自语。有何人、念我无聊,梦魂凝想鸳侣。

注释

①淡月笼纱:杜牧《泊秦淮》诗:"烟笼寒水月笼纱。"

②无情画舸(gě)四句:郑文宝《柳枝词》:"亭亭画舸系春潭,直到行人酒半酣;不管烟波与风雨,载将离恨过江南。"此处化用其意。画舸,画船。浦,水滨。衾(qīn):被子。

③冶叶倡条:指歌妓舞女。李商隐《燕台》诗四首其一:"风光冉冉东西陌,几日娇魂寻不得。蜜房羽客类芳心,冶叶倡条偏相识。"

【今译】

　　日色渐晚,
　　长长的隋堤,
　　密林外暮霭迷离。
　　淡月朦胧如柔纱轻笼,
　　我又寄宿在河桥深处的水域。
　　无情画船全然不顾
　　茫茫烟波隔着前浦,
　　待到行人,浓醉中
　　拥重重被絮,
　　它就载着人连同离恨悠悠归去。

　　想从前在京华客居,
　　经常到疏林中游荡,
　　或是在低小的栏槛前欢聚。
　　青楼佳人都和我相识,
　　我看惯了翠丽珠繁、舞筵歌席。
　　如今,独宿在渔村水驿,
　　漫漫长夜如岁,

对一缕炉香,我忧愁自语。
有谁顾念我客中寂寥?
我幻想着与情人相会在梦里。

西河·金陵怀

金陵怀古

周邦彦

【题解】

《西河》,唐曲,后用作词调。《碧鸡漫志》卷五引《脞说》:"大历初,有乐工取古《西河长命女》加减节奏,颇有新声。"又称:"又别出大石调《西河慢》,声犯正平,极奇古。"周邦彦此词入"大石"调,当即此曲。又名《西湖》。

王国维《清真先生遗事·尚论三》云:"集中《齐天乐》'绿芜凋尽台城路'一首作于金陵,当在知溧水(38岁至42岁)前后。"此词或即作于同时。有人认为本词系方腊起义,周邦彦避兵乱自杭州奔扬州途中,亦即其逝世前一年所作,根据似嫌不足。这首词主要依据刘禹锡《金陵五题·石头城》、《乌衣巷》两诗隐括而成,却能自出机杼,浑化无迹。词中不搬弄史实而只从虚处传神,寓无限历史兴亡之慨,写景清奇壮伟,格调高古苍凉,隐微地流露了作者对于大宋末世的哀感。

【原词】

佳丽地[1],南朝盛事谁记[2]?山围故国绕清江[3],髻鬟对起[4]。怒涛寂寞打孤城,风樯遥度天际[5]。 断崖树,犹倒倚,莫愁艇子谁系[6]?空余旧迹郁苍苍,雾沉半垒。夜深月过女墙来[7],伤心东望淮水[8]。 酒旗戏鼓甚处市?想依稀王谢邻里[9]。燕子不知何世,向寻常巷陌人家相对,如说兴亡斜阳里。

注释

[1]佳丽地:指金陵(今南京市)。谢朓《入朝曲》:"江南佳丽地,金陵帝王州。"

②南朝:指偏安江左的三国东吴、东晋、宋、齐、梁、陈六朝。

③山围句:刘禹锡《金陵五题·石头城》诗:"山围故国周遭在,潮打空城寂寞回。淮水东边旧时月,夜深还过女墙来。"故国,即故都,六朝均建都金陵,故云。

④髻(jì)鬟(huán):女人发髻,此处比喻山峦秀丽。黄庭坚《宁子兴追和予岳阳楼诗复次韵》之一:"去年新霁独凭栏,山似樊姬拥髻鬟。"

⑤风樯(qiáng):指帆船。樯,桅杆。

⑥莫愁句:古乐府《莫愁乐》:"莫愁在何处?莫愁石城西。艇子打两桨,催送莫愁来。"石城,今湖北钟祥县,县西有莫愁村。此地误将石城当作石头城(南京别名),今南京市水西门外有莫愁湖。

⑦女墙:城上的小墙。

⑧淮水:指秦淮河,横贯南京城中,系南朝时都人士女游宴之所。

⑨王谢邻里:刘禹锡《金陵五题·乌衣巷》诗:"朱雀桥边野草花,乌衣巷口夕阳斜。旧时王谢堂前燕,飞入寻常百姓家。"王谢,六朝时王谢世为望族,居南京乌衣巷,故常并称。

【今译】

好一片佳丽之地,
可繁盛的南朝旧事,
又还有谁曾记忆?
故都依然是青山环绕,
清江畔,发髻般秀美的山峰对起。
寂寞怒涛拍打孤城,
远水的风帆,
像是在天际游移。

古老的树木,
还在断崖边倒倚,
莫愁女的小船曾在这里牵系。
如今,空留下旧时踪迹,
茂密的山树一片苍翠,
半边营垒沉埋在浓浓的雾里。
深夜,月亮静静越过城上的矮墙,
把空寂的古都照临。

东望悄无声息的秦淮河,
不由人惨目伤心。

当年热闹的酒楼戏馆,
如今究竟在哪里?
想那寥落的街巷,
或许曾是王谢大族的故居。
燕子飞进普通百姓之家,
并不懂得今天是什么时代,
它们在斜阳中相对细语,
像是叙说着历史的兴衰。

瑞鹤仙

周邦彦

【题解】

《瑞鹤仙》,词调名,始见于周邦彦词。

王明清《玉照新志二》说,其父王铚云:"美成以待制提举南京(今河南商丘)鸿庆宫(宣和二年,公元1120年),自杭徙居睦州(今浙江桐庐),梦中作长短句《瑞鹤仙》一阕",并说词中应验了当年方腊起义、美成避乱及逝世等事,语涉怪诞,不足征信。但周邦彦与王铚系故交,至商丘后又以此词寄王,写作年代应无误。上片描写客去后寥廓、迷茫的情景,并借落照映楼的景象衬托依依别情,颇有韵致。以下记归途所遇、短亭酣饮,引出过片次日于残醉中见风狂花落而怨东风无情、怅芳菲难驻的感怀,末二句宕开一笔,为自我宽慰之辞。全篇结构精严、针线绵密。

【原词】

悄郊原带郭,行路永、客去车尘漠漠。斜阳映山落,敛余红犹恋,孤城阑角。凌波步弱①,过短亭②、何用素约。有流莺劝我③,重解绣鞍,缓引春酌。 不记归时早暮,上马谁扶,醒眠朱阁。惊飙动幕④,扶残醉,绕红药。叹西园已是,花深无地,东风何事又恶?任流光过却,犹喜洞天自乐⑤。

注释

①凌波:形容女子步态轻盈。曹植《洛神赋》:"凌波微步,罗袜生尘。"
②短亭:古时于城外五里处设短亭,十里处设长亭,供行人休息。
③流莺:比喻女子柔声软语。
④惊飙(biāo):狂风。
⑤洞天:洞中别有天地之意。道家以此称仙人所居之处有王屋山等十大洞天、泰山等三十六洞天之说。此处比喻自家的小天地。

【今译】

　　静寂的郊野连接着城郭,
　　道路漫漫,伸向远方。
　　友人的车马离去了,
　　只留下烟尘迷茫。
　　斜阳映山,徐徐沉落,
　　把澄红的晚霞
　　依恋地洒上孤城的栏角,
　　娇弱的伊人步履艰难,
　　经过短亭稍稍休憩,
　　意外地同故人相遇。
　　她柔声软语,劝我重解绣鞍,
　　将春酒斟酌品味。

　　不记得归去时天色如何,
　　上马究竟是谁搀扶,
　　醒来正睡在自家门户。
　　狂风摇动帷幕,
　　带着残存的醉意,
　　我留连在芍药花圃。
　　叹惋西园里,

处处花片堆砌,
东风为什么又是这样凶恶,
吹红花凋落许多。
唉,任凭流光飞去吧,
幸喜还能在小天地自娱自乐。

浪淘沙慢

周邦彦

【题解】

　　这首词为怀人之作。上片倒叙离别京都、玉人折柳送别情景,以秋色渲染离愁,着墨不多而含思凄惋。"念汉浦"至中片,描写别后的孤寂、冷清与相思之情,意境与柳永《雨霖铃》下片极相似而用笔各异,柳词纯由想象生发,层层铺叙,此词则绘实景实情而又回环曲折。下片抒别后怨情,时间跳荡,感情却如贯珠一气流走且顿宕多姿。正如陈廷焯所说:"末段蓄势在后,骤雨飘风,不可遏抑。歌至曲终,觉万汇哀鸣,天地变色,老杜所谓'意惬关飞动,篇终接浑茫'也"(《白雨斋词话》)。王国维赞此词"精壮顿挫,已开北曲之先声"(《人间词话》)。

【原词】

　　晓阴重①,霜凋岸草,雾隐城堞②。南陌脂车待发③,东门帐饮乍阕④。正拂面、垂杨堪揽结,掩红泪⑤、玉手亲折。念汉浦、离鸿去何许?经时信音绝。　情切,望中地远天阔,向露冷、风清无人处,耿耿寒漏咽⑥。嗟万事难忘,惟是轻别。翠尊未竭,凭断云⑦、留取西楼残月。　罗带光消纹衾叠,连环解⑧、旧香顿歇⑨;怨歌永、琼壶敲尽缺⑩。恨春去、不与人期,弄夜色、空余满地梨花雪。

【注释】

①晓阴:原作"昼阴",据别本改。
②堞(dié):城上如齿形的矮墙。
③脂车:以油膏涂车辖。

④东门:指京都汴京东门。帐饮,在郊外设帐饯别,见前柳永《雨霖铃》注。阕(què):终了。

⑤红泪:旧题〔晋〕王嘉《拾遗记七·魏》:"文帝(曹丕)所爱美人,姓薛,名灵芸……闻别父母,歔欷累日,泪下沾衣。至升车就路之时,以玉唾壶承泪,壶则红色。既发常山,及至京师,壶中泪凝如血。"后因称妇女的眼泪为红泪。

⑥耿耿:烦躁不安貌。《诗·邶风·柏舟》:"耿耿不寐,如有隐忧。"

⑦断云:孤云、片云。

⑧连环解:见周邦彦《解连环》注。

⑨旧香:用贾午偷赠韩寿异香事,见周邦彦《风流子》注。

⑩琼壶句:《北堂书钞》一二五〔晋〕裴启《语林》载:"王大将军(敦)每酒后,辄咏魏武帝乐府歌曰:'老骥伏枥,志在千里。烈士暮年,壮心不已。'以铁如意击唾壶为节,壶尽缺。"后以敲壶尽缺表示感情激烈。独孤及《代书寄上裴六冀刘二颖》诗:"长啸林木动,高歌唾壶缺。"

【今译】

　　早晨,天空布满重重阴云,
　　严霜已降,
　　两岸草木枯萎凋谢,
　　城楼在浓雾中隐藏。
　　南边大路上,
　　涂满油脂的车子就要启行,
　　东门外,
　　饯别的酒宴刚刚终席。
　　丝丝拂面的垂杨还能攀折,
　　她悄悄拭去泪水,
　　纤纤玉手亲折柳枝为我送别。
　　我这失群的孤雁去到何方?
　　独自在那汉水之滨,
　　时间久远,没有得到她的音讯。

　　相思情意多么深切,
　　遥望中却只看见天阔地远,
　　在这露冷风清寂寞的地方,

我心中忧愁,长夜难眠,
卧听更漏一声声呜咽。
我叹息着世间万事,
最最难忘的莫过离别。
翠玉杯中的美酒还没喝尽,
我期待着与她共饮,
我盼望天际的云片,
能留住西楼残月,
愿她也在月夜里将我想念。

我罗带上的光采已经磨灭,
绣被皱乱堆叠,
玉连环生生拆开,
她赠我的奇香芳馨早歇。
我不住地曼声悲唱怨歌,
玉壶尽被敲击残缺。
我恼恨春光已去,
不给人良会佳约,
它只知道弄夜色凄清,
空留下满地梨花似雪。

应天长·寒食

周邦彦

【题解】

《应天长》,词调名,有令词、慢词两体。令词始见于由唐入蜀的韦庄词。慢词始见于柳永词。

此词别本题作"寒食"。美成多别离怀旧之作,许多篇章内容相近而面目各异,表现手法极富变化。这首词抒写寒食怀人之情。上片先绘寒食节白天春光融和之景,然后陡然转入主人公暗夜闭门愁绝之状的描写,并借"梁间燕"自嘲、自怜,词情苦涩,又用乱花飘香飞坠遍地的凄迷景象出色地衬托了人物的撩乱情思,引入过片对当年寒食不期而遇难忘情事的回忆,再用逆挽法叙述日间独寻旧迹而物是人非的景象,不着一感伤语道破,而情味自然悠远深长。全篇结构开合动荡,意境迷离惝恍,情感深挚动人。

【原词】

条风布暖①,霏雾弄晴,池台遍满春色。正是夜堂无月,沉沉暗寒食。梁间燕,前社客②,似笑我、闭门愁寂。乱花过、隔院芸香③,满地狼藉。　长记那回时,邂逅相逢④,郊外驻油壁⑤。又见汉宫传烛,飞烟五侯宅⑥。青青草,迷路陌。强载酒⑦、细寻前迹。市桥远、柳下人家,犹自相识。

注释

①条风:春天的东北风。八风之一。《淮南子·天文》:"距日冬至四十五日,条风至。"注:"艮卦之风,一名融。"《初学记》三《易通卦验》:"立春条风至。"宋均注:"条风者,条达万物之风。"

②前社客:指燕子。社,祭社神之日,有春秋二社,立春后五戊为春社,立秋后五戊为秋社。陈元龙注《片玉集》引欧阳獬《燕》诗:"长到春秋社前后,为谁去了为谁来?"

③芸香:芸本是一种香草,可避蠹鱼。此处指乱花香气。

④邂(xiè)逅(hòu):不期而会。

⑤油壁:车壁饰以油漆之车名油壁车。南朝乐府《苏小小》诗:"妾乘油壁车,郎骑青骢马;何处结同心,西陵松柏下。"

⑥又见二句:〔唐〕韩翃《寒食》诗:"春城无处不飞花,寒食东风御柳斜。日暮汉宫传蜡烛,轻烟散入五侯家。"此处指时当寒食,并未用原诗讽喻之意。五侯,汉桓帝封单超新丰侯,徐璜武原侯,贝瑗东武侯,左悺上蔡侯,唐衡渔阳侯,见《后汉书·宦官传》。

⑦强(qiǎng):勉强。

【今译】

和风散布着温暖,
菲菲薄雾,透一派晴意,
池塘台阁春色遍满。

我独自闷坐堂前，
在这无月的夜晚，
云影沉沉，
寒食时节显得凄凉幽暗。
去年春社的旧客，
那梁间燕子
似乎在嘲笑我
紧闭门户忧愁孤寂。
撩乱的残红片片飞过，
隔院飘来阵阵香气，
遍地只见落花狼藉。

我独自沉思，
总不能忘怀那一次
同她意外地相遇，
她的油壁车停在郊野，
我们曾两情依依。
如今，汉宫又一度传递蜡烛，
五侯家散着飞烟，
迷失了旧日的路径，
满目只看见芳草萋萋。
我勉强携酒，去仔细找寻
那往事的踪迹。
市桥遥远，
柳树下，
依然是那户相识的人家。

夜游宫

周邦彦

【题解】

《夜游宫》,词调名。毛先舒《填词名解》云:"《夜游宫》,古诗:'昼短苦夜长,何不秉烛游。'《拾遗记》:'汉成帝于太液池旁起"宵游宫",又隋炀帝好以月夜从宫女数千骑游西苑,作《清夜游》曲,于马上奏之。'词名盖取诸此。"始见于贺铸词。

上片描绘秋日黄昏的景色,清疏淡远,富于动感,句中没有正面抒情,但从独立桥头久久伫望的形象中,似乎可以捕捉到主人公内心那种如有所待、又若有所失的复杂感情。下片叙长夜不眠的孤凄情景,通过主人公"不恋单衾再三起"而急切地要给情人写信这一举动,我们仿佛能够窥测到他的无限隐衷。这首词正因其清空而不质实,留给人无尽的想像余地。

【原词】

叶下斜阳照水①,卷轻浪、沉沉千里。桥上酸风射眸子②。立多时,看黄昏,灯火市。　古屋寒窗底,听几片、井桐飞坠。不恋单衾再三起,有谁知,为萧娘,书一纸③?

注释

①叶下:叶落。屈原《九歌·湘夫人》:"嫋嫋兮秋风,洞庭波兮木叶下。"
②酸风:冷风。李贺《金铜仙人辞汉歌》:"东关酸风射眸子。"
③为萧娘句:杨巨源《崔娘》诗:"风流才子多春思,肠断萧娘一纸书。"萧娘,女子的泛称。

【今译】

木叶飘落,
夕阳的余辉映照水底,
秋风卷起层层轻浪,

不尽水波涌流千里。
桥头冷风刺痛眼睛。
我长久伫立,
独自在黄昏中,
看街市闪点点灯影。

在古老房屋的寒窗下,
在无边的寂静里,
我卧听井台畔,
几片桐叶铿然坠地。
我不留恋这孤凄的单被,
再三地披衣坐起,
有谁能领会我此时的心情?
全为着她寄来的一封书信。

青玉案

贺 铸

【作者简介】

贺铸(公元1052—1125年),字方回,原籍山阴(今浙江绍兴),生长卫州(今河南汲县)。宋太祖贺后族孙,娶宗室之女。为人豪侠尚气,渴望建功立业,曾为武官,后转文职,曾任泗州(今属江苏)、太平州(今属安徽)通判等职。晚年退居苏州,自号庆湖遗老。贺铸诗、文、词皆善,尤以词成就最高,其词刚柔兼济,风格多样,张耒《东山词序》赞其词:"盛丽如游金、张之堂,妖冶如揽嫱、施之袂;幽洁如屈、宋,悲壮如苏、李。"其相思离别及留连光景之作多深婉丽密,善于炼字,下开吴文英一派。长调如《台城游》"南国本潇洒"、《六州歌头》"少年侠气"等篇豪壮激烈、气势雄健,逼近苏轼,对辛弃疾等人有影响。《捣练子》五首描写征人妻的思边之情,在宋词中很是难得,其词写景咏物也有独到之处,要之,贺铸为北宋一大名家。有《东山词》,一名《东山寓声乐府》。

【题解】

　　此词表现幽居怀人之情。抒写"美人不来,竟日凝伫"(曹植《洛神赋》)的情状、环境的岑寂与内心暗恨清愁之深,即景抒情,婉丽多致。结尾处"一川烟草,满城风絮,梅子黄时雨",绘江南景色如画,以此三者比愁之多,语意精新,兴中有比,意味深长,被誉为绝唱。周紫芝《竹坡诗话》云:"贺方回尝作《青玉案》,有'梅子黄时雨'之句,人皆服其工,士大夫谓之'贺梅子'。"但正如刘熙载所说:"专赏此句误矣!""其末句好处全在'试问'句呼起,及与上'一川'二句并用耳"(《艺概》),叠用了三种凄美的意象来喻愁,才显得含蓄不尽,工妙绝伦,以至黄庭坚赞曰:"解作江南断肠句,只今惟有贺方回"(《寄贺方回》),并将他比作谢朓。万树称道本篇"词情词律,高压千秋"(《词律》)。

【原词】

　　凌波不过横塘路,但目送、芳尘去①。锦瑟华年谁与度②?月桥花院,琐窗朱户③,只有春知处。　碧云冉冉蘅皋暮④,彩笔新题断肠句⑤。试问闲愁都几许?一川烟草,满城风絮,梅子黄时雨⑥。

注释

　　①凌波二句:意谓美人一去不返。见周邦彦《瑞鹤仙》注。横塘,大塘名,在今江苏苏州市西南。龚明之《中吴纪闻》卷三载贺铸"有小筑在盘门之南十余里,地名横塘,方回往来其间。"芳尘,美人走时扬起的尘土。
　　②锦瑟华年:李商隐《锦瑟》诗:"锦瑟无端五十弦,一弦一柱思华年。"
　　③琐窗:雕作连琐形花纹的窗。
　　④碧云句:"碧"原作"飞",据别本改。此句化用江淹《休上人怨别》"日暮碧云合,佳人殊未来"诗意。冉冉,流动貌。蘅皋,生长着香草杜蘅的水边高地。《洛神赋》:"尔迺税驾乎蘅皋。"
　　⑤彩笔:见周邦彦《过秦楼》注。
　　⑥一川三句:一川,满地。梅子黄时雨,〔南朝·宋〕陈肖岩《庚溪诗话》:"江南五月梅熟时,霖雨连旬,谓之黄梅雨。"〔南朝·宋〕潘子真云:"寇莱公(准)诗:'杜鹃啼处血成花,梅子黄时雨如雾',世推贺方回所作'梅子黄时雨'为绝唱,盖用莱公语也。"

【今译】

　　你轻盈的步履不曾来到横塘,

我徒然地伫立凝望,
只看见远处尘土飞扬。
唉,你和谁一起度过
这锦瑟般美好的年光?
你在明月辉映的溪桥、
鲜花盛开的院落?
抑或是雕镂的窗栏、
朱漆的门户?
唯有春风知道你隐秘的处所。

长满杜蘅的小洲渐近日晚,
天边,碧云在缓缓流荡,
佳人没有消息,
我用彩笔写下悲伤的诗行。
若问我心中的幽恨清愁共有几许?
正像那一川烟雾迷濛的芳草,
满城随风飘扬的柳絮,
梅子黄时霏微不绝的丝雨。

感皇恩

贺 铸

【题解】

《感皇恩》,唐教坊曲名,后用作词调。始见于敦煌曲子词。宋词始见于张先词。贺铸此调有"细风吹柳絮,人南渡"之句,故又名《人南渡》。

这首词很像一首缩写的《洛神赋》,描写了主人公暮春时节在长满芳草的汀洲伫立,与伊人相会、虽则两情交通却终于不能互诉心曲,以及伊人飘然离去后的怅惘之情。末几句意境与《青玉案》结尾处极相似,但后者是以三种意像直接喻愁,本篇则是借助景物委曲抒情,整首词空灵、清疏、淡远。那种可望而不可即的追寻,使人感到"另有一种伤心说不出处,全得力于楚骚,而运以变化,允推神品"(陈廷焯《白雨斋词话》)。有人认为本篇与《青玉案》均有所寄托,聊备一说。

【原词】

　　兰芷满汀洲①,游丝横路。罗袜尘生步②,迎顾。整鬟颦黛,脉脉两情难语③。细风吹柳絮、人南渡。　回首旧游,山无重数。花底深、朱户何处？半黄梅子,向晚一帘疏雨。断魂分付与、春将去。

注释

　　①兰芷:香兰、白芷,均为香草。
　　②罗袜句:《洛神赋》:"凌波微步,罗袜生尘",见周邦彦《瑞鹤仙》注。
　　③脉脉:相视貌,含情不语貌。《古诗十九首》之十:"盈盈一水间,脉脉不得语。"

【今译】

　　汀洲满是香兰白芷的芬芳,
　　游丝飘飘,横系道路。
　　她迈着轻盈的步履,
　　将我迎候、盼顾,
　　抬手把鬓发整理,
　　秀美的双眉微微皱起。
　　我和她彼此凝视、含情脉脉
　　却终于没能衷肠互诉。
　　轻风吹柳絮飞舞,
　　伊人翩然南渡。

　　回头望不见旧时同游的地方,
　　山屏峰障无重数。
　　百花深深,
　　她的住所又在何处？
　　梢头梅子半已黄熟,
　　向晚时,帘外落一场疏疏细雨。

春天啊,

请带着我凄伤的神魂一同归去。

薄　倖

贺　铸

【题解】

《薄倖》,词调名,始见于贺铸词。

贺词的爱情词常常"于言情、写景、叙别中,布出许多景色来,写得如一枝临风牡丹,艳丽照人"(薛砺若《宋词通论》)。这首词就很有代表性,上片追忆伊人动人的神采、色授魂与的情状,和风月之下画堂相见时的千娇百媚,以及炉边屏底幽会的情景,虽只从女子这方作正面描写,但作者那种"今夕何夕,见此良人!""子兮,子兮,如此良人何"的惊喜、狂热的感情却已蕴含其中,叙事极其细腻,层次分明,富于戏剧情味。过片直述男主人公当前的盼望、寻觅,音书无由寄递、佳会难再的种种怅恨,以及"春浓酒困",无以打发光阴的百无聊赖的生活状况,上片感情如登山攀梯盘旋直上,渐至顶峰,下片则一步一蹶,左右无路,二者形成鲜明对照。以显示作者的一往情深。全篇熔叙事、抒情、写景于一炉,委曲有致。辞采浓淡相间,恰到好处。

【原词】

　　淡妆多态,更的的①、频回眄睐②。便认得琴心先许③,欲绾合欢双带④。记画堂、风月逢迎,轻颦浅笑娇无奈。向睡鸭炉边,翔鸳屏里,羞把香罗暗解。　自过了烧灯后⑤,都不见踏青挑菜⑥。几回凭双燕,丁宁深意,往来却恨重帘碍。约何时再,正春浓酒困,人闲昼永无聊赖。厌厌睡起,犹有花梢日在。

注释

①的的:明媚貌。

②眄(miǎn)睐(lài):顾盼。《古诗十九首》之十六:"眄睐以适意,引领遥相睎。"

③琴心:见前晏殊《木兰花》注。
④绾(wǎn):旋绕打结。合欢带,即合欢结,以绣带结成双结,以示欢爱。梁武帝《秋歌》:"绣带合欢结,锦衣连理文。"
⑤烧灯:燃灯,指元宵放灯。
⑥踏青:春日郊游,杜甫《绝句》:"江边踏青罢,回首见旌旗。"古代踏青节的日期因时地而异,秦味芸《月令粹编》卷五引费著《岁华纪丽谱》:"二月二日踏青节,初郡人游赏,散在四郊。"又卷六引李淖《秦中岁时纪》:"上巳(三月初三)赐宴曲江,都人于江头禊饮,践踏青草,谓之踏青履。"挑菜,挑菜节,唐代风俗,农历二月初二日曲江挑菜,士民游观其间,谓之挑菜节。〔宋〕张耒有《二月二日挑菜节大雨不能出》诗。

【今译】
　　她妆束淡雅,绰约多姿,
　　已使我深深倾慕,
　　哪里还禁得
　　频频回眸向我盼顾。
　　我知道她心中已自暗许,
　　愿同我双双缔结欢娱。
　　我不能忘怀清风皓月的良辰,
　　我们相会在画堂,
　　她轻蹙蛾眉,含情微笑,
　　那柔媚可爱的模样。
　　在睡鸭形的香炉旁,
　　在画着双飞鸳鸯的屏风里,
　　她娇羞地悄悄解开罗裳。

　　自从过了元宵,
　　直到踏青挑菜的时节,
　　如云如荼的游人仕女中,
　　我总不曾寻见她的踪迹。
　　多少次想托双燕传信。
　　嘱咐它们带上我的一片深情,
　　来来往往,却恨有重重帘幕,

在我们当中间阻。
佳期密约几时才能再来?
春意正浓,我时常独自醉饮,
人又闲,天又长,
我只觉得百事无心。
我无精打采地昏昏愁眠,
醒来时,花梢还照着高高的日影。

浣溪沙

贺　铸

【题解】

《宋史·贺铸列传》称其"喜论当世事,可否不少假借,虽贵要权倾一时,小不中意,极口诋之无遗辞,人以为近侠。"并不无惋惜地说他"竟以尚气使酒,不得美官,悒悒不得志,食宫祠禄,退居吴下。"此词当为其晚年所作,表现了作者"老夫聊发少年狂"的情态;作者歌唱及时行乐,似乎甘心陶情于歌笑、沉溺于醉乡,但是,在他佯狂的腔调中,我们不难听出他内心愤懑不平的声音。

【原词】

不信芳春厌老人,老人几度送余春,惜春行乐莫辞频。　巧笑艳歌皆我意①,恼花颠酒拚君嗔②,物情惟有醉中真③。

注释

①巧笑:美好的笑貌。《诗·卫风·硕人》:"巧笑倩兮,美目盼兮。"艳歌,描写有关爱情的歌辞。梁武帝《子夜歌》:"朱口发艳歌,玉指弄娇弦。"

②恼花:为花所引逗、撩拨。杜甫《奉陪郑驸马韦曲》之一:"韦曲花无赖,家家恼杀人。"颠,狂。嗔(chēn),怒,生气。

③物情:物理人情。

【今译】

我不相信明媚的春天

真地讨厌老人,
我曾经多少次送走残春,
爱惜春光切莫白白放过,
游冶行乐不要嫌多。

美丽的笑容、多情的歌曲,
全都合我的口味,
爱花爱酒变得颠狂,
不怕让你责备,
人生真谛我看只在醉乡。

浣溪沙

贺 铸

【题解】

胡仔说此词"'淡黄杨柳暗栖鸦'之句,写景可谓造微入妙"(《苕溪渔隐丛话》),其实这首词正如杨慎《词品》所评"句句绮丽,字字清新",首句描写晚霞当楼、渐褪余红之景也极美,"淡黄"句与之相映衬,才显得更加清丽有味。词中描写了月下摘梅、笑归门户、垂帘遮寒的美人,但并不以刻画人物或记事抒情为主,作者把美人也当作初春月夜美景一个不可或缺的组成部分,她使得整个画面更美、更富有生气,同时又体现了一种潇洒出尘的风致。

【原词】

楼角初消一缕霞,淡黄杨柳暗栖鸦,美人和月摘梅花。 笑捻粉香归洞户①,更垂帘幕护窗纱,东风寒似夜来些②。

【注释】

①洞户:深深的门户。洞,深。户,单扇门,此处为门的通称。
②些(suò 或 sā):语末助词,无义。《楚辞·招魂》:"去君之恒干,何为四方些?"沈括《梦溪笔谈》三《辩证》一:"今夔、峡、湖、湘及南、北江獠人,凡禁咒句尾

皆称'些',此乃楚人旧俗。"

【今译】
　　楼角刚刚散去
　　最后一缕晚霞,
　　嫩黄的新柳,
　　幽暗中栖息着乌鸦。
　　玉人披一身月光,
　　摘取淡雅的梅花。

　　她笑捻花枝,
　　走进深深的门户,
　　为遮护薄薄的窗纱,
　　又放下厚厚帘幕。
　　东风阵阵,
　　像昨夜一样寒侵肌肤。

石州慢

贺　铸

【题解】
　　《石州慢》,词调名,始见于贺铸词,一作《石州引》,因贺铸此调有"长亭柳色才黄"句,又名《柳色黄》。
　　吴曾《能改斋漫录》记"方回眷一姝,别久,姝寄诗云:'独倚危阑泪满襟,小园春色懒追寻。深恩纵似丁香结,难展芭蕉一寸心。'贺因赋此词,先叙分别时景色,后用所寄诗语,有'芭蕉不展丁香结'之句。"上片描绘早春初晴的黄昏景色,由近及远、声色错杂,意境清新开阔,并熔景入情,引出下片当年离别的回忆,以及连年音容隔绝的愁叹。"欲知"几句自问自答,跌宕有致,化用李商隐《代赠》及恋人所寄诗句,以故为新,语意绝妙。末二句以想像之笔抒写人居两地、情发一心的状况,动人心腑。本篇词情清婉、精深,人们称道贺铸工于言情,于此可见一斑。

【原词】

　　薄雨收寒,斜照弄晴,春意空阔。长亭柳色才黄,倚马何人先折?烟横水漫,映带几点归鸿,平沙消尽龙荒雪①。犹记出关来,恰如今时节。　　将发,画楼芳酒,红泪清歌②,便成轻别。回首经年,杳杳音尘都绝。欲知方寸③,共有几许新愁?芭蕉不展丁香结④。憔悴一天涯,两厌厌风月。

注释

　　①平沙:谓广漠的沙原。何逊《慈姥矶》诗:"野岸平沙合,连山远雾浮。"龙荒,泛指北方荒漠地区。李白《塞下曲》:"将军分虎竹,战士卧龙沙。"
　　②红泪:见周邦彦《浪淘沙慢》注。
　　③方寸:见柳永《采莲令》注。
　　④芭蕉句:张说《戏草树》诗:"戏问芭蕉叶,何愁心不开。"李商隐《代赠》二首其一:"芭蕉不展丁香结,同向春风各自愁。"丁香结:丁香的花蕾,唐宋诗词中多用来比喻愁思固结不开。牛峤《感恩多》词:"自从南浦别,愁见丁香。"李璟《浣溪沙》词:"青鸟不传云外信,丁香空结雨中愁。"

【今译】

　　细雨初停,
　　寒气刚刚散去,
　　斜日辉耀,弄一番新晴,
　　春意正空阔无际。
　　长亭畔,才透出嫩黄的柳色,
　　不知有谁倚马将枝条先折?
　　烟霭横野,春水漫漫,
　　映带着远天归雁数点。
　　塞外冰雪,
　　消融在广漠的平原。
　　还记得也是这样的光景,
　　我出关的那年。

想当初我将要出发,
画楼上,她准备了酒席,
流着伤心的眼泪为我唱一曲清歌,
我们就这样轻易离别。
猛回首,过了一年又一年,
我和她音容渺茫,两下隔绝。
要知道小小的寸心共有多少新愁?
就像卷曲难展的蕉叶,
丁香花蕾解不开重重结。
我们在天一涯各自憔悴,
两处愁苦相思,
空对着清风明月。

蝶恋花

贺　铸

【题解】

　　这首小词抒写伤春怀人的情绪。作者不用伤悼红花凋落的陈套,而是以柳阴密到不能穿度游丝来表现春色已尽,用曲笔写出伤春之情,语淡意深。怀人的感情只用虚笔勾勒,主人公"肠断白蘋洲"的心境却依稀可感。过片写其日夜的孤寂和相思,末二句全用李冠《蝶恋花》成句,而有青蓝、冰水之妙。

【原词】

　　几许伤春春复暮,杨柳清阴,偏碍游丝度。天际小山桃叶步①,白蘋花满湔裙处②。　竟日微吟长短句,帘影灯昏,心寄胡琴语③。数点雨声风约住,朦胧淡月云来去④。

注释

①桃叶:晋王献之妾,此处借指恋人。
②湔(jiān):洗。

③胡琴:乐器名。唐宋时,凡来自北方和西方各族的拨弦乐器,如琵琶、忽雷等,统称胡琴。作为拉弦乐器,最早记载见于宋沈括《梦溪笔谈》引自作《凯歌》其三:"马尾胡琴随汉车。"

④数点二句:〔北宋〕李冠《蝶恋花》〔春暮〕词:"遥夜亭皋闲信步,才过清明,渐觉伤春暮。数点雨声风约住,朦胧淡月云来去。桃杏依稀香暗度,谁在秋千,笑里轻轻语。一寸相思千万绪,人间没个安排处。"

【今译】

不管你多么伤春,
春天依然还又迟暮,
杨柳清阴浓密,
偏妨碍游丝飞度。
伊人在天际的小山上闲步,
她浣洗衣裙的岸边,
如今白苹花开遍。

我整天低吟着词章,
到夜晚,帘影映孤灯昏暗。
我把一腔幽怨,
都寄与胡琴丝弦。
才听得数点雨声,
忽地被风儿吹远,
见朦胧淡月来往云间。

天门谣·登采石娥眉亭

贺 铸

【题解】

《天门谣》,词调名,始见于贺铸词。王灼《碧鸡漫志》卷四《阿滥堆》条记"贺方回《朝天子》曲云:待月上……"可见此调原名《朝天子》,因贺铸此调咏天门,故命名《天门谣》。李之仪有和作,题曰:"次韵贺方回登采石蛾眉亭"。

采石矶原名牛渚矶,在安徽马鞍山市长江东岸,为牛渚山突出长江而成,江面较狭,形势险要,西南方有两山夹江对峙如蛾眉,谓之天门。神宗熙宁间,太平州(今属安徽)知州张瑰在牛渚山上筑亭,以观览天门胜景,命名"蛾眉亭",哲宗绍圣二年(公元1095年),吕希哲知太平州,捐官俸重新修葺,次年四月,贺铸赴任江夏(今属湖北),途经当涂,参加了此亭落成典礼,并写有《蛾眉亭记》,本篇或即作于同时。这首小词以雄劲的笔力描绘了天门山的险峻和历史上群豪的纷争,兴亡之慨只从"与闲人登览"句淡淡说出,意味却十分深长。过片想像天门山月夜可览之景,高远清奇,声色绝丽。"历历数、西州更点"句,以夸张手法写登高而望远,给人一种超脱尘凡、宠辱偕忘之感。

【原词】

牛渚天门险,限南北、七雄豪占①。清雾敛,与闲人登览。 待月上潮平波滟滟②,塞管轻吹新《阿滥》③。风满槛,历历数、西州更点④。

【注释】

①限南北句:南北朝以长江为界,南朝偏安江左。七雄豪占:天门险要,为历代军事上必争之地。六朝以金陵为都,五代时南唐亦建都金陵,七雄当指东吴、东晋、宋、齐、梁、陈与南唐。

②滟滟(yàn yàn):水光。何逊《望新月示同羁》诗:"的的与沙静,滟滟逐波轻。"

③塞管:指羌笛胡笳之类。阿滥,曲调名,王灼《碧鸡漫志》卷四引《中朝故事》云:"骊山多飞禽,名阿滥堆,明皇御玉笛采其声,翻为曲子名,左右皆传唱之,播于远近,人竞以笛效吹。"

④历历:分明可数。崔颢《黄鹤楼》诗,"晴川历历汉阳树。"西州,晋宋间扬州刺史治所,以治事在台城(今属南京)西,故曰西州。

【今译】

牛渚天门是自古天险,
隔断了大江南北,
七雄纷纷将它争占。
如今,历史的云雾散尽,

只留给闲人登临观览。

待到明月东升、晚潮初涨,
江波闪一片银光,
听羌笛轻奏着新翻《阿滥》,
清风吹满亭槛,
我将静数西州更鼓几点。

天 香

贺 铸

【题解】

《天香》,词调名,毛先舒《填词名解》说词名采自宋之问诗句"天香云外飘"。始见于王观词。贺铸此调有"好伴云来,还将梦去"之句,故又名《伴云来》。

贺铸年轻时自负才略,尚气近侠,有"请长缨,系取天骄种"的志向,却"官冗从,怀倥偬,落尘笼,簿书丛"(《六州歌头》),终生奔走道路,沉沦下僚,此词便借悲秋怀人之情,抒发其牢落不平之气。上片绘秋日黄昏至入夜、中宵的种种景象,清壮凄美。"蛩催机杼"、"不眠思妇"等句,状秋夜悲凉极其生动,姜夔咏蟋蟀名篇《齐天乐》词,在意境、用语等方面显然受其影响。作者见秋色、闻秋声而惊时序、叹岁暮,自然地过渡到下片对一生的总结:浪迹天涯、壮志成虚、无谁告语,进而引发怀人之情,而又不作小儿女喁喁语,因之朱孝臧称道此词"横空盘硬语"(《手批东山乐府》)。本篇笔力遒劲、绝去雕饰,格调沉郁,真挚动人。

【原词】

烟络横林,山沉远照,迤逦黄昏钟鼓[①]。烛映帘栊,蛩催机杼[②],共苦清秋风露。不眠思妇,齐应和、几声砧杵[③]。惊动天涯倦宦,骎骎岁华行暮[④]。 当年酒狂自负[⑤],谓东君、以春相付[⑥]。流浪征骖北道[⑦],客樯南浦[⑧],幽恨无人晤语[⑨]。赖明月曾知旧游处,好伴云来,还将梦去⑩。

注释

①迤(yí)逦(lǐ):曲折连绵。谢朓《治宅》诗:"迢递南川阳,迤逦西山足。"

②蛩(qióng):蟋蟀。白居易《禁中闻蛩》诗:"西窗独暗坐,满耳新蛩声。"机杼(zhù):指织布机。古乐府《木兰辞》:"不闻机杼声,惟闻女叹息。"引申为纺织。

③砧(zhēn)杵(chǔ):捣衣具。砧,捣衣石;杵,捶棒。何逊《赠族人秣陵兄弟》诗:"萧索高秋暮,砧杵鸣四邻。"

④骎骎(qīn qīn):马速行貌。《诗·小雅·四牡》:"载骤骎骎。"毛传:"骎骎,骤貌。"引申为疾速。也比喻时间迅速消逝。南朝·梁]简文帝《纳凉》诗:"斜日晚骎骎。"

⑤酒狂:饮酒使气者。《汉书·盖宽饶传》记盖语:"无多酌我,我乃酒狂!"盖宽饶为汉宣帝时刚正无私的官吏,曾任司隶校尉,弹劾不法官吏无所回避,公卿贵戚皆畏之,莫敢犯禁。此处作者借以自况。

⑥东君:司春之神。〔唐〕成彦雄《柳枝词》之三:"东君爱惜与光春,草泽无人处也新。"

⑦骖(cān):一车驾三马,《诗·小雅·采菽》:"载骖载驷。"此处泛指马。

⑧南浦:南面的水滨,因屈原《九歌·河伯》有"送美人兮南浦",又江淹《别赋》云:"送君南浦,伤如之何?"后特指分别之处。此地泛指。

⑨晤语:面谈。《诗·陈风·东门之池》:"彼美淑姬,可与晤语。"

⑩好伴云来:以行云比喻所爱女子,用宋玉《高唐赋序》句意,见欧阳修《蝶恋花》注。

【今译】

横展的平林网着烟雾,
天边夕阳向远山冉冉沉落,
断续传来黄昏的钟鼓。
烛光摇曳,映着寂寞的窗户,
蟋蟀哀鸣催人夜织,
我们都怨恨这清秋风露。
不眠的思妇捣制寒衣,
风声、虫鸣一齐应和着砧杵。
震动了我这天涯倦客,
蓦然惊觉年光飞驰又近岁暮。

当初曾经以酒狂自负,
一心以为司春之神对我,
只把三春好景交付。
谁料长年水舟陆马,
流浪四方,辗转在南北道路,
满怀幽怨无人可以面诉。
幸喜明月知道
我旧日游历的去处,
将伴化作行云的她同来这里,
把我的梦魂也带到伊入绣户。

望湘人

贺 铸

【题解】

《望湘人》,词调名,始见于贺铸词。

上片由景生情,首二句以欢景反衬愁情,愈见其愁,沈际飞说:"'厌'字嶙峋"(《草堂诗余正集》),它统摄全篇,定下了本词基调。作者又将怀人、惜春、自怜、触景伤情等种种感受融合交汇,意致缠绵浓腴。所举景物切合当地典实、传说,形象新鲜,富有地方色彩。过片承上,由情入景,化用钱起《湘灵鼓瑟》诗意,申诉自己的深心与伊人不见的怅恨,以及登高极目骋想的痴情,末句作自我宽解之辞,貌似放达,其实不过是含泪的强笑,读之令人心酸。本篇正如李攀龙所评:"词虽婉丽,意实展转不尽,诵之隐隐如奏清庙朱弦,一唱三叹"(《草堂诗余隽》)。

【原词】

厌莺声到枕,花气动帘,醉魂愁梦相半。被惜余熏,带惊剩眼[①],几许伤春春晚。泪竹痕鲜[②],佩兰香老[③],湘天浓暖。记小江风月佳时,屡约非烟游伴[④]。　　须信鸾弦易断[⑤],奈云和再鼓,曲终人远[⑥]。认罗袜无踪[⑦],旧处弄波清浅。青翰棹舣[⑧],白苹洲畔,尽目临皋飞观[⑨]。不解寄、一字相思,幸有归来双燕。

注释

①带惊句:《梁书·沈约传》载沈约与徐勉书:"……百日数旬,革带常应移孔;以手握臂,率计月小半分,以此推算,岂能支久?"

②泪竹:传说舜死于苍梧,其二妃泪染楚竹而成斑痕,故斑竹又称泪竹。〔唐〕郎士元《送李敖湖南书记》:"入楚岂忘看泪竹,泊舟应自爱江枫。"

③佩兰:屈原《离骚》:"纫秋兰以为佩"。

④非烟:唐武公业妾,姓步,事见皇甫枚《非烟传》。此处借指情人。

⑤鸾弦:《汉武外传》:"西海献鸾胶,武帝弦断,以胶续之,弦二头遂相着,终日射,不断,帝大悦。"后世称续娶为"续胶"或"续弦",此处以鸾弦指爱情。

⑥奈云和二句:钱起《省试湘灵鼓瑟》诗:"曲终人不见,江上数峰青。"此处化用其意。云和,古时琴瑟等乐器的代称,语出《周礼·春官·大司乐》:"云和之琴瑟。"庾信《周记圜丘歌·昭夏》:"孤竹之管云和弦,神光未下风肃然。"曲终,原本作"曲中",据别本改。

⑦罗袜:见周邦彦《瑞鹤仙》注。此处代指情人。

⑧青翰:船名。因船上有鸟形刻饰,涂以青色,故名。《说苑·善说》:"鄂君子皙之泛舟于新波之中也,乘青翰之舟。"〔南朝·宋〕颜延之《三月三日曲水诗序》:"龙文饰辔,青翰侍御。"枊(yì),同"舣",船靠岸。

⑨临皋,临水之地。屈原《离骚》:"步余马于兰皋兮。"注:"泽曲曰皋。"飞观,原指高耸的宫阙,此处泛指高楼。观,楼台之类。

【今译】

　　可憎的莺啼,声声传到枕畔,
　　鲜花香气浮动帘间,
　　我在醉乡愁梦中才遨游一半。
　　绣被上还剩有她的余香,
　　使我格外珍爱。
　　腰带眼频频后移,
　　惊骇自己瘦得太快。
　　无限伤春春又归,
　　斑竹上湘妃的泪痕犹新;
　　高洁的幽兰屈子曾佩,

如今却已色褪香消,
南国的天气正暖得令人心碎。
记得清风明月的良辰,在小江,
我常约伊人伴同我游赏。

应该相信鸾胶难以重续断弦,
任凭我再三弹奏琴瑟,
乐曲终了,伊人仍然不见。
她的踪迹无地可寻,
旧游处,只见微风弄江波清浅。
我纵目遥望,
独自伫立在岸边高高的楼观。
她那画着青鸟的航船,
是否停靠在白苹洲畔?
唉,她竟然不寄我一句相思的话语,
幸亏有双双归来的飞燕,
或者能带给我少许慰安。

绿头鸭

贺　铸

【题解】

　　此词当系绍圣间贺铸离汴京后,在江夏(今湖北武汉)宝泉监任上的怀旧之作。作者用绮丽的画笔描述了当初对一位歌女技艺的向慕,以及在宴堂群艳中,又由琴歌独识伊人的情状,并写出二人一见倾心,好合欢爱的柔情蜜意,辞采铺锦列绣,带有很重的脂香粉气。但其后插入"回廊影,疏钟淡月"清景的描绘,使上片词语不至于浓到化不开。下片从男女主人公两方面抒写深挚的离绪思情,约订后会之期,并以作者自楚地寄梅表示相思,进一步设想来春伊人相迎于郊外的欢乐情景。本篇序事曲折有序,语言富艳精丽,未脱离《花间》气格,张耒《东山词序》评其词有"妖冶如揽(毛)嫱、(西)施之袂",当指此类篇章。

【原词】

　　玉人家,画楼珠箔临津①。托微风彩箫流怨,断肠马上曾闻。宴堂开、艳妆丛里,调琴思、认歌颦。麝蜡烟浓,玉莲漏短,更衣不待酒初醺②。绣屏掩、枕鸳相就③,香气渐暾暾④。回廊影、疏钟淡月,几许消魂？　翠钗分⑤、银笺封泪,舞鞋从此生尘。任兰舟、载将离恨,转南浦、背西曛⑥。记取明年,蔷薇谢后,佳期应未误行云。凤城远⑦、楚梅香嫩,先寄一枝春⑧。青门外⑨,只凭芳草,寻访郎君。

注释

①珠箔(bó)：即珠帘。〔南朝·梁〕刘孝威《奉和晚日》诗："蚪檐挂珠箔,虹梁卷霜绡。"

②醺(xūn)：醉。

③枕鸳：即鸳枕。绣有鸳鸯的枕头。

④暾暾(tūn tūn)：本指日光明亮温暖,此地指香气浓烈。

⑤翠钗分：分钗作为离别纪念。白居易《长恨歌》："惟将旧物表深情,钿合金钗寄将去。钗留一股合一扇,钗擘黄金合分钿。"翠钗,以翡翠装饰的宝钗。

⑥任兰舟二句：用郑文宝《柳枝词》诗意,见前周邦彦《尉迟杯》注。曛(xūn)：落日的余光。

⑦凤城：旧时京都的别称,谓帝王所居之城。相传秦穆公之女弄玉,吹箫引凤,凤凰降于京城,故曰丹凤城。沈佺期《独不见》诗："白狼河北音书断,丹凤城南秋夜长。"

⑧楚梅二句：用〔南朝〕陆凯《赠范晔诗》意,见前周邦彦《解连环》注。

⑨青门：汉长安城东南门。本名霸城门,俗因门色青,呼为青门。此处借指北宋都城汴京。

【今译】

　　那位美人的家临近渡口,
　　画楼上垂着富丽的珠帘。
　　她曾吹奏着彩绘洞箫,
　　托轻风送出心中幽怨,
　　骑在马上的我啊,
　　听见曲调就感动得肝肠寸断。
　　华堂上排开盛宴,

浓妆艳抹的丽人无限,
我偏偏认出曼唱清歌的她,
曾经寄情丝弦。
香烛高烧,浓烟氤氲,
只嫌玉莲花壶漏声太短,
更换罗衫不须待到酒酣,
未饮酒人心早已醉软。
我们把绣屏紧掩,
鸳枕上相依相亲,
只觉得意浓香满。
淡淡的月光,
将我俩的身影映上回廊,
远处传过来疏钟数点,
这样的时刻,
怎不叫人消魂留恋?

自她赠我翠钗两处离分,
寄来的书信全都封着泪痕,
她从此不再欢笑,
跳舞的衣裙落满灰尘。
我一任兰舟装载离恨,
转过南浦,背向斜日黄昏。
记住明年蔷薇花谢的时候,
我定不辜负伊人的约盟。
帝京是多么遥远,
楚地的梅花正开得香嫩,
我先为她寄上这一枝芳春。
料想来年她在城外,
看春草又一度青青,
就会寻访我的踪影。

石州慢

张元幹

【作者简介】

　　张元幹(公元1091—1160年后),字仲宗,自号真隐山人,又号芦川居士、芦川老隐。福建永福(今福建永泰)人。官至将作少监(掌营建的副职),绍兴初致仕南归,晚年寓居福州。张元幹北宋末年即以词著称于时,早期词肩随秦观、周邦彦,词风清丽婉转,南渡后则一变而为慷慨悲凉。绍兴八年(公元1138年),宋高宗要向金奉表称臣,李纲上书反对无效,张元幹寄《贺新郎》词给李纲,坚决支持他的抗金主张,并对他的英雄失路表示无限同情。绍兴十二年(公元1142年),胡铨上书请斩秦桧,除名编管新州,张元幹赋《贺新郎》词为其送行,触怒秦桧,追赴大理寺,削除官籍。《四库全书总目》赞此二首为压卷之作,说:"慷慨悲凉,数百年后,尚想其抑塞磊落之气。"其它如《石州慢》〔己酉秋吴兴舟中〕、《水调歌头》〔同徐师川泛太湖舟中作〕、〔和芗林居士中秋〕、〔陇头泉〕等词,都抒发了爱国忧愤,对南宋爱国词人产生很大影响。但绍兴十五年(公元1145年)以后,张元幹曾写过《瑞鹤仙》、《瑶台第一层》二词献寿于秦桧。有《芦川词》。

【题解】

　　这首词抒写客居中的思乡怀人之情。上片化用杜甫诗意描绘溪边早春景色,充满了盎然生意,这一切却引发作者"应是良辰好景虚设"的无限怅恨。"长亭"三句,以骋望唯见绵延青山显示与亲人阻隔之遥,并借以比喻心中堆积的离愁别怨。过片设想妻子在深闺感春光、思远人因而憔悴消瘦的情状,透过一层抒自己怀乡之深情,有"照花前后镜,花面交相映"的双重妙境。"心期"句以下对眼前的久别寄不尽感慨。此词妩秀清婉,颇近柳、周同类作品。黄了翁说本篇有政治寄托,是为送胡铨得罪,借闺情而抒慨,恐难指实。

【原词】

　　寒水依痕①,春意渐回,沙际烟阔②。溪梅晴照生香,冷蕊数枝争发③。天涯旧恨④,试看几许消魂?长亭门外山重叠。不尽眼中青,是愁来时节。　情切,画楼深闭,想见东风,暗消肌雪⑤。孤负枕前云雨⑥,尊前花月。心期切处,更有多少凄凉,殷勤留与归时说。到得再相逢,恰经年离别。

注释

　　①寒水句:杜甫《冬深》诗:"花叶惟天意,江溪共石根,早霞随类影,寒水各依痕。"此处化用其意。
　　②春意二句:杜甫《阆水歌》:"正怜日破浪花出,更复春从沙际归。"此处化用其意。
　　③冷蕊:指清香幽雅的花,如菊、梅、荷等。此处指梅。
　　④天涯句:秦观《减字木兰花》:"天涯旧恨,独自凄凉人不问。"
　　⑤肌雪:比喻肌肤洁白如雪。《庄子·逍遥游》:"藐姑射之山,有神人居焉,肌肤若冰雪,淖约如处子。"
　　⑥云雨:指男女欢爱,用宋玉《高唐赋序》神女事,见欧阳修《蝶恋花》注。

【今译】

　　寒水渐退,
　　溪边留下浅痕一线。
　　轻烟笼沙岸空阔,
　　春意冉冉又回人间。
　　晴日光照,
　　溪畔的梅花散发幽芳,
　　冷香数枝争相开放。
　　我独自远在天涯尝尽离恨,
　　你可知这有多么凄然伤神?
　　长亭门外,群山重重叠叠,
　　眼中望不尽连绵青色;
　　正是惹人愁闷的时节。

　　想她怀远情切,

画楼上把门户深掩,
和煦东风里,
白雪般的肌肤暗暗消减。
可叹辜负了多少枕前恩爱,
又辜负多少尊前的花月美景。
我归心似箭,
无限凄凉的思情,
留待归去再向她倾诉详尽。
到了重逢时候,
将是离别多年,
却如何抵偿这长久的愁怨!

兰陵王·春恨

张元幹

【题解】

　　此词别本题作"春恨",实则抒发作者南渡后感怀故国的"黍离"之悲。上片描写朝雨初晴的美丽春景,以及作者"感时花溅泪,恨别鸟惊心"的沉郁心情。中片追忆京洛盛时欢乐的少年情事,极力渲染铺叙,藻丽意密。至"又争信"句一笔勾转,猛地跌入现实,而用问句呼起,十分准确地表现了作者此时"其信然邪?其梦邪?非其真邪?"那种恍若隔世的惊痛之感,并在痛定思痛的清醒中,转入下片凄凉索寞心情与别后相思的描写,又化用丁令威故事,对故国表现无限眷念,"相思除是,向醉里、暂忘却",语句虽平常,感情极浓至深刻,读之令人泣下。宋翔凤《乐府余论》说:"南宋词人系心旧京,凡言归路,言家山,言故国,皆恨中原隔绝。"他们常借怀念故国昔时生活的繁盛欢乐,来表现社稷倾覆之痛。本词就是如此,寓爱国感情于平常情事的叙述中,娓娓动人,于深婉清丽的格调中见气骨,含蓄蕴藉,富于情韵。

【原词】

　　卷珠箔,朝雨轻阴乍阁。阑干外、烟柳弄晴,芳草侵阶映红药[①]。

东风妒花恶,吹落梢头嫩萼。屏山掩②、沉水倦熏,中酒心情怕杯勺③。
寻思旧京洛④,正年少疏狂,歌笑迷著。障泥油壁催梳掠⑤,曾驰道同载⑥,上林携手⑦,灯夜初过早夜约,又争信飘泊? 寂寞,念行乐,甚粉淡衣襟⑧,音断弦索。琼枝璧月春如昨⑨。怅别后华表,那回双鹤⑩。相思除是,向醉里、暂忘却。

注释

①芳草侵阶:杜甫《蜀相》诗:"映阶碧草自春色",此处化用其意。
②屏山:屏风曲折如重山叠嶂,或因屏风上刻画山水,故称。
③怕:原作"怯",据别本改。杯勺:盛酒之器。
④旧京洛:指北宋汴京(东京,今河南开封)、洛阳(西京,今河南市名)。
⑤障泥:马鞯(jiān),因垫在马鞍下,垂于马背两旁以挡泥、土,故称。此处代指马。油壁,即油壁车,用油漆涂饰车壁的华丽车乘。
⑥驰道:秦代专供帝王行驶马车的道路。《史记·秦始皇本纪》:"二十七年治驰道。"此处泛指京都大道。
⑦上林:苑名,秦旧苑,汉武帝扩建,周围至三百里,有离宫七十所。苑中养禽兽,供皇帝春秋打猎。东汉有上林苑在洛阳市东。此处泛指京都园林。
⑧甚:正。
⑨琼枝璧月:陈后主制艳曲歌咏张贵妃、孔贵嫔的容色,其《玉树后庭花》云:"璧月夜夜满,琼枝朝朝新。"事见《陈书·张贵妃传》。此处借喻情人的美丽姿容,亦可解释为花好月圆的美满生活。
⑩怅别后二句:用《搜神后记》丁令威事,见王安石《千秋岁》注。

【今译】

卷起珠帘,
见朝雨初停,
天气渐渐转晴。
栏杆外,轻烟迷朦,
柳枝飘拂在丽日春风中,
芳草的碧色染绿石阶,
映衬得阶前芍药分外娇红。
可恶的东风嫉妒花朵,
竟忍心把梢头的嫩萼吹落。

我将屏风紧掩,
沉水香也懒得点着,
闷酒喝得太多太多,
如今已怕见杯勺。

回想从前在汴京洛阳,
我正当年少清狂疏放,
一味地纵情欢笑,
迷恋着舞榭歌场。
常常准备好漂亮的车马,
催促美人快快地梳妆。
我曾和她一同在大道上飞驰,
在美丽的园林携手游冶。
热闹的元宵灯节刚过,
又订好了继续嬉游的期约。
哪里能相信有一天,
竟会像这样四处漂泊?

我多么寂寞,
从前的乐事不过空自怀念,
衣襟上粉香日渐消淡,
我们分别得何其久远,
欢快的曲调难以重续,
琴瑟早已断了丝弦。
不知那美好的一切,
是否依旧如同先前。
我惆怅和她分离以后,
人间万事全都改变。
心中有无穷思情别怨,
除非在酒醉中,
才能够暂时不去想念。

贺新郎

叶梦得

【作者简介】

叶梦得(公元1077—1148年),字少蕴,苏州吴县(今江苏苏州)人。绍圣四年(公元1097年)进士,历官翰林学士、尚书左丞、建康、福州知府等。晚年隐居湖州下山石林谷,自号石林居士。叶梦得与许多南北宋之交的爱国词家一样,词风以南渡为界,前后期迥然不同,前期词"甚婉丽,绰有温、李之风",南渡后"落其华而实之,能于简淡时出雄杰,合处不减靖节(陶渊明)东坡之妙"(关注《题石林词》)。毛晋《石林词跋》赞其词"与苏、柳并传,绰有林下风,不作柔语殢人,真词家逸品也。"叶梦得著有笔记《石林燕语》、《避暑录话》等,多记词坛掌故,论词不乏精当之见。有《石林词》传世。

【题解】

本词为怀人之作,应是叶梦得早期作品。上片描绘了春末夏初莺啼恰恰、苍苔点点、落红片片、垂杨自舞的黄昏景象,于声色撩乱中寄寓庭轩寂寞之慨。作者又叙述了他因消暑气而寻旧扇的生活小事,由此却引发对往事惊心动魄的回首,而又不作具体追忆,给人留无尽想像余地。过片推想伊人所居江南水乡风光,画面清丽、高远、开阔。作者又化用柳宗元诗意,寄托自己深挚的想望之情。末几句抒写关河阻隔、瞻望弗及的无限怅恨。此词绝去绮丽、柔媚的姿态,风调清婉而豪逸,体现出一种'刚健含婀娜'的特色,不愧是苏词的后劲。

【原词】

睡起流莺语,掩苍苔房栊向晚,乱红无数。吹尽残花无人见,惟有垂杨自舞。渐暖霭、初回轻暑。宝扇重寻明月影,暗尘侵、上有乘鸾女[①]。惊旧恨,遽如许[②]。 江南梦断横江渚,浪粘天、葡萄涨绿[③],半空烟雨。无限楼前沧波意,谁采苹花寄取[④]?但怅望、兰舟容与[⑤]。万里云帆何时到?送孤鸿、目断千山阻。谁为我、唱《金缕》[⑥]?

注释

①宝扇二句:〔南朝·梁〕江淹《拟班婕妤诗》:"纨扇如圆月,出自机中素。画作秦王女,乘鸾向烟雾。"指团扇上画秦穆公女乘鸾仙去的故事。此处化用其意。

②遽(jì):疾,速。

③葡萄涨绿:李白《襄阳歌》:"遥看汉水鸭头绿,恰似葡萄初酦醅。"

④无限二句:柳宗元《酬曹侍御过象县见寄》诗:"破额山前碧玉流,骚人遥驻木兰舟。春风无限潇湘意,欲采苹花不自由。"此处翻用其意。

⑤容与:安逸舒闲貌。陶潜《闲情赋》:"拥劳情而罔诉,步容与于南林。"

⑥金缕:为〔唐〕李锜所作《金缕衣》曲:"劝君莫惜金缕衣,劝君须惜少年时。花开堪折直须折,莫待无花空折枝。"其妾以善唱此曲著名(《唐诗三百首》题为李锜妾杜秋娘作);《金缕曲》即为《贺新郎》,此处或即意谓词人作此曲而无人可赏、无人可为其演唱。

【今译】

午睡醒来,
听流莺娇声软语,
天色渐渐向晚,
房门外,苍苔满地,
落红片片堆砌。
没人看见残花已被吹尽,
只有垂杨迎风自舞,
庭院幽静空寂。
暮霭中渐渐带着暖意,
我感到了初夏的暑气。
寻找从前用过的那把
明月般圆圆的宝扇,
它已经灰尘沾满,
扇子上画着骑凤的仙女,
那久已沉积的离愁别怨,
猛然将我的心强烈震撼。

江南美好的旧梦已断,
洲渚横靠着她的小舟,

碧绿的清水涨满,
像一江新酿的葡萄酒。
波浪粘连着远天,
化半空烟雨苍茫。
她楼前绿水悠悠,
是否也在把我深深想望、
准备采一束苹花寄上?
我怅然地遥望,
她的木兰舟不知浮游何方?
云帆在万里以外,
几时才能来到我的近旁?
我久久地目送着天边孤鸿,
视线尽头,只见千山阻挡,
有谁为我把《金缕》曲歌唱?

虞美人

叶梦得

雨后同干誉、才卿置酒来禽花下作①

【题解】

　　本词表现惜花伤春、流连光景的情思,却风格高骞,不作婉变、绮艳之语。其中"惟有游丝,千丈罥晴空"句,意境极清朗高旷。词中又描写了主人公殷勤留客的情意,暗寓共同珍惜最后春光、及时行乐的劝喻。最后三句抒发春尽、酒阑、人散的哀感,却曲曲道出,正如沈际飞所评:"下场头话偏自生情生姿,颠播妙耳"(《草堂诗余正集》)。王灼《碧鸡漫志》说叶梦得学东坡"亦得六七",从这首清畅流丽的小词,也可看出东坡的影响。

【原词】

　　落花已作风前舞,又送黄昏雨。晓来庭院半残红,惟有游丝、千丈袅晴空。　殷勤花下同携手,更尽杯中酒②。美人不用敛蛾眉,我亦多情、无奈酒阑时。

注释

①干誉、才卿:叶梦得友人,事迹不详。来禽,即林檎之别名,南方称花红,北方称沙果。

②更尽句:王维《送元二使安西》:"劝君更尽一杯酒,西出阳关无故人。"

【今译】

落花已在风中旋舞飘飞,
黄昏时偏又阴雨霏霏。
清晨,庭院里
一半铺着残红,
只有游丝千丈,
飘荡缠绕在高高的晴空。

我盛情邀请他们在花下同游,
为爱赏这最后的春光频频劝酒。
美人啊,请你不要
因着伤感而双眉紧皱。
当春归、酒阑、人散,
多情的我正不知该如何消愁。

点绛唇

汪　藻

【作者简介】

汪藻(公元1079—1154年),字彦章。德兴(今属江西)人。崇宁二年(公元1103年)进士。官至显谟阁大学士、左中大夫,封新安郡侯。徽宗时,与胡伸显名文坛,被称为"江左二宝"。诗作多兴寄,风格与苏轼略近。沈雄《古今词话》称其"词亦美赡。"《全宋词》录其词四首。

【题解】

《点绛唇》,词调名,首见于五代冯延巳词。词名来源杨慎《词品》卷一说是取自江淹词句"明珠点绛唇"。

张宗橚《词林纪事》卷八〔宋〕六"汪藻"条云:"按知稼翁(黄公度)词注,彦章出守泉南(泉州)移知宣城,内不自得,乃赋《点绛唇》词:'新月娟娟……'云云。公(指黄公度)时在泉南签幕,依韵作词送之云:'嫩绿娇红,砌成别恨千千斗。短亭回首,不是缘春瘦。 一曲阳关,杯送纤纤手。还知否?凤池归后,无路陪尊酒。'"以上事实说明此词不是一般的写景抒情小品,而有所寄托。词中描绘了新月初弓、梅影横斜的早春夜景,但虽处身良宵佳景,作者心情却并不宁贴,从"起来搔首"句便可知道,"闲却传杯手"句更显示了作者无情无绪的心理状态。"乱鸦"句暗有所指,汪藻被迫自泉州知州调知宣州,或许是由于群小——"乱鸦"的逸毁,最后作者声明"归兴浓于酒",明白地表示了对于仕宦的厌倦。本篇写景高远清丽,潘游龙说"此乃'月落乌啼霜满天'景"(《古今诗余醉》),作者失意落寞的情怀借景言之,不动声色而蕴藉有味。

【原词】

新月娟娟①,夜寒江静山衔斗。起来搔首②,梅影横窗瘦③。 好个霜天,闲却传杯手。君知否?乱鸦啼后,归兴浓如酒。

注释

①娟娟:明媚美好的样子。鲍照《玩月城西门廨中》诗:"未映东北墀,娟娟似蛾眉。"

②搔首:抓头,心绪烦乱焦急或有所思考时的动作。《诗·邶风·静女》:"爱而不见,搔首踟蹰。"

③梅影句:林逋《山园小梅》:"疏影横斜水清浅,暗香浮动月黄昏。"朱敦儒《鹊桥仙》词:"横枝消瘦影如无,但风里、空香数点。"

【今译】

　　一弯新月多么明媚,
　　寒夜里江声寂静,
　　远山镶嵌着北斗星。
　　不眠的我起身搔首,
　　见窗间淡月映梅影清瘦。

　　好一个清丽的霜天,
　　我却不愿摆开酒宴。
　　你可知道,
　　当群鸦喧喧乱啼过后,
　　我思归的心情更浓于醇酒。

喜迁莺·晓行

刘一止

【作者简介】

　　刘一止(公元1079—1160年),字行简,湖州归安(今属浙江)人。宣和三年(公元1121年)进士。官至敷文阁待制。宋史本传称其"博学无不通,为文不事纤刻","诗自成家,吕本中、陈与义读之曰:'语不自人间来也。'"词风格多样,或高逸清旷,如《念奴娇》"江边故国"、"水烟收尽"等;或雄放劲健,如《望明河》;或清婉沉郁,如《梦横塘》、《西河》、《喜迁莺》等。有《苕溪词》。

【题解】

　　《喜迁莺》,词调名,始见于由唐入蜀的韦庄词,为双片小令,四十七字,又名《鹤冲天》、《万年枝》、《喜迁莺令》、《燕归梁》。北宋蔡挺衍为长调一百〇二字。

　　陈振孙《直斋书录解题》卷二十一说,刘一止"尝为'晓行'词盛传于京师,号'刘晓行',"可见时人对此词的赞赏。晚〔唐〕温庭筠《商山早行》诗:"鸡声茅店月,人迹板桥霜"以简约概括著称于世,此词则以细腻入微给人深刻印象。上片迤逦叙述了晨曦微露、清角哀鸣、鸡声相应、马嘶人起、残月穿林的种种情景,造成促迫而清冷的氛围,以衬托作者厌于行旅、倦于仕宦的心情。许昂霄说"'宿鸟'以下七句,字字真切,觉晓行情景,宛在目前,宜当时以此得名"(《词综偶评》),这评语是确当的。下片着重抒情,描写作者无从排遣的思乡怀远之情,并以嗔怨对方来强调自己飘泊羁旅的苦恼,层层转折,婉曲有致。

【原词】

晓光催角,听宿鸟未惊,邻鸡先觉。迤逦烟村,马嘶人起,残月尚穿林薄①。泪痕带霜微凝,酒力冲寒犹弱。叹倦客,悄不禁重染,风尘京洛②。　追念人别后,心事万重,难觅孤鸿托。翠幌娇深③,曲屏香暖,争念岁华飘泊。怨月恨花烦恼,不是不曾经着。者情味④、望一成消减⑤,新来还恶。

注释

①林薄:草木丛杂的地方。屈原《九章·涉江》:"露申辛夷,死林薄兮。"注:"丛木曰林,草木交错曰薄。"

②叹倦客三句:陆机《为顾彦先赠妇》诗:"京洛多风尘,素衣化为缁。"此处化用其意。悄,张相《诗词曲语辞汇释》卷二云,犹浑也,直也。宋时口语,贺铸《柳梢青》词:"丁香露结残枝,悄未比愁肠寸结。"

③幌(huǎng):布幔,此处泛指帷幔。

④者:犹"这"。

⑤一成:宋时口语,犹"看看"、"渐渐",指一段时间的推移。苏轼《洞仙歌》〔咏柳〕:"断肠是飞絮时,绿叶成阴,无个事,一成消瘦。"

【今译】

晨曦微露,
催清角声声哀吟,
栖息的小鸟还没惊醒,
邻家的雄鸡先自啼鸣。
轻烟迷离的村落,
渐渐听到马儿嘶叫、人儿起行,
一弯残月正缓缓穿过丛林。

我的泪水和霜露一道相凝,
酒力绵薄,
难以抵御深秋的寒冷,
可叹我这倦游客子,
简直受不了再去沾染京都的灰尘。

追念自从同她分别,
心事千万重,
要诉说却难以托付孤鸿。
娇柔的她掩着华丽的帷幔,
在香暖屏风的深处,
哪里能够领会当此岁暮,
我独自飘泊天涯的痛苦。
怨恨月儿团圆花儿姣好,
惹起我无穷的烦恼,
那种情味并不是未曾尝过,
如今,我盼望它能一点点消减,
谁知近来却更加将我折磨。

高阳台·除夜

韩 疁

【作者简介】

韩疁(liú),生卒年不详,字子耕,号萧闲。有《萧闲词》一卷,不传。《全宋词》录其词六首,并将其编入第四册,据此,韩疁当为南宋后期词人。

【题解】

《高阳台》,词调名,毛先舒《填词名解》卷三谓调名"取宋玉赋神女事"。始见于北宋王观词。此调有异名,刘镇词名《庆春泽慢》;王沂孙词名《庆宫春》。

这首词抒发作者除夕守岁时对年光飞逝的感慨,同时描写年轻人迎春试妆、游冶的浓烈情趣,以示对比,娓娓道来,如叙家常。况周颐说:"此等词语浅情深,妙在字句之表,便觉刻意求工,是无端多费气力"(《蕙风词话》)。

【原词】

频听银签①,重然绛蜡,年华衮衮惊心②。饯旧迎新,能消几刻光阴?老来可惯通宵饮?待不眠、还怕寒侵。掩清尊、多谢梅花,伴我微吟。 邻娃已试春妆了,更蜂腰簇翠,燕股横金③。勾引东风,也知芳思难禁④。朱颜那有年年好,逞艳游、赢取如今。恣登临、残雪楼台,迟日园林。

注释

①银签:指更漏。
②衮衮:谓相继不绝,亦作"滚滚"。
③蜂腰、燕股:剪彩为蜂为燕以装饰鬓发。孟元老《东京梦华录》卷六云:"市人卖玉梅、夜蛾、蜂儿、雪柳、菩提叶",皆为插戴鬓发之物。
④芳思(sī):犹言春情。

【今译】

更漏声频频倾听,
红烛重又燃起,
年华如流水滚滚令我心惊。
饯别旧岁,迎来新春,
现在还用得了几刻光阴?
老来可习惯通宵宴饮?
想要整夜不睡,
又恐怕寒气袭人。
我放下酒杯,感谢多情梅花,
伴着我低咏微吟。

邻家的姑娘已试著春装,

鬓发上蜂儿簇拥翠钿，
金钗横着飞燕。
东风把人引惹，
青年都满怀春天的芳情。
朱颜那能年年美好，
尽情游乐吧，且趁而今，
快去恣意登临，
观赏那残雪未消的玉色楼台，
斜阳辉映的可爱园林。

汉宫春

李 邴

【作者简介】

李邴(bǐng)(公元1085—1146年)，字汉老，号云龛居士。济州任城(今山东济宁)人。崇宁五年(公元1106年)进士。官至参知政事，主张抗金。王应麟《小学绀珠》称"南渡三词人：李邴、汪藻、楼钥也。"《全宋词》录其词八首。

【题解】

《汉宫春》，词调名，始见于张先词。

陈振孙《直斋书录解题》、胡仔《苕溪渔隐丛话》均以此词为晁冲之作，曾慥《乐府雅词》录为李汉老作。王明请《挥麈录》亦云：汉老少日作《汉宫春》词，脍炙人口。"词中描绘了江边竹外姿态横生的疏梅，以责东君、怨燕子的委折手法反衬作者的爱梅之心，情韵佳胜。"问玉堂何似，茅舍疏篱"句故意设问，显示梅花自甘淡泊、幽独的品性，也含有作者自况之意，跌宕有致。词中还表现了对佳景而思友人的深情。本篇写景清丽、抒情婉曲，无怪杨慎《词品》称"其《汉宫春》梅词入选最佳。"许昂霄评曰："圆美流转，何减美成"(《词综偶评》)。

【原词】

　　潇洒江梅,向竹梢疏处,横两三枝①。东君也不爱惜,雪压霜欺。无情燕子,怕春寒、轻失花期。却是有、年年塞雁②,归来曾见开时。清浅小溪如练,问玉堂何似③,茅舍疏篱?伤心故人去后,冷落新诗。微云淡月,对江天、分付他谁。空自忆、清香未减,风流不在人知。

注释

　　①向竹梢二句:苏轼《和秦太虚梅花》诗:"江头千树春欲闇,竹外一枝斜更好。"此处化用其意。
　　②塞雁:边塞之雁。雁是候鸟,秋季南来,春季北去。
　　③玉堂:指豪富的宅第,古乐府《相逢行古辞》:"黄金为君门,白玉为君堂。"

【今译】

　　江梅多么潇洒,
　　向竹梢疏落的地方,
　　横出三两枝幽花。
　　东君也不懂得爱惜,
　　任随它被雪压霜欺。
　　无情的燕子害怕春寒,
　　轻易地耽误了芳期。
　　倒是年年归来的塞雁,
　　曾经看见梅花开时。

　　小溪清浅如白绸带,
　　试问开放在富贵人家,
　　何如茅舍竹篱这般自在?
　　故人去后我感到伤心,
　　冷落了互相把新诗唱吟。
　　纤云悠悠,淡月清明,
　　我独对江天,
　　一怀情愫讲给谁听?
　　我空自想着那梅花幽香未减

风流逸韵不在人们是否知情。

临江仙

陈与义

【作者简介】

陈与义(公元1090—1138年),字去非,号简斋。洛阳(今河南洛阳市)人。政和三年(公元1113年)登上舍甲科。官至参知政事。生平以诗著称,早期作品受黄庭坚、陈师道影响较大,吕本中作《江西诗社宗派图》未列其名,元代方回在《瀛奎律髓》中称杜甫为江西派的"一祖",称黄庭坚、陈师道、陈与义为"三宗"。但严羽曾说他"亦江西之派而小异"(《沧浪诗话·诗体》)。靖康乱后,陈与义经历国破家亡之祸,经历辗转流亡的艰苦生活,诗作更倾向于杜甫,多感时伤事之作,多悲愤沉郁之音。词作成就不如诗,以清婉秀丽为主要特色,黄升说"去非词虽不多,语意超绝,识者谓可摩坡仙之垒"(《花庵词选》)。《四库全书总目》称其"吐言天拔,不作柳弹莺娇之态,亦无蔬笋之气,殆于首首可传,不能以篇帙之少而废之。"有《无住词》一卷。

【题解】

这首小词系建炎三年(公元1129年)作者流寓两湖于端午节感时而作。作者"高咏楚辞"不仅为了应酬节序,更主要的是内心有许多爱国忧愤,借以宣泄。"无人知此意,歌罢满帘风"就与他的《雨中再赋海山楼诗》里的"慷慨赋诗还自恨,徘徊舒啸却生哀"两句用意相近,诗意显豁而词意则较为含蓄。"万事一身伤老矣"也不是简单的自伤老大,而是对南宋朝廷节节退让的政局的极度不满和自己"庙堂无策可平戎"的深沉慨叹。末二句对屈原表示凭吊与怀念,隐含千古共一哭的知遇之情。整首词风格峭拔沉郁,意在言外,正如元好问所说:"含咀之久,不传之妙,隐然眉睫间,惟具眼者乃能赏之"(《自题乐府引》)。

【原词】

　　高咏楚辞酬午日①,天涯节序匆匆。榴花不似舞裙红。无人知此意,歌罢满帘风。　万事一身伤老矣,戎葵凝笑墙东②。酒杯深浅去年同。试浇桥下水③,今夕到湘中。

注释

　　①午日:阴历五月初五日,端午节,屈原于此日自沉汨罗江,后人便于此日纪念他。
　　②戎葵:蜀葵。《尔雅·释草》:"菺,戎葵。"注:"今蜀葵也。"黄庭坚《次韵文潜休沐不出》诗之二:"戎葵一笑粲,露井百尺深。"
　　③试浇句:古人以酒浇地以示祭奠,屈原投水死,因而以酒浇水吊之。

【今译】

　　我高声吟诵楚辞,
　　来酬对这端午时。
　　漂泊在天涯,
　　叹息节序匆匆改变。
　　异乡的石榴花,
　　比不上京洛惯见的舞裙红艳。
　　没有人知道我内心的哀痛,
　　我慷慨长歌,
　　唱罢一曲,满帘悲风摇动。

　　心中感慨万事,
　　自伤老大无用,
　　墙东的蜀葵,
　　似乎也悄悄笑着把人嘲弄。
　　杯中的酒深浅犹如去年,
　　世事一年年却不相同。
　　我把酒浇进桥下的江中,
　　江水会带着我深深的怀念,
　　今晚流到屈子所在的湘东。

临江仙·夜登小阁忆洛中旧游

陈与义

【题解】

　　陈与义于绍兴五年(公元1135年)前后退居湖州青墩镇寿圣院僧舍,本词大约写于此时。这是一首名作,上片追忆二十多年前在洛阳故乡度过的豪畅欢乐的生活,历历如见清景,如闻声息。"杏花疏影里,吹笛到天明"是传诵的名句,意境极美,风格爽利。刘熙载说此二句"因仰承'忆昔',俯注'一梦',故……不觉豪酣转成怅惘,所谓好在句外者"(《艺概》)。过片转言今情,"二十余年"二句寓无限国事沧桑、身世飘零之慨,用笔空灵,内涵丰富。北宋覆亡后,作者曾"避乱襄、汉,转湖、湘,逾岭峤",历尽艰辛,这里抒写真情实感、痛定之痛,动魄惊心。末三句宕开一笔,故作旷达语,而觉叹惋之意袅袅不绝。胡仔说"清婉奇丽,简斋惟此词为最优"(《苕溪渔隐丛话》)。张炎称此词"真是自然而然"(《词源》),彭孙遹云:"词以自然为宗,但自然不从追琢中来,亦率易无味,如所云绚烂之极,仍归平淡。"他称此词"杏花"二句,"自然而然者也"(《金粟词话》)。这些评语都是恰当的。

【原词】

　　忆昔午桥桥上饮①,坐中多是豪英。长沟流月去无声②,杏花疏影里,吹笛到天明。　二十余年如一梦,此身虽在堪惊。闲登小阁看新晴,古今多少事,渔唱起三更③。

注释

　　①午桥:《新唐书·裴度传》载裴度晚年在"午桥作别墅,具燠堂凉台,号绿野堂,激波其下。度野服萧散,与白居易、刘禹锡为文章,把酒穷昼夜相欢,不问人间事。"《清一统志·河南府》:"午桥庄,在洛阳县南十里。"
　　②长沟句:黄了翁《蓼园词选》说此句即杜甫《旅夜书怀》诗"月涌大江流"之意。按此句亦暗指时光如流水悄悄逝去。
　　③古今二句:张升《离亭燕》词:"多少六朝兴废事,尽入渔樵闲话。"此处化用

其意。

【今译】
　　回忆年轻时
　　在午桥桥上酣饮,
　　坐中多是杰出的才俊。
　　月光随长沟水波奔涌,
　　流去悄然无声。
　　对着杏花疏落的清影,
　　我们吹笛直到天明。

　　二十余年如同梦境,
　　此身劫后虽存,
　　每想起一切,只觉得魄悸魂惊!
　　如今我闲登小楼,
　　观赏雨后初晴的月夜美景,
　　感叹古今有多少兴亡旧事,
　　都付与渔父,歌唱在三更。

苏武慢

蔡　伸

【作者简介】
　　蔡伸(公元1088—1156年),字伸道,自号友古居士。莆田(今福建县名)人,蔡襄之孙。政和五年(公元1115年)进士。官至浙东安抚司参议官。有《友古居士词》,有一些感时伤事之作,如《水调歌头》"亭皋木叶下"、《蓦山溪》"金风玉露"、《念奴娇》"当年豪放"及这首《苏武慢》等;大多数词抒写离愁别恨,小令《苍梧谣》是传诵的名篇。蔡伸词风清丽,但缺乏个性色彩。

【题解】

《苏武慢》,词调名,一名《惜余春慢》、一名《选冠子》,始见于北宋张景修词。

此词当系南渡后所作,上片描绘了一幅声色凄厉的秋江望远图,在作者思乡怀人感情的抒写中,可以听到那一动乱时代的哀音:故家难归、年华恨晚、情人遥远,这一切个人不幸的背后,有着极其深刻的社会原因。过片回首旧日的赏心乐事,以与眼前的凄凉客况形成鲜明对照。"书盈锦轴"三句想像伊人思念自己的苦况,笔触温柔悽恻。作者又以人居两地情发一心、尊酒不能解忧表示相思之深,末几句极言自己伫望栖迟、无人慰藉的悲哀,变沉至为苍凉激楚。整首词语言清丽、铺叙委婉,情调凄切沉咽。

【原词】

雁落平沙,烟笼寒水①,古垒鸣笳声断。青山隐隐②,败叶萧萧,天际暝鸦零乱。楼上黄昏,片帆千里归程,年华将晚。望碧云空暮,佳人何处③?梦魂俱远。 忆旧游、邃馆朱扉,小园香径④,尚想桃花人面⑤。书盈锦轴⑥,恨满金徽⑦,难写寸心幽怨。两地离愁,一尊芳酒凄凉,危阑倚遍。尽迟留、凭仗西风,吹干泪眼。

【注释】

①烟笼寒水:杜牧《泊秦淮》诗:"烟笼寒水月笼沙。"
②青山隐隐:杜牧《寄扬州韩绰判官》诗:"青山隐隐水迢迢。"
③望碧云二句:见贺铸《青玉案》注。
④小园香径:晏殊《浣溪沙》:"小园香径独徘徊。"
⑤桃花人面:见周邦彦《瑞龙吟》注。
⑥书盈锦轴:用苏蕙织锦回文诗事,见柳永《曲玉管》注。
⑦金徽:金饰的琴徽。梁元帝《咏秋夜》诗:"金徽调玉轸,兹夜抚离鸿。"徽,系弦之绳,后以为琴面识点之称。此处代指琴。

【今译】

鸿雁落在平齐的沙岸,

烟雾笼罩着寒水,
古旧的营垒胡笳声断。
青山隐约难辨
败叶萧萧哀鸣,
天际,寻巢的乌鸦零零乱乱。
残照下我独倚高楼,
纵然有孤帆一片,
归程千里何其遥远,
苦恨岁华已晚。
空望那碧云暮合,佳人今在何处?
梦魂也难飞到她身边。

想起从前有多少赏心乐事,
在那沉沉朱门、深深楼馆,
在那繁花开遍的小园香径,
至今还清晰地记得她美丽的容颜,
和桃花相映更加鲜艳。
她一定写下许多锦字回文的书信,
愁闷中频频拨弄琴弦,
也难以诉说心中无限幽怨。
我和她人分两地,离愁却是同样,
一尊芳酒并不能安慰心灵的凄伤。
我倚遍高高的栏杆,
久久地伫望、迁延,
我只有让那西风,
将我的泪眼吹干。

柳梢青

蔡 伸

【题解】

《柳梢青》,词调名,始见于僧仲殊词。又名《陇头月》、《早春怨》。

这首小词抒发惜花伤春的情意,又暗暗寄寓身世之慨。上片绘暮春景象,辞采秀丽。下片描写主人公愁肠寸结,消瘦憔悴,以沈约自比,语意凄惋,大有深意。主人公的幽愁暗恨本由风月引起,末句却故意一齐撇开,说是"不干风月",口气越轻巧而感情则越浓至。

【原词】

数声鹈鴂①,可怜又是、春归时节。满院东风,海棠铺绣,梨花飘雪。 丁香露泣残枝,算未比、愁肠寸结。自是休文②,多情多感,不干风月。

注释

①鹈(tí)鴂(jué):屈原《离骚》:"恐鹈鴂之先鸣兮,使夫百草为之不芳。"

②休文:〔南朝·梁〕诗人沈约字休文,仕宋及齐,以不得大用,郁郁成病,消瘦异常。《梁书·沈约传》载其与徐勉书:"……百日数旬,革带常应移孔;以手握臂,率计月小半分。以此推算,岂能支久?"言以多病而瘦损。此处作者借沈约自况。

【今译】

听得数声鹈鴂,
可叹又到了春归时节。
满院东风,
海棠片片堆积,
遍地铺锦列绣,
梨花飞舞,宛若半空飘雪。

丁香含露,如在残枝哭泣,
也还比不上
我的愁肠寸寸缠结。
我本来就多情善感,
就像当年消瘦的沈约,
此事并不关清风和明月。

鹧鸪天

周紫芝

【作者简介】

周紫芝(公元1082—? 年),字少隐,自号竹坡居士。宣城(今属安徽)人。绍兴中登进士第。历官枢密院编修,知兴国军(治所在今湖北阳新县),后退居庐山。以诗著称,词作今存较多,有一百五十余首。"其诗在南宋之初,特为杰出。无豫章生硬之弊,亦无江湖末派酸馅之习"(《四库全书总目》卷一五八)。词风"清丽婉曲,非苦心刻意为之"(孙竞《竹坡词序》)。然诗词中多有献寿秦桧之作,为士林所鄙,《四库全书总目》竟至责其"老而无耻,贻玷汗青。"有《竹坡词》。

【题解】

本篇为雨夜怀人之作。开头两句只是客观地显示了残灯欲尽、秋气满室的景象,而主人公长夜不寐、感伤时序的情状已隐然可见。以下化用温庭筠《更漏子》词意,点明离愁,情调凄楚。过片回首当年与情人欢会的温馨情景,自然地归结到眼前风雨之夕难以忍受的孤独感与相思情意的深切。这首小词语言清畅、洗削绮丽,辞情婉曲,含蓄有致。

【原词】

一点残釭欲尽时①,乍凉秋气满屏帏。梧桐叶上三更雨,叶叶声声是别离②。 调宝瑟,拨金猊③,那时同唱鹧鸪词。如今风雨西楼夜,不听清歌也泪垂。

注释

①釭(gāng)：灯。江淹《别赋》："冬釭凝兮夜何长。"

②梧桐二句：温庭筠《更漏子》词："梧桐树，三更雨，不道离情正苦。一叶叶，一声声，空阶滴到明。"

③金猊(ní)：香炉。涂金为猊(suān)猊形状，燃香于其腹中，香烟自口出。相传猊好烟火，故用之。〔五代·后蜀〕花蕊夫人《宫词》之五二："夜色楼台月数层，金猊烟穗绕觚棱。"

【今译】

我独自守一盏残灯，
灯已快要燃尽，
天乍凉，
秋气充塞罗帏和银屏。
三更雨点点洒上梧桐，
一叶叶、一声声，都是离别的哀音。

那时，我和她相对调弄宝瑟，
拨动炉中温馨的沉水香，
同声齐唱鹧鸪词，曾是多么欢欣。
如今，孤寂地在这西楼，
当此风雨凄凄的暗夜，
不听清歌也难禁悲泪频垂。

踏莎行

周紫芝

【题解】

这是一首送别词。起句直叙离情，为全篇定下基调。作者以游丝自喻神魂不定、情思萦系之状，以飞絮比喻行者的身不由己，设譬新警，言短意长。"泪珠"句自柳永《雨霖铃》"执手相看泪眼，竟无语凝噎"二句化出，比柳词稍欠自然。"一溪"以下，因见溪边垂杨万缕而怨其不系兰舟，无理而妙。过片绘别后水边凄迷景色，渲染离情恰到好处。末三句感情层层转折,深婉真挚。毛晋说:"紫芝尝评王次卿诗云:'如江平风霁,微波不兴,而汹涌之势,澎湃之声,固已隐然在其中。'其词约略似之"(《竹坡词跋》)。这首小词也体现了此种特色。

【原词】
　　情似游丝,人如飞絮,泪珠阁定空相觑。一溪烟柳万丝垂,无因系得兰舟住。　雁过斜阳,草迷烟渚,如今已是愁无数。明朝且做莫思量,如何过得今宵去!

【今译】
　　情似游丝般牵惹飘忽,
　　人如随风飞扬的柳絮,
　　两双含泪的眼睛,
　　空自相对凝视。
　　溪边烟柳垂万条丝缕,
　　却无法将她的兰舟维系。

　　鸿雁穿过斜照远飞,
　　轻烟笼罩的沙洲,
　　芳草一片凄迷,
　　如今,心中已积愁恨无际。
　　就算明天能够不再思忆,
　　今夜又如何捱得过去。

帝台春

李　甲

【作者简介】
　　李甲,生卒年不详,字景元,华亭(今江苏松江)人。善画翎毛。《宋诗纪事补遗》卷三十一云:"李景元,元符(公元1097—1100年)中,武康(今属浙江)令。"王灼《碧鸡漫志》卷二云:"沈公述、李景元……皆有佳句……源流从柳氏来。"《全宋词》录其词九首。

【题解】

《帝台春》,词调名,始见于李甲词。因此阕调苦声涩,杨缵《作词五要》劝人勿作"如《帝台春》之不顺";万树《词律》说:"宋人作此调者绝少。"

"拚则而今已拚了,忘则怎生便忘得"——词中所述感情上的一切苦恼、矛盾、波折,全由这两句生发:正因为无法忘怀远隔天涯的情人,主人公所见暮春景物,不管是萋萋芳草还是落花飞絮,就无一不引起他的离愁别绪和今昔悲欢之慨;因为忘不得,便只有"拚今生、对花对酒,为伊泪落"(周邦彦《解连环》),"愁旋释,还似织,泪暗拭,又偷滴"几句,极其曲折地写出主人公想要挣脱情网的徒劳,写出他的一片痴绝之情;黄昏中伫倚危栏望伊人不见,仍还要再寻鱼雁重问消息,主人公执著的爱十分令人感动。这首词抒情时婉时直,转宕多致。语言上雅不避俗,很有特色,潘游龙说:"'拚则'二句,词意极浅,正未许浅人解得"(《古今诗余醉》),极有见地。这两句浅俗口语可以说正是本词的"龙睛",好在话愈说尽而情愈觉无尽,假如少此二句,全篇将大为减色。

【原词】

芳草碧色,萋萋遍南陌①。暖絮乱红,也似知人,春愁无力。忆得盈盈拾翠侣②,共携赏、凤城寒食③。到今来,海角逢春,天涯为客。愁旋释,还似织;泪暗拭,又偷滴。漫倚遍危阑,尽黄昏也,只是暮云凝碧④。拚则而今已拚了,忘则怎生便忘得。又还问鳞鸿⑤,试重寻消息。

注释

①芳草二句:淮南小山《招隐士》:"王孙游兮不归,春草生兮萋萋。"江淹《别恨》:"春草碧色,春水绿波,送君南浦,伤如之何。"

②拾翠:曹植《洛神赋》:"或采明珠,或拾翠羽。"指拾翠鸟羽毛以为首饰,后以指妇女春日嬉游的景象。杜甫《秋兴》之八:"佳人拾翠春相问,仙侣同舟晚更移。"

③凤城:指京都。
④暮云凝碧:见贺铸《青玉案》注。秦观《千秋岁》词:"人不见,碧云暮合空相对。"此处化用其意。
⑤鳞鸿:即鱼雁,相传鱼雁可以传书,见晏殊《清平乐》注。

【今译】
　　芳草多么茂盛,
　　南边大路一望碧绿。
　　暖风中乱落的花瓣,
　　和飘荡的柳絮,
　　似乎也知道
　　我满怀春愁,柔弱无力。
　　想起那可爱的伴侣,
　　在美好的春日曾和我一同嬉戏,
　　我们携着手纵情游赏
　　京都寒食的风光佳丽。
　　如今,荒远的海角再度逢春,
　　我在天涯独自客居。

　　愁闷一会儿好像已经消释,
　　一会儿依然密密织在心里,
　　我暗暗拭去泪水,
　　忍不住还又悄悄下滴。
　　我怅惘地倚遍栏杆,
　　直待到天色昏黄,
　　只望见暮云凝成一片碧绿,
　　她的踪影渺茫。
　　我这一生已为她舍弃,
　　想忘掉她却如何能够忘记?
　　我重又向鱼雁询问,
　　试着再度去探访她的消息

忆王孙·春词

李重元

【作者简介】

李重元(约公元1122年前后在世)生平事迹不详,《全宋词》收其词《忆王孙》四首。

【题解】

《忆王孙》,词调名,毛先舒《填词名解》云:"〔汉〕刘安《招隐士》辞:'王孙兮归来,山中不可以久留。'诗人多用此语。《北里志》:《天水光远题杨莱儿室》诗曰:'萋萋芳草忆王孙',〔宋〕秦观(按,应为李重元)《忆王孙》词全用其句,词名或始此。徽宗北狩,谢克家作《忆君王》词即其调也。又名《豆叶黄》、又名《阑干万里心》;《啸余谱》云:'改用仄韵后加一叠,即《渔家傲》也。'"

《全宋词》据《唐宋诸贤绝妙词选》卷七所录,云此词系李重元作,误入秦观、李甲集。《全宋词》录李重元词四首,均为《忆王孙》,分别题作"春词"、"夏词"、"秋词"、"冬词",此为四首其一"春词"。这首伤春复伤别的小词,没有着意刻画具体的事件和感情波澜,只是从主人公望中所见所闻的一连串意象:萋萋芳草、楼外柳色、杜鹃哀鸣,使人领略到一种浓重的感伤气息,十分耐人吟味。末句"欲黄昏,雨打梨花深闭门",虽然也还只是状景,并不直接言情,而我们却可以深深感受到主人公的内心世界,似乎也正如这寂寂黄昏的凄风苦雨一样凄恻惨黯,所以黄了翁说:"末句比兴深远,言有尽而意无穷"(《蓼园词选》)。

【原词】

萋萋芳草忆王孙①,柳外楼高空断魂,杜宇声声不忍闻②。欲黄昏,雨打梨花深闭门③。

注释

①萋萋句:淮南小山《招隐士》赋:"王孙游兮不归,芳草生兮萋萋。"此处化用

其意。

②杜宇:即杜鹃。相传古蜀帝杜宇号望帝,后让位于其相开明,自己归隐,化为杜鹃。左思《蜀都赋》:"碧出苌弘之血,鸟生杜宇之魂。"啼声哀切,有杜鹃啼血之说。白居易《琵琶行》诗:"其间旦暮闻何物? 杜鹃啼血猿哀鸣。"

③欲黄昏二句:刘方平《春怨》诗:"寂寞空庭春欲晚,梨花满地不开门。"此化用其意。

【今译】

我伫倚高楼望远
见楼外芳草繁茂、柳色青青,
思念未归的友人,
令我空自伤心,
那忍更听杜鹃一声声哀鸣。
天色临近黄昏,
无情风雨打落梨花,
我独自紧闭深深的院门。

三台·清明应制①

万俟咏

【作者简介】

万俟(mò qí)咏,字雅言,籍贯与生卒年均不详。王灼称其"元祐时诗赋科老手也,三舍法行,不复进取,放意歌酒,自称'大梁词隐',每出一章,信宿喧传都下。政和初,召试补官,置大晟乐府制撰之职"(《碧鸡漫志》卷二)。绍兴五年(公元1120年)补下州文学。万俟咏精通音律,与晁元礼、田为、周邦彦同官大晟府,审定旧调、创制新词;均有参助之功。黄庭坚曾称其为"一代词人"。有《大声集》五卷,今不传。《全宋词》录其词廿九首,多应制颂圣之作,叙帝都节物风光,辞采典丽平和。抒情词受柳、秦影响较深,小令多佳制,如《长相思》二首、《诉衷情》等。

【题解】

《三台》,唐教坊曲名,后用为词调,始见于唐韦应物词,为小令。万树《词律》卷一云:此调"平仄不拘,所赋不论何事。咏宫闱者,即曰《宫中三台》,亦名《翠华引》、《开元乐》;咏江南者,即曰《江南三台》,又有《突厥三台》。其长调则为宋人所撰,而袭取其名。"长调始见于万俟咏词。

本词标为"清明应制",当系徽宗时万俟咏为大晟府乐官时所作。这首词使用赋法极力铺叙京都清明的节序风光。第一片以写景为主,"见梨花初带夜月,海棠半含朝雨"二句,一改素常绘宫苑景物铺金缀玉、点红染翠的富丽色彩,而显得十分清新秀美。"好时代"几句总叙太平盛世景象。第二片转入具体描写,写出莺歌燕舞、各色人物游冶欢乐的情形,间以景物点染,笔调明快。第三片"轻寒轻暖漏永,半阴半晴云暮"二句,描绘清明时节宜人而往往阴晴不定的天气,极有情味。"清明看"几句化用韩偓《寒食》诗意,切合节令,而与末几句相联,又归结到宫廷生活景象,开合有序,首尾呼应。徽宗时虽已危机四伏,仍维持着歌舞升平的局面,这首词如同一幅清明游乐图,为我们生动地再现了当时繁盛热闹的京都生活。本篇特点是不雕章刻句以求精丽,却平正和雅、工整自然,内容也没有庸俗地一味颂圣,而是真实地反映节物风光,在应制词中算是清丽可读的一篇作品。

【原词】

见梨花初带夜月,海棠半含朝雨。内苑春、不禁过青门②,御沟涨,潜通南浦。东风静,细柳垂金缕,望凤阙非烟非雾③。好时代、朝野多欢,遍九陌④、太平箫鼓。　乍莺儿百啭断续,燕子飞来飞去。近绿水、台榭映秋千,斗草聚⑤、双双游女。饧更香⑥、酒冷踏青路⑦,会暗识、夭桃朱户⑧。向晚骤、宝马雕鞍,醉襟惹、乱花飞絮。　正轻寒轻暖漏永,半阴半晴云暮。禁火天、已是试新妆,岁华到、三分佳处。清明看、汉蜡传宫炬,散翠烟、飞入槐府⑨。敛兵卫、阊阖门开⑩,住传宣、又还休务⑪。

【注释】

①应制:犹应诏,指奉皇帝之命写作诗文。

②内苑:宫内的园庭,即禁苑。青门,汉长安东南门,后泛指京城城门。

③凤阙:汉代宫阙名。《史记·孝武纪》:"于是作建章宫……其东则凤阙,高二十余丈。"索隐:《三辅故事》云:"北有圜阙,高二十丈,上有铜凤皇,故曰凤阙也。"后泛指宫殿、朝廷。

④九陌:汉长安城中有八街、九陌。后来泛指都城大路。骆宾王《帝京篇》:"三条九陌丽城隈,万户千门年旦开。"

⑤斗草:〔南朝·梁〕宗懔《荆楚岁时记》:"五月五日。四民并踏百草,又有斗百草之戏。"白居易《观儿诗》:"弄尘斗百草,尽日乐嬉嬉。"

⑥饧(xíng):饴糖类食物名,用麦芽或谷芽熬成。宋祁《寒食诗》:"箫声吹暖卖饧天。"

⑦酒冷句:孟元老《东京梦华录·清明节》:"……四野如市,往往就芳树之下,或园囿之间,罗列杯盘,互相劝酬。都城之歌儿舞女,遍满园亭,抵暮而归。"

⑧夭桃朱户:用崔护事,见晏殊《清平乐》注。夭桃,《诗·周南·桃夭》:"桃之夭夭,灼灼其华。"

⑨清明看二句:韩偓《寒食》诗:"春城无处不飞花,寒食东风御柳斜。日暮汉宫传蜡烛,轻烟散入五侯家。"槐府,贵人宅第,门前植槐。

⑩闾(chāng)阖(hé):宫之正门。见《三辅黄图》二。亦泛指宫门。王维《和贾舍人早朝大明宫之作》诗:"九天阊阖开宫殿,万国衣冠朝至尊。"

⑪休务:宋人语,犹云停止办公。

【今译】

梨花还染着夜月的银雾,
海棠半含清晨的雨露。
皇家官苑关不住阳春,
春光延伸到遥远的城门,
御沟里涨满新水,
暗暗地流向南浦。
细柳垂丝丝金缕,
东风平和静穆。
望壮丽官阙高耸入云,
那并不是烟雾霏霏的仙境。
清平时代,
朝中和民间多么欢悦。
帝城条条大路,

喧响着箫声鼓乐。

黄莺儿歌声断续,
小燕子飞来飞去。
绿水中倒映着岸边台榭,
秋千影随水波荡漾不住。
一对对游女,
聚集着做斗草游戏,
踏青路上洋溢着卖糖的香气,
到处是携酒野宴的人,
你也许会幸运地
认识那人面桃花相映的朱门。
少年跨着雕鞍宝马,
向晚时在一起欢聚,
酣醉中,衣襟上沾惹着
片片落红、点点飞絮。

正是轻寒轻暖宜人的长昼,
云天半阴半晴的日暮,
在这禁火时节,
青年们已把新妆试著。
岁华恰到三分佳处,
清明时看汉宫传送蜡烛,
翠烟缕缕,
飞进门前种槐的贵人府。
兵卫全都撤除,
皇宫敞开千门万户,
不再听到传诏宣旨,
停止了一切的公务。

二郎神

徐 伸

【作者简介】

徐伸,生卒年不详,字斡臣,三衢(今属浙江)人。政和初,以知音律,为太常典乐,出知常州,有《青山乐府》,今不传。《全宋词》录其词一首。

【题解】

《二郎神》,唐教坊曲名,后用为词调,始见于柳永词。

此词别本作《转调二郎神》,王明清《挥麈余话》说本篇是徐伸为一个"亡室不容逐去"的侍婢而作,并说词中"所叙多其(侍婢)书中语"。上片开头从冯延巳《谒金门》词"举头闻鹊喜"句翻出,描写男主人公触景生愁、睹物思人,因相思而消瘦憔悴的状况,词情婉曲。下片设想伊人为自己终日凝愁、百事无心、空自伫望的情景,笔法细腻。词中"又搅碎、一帘花影"、"门掩一庭芳景"二句,韵致颇佳。黄升说:"青山词多杂调,惟《二郎神》一曲,天下称之"(《花庵词选》)。王闿运说这首词是"妙手偶得之作"(《湘绮楼词选》)。

【原词】

闷来弹鹊①,又搅碎、一帘花影。漫试著春衫,还思纤手②,熏彻金猊烬冷。动是愁端如何向③?但怪得新来多病。嗟旧日沈腰,如今潘鬓④,怎堪临镜? 重省,别时泪湿,罗衣犹凝。料为我厌厌,日高慵起,长托春酲未醒⑤。雁足不来⑥,马蹄难驻,门掩一庭芳景。空伫立,尽日阑干,倚遍昼长人静。

注释

①闷来句:冯延巳《谒金门》词:"终日望君君不至,举头闻鹊喜。"此处翻用其意。

②漫试二句:苏轼《青玉案》词:"春衫犹是,小蛮针线,曾湿西湖雨。"此处化

用其意。
　　③端:果真、究竟。
　　④沈腰潘鬓:沈腰,见蔡伸《柳梢青》注。潘鬓,潘岳《秋兴赋》序:"余春秋三十有二,始见二毛。"赋云:"斑鬓髟以承弁兮,素发飒以垂领。"后因以潘鬓为中年鬓发初白的代词。李煜《破阵子》词;"一旦归为臣虏,沈腰潘鬓消磨。"
　　⑤酲(chéng):病酒。
　　⑥雁足:《汉书·苏武传》:"天子射上林中得雁,足有系帛书,言武等在某泽中。"后人每借以称送书信者。

【今译】

　　喜鹊喳喳,并没有喜事到临,
　　烦闷中弹走喜鹊,
　　却搅碎了一帘花影。
　　我试着穿上春衫,
　　想到那是她亲手缝纫。
　　她曾经点燃的熏炉,
　　早已是香消灰冷。
　　眼前的一切只惹起无限愁情,
　　我不知道如何排遣?
　　只奇怪自己为什么近来多病。
　　可叹原本消瘦的我,
　　如今白发又满双鬓,
　　怎能不对镜心惊?

　　我把往事重新思忆,
　　分别时她的泪水沾满胸襟,
　　罗衣上只怕至今泪痕犹凝。
　　料想她为了我百事无心,
　　太阳高高也懒得起身,
　　长向人推托酒醉未醒。
　　怪鸿雁没带去书信,
　　又看不见我的踪影。
　　庭院里一派明媚春景,

她却只把门户关紧,
整天倚遍栏杆,
空自伫立伤情,
白日漫长,四下寂静。

江神子慢

田 为

【作者简介】

田为,生卒年不详,字不伐,善琵琶,政和末,任大晟府典乐。宣和元年(公元1119年)罢典乐,为大晟府乐令。王灼《碧鸡漫志》卷二云:"田不伐才思与雅言(万俟咏字雅言)抗行,不闻有侧艳。"《全宋词》录其词六首。

【题解】

《江神子慢》,唐词调名,原作《江城子》,为平韵单调,始见于由唐入蜀的韦庄词。欧阳炯用此调所填词中有"如西子镜,照江城"语,犹含本意。宋人增为双调,始见于苏轼词,田为衍为长调,命名《江神子慢》。

这是一首闺怨词,上片描写了一位芳姿淡雅高洁、步态娇盈的女子,她在秋月之夜伫望、思念远人,"此恨"两句情真意切。过片承上,抒写女主人公持续不断的相思,以黄昏哀角、花落春归衬托愁情,点出时间的推移与季节的变换,并以怨无情月亮圆了又缺的曲笔怨行人长久不归,辞情委折。末二句纯是痴语,显示思妇感情的深挚。整首词风格婉丽,但并不是田为最好的篇章。

【原词】

玉台挂秋月,铅素浅,梅花傅香雪①。冰姿洁,金莲衬②、小小凌波罗袜③。雨初歇,楼外孤鸿声渐远,远山外、行人音信绝。此恨对语犹难,那堪更寄书说。　教人红消翠减,觉衣宽金缕④,都为轻别。太情切,消魂处,画角黄昏时节,声呜咽。落尽庭花春去也,银蟾迥⑤、无情圆又缺。恨伊不似余香,惹鸳鸯结。

注释

①傅:通"附",附着。
②金莲:《南史·齐东昏侯纪》:"又凿金为莲花以贴地,令潘妃行其上,曰:'此步步生莲花也。'"后人因以金莲专指女子纤足。
③凌波罗袜:见贺铸《青玉案》注。
④金缕:金缕衣。饰以金缕的罗衣。
⑤银蟾:明月,传说月中有蟾蜍,故称。

【今译】

楼台挂一轮秋月,
我浅浅梳妆,
宛如梅花覆盖着白雪。
芳姿冰一般高洁淡雅,
纤纤素足,
穿一双凌波罗袜。
骤雨初停,
孤雁鸣声从楼头远去,
他在千山之外,
音书也不曾寄递。
一怀离恨,对面都难以诉尽,
又怎能全部写进书信?

枉教人红颜憔悴减丰韵,
只觉得金缕衣宽,
全因为跟他离分。
这思情太深切,
最令人伤神
是黄昏画角声声呜咽。
庭院中繁花凋尽,
春天已经消歇。

明月远挂高天,
无情地圆了又缺。
恨他不如熏炉中袅袅余香,
能长留在我衣上的鸳鸯结。

蓦山溪·梅

曹　组

【作者简介】

　　曹组,生卒年不详,字元宠,颍昌(今河南许昌)人。与其兄曹纬以学识见称于太学,宣和三年(公元1121年)始登进士第。官至给事殿中。词以"侧艳"和"滑稽下俚"著称,王灼《碧鸡漫志》卷三一则称曹组"每出长短曲、脍炙人口";一则批评他为"滑稽无赖之魁。"并说高宗时曾"有旨下扬州毁其板。"有《箕颍集》,今不传。《全宋词》录其词三十六首。

【题解】

　　《蓦山溪》,词调名,又名《上阳春》,始见于欧阳修词。
　　这首咏梅词清疏雅丽,不仅描写了梅花姿态的美,也显示了它精神品格的美,运笔空灵。词中将竹外梅花比作天寒日暮、独倚修竹的绝代佳人,虽用苏轼、杜甫诗意,而点化自然。作者对梅花的孤傲一则叹惋、一则欣赏,又从月下疏影的清丽景象,想到日后花落梅黄、细雨连绵令人感伤的情景,思微致远。末几句写出作者独赏清芳、为梅消瘦的深情,以问句结,觉余意无穷。

【原词】

　　洗妆真态,不作铅华御。竹外一枝斜①,想佳人天寒日暮②。黄昏院落,无处著清香,风细细,雪垂垂,何况江头路。　月边疏影③,梦到消魂处。结子欲黄时,又须作廉纤细雨④。孤芳一世,供断有情愁,消瘦损,东阳也⑤,试问花知否?

【注释】

①竹外句:苏轼《和秦太虚梅花》诗:"江头千树春欲阇,竹外一枝斜更好。"
②佳人句:杜甫《佳人》诗:"天寒翠袖薄,日暮倚修竹。"
③月边疏影:林逋《山园小梅》诗:"疏影横斜水清浅,暗香浮动月黄昏。"
④廉纤:细雨貌,韩愈《晚雨》诗:"廉纤晚雨不能晴,池岸草间蚯蚓鸣。"
⑤东阳:〔南朝·梁〕沈约曾为东阳(今属浙江)守。消瘦,见蔡伸《柳梢青》注。此处作者借沈约自喻。

【今译】

洗却胭脂铅粉,
自有天然态度。
一枝疏梅斜出竹外,
有如佳人绝代
天寒日暮独倚修竹。
黄昏院落,幽芳都无人赏,
风细细,雪垂垂,
更冷落了江头梅树芬香。

月下疏影多么清雅,
梦中却禁不住心神惆怅,
待到梅子欲黄时节,
又该是阴雨连绵令人断肠。
梅花一世孤芳自赏,
让有情人愁闷悲伤,
可知道为了你,
我像沈约般瘦损异常?

贺新郎·春情

李 玉

【作者简介】

李玉,生平事迹不详。《全宋词》录其词一首。

【题解】

此词别本题作"春情",是一首思妇词。黄升说:"李君词虽不多,然风流蕴藉,尽此篇矣"(《花庵词选》)。词中描写了女主人公暮春时对景思人、百无聊赖的情景,和久久望人不至时疑时惊、且思且怨的复杂心情,而又出之以温雅和平。与柳永内容相近的《定风波》"自春来"一词相较,可以看出二词风格的明显不同,柳词直而此词婉,柳词中的女主人公娇憨热烈,此词中的女主人公则温柔深情。词中"依旧归期未定"句,暗用屈原《九歌·山鬼》:"君思我兮不得闲"的意思,在对远人的盼望、怨艾中又表现了谅解和体恤,以及自我宽慰的细腻感情。"又只恐瓶沉金井"句,则写出女子不能把握爱情命运的惶惑,语意沉至。这首词正如黄了翁所说:"幽秀中自饶隽旨"(《蓼园词选》)。陈廷焯评曰:"情韵并盛,允推名作"(《白雨斋词话》),诚非虚誉。

【原词】

篆缕消金鼎①,醉沉沉、庭阴转午②,画堂人静。芳草王孙知何处③?惟有杨花糁径④。渐玉枕、腾腾春醒⑤,帘外残红春已透,镇无聊、殢酒厌厌病⑥。云鬟乱,未忺整⑦。 江南旧事休重省,遍天涯寻消问息,断鸿难倩⑧。月满西楼凭阑久,依旧归期未定。又只恐瓶沉金井⑨。嘶骑不来银烛暗,枉教人立尽梧桐影⑩。谁伴我,对鸾镜。

注释

①篆缕:指香烟上升如线,又如篆字。苏轼《宿临安净土寺》诗:"闭门群动息,香篆起烟缕。"

②庭阴句:苏轼《贺新郎》词:"悄无人,桐阴转午,晚凉新浴。"

③芳草王孙:见李重元《忆王孙》注。

④糁:泛指散粒状的东西,引申为飘洒。

⑤腾腾:懒散,随便。白居易《戏赠萧处士清禅师》:"又有放慵巴郡守,不管一事共腾腾。"

⑥镇:整,整日。殢(tì)酒:病酒,困酒。秦观《梦扬州》词:"殢酒困花,十载因谁淹留"。

⑦忺(xiān):高兴。

⑧倩(qìng):请,央求。

⑨又只恐句:白居易《井底引银瓶》诗:"井底引银瓶,银瓶欲上丝绳绝;石上

磨玉簪,玉簪欲成中央折。瓶沉簪折知奈何,似妾今朝与君别。"此处暗用其意。

⑩枉教人句:吕岩《梧桐影》词:"今夜故人来不来,教人立尽梧桐影。"此用其意。

【今译】

  金炉中袅袅香缕散尽,
  我醉意沉沉,
  庭中树影转过午后,
  画堂里人声寂静。
  芳草萋萋,他的踪影知在哪里?
  只有杨花飘洒满地。
  独卧玉枕,
  懒洋洋春困渐渐苏醒。
  帘外残红飞舞,
  已是春光将尽。
  长日情思无聊,
  借酒浇愁,反倒厌厌成病。
  没有心思去梳理,
  我那散乱的云鬟。

  江南温馨的旧事,
  不必再去思念,
  我遍天涯寻访他的消息,
  要寄书信却难请托孤雁。
  月满西楼,我久久凭栏,
  他莫非是归期仍不能确定?
  我真怕两情从此断绝,
  就像银瓶沉入金井。
  听不到他骑马前来,
  我独对昏暗的残烛,
  直到明月落下梧桐,
  依旧痴痴地候望凝伫。

唉,有谁伴同我,
双双对着镜子照影盼顾。

烛影摇红·题安陆浮云楼[①]

廖世美

【作者简介】

廖世美,生平事迹不详。《全宋词》录其词二首。

【题解】

《烛影摇红》,词调名,始见于贺铸词,双调小令,四十九字,周邦彦衍为长调。吴曾《能改斋漫录》卷十六云:"王都尉(诜)有《忆故人》词,徽宗喜其词意,犹以不丰容宛转为恨,遂令大晟别撰腔,周美成增损其词,而以首句为名,谓之《烛影摇红》云。"

廖世美喜爱杜牧诗,他仅存的两首词均融入杜牧诗意或成句,此词抒写作者登高怀古念远之情。杜牧有《题安州浮云寺楼寄湖州张郎中》诗,本篇开头描绘了安陆浮云寺楼高迥森严的景象,并发思古之幽情,赞美杜牧登高而能赋,暗中也以自比才情。"惆怅"句至过片"流水知何处"七句,用杜牧诗:"去夏疏雨余,同倚朱阑语,当时楼下水,今日到何处?恨如春草多,事与孤鸿去。楚岸柳何穷,别愁纷若絮",而稍加变化,更显得唱叹有致。"断肠"句以下,绘出暮春黄昏时极目远望的凄迷景物,衬托作者无限怅惘的心情,语淡而情深,使用前人诗句熨贴自然,一片化机。此词格调清远,情味隽永,况周颐赞曰:"真能不愧'绝妙'二字,如世美之作,殊不多觏"(《蕙风词话》)。

【原词】

霭霭春空[②],画楼森耸凌云渚。紫薇登览最关情,绝妙夸能赋[③]。惆怅相思迟暮,记当日、朱阑共语。塞鸿难问,岸柳何穷,别愁纷絮。
催促年光,旧来流水知何处[④]?断肠何必更残阳[⑤],极目伤平楚[⑥]。晚霁波声带雨,悄无人舟横野渡[⑦]。数峰江上[⑧],芳草天涯[⑨],参差烟树[⑩]。

注释

①安陆:今湖北安陆。浮云楼,即浮云寺楼。
②霭霭:云密集貌。陶潜《停云》诗:"霭霭停云,蒙蒙时雨。"
③紫薇二句:赞美杜牧才情卓荦、登高能赋,指其所赋《题安州浮云寺楼寄湖州张郎中》诗绝妙。紫薇,即紫薇郎,指杜牧。唐代中书省称紫薇省,杜牧曾官中书舍人,因称杜紫薇。
④"惆怅"七句见题解。
⑤断肠句:杜牧《池州春送前进士蒯希逸》诗:"芳草复芳草,断肠还断肠,自然堪下泪,何必更斜阳。"
⑥极目句:谢朓《郡内登望》诗:"寒城一以眺,平楚正苍然。"
⑦晚霁二句:韦应物《滁州西涧》诗:"春潮带雨晚来急,野渡无人舟自横。"
⑧数峰句:钱起《省试湘灵鼓瑟》诗:"曲终人不见,江上数峰青。"
⑨芳草句:苏轼《蝶恋花》词:"枝上柳绵吹又少,天涯何处无芳草。"
⑩参差句:杜牧《题宣州开元寺水阁阁下宛溪夹溪居人》诗:"惆怅无因见范蠡,参差烟树五湖东。"

【今译】

春空中浓云阴阴,
洲渚上,
森严的寺楼高耸凌云。
紫薇郎曾在这里登临观览,
景物牵动无限感情,
他写下绝妙诗篇
一直传诵至今。
我日暮登楼,
满怀相思的惆怅,
回忆当初,
我和友人倚栏共语多么欢畅。
他像塞雁一去再没消息,
空留下岸边绿柳无穷,
惹起离愁乱纷纷如同飞絮。

节序催年光暗逝,

旧时楼下的江水
不知今朝流向哪里?
对景伤情已令人断肠,
何必更待当楼的斜阳。
极目遥望,
见平野苍苍莽莽。
晚来天气初晴,
波声中依然夹带着雨意,
小船横在野外的渡口,
四下里一片静寂。
江上有几座青峰矗立,
芳草长遍天涯,
参差不齐的远树烟霭迷离。

薄 倖

吕滨老

【作者简介】

　　吕滨老,一作吕渭老,生卒年不详,字圣求,嘉兴(今属浙江)人,宣靖间朝士。赵师秀《圣求词序》云:"圣求词婉媚深窈,视美成、耆卿伯仲。"吕滨老词多写相思别离之情,一些与僧、道往还的篇章,表现了方外之思。南渡后有些词作抒发亡国哀思,如《好事近》"飞雪过江来"、《水调歌头》"抚床多感慨"等。有《圣求词》一卷。

【题解】

　　这首词塑造了一位热烈深情的女主人公,她与情人"花前隔雾遥相见",便倾心爱慕,以身相许,"角枕题诗,宝钗贳酒",有过很多令人陶醉的欢乐。但情人远去日久,于是她满怀离愁,索居深院,无心梳洗,闻鸦闻莺惊心,刻意伤春又伤别。她久久地沉入甜蜜的回忆,又在暮雨中孤独地开窗闲眺,弹筝释闷,寄情乐曲,伤心下泪。尽管她日渐消瘦憔悴,心中却时刻思念远人,无怨无悔,这种执着的恋情十分动人。全词不光使用平铺直叙,且用倒叙、侧笔等多种手法,委婉缠绵,曲折尽情,风格清丽而凝重,不愧是思妇词中的佳作。

【原词】

　　青楼春晚①,昼寂寂、梳匀又懒。乍听得、鸦啼莺哢②,惹起新愁无限。记年时、偷掷春心,花前隔雾遥相见。便角枕题诗③、宝钗贳酒④,共醉青苔深院。　怎忘得、回廊下,携手处、花明月满。如今但暮雨,蜂愁蝶恨,小窗闲对芭蕉展。却谁拘管⑤?尽无言闲品秦筝,泪满参差雁⑥。腰肢渐小,心与杨花共远。

注释

①青楼:泛指女子所居之楼。
②哢(lòng):鸟叫。左思《蜀都赋》:"云飞水宿,哢吭清渠。"
③角枕:用兽角做装饰的枕头。《诗·唐风·葛生》:"角枕粲兮,锦衾烂兮。"
④贳(shì)酒:赊酒,《史记·高祖本纪》:"常从王媪武负(妇)贳酒。"此处指换酒。
⑤谁:怎样,什么。
⑥参差雁:指筝柱斜列如飞雁。见张先《菩萨蛮》注。

【今译】

　　索居高楼春光已晚,
　　长日寂寞冷清,
　　我懒怠去梳妆打扮。
　　猛听得乌鸦啼叫
　　黄莺歌声婉转,
　　惹起新愁无限。
　　记得去年,
　　我和他花前隔雾远远相见,
　　便悄悄抛掷春心一片,
　　与他题诗在角枕边,
　　拔下宝钗去换酒,
　　一同陶醉在长满青苔的深院。

怎么能忘记我们双双携手,
在回廊下久久留连,
那时正圆月清明、繁花鲜艳。
如今只见暮雨绵绵,
蜂儿都感到愁闷,
蝴蝶也深深哀怨。
我的小窗,
对着芭蕉闲展。
一任情思缠绵,
有什么办法拘束禁管?
我长久沉默无言,
闷来独自调弄筝弦,
弦柱斜列如群雁翱翔,
全都被我的泪水沾满。
腰肢一天比一天瘦削,
我的心跟随柳絮飞向遥远的那边。

南浦·旅怀

鲁逸仲

【作者简介】

鲁逸仲,即孔夷,字方平,生卒年不详,汝州龙兴(今河南宝丰)人,孔旼之子,元祐中隐士,与李廌为诗酒侣,又与刘攽、韩维友善。自号滍皋渔父,又隐名为鲁逸仲。王灼《碧鸡漫志》卷二称其与侄孔处度齐名。黄升赞其"词意婉丽,似万俟雅言"(《花庵词选》)。《全宋词》录其词三首。

【题解】

《南浦》,词调名,毛先舒《填词名解》云采自屈原《九歌·河伯》:"送美人兮南浦"之句。始见于周邦彦及鲁逸仲词。

此词别本题作"旅怀",黄了翁说:"细玩词意,似亦经靖康乱后作也。第词旨含蓄,耐人寻味"(《蓼园词选》)。上片从听觉、视觉、远景、近景各个角度细致地描写旅况:画角悲鸣、乐声哀切、飞雪满村、灯火阑珊、惊雁嘹唳,这种种意象织成一幅雪夜、荒村、孤旅的凄凉图画,从词中所表现的浓重感伤情调,可知这绝非寻常的行旅图。过片写出景物依旧,满目有河山之异的凄楚感情,以及对故国好景和伊人的深深眷念。"为问暗香"两句化用唐人诗意,融入深沉的亡国哀思。最后以想像伊人倚屏盼望作结,言有尽而意无穷。此词格调悲凉沉咽,全无方外人的虚诞之气。"遣词琢句,工绝警绝"(陈廷焯《白雨斋词话》)。

【原词】

风悲画角,听《单于》①、三弄落谯门②。投宿骎骎征骑③,飞雪满孤村。酒市渐阑灯火,正敲窗、乱叶舞纷纷。送数声惊雁,乍离烟水,嘹唳度寒云④。 好在半胧淡月⑤,到如今、无处不消魂。故国梅花归梦,愁损绿罗裙⑥。为问暗香闲艳,也相思、万点付啼痕⑦。算翠屏应是⑧,两眉余恨倚黄昏。

【注释】

①单(chán)于:曲调名。唐代的《大角曲》中有《大单于》、《小单于》等曲。韦庄《绥州作》诗:"一曲单于暮烽起,扶苏城上月如钩。"

②三:多次,弄,演奏。谯门:见前秦观《满庭芳》注。

③骎(qīn)骎:马行快速貌。

④嘹(liáo)唳(lì):响亮凄清的声音。陶宏景《寒夜怨》诗:"夜云生,夜鸿惊,凄切嘹唳伤夜情。"

⑤好在:问候用语,即好么,无恙。杜甫《送蔡希鲁都尉还陇右因寄高三十五书记》诗:"因君问消息,好在阮元瑜。"

⑥绿罗裙:〔五代〕牛希济《生查子》词:"记得绿罗裙,处处怜芳草。"此处借指伊人。

⑦为问二句:唐人诗:"君看陌上梅花红,尽是离人眼中血",见苏轼《水龙吟》注,此处化用其意。

⑧翠屏:此处借指倚屏人。

【今译】
　　　画角在寒风中悲吟，
　　　听《单于》曲反复吹奏，
　　　一声声落在谯门。
　　　我快马加鞭急急投宿，
　　　飞雪正盖满孤村。
　　　酒市灯火渐稀，
　　　只有枯叶纷纷乱舞，
　　　叩着我寂寞的窗扉。
　　　高空中传来
　　　惊飞的鸿雁声声哀鸣，
　　　响亮凄戾的叫声乍离烟水
　　　迅疾地穿度寒云。

　　　依旧是这样半痕淡月朦胧，
　　　如今，只觉得一切景物，
　　　全令我神魂伤痛。
　　　梦想返回故国。
　　　那里的梅花多么明艳，
　　　穿着绿色罗裙的伊人。
　　　早已为了我愁损容颜。
　　　试问那一树树暗香疏影，
　　　是否也因着相思，
　　　千万点红花都变作泪痕？
　　　料想伊人双眉凝聚着别恨，
　　　黄昏时独倚翠屏。

满江红

岳 飞

【作者简介】

　　岳飞(公元 1103—1142 年),爱国名将,字鹏举,相州汤阴(今属河南)人。宣和四年(公元 1122 年)应募参军守边,其后在抗金战斗中屡建奇勋,官至枢密副使。高宗绍兴十一年岁暮(公元 1142 年 1 月 27 日),被主和派权臣秦桧诬陷,与其子同遭杀害。孝宗时追谥武穆,后改谥忠武,宁宗时追封鄂王。诗文词俱佳,多表现精忠大义。词仅存三首。《满江红》一词不见于岳飞之孙岳珂《金陀粹编》中,至〔明〕景泰六年(公元 1455 年)袁纯所编《精忠录》始加收录,故有的学者疑为伪作。《全宋词》录岳飞词三首。

【题解】

　　《满江红》,唐教坊曲名,杨慎《词品》云:"唐人小说《冥音录》载:'曲名有《上江虹》,后演变为《满江红》。'"一说"满江红"是一种水草名,民间用为词牌。贺铸词,又名《念良游》;贺铸词又有"伤春作"句,故又名《伤春曲》。

　　这是一首传诵千古的爱国名篇,近千年来,激励过无数爱国志士。它抒写了抗金英雄岳飞满腔忠义奋发之气,开篇几句就出语不凡,描写作者登高临远、俯仰天地时不可抑勒的悲愤之情,以及誓死抗敌的决心。"三十"两句,自伤功业未竟、神州未复,感慨颇深,"'莫等闲'二语,当为千古箴铭"(陈廷焯《白雨斋词话》),有极强的感召力,足以警顽起懦,使壮士为之鼓舞。下片明言国耻未雪、作者誓将扫平狂虏,重整山河以报效王室的耿耿孤忠,作穿云裂石之声。此词通篇为爱国英雄真诚、壮烈的剖白,绝非大言书生的欺世之谈,因而感人至深。沈际飞评曰:"胆量、意见、文章悉无今古"(《草堂诗余正集》);陈廷焯赞云:"何等气概,何等志向! 千载下读之,凛凛有生气焉"(《白雨斋词话》)。有些学者因此词不见于宋人称引、因词中所言地名与史实不符,便斤斤疑为伪作,似不足据。

【原词】

怒发冲冠①,凭阑处、潇潇雨歇②。抬望眼、仰天长啸,壮怀激烈。三十功名尘与土③,八千里路云和月④。莫等闲⑤、白了少年头,空悲切。　靖康耻⑥,犹未雪;臣子恨,何时灭。驾长车踏破、贺兰山缺⑦。壮志饥餐胡虏肉,笑谈渴饮匈奴血⑧。待从头、收拾旧山河,朝天阙⑨。

注释

①怒发句:《史记·刺客列传》:"士皆瞋目,发尽上指冠。"《史记·廉颇蔺相如列传》:"怒发上冲冠。"

②潇潇:风雨暴疾貌。《诗·郑风·风雨》:"风雨潇潇,鸡鸣胶胶。"传:"潇潇,暴疾也。"

③此时岳飞已三十多岁,说三十是举成数。

④八千里:《宋史·岳飞传》:"飞大喜,语其下曰:'直抵黄龙府,与诸君痛饮耳。'"此处八千里即指遥远的金国根据地。

⑤等闲:寻常,随便。

⑥靖康耻:指钦宗靖康二年(公元1127年)京师和中原沦陷,徽钦二帝被俘往金国的奇耻大辱。

⑦贺兰山:是现在宁夏与内蒙的界山,此处借指金国的脏腑之地。

⑧壮志二句:苏舜钦《吾闻》诗:"马跃践胡肠,士渴饮胡血。"此处化用其意。胡虏、匈奴,此处借指金人。

⑨天阙:皇宫。

【今译】

我怒发冲冠,
独自登高凭栏,
见急风暴雨刚刚停歇。
抬头望远,
乾坤浩荡,我仰天长啸,
热血沸腾,壮怀激烈。
三十多岁,建树的功业
只如尘土般细微,
日夜转战南北,征途八千里,
并不在乎艰苦的岁月。

有志男儿
千万不要随随便便地
把青春年少白白抛弃,
等两鬓苍苍再空自悲戚。

亡国的奇耻大辱,
至今还没有洗雪,
臣子心头的愤恨,
何时才能真正泯灭!
我定要驾上战车,
直把贺兰山踏得残缺。
怀着壮志复仇,
饿了要吃敌人的肉,
谈笑时若是口渴
就痛饮敌人的鲜血。
且看我重新整顿故国山河,
再去宫阙报捷。

烛影摇红·上元有怀

张　抡

【作者简介】

　　张抡,生卒年不详,字才甫,开封(今河南开封)人。绍兴间,知阁门事。淳熙五年(公元1178年)曾为宁武军承宣使。自号莲社居士。毛晋《莲社词跋》称其"好填词应制,极其华艳;每进一词,上即命官人以丝竹写之。尝同曾觌、吴琚辈进《柳梢青》诸阕,上极欣赏,赐赉甚渥。"有咏春、夏、秋、冬、渔父、咏酒、咏闲、修养、神仙各十首,多萧然世外之语。今传《莲社词》一卷。

【题解】

　　南渡前张抡多作应制词,形迹有类于御用文人,亲身经历靖康惨祸后,他于次年(公元1128年)上元之夜写下此词,抚今思昔,不胜亡国之痛。词中极言去年今宵的繁盛欢乐,对照眼前的凄凉悲哀,令人有隔世之感,表现了深深的故国之思。李攀龙说此词"上述往事,下叹来年,神情一呼一吸。"又说"此抚景写情,俱见其荣光易度,梦醒无几,真画出风前烛影,红光在目"(《草堂诗余隽》)。

【原词】

　　双阙中天①,凤楼十二春寒浅②。去年元夜奉宸游③,曾侍瑶池宴④。玉殿珠帘尽卷,拥群仙、蓬壶阆苑⑤。五云深处⑥,万烛光中,揭天丝管。　驰隙流年⑦,恍如一瞬星霜换⑧。今宵谁念泣孤臣,回首长安远。可是尘缘未断,漫惆怅、华胥梦短⑨。满怀幽恨,数点寒灯,几声归雁。

注释

①双阙:天子宫门有双阙。阙,古代宫庙及墓门立双柱者谓之阙。

②凤楼:指宫内楼阁。南朝宋鲍照《代陈思王京洛篇》:"凤楼十二重,四户八绮窗。"

③宸(chén)游:帝王的巡游。〔唐〕苏颋《侍宴安乐公主庄应制》诗:"箫鼓宸游陪宴日,和鸣双凤喜来仪。"

④瑶池:古代神话中神仙所居。《穆天子传》三:"乙丑天子觞西王母于瑶池之上"。此处指皇宫。

⑤蓬壶:古代传说海中有三神山,其一名蓬莱,又作蓬壶。见《拾遗记》。阆(láng)苑:阆风之苑,仙人所居之境。此处借指宫廷。

⑥五云:五色祥云。杜甫《重经昭陵》诗:"再窥松柏路,还有五云飞。"

⑦驰隙:即白驹过隙,比喻光阴飞驰。

⑧星霜:见柳永《玉胡蝶》注。

⑨华胥:《列子·黄帝》:"(黄帝)昼寝,而梦游于华胥氏之国。"后用作梦境的代称。

【今译】

　　宫门双阙插入云天,
　　禁内楼观春意融暖。
　　去年元夜陪伴君王游乐,

曾经参与豪华盛宴。
玉殿全都卷起珠帘,
宫女翩翩有如群仙,
歌舞嬉戏在仙家池苑。
五色祥云深处,
辉煌灿烂的万烛光中,
丝弦管乐声震九天。

流年飞逝如白驹过隙,
恍然一瞬间,
星霜已经改变。
有谁知道我这孤臣,
今宵里涕泪涟涟,
回望京城,远在天边。
可惜尘缘还不曾割断,
空自惆怅故国繁华,
仿佛春梦苦短。
满怀幽恨,
看数点寒灯闪闪,
听几声哀哀归雁。

水龙吟

程 垓

【作者简介】

程垓,字正伯,号书舟。生平事迹不详。眉山(今属四川)人,杨慎《词品》说程垓为"东坡之中表",况周颐《蕙风词话》已辩其误。绍熙间(公元1190—1194年)王偁为其词集《书舟词》作序,垓亦应为同时代人。词多描写羁旅行役、离愁别绪、个人生活情趣及故乡之思,少数篇章表现了忧国之情。冯煦赞其词"凄婉绵丽"(《宋六十一家词选例言》)。

【题解】

　　程垓长年客居他乡,集中多望乡思归之词,老年尤多,如《孤雁儿》:"如今客里伤怀抱,忍双鬓、随花老";《渔家傲》:"老来方有思家泪";《好事近》:"别梦记春前,春尽苦无归日";《望江南》:"身在汉江东畔去,不知家在锦江头……吾老矣,心事几时休"……这首《水龙吟》便抒写了作者对故园的深情、对往事的怀念和沉重的迟暮之慨,但它又不是一般叹老嗟卑的篇章,从词中"如今但有,看花老眼,伤时清泪"等句,可以看出作者自伤老大之感是与忧虑时局紧密相联的。他在一首《凤栖梧》中说:"忧国丹心曾独许,纵吐长虹,不奈斜阳暮",这里所表现的嗟伤就不仅是身世感慨,而主要是国事难以为计的深长叹息。本词抒发的感情显得委婉深沉,虽借一般感伤时序、留连光景的题材表现,内涵却较为丰厚,耐人吟味。

【原词】

　　夜来风雨匆匆,故园定是花无几。愁多怨极,等闲孤负,一年芳意。柳困桃慵,杏青梅小,对人容易。算好春长在,好花长见,原只是、人憔悴。　　回首池南旧事①,恨星星②、不堪重记。如今但有,看花老眼,伤时清泪。不怕逢花瘦,只愁怕、老来风味。待繁红乱处,留云借月③,也须拚醉。

【注释】

　　①池南:苏轼《和王安石题西太一》诗:"从此归耕剑外,何人送我池南。"此处系泛指故园某地。
　　②星星:鬓发花白貌。左思《白发赋》:"星星白发,生于鬓垂。"
　　③留云借月:朱敦儒《鹧鸪天》:"我是清都山水郎,天教懒慢带疏狂。曾批给露支风敕,累奏留云借月章。"此处意谓留住大好光景。

【今译】

　　夜来雨骤风急,
　　想故国繁花一定所剩无几,
　　我心中愁深怨极,
　　轻易地辜负了

一年中芳菲的时节。
杨柳不再轻飏,
桃花懒得重放,
枝头上杏儿青、梅子小,
春光对人太草草。
算来好春其实原本长在,
好花也能长开,
只不过人已变得身心衰败。

可恨两鬓斑白,
池南欢乐的往事,
已不堪重记。
如今只有看花老眼一双,
伤时清泪常常流淌。
我不怕见花儿瘦损,
只发愁凄凉老境,
唉,且趁着繁花红紫烂漫,
让我留住这美好光景,
尽情把醇酒醉饮。

六州歌头

张孝祥

【作者简介】

　　张孝祥(公元1132—1169年)字安国,号于湖居士。历阳乌江(今安徽和县)人。绍兴二十四年(公元1154年)考取进士第一名。历任校书郎、秘书郎、尚书礼部员外郎等职。隆兴年间,任建康(今江苏南京)留守时,极力赞助张浚北伐,被主和派弹劾落职。后起复,历任荆南知府、荆湖北路安抚使,有政绩。他是著名的文学家,谢尧仁在《于湖居士文集序》中称:"自渡江百年,唯先生文章翰墨,为当代独步"。张孝祥词今存二百二十余首,具有深厚的爱国主义思想内容,许多篇章直接反映时政,表现他对南宋朝廷投降政策的极度不满,以及他坚决要求抗击金人、收复中原的爱国热望。如《水调歌头》〔闻采石战胜〕、《六州歌头》"长淮望断"、《浣溪沙》"霜日明霄水蘸空"等,或雄放、或悲壮、或沉郁。有些篇章超逸、旷达,表现作者遭到政治打击后不改高洁胸怀的素志,并隐约抒发牢落不平之气。张孝祥诗词均受苏轼很深的影响,汤衡说:"自仇池(苏轼)仙去,能继其轨者,非公其谁与哉"(《张紫薇雅词序》)。他的词上承苏轼,下开辛弃疾,在词史上有相当重要的地位。有《于湖词》三卷。

【题解】

《六州歌头》,唐曲,岑参有《六州歌头》,为七言四句,后用作词调。程大昌《演繁露》卷十六:"《六州歌头》,本鼓吹曲也。近世好事者倚其声为吊古词,如'秦亡草昧,刘项起吞并'者是也。音调悲壮,又以古兴亡事实之。闻其歌,使人怅慨,良不与艳词同科,诚可喜也。"杨慎《词品》卷一:"六州得名,盖唐人西边之州:伊州、梁州、甘州、石州、渭州、氐州也。此词宋人大祀大邮,皆用此调。"始见于北宋初刘潜词。

绍兴三十一年(公元 1161 年),主战派将领张浚通判建康(今南京)府兼行宫留守,次年春张孝祥在张浚幕府为客,写下这首悲壮激烈的词,即《说郛》引《朝野遗记》所云:"安国在建康留守席上赋此歌阕,魏公(张浚)为之罢席而入。"词的上片描写淮河边岸武备不修、凄凉冷落的景象,对文化礼乐之地的中原长期遭受落后民族的践踏、强占,表示了极其愤恨的感情,而对敌骑的骄纵猖獗、不忘窥视江南的情况,则深感忧虑和惊心。下片慨叹自己报国无门、壮志难酬,对收复失地杳杳无期极表痛心,并谴责朝廷只知求和苟安,而对年年渴望王师北伐的沦陷区父老寄与深切的同情。汤衡称张孝祥"平昔为词,未尝著稿,笔酣兴健,顷刻而成。"这首即席写成的词章骏发踔厉,激越动人,正如陈廷焯所说:"淋漓痛快,笔饱墨酣,读之令人起舞"(《白雨斋词话》)。词中将民族间的矛盾、朝廷与爱国者及中原百姓之间的重重矛盾,形象地展示在我们面前,如同一幅宏阔的历史画卷,尤其可贵的是,它凝聚了一代爱国知识分子高尚、坚毅的民族精神。作者采用的词调音繁节促、声情悲壮,使此词的内容与形式达到完美的统一,确实是爱国词中的佳作。

【原词】

　　长淮望断①,关塞莽然平②。征尘暗,霜风劲,悄边声③,黯消凝④。追想当年事⑤,殆天数⑥,非人力;洙泗上,弦歌地,亦膻腥⑦。隔水毡乡⑧,落日牛羊下⑨,区脱纵横⑩。看名王宵猎⑪,骑火一川明,笳鼓悲鸣,遣人惊。　念腰间箭,匣中剑,空埃蠹,竟何成！时易失,心徒壮,岁将零,渺神京。干羽方怀远⑫,静烽燧⑬,且休兵。冠盖使,纷驰骛⑭,若为情。闻道中原遗老,常南望,翠葆霓旌⑮。使行人到此,忠愤气填膺⑯,有泪如倾。

注释

①长淮:指淮河。宋高宗绍兴三十一年(公元1141年)与金订立和议,以淮河为宋金的分界线。淮河遂成为南宋的极边。

②关塞句:指斥南宋朝廷撤废两淮守备。

③边声:边地的悲凉之声。李陵《答苏武书》:"侧耳远听,胡笳互动,牧马悲鸣,吟啸成群,边声四起。"

④黯消凝:感伤地出神。黯,精神颓丧貌。

⑤当年事:指钦宗靖康二年(公元1127年)中原沦陷、二帝被俘北去的事。

⑥殆(dài):大概,恐怕。天数,犹言天命。《后汉书·公孙述传》:"天数有违,江山难恃。"

⑦洙泗上三句:谓礼乐之邦陷于敌手。洙、泗二水,流经山东曲阜(春秋时鲁国国都),孔子曾在此地讲学。《论语·阳货》:"子之武城,闻弦歌之声。"邢昺疏:"时子游为武城宰,意欲以礼乐化导于民,故弦歌。"弦歌地,指有礼乐文化的地方。膻(shān)腥,牛羊的腥臊气。此处讽刺落后的金统治者。杜甫《秦州见薛三璩授司议郎毕四曜除监察与二子有故远喜迁居兼述索居》诗:"华夷相混合,宇宙一膻腥。"

⑧隔水句:淮河北岸即金国所属,故云。北方民族住毡帐,故称其地为毡乡。

⑨落日句:《诗·王风·君子于役》:"日之夕矣,羊牛下来。"此处讽刺金人过着落后的游牧生活。

⑩区(ōu)脱:匈奴语称边境屯戍或守望的土堡为区脱。《汉书·苏武传》:"区脱捕得云中生口。"颜师古注引服虔曰:"区脱,土室。"

⑪名王:《汉书·宣帝纪》载神爵二年(公元前60年)"匈奴单于遣名王奉献。"颜师古注:"名王者,谓有大名,以别诸小王也。"此处指敌方将帅。

⑫干羽句:用文德怀柔远人。意谓朝廷对敌妥协、求和。《尚书·虞书·大禹谟》:"帝乃诞敷文德,舞干羽于两阶。七旬,有苗格。"孔颖达疏:"帝乃大布文

德,舞干、羽于两阶之间。七旬而有苗自服来至。"《礼记·乐记》:"干戚羽旄谓之乐。"郑玄注:"干,盾也,戚,斧也,皆武舞所执。羽,翟羽也,旄,旄牛尾也,皆文舞所执。"

⑬烽燧(suì):烽烟。《后汉书·光武帝纪》:"修烽燧。"李贤注:"边方备警急,作高土台,台上作桔皋,桔皋头有兜零(笼),以薪草置其中,常低之,有寇即燃火举之,以相告,曰烽。又多积薪,寇至即燔之,望其烟,曰燧。昼则燔燧,夜乃举烽。"

⑭冠盖使二句:指议和的使臣往来不绝。冠盖:冠服和车盖。

⑮翠葆霓旌:指皇帝的仪仗。翠葆,即翠羽,以鸟羽为饰的车盖。张衡《东京赋》:"树翠羽之高盖。"霓旌,即蜺旌。司马相如《上林赋》:"拖蜺旌,靡云旗。"吕向注:"画云蜺以饰旌旗。"

⑯填膺:满怀。江淹《别恨》:"置酒欲饮,悲来填膺。"

【今译】

　　远望淮河,
　　见莽莽草木与关塞齐平。
　　飞尘阴暗,寒风凄紧,
　　听不到战鼓、马鸣,
　　边界上一派寂静,
　　我不由得黯然伤神。
　　回想当年北方沦陷,
　　若不是人力所致,
　　难道是上天的意愿?
　　可叹洙水、泗水一带,
　　那自古的礼乐圣地,
　　竟沾满了野蛮民族的腥气。
　　江对岸全是敌人的毡帐,
　　暮色中,
　　他们吆喝着放牧归去的牛羊,
　　遍地都是守边的土房。
　　看敌军将领在夜间习武,
　　骑兵的火炬把江岸照得通明,
　　胡笳战鼓阵阵悲鸣,

真令人动魄惊心。

我腰间弓箭,匣中宝剑,
白白地尘封虫蛀,
到底有什么用处!
时光易失,
徒存壮心,
汴京渺远,
岁月将尽。
朝廷正想用文德怀柔远人,
不再点起烽烟在边境,
一切战事都已休停。
华冠高车求和的使臣,
纷纷然奔走于道路,
好叫人难以为情。
听说中原的父老兄弟,
年年殷切盼望王师北征。
连过路的人见到他们,
也禁不住胸中塞满忠愤之气,
热泪涌流如大雨倾盆。

念奴娇·过洞庭

张孝祥

【题解】

　　此词别本题作〔过洞庭〕。《宋史》本传载张孝祥于孝宗乾道元年(公元1165年)任广南西路(今广西和广东西南一带)经略安抚使,"治有声绩"。次年,他"被谗言落职",由桂林北归,经洞庭湖时作此词。这首词描绘了中秋前夕洞庭湖水月交辉、上下澄澈、清奇壮美的景象,作者胸无点尘、通体透明,全身心融入这完全净化了的美的世界,在宠辱偕忘、物我浑然不分的境界中,他领略了人生的无限妙谛,心里充满不可言说的欢愉。词中以"肝胆皆冰雪"的孤傲告白,来显示作者人格的超迈高洁,以吸江酌斗、宾客万象的奇思妙想,来表现他淋漓的兴会和凌云的气度,他坦荡莹洁的胸怀与纯净空明的天光水色合而为一,"舟中人心迹与湖光映带写,隐现离合,不可端倪"(黄了翁《蓼园词选》)。这首词像苏轼的某些篇章一样,表现了作者政治上遭到挫折后泰然自若、游于物外的处世态度,表现他对宇宙奥秘、人生哲理的深深领悟,达到了一种超越时空的化境。魏了翁说:"张于湖有英姿奇气……洞庭所赋在集中最为杰特。方其吸江酌斗、宾客万象时,讵知世间有紫薇(中书省称紫薇省,此处泛指官场)、青琐(借指皇宫)哉!"(《鹤山大全集》)诚为知言。

【原词】

洞庭青草①,近中秋、更无一点风色。玉鉴琼田三万顷②,著我扁舟一叶。素月分辉,银河共影,表里俱澄澈。悠然心会③,妙处难与君说。　应念岭海经年④,孤光自照⑤,肝胆皆冰雪。短发萧骚襟袖冷,稳泛沧浪空阔⑥。尽挹西江⑦,细斟北斗⑧,万象为宾客⑨。扣舷独啸,不知今夕何夕。

注释

①洞庭青草:湖名。洞庭湖在湖南省岳阳市西面,青草湖在洞庭之南,二湖相通,总称洞庭湖。
②玉鉴:玉镜,原本作"玉界",据别本改。
③悠然:原本作"怡然",据别本改。
④岭海:两广之地,北有五岭,南有南海,故称岭海。经年,年复一年,几年。
⑤孤光:指月亮。陆龟蒙《月成弦》诗:"孤光照还没。"
⑥沧浪:青苍色的水。
⑦尽挹句:汲尽西江之水以为酒。西江,指长江,长江来自西,故称(洞庭湖与长江通)。
⑧细斟句:把北斗星当酒器取饮。屈原《九歌·东君》:"援北斗兮酌桂浆。"此用其意。北斗是七颗星组成的星座,形如酒斗。
⑨万象:万物,自然界的一切事物、景象。谢灵运《从游京口北固应诏》诗:"皇心美阳泽,万象咸光昭。"

【今译】

　　洞庭青草，
　　临近中秋风平浪恬，
　　湖水皎洁宽广，
　　如三万顷玉镜琼田，
　　载负着我的小舟一片。
　　素月光耀四方，
　　碧波中倒映着银河、月影，
　　整个宇宙澄澈空明。
　　面对这样的清景，
　　心中悠然宁静，
　　我深深领悟其中奥妙，
　　无法向你诉说无限的欢欣。

　　想起在岭南这几年光阴，
　　一轮明月，照见我
　　肝胆冰雪般高洁晶莹。
　　我披着稀疏的短发，
　　风满襟袖稍觉清冷，
　　安稳地泛舟在空阔的湖心，
　　我汲尽西江水权当美酒，
　　用北斗当杯勺来酌酒豪饮，
　　请世间万物和天上星星，
　　作我座中的佳宾。
　　我独自敲着船沿放声长啸，
　　不知今晚是什么时辰！

中國歷代名著全譯叢書

宋词三百首全译
（修订版）

沙灵娜 译注

下

贵州出版集团
贵州人民出版社

六州歌头·桃花

韩元吉

【作者简介】

韩元吉(公元1118—1187年),字无咎,号南涧。开封雍邱(今河南开封)人,一作许昌(今属河南)人,南渡后寓居信州上饶(今属江西)。官至吏部尚书。有政绩。平生交游甚广,与陆游、朱熹、辛弃疾等当代名流和爱国志士友善,多有诗词唱和。黄升称其"文献、政事、文学为一代冠冕"(《花庵词选》)。词章内容多"神州陆沉之慨"(黄了翁《蓼园诗话》),如《水歌调头》〔寄陆务观〕、〔雨花台〕、〔九日〕、《霜天晓角》〔蛾眉亭〕等。他主张北伐抗金,词中多有涉及;也常抒发英雄迟暮、功业无成之慨。词风雄浑悲壮,与辛弃疾相近。有《南涧诗余》一卷。

【题解】

这首词别本题作〔桃花〕。《六州歌头》原本"音调悲壮……良不与艳词同科"(程大昌《演繁露》),前人用此调多怀古事、抒壮怀,本词却偏偏用以描写爱情,哀艳顿挫,抑扬多致,收到出人意表的动人效果。上片由花思人,回首初遇伊人时春色明媚的种种光景,融入崔护"人面桃花"诗意,笔触温柔细腻,"认蛾眉"以下几句,写出作者寻伊无着的怅恨。过片将二人相识、相爱的过程略去,以"共携手处"领起,直入今情,抒写景物依旧、人事全非,作者空自憔悴、怀恋的情状,结处用桃花源故事再度表现伊人难以追寻的无限幽怨,全词处处与桃花关合、处处借桃花生发,将咏物、叙事、抒情有机地结合,词情极其婉曲缠绵,语言极其妩媚秀丽。这篇作品既是《六州歌头》的别调,也是韩元吉词的别调。

【原词】

东风着意,先上小桃枝。红粉腻,娇如醉,倚朱扉。记年时,隐映新妆面[①],临水岸,春将半,云日暖,斜桥转,夹城西。草软莎平,跋马垂杨渡②,玉勒争嘶。认蛾眉,凝笑脸,薄拂燕脂,绣户曾窥,恨依依。共携手处,香如雾,红随步,怨春迟。消瘦损,凭谁问?只花知,泪空垂。旧日堂前燕,和烟雨,又双飞③。人自老,春长好,梦佳期。前度刘郎,几许风流地④,花也应悲。但茫茫暮霭,目断武陵溪⑤,往事难追。

注释

①记年时二句:见晏殊《清平乐》注。
②跋马:勒马使回转。
③旧日三句:刘禹锡《金陵五题·乌衣巷》诗:"旧时王谢堂前燕";晏几道《临江仙》词:"落花人独立,微雨燕双飞。"此处化用其意。
④前度二句:见前晁补之《忆少年》注。此处借刘郎自指。其中又暗用刘晨故事。
⑤武陵溪:用陶渊明《桃花源记》典故:武陵渔人偶入桃花源,后路径迷失,没人再能寻访。

【今译】

东风对小桃格外垂爱,
枝头上繁花盛开。
就像娇态如醉的佳人,
浓施红粉,
斜倚着朱门。
记得去年,我惊喜地
见到她新妆的容颜,
和桃花相互映掩。
那是在临水的江岸,
春光已过了一半,
天气异样和暖,
转过斜桥,
到夹城西畔。
芳草正柔软如茵,
道路分外坦平,
我勒马走向垂柳纷披的渡口,
马儿在春风中争相嘶鸣。

我深深地记得她秀丽的双眉,
那盈盈笑脸,
搽着淡淡胭脂,
我悄悄寻访过她的家园,
只留下无限怅恨与缱绻。

携手同游的地方,
如今花香似雾,
落红随步飞舞,
我怨恨春光已经迟暮。
空自憔悴瘦损,
究竟有谁存问?
只有桃花知情,
我清泪洒满衣襟。
濛濛烟雨,
旧时堂前小燕
自管双双飞去。
人渐老,春长好,
我依然梦想和她重遇。
前度刘郎,
来到曾有几多欢乐的旧地,
桃花也为我悲哀,
片片飘零如许。
抬头但见暮霭茫茫,
再也望不到武陵溪,
往事已难寻踪迹。

好事近·汴京赐宴,闻教坊乐有感

韩元吉

【题解】

《好事近》,宋人常用的词调。始见于王益、宋祁、张先诸人的词。《历代诗余》卷十二录王益《好事近》题作〔催妆〕,疑为此调本意。

此词别本题作〔汴京赐宴,闻教坊乐,有感〕。《金史·交聘表》:"世宗大定十三年(公元1173年)三月癸巳朔,宋遣礼部尚书韩元吉、利州观察使郑裔兴等贺万春节。"韩元吉赴宴,作此词寄寓黍离之悲。上片暗用王维菩提寺所作诗意,隐约写出故都被金人侵占的伤痛感情。当作者在宴会上听到演奏北宋教坊旧乐,不禁悲从中来,"总不堪华发"极言闻乐顿时衰老的愁情,并委曲地对历史兴亡及收复中原的壮志成虚,发出深沉感慨。下片借景抒情,"杏花"二句点明宴会时令,花发有时,草木无情,杏花本不知历史兴衰、人间悲欢,作者却赋与它感情,借以自抒哀愁。末二句描写亡宋故宫御沟,因"知人呜咽",而不忍发出幽咽的流水声来增加作者内心的痛苦,更使人感慨万端,欷歔泣下。这首小词凄楚沉咽,表现了一个爱国使者对故国深深的眷恋与伤悼。

【原词】

凝碧旧池头,一听管弦凄切①。多少梨园声在②,总不堪华发。杏花无处避春愁,也傍野烟发。惟有御沟声断③,似知人呜咽。

【注释】

①凝碧池二句:计有功《唐诗纪事》载:"安禄山大会凝碧池,梨园弟子欷歔泣下。乐工雷海青掷乐器西向大恸,贼支解于试马殿。王维时拘于菩提寺,有诗曰:'万户伤心生野烟,百僚何日更朝天?秋槐叶落空宫里,凝碧池头奏管弦。'"凝碧池:在河南洛阳宫廷内,此处借指汴京故宫。

②梨园:《新唐书·礼乐志》十二载唐玄宗曾选乐工三百人,宫女数百人,教授乐曲于梨园,亲自订正声误,号"皇帝梨园子弟"。此处借指北宋教坊(皇家乐

队)。

　　③御沟:流经皇宫的河道。

【今译】
　　旧日宫廷的池苑,
　　一弹奏管弦,
　　我就满怀凄切的感情。
　　听到故国遗留的乐曲,
　　一声声催人白了双鬓。

　　山河已丢,
　　杏花无处去躲避忧愁,
　　只得依傍着荒野开放。
　　唯有御沟不再流水幽咽,
　　它仿佛懂得我正自悲伤。

瑞鹤仙

袁去华

【作者简介】
　　袁去华,生卒年不详,字宣卿,奉新(今属江西)人。绍兴十五年(公元1145年)进士。曾任善化(今属湖南)、石首(今属湖北)知县。词风承苏轼绪余,然略欠情韵。部分篇章抒写故国之思,如《水调歌头》数阕,另有许多词作表现身世感慨,爱情词多洗却脂香粉气,清深雅丽,艺术成就较高。有《袁宣卿词》一卷。

【题解】
　　本篇抒写羁愁别恨。全词主要使用赋法,细致地描绘作者旅途所见景物。雨后夕阳辉映,远山幽明各不相同的画面,以美人蛾眉深蹙浅颦来形容,颇饶韵致。"到而今"三句,写出景物依旧,人事变化无常的感慨。过片刻画凄清旅况,而以"伤离恨,最愁苦"作点睛之笔,尽管伊人一往情深，赠与爱情的表记，但未来的命运却难以预料，作者对此怀着深深的疑虑。末二句以梦中有时能去来自我宽慰，词情凄切深沉。

【原词】

郊原初过雨，见数叶零乱，风定犹舞。斜阳挂深树，映浓愁浅黛，遥山媚妩。来时旧路，尚岩花、娇黄半吐。到而今、惟有溪边流水，见人如故。　无语，邮亭深静①，下马还寻，旧曾题处。无聊倦旅，伤离恨，最愁苦。纵收香藏镜②，他年重到，人面桃花在否③？念沉沉、小阁幽窗，有时梦去。

注释

①邮亭：古时设在沿途、供送文书的人和旅客歇宿的馆舍。
②收香：用韩寿事，见周邦彦《风流子》注。藏镜，用秦嘉事，见周邦彦《风流子》注。
③人面桃花：用崔护诗，见晏殊《清平乐》注。

【今译】

郊野上秋雨初晴，
见几片零乱的败叶，
风住了犹自飞舞不停。
斜阳挂在远树，
映遥山或明或暗，
如美人愁眉秀丽，浅颦深蹙。
旧曾经行的道路，
岩石上还见娇艳黄花半吐，
而今，只有溪边流水，
对着我潺潺细语如故。

我含愁无语，
客舍深远寂静，
我下马把从前题诗的处所

仔细找寻。
倦于行旅的人本觉无聊,
感伤离别更加愁苦不宁。
虽然收藏着她赠与的沉香、青镜,
他年故地重返,
人面桃花是否依旧悦目赏心?
我思念那遥远深沉的小楼,
窗扉清幽静谧,
只在梦中才能有时飞去。

剑器近

袁去华

【题解】

《剑器近》,词调名,始见于袁去华词。

这是一首双拽头三片词。本篇抒发惜春、怀远的愁绪。第一片描写所见雨后海棠分外妖艳的佳景,以及作者的叹赏留连,笔意清新明快。第二片借所闻莺歌燕语寄托惜春情意。第三片描述长日无聊、独自闷睡、闲看风絮的生活状况,并借寄泪江流诉说相思念远之深,同时嗔怪对方书信频寄而不言归期,使自己愁怀难解,末句将一怀相思别恨融入"落日千山暮"清远凄迷的景色,余意无穷。全词一气舒卷,语淡情深。

【原词】

夜来雨,赖倩得东风吹住。海棠正妖娆处①,且留取。 悄庭户,试细听莺啼燕语,分明共人愁绪,怕春去。 佳树,翠阴初转午②。重帘未卷,乍睡起,寂寞看风絮。偷弹清泪寄烟波③,见江头故人,为言憔悴如许。彩笺无数,去却寒暄④,到了浑无定据。断肠落日千山暮。

注释

① 妖娆:原本作"妖饶",据别本改。

②翠阴句:苏轼《贺新郎》词:"悄无人,桐阴转午,晚凉新浴。"

③偷弹句:孟浩然《宿桐庐江寄广陵旧游》诗:"还将两行泪,遥寄海西头。"此处化用其意。

④寒暄(xuān):问候起居寒暖的客套话。

【今译】

  多谢知情的东风,
  吹断夜来绵绵丝雨,
  著雨的海棠花,
  格外地妖娆艳丽,
  愿这美好春色长留不去。

  庭户悄然寂静,
  细听呢喃燕语,
  黄莺啼唱呖呖,
  它们同样满怀愁绪,
  生怕春天匆匆归去。

  美丽的绿树,
  浓阴转过正午,
  我刚刚睡起,
  低垂着重重帘幕。
  寂寞中,
  闲看柳絮随风飞舞。
  我偷弹相思泪,
  寄与轻烟迷濛的江水,
  好流到江头故人那里,
  诉说我怎样地憔悴。
  唉,寄来的书信不计其数,
  除去嘘寒问暖的絮语,
  几时归来,
  却始终没有凭据。

夕阳中我久久伫立,
空自伤心盼望,
只见暮霭中千山凄迷。

安公子

袁去华

【题解】

《安公子》,唐教坊曲名,后用为词调。崔令钦《教坊记》云:"隋大业末,炀帝将幸扬州,乐人王令言以年老不去,其子从焉。其子在家弹琵琶,令言惊问:'此曲何名?'其子曰:'内里新翻曲子,名《安公子》。'令言流涕悲怆,谓其子曰:'尔不须扈从。大驾必不回。'子问其故,令言曰:'此曲宫声,往而不返。宫为君,吾是以知之。'"宋词始见于柳永词。

上片描写初春景象,声色佳丽,怀人而向无知的飞燕询问消息,语意轻灵。以下设想对方凄寂之状,反衬主人公自己的念远意绪,别饶风致。下片以羁留他乡的庾信自比,并痴想寄泪东流,继而怪怨春闲昼永无计度日,以显示相思离恨之深。"念永昼"三句从贺铸《薄幸》词句化出而语气加婉。此词以景起,以景结,前后照应,抒情委折。

【原词】

弱柳千丝缕,嫩黄匀遍鸦啼处。寒入罗衣春尚浅,过一番风雨。问燕子来时,绿水桥边路,曾画楼、见个人人否①?料静掩云窗,尘满哀弦危柱②。 庾信愁如许③,为谁都著眉端聚。独立东风弹泪眼,寄烟波东去。念永昼春闲,人倦如何度?闲傍枕、百啭黄鹂语。唤觉来厌厌,残照依然花坞④。

注释

①人人:对亲爱者的称呼,宋时口语。周邦彦《迎春乐》词:"人人花艳明春柳,忆筵上偷携手。"

②哀弦危柱:指乐声凄绝。苏轼《水龙吟》词:"危柱哀弦,艳歌余响,绕云萦

水。"柱,筝瑟之类弦乐器上的弦柱。危,高,指弦音高厉。此处"危""哀"是弦柱的修饰语。

③庾信句:庾信,见周邦彦《大酺》注。愁如许:庾信有《愁赋》,今不传,只留断句若干,如"谁知一寸心,乃有万斛愁"。

④念永昼五句:贺铸《薄倖》词:"正春浓酒困,人闲昼永无聊赖。厌厌睡起,犹有花梢日在。"此用其意。花坞(wù):花房。坞,原指四面高中央低的山地,引申为四面挡风的建筑物。

【今译】

　　细柳千丝万缕,
　　染遍鹅黄嫩绿,
　　鸦雀处处乱啼。
　　还是早春天气,
　　才过了一番风雨,
　　寒意沁入罗衣。
　　我问着燕子,
　　你飞来时,
　　在绿水桥边画楼里,
　　可曾见到伊人踪迹?
　　料想她云窗静掩,
　　独个儿无情无绪,
　　懒怠去弹奏凄凉的乐曲,
　　一任弦柱盖满尘泥。

　　我就像多愁的庾信羁留异地,
　　到底是为了谁?
　　眉峰不展,幽恨攒聚。
　　我对着东风独立,
　　弹点点清泪,
　　寄与烟波流向东去。
　　想这昼长春闲,
　　慵倦的我如何捱得过去?

闷倚孤枕,
只听得黄莺婉啭柔语,
昏沉沉进入梦乡,
又被莺声唤起。
我百无聊赖,
见斜阳依然照在花坞里。

瑞鹤仙

陆　淞

【作者简介】
　　陆淞,生平事迹不详,字子逸,号云溪、雪窗,山阴(今浙江绍兴)人。曾任辰州(今属湖南)太守。《全宋词》录其词二首。

【题解】
　　陈鹄《耆旧续闻》说,一次陆淞参加宴会,"士有侍姬盼盼者,色艺殊绝,公每属意焉。一日宴客,偶睡,不预捧觞之列。陆因问之,士即呼至,其枕痕犹在脸。公为赋《瑞鹤仙》有'脸霞红印枕'之句,一时盛传,遂今为雅唱。后盼盼亦归陆氏。"陈鹄所记多小说家语,王闿运便讥其造事附会。张炎《词源》说"陆雪窗《瑞鹤仙》、辛稼轩《祝英台近》,皆景中带情,而存骚雅。故其燕酣之乐,别离之愁,回文题叶之思,岘首、西州之泪,一寓于词。"认为这是一首思妇词,所言极是。此词细腻地描写了女主人公无心梳妆、对景伤心怀远的情况,词中回忆了在"残灯朱幌,淡月纱窗"的清美境地中欢乐的往事,以显示眼前的凄凉、幽怨。"待归来"以下设想远人返家后委折地嗔怪他的情景,结以问句,迷离婉妮。

【原词】
　　脸霞红印枕,睡觉来、冠儿还是不整①。屏间麝煤冷②,但眉峰压翠,泪珠弹粉。堂深昼永,燕交飞、风帘露井。恨无人说与,相思近日,带围宽尽。　　重省,残灯朱幌,淡月纱窗,那时风景。阳台路迥③,云雨梦,便无准。待归来,先指花梢教看,欲把心期细问。问因循、过了青春④?怎生意稳?

注释

①睡觉来句:白居易《长恨歌》"云鬓半偏新睡觉,花冠不整下堂来。"
②麝煤:制墨原料,因以为墨的别名。韩偓《横塘》诗:"蜀纸麝煤添笔媚,越瓯犀液发茶香。"
③阳台:用宋玉《高唐赋序》神女事,见欧阳修《蝶恋花》注。
④因循:沿袭,引申为拖沓。

【今译】

  红霞般的脸上印着枕痕,
  闷闷睡起,
  花冠也懒得去整。
  他早已远去,
  彩屏间墨迹冰冷。
  我的翠眉总是难展,
  珠泪盈盈和着脂粉。
  白昼是这样漫长,
  画堂空寂深沉,
  双燕来回飞舞,
  嬉戏在风帘露井。
  向谁去诉说一腔幽恨,
  近来因为相思,
  腰带宽松得叫人吃惊。

  我不断回忆往昔,
  当淡月映上纱窗,
  残灯照着罗帏,
  我们有过多少美好时光。
  如今,通向他的道路何其遥远,
  纵然梦中相遇,

终究是空茫无据。
待他归来时,
我一定要指着败落的花枝,
叫他好好观看,
再细细地倾吐心事,
我倒要问问他,
好端端耽搁了大好青春,
怎么能够忍心?

卜算子·咏梅

陆 游

【作者简介】

陆游(公元1125—1210年),字务观,自号放翁,山阴(今浙江绍兴)人。绍兴二十三年(公元1153年),试礼部,名列前茅,触怒秦桧,被黜免。孝宗时,赐进士出身。历官隆兴(今属江西)、夔州(今属四川)通判,并入王炎、范成大幕府,提举福建及江南西路常平茶盐公事,权知严州(今属浙江)。光宗时,任朝议大夫、礼部郎中。陆游一生三次被罢职,前后闲居乡里数十年。他生活在一个民族危机深重的时代,青年时便抱着扫胡尘、靖国难的爱国志向,却屡遭统治集团投降派的排挤、打击,但他坚持理想,始终不渝。他是一个伟大的爱国诗人,存诗近万首,"言恢复者十之五六"(赵翼《瓯北诗话》),梁启超赞其:"集中十九从军乐,亘古男儿一放翁。"他的诗唱出了时代的最强音。词作今存一百三十首左右,成就远逊其诗,《四库全书总目》论其"欲驿骑东坡、淮海之间,故奄有其胜,而皆不能造其极。"较为中肯。词多飘逸清丽之作,有些词激越悲壮、沉郁苍凉,抒写英雄不遇之慨,感人至深,如《夜游宫》《记梦寄师伯浑》、《双头莲》〔(呈范致能待制)〕、《诉衷情》、《当年万里觅封侯》等。有《放翁词》一卷。

【题解】

　　王安石《北陂杏花》诗云:"一陂春水绕花身,身影妖娆各占春。纵被春风吹作雪,绝胜南陌碾成尘",这首诗借物言志,显示了诗人孤芳独赏、自持清操,绝不同流合污的高尚品格。陆游此词由安石诗生发变化,咏梅花而遗貌取神,突出表现梅花的高格劲节,那自甘寂寞、不畏挫折、不慕荣利、不与流俗为伍的梅花,也就是作者孤高品性的象征。末二句无疑是作者倔强的告白,表现了他对理想的坚持,比安石诗更勃郁深沉。

【原词】

　　驿外断桥边,寂寞开无主。已是黄昏独自愁,更著风和雨。　　无意苦争春,一任群芳妒①。零落成泥碾作尘②,只有香如故。

注释

①群芳:借指打击作者的政敌。
②零落成泥:白居易《惜牡丹花》诗:"晴明落地犹惆怅,何况飘零泥土中。"

【今译】

　　寂寞无主的幽梅,
　　在驿馆外断桥边开放。
　　已是日落黄昏,
　　她正独自忧愁感伤,
　　一阵阵凄风苦雨,
　　又不停地敲打在她身上。

　　她完全不想占领春芳,
　　听任百花群艳
　　心怀妒忌将她中伤。
　　纵然她片片凋落在地,
　　粉身碎骨碾作尘泥,
　　绝世清芬却永留世上。

渔家傲·寄仲高[1]

陆　游

【题解】

孝宗乾道八年(公元1172年),陆游在汉中协助王炎襄理军务,过着"铁马秋风大散关"(《书愤》诗)的军旅生活,有过"呼鹰古垒,截虎平川"(《汉宫春》)的壮举,并曾呈献了经略中原、收复失地的宏伟计划,然而,次年王炎即调离,陆游也被调往四川,从此与边塞隔绝,过着闲散的生活。此词就是在四川荣州期间所写,题为寄赠,实际上主要是抒怀。上片极言离家的遥远和乡思的深沉痛切,下片"行遍天涯真老矣"句,对自己不断迁徙流转,岁月空逝而功业无成,发出无限慨叹、"鬓丝几缕茶烟里"的感怆,正是对朝廷"老却英雄似等闲"(《鹧鸪天》)所表示的愤怨之情。这首词在普通家常的叙谈中,抒写了壮志难酬的怫郁、苦闷的心情,平易自然,凄婉动人。

【原词】

东望山阴何处是?往来一万三千里。写得家书空满纸,流清泪,书回已是明年事。　　寄语红桥桥下水[2],扁舟何日寻兄弟?行遍天涯真老矣[3]。愁无寐,鬓丝几缕茶烟里[4]。

注释

[1]仲高:陆升之,字仲高,山阴(今浙江绍兴)人,陆游堂兄。
[2]红桥:在山阴县西七里迎恩门外。陆游《初夏怀故山》诗有"镜湖四月正清和,白塔红桥小艇过"之句。
[3]行遍句:陆游调离汉中后,经三泉、益昌、剑门、连、绵州、罗江、广汉等地至成都,又辗转往来于蜀州、嘉州、荣州等地,四十九岁入蜀,五十四岁离蜀东归,年齿老大,故云。
[4]鬓丝句:杜牧《题禅院》诗:"觥船一棹百分空,十岁青春不负公。今日鬓丝禅榻畔,茶烟轻飏落花风。"此处化用其意。

【今译】

　　我向着东方极目遥望，
　　故乡山阴又在哪里？
　　往来的道路，
　　竟有一万三千里。
　　空自写成密密麻麻的家书，
　　思乡清泪落满衣襟，
　　要等到明年，
　　才会得着你的回信。

　　几时能够驾一叶扁舟，
　　顺着流水去到红桥，
　　把我的兄弟寻找？
　　可叹我走遍天涯，
　　年纪白白老大。
　　我心中忧愁，长夜难寐，
　　在闲散无聊的生活里，
　　鬓发渐渐白如丝缕。

定风波·进贤道上见梅赠王伯寿[①]

陆　游

【题解】

　　淳熙五年（公元1178年）至六年（公元1179年），陆游在福建、江西等地任职，由于得不到真正的报国机会，他对于投闲置散的命运、繁琐无聊的公务，时常感到厌倦，在赴抚州（今江西临川）治所途中，曾上章朝廷请求放他回乡。这首词写于江西进贤（宋时县名，今属江西南昌）道上。上片即景抒情，以梅花的富有情韵，反衬自己"衰病逢春都不记"的老大慵倦之悲，写得极其婉转。下片隐约表明自己进不能立身廊庙有定策之功，退不能归隐山林安赏风花雪月的尴尬处境，"少壮相从今雪鬓，因甚，流年羁恨两相催"等句，字字含着血泪，表面上又似乎说得很平静。于平易中见沉郁,正是此词的特点。

【原词】
　　欹帽垂鞭送客回,小桥流水一枝梅。衰病逢春都不记,谁谓,幽香却解逐人来。　安得身闲频置酒,携手,与君看到十分开。少壮相从今雪鬓,因甚,流年羁恨两相催。

【注释】
　　①王伯寿:作者友人,生平不详。

【今译】
　　我送走客人信步归来,
　　垂着马鞭,帽子歪戴。
　　小桥流水边,
　　一枝梅花已开。
　　衰病的我
　　竟然把春天都忘怀,
　　谁知多情梅花,
　　却把幽香阵阵送来。

　　此身何时能得安闲,
　　我将频频置办美酒,和你携手,
　　直看到梅花怒放盛开。
　　年轻时我们就在一起,
　　如今双鬓都已雪白,
　　这是因为什么?
　　匆匆流光和羁旅愁怀,
　　一同催人老迈。

水龙吟·春恨

陈 亮

【作者简介】

陈亮(公元1143—1194年),字同甫,人称龙川先生,婺州永康(今属浙江)人。《宋史》本传称其:"为人才气超迈,喜谈兵,议论风生,下笔数千言立就。"他力主抗金,多次上书孝宗,反对和议,倡言恢复,在学术上亦多有新见,但终生未任官职,反而两次被诬下狱。绍熙四年(公元1193年)策进士第一,授建康军节度判官厅公事,未到任而卒。存词七十四首,"不作一妖语,媚语"(毛晋《龙川词跋》)。相传他每作词则云:"平生经济之怀,略已陈矣。"刘熙载《艺概》说他"与稼轩为友,其人才相若,词亦相似。"但陈亮词的艺术成就与辛弃疾不可同日而语,许多词气势有余而含蕴不足,艺术上较生硬粗糙。有《龙川词》传世。

【题解】

这首词别本题作"春恨"。刘熙载《艺概》说:"同甫《水龙吟》云:'恨芳菲世界,游人未赏,都付与莺和燕。'言近旨远,直有宗(泽)留守大呼渡河之意。"他认为本词不是一般伤春怨别的作品,而有政治托意,是有道理的。词中所说"芳菲世界"指北方锦绣河山,莺燕则借喻金人,字里行间暗含对南宋小朝廷的谴责,而词中凭高伤别念远则寄寓了故国之思。姜夔《八归》词中"最可惜、一片江山,总付与啼鴂"等句抒写家国之恨,显然受到本词启发。陈亮词多慷慨激烈、粗豪劲直,此篇却沉郁悲凉、婉曲多致。

【原词】

闹花深处层楼①,画帘半卷东风软。春归翠陌,平莎茸嫩,垂杨金浅。迟日催花②,淡云阁雨,轻寒轻暖。恨芳菲世界,游人未赏,都付与,莺和燕。　　寂寞凭高念远,向南楼一声归雁。金钗斗草③,青丝勒马④,风流云散。罗绶分香⑤,翠绡封泪,几多幽怨?正消魂又是,疏烟淡月,子规声断。

注释

①闹花:繁花,盛开的花。"层楼",原本作"楼台",据别本改。
②迟日:长日。《诗·豳风·七月》:"春日迟迟,采蘩祁祁。"
③斗草:一种游戏,见万俟咏《三台》注。
④青丝勒马:用青丝绳做马络头。古乐府《陌上桑》:"青丝系马尾,黄金络马头。"
⑤罗绶(shòu)分香:指离别。秦观《满庭芳》词:"消魂,当此际,香囊暗解,罗带轻分。"罗绶,罗带。

【今译】

高楼掩隐在繁花深处,
东风和煦,画帘半卷,
春色染绿道路,
平野嫩草无边,
垂杨泛浅黄一片。
迟迟春日催促花开,
淡淡云彩留住雨水。
春光多么明丽,
宜人天气轻寒轻暖。
我只恨芳菲世界,
游人并不能好好赏鉴,
却都付与流莺飞燕。

寂寞的我凭栏念远,
听南楼鸣一声归雁。
想从前,拔下金钗斗草,
骑着马尽情游冶,
谁知道不多时
竟然会风流云散。
赠香罗带权作纪念,

翠色丝巾还沾满别时泪水,
多少幽恨留在心田。
正自黯然伤神,
又只见淡月疏烟,
子规声声啼怨。

忆秦娥

范成大

【作者简介】

范成大(公元1126—1193年),字致能,号石湖居士,吴郡(今江苏苏州)人。绍兴二十四年(公元1154年)进士。曾出使金国,不辱使命而归。历任中书舍人、四川制置使、参知政事等职。晚年隐居苏州石湖。诗与陆游、尤袤、杨万里齐名,号称南宋四大家。许多诗歌表现爱国思想,如使金时作七绝七十四首,晚年作田园组诗《四时田园杂兴》六十首,内容深刻,风格清新,享誉很高。词今存近百首,多婉丽之作,少数篇章或清旷、或豪宕,艺术成就远不如诗。有《石湖词》一卷。

【题解】

《忆秦娥》,词调名,词的内容写秦娥的思忆,调即是词。黄升《唐宋诸贤绝妙词选》卷一《巫山一段云》注:"唐词多缘题所赋,《临江仙》则言仙事,《女冠子》则述道情,《河渎神》则咏祠庙,大概不失本题之意。尔后渐变,去题远矣。"始见于相传为李白之词。又名《秦楼月》、《蓬莱阁》、《玉交枝》、《双荷叶》等。

范成大集中有五首《秦楼月》(即《忆秦娥》)抒写闺怨,似为组词,此篇为第四首,也是最精彩的一首。词中无一语直接写情,极委婉含蓄,上片描绘楼外月夜春景,清幽雅静,意境极美,由此可以想见楼中人物的美丽与寂寞。过片由远而近,将镜头移至闺房,照见灯烛结花、罗帏暗淡的景象。灯花结预示着有喜讯,接下来便写出女主人公梦中行到江南,又没有描述具体梦境,而以"江南天阔"作结,迷离惝恍,引人遐想。

【原词】

　　楼阴缺,阑干影卧东厢月。东厢月,一天风露,杏花如雪。　隔烟催漏金虬咽①,罗帏暗淡灯花结。灯花结,片时春梦,江南天阔②。

注释

①金虬(qiú):铜龙,铜制的龙头,装在漏壶上计时用。李商隐《深宫》诗,"金殿销香闭绮笼,玉壶传点咽铜龙。"
②片时二句:岑参《春梦》诗:"枕上片时春梦中,行尽江南数千里。"此用其意。

【今译】

　　浓密的树阴,
　　露出高楼半边,
　　明月照在东厢,
　　栏杆疏影静卧地面。
　　明月照在东厢,
　　满天清风夜露,
　　杏花映着皎洁月光,
　　如白雪盖遍芳树。

　　远处烟雾茫茫,
　　只听见夜漏呜咽,
　　一声声催促时光。
　　灯烛结成花芯,
　　罗帐更觉幽暗。
　　灯烛结成花芯,
　　片时春梦行到江南,
　　江天空阔浩瀚。

眼儿媚

萍乡道中乍晴,卧舆中困甚,小憩柳塘。

范成大

【题解】

《眼儿媚》,词调名,始见于北宋阮阅词。又名《秋波媚》。

乾道九年(公元1173年)春,作者调任广西经略安抚使,过江西萍乡,时雨初晴,乘车倦乏,于柳塘边小憩,作此词记其事。本篇选取寻常生活中一个小小的场景,描写了春日融融,花气袭人,使作者如饮醇酒慵倦欲醉的情状。词中把由春天引起的那种软绵绵的情思,那种困乏无力而恬美宁静,又带一丝淡淡清愁、时而凝聚、时而飘忽、不可言说的微妙感受,借眼前和风中轻泛涟漪的春水来形容,十分自然熨贴。沈际飞评曰:"字字软温,着其气息即醉"(《草堂诗余别集》),可算领悟了其中三昧。

【原词】

酣酣日脚紫烟浮①,妍暖破轻裘。困人天色,醉人花气,午梦扶头②。 春慵恰似春塘水,一片縠纹愁③。溶溶曳曳④,东风无力⑤,欲皱还休⑥。

注释

①酣酣:艳盛貌。宋之问《寒食题黄梅临江驿》:"遥思故园陌,桃李正酣酣。"
②扶头:扶头酒的省称,指易醉之酒。白居易《早饮湖州酒寄崔使君》诗:"一榼扶头酒,泓澄泻玉壶。"此处指醉态。
③縠纹:见宋祁《玉楼春》注。
④溶溶曳曳:荡漾貌。
⑤东风无力:李商隐《无题》诗:"东风无力百花残。"
⑥皱,原本作"避",据别本改。

【今译】

云间透下明艳的日光,

映升腾水气,
如缕缕紫烟浮游天际。
春阳和煦,
躯体浸透暖意。
正是困人天气,
花香阵阵醉我心脾,
昏沉沉进入梦里。

这慵倦的春思,
带一丝淡淡愁意,
宛若池塘碧水,
泛着细细涟漪。
微波轻轻摇漾,
东风柔弱无力,
春水时而皱起,
时而平展静谧。

醉落魄

范成大

【题解】

《醉落魄》,词调名,始见于张先词。

细玩词意,本篇大约是范成大隐居石湖时所写。词中描绘了夏夜寂静幽美的景色,以及作者在树底乘凉、月下吹笙的闲雅的生活情趣,意境清绝,表现了作者孤芳自赏的幽独心情。"花影吹笙,满地淡黄月"句,可同陈与义《临江仙》:"杏花疏影里,吹笛到天明"句比美。

【原词】

栖鸟飞绝,绛河绿雾星明灭①。烧香曳簟眠清樾②。花影吹笙,满地淡黄月。 好风碎竹声如雪,昭华三弄临风咽③。鬓丝撩乱纶巾折④。凉满北窗⑤,休共软红说⑥。

【注释】

①绛河:天河,见柳永《戚氏》注。
②簟(diàn):竹席。樾(yuè),交相荫蔽的树木。
③好风二句:宋翔凤《乐府余论》:"'好风碎竹声如雪'写笙声也。'昭华三弄临风咽',吹已止也。"竹,指笙管。昭华,古乐器名。《晋书·律历志》:"舜时西王母献昭华之琯(管),以玉为之。"弄,吹奏。
④纶(guān)巾:见苏轼《念奴娇》注。
⑤北窗:陶潜《与子俨等疏》:"常言五六月中,北窗下卧,遇凉、"风暂至,自谓是羲皇上人。"指闲适的隐士生活。袁去华《六州歌头·渊明祠》:"北窗下,羲皇上,古人期。"此处暗用陶潜句意。
⑥软红:即红尘,尘土,指那些热衷于尘世功名利禄的人。

【今译】

栖鸟都已飞归林间,
天河绿雾缭绕,
星星闪烁,忽暗忽现。
点起馨香,铺好竹席,
睡在浓密树阴下
多么清幽闲逸。
在扶疏的花影中吹笙,
月色淡黄,洒满大地。

好风徐来,竹管声清亮如雪,
玉笙再三吹奏,
迎着晚风乐音渐歇。
我的白发散乱,
乌丝头巾摺叠。
北窗下满是清凉,
这一番幽雅情味,
不要去对那些凡夫俗子谈讲,
他们可不能够领会。

霜天晓角·梅

范成大

【题解】

《霜天晓角》,词调名,始见于北宋林逋词。又名《月当窗》。

此词别本题作〔梅〕。上片以疏淡的笔墨描绘春日黄昏的景色,"脉脉"二字修饰梅花,赋予她生命和感情,描其神韵,同时表现作者的爱赏之意,"数枝雪"三字状疏梅的形、色,与淡天闲云相映衬,组成一幅清绝、胜绝的图画。过片承上赞叹美景,抒写当此良辰美景奈何天,作者满怀情愫无谁告语的忧愁。末二句借飞鸿诉说孤寂和月夜凭高念远之情。整首词风调十分清婉含蓄。

【原词】

晚晴风歇,一夜春威折。脉脉花疏天淡,云来去,数枝雪。 胜绝,愁亦绝,此情谁共说。惟有两行低雁,知人倚、画楼月。

【今译】

一夜春寒凛冽,
如今已失去威力,
傍晚时天晴风歇。
疏花脉脉含情,
天色清淡,
浮游着几片闲云。
数枝幽梅开放,
如白雪朵朵点缀平林。

这胜景美到极点,
我心中也愁到极限,
空对着良辰美景,

向谁去诉说
我这一怀柔情。
只有两行低飞的鸿雁,
知道我独倚画楼,
在静静的月夜里把你思念。

好事近·送春

蔡幼学

【作者简介】

蔡幼学(公元1154—1217年),字行之,瑞安(今属浙江)人。乾道八年(公元1172年)进士,试礼部第一。历官宝谟阁直学士、提举万寿宫,进权兵部尚书兼太子詹事。《全宋词》录其词一首。

【题解】

本词用平易的语言抒写惜春情怀,"一篇之中,三致意焉"。内容无甚新鲜,艺术上也不见出色。

【原词】

日日惜春残,春去更无明日。拟把醉同春住,又醒来岑寂。 明年不怕不逢春,娇春怕无力。待向灯前休睡,与留连今夕。

【今译】

日日惋惜春光已晚,
送春归去,就再没有美好的明天。
我想在醉梦中与春天同在,
又怕明朝醒来,她已悄悄去远,
只剩下岑寂一片。

明年春天还会来到,
但娇柔的她,

却依旧要被东风吹跑。
我将守在灯前终夜不眠,
留连这最后的春宵。

贺新郎·别茂嘉十二弟①

辛弃疾

【作者简介】

辛弃疾(公元1140—1207年),字幼安,号稼轩。济南历城(今属山东)人。二十一岁时曾聚众二千参加耿京的抗金起义军,二十三岁时决策南向,归于南宋朝廷。二十四岁被任命江阴(今属江苏)签判,此后又通判建康(今南京)、知滁州(今属安徽)。其间他曾上《美芹十论》于朝,献《九议》给宰相虞允文,力主抗金,并提出一整套计划,均未得到反响。叶衡为相,力荐辛弃疾慷慨有大略,历任江西提点刑狱、湖北转运使、治潭州(今湖南长沙)兼湖南安抚使、知隆兴府(今江西南昌)兼江西安抚使。政绩卓著,并不断为抗金复土大业作准备,后为当权者所忌,自四十三岁起落职闲居信州上饶(今江西上饶市)达十八年之久。晚年又被起用,先后知绍兴府兼浙东安抚使、赍志以殁。
辛弃疾支持宰相韩侂胄北伐,但反对轻敌冒进,终于不被信任,再度被罢,赍志以殁。
辛弃疾是一位民族英雄、是伟大的爱国诗人,具出将入相的雄才大略而一生未得重用,便将满腔忠愤寄之于词,词中反映出当时尖锐的民族矛盾和统治阶级的内部矛盾,表现了他奋厉直前、坚决抗敌的雄心,以及壮志难酬的愤激不平之情,名作极多。另有许多描绘农村风光和农村生活的清新隽永的词章,也有不少优美动人的爱情词。辛弃疾存词六百二十九首,列两宋词人之首,内容博大丰厚,题材广泛、风格多样。刘克庄赞曰:"公所作大声镗鞳、小声铿鍧,横绝六合,扫空万古,自有苍生以来所无。其秾纤绵密者,亦不在小晏(晏几道)、秦郎(秦观)之下"(《辛稼轩集序》),全面地概括了辛词多方面的成就。他的词或豪壮、或苍凉、或清丽、或妩媚、或隽逸、或沉郁,各种风格均有杰作。无论是题材内容的广阔,还是艺术造诣的高度,创作个性的鲜明,他都超越前人,而成为词史上最伟大的作家。有《稼轩长短句》十二卷。

【题解】

邓广铭《稼轩词编年笺注》将此词列为"瓢泉之什"(作年当为公元1194—1202年)。刘过有《沁园春》词题为〔送辛幼安弟赴桂林官〕,一方面称赞辛茂嘉"入幕南来,筹边如北,翻覆手高来去棋",同时为他感叹:"何为者,望桂林西去,一骑星驰"、辛弃疾在一首《永遇乐》中曾称道茂嘉同自己一样"烈日秋霜,忠肝义胆,千载家谱"。说明茂嘉南归本为北伐抗金,非但未得重用,又被贬到离前沿更远的广西,这使辛弃疾不仅失去一个兄弟,也失去一起戮力从事复土大业的同志,他的远离,表明抗金志士备受朝廷排挤、打击的不幸命运,这是最令作者痛心的事。辛弃疾在《蝶恋花》〔送祐之弟〕一词中曾说:"不是离愁难整顿,被他引惹其他恨",正可作为此词的注脚,它不是一首寻常的送别词。本篇不以叙当时情事为主,而借咏古发挥,列举历史上英雄美人辞家去国,铸成千古莫赎的恨事来抒写离恨,代茂嘉、也为自己发出英雄壮志难酬的极度感怆。前人多说此词类《恨赋》或《拟恨赋》,近人刘永济认为本之于唐人"赋得"诗而加以变化。全词一气奔注,章法独特,突破了上下阕的界限,浑然一片。陈廷焯赞此词:"沉郁苍凉,跳跃动荡,古今无此笔力"(《白雨斋词话》)。

【原词】

绿树听鹈鴂②,更那堪、鹧鸪声住③,杜鹃声切④。啼到春归无寻处⑤,苦恨芳菲都歇。算未抵人间离别:马上琵琶关塞黑⑥,更长门、翠辇辞金阙⑦,看燕燕,送归妾⑧。　将军百战声名裂⑨,向河梁、回头万里,故人长绝⑩。易水萧萧西风冷,满座衣冠似雪。正壮士、悲歌未彻⑪。啼鸟还知如许恨,料不啼清泪长啼血,谁共我,醉明月?

注释

①茂嘉:辛弃疾族弟,时因事贬官桂林(今广西桂林)。
②鹈(tí)鴂(jué):鸟名,鸣于暮春。见蔡伸《柳梢青》注。
③鹧鸪:鸟名,鸣声凄切,如曰"行不得也哥哥"。

④杜鹃：鸟名，相传为古蜀帝杜宇所化，鸣声哀切，如言："不如归去"。
⑤无寻处：原本作"无啼处"，据别本改。
⑥马上句：用王昭君出塞事。昭君名嫱，汉元帝宫女，后以赐匈奴呼韩邪单于为阏氏（王后）。石崇《王明君辞序》："昔公主嫁乌孙，令琵琶马上作乐，以慰其道路之思，其送明君亦必尔也。"
⑦更长门句：用陈皇后失宠事。司马相如《长门赋序》："孝武皇帝陈皇后，时得幸，颇妒。别在长门宫，愁闷悲思。……。"
⑧看燕燕二句：《诗·邶风·燕燕》："燕燕于飞，差池其羽。之子于归，远送于野。瞻望弗及，泣涕如雨。"毛传："燕燕，卫庄姜送归妾也。"春秋时卫庄公妻庄姜，美而无子，庄公妾戴妫生子完，庄公死，完继立为君。州吁作乱，完被杀，戴妫离卫归陈，庄姜为其送别，作此诗。
⑨将军句：李陵，汉武帝时的名将。司马迁《报任安书》载其"提步卒不满五千"，与匈奴"单于连战十有余日，所杀过当，虏救死扶伤不给。旃裘之君长咸震怖，乃悉征其左右贤王，举引弓之民，一国共攻而围之。转斗千里，矢尽道穷，救兵不至，士卒死伤如积"，最后降敌，毁坏了声名。
⑩向河梁二句：用李陵别苏武事。河梁：桥；故人：指苏武。相传为李陵《别苏武诗》："携手上河梁，游子暮何之？"
⑪易水三句：《史记·刺客列传》载燕太子丹使荆轲出使秦国，"太子及宾客知其事者，皆白衣冠送之。至易水之上，既祖（饯行），取道。高渐离击筑，荆轲和而歌，为变徵之声。士皆垂泪涕泣。又前而歌曰：'风萧萧兮易水寒，壮士一去兮不复还！'复为羽声慷慨。士皆瞋目，发尽上指冠。于是荆轲就车而去，终已不顾。"

【今译】
　　鹧鸪在绿树间悲啼，
　　令人心情哀切。
　　更那堪鹧鸪鸣声刚停，
　　又听得杜鹃声声凄咽。
　　啼到春归无处寻觅，
　　苦恨百花都已凋谢。
　　但这种种悲愁，
　　全比不上人间离别：
　　昭君在马上弹着琵琶，
　　边关日暮，一片昏黑，

她远离了汉家宫阙。
陈皇后乘着翠羽装饰的车子,
独自幽居长门,
从此和君王恩情断绝。
庄姜写下《燕燕》诗篇。
忧伤地送走归妾。

李陵将军身经百战,
投降异域声名败裂,
回望故国遥隔万里,
在河桥同苏武告别,
永远音信阻绝。
易水萧萧西风凛冽,
满座宾客为荆轲饯行,
白衣白帽皎洁如雪,
一曲悲歌还没唱完,
壮士毅然登车诀别。
啼鸟也知道人间种种离恨,
想来不啼清泪而声声泣血。
从今后有谁伴同我,
举起酒杯共对明月?

念奴娇·书东流村壁

辛弃疾

【题解】

邓广铭《稼轩词编年笺注》说此词当作于淳熙五年(公元1178年)自江西帅召为大理少卿,清明前后途经池州(今属安徽)东流县某村时作。这首词描写作者经行旧地,回忆当初的一段爱情生活,如今人去楼空,徒增惆怅、悲恨,因而感慨万端。上片点明时间、借东风清冷述旅况凄清,"曲岸"几句回首往事,以下翻用苏轼《永遇乐》句子而别出新意。过片三句表明对方身份为青楼女子,并借行人之目写出那女子的娇美,以及作者寻觅不见的怅惘。"旧恨"二语"矫首高歌,淋漓悲壮"(陈廷焯《白雨斋词话》),已不限于离愁别绪的抒发,而自然地融入身世之慨、家国之恨,并将之化作春江流水,云山千叠具体可感的形象。"料得"以下设想纵然日后重见,对方已属他人,如镜花水月可望而不可即。煞拍以问句结,感慨淋漓,耐人寻味。此词内涵丰富,清壮悲凉,自然动人。

【原词】

野棠花落①,又匆匆过了清明时节。刬地东风欺客梦②,一枕云屏寒怯。曲岸持觞,垂杨系马,此地曾轻别③。楼空人去,旧游飞燕能说④。 闻道绮陌东头⑤,行人曾见,帘底纤纤月⑥。旧恨春江流不尽⑦,新恨云山千叠。料得明朝,尊前重见,镜里花难折⑧。也应惊问:近来多少华发?

【注释】

①野棠句:沈约《早发定山》诗:"野棠开未落,山英发欲然。"野棠,原本作"野塘",据别本改。

②刬(chǎn)地:只是、无端。

③曾轻别:原本作"曾经别",据别本改。

④楼空二句:苏轼《永遇乐》词:"燕子楼空,佳人何在?空锁楼中燕。"此处化用其意。

⑤绮陌:原指纵横交错的道路,宋人用以指花街柳巷。柳永《戚氏》词:"绮陌红楼,往往经岁迁延。"

⑥行人二句:苏轼《江城子》词:"门外行人,立马看弓弯。"龙沐勋《东坡乐府笺》:"弓弯,谓美人足也。"纤纤月,即指足。刘过《沁园春》〔咏美人足〕结句:"知何似,似一钩新月,浅碧笼云。"可证。

⑦旧恨句:李煜《虞美人》词:"问君能有几多愁?恰似一江春水向东流。"此用其意。

⑧镜里花:《圆觉经》:"用此思维,辨于佛镜,犹如空华,复结空果。"

【今译】

野海棠花纷纷飘落,

又匆匆过了清明时节。
东风偏偏欺凌行客,
无端地把我的短梦惊觉,
冷气侵袭孤枕云屏,
身上只觉得阵阵寒怯。
在那弯曲的河岸边,
我和她曾一同饮宴,
垂杨下把马儿拴系,
我们尽情游历,
又在此地轻易别离。
如今楼空人去,一片落寞,
旧时飞燕依然栖息,
它们能够叙述往日欢乐。

听说在繁华街道的东面,
行人曾经看到过
她帘底秀足如新月纤纤,
可我又能去何处寻见?
旧恨如春江东流,
无尽无休,
新恨像云山千叠,
绵延不绝。
假如有一天,
我又和她在酒宴上重见,
她也像镜里的空花,
再不能采摘。
她会惊讶地问我,
头发为什么变得这样花白?

汉宫春·立春

辛弃疾

【题解】

有人据本词中"年时燕子"之句,断定它是辛弃疾南归之初所作,但从本篇骨子里所隐藏的那种极度沉重凄伤的情感来看,更像是他政治上屡遭挫折、饱历桑沧之后的作品,而不像血气方刚的青年时代所写。辛词常常在表面抒发的情思外,内里又还暗含着一种境界、一种底蕴,与表面的情思相映衬,给人一种深美闳约的双重印象,这首立春记录感怀的词章就很有代表性。词中表面上对时序更迭、流光易逝发出感慨,甚至戏谑地哂笑东风,而实际上,那些话字字含泪,内在的感情凄楚沉咽。词中所说的"清愁不断",不是春花秋月的闲愁,而是英雄报国无门的深哀巨痛。"问何人"句是对乞和苟安的小朝廷的质问,末几句抒发作者触景伤情的极度悲哀。这首词把极其丰富复杂的爱国、忧国之情,借要眇委婉的方式表达出来,感人至深。章法上起承转合自然圆转。

【原词】

春已归来,看美人头上,袅袅春幡①。无端风雨,未肯收尽余寒。年时燕子,料今宵梦到西园②。浑未办、黄柑荐酒,更传青韭堆盘③。

却笑东风,从此便熏梅染柳,更没些闲。闲时又来镜里,转变朱颜。清愁不断,问何人会解连环④。生怕见花开花落,朝来塞雁先还。

注释

①春幡(fān):《苕溪渔隐丛话》云:"《荆楚岁时记》云:'立春日悉剪彩为燕子以戴之。'故欧阳永叔诗云:'不惊树里禽初变,共喜钗头燕已来。'郑毅夫云:'汉殿斗簪双彩燕,并知春色上钗头。'皆立春日帖子诗也。"

②西园:汉上林苑的别称,此处借指京都园林。

③黄柑二句:《遵生八笺》:"立春日作五辛盘,以黄柑酿酒,谓之洞庭春色。"故苏诗云:'辛盘得青韭,腊酒是黄柑。'"

④解连环:见周邦彦《解连环》注。

【今译】

春天归来了,
你看美人头上摇曳着春幡,
无情风雨,
却不肯收拾起残留的轻寒。

去年的燕子,
想今宵梦里会飞到京都故园,
我没有心情置办黄柑新酒,
更不曾准备青韭春盘。

暗笑东风从此将忙着熏梅染柳,
再没有一些儿空闲,
好容易有点空闲,就跑来
改变镜中人青春的容颜。
我心中忧愁绵绵不断,
请问有谁能解开连环?
我生怕看花开花又落,
早晨,见塞雁先自飞还。

贺新郎·赋琵琶

辛弃疾

【题解】

本篇与另一首《贺新郎》〔别茂嘉十二弟〕章法结构和表现手法颇相类似。本篇网罗历史上一系列有关琵琶的故事,借以抒发家国盛衰兴亡之恨和个人身世不偶之慨。开头以杨贵妃弹奏名贵琵琶来表现大唐盛世的风光,依次写到"霓裳曲罢"、国势衰微的情形,又借白居易浔阳江头送客听琵琶曲,自抒天涯飘零的感触。以下用昭君故事,比喻徽、钦二帝离乡去国之悲。过片又借思妇弹奏琵琶传达对辽阳征人的怀念,抒发作者对北国中原的思情。末几句写出盛世一去不复的无限感伤,余音袅袅,不绝如缕。陈霆说:"此篇用事最多,然圆转流丽,不为事所使的是妙手"(《渚山堂词话》)。作者的精忠之怀,借凄婉要眇之手法曲折表达,运密入疏,化实作虚。沉绵深挚,字字呜咽。

【原词】

凤尾龙香拨①,自开元霓裳曲罢②,几番风月。最苦浔阳江头客③,

画舸亭亭待发④。记出塞、黄云堆雪。马上离愁三万里,望昭阳、宫殿孤鸿没⑤,弦解语,恨难说。　辽阳驿使音尘绝⑥,琐窗寒、轻拢慢捻⑦,泪珠盈睫。推手含情还却手⑧,一抹《梁州》哀彻⑨。千古事、云飞烟灭。贺老定场无消息⑩,想沉香亭北繁华歇⑪,弹到此,为呜咽。

注释

①凤尾句:《明皇杂录》载杨贵妃琵琶,以龙香柏为拨,以逻逤檀为槽,有金缕红纹,蹙成双凤。郑嵎《津阳门》诗:"玉奴琵琶龙香拨。"苏轼《听琵琶》诗:"数弦已品龙香拨,半面犹遮凤尾槽。"

②自开元句:开元,唐玄宗年号(公元713—741年),为唐代鼎盛时期。杜甫《忆昔》诗:"忆昔开元全盛日,小邑犹藏万家室。"霓裳曲罢,指天宝末安史乱起,国运从此衰颓。白居易《长恨歌》:"渔阳鼙鼓动地来,惊破霓裳羽衣曲。"白居易《法曲》诗注:"霓裳羽衣曲,起于开元,盛于天宝",为盛唐最流行的大曲。

③最苦句:白居易《琵琶行》序云:"元和十年(公元815年),予左迁九江郡司马。明年秋,送客湓浦口,闻船中有夜弹琵琶者。听其音,铮铮然有京都声。……予出官二年,恬然自安,……是夕始觉有迁谪意。"

④画舸句:郑文宝《柳枝词》"亭亭画舸系春潭。"

⑤记出塞三句:用王昭君琵琶出塞故事,见辛弃疾《贺新郎》〔别茂嘉十二弟〕注。欧阳修《明妃曲》:"不识黄云出塞路,岂知此声能断肠。"《三辅黄图》卷二:"未央宫有增城、昭阳殿。"

⑥辽阳句:沈佺期《独不见》诗:"九月寒砧催木叶,十年征戍忆辽阳。"此处泛指北国中原。

⑦轻拢慢捻:琵琶的指法,白居易《琵琶行》:"低眉信手续续弹,说尽心中无限事。轻拢慢捻抹复挑,初为霓裳后六么。"

⑧推手句:《释名》:"琵琶本于胡中马上所鼓也。推手前曰琵,引手却曰琶,故以为名。"欧阳修《明妃曲》:"推手为琵却为琶,胡人共听亦咨嗟。"

⑨梁州:唐时曲调名,亦作《凉州》,王灼《碧鸡漫志》卷三云:"《唐史》及传载称:'天宝乐曲,皆以边地为名,若凉州、伊州、甘州之类。'又引《脞说》云:"《西凉州》本在正宫,贞元初,康昆仑翻入琵琶玉宸宫调……即黄钟也。"元稹《连昌宫词》:"逡巡大遍梁州彻,色色龟兹轰陆续。"

⑩贺老句:元稹《连昌宫词》:"夜半月高弦索鸣,贺老琵琶定场屋。"贺老,唐贺怀智,开元、天宝之善弹琵琶者。定场:犹言"压场"、压轴。

⑪沉香亭:唐长安兴庆宫图龙池东有沉香亭。《松窗杂录》载唐玄宗与杨贵妃于沉香亭观赏牡丹,"命李龟年持金花笺宣赐翰林学士李白,进《清平调》三

章",其三云:"解释春风无限恨,沉香亭北倚阑干。"

【今译】
　　杨妃的琵琶多么名贵精美,
　　龙香柏制成弦拨,
　　檀木槽板刻着金色凤尾。
　　开元间盛行霓裳羽衣曲,
　　美妙的音乐一旦消歇,
　　从那时又过了几多岁月!
　　最苦是浔阳江头的诗客,
　　亭亭画船就要出发,
　　忽听水上传来幽咽的琵琶。
　　记得昭君出塞,
　　边关上黄云沉沉堆叠如雪。
　　离乡去国三万里,
　　马上琵琶诉哀怨不绝。
　　回望昭阳宫殿,
　　只见天边孤鸿飞远。
　　弦索纵然解人心情,
　　千古幽恨也难说尽。

　　征人一去辽阳多少年,
　　驿使从不曾带来书信,
　　雕花的窗扉寂寞冷清。
　　闺中人怀抱琵琶,
　　慢慢地揉弦轻轻地捻,
　　睫毛上凝结着盈盈的泪花。
　　她含情脉脉,
　　一会儿推手,
　　一会儿却手,
　　奏一曲悲凉激越的《梁州》。
　　古往今来所有的事,

云飞烟灭,不留踪迹。
贺老的压场绝艺再没有消息,
沉香亭北斜倚栏杆,
那繁华盛世也已成为过去,
弹到此地,
不由人伤心哭泣。

水龙吟·登建康赏心亭①

辛弃疾

【题解】

此词作于淳熙元年(公元1174年),作者时在建康任江东安抚司参议官。辛弃疾满怀报国热情起义南归,志在澄清中原,但在以投降为国策的政治局势下,他满腹经纶无处施展,长期沉沦下僚浪掷华年,这使他感到极其压抑、愤懑,便借登临之际,把一腔郁闷宣泄出来。上片写景,高远开阔,景中寓情。"落日"六句意境悲凉,形象地表现了英雄无用武之地的苦闷。下片连用张翰、许汜、桓温三个典故,迂回曲折地诉说了他既不愿归隐江湖、更不屑求田问舍替个人经营,同时又为国势飘摇,自己不能及时建功立业,却白白地虚度大好光阴痛心疾首的复杂感情,末几句抒发时无知己之慨,与上片"无人会、登临意"遥相呼应,章法严谨。本词将英雄失路之感尽情写出,如闻垓下悲歌。谭献说此词"裂竹之声,何尝不潜气内转"(《谭评词辨》),它既有碧海掣鲸的伟力,又有悱恻深婉的感情,思想内容丰富,艺术手法精美,不愧是传世名作。

【原词】

楚天千里清秋,水随天去秋无际。遥岑远目②,献愁供恨,玉簪螺髻③。落日楼头,断鸿声里,江南游子,把吴钩看了④,阑干拍遍⑤,无人会、登临意。 休说鲈鱼堪脍,尽西风、季鹰归未⑥?求田问舍,怕应羞见,刘郎才气⑦。可惜流年,忧愁风雨⑧,树犹如此⑨。倩何人唤取,红巾翠袖⑩,揾英雄泪⑪。

注释

①一般人认为此词系辛弃疾于乾道间（公元1168—1170年）建康通判任上作，邓广铭《稼轩词编年笺注》认为从词意看，非初官建康所写，而系年淳熙元年（公元1174年），所见极是。赏心亭，《景定建康志》卷二十二："赏心亭在下水门之城上，下临秦淮，尽观览之胜。丁晋公谓建。"

②遥岑句：韩愈《城南联句》："遥岑出寸碧，远目增双明。"此用其语。

③玉簪螺髻：韩愈《送桂州严大夫》诗："江作青罗带，山如碧玉簪。"皮日休《缥缈峰》诗："似将青螺髻，撒在明月中。"又周邦彦《西河》词："山围故国，绕青江，髻鬟对起"。此用其意。

④吴钩：一种弯形的刀。《吴越春秋·阖闾内传》："阖闾命于国中作金钩，令曰：'能为善钩者赏之百金。'有人杀其二子，以血衅金，成二钩，献于阖闾。"因称吴钩。杜甫《后出塞》诗："少年别有赠，含笑看吴钩。"李贺《南园》诗："男儿何不带吴钩，收取关山五十州。"

⑤阑干句：王辟之《渑水燕谈录》卷四："刘孟节先生概，青州寿光人。……少时多居龙兴僧舍之西轩，往往凭阑静立，怀想世事，吁嘘独语，或以手拍阑干。尝有诗曰：'读书误我四十年，几回醉把阑干拍。'"此用其意。

⑥休说二句：《晋书·张翰传》："翰（字季鹰）因见秋风起，乃思吴中菰菜、莼羹、鲈鱼脍，曰：'人生贵得适志，何能羁宦数千里以要名爵乎？'遂命驾而归。此处翻用其意，表示虽然思念故乡，但一则有家难归，一则不愿隐居无为。

⑦求田三句：《三国志·魏志·陈登传》："许汜与刘备并在荆州牧刘表坐，表与备共论天下人，汜曰：'陈元龙湖海之士，豪气不除。'……备问汜：'君言豪，宁有事耶？'汜曰：'昔遭乱过下邳，见元龙。元龙无客主之意，久不相与语，自上大床卧，使客卧下床。'备曰：'君有国士之名，今天下大乱，帝主失所，望君忧国忘家，有救世之意，而君求田问舍，言无可采，是元龙所讳，何缘当与君语？如小人，欲卧百尺楼上，卧君于地，何但上下床之间耶？'"求田问舍，置地买房。刘郎，指刘备。

⑧可惜句：苏轼《满庭芳》词："百年里，浑教是醉，三万六千场。思量，能几许，忧愁风雨，一半相妨。"此处化用其意。

⑨树犹如此：刘义庆《世说新语·言语》："桓公（桓温）北伐，经金城，见前为琅琊时种柳皆已十围，慨然曰：'木犹如此，人何以堪！'攀枝折条，泫然流泪。"庾信《枯树赋》引桓温语作"树犹如此，人何以堪！"

⑩红巾翠袖：指歌女。宋时宴席上多用歌妓劝酒，故云。

⑪揾（wèn），揩拭。

【今译】

　　南方千里一派清秋，

水光接天，秋色无边无际。
眺望远处的山峰，
像螺髻玉簪一样美丽，
却只是触发人许多愁恨忧郁。
斜阳中我独立楼头，
听孤雁声声哀叫，
我这客居江南的游子，
空自端详着闲置的宝刀。
拍遍栏杆徘徊不已，
没有人理解我登临的此刻，
满怀愤激情绪。

不必说鲈鱼脍是怎样的美味，
任随西风劲吹，
我却不愿学张季鹰弃官而归，
更不愿学许汜置地买房，
一心只为自己，
被英雄刘备轻视鄙夷。
我惋惜似水年华，
在风雨飘摇中白白抛弃，
可叹连无知无觉的树木，
都会随着岁月渐渐老去。
让谁来请托红巾翠袖的美人，
把我这失意英雄的泪水拭去。

摸鱼儿·暮春

辛弃疾

淳熙己亥，自湖北漕①移湖南，同官王正之置酒小山亭②，为赋。

【题解】

《摸鱼儿》，一名《摸鱼子》，唐教坊曲名，后用为词调。本意当为捕鱼，出自民歌。始见于晁补之词，因其首句有"买陂塘"，故又称《买陂塘》，另称《迈陂塘》、《双蕖怨》。

这首词别本题作"暮春"，写作背景作者在词序中讲得很清楚。辛弃疾一生以抗金复土为己任，但他自公元1162年南归后一直未受朝廷重用，公元1179年，又从本已与北伐事业毫不相干的湖北钱粮官之任调往湖南，这使他十分失望，便写下这篇名作。作者使用香草美人的比兴手法，借一个女子惜春、留春、怨春的感情，表达自己年华虚度、有志难展的郁闷，又借陈皇后的故事，暗喻自己受到排挤，满腔爱国热忱无处申述的痛苦。作者在他同年写的《论盗贼札子》中说："平生刚拙自信，不为众人所容，恐言未脱口而祸不旋踵。"词中"脉脉此情谁诉"、"蛾眉曾有人妒"即指这种不被信任反遭谗毁的艰危处境。结尾处以"斜阳烟柳"比拟国家前途黯淡，罗大经《鹤林玉露》说"词意殊怨"，孝宗"见此词颇不悦"，可见它包含了深刻的政治内容。

这首词抒写沉痛的爱国感情、激烈的政治幽愤，却并不剑拔弩张，而是"敛雄心，抗高调，变温婉，成悲凉"（周济《宋四家词选》），借凄美的意象，以哀婉的腔调唱出，千回百转，寄托遥深，因而特别富有诗美。这类蕴藉沉郁的篇章，是辛词的第一等作品。

【原词】

更能消几番风雨，匆匆春又归去。惜春长怕花开早，何况落红无数。春且住，见说道、天涯芳草无归路。怨春不语。算只有殷勤，画檐蛛网，尽日惹飞絮。　长门事，准拟佳期又误，蛾眉曾有人妒。千金纵买相如赋，脉脉此情谁诉③？君莫舞！君不见、玉环飞燕皆尘土④。闲愁最苦⑤，休去倚危阑，斜阳正在，烟柳断肠处。

注释

①漕：漕司，转运使，掌管一路财赋的地方官。

②王正之：王正己，字正之，曾任右司郎官、太府卿等职，为辛弃疾的旧交。此时王接替辛的职务，故称"同官"。小山亭：在湖北转运副使官署内。府署在鄂州（今武汉市）。

③长门事五句:司马相如《长门赋序》:"孝武皇帝陈皇后,时得幸,颇妒,别在长门宫,愁闷悲思。闻蜀郡成都司马相如,天下工为文,奉黄金百斤,为相如、文君取酒,因于解悲愁之辞,而相如为文以悟主上,陈皇后复得幸。"李白《白头吟》:"闻道阿娇失恩宠,千金买赋要君王。"《长门赋序》非司马相如所写,史传亦无陈皇后复得亲幸的记载。作者将赋序、诗句与史传组合起来说明由于有人嫉妒,陈皇后才未能再得亲幸。蛾眉:借指美人,屈原《离骚》"众女嫉余之蛾眉兮,谣诼渭余以善淫。"

④玉环:杨贵妃小名玉环,唐玄宗的宠妃,安史乱起,玄宗幸蜀途中,赐死于马嵬坡。飞燕:汉成帝宠幸的皇后赵飞燕,后废为庶人,自杀。二人皆以善妒著名。

⑤闲愁:表面说是"闲愁",实际上是指精神上深深的苦闷。

【今译】

淳熙六年(公元1179年),我由荆湖北路转运副使,调任荆湖南路转运副使。继任的王正之在官署里的小山亭为我设酒饯行,因而写下此词。

还能经得住几番风雨,
春天又将匆匆归去。
珍惜春光我总怕花开太早,
何况眼前飘落红花无数。
春天呵,你且停步,
难道没听说芳草已铺满天涯,
遮断了你的去路?
我怨恨春天默默不语。
看起来,只有画檐蛛网为留住春光,
成天殷勤地沾惹着纷扬的柳絮。

长门宫盼望佳期,一定又被贻误,
我美丽的容颜让她们嫉妒。
纵然用千金买得相如的辞赋,
这一片脉脉深情又向谁人去倾诉?
不要得意飞舞!
你们没看见玉环和飞燕,

宠极一时,刹那间也化作尘土。
闲愁折磨人最苦!
别去倚靠高楼的栏杆远望,
一轮就要沉落的斜阳,
正照着暮烟迷离的杨柳,
那令人伤心欲绝之处。

永遇乐·京口北固亭怀古①

辛弃疾

【题解】

　　这首词作于宁宗开禧元年(公元 1205 年),其时辛弃疾为镇江知府,已六十六高龄。本篇借怀古为题,抒写对于政治局势及自身遭遇的无限感慨。当时宰相韩侂胄准备北伐,作者一方面坚决主张抗金,同时又担心轻敌冒进会招致覆车之祸,而对当权者不能真正理解他、信任他、委之以重任,则感到十分悒郁愤懑。此词的特点是多用典故,且极其贴切,扩展、丰富了词的内涵。组织在词中的有孙权、刘裕、刘义隆、廉颇等一连串历史人物,通过对他们的褒贬,反映出作者坚持收复中原失地的雄心大志、反对轻率从事的谋国忠诚和年纪老大壮志莫酬的抑塞心情;假使不用这些典故,就很难将那许多复杂、曲折的意思如此完密地表达出来,词中所用的典故还充分体现了本地风光。词格苍劲沉郁,豪壮中又带有悲凉的意味,令人回肠荡气。本词为千古名篇。杨慎《词品》甚至不无偏激地说:"辛词当以〔京口北固亭怀古〕《永遇乐》为第一。"

【原词】

　　千古江山,英雄无觅、孙仲谋处②。舞榭歌台,风流总被,雨打风吹去。斜阳草树,寻常巷陌,人道寄奴曾住③。想当年,金戈铁马,气吞万里如虎④。　元嘉草草⑤,封狼居胥,赢得仓皇北顾⑥。四十三年,望中犹记,烽火扬州路⑦。可堪回首,佛狸祠下,一片神鸦社鼓⑧。凭谁问,廉颇老矣,尚能饭否⑨?

【注释】

①京口：今江苏镇江市，以其地有京岘山、城在长江之口得名。北固亭，在镇江市东北北固山上，北面长江。又名北顾亭、北固楼。

②孙仲谋：孙权字仲谋，三国时东吴国主，曾在京口建都，赤壁之战，大破曹操军队。

③寄奴：南朝宋武帝刘裕字德舆，小名寄奴，其先世彭城（今江苏徐州）人，后迁居京口。刘裕在此生长。

④想当年三句：晋安帝义熙五年（公元409年）、十二年（公元416年），刘裕曾两次统率晋军北伐，先后灭南燕、后秦，收复洛阳、长安等地，此指其事。

⑤元嘉：宋文帝刘义隆（刘裕子）（公元424—543年），此借指刘义隆。

⑥封狼居胥两句：意谓刘义隆不能继承父业，徒自好大喜功，轻率北伐惨败，几乎危及国本。狼居胥，一名狼山，在今内蒙古自治区中部。《史记·霍去病传》载骠骑将军霍去病追击匈奴单于至狼居胥，封山而还。《宋书·王玄谟传》："玄谟每陈北侵之策，上（宋文帝）谓殷景仁曰：'闻玄谟陈说，使人有封狼居胥意。'"又《南史·宋文帝纪》载元嘉二十七年（公元450年）王玄谟北伐失败后，"十二月庚午，魏太武帝率大众至瓜步，声欲渡江。都下震惧，咸荷担而立。……"宋文帝对北伐事表示了忏悔，《宋书·索虏传》载宋文帝诗有"北顾涕交流"语。当时韩侂胄试图北伐而准备不足，辛弃疾借元嘉北伐惨败事作为针砭，后来的事情果被作者不幸而言中。

⑦四十三年两句：作者于高宗绍兴三十二年（公元1162年）南归，至此四十三年，南归前，他曾在扬州以北参加抗金战争。扬州路，指淮南东路。"烽火"，原本作"灯火"，据别本改。

⑧可堪两句：以敌占区庙宇香火正盛，暗示北方土地人民已非我有。魏太武帝拓跋焘小名佛狸（bìlí），击败王玄谟军后，他曾率追兵至长江北岸的瓜步山（在今江苏六合县东南二十里处），在山上建立行宫，即后来的佛狸祠。神鸦，庙里吃祭品的乌鸦。社鼓，社日祭神时击鼓。

⑨凭谁问三句：意谓朝廷不关心、不重视年老而富有经验的抗敌将士。《史记·廉颇蔺相如列传》："赵使者既见廉颇，廉颇为之一饭斗米、肉十斤，被甲上马，以示尚可用。赵使者还报王曰：'廉将军虽老，尚善饭；然与臣坐，顷之，三遗矢矣。'赵王以为老，遂不召。"辛弃疾作此词前夕，"坐谬举，降两官（《宋会要·职官·黜降官十一》），处境与心情与廉颇有相似之处，故用以自况。

【今译】

　　江山千古依旧，
　　　　割据的英雄孙仲谋，

却已无处寻觅。
无论繁华的舞榭歌台，
还是英雄的流风余韵，
总被无情风雨吹打而去。
那斜阳中望见的草树，
那普通百姓的街巷，
人们说寄奴曾经居住。
遥想当年，
他指挥着强劲精良的兵马，
气吞骄虏一如猛虎。

元嘉帝多么轻率鲁莽，
想建立不朽战功封狼居胥，
却落得仓皇逃命，
北望追兵，泪下无数。
还记得四十三年前，
我战斗在硝烟弥漫的扬州路。
真是不堪回首，
敌占区的庙宇，
神鸦叫声应和着喧闹的社鼓。
有谁会来寻问，
廉颇将军年纪已老，
他的身体是否强健如故？

木兰花慢·滁州送范倅[①]

辛弃疾

【题解】

《木兰花慢》，《木兰花令》原为唐教坊曲名，后用为词调，《木兰花慢》由此调变化而来。始见于柳永词。

本词作于乾道八年（公元 1172 年）滁州（今属安徽）知州任上。

辛弃疾一生以整顿乾坤为己任,南归多年却辗转州县,投闲置散,始终不能一展素抱,内心极度悒郁愤懑,在这首普通的送友词中,也深深地表达了有志难伸的感怆。上片抒写惜别之情及老大无成之感,悲凉慷慨,情浓意远。下片纯由浪漫的想像生发,设想友人入京后"留教视草,却遣筹边"、备受重用的情形,而这,正是作者长年的梦想,他多么希望"尊前飞下,日边消息"(《满江红》),但他清醒地知道,朝廷是不会让抗金派抬头的,于是在弦管刚奏到激烈高亢处,忽然一落千丈,作变徵之声,写出英雄跃跃欲试,却"报国欲死无战场"(陆游《陇头水》)的可悲现状,令人感叹欷歔。这首词起伏跌宕,一波三折,极沉郁顿挫之致。

【原词】

老来情味减,对别酒,怯流年②。况屈指中秋,十分好月,不照人圆。无情水都不管,共西风、只管送归船。秋晚莼鲈江上③,夜深儿女灯前④。　　征衫,便好去朝天,玉殿正思贤。想夜半承明⑤,留教视草⑥,却遣筹边。长安故人问我:道愁肠殢酒只依然⑦。目断秋霄落雁,醉来时响空弦⑧。

【注释】

①范倅:范昂,乾道六年(公元1170年)任滁州通判,乾道八年(公元1172年)秋离任。倅(cuì),副职。
②对别酒二句:苏轼《江城子》〔东武雪中送客〕词:"对尊前,惜流年。"
③秋晚句:用张翰事,见辛弃疾《水龙吟》注。
④夜深句:黄庭坚《寄叔父夷仲》诗:"刀弓陌上望行色,儿女灯前语夜深。"
⑤承明:"汉有承明庐,为朝官直宿之处。
⑥视草:为皇帝草拟制诰之稿。《旧唐书·职官志》翰林院条:"玄宗即位,张说等召入禁中,谓之翰林待诏……或诏从中出,虽宸翰所挥(皇帝手书),亦资其检讨(让他校阅),谓之视草。
⑦愁肠句:韩偓《有忆》诗:"愁肠殢酒人千里。"殢(tì)酒:因于酒,沉溺于酒。
⑧目断二句:《战国策·楚策》:"更嬴与魏王处京台之下,仰见飞鸟,更嬴谓魏王曰:'臣为君引弓虚发而射鸟。'……有间,雁从东方来,更嬴以虚发而下之。"

【今译】

　　老来生活情味渐渐消减,

对着别离酒宴,
深深惋惜飞逝的流年。
何况中秋临近,
明月十分美满,
却不照人团圆。
人间恨事无情江水全都不管,
和西风一道,
只管远送你的归船。
晚秋天,江上有鲜美的鲈鱼、莼菜,
夜深沉,你将返回故园,
和儿女一同欢聚灯前。

穿着旅行的衣衫,
你好去把天子觐见,
朝廷正要任能用贤。
我料想一定会留你在承明庐,
半夜里草拟诏书,
又派你筹划边事,去到前沿。
长安故人若是向你询问,
就说我依然愁肠百结,
总是在酒乡沉湎。
醉中我仰望秋空飞落的鸿雁,
常常情不自禁地拉响空弦。

祝英台近·晚春

辛弃疾

【题解】

　　《祝英台近》,一名《祝英台》,词调名。毛先舒《填词名解》卷二引《宁波府志》所载东晋流传下来的梁、祝故事,谓此调即取其中的女主角祝英台为名。始见于苏轼词。

此词别本题作"晚春",是一首闺怨词。论家多认为有政治托意,却依据不足,很难指实。沈谦《填词杂说》赞云:"稼轩词以激扬奋厉为工,至'宝钗分,桃叶渡'一曲,昵狎温柔,魂销意尽,词人伎俩,真不可测。"这段话说明辛弃疾无施不可的创作才能,既能作千丈松,也能画寸人豆马。作者的门生范开在《稼轩词序》中早已指出"其词固有清而丽、婉而妩媚"者,本词就颇具代表性,作者以极其温柔缠绵的笔触,抒发闺中少妇伤春复伤别的感情,把她的多愁善感、柔媚深情、娇嗔天真,刻画得声情毕肖、出神入化。词中:"试把花卜归期,才簪又重数"二句,将人在极度渴念中,寄希望于某种征兆、细腻而复杂的心情,描绘得淋漓尽致。此词秾纤绵密,实不在小晏、秦郎之下。

【原词】

宝钗分①,桃叶渡②,烟柳暗南浦③。怕上层楼,十日九风雨。断肠片片飞红,都无人管,更谁劝、啼莺声住? 鬓边觑④,试把花卜归期⑤,才簪又重数。罗帐灯昏,哽咽梦中语:是他春带愁来,春归何处?却不解、带将愁去⑥。

注释

①宝钗分:分钗作为别离纪念,南宋时犹盛行。南朝梁陆罩《闺怨》诗:"自怜断带日,偏恨分钗时。……欲以别离意,独向蘼芜悲。"白居易《长恨歌》:"惟将旧物表深情,钿合金钗寄将去。钗留一股合一扇,钗擘黄金合分钿。"

②桃叶渡:晋王献之与妾作别处,在南京秦淮河与青溪合流处。《隋书·五行志》:"陈时,江南盛歌王献之桃叶(妾名)之词曰:'桃叶复桃叶,渡江不用楫。但渡无所苦,我自迎接汝。'"此处泛指。

③南浦:屈原《九歌·河伯》:"送美人兮南浦。"江淹《别赋》:"春草碧色,春水绿波。送君南浦,伤如之何。"此处泛指分别地。

④觑(qù):斜视。

⑤试把:原本作"应把",据别本改。

⑥是他三句:刘克庄《后村诗话》前集:"雍陶《送春》诗云:'今日已从愁里去,明年更莫共愁来。'稼轩词云:'是他春带愁来……'虽用前语而反胜之。"又陈鹄云辛词此三句化自赵德庄《鹊桥仙》词:"春愁元自逐春来,却不肯随春去"(《耆旧续闻》)。

【今译】
　　桃叶渡口,
　　我和他分钗别离,
　　河岸边烟雾茫茫,
　　柳荫幽暗浓密。
　　我真怕登上高楼凭倚,
　　十天倒有九天风雨凄凄,
　　飞红片片令我悲伤,
　　却全然没有人理,
　　更有谁劝住黄莺?
　　不要一声声催芳春归去。

　　对镜斜看我鬓边的花朵,
　　试数花瓣把他的归期占卜,
　　才把花儿插上鬓发,
　　摘下又重新再数。
　　残灯闪着昏暗光芒,
　　映照我寂寞的罗帐,
　　我独自呜咽梦呓:
　　是他春天将愁带来,
　　春归哪里,
　　却不懂得把愁带去。

青玉案
元　夕

辛弃疾

【题解】
　　邓广铭《稼轩词编年笺注》将此篇列入"带湖之什"(作年当为公元1182—1192年)。这首词用生花妙笔描绘了元宵佳节火树银花、灯月交辉、管弦声喧、车水马龙、游人如云、笑语不绝的五光十色的繁丽世界,使人如临仙境。在用诸多笔墨渲染了那一派热闹的节令风光之后,作者着意点出他所追慕的是一位独在"灯火阑珊处"的自甘落寞的美人。《诗·郑风·出其东门》:"出其东门,有女如云,虽则如云,匪我思存,缟衣綦巾,聊乐我员",写出主人公倾心的是一位衣饰朴陋、不同流俗的女子,精神境界很高,但诗义单纯,本词意境与《出其东门》有相似处,涵义则丰富、深刻得多,梁启超认为词旨是"自怜幽独,伤心人别有怀抱"(梁令娴《艺蘅馆词选》引语)。

【原词】

东风夜放花千树①,更吹落、星如雨②。宝马雕车香满路,凤箫声动③,玉壶光转④,一夜鱼龙舞⑤。 蛾儿雪柳黄金缕⑥,笑语盈盈暗香去⑦。众里寻她千百度,蓦然回首⑧,那人却在、灯火阑珊处⑨。

注释

①花千树:张鷟《朝野佥载》卷三:"(唐)睿宗先天二年正月十五、十六夜,于京师安福门外作灯轮高二十丈,衣以锦绮,饰以金玉,燃五万盏灯,簇之如花树。"又苏味道《观灯》诗:"火树银花合,星桥铁锁开。"

②星如雨:吴自牧《梦粱录·元宵》:"诸营班院于法不得与夜游,各以竹竿出灯毬于半空,远睹若飞星。"一说,星如雨,形容满天焰火。

③凤箫句:指音乐演奏。《尚书·夏书·益稷》:"箫韶九成,凤皇来仪。"《神仙传》卷四载箫史、弄玉吹箫引凤故事,凤箫之称本此。

④玉壶:比喻月亮。朱华《海上生明月》诗:"影开金镜满,轮抱玉壶清。"一说,指精美的灯。周密《武林旧事·元夕》:"灯之品极多,每以苏灯为最。圈片大者径三四尺,皆五色琉璃所成,山水人物,花竹翎毛,种种奇妙,俨然着色便面也。其后福州所进,则纯用白玉,晃耀夺目,如清冰玉壶,爽彻心目。"

⑤鱼龙:指鱼灯、龙灯。夏竦《奉和御制上元观灯》诗:"鱼龙漫衍六街呈,金锁通宵启玉京","宝坊月皎龙灯淡,紫馆风微鹤焰平。"

⑥蛾儿句:周密《武林旧事·元夕》:"元夕节物,妇人皆戴珠翠、闹蛾、玉梅、雪柳……"黄金缕、李商隐《谑柳》诗:"已带黄金缕,仍飞白玉花。"此处指捻金为饰的雪柳,雪柳以丝绸或纸扎成。

⑦盈盈:仪态美好貌。《古诗》:"盈盈楼上女。"暗香:花香,借指美人。

⑧蓦(mò)然:忽然。

⑨阑珊:零落,将尽。白居易《咏怀》诗:"白发满头归得也,诗情酒兴渐

阑珊。"

【今译】

夜晚,东风吹开千树银花,
又吹落焰火如星雨闪耀。
华丽的车马熙熙攘攘,
芳香溢满小路大道。
奏起美妙动听的音乐,
天宇高挂玉壶,明月清光普照。
鱼龙彩灯整夜飞舞腾跃。

美人头上戴着应时饰物,
鲜亮的闹蛾、雪柳、黄金缕,
一个个仪态万方,
嬉笑着从我眼前远去。
我千百次徒劳地在人群中把她寻觅,
猛一回头,却忽然看见
她正在灯火零落的地方独自站立。

鹧鸪天

鹅湖归病起作[①]

辛弃疾

【题解】

此词约作于淳熙十五年(公元 1182 年)前后,时作者落职闲居江西上饶已数年,对这种"不向长安路上行,却教山寺厌逢迎"(《鹧鸪天》),有雄才大略而被投闲置散的遭遇,他不能安之若素,在词章中或悲歌慷慨、或长叹低吟、或大声疾呼、或自嘲自哂……这首词就以极美的意境、极平淡的语气,抒发有志难展的苦闷。词中"红莲相倚浑如醉,白鸟无言定自愁"二句,生派愁怨与花鸟而出之以自然,借以比拟作者愁病如醉、愤懑白头,色彩、意象十分清丽、涵义极其深永。下片用殷浩、司空图的典故，貌似旷达而实含怨怼，末二句以寻常语写出"老却英雄似等闲"的无限感慨。陈廷焯评此词："信笔写去，格调自苍劲，意味自沉厚，不必剑拔弩张，洞穿已过七扎，斯为绝技"（《白雨斋词话》）。

【原词】

　　枕簟溪堂冷欲秋②，断云依水晚来收。红莲相倚浑如醉，白鸟无言定自愁。　书咄咄③，且休休④，一丘一壑也风流⑤。不知筋力衰多少，但觉新来懒上楼⑥。

注释

　　①鹅湖寺：《铅山县志》："鹅湖山在县东北，周回四十余里。……《鄱阳记》云：'山上有湖多生荷，故名荷湖。'东晋人龚氏居山蓄鹅，其双鹅育子数百，羽翮成乃去，更名鹅湖。山麓有仁寿院，禅师所建，今名鹅湖寺。"

　　②簟（diàn）：竹席子。

　　③书咄咄（duō duō）：刘义庆《世说新语·黜免》载殷浩被废后，终日向空中书"咄咄怪事"四字。

　　④休休：《新唐书·司空图传》载司空图隐居中条山，作亭名"休休"，作文见志曰："休，美也。既休而美具。故量才一宜休，揣分二宜休，耄而聩，三宜休。又，少也堕，长也率，老也迂，三者非济时用，则又宜休。"

　　⑤一丘句：《汉书·叙传》载班嗣书简云："渔钓于一壑，则万物不奸其志；栖迟于一丘，则天下不易其乐。"又谢灵运《斋中读书》诗："余昔游京华，未尝废丘壑。"此处指寄情山水之乐。

　　⑥不知二句：刘禹锡《秋日书怀寄白宾客（白居易）》诗："筋力上楼知"，此化用其意。

【今译】

　　水边堂阁，我躺卧在竹席，
　　感到清冷如临秋季，
　　飘浮在水上的云烟，
　　斜阳下渐渐散去。
　　池塘里红莲相互偎依，
　　美若佳人微带醉意。

沙岸边鹤鹭静默不言,
满头白发定是忧愁无际。

何必像殷浩那样,
整天向空中把"咄咄怪事"书写。
还是学超逸的司空图,
来领略休闲的怡悦。
一丘一壑全都那么美妙,
我要把它们的风采尽情享受。
不知病后筋力衰退多少,
只觉得近来懒得登上高楼。

菩萨蛮·书江西造口壁①

辛弃疾

【题解】

　　淳熙三年(公元1176年)辛弃疾任江西提点刑狱、驻节赣州时写下此词。上片从怀古开端:四十多年前金兵侵扰赣西地区,给百姓造成深重苦难,作者只以清江水中流着"多少行人泪"的虚笔来表现,引起人们对历史无尽的回想和对敌人的痛恨,以少胜多,深刻沉至。"西北"二句叹息北望故国山川阻隔,暗喻恢复无望,语意痛切。过片承上,借水怨山,以江水尚能绕着重峦叠嶂向东流去,自己却只能羁留后方一筹莫展作为对比,他正感到极其抑塞、苦闷,又听深山传来鹧鸪凄切的鸣声,更觉精神沮丧。这首小词不假雕绘,使用比兴手法自然动人,"忠愤之气,拂拂指间"(卓人月《词统》),难怪梁启超说:"《菩萨蛮》如此大声镗鞳,未曾有也"(《艺蘅馆词选》)。

【原词】

　　郁孤台下清江水,中间多少行人泪②。西北望长安③,可怜无数山。　青山遮不住,毕竟东流去。江晚正愁余,山深闻鹧鸪④。

【注释】

①造口:在今江西万安县西南六十里处,亦称皂口。
②郁孤台二句:追忆历史灾难,《宋史·高宗本纪二》载,建炎三年(公元1129年),金兵南下,一路由金帅兀术率领大军占领建康、临安,追击高宗,侵扰浙东一带。另一路金兵从湖北大冶间道袭洪州(治所在今江西南昌),追踪隆裕太后,至太和县(今属江西)。隆裕退往虔州(治所在今江西赣州)。宋罗大经《鹤林玉露》卷四则谓:"南渡之初,虏人追隆裕太后御舟至造口,不及而还。幼安自此起兴。"郁孤台,在今江西赣州市西南,一名望阙,唐、宋时为一郡形胜之地。赣江经此向北流去。清江,赣江与袁江合流处一名清江。此处指赣江。行人,指流离失所的百姓。
③长安:汉、唐时京城,借指汴京。
④鹧鸪:鹧鸪鸣声凄切,如曰:"行不得也哥哥"。《鹤林玉露》卷四云:"'闻鹧鸪'之句,谓恢复之事行不得也。"意即对朝廷主和表示不满。

【今译】

郁孤台下流着清江水,
水流中曾经有过多少
百姓苦难的眼泪!
我向西北遥望,
可怜旧时京都,
被无数山峰遮住。

重峦叠嶂挡不住清江,
尽管千回百转
它终究欢畅地流向远方,
而我却不能展翅飞翔。
黄昏中独立江边正自忧郁,
又听深山里鹧鸪声声哀啼。

点绛唇

丁未冬,过吴松作①

姜夔

【作者简介】

姜夔(约公元1155—1221年),字尧章,人称白石道人。饶州鄱阳(今属江西)人。一生未做官,除卖字以外,大都依靠他人的周济过活。姜夔精音律、多才艺,怀抱用世之志而困踬场屋,不能展其才具。庆元三年(公元1197年)他曾向朝廷上《大乐议》、《琴瑟考古图》,后又上《圣宋铙歌鼓吹曲》,均未被重视。他的一生是怀才不遇、飘泊四方的一生,但他啸傲湖山,自标清高,绝不同于庸俗的清客文人。陈郁赞其"襟怀洒落,如晋、宋间人"(《藏一话腴》)。存词八十余首,内容有感慨时事、有抒写身世、山水纪游、咏物、爱情等。词集中今存十七首自注工尺旁谱的词,是流传下来唯一的宋代词乐文献,在音乐史上有重大价值。姜词风格清幽峭拔,用江西诗派瘦硬之笔作词,以清刚救周柳一派的软媚,又以委婉富有情致救苏辛派末流的粗豪,郭麐《灵芬馆词话》说他:"一洗华靡,独标清绮,如瘦石孤花,清笙幽磬。"他在词坛独树一帜,享誉极高、影响极深。有《白石词》。

【题解】

这是一首脍炙人口的自抒怀抱的小词。姜夔一生倾慕晚唐诗人陆龟蒙,陆不赴朝廷征召,曾隐居于松江,此词即景抒情写出了对他的深深怀念,并寄寓身世之慨。开头以燕雁自况,形容作者漂泊无定的生活,同时又表现他淡泊无欲、任其自然的人生态度。"数峰"二语是写景名句,用拟人化的手法描绘山雨欲来时相与低语的情状,化静物作动态,极有韵致。用"清苦"来摹写欲雨时云雾缭绕的山容,贴切生动。"今何许"三句抒发历史、人事沧桑之慨,"无穷哀感,都在虚处"(陈廷焯《白雨斋词话》),这正是姜夔词被张炎盛赞的"清空"的特点。

【原词】

燕雁无心②,太湖西畔随云去。数峰清苦,商略黄昏雨。 第四桥边③,拟共天随住④。今何许?凭阑怀古,残柳参差舞。

注释

①丁未:孝宗淳熙十四年(公元1187年),岁次丁未。吴松,即吴松江,俗称苏州河,经吴江、苏州、上海、合黄浦江入海。

②燕(yān)雁:北方的雁。陆龟蒙多咏雁诗,并自比孤雁,如《孤雁》诗:"我生天地间,独作南宾鸿。"《归雁》诗:"北走南征象我曹,天涯迢递翼应劳。"无心,没有机心,事出自然。陶潜《归去来辞》:"云无心以出岫。"陆龟蒙《秋赋有期因寄袭美(皮日休)》诗:"云似无心水似闲。"

③第四桥:《苏州府志》卷三十四《津梁》:"甘泉桥一名第四桥,以泉品居第四也。"

④天随:陆龟蒙字鲁望,号天随子,居松江甫里。辛文房《唐才子传》卷八载他:"时放扁舟,挂篷席,赍束书、茶灶、笔床、钓具,鼓棹鸣榔,太湖三万六千顷,水天一色,直入空明。"姜夔《三高祠》诗:"沉思只羡天随子,蓑笠寒江过一生。"《除夜自石湖归苕溪》诗:"三生定是陆天随,又向吴松作客归。"

【今译】

自由无碍的北方鸿雁,
飞到太湖西畔,
又悠然地随着飘浮的白云去远。
湖上寒山清寂愁苦,
缭绕着浓密的烟雾,
他们相对低语,
商量着黄昏时是否落雨。

我真想在第四桥边,
做天随子那样的隐士。
试问如今是什么时世?
我独倚栏杆,
无限地伤今怀古。
残败不齐的衰柳,

在西风中犹自飞舞。

鹧鸪天·元夕有所梦

姜　夔

【题解】

　　姜夔年轻时往来于江淮间,曾爱恋合肥一位妙擅琵琶的歌女,二十年后仍不能忘情,词集中怀念那位女子的作品近二十篇。此词写于庆元三年(公元1197年),为感梦之作。开头"肥水"二句故以自怨自悔的语气抒无限相思。"梦中"二句切题,描摹了山鸟惊梦,魂梦依稀的迷离之境,暗用金昌绪诗意,而词情凄惋。过片"春未绿,鬓先丝"六字有千钧之力,表现刻骨铭心的爱对他长年的销蚀,而不待春至思发。"人间别久不成悲",似乎说出生活中的一般道理,但联系上文就可知这正是一种"不思量、自难忘"的深深的悲伤。从末二句更可看出两个恋人"中心藏之,何日忘之"的深情厚意,而每当元宵佳节,益发不能自己。此词以健笔写柔情,一往而深,自成高格。

【原词】

　　肥水东流无尽期①,当初不合种相思。梦中未比丹青见,暗里忽惊山鸟啼。　春未绿,鬓先丝,人间别久不成悲。谁教岁岁红莲夜②,两处沉吟各自知。

【注释】

　　①肥水:《嘉庆一统志》说肥水"源出合肥县(今安徽合肥市)西南紫蓬山,北流三十里分为二:其一东流经合肥入巢湖;其一西北流至寿州入淮。"
　　②红莲:指灯。欧阳修《蓦山溪》〔元夕〕词:"纤手染香罗,剪红莲满城开遍。"郭应祥《好事近》〔丁卯元夕〕词:"不比旧家繁盛,有红莲千朵。"周邦彦《解语花》〔元宵〕词:"露浥红莲,花市光相射。"

【今译】

　　肥水永向东流,

当初不该种下相思,
思情同流水总是一样地悠悠。
梦里她的面影隐约难辨,
真不如画像看得清晰,
而这依稀的短梦,
偏又被山鸟啼声惊起。

春风还没把大地染绿,
我的头发早变成银丝,
人们过久地别离,
悲哀会渐渐淡去。
为什么每当红莲开遍的元宵,
我们总是在两地沉吟,
领会这情意和忧伤的,
只有彼此的深心。

踏莎行

姜　夔

自沔东来,丁未元日,至金陵江上①,感梦而作。

【题解】

　　这首词为所恋合肥歌女而作。前三句纪梦,借用苏轼诗句以"燕燕"形容梦中人体态的轻盈,以"莺莺"形容她语音的娇柔,着墨不多,而伊人可爱的声容丰采仿佛如见。"夜长"以下皆从背面敷粉,设想伊人对自己的相思之深,声吻毕肖,实则为作者自抒情怀。"离魂"句暗用唐陈玄佑传奇小说《离魂记》故事,以幽奇之语写出伊人梦绕魂萦、将全部生命投诸爱河的深情,动人心魄。末二句为传世警策,连不喜欢姜夔的王国维也不得不赞叹:"白石之词,余所最爱者,亦仅二语"(《人间词话》)。这两句描写伊人的梦魂深夜里独自归去,千山中唯映照一轮冷月的清寂情景,显示了作者无限的爱怜与体贴,意境极凄黯,而感情极深厚。这首词以清绮幽峭之笔,抒写一种永不能忘的深情,极其沉挚感人。

【原词】

　　燕燕轻盈,莺莺娇软②,分明又向华胥见③。夜长争得薄情知,春初早被相思染。　别后书辞,别时针线,离魂暗逐郎行远④。淮南皓月冷千山,冥冥归去无人管⑤。

注释

　　①沔东:唐、宋州名,今湖北汉阳(属武汉市),姜夔早岁流寓此地。丁未元日,孝宗淳熙十四年(公元1187年)元旦。
　　②燕燕二句:莺燕借指伊人。苏轼《张子野八十五岁尚闻买妾述古令作诗》:"诗人老去莺莺在,公子归来燕燕忙。"
　　③华胥:梦里。《列子·黄帝》:"黄帝昼寝而梦,游于华胥氏之国。"
　　④郎行(háng):情郎那边。
　　⑤淮南二句:杜甫《梦李白》二首之一:"魂来枫林青,魂返关塞黑。"《咏怀古迹》五首之三:"环佩空归月夜魂"。此处化用其意。淮南,指合肥。

【今译】

　　梦中又见到你,
　　依然是那样分明:
　　燕子般轻盈的体态,
　　黄莺样娇柔的语音。
　　你怨嗔长夜漫漫辗转不寐,
　　薄情郎哪里能够知情。
　　你说春风刚刚吹来,
　　情怀早就被相思占尽。

　　分别时你亲手为我缝制衣衫,
　　分别后你读着我深情的信笺,
　　离魂暗暗跟着情郎,
　　走到了海角天边。

淮南青山千叠,
映照着一轮冷月。
你悠悠的梦魂独自返回,
孤零零没有人伴随。

庆宫春

姜　夔

绍熙辛亥除夕,余别石湖归吴兴,雪后夜过垂虹,尝赋诗云:"笠泽茫茫雁影微,玉峰重叠护云衣;长桥寂寞春寒夜,只有诗人一舸归。[①]"后五年冬[②],复与俞商卿、张平甫、铦朴翁自封禺同载,诣梁溪[③]。道经吴松,山寒天迥,云浪四合,中夕相呼步垂虹,星斗下垂,错杂渔火,朔吹凛凛,卮酒不能支[④]。朴翁以衾自缠,犹相与行吟,因赋此阕,盖过旬,涂稿乃定。朴翁咎余无益,然意所耽,不能自已也。平甫、商卿、朴翁皆工于诗,所出奇诡;余亦强追逐之,此行既归,各得五十余解。

【题解】

《庆宫春》,词调名。万树《词律》云应作《庆春宫》,"题名作《庆宫春》,误。"始见于周邦彦词。

作者在词序中将写作此词的背景、时地、缘由叙述得十分清楚。上片绘出湖上泛舟、松雨萧萧、水天空阔、日暮天寒之境。"呼我"三句将鸥鸟翩然欲近又倏尔飞远的情态,描摹得极为生动,其中又暗寓作者的今昔之慨,自然地回忆起"那回归去"、携歌妓小红雪夜过垂虹的无穷的诗情画意,而往事如昨梦、前尘的感叹不正面写出,借伤心重见远山如蛾黛低压发之,意蕴深永。过片即景抒怀古幽思,并写趁兴放歌旁若无人之状,"垂虹"三句承上,写扁舟飘然远引,作者胸次浩然,逸兴腾飞,有羽化登仙、遗世独立之高致。"酒醒"以下兼抒怀旧与思古之情。末以"如今安在"提唱,空余一片云水苍茫,令人叹惋不止。此词意境空灵浑融,格调高雅清远,词采秀逸精妙,确是一篇佳作。

【原词】

　　双桨莼波，一蓑松雨，暮愁渐满空阔。呼我盟鸥⑤，翩翩欲下，背人还过木末⑥。那回归去，荡云雪孤舟夜发⑦。伤心重见，依约眉山，黛痕低压。　采香径里春寒⑧，老子婆娑⑨，自歌谁答？垂虹西望，飘然引去，此兴平生难遏。酒醒波远，正凝想明珰素袜⑩。如今安在？惟有阑干，伴人一霎。

注释

①绍熙辛亥即光宗绍熙二年（公元1191年），作者自苏州范成大石湖别墅归浙江湖州，携范成大所赠侍妾小红雪夜过垂虹桥，曾赋《除夜自石湖归苕溪》十绝句，"笠泽茫茫"为其中一首。另有《过垂虹》诗："自作新词韵最娇，小红低唱我吹箫。曲终过尽松陵路，回首烟波十四桥。"垂虹：《吴郡图经续志》中："吴江利往桥，庆历八年（公元1408年），县尉王廷坚所建也。东西千余尺，用木万计，萦以修栏，甃以净甓。前临具区，横截松陵。河光海气荡漾一色。乃三吴之绝景也。……桥有亭曰垂虹。"后因以名桥。笠泽，《名胜志》：太湖《禹贡》谓之'震泽'，《周礼》谓之'具区'，《左传》谓之'笠泽'，其实一也。"《吴郡图经续志》中："松江一名笠泽，自太湖分流也。"

②后五年：指宁宗庆元二年（公元1196年）。

③俞商卿：咸淳《临安志》："俞灏，字商卿，世居杭，父徙乌程，登绍熙四年（公元1193年）进士第。张平甫，张镃（字功甫）异母弟名鉴。"铦（xiān）朴翁，《西湖游览志》"葛天民，字无怀，山阴人，初为僧，名义铦，其后还初服，一时所交皆胜士。"封、禺，二山名，在今浙江德清县西南。梁溪，今江苏无锡。

④卮（zhī）酒：杯酒。卮，古代一种盛酒器。

⑤盟鸥：与鸥鸟为盟友。陆游《雨夜怀唐安》诗："小阁帘栊频梦蝶，平湖烟水已盟鸥。"辛弃疾《水调歌头》〔盟鸥〕："凡我同盟鸥鹭，今日既盟之后，来往莫相猜。"

⑥翩翩二句：《丑奴儿近》〔博山道中效李易安体〕："却怪白鸥，觑着人、欲下未下。旧盟都在，新来莫是，别有说话？"此化用其意。

⑦那回二句：见注①。

⑧采香径：《苏州府志》廿六引《范志》："采香径在香山之旁，小溪也。吴王种香于香山，使美人泛舟于溪以采香。今自灵岩山望之，一水直如矢，故俗名箭泾。"柳永《双声子》词："夫差旧国，香径没，徒有荒丘。"

⑨婆娑：盘旋，停留。宋玉《神女赋》："既妩媚于幽静兮，又婆娑乎人间。"注："婆娑，犹盘姗也。"

⑩明珰素袜:借指当时美人。曹植《洛神赋》:"凌波微步,罗袜生尘。"又"无微情以效爱兮,献江南之明珰。"明珰:用明珠串成的耳饰。

【今译】

绍熙二年除夕,我离开苏州石湖返回湖州,在一个雪后的夜晚过垂虹桥,曾经写下这样的诗:"笠泽茫茫雁影微,玉峰重叠护云衣;长桥寂寞春寒夜,只有诗人一舸归。"五年后的冬天,我又和俞商卿、张平甫、铦朴翁从封山、禺山一道乘船,去往无锡。途中经过吴松江,正山寒天高,云浪四合,半夜里我们互相呼唤,一道漫步于垂虹桥。点点下垂的星斗与湖上渔火错杂辉映,北风劲吹,寒气凛凛,喝几杯酒还是抵挡不住寒冷。朴翁把被子裹在身上,就这样我们仍然在朔风中一边走,一边相互吟诗,我写下此词,过了十多天,才把稿子改定。朴翁怪我费那么大功夫太多事,可是我热衷于此,无法自已。平甫、商卿、朴翁都擅长作诗,创作的诗篇全都奇丽诡异;我也勉强追步,向他们学习,这次旅行回去,诗和词各写了五十多首。

在莼菜飘香的湖面,
我们荡着双桨,
疏落的雨滴,
不时打在松树上。
令人生愁的暮霭渐渐笼罩,
天空、水域迷离浩淼。
我呼唤着盟友沙鸥,
它飞舞环绕,
仿佛要来到我近旁,
又背人掠过远处的树梢。
记得那年,也是这样的冬季,
踏着云层般的雪浪,
我们乘一叶扁舟在夜晚归去。
我伤心地重又看见,
青黛如秀眉的远山,
依然是那样重叠蜿蜒。

采香径里春寒袭人,
我久久流连彷徨,
不管有没有人应答,
我独自放声歌唱。
遥望垂虹桥,
轻舟飘然西行,
就好像高蹈世外,
这兴味总是铭刻在心。
酒意醒来,平波渺远,
我正自沉思冥想:
当初那绝代的美人,
如今又在何方?
只有桥上栏杆依旧,
多情地伴人半晌,
栏杆外,云水苍苍茫茫。

齐天乐

姜　夔

丙辰岁,与张功甫会饮张达可之堂①,闻屋壁间蟋蟀有声,功甫约余同赋,以授歌者。功甫先成,词甚美;余徘徊茉莉花间,仰见秋月,顿起幽思,寻亦得此。蟋蟀,中都呼为促织②,善斗;好事者或以三二十万钱致一枚,镂象齿为楼观以贮之③。

【题解】

《齐天乐》,词调名,始见于周邦彦词,又名《台城路》、《五福降中天》、《如此江山》。

贺裳《皱水轩词荃》称赞此词的构思说:"蟋蟀无可言而言听蟋蟀者,正如姚铉所谓:'赋水不当仅言水,而言水之前后左右也'";这首词将蟋蟀及听蟋蟀者层层夹写,抒发了由蟋蟀鸣声引起的种种感受与联想,首句呼应词序,将张功甫词比作《愁赋》,以一"愁"字笼罩全篇,为本词定下基调。词中以切切私语声、机杼声、暗雨声、砧杵声来刻画蟋蟀鸣声，而多从虚处传神，不即不离，若即若离，由此引发无眠思妇、候馆迎秋、离宫吊月的种种人物闻虫声而更觉强烈的孤寂感，和心中难以尽诉的幽愁暗恨，织成一片怨情。"《豳》诗"三句又以无知儿女的欢乐，反衬有心人的悲哀，词意至此本已完足，结拍又翻出"写入琴丝，一声声更苦"：由眼前景引到《蟋蟀吟》乐曲留给人的永久的感受，余音绕梁，袅袅不绝。此词章法历来为人称道，张炎《词源》强调作词"最是过片不可断了曲意，须要承上接下"，并举此篇作为范例，赞其曲意不断。上片歇拍"曲曲屏山，夜凉独自甚情绪？"描写思妇愁怀正不可开解，过片接入"西窗又吹暗雨"，写出思妇更闻有如冷雨敲窗的虫鸣声，此时此际，情何以堪？其间只用一"又"字承接，分片明显而曲意连贯，如环无端，艺术手段确实高妙。此词构思新奇，文笔疏隽清婉，词中多用问句，增强叹惋之意，多用虚字，仰承俯注，灵动有致，抒情气氛极其浓烈，宛如一首忧郁动人的夜曲，诗意荡漾，不愧是传世名作。

【原词】

庾郎先自吟愁赋④，凄凄更闻私语。露湿铜铺⑤，苔侵石井，都是曾听伊处。哀音似诉，正思妇无眠，起寻机杼⑥。曲曲屏山，夜凉独自甚情绪？　西窗又吹暗雨，为谁频断续，相和砧杵⑦？候馆迎秋⑧，离宫吊月⑨，别有伤心无数。《豳》诗漫与⑩，笑篱落呼灯，世间儿女。写入琴丝⑨，一声声更苦。

注释

①丙辰岁：宁宗庆元二年（公元1196年）。张功甫：见后张镃《满庭芳》题解。张达可，张镃旧字时可，达可与时可连名，或其昆弟也（见夏承焘《姜白石词编年笺校·齐天乐》注）。

②中都：即都中，指南宋京城临安（今杭州市）。促织，张宗橚《词林纪事》："余弟芷斋云：'《汉书·王褒传》："蟋蟀竢秋吟。"（颜）师古注："蟋蟀，今之促织也。"按蟋蟀呼促织，唐时已然，不始于宋之中都也。'"

③镂象齿句：王仁裕《开元天宝遗事》："每秋时，宫中妃妾皆以小金笼闭蟋蟀置枕函畔，夜听其声。民间争效之。"郑校引宋顾文荐《负暄杂录》"禽虫善斗"条："斗虫亦起于天宝间。长安富人镂象牙为笼而畜之。以万金之资，付之一喙，其来远矣。"吴笺引《西湖老人繁胜录》"促织盛出，都民好养，或用银丝为笼，或作

楼台为笼。"楼观,楼台。

④庾郎愁赋:庾信《愁赋》今已不传,仅存零句。金王若虚《滹南遗老集》三十四《文辨》谓:"尝读庾氏诗赋,类不足观,而《愁赋》尤狂易可怪。"〔宋〕王安石、黄庭坚、韩驹、薛季宣均曾引用《愁赋》。此处借指张功甫咏蟋蟀词。

⑤铜铺:铜作的铺首,装在门上以衔门环,多制成虎、螭等的头形。此处指门外。

⑥机杼(zhù):指织布机。古乐府《木兰辞》:"不闻机杼声,但闻女叹息。"

⑦砧杵:捣衣的用具。

⑧候馆:接待宾客的馆舍。《周礼·地官·遗人》:"五十里有市,市有候馆。"

⑨离宫:皇帝正宫以外临时居住的宫室,即行宫。《汉书·枚乘传》:"修治上林,杂以离宫。"

⑩豳(bīn)诗:《诗·豳风·七月》:"七月在野,八月在宇,九月在户,十月蟋蟀入我床下。"

⑪写入琴丝:作者自注:"宣政(北宋徽宗年号)间,有士大夫制《蟋蟀吟》。"指琴曲。

【今译】

庆元二年,我和张功甫一起在张达可家的厅堂宴饮,听到墙壁间蟋蟀在叫,功甫约我一同就此赋词,好交给歌女演唱。功甫先写成,文辞很美。我徘徊于茉莉花间,抬头忽见一轮秋月,于是顿时生出无限幽思遐想,不一会也写成了这首词。蟋蟀,京城内叫做促织,善于争斗。嗜好此道的有人花二三十万钱买一只,用象牙雕刻成楼台形的笼子来养它。

　　张君先自吟成美妙的词章,
　　像庾信哀惋的《愁赋》一样,
　　又听屋角传来切切私语,
　　原来是蟋蟀鸣声凄凉。
　　露水沾湿的铜铺首外,
　　苔藓染绿的石井台旁,
　　都是它啼鸣的地方。
　　哀怨的声音如泣如诉,
　　思妇转侧难眠,起来寻找机杼,

借纺织消磨这秋宵漫长。
曲曲屏风宛若重峦叠嶂,
寂寞的寒夜独自怀念远人,
心绪该是怎样凄伤?

仿佛又听得风吹冷雨敲打西窗,
为什么时断时续,
和捣衣声相伴吟唱?
旅舍里天涯悲秋的行客,
离宫中失意幽怨的妃妾,
对一轮孤寒的月亮,
听远处声声虫鸣,
更加会伤心断肠。
《豳风》曾率意把蟋蟀写进了诗章,
世间小儿女不曾把愁情品尝,
相互呼唤举起灯火去捕捉蟋蟀,
高兴地来到庭间篱墙。
有人将蟋蟀吟声谱成琴曲,
一声声弹奏出永久的忧伤。

琵琶仙

姜　夔

《吴都赋》云:"户藏烟浦,家具画船①。"惟吴兴为然。春游之盛,西湖未能过也。已酉岁②,余与萧时父载酒南郭③,感遇成歌。

【题解】

《琵琶仙》,词调名,始于见姜夔词,为其自度曲。

人在极度的渴念之中往往会生出幻觉,误将仪态相似者当成心向往之的伊人,这首词劈头就真切地写出这种生活体验,把那"是耶?非耶?"盼望、惊喜之余又终归失望的复杂感情,用工致的三言两语描摹得生动而深刻。"春渐远"以下顿宕转折,借眼前景写出"流水落花春去也,天上人间"、往事不堪回首的愁情,及无限身世不偶之慨。下片仍抒发时序更易,流光匆匆、景物依旧、人事全非的浓重感伤情绪,"都把"两句,语气似乎易舒缓,感情则极为沉痛。"千万缕"几句绘当前景物清丽生动,又深寓惜春伤别之意,融请会景,极烟水迷离之致。张炎赞此词"全在情景交炼,得言外意"(《词源》)。本词笔意清刚秀逸,词中多翻用前人诗词成句而浑化自然,不露斧凿痕迹。

【原词】

　　双桨来时,有人似、旧曲桃根桃叶④。歌扇轻约飞花⑤,蛾眉正奇绝。春渐远,汀洲自绿,更添了几声啼鴂⑥。十里扬州⑦,三生杜牧⑧,前事休说。　　又还是、宫烛分烟⑨,奈愁里、匆匆换时节。都把一襟芳思,与空阶榆荚⑩。千万缕、藏鸦细柳⑪,为玉尊、起舞回雪。想见西出阳关⑫,故人初别。

注释

①吴都赋三句:〔清〕顾广圻《思适斋集》十五《姜白石集跋》云:此三句系"《唐文粹》李庚《西都赋》文,作《吴都赋》,误。李赋云:'其近也方塘含春,曲沼澄秋。户闭烟浦,家藏画舟。'白石作'具'、'藏',两字均误。又误'舟'为'船',致失原韵。且移唐之西都于吴都,地理尤错。"

②已酉岁:孝宗淳熙十六年(公元1189年)。

③萧时父:萧德藻之侄,姜夔妻族。

④桃根桃叶:桃叶系晋王献之爱妾,见辛弃疾《祝英台近》注。桃根为桃叶之妹。此处借指歌女。

⑤歌扇:见晏几道《鹧鸪天》注。约,缠绕,邀结,此处意谓沾惹。

⑥啼鴂:见蔡伸《柳梢青》注。

⑦十里扬州:杜牧《赠别》诗:"春风十里扬州路,卷上珠帘总不如。"

⑧三生杜牧:黄庭坚《广陵早春》诗:"春风十里珠帘卷,仿佛三生杜牧之。"此处作者自指。三生,佛家语,指过去、现在、未来三世人生。白居易《自罢河南已换七尹……偶题西壁》诗:"世说三生如不谬,共疑巢许是前身。"

⑨宫烛分烟:用韩翃诗,见周邦彦《应天长》注。

⑩空阶榆荚:韩愈《晚春》诗:"杨花榆荚无才思,惟解漫天作雪飞。"此化用其意。

⑪千万缕句:周邦彦《渡江云》词:"千万丝,陌头杨柳,渐渐可藏鸦。"此用其意。

⑫西出阳关:见周邦彦《绮寮怨》注。

【今译】

《吴都赋》说"户藏烟浦,家具画船。"只有吴兴才是这种情景。太湖春游的盛况,连西湖都未必能超过。淳熙十六年,我和萧时父携酒去南郊游玩,有所感遇写下此词。

双桨从远处来时,
有一位女子隐隐约约,
仿佛我旧时坊曲的相知。
她轻摇歌扇,
沾惹着飞扬的花片,
秀艳绝伦的容貌正同伊人一般。
春光渐渐去远,
汀洲上,芳草油然自绿,
又添几声啼鴂凄切哀怨。
十里扬州风光绮丽,
三生杜牧美好的往事,
再也不必提起。

寒食又到,宫中依旧传烛分烟,
可叹在忧愁中,
流光匆匆,时序暗暗地变迁。
我把满怀芳情春思,
都付给榆荚,委落在空阶前。
细柳千丝万缕,
浓荫里栖息着鸦雀,
又为我在玉杯前,
飞舞柳絮如旋白雪。
我重又想见当年西出阳关,

和伊人初次离别,
也正是杨柳依依的时节。

八归·湘中送胡德华①

姜 夔

【题解】

《八归》,词调名,始见于姜夔词。

夏承焘《姜白石词编年笺校·行实考·行迹》说白石少时久客汉阳近二十年,其间曾往来于淮、楚、湖南。淳熙十三年(公元1186年)冬始赴湖州,本词当作于此前。上片前六句以清丽细密的笔墨描绘了莲花坠红、疏桐飘绿、暗雨初歇、竹墙流萤闪闪、苔阶寒蛩切切的秋色、秋声,造成浓重的凄凉、感伤的氛围,为作者送别友人前黯然销魂的心态作了充分铺垫。"送客"以下抒别时景况,声情激越,"最可惜"三句不仅写出江山不可复识之慨,并暗寓家国之恨。过片叙惜别之意,并描写江边迷离之景及行舟去远,兀自久久伫望的一片深情。末六句忽地宕开一笔:想像友人归后夫妇相聚之乐,化凄伤为疏朗。全词似春云舒卷,转折自如,格调沉着和婉。

【原词】

芳莲坠粉②,疏桐吹绿,庭院暗雨乍歇。无端抱影销魂处,还见篠墙萤暗③,藓阶蛩切④。送客重寻西去路,问水面、琵琶谁拨⑤?最可惜、一片江山,总付与啼鴂⑥。 长恨相逢未款,而今何事,又对西风离别?渚寒烟淡,棹移人远,飘渺行舟如叶。想文君望久⑦,倚竹愁生步罗袜⑧。归来后、翠尊双饮,下了珠帘,玲珑闲看月⑨。

【注释】

①胡德华:作者友人,生平未详。
②芳莲句:杜甫《秋兴》八首其七:"露冷莲房坠粉红。"此用其意。
③篠(xiǎo):小竹。
④蛩(qiáng):蟋蟀。

⑤问水面句:白居易《琵琶行》:"忽闻水上琵琶声,主人忘归客不发。"
⑥啼鴂:见蔡伸《柳梢青》注。《广韵》说此鸟"春分鸣则众芳生,秋分鸣则众芳歇。"
⑦文君:汉司马相如妻卓文君,宋人多借指妻子,如朱敦儒《朝中措》词:"麻姑暂语,文君未寝。"此处借指胡德华妻。
⑧倚竹句:杜甫《佳人》诗:"天寒翠袖薄,日暮倚修竹。"李白《玉阶怨》诗:"玉阶生白露,夜久侵罗袜。"
⑨下了二句:李白《玉阶怨》诗:"却下水晶帘,玲珑望秋月。"

【今译】

芳莲坠落粉红花瓣,
疏桐飘下绿色树叶,
幽暗的庭院里,
一场秋雨刚刚停歇。
我正没来由地独自伤神,
又看见竹篱边萤火明灭,
苔阶旁蟋蟀鸣声凄切。
重又送别友人走上西去的道路,
水面上有谁拨弄琵琶,
让我们再流连一霎?
最可惜锦绣江山好景都歇,
全付给鸣声哀怨的鹈鴂。

常常遗憾相会过于短暂,
为什么在这西风萧瑟的时节,
我们又匆匆离别?
清冷的洲渚笼着淡淡云烟,
船儿启程,友人渐远,
行舟飘渺如一片轻叶,
浮游在无边无际的江面。
我想像他的妻子,
忧愁地倚着翠竹,
久久伫立盼望,

一任罗袜浸透了夜露。
归去后,他们将把美酒对饮,
放下珠帘,
安闲地共赏秋月晶莹。

念奴娇

姜　夔

余客武陵①,湖北宪治在焉;古城野水,乔木参天。余与二三友,日荡舟其间,薄荷花而饮,意象幽闲,不类人境。秋水且涸②,荷叶出地寻丈③,因列坐其下,上不见日,清风徐来,绿云自动;间于疏处,窥见游人画船,亦一乐也。辒来吴兴④,数得相羊荷花中⑤,又夜泛西湖,光景奇绝,故以此句写之。

【题解】

此词约作于淳熙十六年(公元1189年),描写泛舟荷池的景象,和作者对荷花深深的爱怜,充满诗情画意。词中所绘荷塘景色清绝、幽绝、丽绝,将人带入美妙的梦一般的世界。作者以"水佩风裳"比喻荷叶荷花,又将荷花比作略带醉意、含情微笑的美女,神韵绝佳。作者不说自己因赏花引发诗兴,却化主动为被动,说荷花"嫣然摇动,冷香飞上诗句",奇思妙想,令人赞叹。下片把荷花形容成顾影自怜的多情少女,也极有情致。"只恐"二句化用李璟词意,以荷花将谢比美人迟暮,也暗寓自伤身世之意。结拍抒无限留恋之情,余意摇曳。此词咏荷花不留滞于物,不重形似,而着重表现它不凡的韵致和流品,使人神清意远。词格亦如出水芙蓉,清丽绝俗,"幽韵冷香,令人挹之无尽"(刘熙载《艺概》)。

【原词】

闹红一舸⑥,记来时、尝与鸳鸯为侣。三十六陂人未到⑦,水佩风裳无数⑧。翠叶吹凉,玉容消酒,更洒菰蒲雨⑨。嫣然摇动,冷香飞上诗句。　日暮,青盖亭亭,情人不见,争忍凌波去?只恐舞衣寒易落,愁入西风南浦⑩。高柳垂阴,老鱼吹浪,留我花间住。田田多少⑪,几回沙际归路。

注释

①武陵:今湖南常德。
②涸(hé):干竭。
③寻:八尺。
④朅(qiè)来:来到。朅,发语词。吴兴,今浙江湖州。
⑤相羊:徘徊、流连。屈原《离骚》:"聊逍遥以相羊。"
⑥舸(gě):原指大船,亦泛指船。
⑦三十六陂:言水塘极多,宋人诗词常用三十六陂字样,虚指而非实地。王安石《题西太一宫壁》诗:"三十六陂春色,白头想见江南。"
⑧水佩风裳:李贺《苏小小墓》诗:"风为裳,水为佩。"
⑨菰蒲:生于陂塘间的水草。
⑩只恐二句:李璟《摊破浣溪沙》词:"菡萏香销翠叶残,西风愁起碧波间,还与容光共憔悴,不堪看。"此处化用其意。
⑪田田:叶浮水上貌。古乐府"江南可采莲,莲叶何田田。"

【今译】

我客居武陵,荆南荆湖北路提点刑狱的官署正在这里。古老的城池环绕着绿水,高大的乔木上参云天。我和两三个朋友,天天在水中荡舟,靠近荷花饮酒,那意境清幽闲雅,简直不像是在人间。秋水快要干枯的时候,荷叶长出地面一丈左右,我们大家依次坐在荷叶下面,仰头看不见天日,当清风徐徐吹来,荷叶如绿云般浮动,偶尔在荷叶的空隙间,看见游人的画船,也是一件乐事。来到吴兴,多次在荷花间流连,又在夜晚于西湖泛舟,风光奇丽至极,因而写下此词。

在繁丽的荷花丛里荡舟,
一路上,双双鸳鸯与我们为伴。
众多的水塘幽寂无人,
只看见水叶风荷布满。
清风吹动翠叶,
送来阵阵凉气,

荷花微红的容颜,
宛如美人带着才消的酒意。
菰蒲又洒落疏疏细雨,
含笑的荷花轻轻摇动娇美身躯,
散发着幽冷香气,
飞进我美妙的诗句。

荷叶像青色车盖,
在暮色中亭亭挺立。
荷花还没见到情人的踪迹,
怎么能忍心凌波远去?
她只愁天气一冷,
那翠色的舞衣容易脱落,
被无情的西风吹入南浦。
高柳垂下浓阴,
老鱼吹起细浪,
殷勤地邀我在花间留驻。
而我,也总是恋恋难舍那田田莲叶,
多少次徘徊在沙岸边的归路。

扬州慢

姜　夔

　　淳熙丙申至日①,余过维扬。夜雪初霁,荠麦弥望②。入其城则四顾萧条,寒水自碧,暮色渐起,戍角悲吟。余怀怆然,感慨今昔,因自度此曲。千岩老人以为有《黍离》之悲也③。

【题解】

　　《扬州慢》,词调名。姜夔创制,自注工尺旁谱。
　　孝宗淳熙三年(公元 1176 年)冬至,作者来到扬州,那向以歌舞繁华著称的历史名城,兵乱后已变成野麦满眼的荒芜之地,金人南侵带来的深重苦难,词中只借"废池乔木,犹厌言兵"八字,抒尽无限伤时念乱之感,艺术概括力极强,令人惊心动魄,"他人累千百言,亦无此韵味"(陈廷焯《白雨斋词话》)。"渐黄昏"三句进一步渲染"黍离"之悲,把空城荒寒的景象描绘得声色凄厉。下片设想当年在扬州有过许多风流韵事的杜牧,假如对此面目全非的空城,怕再也写不出从前那些曼艳的诗歌,而要魄悸魂惊了。有人批评此词主要怀念的是扬州的风月繁华,多少削弱了爱国主题,我们不能同意这种看法。此词正因为化用杜牧诗意,才突出表现了昔盛今衰的极度感怆,以及对金瓯完好的故国的深切眷念,对敌人的无限憎恨,爱国之情不出以沉雄悲壮,而出之以委折凄惋,同样动人心弦,而又极富诗美。"二十四桥"以下即景抒慨,字精句炼,冷隽深情。"念桥边红药,年年知为谁生"二句,比杜甫《哀江头》"江头宫殿锁千门,细柳新蒲为谁绿",更觉悲凉凄伤。有人将本篇比作鲍照的《芜城赋》,不为过誉。

【原词】

淮左名都④,竹西佳处⑤,解鞍少驻初程。过春风十里⑥,尽荠麦青青。自胡马窥江去后⑦,废池乔木,犹厌言兵。渐黄昏,清角吹寒,都在空城。 杜郎俊赏,算而今,重到须惊。纵豆蔻词工,青楼梦好⑧。难赋深情。二十四桥仍在⑨,波心荡、冷月无声。念桥边红药,年年知为谁生?

注释

①高宗在位期间,金人曾两次大规模南侵。建炎三年(公元1129年),金兵占领扬州,焚掠一空。绍兴三十一年(公元1161年),金主完颜亮又大举南侵,扬州再度遭到破坏。此次劫后十五年,姜夔写下本词。丙申:宋孝宗淳熙三年(公元1176年)

②荠麦:荠菜和麦子,一说,野生的麦子。

③千岩老人:萧德藻,字东夫,晚年居湖州,自号千岩老人。姜夔曾跟他学诗,做了他的侄女婿。《黍离》:《诗·王风》有《黍离》篇,据说是东周的大夫看到西周镐京的故宫长满了禾黍,悼念周室衰微,彷徨不忍去,因作此诗。首句为"彼黍离离",故以名篇。后人常用"黍离之悲",表现故国之思、亡国之哀。

④淮左:宋朝设置淮南路,后分为东西两路。淮南东路称淮左,扬州为其首府。

⑤竹西句:扬州城东禅智寺侧有竹西亭,环境清幽。杜牧《题扬州禅智寺》诗:"谁知竹西路,歌吹是扬州?"

⑥春风十里:杜牧《赠别》诗:"春风十里扬州路,卷上珠帘总不如。"

⑦胡马窥江:指绍兴三十一年(公元1161年)完颜亮南侵。

⑧纵豆蔻二句:杜牧《赠别》诗:"娉娉袅袅十三余,豆蔻梢头二月初。"《遣怀》诗:"十年一觉扬州梦,赢得青楼薄幸名。"

⑨二十四桥二句:杜牧《寄扬州韩绰判官》诗:"青山隐隐水迢迢,秋尽江南草未凋。二十四桥明月夜,玉人何处教吹箫?"沈括《梦溪笔谈·补笔谈》卷三:"扬州在唐时最为富盛,……可纪者有二十四桥。"注明"今存"者只有六桥及一处"新桥"。《扬州画舫录》卷十五说二十四桥"即吴家砖桥,一名红药桥。……《扬州鼓吹词·序》云:'是桥因古之二十四美人吹箫于此,故名。'"按此词句意应从后说。

【今译】

　　淳熙三年冬至,我路过扬州,夜雪初晴,满眼是青青的野麦。进城后又只见四下一片萧条,无情的寒水泛着碧波,暮色渐渐笼罩,军营里的号角悲凉地低鸣。我心中十分凄怆,感慨今昔盛衰,因而自己创制了这首曲子词,千岩老人认为表现了《黍离》之悲。

　　我第一次经行
　　淮左著名的都会,
　　这里有风景幽美的竹西亭。
　　昔日歌舞繁华的扬州,
　　如今满目荒凉,
　　到处野麦青青。
　　自从胡马渡江南侵,
　　连废旧的城池和古老的乔木,
　　提起当年的兵祸都万分痛心。
　　渐近黄昏,
　　凄凉的号角吹响,
　　空城中回荡着清寒的声音。

　　曾在这里观赏游冶的杜牧,
　　料想他如今重来此地,

一定会魄惊魂悸。
纵然那豆蔻词写得工丽,
青楼梦的诗句十分俊逸,
面对这处处疮痍的荒城,
怕是难以抒写沉痛的心情。
二十四桥依旧存在,
却只见波心摇荡着冷月的光影,
四周围寂寞无声。
可叹桥边茂盛的红芍药,
到底为了谁一年年谢了又生?

长亭怨慢

姜　夔

余颇喜自制曲。初率意为长短句,然后协以律,故前后阕多不同。桓大司马云:"昔年种柳,依依汉南,今看摇落,凄怆江潭;树犹如此,人何以堪?"此语余深爱之①。

【题解】

《长亭怨慢》,词调名。姜夔创制,自注工尺旁谱。

此词为告别合肥情侣而写,作年约在绍熙二年(公元1191年)。姜夔记合肥情事的词章多借柳抒怀,因"合肥巷陌皆种柳"(《凄凉犯》序);如《琵琶仙》、《浣溪沙》〔发合肥〕、《醉吟商小品》、《点绛唇》"金谷人归"等,或以柳起兴、或化用前人咏柳诗句。本篇词序也特地用桓温、庾信咏柳之句,借以托兴。上片先写合肥柳色浓深、飘绵坠絮的暮春景色,暗喻别绪撩乱,以下记日暮渡头景象,又拈出长亭柳树寄慨,"树若有情时,不会得青青如此!"翻用李贺诗句,使用寻常口语方言,于伊郁中别饶蕴藉,特别亲切有味,向为人所称道。过片描写行舟渐远,顾瞻眷恋,并自伤旅况凄寂。以下又折入别时伊人的细语叮咛和作者自表爱情的坚贞不渝,化用韦皋故事,写得情深意挚。结拍用李煜词意抒离情绵芊,却仍关合柳丝。全词绝去秾艳雕饰,而以清刚峭拔之笔,作敲金戛玉之声,浑灏流转,深曲动人。

【原词】

　　渐吹尽,枝头香絮,是处人家,绿深门户。远浦萦回,暮帆零乱,向何许？阅人多矣,谁得似、长亭树？树若有情时,不会得青青如此[②]！
　　日暮,望高城不见[③],只见乱山无数。韦郎去也,怎忘得玉环分付[④]。第一是早早归来,怕红萼、无人为主[⑤]。算空有并刀,难剪离愁千缕[⑥]。

注释

　　①桓大司马：桓温(公元312—373年)字元子,东晋明帝之婿,初为荆州刺史,定蜀,攻前秦,破姚襄,威权日盛,官至大司马。吴衡照《莲子居词话》说："白石《长亭怨慢》引桓大司马云云,乃庾信《枯树赋》,非桓温语。"桓温语见辛弃疾《水龙吟》注。
　　②树若二句：李贺《金铜仙人辞汉歌》："天若有情天亦老。"李商隐《蝉》："五更疏欲断,一树碧无情。"
　　③高城不见：用欧阳詹诗句,见秦观《满庭芳》注。
　　④韦郎二句：《云溪友议》卷中《玉箫记》条载,唐韦皋游江夏,与玉箫女有情,别时留玉指环,约以少则五载,多则七载来娶,后八载不至,玉箫绝食而死。
　　⑤红萼：红花,女子自指。
　　⑥算空有二句：贺知章《咏柳》诗："碧玉妆成一树高,万条垂下绿丝绦。不知细叶谁裁出,二月春风似剪刀。"李煜《乌夜啼》词："剪不断,理还乱,是离愁。别是一般滋味在心头。"王安石《壬辰寒食》："客思似杨柳,春风千万条。"此处化用以上句意。并(bīng)刀：并州为古九州之一,今属山西,所产刀剪以锋利出名,杜甫《戏题王宰画水山图歌》："安得并州快剪刀,剪取吴松半江水。"

【今译】

　　我很喜欢自己作曲,起初随意地写下长短不齐的词句,然后再配以乐曲,所以前后片大都不相同。桓温大司马曾说："昔年种柳,依依汉南,今看摇落,凄怆江潭;树犹如此,人何以堪？"这段话我非常喜爱。

　　枝头柳絮已渐渐吹尽,
　　家家门庭,
　　掩隐着浓密的绿荫。
　　远处江上水波回旋,
　　暮色中,航帆零零乱乱,

不知去向哪边?
有谁像长亭畔的杨柳,
作过那么多次离别的见证?
柳树要是真有感情,
就不会总这样颜色青青!

夕阳西下,
回望高城已隐没不见
只有乱山无数,
映入我的眼帘。
像韦郎一样我今天离去,
又怎能忘记她深情的嘱咐:
"第一要紧的是早早归来,
怕红花没有主人爱护。"
唉,即使有并州锋利的剪刀,
也剪不断离愁如柳丝万条。

淡黄柳

姜　夔

客居合肥南城赤阑桥之西,巷陌凄凉,与江左异;惟柳色夹道,依依可怜。因度此曲,以纾客怀①。

【题解】

《淡黄柳》词调名。姜夔创制,自注工尺旁谱。

陈廷焯《白雨斋词话》说:"南渡以后,国势日非,白石目击心伤,多于词中寄慨,……特感慨全在虚处,无迹可寻,人自不察耳。"这段话无疑是打开姜夔不少词章内涵感情的一把钥匙。合肥南宋时已是边境,在建炎间、绍兴末、隆兴初几经战火,已变得十分荒凉颓败,本词表面上虽是抒写旅思客况,但从词序感叹"巷陌凄凉,与江左异"和篇首"空城晓角"等句,以及字里行间所表现的那种极其凄恻的情感,可以说,在很大程度上是抒发哀时念乱的忧伤,无怪谭献据此词说:"白石、稼轩,同音笙磬,但清脆与镗鞳异响,此事自关性分"(《谭评词辨》)。此词写景清新,抒情深婉,把作者那种春天里的秋天的不同寻常的感受,传达得极为入妙。

【原词】

空城晓角,吹入垂杨陌。马上单衣寒恻恻②。看尽鹅黄嫩绿③,都是江南旧相识。　正岑寂④,明朝又寒食。强携酒,小桥宅⑤,怕梨花落尽成秋色⑥。燕燕飞来,问春何在?惟有池塘自碧。

注释

①纾(shū):使宽舒。
②恻恻:与"侧侧"同义,轻寒貌。韩偓《寒食夜》诗:"小梅飘雪杏方红,侧侧轻寒剪剪风。"宋人词多用"恻恻",如周邦彦《渔家傲》词:"几日轻阴寒恻恻。"
③鹅黄:幼鹅毛色黄嫩,形容新绿的柳色。王安石《南浦》诗:"含风鸭绿粼粼起,弄日鹅黄袅袅垂。"
④岑寂:鲍照《舞鹤赋》:"去帝乡之岑寂。"注:"岑寂,犹高静也。"
⑤小桥:夏承焘《姜白石词编年笺注》认为是用《三国志》里乔玄次女小桥(即小乔)的典实。他说:"词云'强携酒,小桥宅',其非自己寓居之赤栏桥甚明。此小桥盖谓合肥情侣也。"
⑥怕梨花句:李贺《三月》诗:"曲水飘香去不归,梨花落尽成秋苑。"

【今译】

我客居在合肥南城赤栏桥的西边,街巷一片冷落凄凉,和江南大不一样。只有道路两旁的杨柳轻轻飘拂,惹人怜爱。因而创制了这首曲子词,用来排遣我这行客感伤的情怀。

清晨,号角在空城回荡,
又吹送到种满垂杨的街巷。
我独自骑马,身穿单衣,
不禁感到微微的寒意。
处处是我江南旧时的相识,
那一树树嫩绿的柳枝。

我是这样清寂凄楚,
明朝偏偏又是寒食,
我勉强带上薄酒一壶,
去到伊人的居室。
我真怕梨花全都凋落,
田野和庭院,
染一片秋天的萧索。
当燕子飞来,寻问春天去到哪里?
唯有无语的池塘,
兀自泛水波碧绿。

暗 香

姜 夔

　　辛亥之冬①,余载雪诣石湖②。止既月,授简索句,且征新声,作此两曲,石湖把玩不已,使二妓肄习之③,音节谐婉,乃名之曰:《暗香》、《疏影》。

【题解】

　　《暗香》、《疏影》,词调名。姜夔创制,注有工尺旁谱。调名取自林逋咏梅名句:"疏影横斜水清浅,暗香浮动月黄昏"(《山园小梅》)。后张炎以此二调咏荷花荷叶,更名《红情》、《绿意》。
　　姜夔平生酷爱梅花,夏承焘《姜白石词编年笺校》录其词八十余首,咏梅词竟有十九首,许多词调专为咏梅而作,如《暗香》、《疏影》、《玉梅令》、《鬲溪梅令》等,此外,以梅起兴或内容与梅有关的词尚有十来首,加起来几占全部作品的三分之一,其中尤以《暗香》、《疏影》最著名,甚至被誉为"千古词人咏梅绝调"(郑文焯《校白石道人歌曲》)。但对此二词的索解则众说纷纭,莫衷一是,因词旨不甚分明,使人有"独恨无人作郑笺"之慨,似乎它们同李商隐的《锦瑟》诗一样,是猜不透的谜。假如不去刻意搜寻词中的"微言大义"或指实某人某事,而只把它当作出色的写景、抒情作品来欣赏,或者更能令人"神观飞越"。此词上片描写当年月下抚笛,和伊人夜寒中共摘梅花的清赏雅趣,意境幽绝,情味浓至。"何逊"二句为作者自谦之词,并含无限今昔之慨。"但怪得"二句点明"暗香"题目,写疏梅的风采神韵引发作者诗情,文字极清俊。下片用驿寄梅花典故传达相思之情,衬以江国夜雪的壮丽背景,寄托深远。"长记"以下再度折入对往事的回忆,"千树"二句极写千树梅放如红云映入碧水的幽美景色,堪称"写生独步"(邓廷祯语),"寒碧"二字恰切地形容了初春湖水的特点,又映衬出幽梅笑傲岁寒的品节。结拍惋惜落梅已尽,旧欢难寻,出以问句,委婉深情。

【原词】

旧时月色,算几番照我,梅边吹笛?唤起玉人,不管清寒与攀摘④。何逊而今渐老,都忘却、春风词笔⑤。但怪得、竹外疏花⑥,香冷入瑶席。　江国,正寂寂,叹寄与路遥⑦,夜雪初积。翠尊易泣,红萼无言耿相忆。长记曾携手处,千树压、西湖寒碧⑧。又片片吹尽也,几时见得?

【注释】

①辛亥:光宗绍熙二年(公元1191年)。

②石湖:诗人范成大晚年居住在苏州西南的石湖,自号石湖居士。

③肄(yì)习:学习,练习。

④唤起二句:贺铸《浣溪沙》词:"玉人和月摘梅花。"

⑤何逊二句:何逊,字仲言,南朝梁诗人。早年曾任南平王萧伟的记室,在扬州有《扬州法曹梅花盛开》诗:"兔园标物序,惊时最是梅。"杜甫《和裴迪登蜀州东亭送客逢早梅相忆见寄》诗:"东阁官梅动诗兴,还如何逊在扬州。"《分门集注杜工部诗》苏注:"梁何逊作扬州法曹,廨舍有梅花一株。花盛开,逊吟咏其下。后居洛,思梅花,请再往,从之。抵扬州,花方盛。逊对花彷徨终日。"此事《南史》、《梁书》的何逊传均不载。当时洛阳属北朝,何逊不可能"居洛"。春风词笔,何逊有《咏春风》诗:"可闻不可见,能重复能轻。镜前飘落粉,琴上响余声。"

⑥竹外疏花:苏轼《和秦太虚梅花》诗:"竹外一枝斜更好。"

⑦叹寄与:用陆凯寄范晔诗意,见舒亶《虞美人》注。

⑧千树句:宋时杭州西湖上的孤山梅花成林,故云。

【今译】

　　绍熙二年冬天,我冒雪去拜访石湖居士,在那里逗留了一个多月,范石湖给我纸张向我索要词章,并要求我制作新的曲调,我写了两首,石湖吟赏不已,叫乐工歌妓练习、演唱,音调节律和谐婉转。我把这两首曲子词命名为《暗香》、《疏影》。

　　忆旧时,月色曾
　　多少次照着我和你,
　　相依在梅林,抚弄横笛。
　　多少次我将你唤起,
　　全不顾夜寒露冷,
　　踏着月光去攀折梅枝。
　　如今,我已像何逊渐渐老去,
　　早失却当年的风情,
　　荒落了昔日的诗笔。
　　竹丛外疏梅斜倚,
　　把幽冷的芬芳洒向筵席,
　　又唤醒了我诗情洋溢。

　　江南的冬夜多么沉寂,
　　唉,道路遥远,难采梅花相寄,
　　更何况白茫茫寒雪初积。
　　面对这翡翠酒杯我暗自饮泣,
　　默默地对着无语红梅,
　　我深深思念你。
　　携手西子湖畔的往事,
　　我总也不能忘记:
　　那千万株盛开的梅树,
　　如红云沉沉,映湖水寒碧。
　　梅花又将在春风中片片吹尽,
　　几时才能够再度相遇?

疏　影

姜　夔

【题解】

　　这是一首梅花的赞歌，又是一首梅花的咏叹调。词中先绘出梅花不同凡俗的形貌，又表现了她那孤芳自赏的清姿和高洁情怀，再化用杜甫、王建诗意，把远嫁异域不能生还汉邦的昭君故事神话化，将眷恋故国的昭君之魂和寒梅的幽独之魂合二为一，带有极深的悲剧意味，境界又极凄美。下片由眼前梅花盛开推想其飘落之时，用寿阳公主及陈阿娇事，寓无限怜香惜玉之意，又借笛里梅花哀怨的乐曲，加深怅惋的感情，末二句想到梅花凋尽，唯余空枝幻影映上小窗，语意沉痛。全词用事虽多，但熔铸绝妙，运气空灵，变化虚实，十分自如。篇中善用虚字，曲折动荡，摇曳多姿。张炎极口称道本词及《暗香》："前无古人，后无来者，自立新意，真为绝唱"(《词源》)。许多词评家认为此篇寄托了徽、钦二帝北狩之悲，但却很难指实。力主抗敌的爱国大臣吴潜与姜夔曾有交谊，姜去世后，吴潜曾次韵《暗香》、《疏影》二词，却并无一字明写或暗寓感伤二帝之意，亦可佐证。

【原词】

　　苔枝缀玉①，有翠禽小小，枝上同宿②。客里相逢，篱角黄昏，无言自倚修竹③。昭君不惯胡沙远，但暗忆、江南江北。想佩环月夜归来，化作此花幽独④。　犹记深宫旧事，那人正睡里，飞近蛾绿⑤。莫似春风，不管盈盈，早与安排金屋⑥。还教一片随波去，又却怨玉龙哀曲⑦。等恁时、重觅幽香，已入小窗横幅⑧。

【注释】

　　①苔枝缀玉：范成大《梅谱》说绍兴、吴兴一带的古梅"苔须垂于枝间，或长数寸，风至，绿丝飘飘可玩。"周密《乾淳起居注》："苔梅有二种：宜兴张公洞者，苔藓甚厚，花极香。一种出越土，苔如绿丝，长尺余。"

　　②有翠禽二句：用罗浮之梦典故。旧题柳宗元《龙城录》载，隋代赵师侠游罗

浮山,夜梦与一素妆女子共饭,女子芳香袭人。又有一绿衣童子,笑歌欢舞。赵醒来,发现自己躺在一株大梅树下,树上有翠鸟欢鸣,见"月落参横,但惆怅而已。"殷尧藩《友人山中梅花》诗:"好风吹醒罗浮梦,莫听空林翠羽声。"吴潜《疏影》词:"闲想罗浮旧恨,有人正醉里,姝翠蛾绿。"

③无言句:杜甫《佳人》诗:"天寒翠袖薄,日暮倚修竹。"

④昭君四句:杜甫《咏怀古迹》五首其三:"一去紫台连朔漠,独留青冢向黄昏。画图省识春风面,环佩空归夜月魂。"王建《塞上咏梅》诗:"天山路边一株梅,年年花发黄云下。昭君已没汉使回,前后征人谁系马?"

⑤犹记三句:用寿阳公主事,见欧阳修《诉衷情》注。

⑥安排金屋:《汉武故事》载武帝小时对姑母说:"若得阿娇作妇,当作金屋贮之。"

⑦玉龙哀曲:马融《长笛赋》:"龙鸣水中不见己,截竹吹之声相似。"玉龙,即玉笛。李白《与史郎中钦听黄鹤楼上吹笛》诗:"黄鹤楼中吹玉笛,江城五月落梅花。"哀曲,指笛曲《梅花落》。

⑧小窗横幅:晚唐崔橹《梅花诗》:"初开已入雕梁画,未落先愁玉笛吹。"陈与义《水墨梅》诗:"晴窗画出横斜枝,绝胜前村夜雪时。"此翻用其意。

【今译】
　　苔梅装缀枝头,
　　有如点点琼玉,
　　一对小小的翠鸟在枝上栖息。
　　客居他乡的我又和梅花相遇,
　　黄昏时她在篱边角落,
　　独自无言,把高高的青竹斜倚。
　　昭君远涉沙漠去到胡地,
　　本不是她的心意,
　　她暗暗思念着故国山川秀丽。
　　她的魂魄依然是一往深情,
　　在月夜里悠悠归来,
　　化作了梅花,这幽独的精灵。

　　还记得寿阳宫的旧事,
　　公主正在梦里,

梅花飞近她的蛾眉。
且莫像无情的春风,
不管梅花这绝代佳丽,
应该早早安排下金屋,
好让她归宿有地。
但她却还是片片随流水飘去,
又听得远处吹奏《梅花落》,
那凄凉哀怨的笛曲。
想要再去寻觅幽梅的芳馨,
小窗上空映着枝影迷离。

翠楼吟

姜　夔

淳熙丙午冬,武昌安远楼成①,与刘去非诸友落之②,度曲见志。余去武昌十年,故人有泊舟鹦鹉洲者③,闻小姬歌此词,问之,颇能道其事;还吴,为余言之,兴怀昔游,且伤今之离索也。

【题解】

《翠楼吟》,词调名。姜夔创制,注有工尺旁谱。

淳熙十三年(公元1186年)冬,姜夔离汉阳赴湖州,经武昌,适逢"安远楼"落成,他与友人同往观览,作此词。词序为十年后补写。此年为高宗八十大寿,《宋史·孝宗本纪》三载:"春正月庚辰朔,率群臣诣德寿宫行庆寿礼,大赦,……免贫民丁身钱之半……,内外诸军犒赐共一百六十万缗(mǐn,成串的钱)。"宋金南北对峙至此半世纪有余,武昌早已不是战略要地,楼名取作"安远",也显示时世太平之意。这首词虽然描写了军中热闹的歌舞、楼观的堂皇壮丽,却没有颂圣的味道,首句"月冷龙沙,尘清虎落"形容宋、金两地的冷寂光景,隐含着作者对苟安求和政局的不满,他在《昔游诗》中,说他青年时浪迹湖汉曾"徘徊望神州,沉叹英雄寡"。从本词下片"仗酒祓清愁,花消英气"等句,可以看出姜夔原有济世之志,却因仕进无路而漂泊四方、寄食他人,精神上是极为苦闷的。这首词本为"安远楼"落成而作,主旨却完全不是真正歌咏升平,词中"新翻胡部曲"二句,似乎与杜牧《河湟》诗感叹失地不能收复,"唯有凉州歌舞曲,流传天下乐闲人"的用意相仿。下片虽用崔颢诗抒乡关之愁,但末三句又用王勃《滕王阁》诗意,对星移物换、盛衰屡变的历史人生发出浩叹,感情远不止于自伤身世,所以许昂霄说此词"凄婉悲壮,何减王粲《登楼赋》"(《词综偶评》)。

【原词】

月冷龙沙④,尘清虎落⑤,今年汉酺初赐⑥。新翻胡部曲⑦,听毡幕元戎歌吹⑧。层楼高峙,看槛曲萦红,檐牙飞翠。人姝丽⑨,粉香吹下,夜寒风细。　此地宜有词仙,拥素云黄鹤,与君游戏。玉梯凝望久,但芳草萋萋千里⑩。天涯情味,仗酒祓清愁⑪,花消英气。西山外,晚来还卷,一帘秋霁⑫。

注释

①安远楼:即武昌南楼,在黄鹤山上。

②刘去非:作者友人,生平未详。

③鹦鹉洲:在今湖北汉阳西南长江中,东汉末,黄祖为江夏(今武昌)太守,祖长子射,大会宾客,有人献鹦鹉,祢衡作《白鹦鹉赋》,洲因此得名。

④龙沙:《后汉书·班超传赞》:"坦步葱岭,咫尺龙沙。"后世泛指塞外之地为龙沙。

⑤虎落:遮护城堡或营寨的竹篱。《汉书·晁错传》:"要害之处,通川之道,调立城邑,毋下千家,为中周虎落。"

⑥汉酺(pú)初赐:汉律,三人以上无故不得聚饮,违者罚金四两。朝廷有庆祝之事,特许臣民会聚欢饮,称赐酺。《汉书·文帝纪》诏:"朕初即位,其赦天下,赐民爵一级,女子百户牛酒,酺五日。"后来历代王朝,遇新皇帝登位、帝后诞日、丰收、平定叛乱等事,常有赐酺之举。酺,合聚饮食。此处所指事见题解。

⑦胡部曲:唐时西凉地方乐曲。《新唐书·礼乐志》:"开元二十四年(公元736年),升胡部于堂上。……后又诏道调、法曲与胡部新声合作。"此处泛指异族音乐。

⑧元戎:兵众。《汉书·董贤传》:"统辟元戎。"注:"元戎,大众也。"

⑨姝(shū)丽:容貌美丽。《后汉书·邓皇后纪》:"后长七尺二寸,姿颜姝丽,

绝异于众。"

⑩此地五句：崔颢《黄鹤楼》诗："昔人已乘黄鹤去,此地空余黄鹤楼。黄鹤一去不复返,白云千载空悠悠。晴川历历汉阳树,芳草萋萋鹦鹉洲。日暮乡关何处是？烟波江上使人愁。"此处化用其意。

⑪袚(fú)：原指古代为除灾去邪而举行仪式的习俗。此处指消除。

⑫西山外三句：王勃《滕王阁诗》："滕王高阁临江渚,佩玉鸣鸾罢歌舞。画栋朝飞南浦云,珠帘暮卷西山雨。闲云潭影日悠悠,物换星移几度秋。阁中帝子今何在？槛外长江空自流。"此处化用其意,一帘秋霁,"秋"字为修饰语,非实指,因作者游"安远楼"为冬季。

【今译】

淳熙十三年冬天,武昌"安远楼"竣工,我和刘去非等几位朋友,去参加落成典礼,创制此曲以抒情言志。离开武昌十年后,一位老朋友泊船于鹦鹉洲,听到有年轻歌女唱这首曲子词,向她询问,她还能讲出当年的事情；老朋友回到江南,告诉我这些情形,不由得激起我对往昔游历和旧友的怀念,同时感伤如今的离别。

遥想漠漠塞外月色清冷,
此地的护城竹篱早已没有战尘,
朝廷今年正逢喜庆,
军民都受到赏赐宴饮的隆恩。
营帐中演奏着新近改编的胡曲,
弦管歌声喧腾,处处可闻。
安远楼高高耸立,
朱红栏槛曲折萦回,
斜飞的檐牙一片翠绿。
清夜里寒风细细,
舞筵歌席上佳人多么艳丽,
风中飘浮着脂粉香气。

我多希望有妙擅词章的仙人,
身骑黄鹤,簇拥着素色云霓,
来此地和大家一同游戏。

我登上石梯久久凝望伫立,
但见萋萋芳草绵延千里。
客居天涯的凄凉情味,
心中堆积的深深忧郁,
全仗着杯酒来消解,
在闲散生活里,
消磨尽原先的英风豪气。
到晚来,高卷珠帘,
看西山外,一派清远的晴意。

杏花天影

姜　夔

丙午之冬,发沔口①。丁未正月二日②,道金陵,北望淮、楚,风日清淑,小舟挂席,容与波上③。

【题解】

《杏花天影》词调名。姜夔创制,注有工尺旁谱。又名《杏花天》。

此词与《踏莎行》"燕燕轻盈"作于同时,可看作姊妹篇,一为江上感梦而作,一为舟行途中怀人而作,均抒写对合肥情人的恋情。本词描写作者道经金陵,北望淮楚,满怀依恋缱绻,临去又再三流连的情状。首句托柳起兴,"鸳鸯浦"、"桃叶渡"既是实写眼前风物,使用本地典故,又暗示作者对过去爱情生活和离别情景的回忆,辞采华美,涵义深永。"满汀"三句本为内心独白,以自问的方式说出,幽怨中含许多无可奈何,更使人感到委婉深情。

【原词】

　　绿丝低拂鸳鸯浦④,想桃叶,当时唤渡⑤。又将愁眼与春风,待去,倚兰桡更少驻。　金陵路,莺吟燕舞⑥。算潮水知人最苦。满汀芳草不成归,日暮,更移舟向甚处?

【注释】

①丙午:宋孝宗淳熙十三年(公元1186年)。沔(miǎn)口:沔水为汉水上游,汉水入长江处谓之沔口,即今湖北汉口。

②丁未:淳熙十四年(公元1187年)。

③容与:迟缓不前貌。屈原《九章·涉江》:"船容与而不进兮,淹回水而凝滞。"

④绿丝:指柳,合肥多植柳,金陵(今南京)自古亦多种柳,南朝乐府《杨叛儿》:"暂出白门(南京白下门)前,杨柳可藏乌。"

⑤想桃叶二句:见姜夔《琵琶仙》注。

⑥莺吟燕舞:借指美貌女子的清歌妙舞。

【今译】

淳熙十三年(公元1186年)冬天,我从汉口启程。次年正月初二,途经金陵,北望淮南一带,风光清丽,我的小船张起风帆,在江上缓缓地前行。

鸳鸯双栖的河滨,
柳丝低低地飘拂,
想当年美丽多情的桃叶,
曾经在这里摆渡。
我含愁的双眼,
只是凝望那沐着春风的淮楚,
行舟将要离去,
我独倚双桨再三地踟蹰眷顾。

金陵江畔自古繁华,
人们沉醉于清歌妙舞。
只有信守盟约的潮水,
知道我心中的愁苦。
芳草长满汀洲,
我却不能回到她的小楼,
黄昏日暮,

又移船去往何处?

一萼红

姜 夔

丙午人日①,余客长沙别驾之观政堂②,堂下曲沼,沼西负古垣,有卢桔幽篁③,一径深曲。穿径而南,官梅数十株,如椒如菽,或红破白露,枝影扶疏。著屐苍苔细石间④,野兴横生,亟命驾登定王台⑤。乱湘流⑥,入麓山⑦湘云低昂,湘波容与⑧,兴尽悲来,醉吟成调。

【题解】

《一萼红》,词调名,始见于《乐府雅词》载北宋无名氏词。毛先舒《填词名解》云:"太真初妆,宫女进白牡丹,妃捻之,手脂未洗,适染其瓣,次年花开,俱绛其一瓣,明皇为制《一捻红》曲,词名沿之,曰《一萼红》。"《乐府雅词》所载北宋无名氏词上片结句云,"未教一萼红开鲜艳",《词谱》三十五谓调名由此而得。

据夏承焘《姜白石词编年笺校》,这首词"托兴梅柳,以梅起柳结"当是继《浣溪沙》〔客山阳〕之后第二篇记合肥情事的词章,为淳熙十三年(公元1186年)客居长沙游岳麓山时所作。上片纪游,描写作者与友人在早春的寒冷中赏梅、登临的雅兴,生动有致。"池面冰胶,墙腰雪老"二句状严寒景象,用语生新瘦硬,属对精工。过片如奇峰突起,笔锋陡转,发兴尽悲来的深深喟叹。作者时年已三十有二,尚无进身机会,浪迹天涯、寄人篱下,登高临远之际,不觉触景伤情,便借眼前流荡的楚水湘云作譬、寄慨,巧妙自然而情味凄苦。"朱户"三句切合节令,并叹时序更迭,含他人欢乐己独悲的伤感。"记曾共"以下抒怀远之情,蕴藉深婉。此词将纪游、抒慨、叙别熔为一炉,感情层层递进,曲折动荡,脉络分明,章法井然,语言锤炼功夫很深,却不失生香真色。

【原词】

古城阴,有官梅几许,红萼未宜簪。池面冰胶,墙腰雪老,云意还又沉沉。翠藤共、闲穿径竹,渐笑语、惊起卧沙禽。野老林泉,故王台榭,呼唤登临。 南去北来何事,荡湘云楚水,目极伤心。朱户粘鸡⑨,金盘簇燕⑩,空叹时序侵寻⑪。记曾共、西楼雅集,想垂柳、还袅万丝金⑫。待得归鞍到时,只怕春深。

注释

①人日:旧称夏历正月初七日为"人日"。《北史·魏收传》引〔晋〕议郎董勋《答问礼俗说》:"正月一日为鸡,二日为狗,三日为猪,四日为羊,五日为牛,六日为马,七日为人。"杜甫《人日》诗:"元日到人日,未有不阴时。"

②别驾:官名,汉置别驾从事使,为刺史的佐吏,刺史巡视辖境时,别驾乘驿车随行,故名。宋于诸州置通判,近似别驾之职,后世因沿称通判为别驾。

③卢桔:金桔。李时珍《本草纲目》云:"此桔生时青卢色,黄熟时则如金,故有金桔、卢桔之名。"并说:"注《文选》者以枇杷为卢桔,误矣。司马相如《上林赋》云:'卢桔夏熟,枇杷橪柿,'以二物并列,则非一物明矣。"

④屐(jī)。木鞋,底有二齿,以行泥地。引申为鞋的泛称。

⑤定王台:在长沙城东,汉长沙定王所筑。

⑥乱:横渡。《诗·大雅·公刘》:"涉渭为乱。"疏:"水以流为顺,横渡则绝其流,故为乱。"《书·禹贡》:"乱于河。"孔传:"绝流曰乱。"

⑦麓山:一名岳麓山,在长沙城西,下临湘江。

⑧容与:舒缓貌,见姜夔《杏花天影》注。

⑨粘鸡:《荆楚岁时记》:"人日贴画鸡于户,悬苇索其上,插符于旁,百鬼畏之。"

⑩金盘句:金盘,指春盘,古俗于立春日,取生菜、果品、饼、糖等,置于盘中为食,取迎新之意,谓之春盘。周密《武林旧事》立春条云:立春前一日"后苑办造春盘供进,及分赐贵邸宰臣巨珰,翠缕红丝,金鸡玉燕,备极精巧,每盘值万钱。"

⑪侵寻:渐进。

⑫万丝金:白居易《杨柳枝》十二首其九:"一树春风万万枝,嫩于金色软于丝。"

【今译】

淳熙十三年正月初七,我客居在长沙通判的"观政堂",堂下有曲池,池西背靠着古老的城墙,池畔有金桔、茂密的修竹,一条小路曲折而幽深。穿过小路南行,看见几十棵梅树,枝头缀满花蕾,小的像花椒,大的如豆子,有些已绽放出白色或红色的小花,枝影疏落可爱。穿着木屐走在青苔细石间,感到野趣盎然,萌发了浓烈的游兴,于是立即动身去登览定王台,又横渡湘江,攀上岳麓山;俯瞰湘江上白云忽高忽低地飘飞,水波舒缓地流动,游兴已尽,不觉悲从中来,乘醉吟成此词。

多少棵梅树,
倚傍着古老的城墙,
刚刚绽放的小小红花,
还不能插在发髻旁。
池上胶结着冰层,
老早的积雪还堆满墙壁,
天空阴云沉沉,
又含着新的雪意。
我们悠闲地穿过翠藤缠绕、
幽竹深深的小径,
一路走来的欢声笑语,
惊起了沙岸边栖息的鸟禽。
我们这些林泉野老
兴高采烈地把故王台榭登临。

究竟为了什么我南来北往,
像眼前的湘云楚水
不住地飘游流荡?
极目遥望只见江天寥廓,
不由得暗自悲伤。
人家朱户粘贴着纸画的金鸡,
春盘中盛满应节的玉燕,
而我,空自叹息时序渐变。
还记得从前,
在西楼同她雅集欢宴,
她那里,
杨柳想已垂下万条金线。
待到我策马归时,
只怕是春光迟迟。

霓裳中序第一

姜　夔

　　丙午岁①,留长沙,登祝融②,因得其祠神之曲曰:《黄帝盐》③、《苏合香》④。又于乐工故书中得商调《霓裳曲》十八阕,皆虚谱无辞。按沈氏乐律,《霓裳》道调⑤,此乃商调。乐天诗云"散序六阕"⑥,此特两阕,未知孰是? 然音节闲雅,不类今曲;余不暇尽作,作《中序》一阕传于世⑦。余方羁游,感此古音,不自知其辞之怨抑也。

【题解】

　　《霓裳中序第一》,词调名,始见于姜夔词,注有工尺旁谱。毛先舒《填词名解》:"《梦溪笔谈》云:'《霓裳》,本谓之道调法曲。'《新唐书》云:'高宗自以老子之后,命乐工制道调。'《南唐书》云:'《霓裳羽衣》最为大曲。'按《教坊记》止云《霓裳》,填词始有今名。"又曰:"《笔谈》云'曲十二叠,前六叠无拍,至第七叠始有拍而舞,'则填词名以《中序第一》者,盖中分十二叠,以第七叠为《中序第一》,至此乃舞,此调必宋人舞曲明矣。按《宋乐志》载舞队女弟子队第五曰:'拂霓裳队',益可验也。"又曰:"宋宣和初普州守山东王平自言得《夷则霓裳羽衣》谱,以是推之,则此曲当是商声抑曲。十二遍或各按月令,平独得其一遍之谱邪?"

　　姜夔一生怀才不遇,是两宋少有的一位以布衣终老的大词人。在有生之年,最能触动他伤心怀抱的一是"文章信美知何用,漫赢得天涯羁旅";一是"记当时、送君南浦。万里乾坤,百年身世,惟有此情苦"(均见《玲珑四犯》)——对合肥情侣深挚的眷恋和离愁别恨。这双重痛苦,加上他对时世的感伤、失望,使他长年悒郁不欢,而在登山临水之际,便自然地敞开了他的心扉。这首词就以凄伤的笔调抒写了对景难排的种种悲哀:风物萧索、欲归不得、憔悴多病、光阴迁流、旧游似梦、飘泊无定、伊人不见……词中"人何在?"三句化用杜甫《梦李白》诗意,表现作者渴念已极而产生的迷离幻境,情深调苦。末二句反用阮籍故事抒写他对情人不可移易的爱情,真挚深厚。今存白石词有将近四分之一是为合肥情人而唱的歌,绝不带丝毫青楼调笑的意味,那种爱主要表现为精神的而非感官的,已同作者的生命交织在一起,感情境界清淳高尚,极其难能可贵,是特别值得称道的。这首词既伤漂流又伤别离,凄惋沉咽,正是"弦弦掩抑声声思","说尽心中无限事"(白居易《琵琶行》,感人至深。

【原词】

亭皋正望极⑧,乱落红莲归未得。多病却无气力,况纨扇渐疏⑨,罗衣初索⑩。流光过隙⑪,叹杏梁⑫、双燕如客⑬。人何在?一帘淡月,仿佛照颜色⑭。 幽寂,乱蛩吟壁,动庾信、清愁似织⑮。沉思年少浪迹,笛里关山⑯,柳下坊陌。坠红无信息,漫暗水、涓涓溜碧⑰。飘零久,而今何意,醉卧酒垆侧⑱。

注释

①丙午:孝宗淳熙十三年(公元1186年)。

②祝融:南岳衡山(在今湖南衡山县北)七十二峰中之最高峰(海拔1290米)。

③黄帝盐:洪迈《容斋续笔》七云:"今南岳献神乐曲有黄帝盐,而俗传为黄帝炎。"此曲为羯鼓遗曲。

④苏合香:《羯鼓录》载此曲属太簇宫;段安节《乐府杂录》云此曲属软舞曲。日本所传唐乐,大曲共四曲,中有《苏合香》。

⑤沈氏乐律句:沈括《梦溪笔谈》五《乐律》一云:"《霓裳羽衣曲》本谓之道调法曲。"王灼《碧鸡漫志》卷三:"按明皇改婆罗门曲为霓裳羽衣,属黄钟商,时号越调。白乐天《嵩阳观夜奏霓裳》诗云:'开元道曲自凄凉,况近秋天调是商。'又知其为黄钟商无疑。"葛立方《韵语阳秋》亦引乐天此诗,证霓裳用商调。又徐铉《又听霓裳羽衣曲送陈君》诗亦云"清商一曲远人行",证明此曲本为商调而非道调,沈括误记,白石偶失考。

⑥散序六阕:白居易《和元微之霓裳羽衣歌》:"散序六奏未动衣,阳台宿云慵不飞。"《碧鸡漫志》卷三:"霓裳第一至第六叠无拍者,皆散序故也。"

⑦中序:《霓裳》全曲分三大段:一,散序,六遍;二,中序,遍数不详;三,破,十二遍。

⑧亭皋:水边平地。亭,平;皋,水旁地。王勃《饯韦兵曹》诗:"亭皋分远望,延想间云涯。"

⑨况纨(wán)扇句:此句暗用相传为汉班婕妤所作《怨歌行》诗意:"新裂齐纨素,皎洁如白雪。裁为合欢扇,团团似明月……常恐秋节至,凉飙夺炎热。弃捐箧笥中,恩情中道绝。"

⑩索:离散,与"疏"意近。陆机《叹逝赋》:"亲落落而日稀,友靡靡而愈索。"

⑪流光过隙:《庄子·知北游》:"人生天地之间,若白驹之过隙,忽然而已。"

⑫杏梁:屋梁的美称。司马相如《长门赋》:"刻木兰以为榱兮,饰文杏以为梁。"

⑬双燕如客:以燕暗喻人之飘泊,周邦彦《满庭芳》词:"年年,如社燕,漂流瀚海,来寄修椽。"

⑭人何在三句:杜甫《梦李白》二首其一:"落月满屋梁,犹疑照颜色。"此用其意。

⑮动庾信句。见姜夔《齐天乐》注。

⑯笛里关山:杜甫《洗兵马》诗"三年笛里关山月,万国兵前草木风。"又古横吹曲有《关山月》,此处语意双关。

⑰漫暗水句:杜甫《夜宴左氏庄》诗:"暗水流花径,春星带草堂。"

⑱醉卧酒垆:刘义庆《世说新语·任诞》载:"阮公(籍)邻家妇有美色,当垆沽酒。阮……常从妇饮酒,阮醉,便眠卧其妇侧。夫始殊疑之,伺察,终无他意。"酒垆,安置酒瓮的土台子。

【今译】

淳熙十三年,我留居长沙,有一次登上衡山最高的祝融峰,得到了当地祭祀山神的曲谱,一曲叫《黄帝盐》,一曲叫《苏合香》。我又在乐工故旧的书里发现了商调《霓裳曲》十八段,都只有曲谱而无歌辞,沈括《梦溪笔谈·乐律》记《霓裳》为道调,我得到的是商调。白居易诗说"散序六阕",这却是两段,不知哪个是对的。可这些曲谱音节舒徐典雅,不像现在流行的曲调。我没有时间一一制作并填词,只作《中序》一首流传于世。我正四方漂泊羁旅,有感于古乐曲的清越,不由自主地写下这首悲抑哀怨的词。

我在岸边极目望远独自伫立,
但见红莲纷纷凋零,
我盼望归去,却欲归无计。
多愁多病的我只觉得衰弱乏力。

何况夏日将尽,
白绢团扇已被捐弃,
又换掉单薄的罗衣,
流光匆匆有如白驹过隙。
可叹梁上的双燕,
正像我飘然客居,
但不久它们就会飞去。
伊人今在哪里?
朦胧淡月映满我的窗帷,
依稀地照见了她的容颜。

我多么幽独冷寂,
蟋蟀在壁间哀吟,断断续续,
引动我像庾信一样
心中织出无限愁绪。
我独自沉思默想:
从少年时就天涯羁旅,
笛声中踏遍关山,
在杨柳夹巷的坊曲,
欣喜地同她相遇。
而今她好比落花,
我难以探寻她的消息,
眼前只见碧水潺湲暗暗流去。
我长年飘零无依,
再也没有心思
学阮籍在酒垆边醉倚。

小重山

章良能

【作者简介】

章良能(？—公元1214年),字达之,丽水(今属浙江)人。淳熙五年(公元1178年)进士,宁宗朝官至参知政事。周密《齐东野语》称其"性滑稽"、"间作小词,极有思致。"《全宋词》录其词一首。

【题解】

《小重山》,词调名,始见于韦庄词。晚唐五代多以此调写"宫怨"。

这首小词抒写作者在雨后的三春好景中愉悦的感受及趁时登临的豪兴,笔意轻灵和婉,节律明快,词中虽然叹息"无寻处,惟有少年心",情调却并不哀伤。

【原词】

柳暗花明春事深①,小阑红芍药,已抽簪。雨余风软碎鸣禽②。迟迟日,犹带一分阴。　往事莫沉吟。身闲时序好,且登临。旧游无处不堪寻,无寻处,惟有少年心。

注释

①柳暗花明:李商隐《夕阳楼》诗:"花明柳暗绕天愁。"
②风软碎鸣禽:晚〔唐〕杜荀鹤《春宫怨》诗;"风暖鸟声碎,日高花影重。"

【今译】

　　柳色深暗,花光明艳,
　　春景正美,
　　小栏内可爱的红芍药,
　　已经含苞结蕊。
　　雨后和风轻软,

鸟声唧唧啾啾一片细碎。
初晴的太阳慢慢透出云层,
天宇还带着一些儿阴沉。

过往的事情,
不必去留恋叹惋。
如今悠闲自在,
且趁好时光临水登山。
旧日游历的迹印,
处处能够找寻,
唯一没法寻见的,
是少年时无忧无虑的心。

唐多令·重过武昌

刘过

安远楼小集①,侑觞歌板之姬黄其姓者,乞词于龙洲道人,为赋此。同柳阜之、刘去非、石民瞻、周嘉仲、陈孟参、孟容,时八月五日也。

【作者简介】

刘过(公元1154—1206年),字改之,自号龙洲道人,吉州太和(今江西泰安县)人,一说庐陵(今江西吉安市)人。力主抗金。光宗朝曾上书朝廷提出恢复中原的方略,不用,从此流落江湖间。以词著名,曾做过辛弃疾的座上客,"词多壮语,盖学稼轩者也"(黄升《花庵词选》)。许多词章爱国感情慷慨激烈,如《六州歌头》两首,一歌颂岳飞,一吊古伤今,《贺新郎》"弹铗西来路"悲叹壮志莫酬,这些作品政治内容充实而艺术锤炼不够,觉粗豪太过,略少余韵。有的词如《沁园春》"一剑横空"在自诉坎壈的同时,流露出对富贵荣华的艳羡,有的词如《沁园春》〔咏美人指甲〕、〔咏美人足〕庸俗轻薄,为人所讥。一些小词,赡逸有思致。有《龙洲词》。

【题解】

《唐多令》,词调名,始见于刘过词。周密因刘过词有"二十年重过南楼"句,又名《南楼令》;另又名《糖多令》。

此词别本题作〔重过武昌〕。安远楼落成于淳熙十三年(公元1186年),本篇为刘过晚期作品。他青年时抱着"算整顿乾坤终有时"(《沁园春》)的壮志和信心,却怀才不遇、湖海飘零。小朝廷南渡初,武昌曾是与敌分争的要地,宴安日久,这里已成为文人墨客登临观览之胜。作者重来此地,在安远楼凭高遥望,举目有河山之异,遂将个人身世不偶、交游零落以及家国兴亡的种种感慨织成这首凄怆的乐曲。词旨清越,含蓄婉转,韵协音调,是小令中的精品。先著甚至说它"与陈去非(与义)'杏花疏影里,吹笛到天明'(《临江仙》)并数百年绝作"(《词洁》)。

【原词】

芦叶满汀洲,寒沙带浅流。二十年重过南楼②。柳下系船犹未稳,能几日,又中秋。　黄鹤断矶头③,故人曾到否?旧江山浑是新愁④。欲买桂花同载酒,终不似,少年游。

注释

①安远楼:见姜夔《翠楼吟》注。

②南楼:即安远楼,旧说东晋时庾亮曾和佐吏乘秋夜登此赏玩,传为佳话,因称玩月楼。李白《陪宋中丞武昌夜饮怀古》诗:"清景南楼夜,风流在武昌。"实际上庾亮所登南楼在湖北鄂城县南,非后代诗词家所说武昌南楼。

③黄鹤句:黄鹤山,一名黄鹄山,在武昌。它的西北有黄鹄矶,黄鹤楼在其上,面临长江。临江的山崖称"矶"。

④旧江山句:朱敦儒《临江仙》词:"一双新泪眼,千里旧关山。"此处化用其意。

【今译】

八月初五,我同柳阜之、刘去非、石民瞻、周嘉仲、陈孟参、陈孟容在安远楼聚会,酒席上一位姓黄的歌女请求我写词,我为她作此篇。

芦叶落满汀洲,
浅水夹带着寒沙缓缓东流。
二十年过后,
重新登上了南楼。
我那漂泊的小舟,
在柳树下还没系稳,
能有几天就又是中秋。

残破的黄鹤矶头,
我的故友可曾来游?
对一片陈旧江山,
油然生出许许多多新愁。
我想买上桂花、美酒
一同去泛舟遨游,
却早已失去少年时豪迈的兴头。

木兰花

严 仁

【作者简介】

严仁,生平不详,字次山,号樵溪,邵武(今属福建)人,与同宗严羽、严参齐名,称邵武三严。严羽生活时期主要在理宗至度宗朝,以此推之,严仁亦当为同时代人。有《清江欸乃集》,不传。《全宋词》录其词三十首,长调多清超旷远,小令多秀丽深情。黄升云:"次山词极能道闺闱之趣"(《花庵词选》)。

【题解】

这是一首笔致轻倩流丽的闺怨词。作者特别选取了"荠菜花繁胡蝶乱"这一有声有色、颇饶趣味的镜头,来显示盎然的春意、撩乱的春光,词中又描绘了池水在阳光下空明若无和小径满是落花香气的景象,组成一幅极其明艳生动的图画,用以抒发女主人公在良辰美景中益发深长的相思之情。"意长"句奇而入情,"宝奁"二句翻用李白诗意而语气加婉,有青蓝冰水之妙。陈廷焯赞此词"深情委婉,读之不厌百回"(《白雨斋词话》)。

【原词】

春风只在园西畔,荠菜花繁胡蝶乱。冰池晴绿照还空①,香径落红吹已断。　意长翻恨游丝短,尽日相思罗带缓。宝奁如月不欺人②,明日归来君试看。

【注释】

①冰池句:李白《望庐山瀑布》二首之一:"海风吹不断,江月照还空。"此化用其意。

②宝奁(lián)二句:李白《长相思》二首之一:"不信妾断肠,归来看取明镜前。"此用其意。奁,镜匣。

【今译】

春光只在庭园西畔,
荠菜花开得正繁,
蝴蝶飞舞忙忙乱乱。
晴日照着石池,
映晶莹碧水更加澄彻空明,
红花已片片凋落,
芳香飘满小径。

心中情意绵长,
却恨袅袅游丝太短,
日日相思罗带渐宽。
团团宝镜光明如月,
不会把人诓骗,
明朝郎君归来,
请他对镜看着我憔悴容颜。

风入松

俞国宝

【作者简介】

俞国宝,生平不详,临川(今江西抚州)人,淳熙太学生。有《醒庵遗珠集》,不传。《全宋词》录其词五首。

【题解】

《风入松》,词调名,毛先舒《填词名解》云:"《风入松》,古琴曲。又李白诗:'风入松下清,露出草间白',词取以名。"始见于晏殊词。

周密《武林旧事》卷三"西湖游幸"条载:"淳熙间,孝皇以天下养,每奉德寿三殿,游幸湖山。……一日,御舟经断桥,桥旁有小酒肆,颇雅洁,中饰素屏,书《风入松》一词于上,光尧(高宗)驻目称赏久之,宣问何人所作,乃太学生俞国宝醉笔也。……上笑曰:'此词甚好,但末句未免儒酸。'因为改定云:'明日重扶残醉'(原作"明日再携残酒"),则迥不同矣。即日命解褐(给以官职)云。"这首以香艳绮丽的笔墨极写日日沉醉于西湖游乐的小词,竟得到高宗如此的称赏,由此可以想见小朝廷的君臣上下是怎样地醉生梦死、文恬武嬉。

【原词】

一春长费买花钱,日日醉湖边。玉骢惯识西湖路①,骄嘶过、沽酒楼前。红杏香中箫鼓,绿杨影里秋千。　　暖风十里丽人天,花压鬓云偏。画船载取春归去,余情付、湖水湖烟。明日重扶残醉,来寻陌上花钿②。

注释

①玉骢(cōng):白马。
②花钿:古代妇女首饰,即花钗。沈约《丽人赋》:"陆离羽佩,杂错花钿。"白居易《长恨歌》:"花钿委地无人收,翠翘金雀玉搔头。"柳永《木兰花慢》词:"盈盈,斗草踏青,人艳冶,递逢迎。向路旁往往,遗簪堕珥,珠翠纵横。"

【今译】

　　一春里不知费去多少买花钱，
　　天天沉醉在湖边。
　　西湖的道路我那白马惯常走遍，
　　它骄傲地嘶鸣着
　　踏过沽酒楼前。
　　红杏清雅的芳香中，
　　箫鼓歌吹喧阗，
　　绿杨婆娑的树影里，
　　映着飞舞的秋千。

　　十里长堤春风和煦，
　　这是丽人游冶的艳阳天，
　　她们装饰得多么美妍，
　　五光十色的花朵
　　沉甸甸把云鬟压偏。
　　暮色中画船载春光归去，
　　未尽的情致再观赏湖水湖烟。
　　明天，我还要带着残存的醉意，
　　到湖滨来寻找遗落的花钿。

满庭芳·促织儿

张　镃

【作者简介】

　　张镃(公元1153—1221年?)，字功甫，亦作功父，又字时可，号约斋，晚年号约斋居士。西秦(今陕西)人。居临安，卜筑南湖。南宋三大名将之一张俊的曾孙。官至司农少卿。周密《齐东野语》卷二十"张功甫豪侈"条，称其"能诗，一时名士大夫，莫不交游，其园池声妓服玩之丽甲天下。"词大多为宴赏登临酬答之作，风格清婉。少数词章如《水调歌头》"忠肝贯日月"、《汉宫春》"城畔芙蓉"、《贺新郎》〔次辛稼轩韵寄呈〕，表现了盼望恢复中原的爱国感情。有《南湖诗余》，又名《玉照堂词》。

【题解】

姜夔《齐天乐》词序云："丙辰岁（宁宗庆元二年，公元1196年）与张功甫会饮张达可之堂，闻屋壁间蟋蟀有声，功甫约余同赋，以授歌者。功甫先成，词甚美"，即指此词。上片描绘了幽美的清秋夜景，并用壁底青苔及萤火明灭的幽微之景作为陪衬，来突出蟋蟀哀吟所引起的感受。"争求侣"二句切合"促织"名目。下片追述儿时夜捉蟋蟀的情景细腻逼真，写出一片天真烂漫。末三句与上片呼应，仍跌入眼前夜闻蟋蟀的凄凉，自然地表现了今昔之慨。一些词评家对这首词评价甚高，贺裳赞其胜过姜夔《齐天乐》，说："不惟曼声胜其高调，兼形容处，心细如丝发，皆姜词之所未发"（《皱水轩词筌》）我们却不同意这种看法，姜词意境清远、寄托遥深、哀声幽韵、动人心弦，此词雕刻、织绣功夫过于细密，格局较窄，就如章楶（jié）与苏轼相唱和的杨花词一样，小大固自不同。

【原词】

月洗高梧，露漙幽草①，宝钗楼外秋深②。土花沿翠，萤火坠墙阴③。静听寒声断续，微韵转、凄咽悲沉。争求侣、殷勤劝织，促破晓机心。　儿时曾记得，呼灯灌穴，敛步随音。任满身花影，独自追寻。携向华堂戏斗，亭台小、笼巧妆金④。今休说，从渠床下，凉夜伴孤吟⑤。

注释

①露漙(tuān)：《诗·郑风·野有蔓草》："野有蔓草，零露漙兮。"注："漙，溥然盛多也。"

②宝钗楼：〔宋〕邵博《邵氏闻见后录》卷二十三云："予尝秋日饯客咸阳宝钗楼上，汉诸陵在晚照中，有歌此词（指相传为李白所作《忆秦娥》）者，一坐悽然而罢。"此处泛指华美的楼阁。

③墙阴：墙角。

④亭台句：见姜夔《齐天乐》注。王仁裕《开元天宝遗事》云："每秋时，宫中妃妾皆以小金笼闭蟋蟀置枕函畔，夜听其声。民间争效之。"

⑤从渠二句：《诗·豳风·七月》："七月在野，八月在宇，九月在户，十月蟋蟀

入我床下。"杜甫《促织》诗:"促织甚微细,哀音何动人。草根吟不稳,床下夜相亲。"此化用其意。渠:他。

【今译】

月光清彻如水,
沐浴着高高的梧桐,
夜露洒满幽草,
宝钗楼外秋意正浓。
青苔沿着屋壁
伸展开一弯翠绿,
闪闪萤火不时坠落墙基。
静听寒虫断续,
轻微的音韵转折抑扬,
凄切、悲咽、忧郁。
它们争着寻求心爱伴侣,
一面殷勤地劝人纺绩,
那频频催促的声音,
使织妇终夜不能停机。

曾记得我还是小小孩童,
提着灯把水灌进蟋蟀洞,
轻轻地蹑手蹑脚,
细听鸣声一步步跟踪。
任凭满身乱拂月色花影,
独自一人耐心追寻。
高兴地将蟋蟀带上华堂,
去和别人的一决雌雄,
亭台式金笼小巧玲珑。
如今,一切都已过去,
再也没有少年时代的情兴,
一任蟋蟀在床下哀鸣,
清冷的秋夜里,

伴着孤独的我把诗句低吟。

宴山亭

张　镃

【题解】

　　这首词抒写相思之情。上片着力描绘清晨天气由阴到雨、庭院冷落清寂的景象，以衬托主人公望不到伊人信息的孤凄、怅惘。"新绿暗通南浦"句既点明时令，又在沉闷的背景上涂一抹亮色，起了调协作用。下片细致地描述主人徘徊幽径追思往事、想像伊人怀念自己的种种心理活动，末几句痴想伊人到来后的温馨之境，感情炽烈。本篇铺叙委婉，词采清雅，是一首新丽可读的爱情词。

【原词】

　　幽梦初回，重阴未开，晓色催成疏雨。竹槛气寒，蕙畹声摇①，新绿暗通南浦②。未有人行，才半启回廊朱户。无绪，空望极霓旌③，锦书难据。　苔径追忆曾游，念谁伴秋千，彩绳芳柱。犀帘黛卷，凤枕云孤，应也几番凝伫。怎得伊来，花雾绕④、小堂深处。留住，直到老不教归去。

【注释】

　　①蕙畹（wǎn）：屈原《离骚》："余既滋兰之九畹兮，又树蕙之百亩。"玉逸注："十二亩为畹。"《说文》以三十亩为畹。
　　②南浦：本指南边水滨；又常用作送别之地，此处泛指别处通水口。浦，河流注入江海的地方。
　　③霓旌：原为皇帝出行时仪仗的一种。《汉书·司马相如传上》："拖霓旌，靡云旗。"此处借指云霓。
　　④花雾：白居易《花非花》诗："花非花，雾非雾，夜半来，天明去，来如春梦不多时，去似朝云无觅处。"此处化用其意。

【今译】

　　幽独的梦刚刚醒来，
　　重云不开，天空阴翳，

一清早就催成疏雨。
栏槛的青竹透出寒气,
庭园芳香在风雨中摇动叹息。
新绿的池水,
暗暗通向别处河渠。
院内还没有人行走,
回廊朱门半掩半启。
我无情无绪,
徒然地望断云空,
却不见鸿雁来把锦书传递。

我徘徊在长满青苔的小径,
追忆着和她同游的旧事。
如今,有谁在秋千绳柱旁
陪伴她欢乐地嬉戏?
想她那犀角装饰的帘子空自卷起,
孤零零地靠着凤枕,
一定也曾几度凝情伫立。
怎么才能让她来到此地,
那时,她氤氲的香气,
将如花雾萦绕在深深的小堂里。
我要叫她长久地留居,
到老也不放她回去。

绮罗香·咏春雨

史达祖

【作者简介】

史达祖,生卒年不详,字邦卿,号梅溪。汴(今河南开封)人。张镃《题梅溪词》(嘉泰元年,公元 1201 年)称史为"生",可见行辈较张为晚。韩侂胄执政时,史达祖为其倚重的堂吏,后韩抗金失败被杀,史亦受黥刑,死于贫困之中。韩被《宋史》定为"奸臣",史的为人与作品也因此遭到贬损。史达祖的词,过去常与周(邦彦)、姜(夔)相提并论。姜夔称其词"奇秀清逸,有李长吉(贺)之韵。"他的词善于创意、设色、布局、造语。史达祖特别擅长以长调咏物,极妍尽态,刻画入神。《龙吟曲》、《鹧鸪天》、《齐天乐》、《惜黄花》等词则表现了故国之思及盼望收复中原的壮怀。

【题解】

《绮罗香》,词调名,始见于史达祖词。

张镃《题梅溪词》称道"史生词织绡泉底,去尘眼中,妥帖轻园,辞情俱到,有瑰奇、警迈、清新、闲婉之长,而无诡荡、汙淫之失。"本篇就充分体现了这些特点。这首词通篇咏春雨,无一字不与题目相依,读来"语语淋漓,在在润泽"(李攀龙《草堂诗余隽》),却始终不出一"雨"字,只从雨中物象由远到近、由小到大尽情描绘,使人清晰地看到那绵绵丝雨编织成的凄迷之境,刻画出神入化。词中没有用片言只字来抒写人物感情,而把那无限怅惘的思绪和惜花伤春的含蓄情意,全都融入物象,充满了诗情画意。此词深受周邦彦《大酺》词影响,而意境的浑融清丽、语言的新警圆转、情韵的优美自然,却胜过周词。

【原词】

做冷欺花,将烟困柳,千里偷催春暮①。尽日冥迷,愁里欲飞还住。惊粉重、蝶宿西园,喜泥润、燕归南浦。最妨他佳约风流,钿车不到杜陵路②。 沉沉江上望极,还被春潮晚急,难寻官渡③。隐约遥峰,和泪谢娘眉妩④。临断岸、新绿生时,是落红、带愁流处。记当日、门掩梨花⑤,剪灯深夜语⑥。

注释

①千里句:孟郊《喜雨》诗:"朝见一片云,暮成千里雨。"

②钿车句:钿车,以金为饰的华丽的车子。杜陵:在长安东南,是汉宣帝陵墓所在地,亦称乐游原,唐时为登览胜地,此处泛指风景佳胜处。

③还被二句:韦应物《滁州西涧》诗:"春潮带雨晚来急,野渡无人舟自横。"此化用其意。

④谢娘:唐李德裕歌妓名谢秋娘,后用以泛指歌女。

⑤记当日句:李重元《忆王孙》词:"欲黄昏,雨打梨花深闭门。"

⑥剪灯句:李商隐《夜雨寄北》诗:"何当共剪西窗烛,却话巴山夜雨时。"

【今译】

添了多少清冷,
把盛开的繁花欺凌,
那茫茫烟雾,
笼罩着浓密的柳林,
细雨连绵千里,
暗地催春光归去。
整天昏暗凄迷,
依依春愁里,
它时而飞落时而停息。
蝴蝶栖宿西园,
身上沾水的粉,重得令它惊异,
燕子飞归南浦,
欣喜衔来筑巢的湿泥。
这天气最妨碍风流佳期,
道路泥泞,
乐游原上钿车难去。

极目遥望,
江上烟波无际,

到晚来，
春潮又还汹涌迅急。
渡口冷落岑寂，
摆渡的船只也难寻觅。
远山隐隐约约，
宛如美人含泪的秀眉，
显得更加妩媚。
临近陡峭的河岸，
见河水又添新绿，
片片落红，
却带着幽怨漂流东去。
记得当日，门掩一庭梨花，
深夜剪灯，
在西窗下相对絮语。

双双燕·咏燕

史达祖

【题解】

《双双燕》，词调名，史达祖创制。毛先舒《填词名解》："宋史达祖作咏燕词，即名其调曰《双双燕》。"

前人对这首词赞誉备至，王世贞说："仆每读史邦卿咏燕词，以为咏物至此，人巧极天工错矣"（《花草蒙拾》）。此词以工笔摹画春燕，不仅写其形，亦且绘其神，可以称得上是形神兼备，显示了作者对事物极细腻的观察和极工致的艺术表现手段。词中虽然没有很深的托意，但它宛如一幅生动美妙的花鸟画，让人感到自然、生活本身的美，愉悦着人们的身心。

【原词】

过春社了①，度帘幕中间②，去年尘冷。差池欲住③，试入旧巢相并。还相雕梁藻井④,又软语商量不定。飘然快拂花梢,翠尾分开红影。　芳径,芹泥雨润⑤,爱贴地争飞,竞夸轻俊。红楼归晚⑥,看足柳昏花暝。应自栖香正稳,便忘了天涯芳信⑦。愁损翠黛双蛾,日日画阑独凭⑧。

注释

①春社:在立春后,清明前。相传燕子于春天的社日北来,秋天的社日南归。

②帘幕中间:古时富贵人家,院宇深邃,多张设帘幕。蒋防《霍小玉传》:"闲庭邃宇,帘幕甚华。"胡仔《苕溪渔隐丛话前集》卷二十六云:"(晏殊)每言富贵,不及金玉锦绣,惟说气象,若'楼台侧畔杨花过,帘幕中间燕子飞。'"

③差(cī)池:形容燕子飞翔时羽翼参差不齐貌。《诗·邶风·燕燕》:"燕燕于飞,差池其羽。"

④相(xiàng):仔细看。藻井:有画饰的天花板。井:屋梁上的承尘,粉饰交加,作井字形,俗称天花板。

⑤芹泥:水边长芹草的泥地。杜甫《徐步》诗:"芹泥随燕嘴,花蕊上蜂须。"

⑥红楼:泛指华美的楼房。

⑦便忘了句:江淹《杂体诗·拟李都尉从军》诗:"而我在万里,结发不相见。袖中有短书,愿寄双飞燕。"此处化用其意。

⑧"独凭":原本误作"独恁"。

【今译】

春社已过,燕子穿度重重帘幕,
去年筑巢的地方
冷冷清清,灰尘密布。
拍打着长短不齐的翅翼,
想在这里栖宿,
试着飞进旧巢并肩站立。
又再三细看雕梁藻井,
软语呢喃,商量不定。
它们轻快地飞掠花梢
翠尾拨开红花纷披的枝影。
满是花香的小径,
那长着芹草的泥地多么湿润,

它们最喜欢贴地争飞,
竞相夸耀自己的轻捷俏俊。
返回红楼天色已晚,
饱览了柳暗花暝的暮景。
它们睡得十分香甜,
竟忘记传递远方带来的书信。
闺中思妇愁眉不展,
天天空自盼待,把画栏独凭。

东风第一枝·春雪

史达祖

【题解】

《东风第一枝》,词调名,始见于史达祖词。《白香词谱》题考云:"调名系指梅……东风即春风,第一枝为梅花,春风所被,第一枝梅花先放,故曰东风第一枝,调名义本于此。"

本篇咏春雪亦如《绮罗香》咏春雨,通篇不见一"雪"字,却又句句与题目关合。上片咏春雪悄悄飞落草木、平地、湖面的轻虚、洁白、细软的形态,并由雪落增寒,重帘不卷,引出思乡之情。过片两句创语造境生新精警,神韵绝佳,与历来惯用的以"柳絮"、"梨花"状雪的形容语"竞秀争高"(沈际飞《草堂诗余正集》),特别出色。"旧游"两句融入与雪有关的历史故事,增添了诗情和生活趣味。"寒炉"二句与上片呼应,就眼前春雪再加点染,意脉不断,结拍又用灞桥风雪典故,而将主人公改为女性,显得更有韵致,因此黄升说"结句尤为姜尧章拈出"(《花庵词选》)。此词写景状物深细入微,形容比拟恰到好处,张炎将此词与姜夔《齐天乐》咏蟋蟀词并列,赞其"全章精粹,所咏瞭然在目,且不留滞于物"(《词源》)。

【原词】

巧沁兰心,偷粘草甲[①],东风欲障新暖。漫疑碧瓦难留,信知暮寒犹浅。行天入镜[②],做弄出、轻松纤软。料故园、不卷重帘,误了乍来双燕。　青未了、柳回白眼③,红欲断、杏开素面。旧游忆着山阴④,后盟遂妨上苑⑤。寒炉重熨,便放慢春衫针线。怕风靴挑菜归来⑥,万一灞桥相见⑦。

注释

①甲:草木植物萌芽时的外壳。

②行天入镜:韩愈《春雪》诗:"入镜鸾窥沼,行天马渡桥。"

③柳回白眼:指早春时杨柳初生的柳叶,如人睡眠初醒。李商隐《二月二日》诗:"花须柳眼各无赖,紫蝶黄蜂俱有情。"

④旧游句:用王子猷雪夜访戴安道事。刘义庆《世说新语·任诞》:"王子猷居山阴,夜大雪。眠觉,开室,命酌酒,四望皎然。因起彷徨,咏左思《招隐》诗。忽忆戴安道,时戴在剡,即便夜乘小船就之,经宿方至,造门不前而返。人同其故,王曰:'吾本乘兴而行,兴尽而返,何必见戴?'"

⑤后盟句:用司马相如雪天赴梁王兔园之宴迟到的故事。

⑥挑菜:唐代风俗,农历二月初二日曲江挑菜,士民游观其间,谓之挑菜节。唐郑谷《蜀中春雨》诗:"和暖又逢挑菜日,寂寥未是探花人。"宋沿其习。

⑦万一句:用郑綮事。孙光宪《北梦琐言》七:"相国郑綮善诗。……或曰:'相国近有新诗否?'对曰:'诗思在灞桥风雪中驴子上,此处何以得之?'"此处以灞桥隐指风雪。

【今译】

　　它巧妙地沁入兰心,
　　悄悄地往草芽上粘,
　　想要挡住东风
　　送来新春的和暖。
　　我疑心碧瓦难以将它留住,
　　要知道夜来的寒意还浅。
　　地面像白云浮天,
　　湖上澄净如明镜一般,
　　春雪把各处都装缀得轻柔细软。
　　想故园遥远,
　　重重帘幕不卷,
　　担误了刚刚飞来传信的双燕。

杨柳才染上青色,
一时间都变成千万只白眼,
盛开的杏花差不多褪尽红妆,
改扮成素淡的容颜。
想起从前山阴的雅士,
乘兴访友不在乎见与不见,
路途艰阻,司马相如
迟赴了兔园高宴。
深闺里重又将火炉点燃,
只管把赶制春衫的针线放慢。
那穿着凤纹绣鞋的人挑菜回来,
怕还有可能在灞桥同它相见。

喜迁莺

史达祖

【题解】

　　这首词描写上元之夜灯月交辉的景象,描写了一个五光十色的世界,"月波疑滴"三句语、境两新。词中又抒发了自伤孤独、憔悴的心情,并追忆当年游历的豪兴,以与眼前的凄凉怀抱对照,最后写出旧情难忘,当此佳节又禁不住学少年狂荡的情景。全篇语言稍嫌雕琢晦涩,词情显得拘而不畅,在史达祖词中算不得上乘作品。

【原词】

　　月波疑滴,望玉壶天近①,了无尘隔。翠眼圈花②,冰丝织练,黄道宝光相直③。自怜诗酒瘦,难应接许多春色。最无赖,是随香趁烛,曾伴狂客。　　踪迹,漫记忆,老了杜郎④,忍听东风笛。柳院灯疏,梅厅雪在,谁与细倾春碧⑤?旧情拘未定,犹自学当年游历。怕万一,误玉人夜寒帘隙。

【注释】

①玉壶:比喻月亮。朱华《海上生明月》诗:"影开金镜满,轮抱玉壶清。"
②翠眼圈花:指各式花灯。《西湖老人繁胜录》:"预赏元宵……中瓦南北茶坊内挂诸般瑠珊子灯、诸般巧作灯、平江玉棚灯、珠子灯、罗帛万眼灯,沙河塘里最胜。"翠眼,疑为绿色罗帛万眼灯。周密《武林旧事》卷二"元夕"条:"灯之品极多,每以'苏灯'为最,圈片大者径三四尺,皆五色琉璃所成,山水人物,花竹翎毛,种种奇妙……"圈花疑为大型五彩花灯。
③黄道:《汉书·天文志》:"日有中道,月有九行。中道者,黄道,一曰光道。"此处借指月光。
④杜郎:指杜牧,此处作者自指。
⑤春碧:指春日新酒,新酒呈绿色,故云。

【今译】

　　清月流波涓涓滴下人间,
　　天空没有片云纤尘,
　　玉壶般的圆月就在近前。
　　五光十色的各式彩灯,
　　是用透明丝罗制成,
　　月亮和宝灯交相辉映。
　　孤独的我一味沉浸于诗酒,
　　可怜渐渐地消瘦,
　　那令人目眩神迷的场景难以接受。
　　想起从前,最有兴味
　　就是同三五狂友
　　到处去观赏热闹的灯会。

　　依稀记得昔日游踪,
　　杜郎如今已老,
　　怎忍听幽咽笛声在东风里吹送。
　　杨柳院宇灯火疏落,
　　厅堂上只有如雪的梅花,
　　谁和我一道把新酒细细斟酌?
　　我难以拘束旧日风情,

又去学做少年游历,
怕万一那玉人在夜寒中
盼待着我,独自斜倚帘栊。

三姝媚

史达祖

【题解】

《三姝媚》,词调名,始见于史达祖词。毛先舒《填词名解》云:"古乐府有《三妇艳》词,缘以名,亦名《三姝媚》曲。"

史达祖爱情词多忆旧和悼亡之作,本词用崔徽故事,疑是一篇悼亡词,所悼之人系一位曾经同他相恋的歌妓。首三句从光影、声色、姿态多个角度描绘摇曳的春光,以此衬托作者动荡不宁的心境,意新语工。"锦瑟"以下推想对方思念自己的悲哀之状,"讳道相思,偷理绡裙,自惊腰衩"十二个字把伊人"相思只自知"的一片痴情和顾影自怜的神态,摹写入神,语言极精炼,用意极深曲。下片山回水转,叙述作者自己追思旧游的情景,以"枕肩歌罢"来表现他们之间的亲昵、恩爱,情浓意密而不涉淫亵。"又入"以下进一步写出作者重访旧地,伊人却已如同落花凋谢,只能描画她的肖像作为纪念并聊慰孤寂,语似平淡而感情极为沉痛。这首词结构十分奇特,跳跃性很大,但贯穿全篇的感情主线很分明,辞情兼胜,不失为一首较好的抒情作品。

【原词】

烟光摇缥瓦①,望晴檐多风,柳花如洒。锦瑟横床,想泪痕尘影,凤弦常下②。倦出犀帷③,频梦见、王孙骄马。讳道相思,偷理绡裙,自惊腰衩④。　惆怅南楼遥夜,记翠箔张灯,枕肩歌罢。又入铜驼,遍旧家门巷,首询声价⑤。可惜东风,将恨与闲花俱谢。记取崔徽模样⑥,归来暗写。

【注释】

①缥瓦:琉璃瓦。皮日休《奉和鲁望早春雪中作吴体见寄》诗:"全吴缥瓦十

万户,惟我与君如袁安。"

②凤弦:即琴弦,音弦。

③犀帷:以犀牛角装饰的帷帐。

④腰衩(chà):衩,指衣裙下旁开口的地方。此处腰衩指腰身。

⑤又入铜驼三句:周邦彦《瑞龙吟》:"前度刘郎重到,访邻寻里,同时歌舞,惟有旧家秋娘,声价如故。"此处化用其意。铜驼,见秦观《望海潮》注。

⑥崔徽:元稹《崔徽歌并序》记唐歌妓崔徽,与裴敬中相恋。既别,徽请画家丘夏写肖像寄敬中,不久抱恨病死。

【今译】

　　烟光浮荡在琉璃瓦,
　　晴日多风,
　　吹响檐间铁马,
　　柳絮飞坠如飘雪花。
　　遥想她那里,锦瑟横在琴床,
　　常常把弦索拧松,
　　任凭它泪染尘封。
　　她懒怠走出帷帐,
　　频频梦见情人骑着骏马,
　　满怀相思,却不愿说出心里话,
　　悄悄地整理罗裙,
　　自怜腰肢瘦得令人惊讶。

　　我感到无限惆怅,
　　想起从前在南楼,
　　长夜里有过多少欢乐,
　　碧纱灯光那样温柔,
　　她唱着清歌,亲昵地靠在我肩头。
　　如今,我重又去到旧日街巷,
　　挨门挨户把她寻访,
　　可惜东风像吹落花片一样,
　　不知把她带向何方。
　　我依稀记得她的容颜,

回来细细描画那深情的模样。

秋霁

史达祖

【题解】

《秋霁》,词调名,始见于北宋曾纡词。又名《春霁》。

宁宗开禧二年(公元1206年)韩侂胄伐金,因准备不足而惨败,次年被杀,史达祖遭黥刑,流放江汉之地。本词抒写他贬谪生涯中的凄苦之情。开头描绘苍茫江景,"望倦柳愁荷,共感秋色"两句,用拟人格修辞手法,使景物皆着感情色彩,以加强作者的悲秋情绪,运思巧妙,出语自然动人。"废阁"、"古帘"概括作者的生活环境,极悲凉之致,与过去在临安"入眼南山碧",饱览湖山秀色的情景形成鲜明对比,由此接入"冠盖满京华,斯人独憔悴"(杜甫《梦李白》)的无限感慨。下片描写弱不禁风的作者夜闻秋声、独对冷屋青灯、愁白双鬓的凄凉景象,并追忆昔年俊游,再折入目前惊魂难定的艰危处境的诉说,结句宕开一笔抒思亲念友之情。这首词笔力清峭劲健,风格沉郁苍凉,与史达祖早期词作的纤巧委婉、富艳精工大不相同。

【原词】

江水苍苍,望倦柳愁荷,共感秋色。废阁先凉,古帘空暮,雁程最嫌风力。故园信息,爱渠入眼南山碧①。念上国②,谁是、脍鲈江汉未归客③。　还又岁晚,瘦骨临风,夜闻秋声,吹动岑寂。露蛩悲、青灯冷屋,翻书愁上鬓毛白。年少俊游浑断得,但可怜处,无奈苒苒魂惊,采香南浦④,剪梅烟驿⑤。

注释

①南山:周密《武林旧事》卷五"湖山胜概"条列有"南山路",注明:"自丰乐楼南,至暗门钱湖门外,入赤山烟霞石屋止。南高峰、方家峪、大小麦岭并附于此。"此处泛指西湖之滨的青山。

②上国:京师,首都。刘长卿《客舍赠别韦九建赴任河南……》诗:"顷者游上

国,独能先选曹。"

③脍鲈:用张翰事,见辛弃疾《水龙吟》注。江汉未归客:杜甫《江汉》诗:"江汉思归客,乾坤一腐儒。"

④采香南浦:屈原《九歌·湘夫人》:"搴汀洲兮杜若,将以遗兮远者。"古诗十九首《涉江采芙蓉》:"涉江采芙蓉,兰泽多芳草,采之欲遗谁?所思在远道。"此用其意。南浦,泛指水滨。

⑤剪梅烟驿:用陆凯事,见舒亶《虞美人》注。

【今译】

江上烟波苍茫,
立望含愁的败荷,衰疲的垂杨,
共对秋风无限感伤。
破废的楼阁
早透进阵阵凄凉,
古旧的帘幕,
空自映暮色昏黄。
风力阻,鸿雁难以迅飞,
不能带给我故园信息,
我多么喜爱观赏那南山一片苍翠。
想济济京城,有谁像我
流落江汉不能返回。

眼看岁华又晚,
瘦骨嶙峋的我独对西风,
清夜里细听秋声吹动,
我心头只感到寂寞苦痛。
蟋蟀在寒露中悲吟,
凄冷的破屋闪一点青灯,
想借读书来消解愁闷,
忧愁却让我白了双鬓。
少年在此地遨游的乐事,
自然再不能重续,

可怜我心魂惶惶总是惊悸。
又怎么能采一把南浦香草,
剪一枝江驿梅花,
寄到我遥远的故家。

夜合花

史达祖

【题解】

《夜合花》,词调名,始见于晁端礼词。

伊人改变了初衷,于是主人公愁白双鬓、暗自饮泣、怀念往事、感伤时序……作者回首过去的种种,嗔怪伊人没有信息,他一面诉说自己的孤凄,一面用往日情分去打动对方,且怨且箴,用心良苦。但这首词抒情过于晦昧,使人有隔雾看花之感。词中写景的句子却很精采,"早春窥、酥雨池塘"描绘春天悄悄降临的光景,清新有味,"窥"字用得极好,显出春之脚步的轻灵。词中以徐妃半面妆来比拟尚未盛开的梅花,意象奇特新鲜,韵致颇佳。

【原词】

柳锁莺魂,花翻蝶梦①,自知愁染潘郎②。轻衫未揽,犹将泪点偷藏。念前事,怯流光,早春窥、酥雨池塘③。向消凝里,梅开半面,情满徐妆④。　　风丝一寸柔肠,曾在歌边惹恨,烛底萦香。芳机瑞锦,如何未织鸳鸯⑤。人扶醉,月依墙,是当初、谁敢疏狂!把闲言语,花房夜久,各自思量。

注释

①蝶梦:庄子《齐物论》:"昔者庄周梦为胡蝶,栩栩然胡蝶也,……俄然觉,则蘧蘧然周也。不知周之梦为胡蝶与,胡蝶之梦为周与?"后因称梦为蝶梦。

②潘郎:西晋诗人潘岳,见徐伸《二郎神》注。此处作者自指。

③酥雨:细雨。韩愈《早春呈水部张十八员外》诗之一:"天街小雨润如酥,草色遥看近却无。"

④徐妆:《南史·梁元帝徐妃传》:"妃(徐昭佩)以帝眇一目,每知帝将至,必为半面妆以俟。帝见则大怒而去。"

⑤芳机二句:化用织锦回文事,见柳永《曲玉管》注。

【今译】

就像密柳锁住了黄莺,
我听不到你的歌唱,
就像是一场春梦,
那从前的美好时光。
愁思染白了我的双鬓,
我没有用罗衫来遮住面庞,
却依然偷偷把泪水掩藏。
我思忆着过去的一切,
又害怕这迅速飞去的流光。
早春悄悄地降临到
那落着细雨的池塘。
我正自黯然神伤,
见梅花含情欲开又未全开,
好比徐妃奇特的半面妆。

风中轻飏的柳丝,
如同你温柔的心肠,
你曾为我送别,曼声歌唱,
牵惹了多少离别惆怅,
你也曾在灯烛下,
伴我度过欢乐时光。
如今,你那精致的织机上。
不是有着美丽锦丝,
为什么不织成双双鸳鸯,
却长久地音信茫茫?
我独自酒醉,
月亮照映着粉墙,

假如当初你没有情意,
我又怎敢大胆倾诉衷肠?
只希望你长夜里在房中,
把从前的千般言语细细思量。

玉胡蝶

史达祖

【题解】

上片借秋天萧疏晚景寄托凄凉情怀。蝉抱疏叶,是即景状物,亦含自喻身世凋零之状。"想幽欢土花庭甃,虫网阑干"二句,极言旧日欢会之地,如今满目冷落荒凉,令人触目惊心。下片推想对方长夜不寐,含泪凭高凝想的情景,又用蟋蛄悲鸣,夜笛哀怨加以渲染,情深调苦。末三句抒写彼此相隔遥远、音书难通的怅恨,又表现了对伊人的无限温柔体贴之情,凄婉动人。

【原词】

晚雨未摧宫树①,可怜闲叶,犹抱凉蝉②。短景归秋③,吟思又接愁边。漏初长、梦魂难禁,人渐老、风月俱寒。想幽欢土花庭甃④,虫网阑干。　无端啼蛄搅夜⑤,恨随团扇⑥,苦近秋莲⑦。一笛当楼,谢娘悬泪立风前。故园晚、强留诗酒,新雁远、不致寒暄。隔苍烟、楚香罗袖,谁伴婵娟⑧。

注释

①宫树:本指宫廷之树,此处泛指"宫"字修饰"树"。
②可怜二句:王安石《题葛溪驿》诗:"鸣蝉更乱行人耳,犹抱疏桐叶半黄。"
③短景(yǐng):景:日光,借指日,入秋昼短,故云短景。
④甃(zhòu):井壁。
⑤蛄(gū):蟋蛄,古诗十九首之十六:"凛凛岁云暮,蝼蛄夕悲鸣。"
⑥恨随团扇:相传汉班婕妤作《团扇歌》,序云:"婕妤失宠,求供养太后于长信宫,乃作怨诗以自伤,托辞于纨扇云。"见姜夔《霓裳中序第一》注。

⑦苦近秋莲:莲心苦,故用以作比。
⑧婵娟:形容仪态美好,借指美人。

【今译】

晚雨没有把庭树折断,
可怜疏落的枯叶,
蜷缩着小小寒蝉。
白日渐短,又一度秋凉,
诗情连接着无边愁怨。
夜漏初长,
梦魂缭绕难以拘捡,
人已老去,
风流情事早就冷淡。
从前佳期幽会的地方,
想来青苔长满井台庭院,
虫网罩着曲折栏杆。

蟋蟀悲鸣,扰得她终夜不宁,
像团扇已被疏远,离恨无限,
心中凄苦如同秋莲。
高楼上听一声哀伤的笛曲,
她流着泪独自伫立风前。
故园日晚,
她是否在诗酒中勉强留连,
新雁飞远,
无法带去我问候的书函,
我同她隔着茫茫苍烟,
有谁能陪伴她,
安慰她的寂寞孤单。

八　归

史达祖

【题解】

　　细玩词意,此篇当为史达祖晚期作品。上片绘出一幅清疏淡远而充满生活情味的秋江俯瞰图:近景有愁倚高阁的作者,披蓑归舟的渔子、寻找栖宿地的群鸥,远景是隔岸云雾濛濛的樵村渔市,暮色里缕缕炊烟升起。作者的画笔表现秋江晚景非常出色,很像柳永许多类似的篇章。词中写归舟和翔鸥惊破了作者的凝神结想,因而诗思灵感一闪即逝,描摹创作状态十分逼真。下片笔锋转宕,抒写作者漂泊天涯的凄凉况味。"一鞭南陌,几篙官渡"八个字概括了作者经行山程水驿的遥远,语凝意炼,"赖有"句自我宽慰,显示作者不戚戚于失志的胸怀。但面对残阳将暮的萧瑟秋景,又难禁心底愁生,"只匆匆"以下再度转折,抒无尽凄伤和怀人之情。此词风格清远疏隽,陈廷焯说:"笔力直是白石,不但貌似,骨律神理亦无不似。后半一起一落,宕往低徊,极有韵味"(《白雨斋词话》)。

【原词】

　　秋江带雨,寒沙萦水,人瞰画阁愁独①。烟蓑散响惊诗思,还被乱鸥飞去,秀句难续。冷眼尽归图画上,认隔岸、微茫云屋。想半属、渔市樵村,欲暮竞然竹②。　须信风流未老,凭持尊酒,慰此凄凉心目。一鞭南陌,几篙官渡,赖有歌眉舒绿③。只匆匆残照,早觉闲愁挂乔木。应难奈故人天际,望彻淮山,相思无雁足。

注释

　　①瞰(kàn):俯视。
　　②欲暮句:柳宗元《渔翁》诗:"渔翁夜傍西岩宿,晓汲清湘然楚竹。"然:同"燃"。
　　③歌眉:指歌女。舒绿:舒展愁眉,古人以黛绿画眉,绿即指眉。

【今译】
　　江波夹带着秋雨，
　　寒沙萦绕水际，
　　我独自在画楼俯视，
　　心里充满愁意。
　　渔人在暮烟中披蓑归去，
　　长歌惊散了我的诗思，
　　白鸥乱纷纷飞起，
　　吟成的秀句难以继续。
　　冷眼环顾，
　　江山尽入图画里。
　　隐约中，见隔岸房屋
　　罩着微茫的云雾。
　　遥想那里，
　　多半是樵村渔市。
　　临近黄昏，家家燃起翠竹。
　　炊烟袅袅升上天宇。

　　我相信自己风情仍在，
　　并不曾老去，
　　凭仗杯酒，
　　让凄凉的心目得到慰藉。
　　在南边大路上独自挥鞭，
　　舟行江上旅程几许，
　　幸亏有歌女为我消释愁绪。
　　可惜残阳匆匆欲暮，
　　一怀清愁随着它挂上乔木。
　　我难以忍受故人远在天际，
　　望断淮山，
　　无限相思，却没有鸿雁为我传递。

生查子·元夕戏陈敬叟①

刘克庄

【作者简介】

刘克庄(公元1187—1269年)字潜夫,号后村,莆田(今属福建)人。出身世家,得补官。做建阳(今属福建)令时,因咏《落梅》诗得罪,闲废十年。后理宗赏其"文名久著,史学尤精",特赐同进士出身。官至龙图阁学士。晚年曾谄事奸相贾似道,为人所讥。有诗名,是江湖派的重要作家。词继承辛弃疾的爱国主义传统及其豪放风格。冯煦对他极为推重,《宋六十一家词选例言》云:"后村与放翁、稼轩,犹鼎三足。其生丁南渡,拳拳君国,似放翁。志在有为,不欲以词人自域,似稼轩。"刘熙载《艺概》云:"刘后村词,旨正而语有致。其《贺新郎》〔席上闻歌有感〕云:'粗识国风《关雎》乱,羞学流莺百啭,总不涉闺情春怨。'又云:'我有平生离鸾操,颇哀而不愠、微而婉。'意殆自寓其词品耶?"间有清婉之作。有《后村别调》,又名《后村长短句》。

【题解】

这首小词题为〔元夕戏陈敬叟〕,系游戏之作,算不上什么杰构,只有"物色旧时同,情味中年别"两句,写出了真实的人生体验,意蕴较深。

【原词】

繁灯夺霁华②,戏鼓侵明发③。物色旧时同,情味中年别。　浅画镜中眉④,深拜楼中月。人散市声收,渐入愁时节。

注释

①陈敬叟:刘克庄友人,字以庄,号月溪,建安(今属福建)人。刘克庄尝赞其诗"才气清拔,力量宏放,为人旷达"(《陈敬叟集序》)。

②霁(jì)华:指明月、月光。

③明发:天发亮。《诗·小雅·小宛》:"明发不寐,有怀二人。"

④浅画句:用张敞事,表示夫妇恩爱。《汉书·张敞传》:"敞为京兆,……又为妇画眉,有司以奏敞。上问之,对曰:'臣闻闺房之内,夫妇之私,有过于画眉者。'上爱其能,弗备责也。"

【今译】

　　繁丽灿烂的灯火,
　　遮蔽了皎洁月光,
　　戏鼓彻夜不停地喧响。
　　节物风光与旧时一样,
　　人到中年,
　　情味却有些儿凄凉。

　　你们是多么恩爱,
　　你为她巧画淡淡双眉,
　　一同向楼心明月,深深礼拜。
　　等到客人全都散去,
　　市街又是一派沉寂,
　　那时候,忧愁会渐渐潜入心底。

贺新郎·端午

刘克庄

【题解】

　　词的上片绘出一幅端午节民俗画,使我们清楚地看到当时的节物风光,作者也描写了自己生活的悠闲,以及年纪老大无心游乐的慵倦心情。下片用嬉笑怒骂的笔调嘲弄端午投粽子于江中以飨屈原的神话和历史遗习,"非为灵均雪耻,实为无识者下一针砭,思理超超,意在笔墨之外"(《蓼园词选》)。"把似"四句借端舒愤,并对屈原致凭吊之意。《楚辞·渔父》:"屈原曰:'举世皆浊我独清,众人皆醉我独醒。'"刘克庄却说与其醒到现在让人愚弄,倒不如当年"醉死",反少许多痛苦。这里有借他人酒杯浇自家块垒之意,他一生抱着"忧时元是诗人职"的志向,关心国事,亟想有所作为,却"前后四立朝",仕途坎坷,屡遭挫折,胸中自有许多牢骚不平之气,便借屈原事一吐为快。所谓"意在笔墨之外"实即指此。

【原词】

深院榴花吐,画帘开、练衣纨扇①,午风清暑。儿女纷纷夸结束,新样钗符艾虎②。早已有游人观渡③。老大逢场慵作戏④,任陌头、年少争旗鼓,溪雨急,浪花舞⑤。 灵均标致高如许⑥,忆生平、既纫兰佩,更怀椒醑⑦?谁信骚魂千载后⑧,波底垂涎角黍,又说是、蛟馋龙怒⑨。把似而今醒到了⑩,料当年、醉死差无苦。聊一笑,吊千古。

【注释】

①练(shū)衣:粗布衣服。练:粗丝织成的布。《陈书·姚察传》:"吾所衣著,止是麻布蒲练。"

②钗符:即钗头符,端午节头饰。陈元靓《岁时广记》二一"钗头符":"《岁时杂记》:'端五剪缯彩作小符儿,争逞精巧,掺于鬟髻之上。都城亦多扑卖,名钗头符。'"艾虎,端午节用艾作虎,或剪彩为虎,粘艾叶,戴以辟邪。周紫芝《永遇乐》〔五日〕:"艾虎钗头,菖蒲酒里,旧约浑无据。"

③观渡:《荆楚岁时记》:"五月五日竞渡,俗为屈原投汨罗日,人伤其死,故命舟楫拯之。"

④逢场作戏:原指艺人遇到合适的场所,就开场表演。释道原《景德传灯录》卷六:"竿木随身,逢场作戏。"亦指随事应景,偶尔涉足游戏的事。

⑤年少三句:指弄潮,周密《武林旧事·观潮》:"吴儿善泅者数百,皆披发文身,手持十幅大彩旗,泝迎而争先鼓勇,出没于鲸波万仞中,腾身百变,而旗略不沾湿,以此夸能。"

⑥灵均:屈原之小字。《离骚》:"皇览揆余予初度兮,肇锡余以嘉名;名余曰正则兮,字余曰灵均。"标致,风度。

⑦纫兰佩:意谓清高的道德修养。《离骚》:"纷吾既有此内美兮,又重之以修能。扈江离与辟芷兮,纫秋兰以为佩。"椒:香物,用以降神。屈原《九歌·东皇太一》:"奠桂酒兮椒浆。"醑(xǔ):美酒,用以祭神。

⑧骚魂:指屈原。因其作《离骚》,特以骚人指屈原,李白《古风》之一:"正声何微茫,哀怨起骚人。"后亦泛指诗人。

⑨波底二句:南朝梁《续齐谐记》:"屈原五月五日投汨罗水,楚人哀之,至此日,以竹筒子贮米,投水以祭之。汉建武中,长沙区曲,忽见一士人,自云三闾大夫

(屈原),谓曲曰:'闻君当见祭,甚善。常年为蛟龙所窃,今若有惠,当以楝叶塞其上,以彩丝缠之,此二物蛟龙所惮。'曲依其言。今五月五日作粽,并带楝叶五花丝,遗风也。"

⑩把似:与其。

【今译】

深深的庭院榴花吐蕊,
我打开画帘,
手持团扇,穿着粗布衣衫,
在正午的暑气中
享受着徐徐清风,是多么悠闲。
小儿女纷纷夸耀自己的妆束,
头上戴着新式的钗符艾虎。
游人争相观看赛船,
早已挤满江岸,
我年纪老大懒得逢场作戏,
任随街尽头弄潮儿手把彩旗,
在鼓声中翻起浪花如急雨。

屈原是少有的高致清标,
平生佩带着芝兰芳草,
难道他会要后人
为他献上美酒香醪?
有谁相信千年以后,
诗人会在水底贪吃米粽,
还对人说是害怕触怒
那些馋嘴的蛟龙。
唉,他与其一直醒到今天,
倒不如醉死在当年,
反省去许多苦恼烦怨,
我且以一笑把千古冤魂吊唁。

贺新郎·九日

刘克庄

【题解】

本词抒写重阳怀感。作者在长空昏黑、斜风细雨的愁人天气登高望远,尽管"乱愁如织",却仍抒写自己平生作为一个放眼天下、忧国忘家的志士的豪迈情怀。"白发书生神州泪,尽凄凉不向牛山滴"二句极为动人,显示作者虽则白发苍苍,却仍只为神州未复而洒泪,绝不像登临牛山的齐景公那样留连光景,为个人生死悲哀,凛然正气令人感佩。下片以庾信自比,说明自己不同于少年时重视华丽文采,而主要抒发家国悲慨。"常恨"三句对每逢重阳,文人多写些空洞应景的陈词滥调,缺少真情实感和新意,表示极大的不满,显出他对文艺的真知灼见。"若对"二句强自宽慰,并关合重阳节令。结句与开篇呼应,阴暗昏瞑的景色具有一种象征国势衰微的寓意。这首词议论风发,苍劲沉著,很能代表刘克庄的词风。

【原词】

　　湛湛长空黑①,更那堪、斜风细雨,乱愁如织。老眼平生空四海,赖有高楼百尺②。看浩荡、千崖秋色。白发书生神州泪,尽凄凉、不向牛山滴③。追往事,去无迹。　　少年自负凌云笔④,到而今春华落尽,满怀萧瑟⑤。常恨世人新意少,爱说南朝狂客,把破帽年年拈出⑥。若对黄花孤负酒⑦,怕黄花也笑人岑寂。鸿北去,日西匿⑧。

注释

①湛(zhàn)湛:深貌。

②高楼百尺:见辛弃疾《水龙吟》注。后世以百尺楼作为忧国忘家的志士登临、居住之所的典故。

③牛山滴:《晏子春秋·内篇谏上》:"景公游于牛山,北临其国城而流涕,曰:'若何滂滂去此而死乎?'"杜牧《九日齐山登高》诗:"古往今来只如此,牛山何必独沾衣。"牛山,在今山东临淄南。

④凌云笔:大手笔。《史记·司马相如传》:"相如既奏《大人》之颂,天子大说(悦),飘飘有凌云之气,似游天地之间意。"

⑤满怀萧瑟:杜甫《咏怀古迹》五首之一:"庾信平生最萧瑟,暮年诗赋动江关。"

⑥爱说二句:指重阳题咏搬出孟嘉典故。南朝狂客,指孟嘉。《晋书·孟嘉传》:"九月九日(桓)温宴龙山,僚佐毕集。时佐吏并着戎服。有风至,吹嘉帽堕地,嘉不之觉。温使左右勿言,欲观其举止。嘉良久,如厕。温令取还之,命孙盛作文嘲嘉,著嘉坐处。嘉还见,即答之,其文甚美。四座嗟叹。"后世用"破帽",即由此引申。苏轼咏《南乡子》〔重九,涵辉楼呈徐君猷〕词:"破帽多情却恋头。"

⑦若:若个,谁。

⑧鸿北去二句:江淹《恨赋》:"白日西匿,陇雁少飞。"

【今译】
　　深邃的长空昏黑,
　　又怎禁得交加着斜风细雨,
　　愁思如织,乱纷纷千丝万缕。
　　我平生望尽四海,
　　好在身居百尺楼台。
　　看眼前万壑千山,
　　一派浩荡秋意。
　　我这白发书生,
　　洒泪总为着神州大地,
　　无论怎样悲戚,
　　却不像登临牛山的古人,
　　因人生短暂忧愁哀泣。
　　追念往昔的情事,
　　早已一去不留踪迹。

　　少年时自负凌云手笔,
　　如今华丽的才藻落尽,
　　唯书写满怀萧瑟情意。
　　常恨世人吟诗太少新趣,
　　只知道谈论南朝狂士,

年年重阳,
都搬弄破帽故事。
我还是对着菊花尽情畅饮,
一味地沉吟叹息,
只怕菊花也笑我过于冷寂。
举头见鸿雁冥冥北飞,
白日隐隐落向西去。

木兰花·戏林推①

刘克庄

【题解】

　　刘克庄于词家最服膺辛弃疾,他不但承其词风,并且也像辛弃疾一样,在深深慨叹"乾坤如许大,无地着孤臣"的同时,总把自己未能实现的恢复神州的宏大理想,寄托在友人身上。这首小词虽然题为〔戏林推〕,思想内容却很深刻。上片描述林推的侠少生活和日夜畅饮、纵博的豪情,过片对友人进行规箴。"男儿西北有神州,莫滴水西桥畔泪"两句,希望友人不要把壮志消磨在风月场中,而要担起救国兴邦的重任,劝勉之意十分明确,语意却极和婉。冯煦称誉克庄"拳拳君国似放翁",首举此二句,并赞其"胸次如此,岂剪红刻翠者比耶?"还说杨慎谓此词"壮语足以起懦",理解还太浅薄。此词格调明快,涵义深永,爱国感情不出之以豪雄,而出之以委折,尤为动人。

【原词】

　　年年跃马长安市②,客舍似家家似寄。青钱换酒日无何③,红烛呼卢宵不寐④。　易挑锦妇机中字⑤,难得玉人心下事⑥。男儿西北有神州,莫滴水西桥畔泪⑦。

注释

①别本题作〔戏呈林节推乡兄〕。节推:节度推官,宋代州郡的佐理官。
②长安:借指都城临安(杭州)。

③无何:没有什么,意谓什么正事都不做。

④呼卢:古时一种赌博,又叫樗蒲,削木为子,共五个,一子两面,一面涂黑,画牛犊,一面涂白,画雉。五子都黑,叫卢,得头彩。掷子时,高声大喊,希望得到全黑,所以叫呼卢。李白《少年行》:"呼卢百万终不惜,报仇千里如咫尺。"

⑤机中字:用苏惠事。晋窦滔妻苏惠字若兰,善属文。滔仕前秦符坚为秦州刺史,被徒流沙。苏氏在家织锦为回文璇玑图诗,用以赠滔。诗长八百四十字,可以宛转循环以读,词甚凄惋。

⑥玉人:指歌妓舞女之类。

⑦水西桥:刘辰翁《须溪集·习溪桥记》载"闽水之西"(在福建建瓯县),为当时名桥之一,又《丹徒县志·关津》载"水西桥在水西门。"此处泛指妓女所居之处。

【今译】

　　你年年骑着马在京城游荡,
　　把客舍当成自己的家,
　　家倒反像暂时栖身的地方。
　　天天拿着青铜钱纵饮,
　　什么事也不去理会,
　　夜晚点起红烛尽情赌博,
　　常常是通宵不寐。

　　要知道,你容易得到妻子
　　一片真挚的感情,
　　却难以捉摸
　　歌妓们猜不透的心。
　　西北还有未曾收复的神州,
　　请记住,男子汉的眼泪,
　　且莫为青楼女子横流。

江城子

卢祖皋

【作者简介】

卢祖皋,生卒年不详,字申之,又字次夔,号蒲江,永嘉(今属浙江)人。庆元五年(公元1199年)进士。官至权直学士院。黄升云:"蒲江,楼攻媿(钥)之甥,赵紫芝(师秀)、翁灵舒(卷)之诗友,乐章甚工"(《花庵词选》)。朱彝尊云:"词莫善于姜夔,宗之者张辑、卢祖皋、史达祖、吴文英、蒋捷、王沂孙、张炎、周密……皆具夔之一体"(《黑蝶斋诗余序》)。卢祖皋词内容较单弱,多为咏物、酬酢、相思别离、留连光景之作,艺术上出色篇章也不多,正如周济所说:"小令时有佳处,长篇则枯寂无味"(《介存斋论词杂著》)。有《蒲江词》。

【题解】

这首小词抒写感伤时序更迭、年华易逝、旧梦难寻的落寞心情,内容、意境都不新鲜,唯语言尚称清婉。况周颐云"后段与龙洲(刘过)'欲买桂花同载酒,终不似、少年游。'可称异曲同工"(《蕙风词话》)。

【原词】

画楼帘幕卷新晴,掩银屏,晓寒轻。坠粉飘香,日日唤愁生。暗数十年湖上路,能几度、著娉婷①。　年华空自感飘零,拥春酲②,对谁醒?天阔云闲,无处觅箫声。载酒买花年少事,浑不似、旧心情。

注释

①娉(pīng)婷:原指姿态美好,此借指美人。
②酲(chéng):病酒。《诗·小雅·节南山》:"忧心如酲,谁秉国成?"

【今译】

　　画楼上卷起帘幕,
　　现一派新晴光景,

清晨还带着轻轻寒意,
我把银色屏风掩紧。
繁花天天坠粉飘香,
不断引起人心中愁情。
暗数十年来在湖上迁延,
能有几度同佳人缱绻?

我徒然感慨年华凋零,
独自在春酒中沉醉,
清醒又去同谁相对?
天宇空阔,白云悠闲地浮沉,
我叹息无处去寻觅
那欢乐的箫管歌声。
纵使学少年买花携酒,
却全然失去旧时豪情。

宴清都

卢祖皋

【题解】

《宴清都》,词调名,始见于周邦彦词。

上片描写初春景色,并感叹年华暗换。"料黛眉、重锁隋堤,芳心还动梁苑"两句,形容柳绿花发,用语新丽精巧。下片抒相思别离之情,"春啼细雨,笼愁淡月"二句,移情于景物,借以表现主人公的凄黯心情,韵致颇佳。"离肠"以下几句,感情愈转愈深,清婉动人。末尾以景结情,也使人感到余意无尽。

【原词】

春讯飞琼管①,风日薄,度墙啼鸟声乱。江城次第②,笙歌翠合,绮罗香暖。溶溶涧渌冰泮③,醉梦里,年华暗换。料黛眉、重锁隋堤④,芳心还动梁苑⑤。　　新来雁阔云音⑥,鸾分鉴影⑦,无计重见。春啼细雨,笼愁淡月,恁时庭院,离肠未语先断,算犹有凭高望眼。更那堪衰草连天,飞梅弄晚。

注释

①琼管:古以葭莩灰实律管,候至则灰飞管通。葭即芦,管以玉为之。

②次第:转眼,顷刻,白居易《观幻》诗:"次第花生根,须臾烛遇风。"

③溶溶:水盛。刘向《九叹·逢纷》:"扬流波之潢潢兮,体溶溶而东回。"渌(lù):清澈。泮(pàn),溶解,分离,《诗·邶风·匏有苦叶》:"士如归妻,迨冰未泮。"

④黛眉:以美人黛眉比喻柳叶,白居易《长恨歌》:"芙蓉如面柳如眉,对此如何不泪垂。"隋堤,见周邦彦《兰陵王》注,此处泛指。

⑤梁苑:园囿名,在今河南开封市东南。汉梁孝王刘武筑。为游赏与延宾之所,当时名士如司马相如、枚乘、邹阳皆为座上客。一名梁园,又称兔园。此处系泛指园林。

⑥阔:稀缺。

⑦鸾分鉴影:范泰《鸾鸟诗序》:"昔罽宾王结罝峻卯之山,获一鸾鸟。王甚爱之,欲其鸣而不致也。乃饰以金樊,飨以珍羞。对之俞戚,三年不鸣。其夫人曰:'尝闻鸟见其类而后鸣,何不悬镜以映之?'王从其意。鸾睹形悲鸣,哀响冲霄,一奋而绝。"后以此故事比喻爱人分离或失去伴侣。

【今译】

　　玉笛飞出春天的旋律,
　　风日初暖,
　　小鸟叽叽喳喳飞过墙院。
　　江城很快就听见
　　笙歌在碧波中荡漾,
　　身穿绮罗的丽人满路飘香。
　　山涧里冰已融化,
　　新水丰满清澈,
　　醉梦中暗换年华。
　　绿眉般纤美的杨柳,
　　想是重又把河堤环绕,
　　园林里,百花芳心动摇。

近来看不到鸿雁,
从云中传送佳音,
我就像照镜的孤凤,
空自顾影伤心,
却没有办法与她重逢。
这时寂寞的庭院,
春天正在哭泣,落细雨绵绵,
乌云笼住淡月,清愁无限。
我还不曾开口,
塞满离恨的柔肠已自先断,
就算还剩有
凭高望远的双眼,
又怎忍看见无边衰草连天,
昏黄中飞坠梅花片片!

南乡子·题南剑州妓馆[①]

潘牥

【作者简介】

　　潘牥(fāng)(公元1205—1246年),字庭坚,号紫岩,闽(今福建省)人。理宗端平二年(公元1235年)进士第三,历官太学正、潭州通判。《全宋词》录其词五首。

【题解】

　　《南乡子》,唐教坊曲名,后用为词调,单片始见于五代欧阳炯词,双调始见于南唐冯延巳词。

　　这首题南剑州妓馆的小词,是为一个已经远离、寻访无着的歌妓所写,却绝去绮词丽语,也不带丝毫轻亵的情调,而是以清婉深情的诗笔,抒写了主人公的一片留恋、怅惘之情。沈际飞说:"'阁下溪声阁外山'句,便已婉挚,况复足山水一句乎"(《草堂诗余正集》)。词中借景言情十分委折。将所爱歌妓想像成月下乘鸾的仙子,情致闲雅高远,不同凡艳。结拍写主人公于霜月之夜折梅自看而无谁可寄的情景凄切动人。本篇虽为小令，却步步转折，一步一态，因而况周颐赞其"有尺幅千里之妙"(《蕙风词话》)。

【原词】

　　生怕倚阑干,阁下溪声阁外山。惟有旧时山共水,依然,暮雨朝云去不还②。　应是蹑飞鸾③,月下时时整佩环。月又渐低霜又下,更阑,折得梅花独自看。

【注释】

①南剑州:今福建南平。
②暮雨朝云:用宋玉:《高唐赋序》巫山神女事,见欧阳修《蝶恋花》注。
③蹑飞鸾:传说中仙人多乘鸾骑凤,此处比喻歌妓为仙子。

【今译】

　　我生怕去独倚栏杆,
　　阁下是潺潺溪水,
　　阁外有横斜青山。
　　旧时的山,旧时的水,
　　面目一如当年,
　　她却像朝云暮雨,
　　一去不再回还。

　　她是否已变作仙女乘着飞鸾,
　　在月下时时整理
　　美丽的环佩衣衫?
　　露冷霜降,
　　月儿渐渐低转,
　　夜寂更阑,
　　我折下梅花独自观看。

瑞鹤仙·梅

陆 叡

【作者简介】

陆叡(？—公元1266年),字景思,号西云,会稽(今浙江绍兴)人。绍定五年(公元1232年)进士。官至集英殿修撰,江南东路计度转运副使兼淮西总领。《全宋词》录其词三首。

【题解】

本词别本题作〔梅〕,细玩词意,却似乎与咏梅无关,而是诉说相思离别之情。首句"湿云粘雁影",描写沉沉欲雨的云空,鸿雁难以迅飞,灰色的雁与灰色的云似乎浑然一体的情景,"粘"字为前人所屡用,并不新奇,而与"影"字连用,绘出迷离滞重之境,恰到好处,很有些情味。词中主要抒写羁旅行役、流光难驻、相思别离等种种愁恨,词意较为朦胧晦昧,从总体上看,不算一首高明的作品。

【原词】

湿云粘雁影,望征路愁迷,离绪难整。千金买光景,但疏钟催晓,乱鸦啼暝。花惊暗省①,许多情,相逢梦境。便行云都不归来,也合寄将音信。 孤迥②,盟鸾心在,跨鹤程高③,后期无准。情丝待剪,翻惹得旧时恨④。怕天教何处,参差双燕,还染残朱剩粉。对菱花与说相思⑤,看谁瘦损?

注释

①悰(cóng):欢乐。
②孤迥:志意高远。杜牧《南陵道中》诗:"正是客心孤迥处,谁家红袖凭江楼。"
③跨鹤:指飞升成仙。
④情丝二句:李煜《乌夜啼》:"剪不断,理还乱,是离愁,别是一般滋味在心头。"此化用其意。

⑤菱花:古铜镜中,六角形的或镜背刻有菱花的,叫菱花镜。后诗文中常以菱花为镜的代称。李白《代美人愁镜》:"狂风吹却妾心断,玉筯并堕菱花前。"

【今译】

沉重的雨云粘着灰色的雁影,
望征途遥远,
心中迷惘、愁闷,
多少离情难以整顿。
谁说千金能够买到光阴,
疏落的钟声催促清晓,
乱鸦啼,又是暮色昏暝。
暗自思量从前的欢乐,
曾经有过许多柔情,
如今,要相逢却只有梦境。
伊人纵使化作行云不再归来,
也该给我寄上音信。

我孤独而清高,
爱情的盟誓铭记在心,
却难以骑鹤飞上云霄,
后会的日期哪里可靠。
我想要剪断情丝,
反惹起心头久已沉积的烦恼。
我不知道会在什么地方
看见双飞的燕子,
沾带着她脂粉的芳香。
她或许正在对镜照影,
诉说苦苦的相思情,
她是否比我还更瘦骨嶙峋?

霜天晓角

萧泰来

【作者简介】

萧泰来,生卒年不详,字则阳(《江西通志》云:字阳山),号小山,临江(今属江西)人。绍定二年(公元1229年)进士。理宗朝为御史。《全宋词》录其词二首。

【题解】

这是一首梅的赞歌,作者咏赞她傲霜斗雪的"瘦硬"生性、不同凡品的清绝姿容,并写出她"知心惟有月"的幽独心境。词中可能有什么托意,却难以指实。

【原词】

千霜万雪,受尽寒磨折。赖是生来瘦硬,浑不怕、角吹彻。　清绝,影也别,知心惟有月。原没春风情性,如何共、海棠说。

【今译】

　　她经受过千霜万雪,
　　多少寒冷的磨折。
　　可就是生来瘦硬奇特,
　　完全不怕那冬夜里,
　　清角吹,寒意透彻。

　　她的姿容幽雅清绝,
　　疏影也与百花迥别,
　　知音者唯有天边明月。
　　她原没有春风情性,
　　如何向海棠诉说孤傲的深心?

渡江云·西湖清明

吴文英

【作者简介】

　　吴文英(约公元 1200—1260 年),本姓翁,过继吴氏,字君特,号梦窗,晚号觉翁。四明(今浙江宁波)人。一生未应科举,以布衣终老。曾以幕僚身分出入当时苏、杭一带的权贵之门,与理宗朝爱国名相吴潜有交谊,但与奸相贾似道及其馆客也有交谊。晚年曾为荣王赵与芮客,居绍兴。吴文英为南宋后期一位重要词人,存词三百五十余首。部分词章表现了对国事的忧念和今昔盛衰之慨,如《惜秋华》〔重九〕、《声声慢》、《应天长》〔吴门元夕〕、《贺新郎》〔乔木生云气〕、《八声甘州》〔渺空烟〕等。其余大多数词章记个人生活、游冶、酬酢。与朝官应酬之作多达八十余首。词风秾艳丽密,于音律词句十分讲究,艺术上有相当的成就,有自度曲十余阕,其中《莺啼序》二百四十字,为词史上仅见的四片长调。吴文英继承并发展了周邦彦的词风,"音律欲其协","下字欲其雅","用字不可太露","发意不可太高"(沈义父《乐府指迷》引),将词从苏、辛以来与诗文并驱的广阔深厚、豪旷雄放、多姿多彩、无施不可,引回到首重审音拈韵、使典用字的道路上去,门径较狭窄。

　　自宋以来对吴文英词便毁誉纷纭,赞誉者如尹焕,竟至说:"求词于吾宋,前有清真,后有梦窗"(《梦窗词序》)。而张炎却说:"吴梦窗词,如七宝楼台,眩人眼目,拆碎下来,不成片段"(《词源》)。清代朱彝尊、戈载、陈廷焯、周济、况周颐等人都对吴文英推崇备至,周济列周邦彦、辛弃疾、王沂孙、吴文英为宋词四大领袖;晚近的朱孝臧曾三校《梦窗词》,跋语多溢美,他编《宋词三百首》,选吴词二十五首,居首位,可见对他的重视程度;而王国维则讥其词"映梦窗、凌乱碧"(《人间词话》)。宋、清诸家对梦窗词或褒或贬都嫌太过,唯《四库全书总目》评语较为公允:"文英天分不及周邦彦,而研炼之功则过之。词家之有吴文英,如诗家之有李商隐也。"综论吴文英词章的成就较诗中之李商隐尚不能及,但在两宋词坛上仍不失为一个独辟蹊径、较有成就的词家。有《梦窗词甲乙丙丁稿》四卷。

【题解】

《渡江云》，词调名，始见于周邦彦词，又名《三犯渡江云》。据毛先舒《填词名解》云，调名"取唐人诗'唯惊一行雁，冲断渡江云'"。

陈洵《海绡说词》说"此词与《莺啼序》第二段参看……是一时事。"据夏承焘《吴梦窗系年》考证，吴文英在杭州曾纳一妾，不久亡故，二人感情相当深笃，因此"集中怀人诸作……其时春，其地杭者，则悼杭州亡妾"。这首词题为〔西湖清明〕，词中却并未正面提及清明二字，然而自古清明即为扫墓悼亡的节令，由时令念及亡人是十分自然的事。不明书悼亡，而让人从词意中去领会，显得更加含蓄有致。本词一开篇就以怨怨的语气，恨繁花不解悼亡者的心境，开得那样娇艳，进而又怨春风未能把不懂事的红花全都吹落，接着很自然地转入对往日生活的深深回忆和对旧事一去不复的惆怅的抒发。过片写作者由忆生幻，在幻想中与伊人订后会盟约，以及清醒后沉重的失落感，并寄情于满湖风雨的惨淡景色，余意不尽。

【原词】

羞红鬓浅①，恨晚风未落，片绣点重茵②。旧堤分燕尾③，桂棹轻鸥④，宝勒倚残云⑤。千丝怨碧，渐路入仙坞迷津⑥。肠漫回，隔花时见，背面楚腰身⑦。　　逡巡⑧，题门惆怅⑨，堕履牵萦⑩，数幽期难准，还始觉留情缘眼，宽带因春⑪。明朝事与孤烟冷，做满湖风雨愁人。山黛暝，尘波澹绿无痕。

注释

①羞红：形容花如含羞美人的容颜，古人以"羞花"喻女子美貌，此处反用。鬓浅，形容叶嫩如女子发鬓。

②重茵：厚席，比喻芳草如茵。

③旧堤句：杭州西湖苏堤与白堤交叉，形如燕尾。

④桂棹：桂木船桨，代指华美的船。苏轼《前赤壁赋》："桂棹兮兰桨，击空明兮泝流光。"

⑤宝勒：装饰宝物的马勒，代指良马。

⑥渐路入句:用刘晨、阮肇入天台山遇仙事,见周邦彦《玉楼春》注。此处指作者与杭妾初遇情事。

⑦隔花句:苏轼《续丽人行》诗:"隔花临水时一见,只许腰肢背后看。"此处化用其意。楚腰,美人细腰。楚谚:"楚王爱细腰,宫中多饿死。"

⑧逡(qūn)巡:亦作:"逡循",欲进不进,迟疑不决的样子。《庄子·让王》"子贡逡巡而有愧色。"

⑨题门:用吕安题嵇康门事。《世说新语·简傲》:"嵇康与吕安善,每一相思,千里命驾。安后来,值康不在,喜(嵇康兄)出户,延之不入,题门上作'凤'字而去。"

⑩堕履:典出《史记·留侯世家》,张良于圯上遇黄石公,为之捡堕履,后得授兵书。此处指得遇知音,并用其字面意(脱鞋),表示留宿。

⑪宽带:见李之仪《谢池春》注。

【今译】

娇红的花像美人含羞的容颜,
嫩绿的叶缀在她鬓边。
恨晚风不把它们全都吹落,
如茵的草坪只点染几片花瓣。
旧日曾游的湖堤交叉处像燕尾一般,
桂舟宛若鸥鸟轻轻飘去,
宝马载着你飞上暮云端。
柳丝绿得令人心伤,
我仿佛又沿着垂杨掩蔽的小路,
去到仙境桃源。
是什么使我回肠九转?
隔着秾丽的花丛,
那纤细的腰身忽隐忽现,
却不肯转过你的脸。

我犹疑踌躇、进退两难,
怕寻你不着愁怀难遣,
渴望与你共枕,我魂萦情牵。
我把约会的佳期细细推算,

弄不准将是哪一天。
这才懂得,
情思缭绕全为着那多情的双眼,
春日相思空叫人衣带渐宽。
到明天,往事随同孤烟一齐消散,
只剩下满腹愁绪的我,
与满湖凄风苦雨相伴。
山色更加幽碧晦暗,
湖面上微波隐现,显得格外惨淡。

夜合花

白鹤江入京,泊葑门,有感①。

吴文英

【题解】

葑门为苏州东门。吴文英有两个妾,其一娶于苏州,后离异。此词当是为怀念与苏州妾的旧日情事而作。上片由泊舟葑门回想起当年与苏州妾同居、同游的欢乐情景,下片折回到眼前事实,抒写人去楼空、往事如梦的凄伤之慨。词意较为明畅,遣词造句细腻考究。词中以"柳暝河桥,莺清台苑"、"凌波翠陌,连棹横塘"的明媚景象衬托往昔欢情,以"溪雨急,岸花狂,趁残鸦飞过苍茫"的凄疾之景渲染当前愁情,情景交融,十分精妙。

【原词】

柳暝河桥,莺清台苑,短策频惹春香②。当时夜泊,温柔便入深乡③。词韵窄④,酒杯长,剪烛花、壶箭催忙⑤。共追游处,凌波翠陌,连棹横塘⑥。 十年一梦凄凉⑦,似西湖燕去,吴馆巢荒⑧。重来万感,依前唤酒银罂⑨。溪雨急,岸花狂,趁残鸦、飞过苍茫。故人楼上,凭谁指与,芳草斜阳⑩?

注释

①白鹤江:又名鹤江、白鹤溪,在苏州城西北武进县境,与运河相通。吴文英自金陵(今南京)南下,入吴县,过太湖至临安,可经白鹤江。

②策:马鞭。

③温柔乡:指美色迷人之境、男女欢爱之境。旧题汉伶玄《飞燕外传》:"是夜进合德(飞燕妹),帝大悦,以辅属体,无所不靡,谓为温柔乡。谓嬺曰:'吾老是乡矣!不能效武皇帝求白云乡也。'"

④词韵窄:形容感情无法用词章表达。

⑤漏箭:见柳永《戚氏》注。

⑥横塘:见贺铸《青玉案》注。

⑦十年一梦:见姜夔《扬州慢》注。

⑧吴馆:春秋时吴王夫差为西施建造的"馆娃宫",在苏州灵岩山。此处借指旧日与妾同居处。

⑨罂(yīng):酒器,大腹小口。

⑩芳草斜阳:范仲淹《苏幕遮》词:"山映斜阳天接水,芳草无情,更在斜阳外。"

【今译】

河岸上密柳浓荫
把桥栏遮掩,
亭园里黄莺清歌
使春光更加明艳。
我挥动马鞭,
鞭梢时时掠过花瓣,
难以忘怀那年春夜
停舟在荜门前,
你我相依相伴,
柔情蜜意无尽无边。
我贫乏的词笺
难以表达深心爱恋,
只有把定情酒一杯杯不住喝干。
频剪烛花,全没半点睏倦,
恨更漏不解人意,

一声声催促,春宵苦短。
我难以忘怀每日相随游冶,
你就像洛水的神仙,
漫步在翠柳飘拂的田野,
你我时常荡舟横塘,欢乐无限。

转眼间已过去十年,
往事似梦,我徒自伤心、缱绻,
你如西湖的旅燕倏然飞远,
荆门旁旧巢空空,
再也看不见你的容颜。
重游故地,我感慨万千,
连声唤人添酒,
频频举杯一如从前。
山雨迅猛,横飞江面,
山风急骤,落花狂舞在岸边,
又被风儿飘卷,
追赶着几只迟归的乌鸦,
飞向苍茫的对岸。
凝望你住过的楼阁,
斜阳外,芳草连天,
寻找你的道路,谁能为我指点?

霜叶飞·重九

吴文英

【题解】

《霜叶飞》,词调名,始见于周邦彦词。

这首词是重九为怀念杭州亡妾而作。重阳本是亲友聚会欢饮的日子,而"每逢佳节倍思亲"的愁绪也最易引发,此词抒写了作者面对断烟、残阳、霜树、秋水、雨中黄菊等萧索物象,回忆从前此日与爱妾醉游南屏山的往事时凄苦、沉痛的心境。下片极言亲人死后百事无心的情状,"断阕经岁慵赋"一句,包含着多少伤逝的凄怆。"早白发"以下,描述作者"缘愁万缕"而满头白发,和因极度痛苦而木然的心态,真切动人。结句表达"现在如此,未来可知,极感怆却极闲冷"(陈洵《海绡说词》)的情感,委折深沉。词中绘秋色、秋声,如闻如见,笔意清疏而含思凄婉。

【原词】

断烟离绪关心事,斜阳红隐霜树。半壶秋水荐黄花①,香噀西风雨②。纵玉勒③、轻飞迅羽,凄凉谁吊荒台古④。记醉踏南屏⑤,彩扇咽寒蝉,倦梦不知蛮素⑥。聊对旧节传杯,尘笺蠹管,断阕经岁慵赋。小蟾斜影转东篱⑦,夜冷残蛩语。早白发、缘愁万缕⑧,惊飙从卷乌纱去⑨。漫细将、茱萸看⑩,但约明年,翠微高处。

注释

①黄花:菊花。李白《九日龙山歌》:"九日龙山饮,黄花笑逐臣。"

②噀(xùn):喷水。

③玉勒:镶玉的马勒,代指马。

④荒台:彭城(今江苏徐州)戏马台,为楚项羽阅兵处。南朝宋武帝刘裕曾于重阳日大会宾僚赋诗于此。此处借指古迹。

⑤南屏:山名,"南屏晚钟"为西湖十景之一。山上有吴越王所建雷峰塔。

⑥蛮素:见苏轼《青玉案》注,此处借指爱妾。

⑦小蟾:上弦月。

⑧早白发句:李白《秋浦歌》:"白发三千丈,缘愁似个长。"此化用其意。

⑨惊飙句:用孟嘉事,见刘克庄《贺新郎》注。

⑩漫细将两句:化用杜甫《九日兰田崔氏庄》诗:"明年此会知谁健,醉把茱萸仔细看"句意。茱(zhū)萸(yú):植物名,生于川谷,其味香烈。古俗九月九日佩之以祛邪避灾。

【今译】

缕缕炊烟,像离情别绪,
时断时续。
最叫人关情的是

一轮血色残阳
在绛红的霜树后面隐去。
我舀来半壶秋水，
供一束菊花将她奠祭。
在西风秋雨中，
黄菊幽香四溢。
此时此刻，谁又有这样的兴趣，
扬鞭跃马，像小鸟迅飞，
去凭吊那荒台古迹？
唯有醉游南屏的往事，
在眼前时时浮起。
伴同她歌舞的彩扇今在哪里？
寒蝉声声悲啼，
仿佛听见她当年清歌幽咽，
我倦梦依稀，不知她去往何地？

如今又是重阳，
酒宴上应节举杯，却无情无绪。
一任素笺落满埃尘，
蠹虫蛀坏了毛笔，
未完成的词章搁置了几年，
也懒得再续。
半轮明月渐渐西斜，
清光洒满东篱。
凄冷的秋夜里，
蟋蟀一声声低语。
我早已满头白发，
都因为愁思万缕，
任随狂风把帽子飞卷而去。
醉中，我手持茱萸仔细观看，
朋友啊，暂且约定明年此时，
再到翠峰高处将友情重叙。

宴清都·连理海棠

吴文英

【题解】

作者围绕着唐玄宗、杨贵妃的爱情故事，暗用白居易《长恨歌》诗意及《太真外传》等野史，借咏连理海棠，一方面咏赞了李、杨"在地愿为连理枝"的深情厚爱，一方面又感叹他们"此恨绵绵无绝期"的悲剧结局，以花始，以花结，句句咏物，又字字不留滞于物，将咏物、叙事、言情、抒慨熔为一炉，笔墨华美浓艳，奇幻深曲，首尾呼应，结构严谨。朱孝臧盛赞本词"濡染大笔何淋漓"（《手批梦窗词集》），唯觉雕绘太过，词藻太密，但却很能代表吴文英的风格特点。

【原词】

绣幄鸳鸯柱①，红情密、腻云低护秦树②。芳根兼倚，花梢钿合③，锦屏人妒。东风睡足交枝④，正梦枕瑶钗燕股⑤。障滟蜡、满照欢丛⑥，嫠蟾冷落羞度⑦。　人间万感幽单，华清惯浴⑧，春盎风露⑨。连鬟并暖⑩，同心共结，向承恩处。凭谁为歌长恨⑪？暗殿锁、秋灯夜语⑫。叙旧期、不负春盟⑬，红朝翠暮。

注释

①绣幄：原指锦绣的帷帐，此处借指树冠繁密的花丛。鸳鸯柱：指连理海棠的树干。

②秦树：汉宫苑中的树，即指连理海棠，暗喻唐玄宗、杨贵妃。《阅耕余录》载"宋淳熙间秦中有双株海棠。"李程《华清宫望幸赋》："想恩波之东注，俯瞰渭流。爱佳气之西浮，空瞻秦树。"

③钿合：金饰之合，有上下两扇。陈鸿《长恨歌传》："定情之夕，授金钗钿合以固之。"白居易《长恨歌》："唯将旧物表深情，钿合金钗寄将去。钗留一股合一扇，钗擘黄金合分钿。但教心似金钿坚，天上人间会相见。"

④东风睡足：用杨贵妃事。《太真外传》："上皇（李隆基）登沉香亭，诏太真妃

子。妃子时卯醉未醒,命力士从侍儿扶掖而至。妃子醉颜残妆,鬓乱钗横,不能再拜。上皇笑曰:'岂是妃子醉,真海棠睡未足耳。'"苏轼《寓居定惠院之东,杂花满山,有海棠一株,土人不知贵也》诗:"林深雾暗晓光迟,日暖风轻春睡足。"此用其意。

⑤燕股:钗有两股如燕尾。

⑥障滟蜡句:白居易《惜牡丹花》诗。"明朝风起应吹尽,夜惜衰红把火看。"李商隐《花下醉》诗:"客散酒醒深夜后,更持红烛赏残花。"苏轼《海棠》诗:"只恐夜深花睡去,故烧高烛照红妆。"此处化用以上句意。

⑦嫠(lí)蟾句:李商隐《嫦娥》诗:"嫦娥应悔偷灵药,碧海青天夜夜心。"此化用其意。嫠,寡妇,嫠蟾,指孤独无夫的嫦娥。

⑧华清:华清池,温泉,在陕西临潼骊山华清宫内。杨贵妃尝赐浴于此。白居易《长恨歌》:"春寒赐浴华清池,温泉水滑洗凝脂。侍儿扶起娇无力,始是新承恩泽时。"

⑨盎:指池水丰满。

⑩连鬟:本指女子所梳双髻,此处指连理海棠。暗喻玄宗和杨妃。

⑪长恨:指白居易《长恨歌》。

⑫暗殿句:杜甫《哀江头》诗:"江头宫殿锁千门。"白居易《长恨歌》:"夕殿萤飞思悄然,孤灯挑尽未成眠。迟迟钟鼓初长夜,耿耿星河欲曙天。鸳鸯瓦冷霜华重,翡翠衾寒谁与共?"此处化用其意。

⑬叙旧期句:白居易《长恨歌》:"临别殷勤重寄词,词中有誓两心知。七月七日长生殿,夜半无人私语时:在天愿作比翼鸟,在地愿为连理枝。"

【今译】

一双树干如相依的鸳鸯,
支撑起锦绣篷帐,
红花繁茂浓密,情意绵长,
绿叶像碧云低垂,
护卫着连理海棠。
美丽的树根相并相靠,
柔嫩的枝梢如钿合互交互傍,
引惹得深闺中思春的女子
生出多少妒嫉和梦想。
东风里娇憨的海棠睡熟,
双双躺卧在相交的花枝上,

仿佛情人沉入甜蜜的梦境，
玉簪金钗遗落枕旁。
多情人高举红烛，
遍照秾丽的海棠着意观赏，
孤寂的月殿嫦娥，
更觉得幽怨哀伤。

人世间孤单的女子何止千万，
谁不羡慕那赐浴华清池
自沐春风、独沾恩露的玉环？
当初，在温暖的芙蓉帐，
他们鬓发相傍，
曾经是多么恩爱，
唯愿世世代代结成鸳鸯。
为什么？为什么啊，
一死一生空自相望，
长恨歌永久地传唱？
幽寂的宫门紧锁，
秋夜孤凄何其漫长，
对一盏闪闪青灯，
满怀知心话向谁去讲！
盼望着伊人归来，
把旧日盟誓践偿，
双双化作这连理海棠，
朝朝暮暮叶依花傍。

齐天乐

吴文英

【题解】

陈洵《海绡说词》云："此与《莺啼序》盖同一年作,彼云十载,此云十年也。"是一首怀念情人之作。上片抒写了十年来虽则音讯茫茫,作者对当初的邂逅之地——西子湖畔却始终梦绕魂萦的眷恋、感伤之情,并以凭高眺远所见迷离秋色烘托愁情。"但有江花,共临秋镜照憔悴"二句,以残花衬人,特别突出了作者感伤之深,思念之苦。下片追忆当年与情人欢会的情景,极写伊人的娇美多情,"素骨凝冰,柔葱蘸雪"二句形容伊人不同凡艳,清超的姿质,造语生新雅秀。"清尊"以下几句抒无尽相思,而以秋宵的"乱蛩疏雨"加以渲染,使人倍觉凄凉。此词细腻绵密,用事自然,词藻清丽,情深语婉,是一首较好的抒情词。

【原词】

烟波桃叶西陵路①,十年断魂潮尾。古柳重攀,轻鸥骤别②,陈迹危亭独倚。凉飔乍起③,渺烟碛飞帆④,暮山横翠。但有江花,共临秋镜照憔悴⑤。　华堂烛暗送客⑥,眼波回盼处,芳艳流水。素骨凝冰⑦,柔葱蘸雪⑧,犹忆分瓜深意⑨。清尊未洗,梦不湿行云⑩,漫沾残泪。可惜秋宵,乱蛩疏雨里。

注释

①桃叶:晋王献之与爱妾送别处,见姜夔《琵琶仙》注。此处泛指渡口。西陵,桥名,亦作"西泠",在杭州西湖孤山下,桥边有南朝名妓苏小小墓。古乐府《苏小小歌》:"郎骑青骢马,妾乘油壁车。何处结同心,西陵松柏下。"
②骤别:原本作"聚"别,据别本改。
③飔(sī):冷风。
④烟碛(qī):远处迷濛的沙岸。碛:浅水中沙石或沙洲、沙丘、沙漠。
⑤但有二句:李璟《摊破浣溪沙》:词"菡萏香消翠叶残,西风愁起碧波间,还与容光共憔悴,不堪看。"此用其意。秋镜:秋水平如明镜。
⑥华堂句:《史记·滑稽列传》:"堂上烛灭,主人留髡而送客……"此用其意,

指伊人送走宾客,独留作者。

⑦素骨凝冰:用《庄子·逍遥游》句意,见苏轼《洞仙歌》注。

⑧柔葱蘸雪:形容美人白皙纤细的手指。白居易《筝》诗:"双眸剪秋水,十指剥春葱。"

⑨分瓜:暗用周邦彦《少年游》:"并刀如水,吴盐胜雪,纤指破新橙"词意。

⑩梦不湿行云:化用楚王会巫山神女典,见欧阳修《蝶恋花》注。

【今译】

　　我又来到这烟波迷濛的
　　桃叶渡口、西陵路上,
　　十年里我总是见景心伤,
　　就像潮汐天天涌涨。
　　再一次攀折话别的古柳,
　　追想当时骤然分手,
　　如同鸥鸟各飞一方,
　　我独自凭倚高亭,
　　把早已变作陈迹的往事细细回想。
　　秋风乍起,送来阵阵凄凉,
　　轻烟笼罩在沙洲上,
　　隐约中见几点飞驰的航帆,
　　水天空阔,苍苍茫茫,
　　远山苍翠,镀金色夕阳。
　　只有岸边残花,
　　共憔悴的我,一同倒映水上。

　　想当年,晚宴后你送走宾客,
　　半熄灯烛,单单留下我,
　　回过头送来多情眼波,
　　沁人芳馨从我心上流过。
　　晶莹的冰是你素洁的手臂,
　　雪白的嫩葱是你柔润的纤指,
　　还记得你亲自为我把瓜果分剥,

待我那一片深情厚意。
从前你使用的酒杯,
至今我还不忍去洗。
但无论我落下多少相思清泪,
你却不肯来到我梦里,
疏雨萧萧,蟋蟀哀鸣,
秋宵凄寒,我满怀愁绪。

花犯·郭希道送水仙索赋①

吴文英

【题解】

本词咏水仙。全词以拟人手法,把水仙视为绝色、知己,并融入神话传说,既绘其形,更描其神。陈洵《海绡说词》评析此篇结构云:"自起句至'相认',全是梦境,'昨夜'逆入,'惊回'反跌,极力为'送晓色'一句追逼;复以'花梦准'三字,钩转作结。后片是梦非梦,纯是写神。'还又见'应上'相认','料唤赏'应上'送晓色',眉目清醒,度人金针。"本词结构完密,语言清丽。词中不仅写出作者对水仙的钦敬慕恋和爱赏,又用侧笔表现友人送花的善解人意和深笃友谊,还赞誉了友人高雅、清幽的生活情趣,虽为咏物、应酬之作,仍不失为一篇清新可读的词章。

【原词】

小娉婷清铅素靥②,蜂黄暗偷晕③,翠翘欹鬓④。昨夜冷中庭,月下相认,睡浓更苦凄风紧。惊回心未稳,送晓色、一壶葱茜⑤。才知花梦准。　湘娥化作此幽芳,凌波路,古岸云沙遗恨⑥。临砌影,寒香乱、冻梅藏韵。熏炉畔、旋移傍枕,还又见、玉人垂绀鬓⑦。料唤赏、清华池馆⑧,台杯须满引⑨。

【注释】

①郭希道:作者友人,生平未详。

②娉(pīng)婷(tíng):姿态美好,多形容女子。古乐府《春歌》:"娉婷扬袖舞,阿那曲身轻。"清铅素靥(yàn):形容水仙的素雅妩媚。铅、素均为白色,靥:酒涡。

③蜂黄:唐时以"蝶粉蜂黄"称宫妆。李商隐《酬崔八早梅有赠》诗:"何处拂胸资蝶粉,几时涂额藉蜂黄。"又以之比喻贞节;罗大经《鹤林玉露》引《道藏经》云:"蝶交则粉退,蜂交则黄退。"

④翠翘:翡翠头饰。白居易《长恨歌》:"花钿委地无人收,翠翘金雀玉搔头。"此处形容水仙绿叶。

⑤葱茜(qiàn):青翠色,此处指水仙。

⑥湘娥三句:用湘妃及洛水女神宓妃事,见张先《菩萨蛮》及贺铸《青玉案》注。

⑦绀(gàn)鬒(zhěn):美发。天青色为绀,发黑而浓密曰鬒。

⑧清华池馆:指郭希道家花园。

⑨台杯:套杯。

【今译】

你如娇小秀美的仙女,
雪白的花瓣带着圣洁的笑意,
蜂黄色花蕊暗含一抹羞涩,
碧叶如翠钗斜插在发髻里。
昨夜,空庭中寒风凄凄,
冷月下我忽然见到你。
北风呼啸,吹散我浓浓睡意,
猛然惊醒,心头久久不能平静,
晨曦刚刚从东方升起,
友人就送来一盆水仙碧绿。
这才懂得夜梦竟是那样准确,
花神预告了你的来期。

是湘水女神幻化成幽香的花枝,
轻盈地凌波飞去,
古岸边云沙迷离,

永留你苦苦寻觅的足迹。
庭阶前投下你优雅的身影,
散发着浓郁香气。
连那经冬耐寒的红梅,
丰标逸致也不敢同你相比。
我把你放置在香炉旁边,
一会儿又往枕畔轻移,
我多么欣喜能时时见到
你美人般青青的发缕。
料想友人也像我一样,
异乎寻常地将你珍惜,
在清华池边的楼馆与你朝夕厮守,
不停地举杯表达爱赏和赞誉。

浣溪沙

吴文英

【题解】

这是一首感梦之作。陈洵《海绡说词》认为本词全由自南唐入宋的张泌《寄人》诗:"别梦依依到谢家,小廊回合曲栏斜。多情只有春庭月,犹为离人照落花"化出。上片纪梦,以含蓄凄婉的词笔勾勒梦中寻访伊人却成分别的情景,若虚若实,亦真亦幻。"夕阳"句移情于景物,烘托黯然消魂的伤离气氛,语淡情深。下片抒慨,"落絮无声春堕泪,行云有影月含羞"为传诵的名句,上句化自苏轼《水龙吟》咏杨花词:"细看来、不是杨花,点点是离人泪"二句,却更空灵含蓄、精微深至。下句同上句一样,义兼比兴,寄意深远。末句借自然景象抒内心感受,情余言外,耐人玩味。

【原词】

门隔花深梦旧游①,夕阳无语燕归愁,玉纤香动小帘钩②。 落絮无声春堕泪,行云有影月含羞,东风临夜冷于秋③。

注释

① 梦旧游:原本作"旧梦游",据别本改。
② 玉纤:指白皙的纤手。
③ 东风句:薛道蕴《奉和月夜听军乐应诏》诗:"月冷疑秋夜"。韩偓《惜春》诗:"节过清明却似秋"。此化用其意。

【今译】

梦里我又去到她的庭院,
密密繁花把重门遮掩,
夕阳默默挂在中天,
飞归的双燕也忧愁无言。
她芳馨的纤指搴动帘钩,
我们依依地分手。

悠悠柳絮无声地坠落,
那是春神愁归、离人怨别的泪点,
浮云轻掩着月影,
宛若她忍悲含羞的面颜。
夜晚,东风劲吹,
屋里和心中都凄冷如同秋天。

浣溪沙

吴文英

【题解】

　　本词抒写秋夜怀人之情,写得十分朦胧,上片绘出秋夜清冷寂寥之景,"玉人垂钓理纤钩"句,形容倒映水面的一弯新月,奇幻幽美。下片回首当初与情人离别情景,只轻轻点出,而着重借眼前"水花红减"发出美好事物难以永驻的感叹,离愁别恨也蕴含其中。末句以西风中井梧飘落的萧瑟景象,写出悲秋怀人的哀思。此词造境清奇,语言精细。

【原词】

　　波面铜花冷不收①,玉人垂钓理纤钩②,月明池阁夜来秋。　江燕话归成晓别,水花红减似春休③,西风梧井叶先愁。

注释

　　①铜花:铜镜,古代铜镜刻有花纹,故称铜花,此处比喻水波清澈如镜。
　　②纤钩:月影。黄庭坚《浣溪沙》词:"惊鱼错认月沉钩"。
　　③水花句:柳永《八声甘州》词:"是处红衰翠减,苒苒物华休。"此用其意。

【今译】

　　池水像一面铜镜,是谁
　　在这清冷的夜晚忘记收敛?
　　月影如一弯鱼钩,是谁
　　把握着无形的钓竿?
　　秋风拂过池边楼阁,
　　凉夜里只有清月和我相伴。

　　江燕呢喃着双双飞归,
　　清晓中你我依依道别。
　　江花已经褪去鲜丽的红色,
　　一切美好事物终究都会消歇。
　　井边梧桐在西风中战栗,
　　落叶萧萧令我忧愁欲绝。

点绛唇·试灯夜初晴①

吴文英

【题解】

　　上片以秀逸的诗笔描绘了试灯夜初晴的景色,"素娥临夜新梳洗"句比拟雨后明净的月容、清澄的月色,构想奇特,意象极美。试灯夜车水马龙、游女如云的热闹情景,只用"暗尘不起,酥润凌波地"九个字便概括殆尽。句中不着一"雨"字,却使人感到字字清朗、在在润泽。过片顿宕,折入对往日灯节欢乐情事的回忆,似水柔情及感伤落寞之慨的抒发,仍只以点睛之笔稍加勾勒,而不作具体、细腻的刻画,极烟水迷离之致。

【原词】
　　卷尽愁云,素娥临夜新梳洗。暗尘不起②,酥润凌波地③。　辇路重来④,仿佛灯前事。情如水⑤、小楼熏被,春梦笙歌里。

注释

　　①试灯:周密《武林旧事》卷二《元夕》:"禁中自去岁九月赏菊灯之后迤逦试灯,谓之'预赏'。一入新正,灯火日盛……天街茶肆,渐已罗列灯球等求售,谓之'灯市'。自此之后,每夕皆然。……终夕天街鼓吹不绝,都民市女,罗绮如云,盖无夕不然也。"
　　②暗尘:化用苏味道《正月十五夜》诗:"暗尘随马去,明月逐人来"句意。
　　③酥润:韩愈《早春呈水部张十八员外》诗:"天街小雨润如酥",此用其意。
　　④辇路:帝王车驾经行之路,泛指京都大道。
　　⑤情如水:秦观《鹊桥仙》词;"柔情似水,佳期如梦",此用其意。

【今译】
　　漫天乌云被晚风卷去,
　　月容明净姣好,
　　就像嫦娥刚刚沐浴梳洗。
　　赏灯的车水马龙、络绎飞驰,
　　却没有半点尘埃扬起,
　　润泽明亮的街市,
　　来往着体态轻盈的游女。

　　如今,我重又来到京华,
　　把当年赏灯的乐事细细回忆,
　　可叹它已如烟云般逝去,
　　空留下似水柔情依依。
　　落寞的我登上小楼熏被独眠,

听楼外笙歌依稀,
和她相会只能在恍惚的梦里。

祝英台近·春日客龟溪游废园①

吴文英

【题解】

这首词抒写寒食节独游废园时引发的身世飘零之慨。作者漫步于荒落的废园,一边采摘野花,一边穿过幽竹阴翳的山间小路,似乎十分悠然闲适,下面忽然笔锋陡转,写他看到少女斗草踏青留下的印迹,不觉由他人的青春欢乐,联想到两鬓如霜的自己,当此寒食佳节,依旧浪迹云山、漂流无所的可怜身世,百感交集,却又咽住而不加细述。过片仍借游园抒慨。作者本想以闲游排遣忧闷,偏偏无情的天公又降下暗雨,更引起他无限的客思乡愁,"归梦趁飞絮"五字看似轻灵,却织入浓重的伤春思归之情。末三句宕开一笔,聊作自我宽解,赋与景物动人的情感,借以写出作者留连忘返的心情,使凄苦的曲调中略带温馨,极富情韵。此词写景清丽有致,抒情婉转清畅,堪称佳作。

【原词】

采幽香,巡古苑,竹冷翠微路。斗草溪根②,沙印小莲步③。自怜两鬓清霜,一年寒食,又身在、云山深处。　昼闲度,因甚天也悭春④,轻阴便成雨。绿暗长亭,归梦趁飞絮。有情花影阑干,莺声门径,解留我、霎时凝伫。

注释

①龟溪:水名,在今浙江德清县境。《德清县志》:"龟溪,古名孔愉泽,即余不溪之上流。昔孔愉见渔者得白龟于溪上,买而放之。"故名。
②斗草:见万俟咏《三台》〔清明应制〕注。
③莲步:《南史·东昏侯记》:"凿金为莲华以贴地,令潘妃行其上,曰:'此步步生莲华也。'"此处指女子足迹。
④悭(qiān):吝啬。

【今译】
　　我采摘幽香的花枝，
　　漫游在古旧园庭，
　　阴翳的青竹深深掩映，
　　我独自走在山间小径。
　　少女们曾经斗草溪头，
　　沙岸边还留着她们的点点足印。
　　青春和欢乐已不再属于我，
　　我怜悯自己白了双鬓，
　　又是一度寒食来临，
　　依然在云山深处飘零。

　　我本想趁着天晴闲游，
　　打发这无聊的长昼。
　　为什么老天爷这样吝惜春光，
　　几片乌云才浮游太空，
　　就变作阴雨濛濛。
　　芳菲的春华难以永驻，
　　绿阴浓密遮断了长亭归路，
　　我思乡的魂梦跟随飘飘柳絮，
　　能不能飞回遥远的故土？
　　曲栏上摇曳着多情花影，
　　流莺婉转歌唱在门庭，
　　我静静地伫立凝神，
　　暂且在这里稍稍留连吧，
　　她们挽留我是那样殷勤。

祝英台近·除夜立春

吴文英

【题解】

除夕之夜恰值立春,正是"海日生残夜,江春入旧年"(王湾《次北固山下》诗)、新旧时序交叉更易之际,最容易激发作者的怀旧情感。此词上片先以剪戴彩幡这一小事,极有代表性地写出一般人家守岁迎春之乐,接着用温丽的彩笔,描绘与情人"不眠清晓",笑语迎春的情景。过片以"旧尊俎"三字提起,方使人惊悟前面所写情事原是幻觉,以下便转入正面回忆伊人往日的脉脉柔情,句句关合节令,并抒发旧事已如昨梦、前尘,寻觅无地的怅恨。末三句以萧萧霜发独对落梅簌簌作结,凄迷哀婉。此词以眼中欢乐场景突现心底的孤凄感伤,对比鲜明、动人至深,词采浓淡相间,恰到好处。

【原词】

剪红情,裁绿意①,花信上钗股②。残日东风,不放岁华去。有人添烛西窗③,不眠侵晓,笑声转、新年莺语④。　旧尊俎⑤,玉纤曾擘黄柑⑥,柔香系幽素。归梦湖边,还迷镜中路。可怜千点吴霜⑦,寒消不尽,又相对、落梅如雨。

注释

①剪红情二句:剪彩为红花绿叶,即春幡,可以戴在头上。辛弃疾《汉宫春》〔立春〕词:"春已归来,看美人头上,袅袅春幡。"详见辛弃疾《汉宫春》注。

②花信:花信风的省称,即花期。此处指彩幡。

③添烛西窗:李商隐《夜雨寄北》诗:"何当共剪西窗烛,却话巴山夜雨时。"

④新年莺语:杜甫《伤春》五首之二:"莺入新年语,花开满故枝。"此处以莺语比喻伊人的娇声软语,姜夔《踏莎行》:"燕燕轻盈,莺莺娇软,分明又向华胥见。"

⑤尊俎:偏义复词,此地专指俎,即刀砧板。

⑥擘(bò):剖分;黄柑,春盘中的果子。辛弃疾《汉宫春》〔立春〕词:"浑未办,黄柑荐酒,更传青韭堆盘。"详见辛弃疾《汉宫春》注。

⑦吴霜:指白发。李贺《还自会稽歌》:"吴霜点归鬓。"

【今译】
　　剪一朵花儿鲜红，
　　裁一片叶子碧绿，
　　满含着春天的芳意，
　　红花绿叶在钗头斜倚。
　　残阳迟迟不落，
　　东风温柔和煦，
　　不愿让旧岁匆匆归去。
　　西窗下伊人频添灯烛，
　　彻夜不眠和我共语，
　　在她流莺般柔婉的笑声中，
　　我们迎来新的春季。

　　旧砧板上，
　　伊人白皙的纤手曾分剖柑桔，
　　那温馨的芳香
　　饱含着清淳的爱意，
　　至今萦绕在我胸臆。
　　我的梦魂渴望飞归故里，
　　徜徉在波平如镜的湖滨，
　　然而烟水迷离，
　　只怕再难找到你。
　　可怜千点吴霜染白了我的双鬓，
　　在这清寂凄寒的除夕，
　　孤独的我，
　　哪堪更对残梅飘落如雨！

澡兰香·淮安重午[①]

吴文英

【题解】

《澡兰香》，词调名，始见于吴文英词。

此词为端午怀人之作，篇中处处与端午节候及民情风俗紧密结合，又句句抒情，行行寄慨。上片从追怀昔日端午情事落笔，细描伊人娇美的睡态、应时的妆束、宴间的清歌妙舞，以及作者为之题写罗裙的亲昵感情，又从当年榴裙的色泽联系到眼前窗外榴花红褪、菖蒲渐老，写出陡然从幻梦中惊觉的不尽感怆。过片叙此日端午的种种热闹景象与自然风光，仍以伤怀念远之情贯串，时而怨抑，时而冥想，时而自慰，时而嗟叹，感情跳跃动荡。末二句一弯新月照两地离人结束全篇，余音袅袅。本篇词藻丽密、雕绘满眼，多用典故，词情深曲，不易索解。

【原词】

盘丝系腕[②]，巧篆垂簪[③]，玉隐绀纱睡觉。银瓶露井[④]，彩箑云窗[⑤]，往事少年依约。为当时、曾写榴裙[⑥]，伤心红绡褪萼。黍梦光阴[⑦]，渐老汀洲烟蒻[⑧]。　　莫唱江南古调[⑨]，怨抑难招，楚江沉魄[⑩]。熏风燕乳[⑪]，暗雨梅黄[⑫]，午镜澡兰帘幕[⑬]。念秦楼[⑭]、也拟人归，应剪菖蒲自酌[⑮]。但怅望一缕新蟾，随人天角。

注释

①淮安：今江苏淮安。重午：阴历五月初五端阳节。
②盘丝：民俗端午节以五色丝系在腕上以驱鬼祛邪。一名长命缕，一名续命缕。一名辟兵缯。见《风俗通》。
③巧篆：民俗端午节书符篆装饰发簪以避刀兵、灾祸。
④银瓶：酒器，此处指酒宴。露井：无盖之井。古辞《鸡鸣高树颠》："桃生露井上，李树生桃旁。"后泛指花下。
⑤彩箑(shà)：彩扇，《方言》："扇自关而东谓之箑。"为歌舞女所持，代指歌舞。云窗：雕饰云纹的窗子。
⑥写榴裙：《宋书·羊欣传》载，王献之往羊欣家，羊正著新绢裙午睡，献之在

裙上题字而去。榴裙,石榴裙,指大红色罗裙。〔南朝〕何思澂《南苑逢美人》诗:"风卷葡萄带,日照石榴裙。"

⑦黍梦:黄粱梦,〔唐〕沈既济《枕中记》载,卢生于邯郸客店中遇道者吕翁。生自叹穷困,翁乃授之枕,使入梦。生梦中历尽富贵荣华。及醒,主人炊黄粱尚未熟。后因以喻富贵终归虚幻或欲望破灭,此处指光阴迅急,往事如梦。

⑧蒻(ruò):香蒲嫩者称蒻。

⑨江南古调:古人认为楚辞《招魂》系宋玉为招屈原亡魂而作,此处指楚地民间所歌招魂曲。

⑩楚江沉魄:指屈原,屈原愤时忧国自沉于湖南汨罗江,湖南古为楚地,故云。

⑪燕乳:燕生新雏。《说文》:"人及鸟生子曰乳。"

⑫梅黄:原本作"槐黄",据别本改。

⑬午镜:端午日午时所铸镜子,民俗以为能避邪,称"百炼镜"。白居易《百炼镜》诗:"百炼镜,熔范非常规,日辰所处灵且奇。江心波上舟中铸,五月五日日午时。"澡兰:古代民俗,端午节要用兰汤洗澡。《大戴礼·夏小正》:"五月……煮梅为豆实也,蓄兰为沐浴也。"屈原《九歌·东皇太乙》:"浴兰汤兮沐芳,华采衣兮若英。"唐宋时称端午为浴兰节。唐韩鄂《岁华纪丽》二:"端午,角黍(粽子)之秋,浴兰之月。"注:"午日以兰汤沐浴。"

⑭秦楼:本指春秋时秦穆公女弄玉与箫史共居之楼,亦泛指女子所居楼阁。古乐府《陌上桑》:"日出东南隅,照我秦氏楼。"

⑮应剪句:民俗端午节剪菖蒲浸酒可祛病。

【今译】

　　在朦胧如烟的青色纱帐里,
　　玉人刚刚睡足,
　　手腕系上吉祥的五色丝带,
　　钗头戴起避邪符。
　　花树下殷勤地摆好酒宴,
　　雕窗前清歌妙舞,
　　年少时欢乐的往事,
　　仿佛历历在目。
　　我曾在她的石榴裙上题写诗行,
　　伤心的是窗外榴花已经凋疏。
　　旧情似梦,流光匆匆,
　　沙洲上柔嫩的蒲草都已衰枯。

请不要再唱江南古曲,
那幽怨悲抑的歌声,
又怎能招回沉埋在
楚江中的屈子冤魂?
南风和煦催促飞燕生雏,
连绵丝雨染出梅子黄晕。
正午,骄阳照着高悬的宝镜,
我心中深深思念的人,
你是否也在帘幕后用兰汤沐浴?
遥想你一定转回绣楼,
剪下菖蒲浸酒自饮自斟,
思忆着我而伤怀愁闷。
我怅然仰望苍空,一弯新月出现,
海角天涯追随着离别的人。

风入松

吴文英

【题解】

　　此词为清明怀人之作,是一首情韵兼胜的抒情佳制。上片将伤春念远之情融合无间,首句"听风听雨"已写出一片凄凉,满怀愁绪,愁写葬花之铭,更见出作者深情。楼前是当年依依惜别之所,碧柳阴浓而伊人不归,柳条千丝万缕萦系着作者深情的心。"一丝柳,一寸柔情"句,笔触温柔、精细动人。"料峭"二句极言愁怀难遣、伊人难觅,而语意婉曲。下片抒发作者一片痴绝之情。"黄蜂"二句,"见秋千而思纤手,因蜂扑而念香凝,纯是痴望神理"(陈洵《海绡说词》),真香生色,丹青难画,是妙手偶得的神来之笔。结拍写出望而不见的无限惆怅,感情凝重温厚。

【原词】

听风听雨过清明,愁草瘗花铭①。楼前绿暗分携路,一丝柳、一寸柔情。料峭春寒中酒②,交加晓梦啼莺③。　西园日日扫林亭,依旧赏新晴。黄蜂频扑秋千索,有当时纤手香凝。惆怅双鸳不到④,幽阶一夜苔生⑤。

注释

①瘗(yì)花:葬花。庾信有《瘗花铭》,铭,文体的一种。
②中(zhòng)酒:醉酒。
③交加句:暗用唐金昌绪《春怨》诗意,见苏轼《水龙吟》咏杨花词注。
④双鸳:指女子绣鞋,此处兼指女子本人。
⑤幽阶句:〔南朝〕庾肩吾《咏长信宫中草》:"全由履迹少,并欲上阶生。"此处化用其意。

【今译】

凄凄风雨声中,
我独自度着清明,
掩埋好遍地落花,
满怀忧愁起草了葬花铭文。
楼前依依惜别的地方,
柳树已浓碧成荫,
每一寸柳丝,
都寄托着一分柔情。
春寒袭人,我喝下过量的闷酒。
想在短暂的晓梦中同你相亲,
又还被一声声啼莺唤醒。

西园的亭台和树林,
我天天都打扫得干干净净,
痴痴地盼望你归来,
依旧和我共赏新晴的美景。
蜜蜂频频扑向你荡过的秋千,

绳索上还留有你纤手的芳馨。
我是多么惆怅,
总也望不到你的踪影,
幽寂的空阶,
一夜之间就长出苔藓青青。

莺啼序·春晚感怀

吴文英

【题解】

《莺啼序》,词调名,四片,二百四十字,是词调中最长者,创自吴文英。又名《丰乐楼》。

此词是吴文英的代表作,以大开大阖之笔,叙悲欢离合之情。第一片从西湖暮春景色写起,绘景如画,又暗寓伤春怨别之情,含思绵邈;第二片追忆往昔与情人纵情游乐,并寄欢会有限终于别离的怅恨;第三片描述别后种种情事:流光匆匆,景物全非,自身漂泊羁旅,寻访故地而伊人已逝,空留壁间题诗,因而见景伤心、睹物感怆;第四片总束全篇,极写相思之苦以及对死去情人无限的哀悼。此词情深意挚,字凝语炼,结构缜密,层次分明,曲折尽情而又舒卷自然,笔力弥满,灵动多致。清辞丽句使人目不暇接,艺术上纯熟精粹。

【原词】

残寒正欺病酒①,掩沉香绣户②。燕来晚、飞入西城,似说春事迟暮。画船载、清明过却,晴烟冉冉吴宫树③。念羁情、游荡随风,化为轻絮。 十载西湖,傍柳系马,趁娇尘软雾④。溯红渐招入仙溪⑤,锦儿偷寄幽素⑥。倚银屏⑦、春宽梦窄⑧,断红湿、歌纨金缕⑨。暝堤空,轻把斜阳,总还鸥鹭。 幽兰旋老,杜若还生,水乡尚寄旅。别后访、六桥无信⑩,事往花委⑪,瘗玉埋香⑫,几番风雨。长波妒盼,遥山羞黛⑬,渔灯分影春江宿。记当时、短楫桃根渡⑭,青楼仿佛。临分败壁题诗,泪墨惨淡尘土。 危亭望极,草色天涯,叹鬓侵半苎⑮。暗点检、离痕欢唾⑯,尚染鲛绡⑰,亸凤迷归⑱、破鸾慵舞⑲。殷勤待写,书中长恨,蓝霞辽海沉过雁。漫相思、弹入哀筝柱。伤心千里江南,怨曲重招,断魂在否⑳?

注释

①病酒:饮酒过量而不适。
②沉香绣户:香闺兰房,指华美的住宅。沉香:指沉香木。
③吴宫:泛指南宋宫苑。临安旧属吴地,五代吴越王在此建都,故云。
④娇尘软雾:形容西湖景色迷人,游人如云。
⑤溯红句:王维《桃源行》:"坐看红树不知远,行尽青溪忽值人。"此化用其意,又用刘义庆《幽明录》所载刘晨、阮肇入天台山遇仙事。
⑥锦儿:洪遂《侍儿小名录》载,锦儿为钱塘妓女杨爱爱的侍婢,此处泛指。
⑦银屏:镶银或镀银的屏风。
⑧春宽梦窄:春长梦短,指欢聚时间匆促。
⑨歌纨:歌唱时用的绢扇。金缕:金线绣成的舞衣。唐李锜一说其妾杜秋娘《金缕衣》诗:"劝君莫惜金缕衣,劝君惜取少年时。"
⑩六桥:杭州西湖外湖有映波、锁澜、望山、压堤、东浦、跨虹六桥,为苏轼所建。
⑪花委:即花萎、花谢。"委"通"萎"。
⑫瘗(yì)玉埋香:指美人已逝。瘗,埋葬。玉、香,借指美人。
⑬长波二句:古人常以山水喻美人眉目,称美人目为"横波目"。盼:美目,《诗·卫风·硕人》"美目盼兮。"称秀眉"眉色如望远山"(葛洪《西京杂记》)此二句夸张伊人的美丽,并抒因见流波远山而引起的相思之情。
⑭桃根渡:见辛弃疾《祝英台近》注。桃根为晋王献之妾桃叶之妹。此处借指恋人。桃根渡,泛指送别地。
⑮苎(zhù):白色的苎麻,比喻白发。
⑯离痕欢唾:泪痕唾迹,指悲欢情事。
⑰鲛绡:薄丝手帕。陆游《钗头凤》词:"泪痕红浥鲛绡透"。
⑱嚲(duǒ):下垂貌。
⑲破鸾:即孤鸾,破镜,用阙宾王鸾镜事,见卢祖皋《宴清都》注。
⑳伤心三句:楚辞《招魂》:"目极千里兮伤春心,魂兮归来哀江南。"

【今译】

我饮下过量的酒,正自郁闷,
残留的春寒又偏偏沁人肌骨,

我紧紧关上雕绘的门户。
迟来的燕子飞进西城,
相对细语,呢喃不住,
仿佛在叹息春光已暮。
清明过后,
我独自泛舟西湖,
远山晴烟缭绕,
宫馆台苑掩映着浓深的绿树。
我心中千万缕客思离愁,
跟随春风飘拂,
化作轻飏的柳絮,
飞到辽远缥缈的去处。

我曾在京华长久留驻,
度过十个快乐的年头,
每天系马湖滨柳树,
追随来往不绝的车船,
纵情游赏秀美的西湖。
傍着红花烂漫的堤岸,
我渐渐走向通往仙境的路。
你叫侍儿递简传书,
把一怀柔情暗暗倾诉。
在温馨的银屏深处,
有过多少难以言说的安慰和欢乐,
可惜春长梦短,
聚会的时日何其匆促。
你掺着红粉的泪水长流,
湿透了歌扇和绣金衣服。
暮色里游人散尽,堤岸空空,
夕照中金波荡漾的西湖,
那清丽风光都给了沙鸥白鹭。
幽兰转眼间就已老去,

汀洲上新生的杜若散着香气,
岁月匆匆流逝,
我依旧在水乡漂泊羁旅。
我曾经寻访六桥故地,
却始终得不到你的信息。
往事如烟,春花萎谢,
多少无情风雨苦苦摧折你,
你就像香艳珍奇的花朵,
才开不久便永远凋落尘泥。
波面倒映着闪闪渔灯,
我在春江独自宿息,
这清澈的流水,
没有你含情的眼睛明丽。
那苍翠葱茏的远山,
也不如你弯弯的双眉秀异,
但是,那美目和秀眉如今又在哪里?
当年渡口送别的情景,
清楚地留着记忆,
你住过的妆楼似乎一如往昔,
我却无处将你寻觅。
分手时我曾在败壁题写诗句,
和着泪水的墨痕已蒙上尘土,
字迹惨淡,模糊依稀。

我登上高亭极目遥望,
只看见芳草染绿天边道路,
自叹一半鬓发已雪白如苎。
我默默地翻检旧物,
你留下的丝帕,
还沾带着斑斑泪痕、点点香唾,
那往日离合悲欢的记录。
我就像垂下羽翼的孤凤,

迷失了归路,
又像无侣的孤鸾懒得飞舞,
破碎了的镜子,
怎么能完好如初。
我想要写出满心悲恨,
鸿雁飞过蓝天沉入大海深处,
有谁来为我传达情愫?
我拨动哀筝的弦柱,
徒然地弹出无限相思和愁苦。
千里江南处处触景伤心,
你的灵魂是否就在近处,
可听见我哀怨的诗篇如泣如诉?

惜黄花慢

吴文英

次吴江,小泊。夜饮僧窗惜别。邦人赵簿携小妓侑尊,连歌数阕,皆清真词。酒尽已四鼓,赋此词饯尹梅津①。

【题解】

《惜黄花慢》,词调名,始见于北宋田为词。

这是一首送别词,上片叙吴江送别,下片述僧舍夜宴,都采用由实入虚、因景生情的表现手法,艺术上很有特色。尤其是上下片结尾处,均由眼前送别突然联想到自己旧时的爱情生活或远方的情人,似乎与主题无关,却又使人觉得顺情合理,与友人离别和与情人分手互相衬托,加深了凄婉的情调。词中多用去声字,或领起、或顿挫、或转折,灵活动荡,音韵谐美。

【原词】

送客吴皋,正试霜夜冷②,枫落长桥。望天不尽,背城渐杳,离亭黯黯,恨水迢迢③。翠香零落红衣老④,暮愁锁、残柳眉梢。念瘦腰、沈郎旧日⑤,曾系兰桡⑥。　仙人凤咽琼箫⑦,怅断魂送远,《九辩》难招⑧。醉鬟留盼⑨,小窗剪烛,歌云载恨,飞上银霄。素秋不解随船去,败红趁、一叶寒涛。梦翠翘⑩,怨鸿料过南谯⑪。

注释

①赵簿:名字及生平事迹未详。簿:主簿,职官名。尹梅津:名焕,字惟晓,山阴人。嘉定十年(公元1217年)进士。作者好友,曾为《梦窗词》作序,备极赞誉。
②试霜:霜初降如试。
③恨水迢迢:欧阳修《踏莎行》词:"离愁渐远渐无穷,迢迢不断如春水。"此化用其意。
④翠香句:化用李璟《摊破浣溪沙》词意,见姜夔《念奴娇》注。红衣:指荷花。
⑤沈郎:见李之仪《谢池春》注。
⑥兰桡(ráo):香木制的船桨,借作船的美称。
⑦仙人句:用箫史、弄玉吹箫引凤典,形容席间歌女唱腔清越哀婉动人。
⑧《九辩》:宋玉赋,王逸《楚辞序》:"宋玉者,屈原弟子也。闵惜其师忠而放逐,故作《九辩》以述其志。"又楚辞《招魂》旧题宋玉所作,王逸云:"宋玉怜哀屈原忠而斥弃,愁懑山泽,魂魄散佚,厥命将落,故作《招魂》,欲以复其精神,延其年寿……"(《楚辞章句》)。此处举《九辩》不一定实指本赋,而代指宋玉所写楚辞。
⑨醉鬟:指歌女。女子发髻称鬟,亦以代指女子。歌女饮酒微醉,故称醉鬟。
⑩翠翘:见吴文英《澡兰香》注。此处代指女子。
⑪南谯(qiáo):南楼。谯:望楼,高楼。

【今译】

　　船行至吴江,稍稍停泊,夜晚我们在寺院窗前饮酒话别。同乡赵主簿带来一位小歌女劝酒,一连唱了几首曲子,都是周邦彦的词。喝完酒已经是四更天了,写下这首词为尹梅津送行。

　　送客到吴江岸,
　　正当寒霜初结,夜凉似水,
　　枫叶片片飘落垂虹桥边。
　　长天寥廓望不到尽头,
　　城关越离越远,
　　送别的长亭隐隐可见,

江水如离恨,浩淼无边。
翠叶干枯,红花凋谢,
残荷零零落落,失去了华年。
败柳紧锁愁眉,
笼罩着暮霭炊烟。
回想当年,我也曾系舟江畔,
憔悴消瘦今昔一样,
心境凄凉全不似从前。

席间歌女唱得多么清越哀怨,
犹如仙人吹箫,学作凤鸣婉转。
但纵有宋玉写成《九辩》的才华,
我送友伤别的断魂也难以招唤,
它已跟随江流去得遥远。
歌女饮下饯行苦酒,
眼波流露出丝丝依恋,
小窗内灯烛频剪,
她的歌满载着离愁别恨,
飞上高高云天。
无情的清秋呵,
你为什么不肯走得远远,
带上衰谢的残红,
在寒涛中追随着那只客船?
梦幻里,伊人的面影忽然出现,
可传信的哀鸿想已飞过楼南。

高阳台·落梅

吴文英

【题解】

此词别本题作〔落梅〕。论者多认为这首词借咏落梅怀念去姬亡妾。上片抒写见梅落野水荒湾而引起的哀惋之情,作者将梅花比作"宫粉"、"仙云",锁骨菩萨,极写其娇美、超逸、清纯,却最终葬身荒野令人叹惋的命运,暗中寄寓了伤逝怀远的感情。下片化用寿阳公主梅花妆及江妃解佩典故,为落梅也为意中之人唱出凄哀的招魂曲。结拍借"绿叶成荫子满枝"(杜牧《叹花》诗)的景物变迁,表达人自多感而天地终无情的慨叹。陈廷焯盛赞此词说:"既幽怨,又清虚,几欲突过中仙(王沂孙)咏物诸篇"竟至称其为"集中最高之作"(《白雨斋词话》),未免过于溢美。此词委婉深情,技法高超,然字雕语琢、用典过多且幽僻奥曲,远未达到浑化无迹,自然如己出的境地。

【原词】

宫粉雕痕,仙云堕影①,无人野水荒湾。古石埋香②,金沙锁骨连环③。南楼不恨吹横笛④,恨晓风、千里关山。半飘零、庭上黄昏,月冷阑干⑤。　　寿阳空理愁鸾⑥,问谁调玉髓,暗补香瘢⑦?细雨归鸿,孤山无限春寒⑧。离魂难倩招清些,梦缟衣解佩溪边⑨。最愁人、啼鸟晴明,叶底清圆。

注释

①宫粉:宫中粉黛,借喻梅花。周邦彦《六丑》词:"夜来风雨,葬楚宫倾国",以宫人喻花,与此同。

②古石埋香:原指美人死去,鲍照《芜城赋》:"东都妙姬,南国丽人,蕙心纨质,玉貌绛唇,莫不埋魂幽石,委骨穷尘。"李贺《官街鼓》诗:"汉城黄柳映新帘,柏陵飞燕埋香骨。"此处借喻落梅。

③金沙句:李复言《续玄怪录·延州妇人》记延州有妇人既没,有西域来胡僧谓此即锁骨菩萨。众人即开墓,见遍身之骨,钩结皆如锁状。"黄庭坚《戏答陈季

常寄黄州山中连理松枝》诗之二:"金沙滩头锁子骨,不妨随俗暂婵娟。"

④南楼句:李白《与李郎中饮听黄鹤楼上吹笛》诗:"黄鹤楼中吹玉笛,江城五月落梅花。"古笛曲有《梅花落》。

⑤庭上二句:林逋《山园小梅》诗:"疏影横斜水清浅,暗香浮动月黄昏",此化用其意,因梅已半落,故云"月冷阑干"。阑干:横斜错落貌。

⑥寿阳句:化用寿阳公主梅花妆事,详见欧阳修《诉衷情》注。

⑦问谁二句:活用段成式《酉阳杂俎》典,前集卷八云:"靥钿之名,盖自吴孙和邓夫人也。和宠夫人,尝醉舞如意,误伤邓颊,血流,娇婉弥苦。命太医合药,医言'得白獭髓,杂玉与琥珀屑当灭痕。和以百金购得白獭,乃合膏。琥珀太多,及差,痕不灭,左颊有赤点如痣,视之,更益甚妍也。"此处合前句意谓梅花落尽,无人调之为寿阳公主补瘢增色。

⑧孤山句:孤山在杭州西湖滨,北宋初林逋隐居于此,遍种梅花并养鹤,有"梅妻鹤子"之说,后孤山仍以梅花著称。

⑨缟(gǎo)衣:白衣。苏轼《后赤壁赋》:"翅如车轮,玄裳缟衣。"解佩:刘向《列仙传上》《江妃二女》:"江妃二女者,不知何许人也,出游于江汉之湄,逢郑交甫。见而悦之,不知其神人也,谓其仆曰:'我欲下请其佩。'……遂手解佩与交甫。"

【今译】

是深宫粉黛凋残的痕迹,
是仙山云霓堕地的影子,
飘落在冷寂的荒岸野溪。
深山古石掩埋你芳香的遗骨,
金沙滩上葬殓着你圣体仙躯。
我不恨南楼奏起哀怨的《落梅》笛曲,
只恨那晨风吹遍千里关山,
梅花片片飘落满地。
幽芳的寒梅半已凋零,
黄昏庭院浮动着残余的香气,
清冷月色中,
空枝疏影横斜摇曳。

寿阳公主空对宝镜愁眉不展,
琥珀般的梅花已飞落难见,

用什么调和玉髓,
来弥补脸上瘢痕
妆饰姣好的容颜?
濛濛细雨中鸿雁纷纷归去,
无边无际的春寒
笼罩着孤山空寂的梅苑。
你远去的幽魂再难招还,
只能在梦里同你相会溪边,
穿着洁白衣裙的你,
将赠我玉佩留下无限缱绻。
最使人哀愁的是,
当梅雨初停,晴日中小鸟欢唱树间,
浓密的绿阴下,
我会看见点点梅子又青又圆。

高阳台·丰乐楼分韵得"如"字①

吴文英

【题解】

　　刘永济《微睇室说词》云:"此词情意悲凉,有'莫重来'之语,……当系晚年所作。"并说"此词写登高眺远,感今伤昔,满腔悲慨。作者触景而生之情,决非专为一己,盖有身世之感焉。以身言,则美人迟暮也;以世言,则国势日危也,大有'举目有河山之异'之叹。"我们同意以上看法。梦窗晚年,元兵已步步深入,山河破碎,国祚日衰,奄奄待毙;他集内屡有伤时忧世之作,此词本为登临酬酢之作,词情却极其沉咽凄楚,借伤春之意透露了作者内心深处无时不在、遣之难去的末世哀感,而又均从虚处传神,动人至深。

【原词】

　　修竹凝妆②,垂杨驻马,凭阑浅画成图。山色谁题？楼前有雁斜书。东风紧送斜阳下,弄旧寒、晚酒醒余。自消凝,能几花前,顿老相如③? 伤春不在高楼上,在灯前敧枕,雨外熏炉。怕枻游船④,临流可奈清臞⑤?飞红若到西湖底,搅翠澜、总是愁鱼。莫重来、吹尽香绵⑥,泪满平芜⑦。

注释

①丰乐楼:周密《武林旧事》卷五"湖山胜概";"丰乐楼,旧为众乐亭,又改耸翠楼,政和(北宋徽宗年号,公元1111—1118年)中改今名。淳祐(南宋理宗年号,公元1241—1252年)间,赵京尹与筹重建,宏丽为湖山冠……吴梦窗曾大书所赋《莺啼序》于壁,一时为人传诵。"分韵:一种和诗、和词的方式,数人共赋一题,用抓阄或指定的办法分配各人当用韵部或韵字。吴文英分得"如"字,词中除一定要用"如"为韵脚字外,其余韵脚均须与"如"同韵(鱼韵)。

②凝妆:盛妆,浓妆。王昌龄《闺怨》诗:"闺中少妇不知愁,春日凝妆上翠楼。"

③相如:西汉文学家司马相如,所作有《子虚》、《上林》、《大人》、《长门》等赋。此处作者自指。

④枻(yǐ):或作"舣",停船靠岸。

⑤清臞(qú)即"清癯",清瘦。

⑥香绵:指柳絮。

⑦平芜。平远的草地。欧阳修《踏莎行》词:"平芜尽处是春山,行人更在春山外。"

【今译】

一丛丛修长的青竹,
宛如盛装玉立的少女,
我穿过竹林走到楼前,
垂杨下系好马匹,
登上高楼倚栏眺望,
清丽的湖山图映入眼底。
这淡墨秀色
是哪位画家的手笔!
楼前旅雁排列成字,
向着高远的蓝天飞去。
东风劲吹,催送夕阳西下,

一阵阵晚凉袭人,
吹醒了我的酒意。
我黯然神伤独自叹息,
才几度花开花谢,
我已迅速老去。

我满怀伤春情意,
却不光是在高楼远眺的时际,
灯前倚枕,我常常彻夜难眠,
独对香炉,愁听帘外风雨凄凄。
我害怕泊舟湖堤,
在清流中照见自己
衰老瘦削的身躯。
落花若是飞到西湖波底,
鱼儿也会伤心得把翠浪搅起。
我再也不愿重来此地,
枝头轻絮已经飞尽,
平野上落满杨花如点点泪滴。

三姝媚·过都城旧居有感

吴文英

【题解】

　　陈洵《海绡说词》认为本篇是梦窗晚年"过旧居,思故国","凭吊兴亡"之作,根据不足。梦窗卒于宋亡前,未及见临安沦陷。但从这首词里所绘门荒井败、舞歇歌沉的凋敝冷落景象,所表现的低徊掩抑的情调、凄厉惨恻的声腔,以及抒发的华屋山丘、昔盛今衰的无限沧桑之慨,可以看出,它绝不仅限于自叙个人情事,也隐约地寄寓了沉痛的家国之恨。此词不以隶事数典为能事,而以情深词婉取胜。

【原词】

　　　湖山经醉惯，渍春衫，啼痕酒痕无限①。又客长安，叹断襟零袂②，浣尘谁浣③。紫曲门荒④，沿败井、风摇青蔓。对语东邻，犹是曾巢，谢堂双燕⑤。　春梦人间须断，但怪得当年，梦缘能短⑥。绣屋秦筝，傍海棠偏爱，夜深开宴。舞歇歌沉，花未减、红颜先变。伫久河桥欲去，斜阳泪满。

【注释】

　　①湖山三句：化用陆游《剑门道中遇微雨》诗："衣上征痕杂酒痕，远游无处不消魂"句意。渍(zì)：沾染。
　　②袂(mèi)：衣袖。
　　③浣(wò)：污染。
　　④紫曲：犹"紫陌"，指京都道路。一说指歌楼妓馆聚集的里巷。
　　⑤对语三句：刘禹锡《金陵五题·乌衣巷》诗："旧时王谢堂前燕，飞入寻常百姓家。"周邦彦《西河》〔金陵怀古〕词："想依稀王谢邻里。燕子不知何世，向寻常巷陌人家相对，如说兴亡斜阳里。"此处暗用以上句意。
　　⑥能(nài)：犹"恁"，这样。

【今译】

　　那秀丽的湖光山色，
　　醉眼中早曾见惯；
　　多少啼痕酒迹，
　　遍染了我的衣衫。
　　今天重又客居京都，
　　伤心的是，
　　残破的衣服谁来缝补，
　　有谁为我洗净这满身尘土？
　　热闹的街巷如今门径荒芜，
　　颓败的井栏边，
　　春风中摇曳着野草无数。
　　东墙外传来切切私语，
　　那是曾在高门大户巢居的旧燕，
　　诧异着往昔繁华去到何处。

我知道人间欢乐总难长久,
就像一场短短的春梦,
却不曾料想当年的情缘,
竟这样来去匆匆。
从前,曾经在深深绣房,
倾听她弹奏动人的筝曲,
最难忘怀是在盛开的海棠花旁,
摆下叫人陶醉的酒席。
美妙的舞蹈已永远休止,
欢乐歌声也早就停息。
红花依旧开得这样艳丽,
青春容颜早就老去。
我在河桥久久伫立,
徘徊留连不忍离去。
对一轮沉沉欲下的夕阳,
悲哀的泪水洒满征衣。

八声甘州·灵岩陪庾幕诸公游[①]

吴文英

【题解】

理宗绍定中(公元 1228—1233 年),吴文英入苏州仓台幕府与同僚游灵岩山时作此词。篇中通过感怀吴国盛衰的古事,抒发历史兴亡之慨,并寄寓对时政的深深忧念。这首词意境深远、气魄雄浑、流畅清丽、格高调雅。起句便苍苍莽莽身手不凡,接着,作者问"是何年、青天坠长星"幻化出吴国山树官馆,奇情壮采令人击节。词中凭吊了夫差、西施的游宴之地,对"宫里吴王沉醉",导致身死国灭的悲剧结局发出谴责,借以暗示北宋失国之痛,且对理宗不以前事为师而照旧歌舞湖山,深含讽喻。"问苍天"以下自抒老大无成、回天乏力之叹,寄情于景。"水涵空"两句堪与辛弃疾《摸鱼儿》"休去倚危阑,斜阳正在、烟柳断肠处"二语比美,用意亦复相似。末三句以景结情,感情激越、响遏行云而貌似平和,情韵特胜。

【原词】

　　渺空烟四远,是何年、青天坠长星?幻苍崖云树②,名娃金屋③,残霸宫城④。箭径酸风射眼⑤,腻水染花腥⑥。时鞖双鸳响⑦,廊叶秋声。

　　宫里吴王沉醉,倩五湖倦客,独钓醒醒⑧。问苍天无语⑨,华发奈山青。水涵空⑩、阑干高处,送乱鸦、斜日落渔灯。连呼酒,上琴台去⑪,秋与云平。

【注释】

　　①灵岩:山名,在江苏苏州市西南的木渎镇西北,上有春秋时吴国的遗迹,山顶有灵岩寺,相传为吴王夫差所建馆娃宫遗址。庾幕:僚属的美称。《南史·庾杲之传》载王俭以杲之为卫将军长史,"安陆侯萧缅与俭书曰:'盛府元僚,实难其选,庾景行(杲之字)泛渌水,依芙蓉,何其丽也!'时人以入检府为莲花池,故缅书美之。"庾幕,本此。一说,庾,《说文》云:"水漕仓也。"段注云:"谓水转谷至而仓之也。"宋时转运使司正其事。庾幕:指转运使的僚属。

　　②苍崖云树:青山丛林。

　　③名娃句:指吴王夫差为西施筑馆娃宫事。名娃,指西施。扬雄《方言》卷二:"娃,艳美也。吴、楚、衡、淮之间曰娃。"金屋,见姜夔《疏影》注。

　　④残霸:吴王夫差先后破越败齐,国势强大,曾一度与晋国争霸中原(公元前482年),后为越国所败,身死国灭,霸业有始无终,故称"残霸"。

　　⑤箭径:即采香径。范成大《吴郡志》卷八"古迹":"采香径在香山之傍,小溪也。吴王种香于香山,使美人泛舟于溪以采香。今自灵岩望之,一水直如矢,故俗又名箭径。"酸风:冷风。李贺《金铜仙人辞汉歌》:"东关酸风射眸子。"

　　⑥腻水:语出杜牧《阿房宫赋》:"渭流涨腻,弃脂水也。"《古今词话》:"吴宫香水溪,俗云西施浴处,人呼为脂粉塘。吴王宫人濯妆于此。溪上源至今犹香。"

　　⑦时鞖(sǒ)二句:陶宗仪《辍耕录》卷十八"鞖鞋":"西浙之人,以草为履,而无跟(拖鞋),名曰鞖鞋。"鞖:此处用为动词。双鸳:鸳鸯履,指女鞋。廊:指响屐(xiè)廊,《吴郡志》卷八"古迹":"响屐廊在灵岩山寺。相传吴王令西施辈步屐(木底鞋),廊虚而响,故名。"

　　⑧倩五湖二句:赵晔《吴越春秋》记大夫范蠡辅佐越王灭吴后,"乘扁舟,出三江入五湖,人莫知其所适。"韦昭注:"胥湖、蠡湖、洮湖、滆湖就太湖而五。"(灵岩山面临太湖)一说,"五湖者,太湖之别名。以其周行五百里,故以五湖为名"(徐氏补注引张勃《吴录》)。独钓醒醒:指范蠡功成身退,隐居江湖,头脑清醒。《楚

辞·渔父》:"众人皆醉我独醒。"
⑨"问苍天":原本作"问苍波",据别本改。
⑩水涵空:远水连空。苏轼《更漏子》词:"水涵空,山照市。"
⑪琴台:在灵岩山西北绝顶,春秋时吴国遗迹。

【今译】

  纵目遥望四方,
  长空万里,云烟渺茫,
  究竟是何年何月,
  神星自青天坠落地上,
  幻化出上参霄汉的古木,
  石色青苍的琼岩,
  绝代佳丽西施居住的华屋,
  霸业未竟的吴王宫殿。
  灵岩山前采香径横卧如箭,
  凄冷的秋风刺人双眼,
  流水中至今还飘浮着脂粉,
  浓腻的香气把花朵沾染。
  耳边不时传来阵阵声响,
  难道是当年穿着木屐的美人。
  婀娜轻盈,一步步走过回廊?
  抑或是风吹叶落,
  弹奏出秋天凄凉的乐章?

  深宫里吴王沉醉
  最终却以悲剧收场,
  唯有头脑清醒的范蠡,
  功成退隐,悠然垂钓在太湖上。
  到底是谁主宰着历史兴亡?
  我仰头问着上苍,
  苍天却一声不响,
  多情的我早早愁白双鬓,

面对着永远青青的重峦叠嶂,
怎能不满心惆怅。
江水浩淼连接着无垠的天空,
我凭倚高栏凝神结想,
目送那千万点归巢寒鸦,
随同沉沉西下的斜阳
隐没在远远的沙洲旁。
我连声呼唤拿来清酒,
快快攀登到山顶的琴台上,
我要把一怀悲凉
交付给与云霄平齐的秋光。

踏莎行

吴文英

【题解】

　　此词为端午感梦之作。上片记梦中所见伊人装束、丰姿、神态十分真切,使人几疑是直赋眼前情景。"换头点睛,却只一梦,惟有雨声菰叶,伴人凄凉耳"(陈洵《海绡说词》)。王国维对梦窗词多有偏见,却独赏此词末二句意境悠远,含思深曲,云:"介存(周济)谓梦窗词之佳者,如天光云影,摇荡绿波,抚玩无极,追寻已远。余览梦窗甲乙丙丁稿中,实无足当此者。有之,其'隔江人在雨声中,晚风菰叶生秋怨'二语乎?"(《人间词话》)

【原词】

　　润玉笼绡,檀樱倚扇①。绣圈犹带脂香浅②。榴心空叠舞裙红③,艾枝应压愁鬟乱④。　　午梦千山,窗阴一箭,香瘢新褪红丝腕⑤。隔江人在雨声中,晚风菰叶生秋怨⑥。

【注释】

　　①檀樱:浅红色的樱桃小口。檀:浅红色,唐罗隐《牡丹》诗:"艳多烟重欲开

难,红蕊当心一抹檀。"

②绣圈:绣花圈饰。

③榴心句:形容歌女红色舞裙上印着重叠的石榴子花纹。

④艾枝:端午节用艾叶做成虎形,或剪彩为小虎,粘艾叶以戴。见《荆楚岁时记》。

⑤红丝腕:见吴文英《澡兰香》注。

⑥菰(gū):水生植物,茎一称茭白,可作菜,子实可食。

【今译】

　　肌肤柔润光洁如玉,
　　穿着菲薄透明的纱衣,
　　你浅红的樱桃小口,
　　用罗绢歌扇轻轻掩蔽。
　　丝绣的花环
　　还沾带着淡淡的脂粉香气。
　　大红的舞裙上,
　　石榴花纹重重叠起,
　　艾叶斜插鬓脚边,
　　轻压着舞乱的发髻。

　　午梦醒来已远隔千山,
　　窗前日影频移,
　　光阴箭一般飞逝。
　　我因着相思消瘦无比,
　　手腕系上的红丝线
　　很快就褪了下去。
　　江上雨声浙沥,
　　隔江遥望却看不见伊,
　　菰叶在晚风中萧萧作响,
　　幽怨的我只觉得凄凉如临秋季。

瑞鹤仙

吴文英

【题解】

　　这首词为怀念苏州去妾而作。上片由景入情,抒写对伊人的思恋,并追怀往日初会时的温馨情景,过片承上,仍尽情写出自己缠绵悱恻的思愁别怨,"待凭信"五句展示复杂的心理活动,"拟往而复,欲断还连""深得清真(周邦彦)之妙"(陈洵《海绡说词》)。整首词写景疏淡,抒情深婉,语言清雅流丽,真挚动人。

【原词】

　　晴丝牵绪乱,对沧江斜日,花飞人远。垂杨暗吴苑①,正旗亭烟冷②,河桥风暖。兰情蕙盼③,惹相思、春根酒畔。又争知、吟骨萦消,渐把旧衫重剪。　　凄断,流红千浪,缺月孤楼,总难留燕。歌尘凝扇,待凭信,拚分钿④。试挑灯欲写,还依不忍,笺幅偷和泪卷。寄残云、剩雨蓬莱⑤,也应梦见。

注释

①吴苑:指春秋时吴王阖闾所建宫苑,在苏州。

②旗亭:酒楼。张衡《西京赋》:"旗亭五重"。李贺《开愁歌》:"旗亭下马解秋衣,清贳宜阳一壶酒。"

③兰情蕙盼:形容伊人清雅绝俗的情态与脉脉含情的眼波。周邦彦《拜星月慢》词:"水盼兰情,总平生稀见。"

④拚(pàn):甘愿,不惜。分钿:即分钗,表示分离。见辛弃疾《祝英台近》注。

⑤蓬莱:传说中的海上三座仙山之一,此借指伊人居所。

【今译】

　　缕缕游丝在晴空飘荡。
　　牵动我思绪离情纷乱,
　　更何况对着茫茫江水,

一轮斜日衔在山间。
伊人就像片片落红,
跟随春风飞得遥远。
垂杨浓碧幽暗,
掩映着古老的宫馆林苑。
记得那年寒食,
酒楼没有升起炊烟,
河桥上东风和暖。
你美丽清澈的眼波,
流露着温馨柔情无限。
在那个难忘的暮春时节,
在那些欢乐的酒宴间,
惹起过多少相思爱恋。
谁能料到惯吟诗篇的我,
如今瘦得这样可怜,
把旧日衣衫
一次次重新裁剪。

我凄然魂断,
千重波澜把落花流卷,
孤楼外缺月弯弯,
无论我怎样殷勤,
总难留住一定要飞去的小燕。
只有她曾经使用的歌扇,
任凭岁月迁延、尘土盖满,
却依然珍藏在我身边。
我想寄上一封书信,
和她永远分手断绝情缘,
试着挑亮青灯握起笔管,
终究迟迟疑疑,
不忍心真地与她割断。
我含着眼泪暗暗卷起

已经展开的信笺。
但愿我的魂魄
能够飞到蓬莱仙山,
在悠悠梦中同她相见。

鹧鸪天·化度寺作①

吴文英

【题解】

　　这是一首思念苏州家人的怀乡词,写得清婉绵邈,饱含画意。时作者寓居杭州城西化度寺,思归情切,屡见于词章,他如《夜行船·寓度化寺》等,内容相近。上片绘夏秋之交的景物变化真切细致,语秀景清,又暗寓孤独之慨、时序之叹,点明伫望之久,以衬托思乡情怀。下片以情带景,"乡梦窄,水天宽"句造境清奇,用语凝炼。"小窗愁黛淡秋山"句则语淡情深,引人遐想。结拍直抒望归之情,神飞词外。

【原词】

　　池上红衣伴倚阑,栖鸦常带夕阳还②。殷云度雨疏桐落,明月生凉宝扇闲。　乡梦窄,水天宽,小窗愁黛淡秋山。吴鸿好为传归信,杨柳阊门屋数间③。

【注释】

　　①化度寺:佛寺名,《杭州府志》:"化度寺在仁和县北江涨桥,原名'水云',宋治平二年(公元1065年)改。"
　　②栖鸦句:王昌龄《长信秋词》:"玉颜不及寒鸦色,犹带昭阳日影来。"周邦彦《玉楼春》词:"雁背夕阳红欲暮。"此处变化其意。
　　③阊门:苏州西门。

【今译】

　　池上朵朵红莲,
　　伴着我独倚栏杆,

天边寻巢的点点寒鸦,
常常披一身夕阳飞还。
浓云夹着密雨刚刚掠过。
萧疏的梧桐片片飘落,
透露出秋天的消息,
朗月初升送来阵阵凉意,
宝扇闲置已被收起。

归乡的梦总是短得可怜,
蓝天碧水却宽阔无边,
我独倚小窗极目眺望,
远山如美人蛾眉含着幽怨,
颜色疏淡清浅。
故乡的鸿雁呵,
请你为我传达思归的心愿,
阊门外柳荫下的小屋,
我无时无刻不在怀念。

夜游宫

吴文英

【题解】

此词纪梦怀人,内容、艺术手法皆平平,唯"云淡星疏楚山晓。听啼乌,立河桥,话未了"几句,情景兼融,饶有韵致。

【原词】

人去西楼雁杳,叙别梦,扬州一觉[①]。云淡星疏楚山晓,听啼乌,立河桥,话未了。　雨外蛩声早,细织就霜丝多少[②]?说与萧娘未知道[③]。向长安,对秋灯,几人老[④]?

【注释】

①扬州一觉:杜牧《遣怀》诗:"十年一觉扬州梦,赢得青楼薄倖名。"此处只用其字面。
②霜丝:指白发。
③萧娘:女子泛称,见周邦彦《夜游宫》注。
④几人老:"人几老"的倒装。

【今译】

人去后西楼空空,
鸿雁飞远没有音信,
向你诉说离绪别情,
是在那虚幻的梦境:
我和你站立河桥,
千言万语还没说尽,
乌啼声声把好梦惊醒,
只看见云淡星稀,
楚山边晓色初明。

秋雨萧萧,交夹着纺织娘哀鸣,
就像是机梭细细来往不停,
织出我多少如霜的丝发,
这一怀愁绪你是否知情?
我遥望京华,对一盏荧荧秋灯,
此情此景,
怎不叫人白发又添几茎?

贺新郎·陪履斋先生沧浪看梅①

吴文英

【题解】

理宗嘉熙三年(公元 1239 年)正月,作者与爱国名臣吴潜赴沧浪亭看梅，写下此词。上片主要是怀古，首句"乔木生云气"突兀雄奇，充分突现了沧浪亭作为抗金英雄韩世忠故居的气势，接着点出此次访梅，主旨不在赏花而是为了缅怀中兴英雄，为全词定下基调。词中用极其精炼简约的笔墨概述了韩世忠的业绩，以及功亏一篑、复土无望，为避奸佞迫害，只得归隐的经历，为英雄壮志未酬深致感慨，并表达悼念之情。下片主要是伤今，从游春赏梅转而抒发"后不如今今非昔"的悲愤感情，对南宋国势日趋危殆表示深深的忧虑，又因奸臣当道朝政日非，只能与吴潜"两无言、相对沧浪水"，寄恨于杯杓。此词写得激越苍凉，感慨生哀，表现了作者与吴潜同样的耿耿孤忠。

【原词】

乔木生云气，访中兴、英雄陈迹，暗追前事。战舰东风悭借便②，梦断神州故里。旋小筑、吴宫闲地。华表月明归夜鹤③，叹当时、花竹今如此。枝上露，溅清泪。　　遨头小簇行春队④，步苍苔、寻幽别墅，问梅开未？重唱梅边新度曲，催发寒梢冻蕊。此心与东君同意⑤，后不如今今非昔。两无言相对沧浪水，怀此恨，寄残醉。

注释

①履斋：吴潜字毅夫，号履斋，淳祐中曾为相，封庆国公。吴文英曾为其幕客。沧浪：亭名，在今苏州市南。五代十国时此处曾为吴越广陵王钱元璙的池馆，后废为寺。北宋苏舜钦买得此地，筑亭其上，即沧浪亭。南宋时为韩世忠别墅。
②战舰句：化用杜牧《赤壁》诗："东风不与周郎便，铜雀春深锁二乔。"句意：高宗建炎四年（公元1134）韩世忠率八千兵士，驾海船在镇江截住金兵退路，并用大钩搭住敌船，取得了黄天荡大捷。但抗金事业最终未能完成，故云。
③华表句：见王安石《千秋岁引》注。
④遨头：指太守，《成都记》载，宋时成都正月至四月浣花，太守出游，士女纵观，称太守为"遨头"。吴潜此时知平江府，故称。
⑤东君：原指司春之神，此借指吴潜。

【今译】

高大的树木吞吐着云气，
　　为了瞻仰中兴英雄的遗迹，
　　　　追思前朝的往事，

吴文英词　◇　497

我们一同来到这里。
多么遗憾,多么可惜,
吝啬的东风不肯助战舰一臂,
抗金事业终于半途而废,
神州山河,中原故里,
英雄只能去梦中游历。
韩将军来到江南,筑起池苑,
在吴越王的故宫旧地。
如果在明月之夜,
他能化成仙鹤飞归这里,
一定会深深叹息,
从前枝繁叶茂的花竹,
如今变得异样地零落冷寂。
枝头上清露点点,
像无数伤心的泪滴。

吴太守率领着游春队伍,
踏上满是青苔的小路,
在林园中四处探寻
幽芳疏梅的消息。
我们在梅树旁,
一遍遍唱着新编的歌曲,
要用动人的歌声
把沉睡在寒枝的梅蕊唤起,
让美丽春光长留大地。
我这一片痴心,
和吴先生相同无异。
如今的年景大不如往昔,
以后的岁月
怕连今天也比不及,
我们默默相向,
共对着沧浪水感怆无语。

满怀难解的忧悒,
暂且把酒杯举起。

唐多令·惜别

吴文英

【题解】

本篇别本题作〔惜别〕。张炎《词源》称"此词疏快,不质实。"词中以明畅的语言抒写游子悲秋之感和离情别绪,不用丽词奥典、不涂浓粉艳色,颇近民歌。然而感情不够深沉,"何处合成愁,离人心上秋"二句类似文字游戏,无怪陈廷焯讥其"几于油腔滑调"(《白雨斋词话》),在梦窗集中实非上乘之作。

【原词】

何处合成愁?离人心上秋①。纵芭蕉、不雨也飕飕②。都道晚凉天气好,有明月,怕登楼。 年事梦中休,花空烟水流。燕辞归、客尚淹留③。垂柳不萦裙带住,漫长是、系行舟。

【注释】

①心上秋:合起来是一"愁"字。
②飕(sōu)飕:风雨声。
③燕辞归句:曹丕《燕歌行》:"群燕辞归鹄南翔,念君客游多思肠。慊慊思归恋故乡,君何淹留寄他方。"此用其意。客:作者自指。

【今译】

哪里合成一个愁字,
恰好是离人的心
再加上凄凉的清秋。
纵然是寒雨停歇之后,
西风中蕉叶沙沙,
满耳秋声令人生忧。

都说是天高气爽
到晚来更其清幽,
我却怕登上高楼,
明月如镜,两地照离愁。

往事如梦去悠悠,
就像是花飞花谢,
烟波向着东流。
群燕已飞归南方,
我这天涯游子却还滞留他乡。
丝丝垂柳不把她的裙带挽住,
却徒然地把我的客船
系在遥远的河岸。

湘春夜月

黄孝迈

【作者简介】

黄孝迈,字德夫,号雪舟。生平事迹不详。《全宋词》录其词三首。

【题解】

《湘春夜月》,词调名。万树《词律》云:"此词无他作者,想雪舟自度。风度婉秀,真佳词也。"

查礼《铜鼓书堂遗稿》说:"情有文不能达,诗不能道者,而独于长短句中,可以委婉形容之",特举此词称道"雪舟才思俊逸,天分高超,握笔神来。"并引刘克庄《雪舟乐章》跋语"谓其清丽;叔原(晏几道)、方回(贺铸),不能加其绵密。"可见词评家对本篇的高度评价。此词虽只表现常见的伤春惜别与羁旅之情,清词丽句却如串珠,令人赏心悦目。其中"欲共柳花低诉,怕柳花轻薄,不解伤春"及"翠玉楼前,惟是有、一陂湘水,摇荡湘云"等句,想像优美,意境新鲜,诗情浓郁,极婉丽之致。整首词风格、语言颇近姜夔。

【原词】

　　近清明,翠禽枝上消魂。可惜一片清歌,都付与黄昏。欲共柳花低诉,怕柳花轻薄,不解伤春。念楚乡旅宿,柔情别绪,谁与温存? 空尊夜泣,青山不语,残照当门。翠玉楼前①,惟是有、一陂湘水,摇荡湘云。天长梦短,问甚时、重见桃根②? 者次第③,算人间没个并刀,剪断心上愁痕④。

注释

①翠玉楼:指华丽的楼阁。
②桃根:见姜夔《琵琶仙》注。
③者次第:者:同"这"。次第:情形,李清照《声声慢》词:"这次第,怎一个愁字了得!"
④算人间二句:姜夔《长亭怨慢》词:"算空有并刀,难剪离愁千缕。"此处翻用其意。并刀:山西并州(今太原)出产快剪刀。杜甫《戏题王宰山水图歌》:"焉得并州快剪刀,剪取吴松半江水。"

【今译】

　　临近清明,
　　翠鸟在枝头唱得凄婉动人,
　　可惜这深情的歌,
　　都付与寂寞黄昏。
　　想要对柳花低诉衷曲,
　　又怕柳花本性轻薄,
　　根本不懂得伤春意绪。
　　我独自在南国旅居,
　　满怀柔情别恨,
　　有谁能给我一些儿温存?

　　空杯在为我哭泣,
　　青山却缄默不语,
　　残阳正照着院门。
　　华美的楼阁前,
　　只有一池悠悠的湘水,

轻轻摇荡着悠悠的湘云。
白日是那样漫长，
夜梦却短得可怜，
到底什么时候
才能和伊人重见？
只恨人间没有并州快剪刀，
来剪断我此刻心中的愁缕万千。

大有·九日

潘希白

【作者简介】

潘希白，生卒年不详，字怀古，号渔庄，永嘉（今属浙江）人。理宗宝祐元年（公元1253年）进士，干办临安府节制司公事。宋恭帝德祐（公元1275—1276年）间诏命史馆检校，不赴。《全宋词》录其词一首。

【题解】

《大有》，词调名，始见于周邦彦词。

潘希白生当南宋由衰至亡的时期，目睹国事日非、国势日蹙，心中自有许多忧时伤世之慨，这首记重阳感怀的词，情调十分凄楚，绝不同于一般登临悲秋思乡之作。词中"帘栊昨夜风雨，都不似登临时候"二句及"秋已无多"以下句子，似乎都有言外之意，弦外之音，透露出一种末世的哀感。

【原词】

戏马台前①，采花篱下②，问岁华、还是重九。恰归来，南山翠色依旧③。帘栊昨夜听风雨，都不似登临时候。一片宋玉情怀④，十分卫郎清瘦⑤。　红萸佩⑥，空对酒。砧杵动微寒，暗欺罗袖。秋已无多，早是败荷衰柳。强整帽檐欹侧⑦，曾经向天涯搔首。几回忆、故国莼鲈⑧，霜前雁后。

【注释】

①戏马台:见吴文英《霜叶飞》注。
②采花句;陶渊明《饮酒》诗其五:"采菊东篱下,悠然见南山。"
③南山:即用陶渊明诗意,非实指。
④宋玉:见柳永《戚氏》注。
⑤卫郎:见周邦彦《大酺》注。
⑥红萸佩:见吴文英《霜叶飞》注。
⑦帽檐:用孟嘉事,见刘克庄《贺新郎》〔九日〕注。
⑧故国莼鲈:用张翰事,见辛弃疾《水龙吟》注。

【今译】

在古老荒凉的戏马台前,
篱下又把菊花摘采,
问岁华几何?
又是重九。
归来时,
南山一片苍翠如旧。
昨夜里,卧听窗前风雨萧萧,
全不似登临节候。
我像宋玉无限悲秋,
又如卫玠一般清瘦。

我独自佩带茱萸,
空对着一杯淡酒。
听捣衣砧杵相和声声,
更觉得清寒袭人衣袖。
秋天已快到尽头,
早就是满眼败荷衰柳。
我勉强整理倾斜的帽檐,
向着远方频频搔首。
多少次,我思忆着故国风物,
在那霜冻之前、鸿雁归后。

青玉案

无名氏

【题解】

　　这首词原本题作黄公绍词,却不见于黄公绍集,《词林万选》、《历代诗余》作黄词,《阳春白雪》、《翰墨大全》、《花草粹编》、《全宋词》等书均作无名氏词。本篇抒写旅思客况,作者由春社之日停止针线的习俗及双燕归来的眼前景色,引出独自在"乱山深处,寂寞溪桥畔"的凄伤感受,再由停针线的寻常情事念及自己著破春衫却归家无日的悲哀,进而描绘无人相伴、无人关切、无人安慰的孤独情状,妙语联珠而自然动人。正如贺裳《皱水轩词筌》所评:"'落日解鞍芳草岸,花无人戴,酒无人劝,醉也无人管',语淡而情浓,事浅而言深,真得词家三昧,非鄙俚朴陋者可冒。"

【原词】

　　年年社日停针线①,怎忍见、双飞燕？今日江城春已半,一身犹在,乱山深处,寂寞溪桥畔。　春衫著破谁针线？点点行行泪痕满。落日解鞍芳草岸,花无人戴,酒无人劝,醉也无人管。

【注释】

　　①社日:见前周邦彦《应天长》注。停针线,张邦基《墨庄漫录》云:今人家闺房,遇春秋社日,不作组纫,谓之忌作。"周邦彦《秋蕊香》词:"社日停针线。"

【今译】

　　年年社日,
　　妇女们停了针线,
　　孤单的我怎忍看见
　　归飞的双燕。
　　如今,江城春光已过了一半,
　　我依旧孑然一身,

栖宿在乱山深处,
在那寂寞的溪桥畔。

谁来为我缝补
已经穿破的春衫?
那上面点点行行,
伤心的泪水沾满。
落日余晖中
我解下了马鞍,
暂歇在芳草萋萋的溪岸,
可惜艳丽的花朵没有人戴,
美酒没有人同饮,
喝醉了也没有人照管。

摸鱼儿

朱嗣发

【作者简介】

　　朱嗣发(公元1234—1304年),字士荣,号雪崖,乌程(今属浙江)人。宋亡,举充提学学官,不受。《全宋词》录其词一首。

【题解】

　　这首弃妇词受到白居易新乐府诗《井底引银瓶》很大影响,白诗重在叙事,本篇重在抒情。上片叙述女主人公对往事的怀恋,而对情人的翻云覆雨改变心肠,只发出微愠而不怒的隐隐责备。下片描绘被弃后凄寂的生活情景,却将不幸归之于命运,并引陈皇后故事为证,以自我宽解。末几句抒写悔不当初自持清操的心情。这首词虽然写得委婉曲折,却只表现了一个逆来顺受,毫无反抗精神,唯知自怨自艾的软弱的女性,缺乏思想的光采,教训意义和叙事的生动,比起白诗大大逊色。

【原词】

　　对西风、鬓摇烟碧，参差前事流水。紫丝罗带鸳鸯结①，的的镜盟钗誓②。浑不记，漫手织回文③，几度欲心碎。安花著叶，奈雨覆云翻，情宽分窄，石上玉簪脆④。　　朱楼外，愁压空云欲坠，月痕犹照无寐。阴晴也只随天意，枉了玉消香碎。君且醉，君不见、长门青草春风泪⑤。一时左计，悔不早荆钗⑥，暮天修竹，头白倚寒翠⑦。

注释

①鸳鸯结：即同心结，古人用罗带制成菱形连环回文结，以表示恩爱。

②的的：明白，昭著。《淮南子·说林》："的的者获，提提者射。"注："的的，明也，为众所见，故获。"镜盟，用乐昌公主事，孟棨《本事诗·情感》载，南朝陈太子舍人徐德言娶陈后主妹乐昌公主为妻。陈衰，德言谓妻曰："以君之才容，国亡必入权豪之家。"乃破镜各执其半，相约他年正月十五卖于都市以通讯息。陈亡，公主为杨素所得。德言依期至京，见有老仆卖半镜，乃出半镜合之，并题《破镜诗》一首，公主得诗，悲泣不食，杨素知之，召德言，还其妻。钗誓：陈鸿《长恨歌传》载唐玄宗与杨贵妃"定情之夕，授金钗钿合以固之"，"愿世世为夫妇"。赵长卿《一丛花·暮春送别》"钗盟镜约知何限，最断肠，溢浦琵琶。"镜盟钗誓均指爱情的盟誓。

③回文：见柳永《曲玉管》注。

④石上句：白居易《井底引银瓶》诗："井底引银瓶，银瓶欲上丝绳绝；石上磨玉簪，玉簪欲成中央折。瓶沉簪折知奈何？似妾今朝与君别！"

⑤长门：见辛弃疾《摸鱼儿》注。

⑥荆钗：以荆枝当发钗，指贫家妇人朴陋的装饰。

⑦暮天二句：杜甫《佳人》诗："天寒翠袖薄，日暮倚修竹。"

【今译】

　　西风摇动着
　　我云烟般浓密的发鬟，
　　思量往昔的情事
　　有如流水一去不再复还。
　　我们曾用紫罗带打成鸳鸯结，
　　表示倾心相爱，
　　如今，百年好合的盟约，

依旧清楚地存在,
他已完全忘却
我亲手织成回文诗章,
多少次因相思离别痛断肝肠。
他曾经着意惜玉怜香,
竟又翻云覆雨心意改变,
可叹我对他感情太深,缘分太浅,
恩义就这样半道中止,
如同石上磨簪,玉簪忽地折断。

朱楼外,
愁压空云沉沉欲坠,
一轮团团的明月,
偏照我深夜不寐。
无论阴晴散聚,
还不都是任随天意,
枉自消瘦憔悴,
全然没有意义。
我且在美酒中沉醉,
你难道没看见长门宫生满青草,
君王的踪迹渺渺,
陈皇后长对春风眼泪空抛。
谁叫我一时糊涂走错道,
真后悔不如当初头戴荆钗,
在暮色中独倚修竹一直到老,
固守我清高的节操。

兰陵王·丙子送春①

刘辰翁

【作者简介】

刘辰翁(公元1232—1297年),字会孟,江西庐陵(今江西吉安)人,因家在龙须山之阳须溪山,故自号须溪。少登陆象山之门,景定元年(公元1260年)补太学生,受知于国子祭酒江万里,曾多次为其幕僚。景定三年(公元1262年)廷试,忤贾似道,置丙第,得鲠直名,文章亦见重于世。以亲老请濂溪书院山长。江万里、陈宜中荐居史馆,除太学博士,皆固辞。宋亡,文天祥起兵抗元,辰翁曾短期参与江西幕府。他是宋末的节义之士,张孟浩赠诗把他比作伯夷和陶渊明。宋亡后他隐居不仕,凭吊故都临安,谋葬殉国故相江万里,表现了深切的爱国感情。宋亡后所作诗词慷慨悲凉,寄托深微。况周颐《蕙风词话》说:"须溪词风格遒上,似稼轩;辞情跌宕,似遗山。有时意笔俱化,纯任天倪,竟能略似坡公。"刘辰翁为辛派后劲,有许多爱国感情充沛的词章,间有轻灵婉丽之作。有《须溪词》。

【题解】

宋恭帝德祐二年(公元1276年)春正月,率军南侵的元相伯颜,驻兵于临安郊外的皋亭山,太皇太后谢道清遣监察御史杨应奎上"传国玺",奉表降元。三月,伯颜驱遣亡宋三宫离杭赴元大都(今北京),本篇即作于宋亡当时,正如陈廷焯所说:"题是'送春',词是悲宋,曲折说来,有多少眼泪"(《白雨斋词话》)。开头"送春去,春去人间无路"二句,就是悲痛欲绝的呼号,撕人心腑。词中曲折地描绘了原先繁丽的帝都遭到敌骑蹂躏,转瞬间变作荒城,以及亡宋君臣去国离乡的悲惨景象,隐约地表现了对流落海崖的二王及抗元臣民的深深关切、对侵略者的无限痛恨,和今昔盛衰兴亡的极度感慨。格调沉郁悲凉,词中多用比兴寄托手法,言在此而意在彼,含蕴极深,一字字一声声都沁透了爱国遗民的血泪。卓人月《词统》说:"即以为《小雅》、《楚骚》可也,填词云乎哉?"厉鹗论词绝句径称"送春苦调刘须溪",可见本词幽怨悱恻的爱国感情动人之深。

【原词】

送春去,春去人间无路②。秋千外、芳草连天,谁遣风沙暗南浦③。依依甚意绪?漫忆海门飞絮④。乱鸦过⑤、斗转城荒⑥,不见来时试灯处⑦。　春去谁最苦?但箭雁沉边⑧,梁燕无主⑨,杜鹃声里长门暮⑩。想玉树凋土⑪,泪盘如露⑫。咸阳送客屡回顾⑬,斜日未能度。　春去尚来否?正江令恨别,庾信愁赋⑭,苏堤尽日风和雨⑮。叹神游故国,花记前度⑯。人生流落,顾孺子⑰,共夜语。

注释

①丙子:宋恭帝德祐二年(公元1276年)。

②送春去二句:南宋已向元朝奉表称臣,国土已非我有,故云。

③谁遣句:暗喻亡国惨象。风沙,指敌人。

④漫忆句:临安陷落,南宋宗室、官吏和军队多从海上逃亡,奉益王赵昰、广王赵昺自温州入闽。

⑤乱鸦:指南侵的元兵。

⑥斗转:暗指时代改换。

⑦试灯:见吴文英《点绛唇》注。

⑧箭雁沉边:指元相伯颜将南宋君臣带往北方事。箭雁:受伤的雁,比喻被俘的南宋君臣。

⑨梁燕无主:借喻流离失所的南宋士大夫。

⑩杜鹃句:化自秦观《踏莎行》"杜鹃声里斜阳暮"句。长门:汉宫名,借指南宋故宫。

⑪玉树:《汉书·扬雄传》:"翠玉树之青葱兮。"颜师古注:"玉树者,武帝所作,集众宝为之,用供神也。"此处玉树凋土比喻亡国。

⑫泪盘如露:汉武帝在建章宫前造神明台,上有铜人手托盛露铜盘。魏明帝命人将铜人从长安搬到洛阳,在拆卸时,据说铜人眼中流下泪来。此处表示亡国之痛。

⑬咸阳句:李贺《金铜仙人辞汉歌》:"衰兰送客咸阳道,天若有情天亦老。"此处借喻被俘之人去国离乡的愁思。

⑭正江令二句:原注:"二人皆北去。"南朝梁诗人江淹,曾被罢黜任建安吴兴令,因称江令,著有《别赋》;庾信愁赋:见前周邦彦《大酺》注。

⑮苏堤:是西湖外湖和里湖的界堤,苏轼任杭州知府时所筑,因称苏堤。

⑯花记前度:唐刘禹锡于宪宗元和年间从贬所被召回京,因游玄都观赏桃花作诗,对新贵寓有讥讽,执政者又将他远贬。十四年后刘再度被召回京,重游旧地,作《再游玄都观》诗:"百亩庭中半是苔,桃花净尽菜花开。种桃道士归何处?前度刘郎今又来。"此处指作者回到沦陷后的临安,见昔日如花美景已荡然无存,不禁目击伤心。

⑰孺子:指作者的儿子刘将孙。

【今译】

　　我送春天回去,
　　人间却已没有他的归宿地。
　　秋千外,
　　无边芳草与远空相连,
　　哪里来的猛烈风沙,
　　使江南变成黑地昏天。
　　我心中撩乱,
　　说不出是怎样的情绪,
　　我空自思忆着流落海崖的人,
　　他们一如飘荡的柳絮。
　　乱鸦过后,
　　北斗转向,时移事去,
　　帝城一派荒凉凄寂,
　　春天啊!你再也看不到,
　　来时试灯的风光繁丽。

　　春天归去,
　　有谁最是痛苦不幸?
　　那些受伤的哀鸿,
　　被猎手带往遥远的边境。
　　梁间燕子失去主人,
　　飞来飞去,彷徨无定。
　　杜鹃悲切啼声里,
　　幽冷的故宫暮色凄迷。

我怀念着宫中宝物,
那珍贵的玉树长埋土地,
去国辞乡的人,
泪水如同露珠落满捧露盘里。
在告别京都的大路上,
他们频频回顾,不忍远离,
这悲凉的黄昏时分,
如何捱得过去!

春天呆!你今朝归去,
能否重新回到这里?
我像江淹一样怨恨别离,
又写下庾信愁赋般诗句,
苏堤上,天天都是凄风苦雨。
我感叹故国的美好光景,
只能去梦中游历,
只能永远铭记心底。
余生将流荡无依,
夜深时,我唯与小儿相对共语。

宝鼎现·丁酉元夕

刘辰翁

【题解】

《宝鼎现》,词调名,始见于康与之词。

此词别本题作"春月",《历代诗余》引张孟浩云:"刘辰翁作《宝鼎现》词,时为大德(元成宗年号)元年,自题曰'丁酉元夕',亦义熙(东晋安帝年号,公元405—418年)旧人(指陶渊明)只书甲子之意。"表示不承认新朝。大德元年(公元1297)距宋亡整整二十年,复国已完全绝望,适逢元宵节,作者忆昔伤今,心情极其悲凉,因作此词(作者于此年逝世)。全词分三片,第一、二片用多彩的画笔渲染当年元夕的繁华热闹,那是一个灯火辉煌的光明世界,那是一个彻夜歌舞喧阗的欢乐世界,辞采极绚烂,其间织入一二今昔之感,意味深长。第三片描写眼前的凄清景象、落寞哀伤的心情,回首往昔,如同天上人间的深沉感慨。张孟浩说此词"反反复复,字字悲咽。"杨慎《词品》云:"词意凄婉,与《麦秀》歌何殊?"

【原词】

　　红妆春骑,①踏月影竿旗穿市②,望不尽、楼台歌舞,习习香尘莲步底③,箫声断、约彩鸾归去④,未怕金吾呵醉⑤。甚輂路、喧阗且止,听得念奴歌起⑥。　父老犹记宣和事⑦,抱铜仙、清泪如水⑧。还转盼、沙河多丽⑨。滉漾明光连邸第⑩,帘影冻、散红光成绮⑪。月浸葡萄十里⑫,看往来、神仙才子,肯把菱花扑碎⑬?　肠断竹马儿童⑭,空见说、三千乐指⑮。等多时春不归来,到春时欲睡。又说向灯前拥髻⑯,暗滴鲛珠坠⑰。便当日亲见《霓裳》⑱,天上人间梦里⑲。

注释

　　①红妆春骑:指游春男女。沈佺期《夜游》咏元宵诗:"南陌青丝骑,东邻红粉妆。"

　　②竿旗穿市:苏轼《上元夜》诗:"牙旗夜穿市。"

　　③习习:尘土飞扬貌。莲步,指美人足。

　　④彩鸾:仙女,此处借指游女。林坤《诚斋杂记》:"钟陵西山有游帷观,每至中秋,车马喧阗。大和(唐文宗年号,公元827—835年)末,有书生文箫往观,睹一姝(吴彩鸾)甚妙。生意其神仙,植足不去,姝亦相盼。……乃与生下山归钟陵结为夫妇。"

　　⑤未怕句:古代元宵不禁夜行。韦述《西都杂记·金吾禁夜》:"西都京城街衢,有金吾晓暝传呼,以禁夜行。惟正月十五日夜,敕许金吾弛禁,前后各一日。"苏味道《观灯》诗:"金吾不禁夜,玉漏莫相催。"金吾即执金吾,执行警察职务。呵醉,用李广事。《史记·李将军列传》载李广"尝从一骑出,从人田间饮。还至霸陵亭。霸陵尉醉,呵止广。广骑曰:'故李将军。'尉曰:'今将军尚不得夜行,何乃故也!'止广宿亭下。"

　　⑥念奴:元稹《连昌宫词》自注:"念奴,天宝中名倡,善歌。每岁楼下酺宴累日之后,万众喧隘。严安之、韦黄裳辈辟易不能禁,众乐为之罢奏。玄宗遣高力士大呼于楼上曰:'欲遣念奴唱歌,邠二十五郎吹小管逐,看人能听否?'未尝不悄然

奉诏。其为当时所重也如此。"此处泛指著名歌手。甚:正。辇路,皇家车骑经行的道路,泛指京城道路。

⑦宣和:宋徽宗年号,指承平时期。

⑧抱铜仙句:见刘辰翁《兰陵王》注。

⑨沙河:沙河塘,在钱塘(杭州)南五里,为繁华地区,苏轼《虞美人》〔有美堂赠述古〕词:"沙河塘里灯初上,水调谁家唱?"田汝成《西湖游览志余》:"沙河宋时居民甚盛,碧瓦红檐,歌管不绝。"南宋时尤为繁盛。

⑩滉漾句:周密《武林旧事·元夕》:"邸第好事者,如清河张府、蒋御药家,闲设雅戏灯火,花边水际,灯烛灿然。"

⑪散红光成绮:谢朓《晚登三山还望京邑》诗:"余霞散成绮,澄江静如练。"绮:有花纹的丝织品。

⑫葡萄:形容深碧的水色。李白《襄阳歌》:"遥看汉水鸭头绿,恰似葡萄初酦醅。"苏轼《满江红》〔寄鄂州朱使君寿昌〕:"江汉西来,高楼下、葡萄深碧。"

⑬菱花扑碎:用乐昌公主事。见刘辰翁《兰陵王》注。

⑭竹马儿童:儿童多以竹杖当马骑,以为游戏。李白《长干行》:"郎骑竹马来,绕床弄青梅。"

⑮三千乐指:指三百人的大乐队,《宋史·乐志》载宋高宗绍兴年间恢复教坊,"凡乐工四百六十人"。招待北使,"旧例用乐工三百人。"苏轼《送江公著知吉州》诗:"红妆执乐三千指。"

⑯灯前拥髻:《飞燕外传·伶玄自叙》:"子于(伶玄字)老休,买妾樊通德。……能言赵飞燕姊弟故事。子于闲居命言,厌厌不倦。子于语通德曰:'斯人俱灰灭矣,当时疲精力,驰骛嗜欲蛊惑之事,宁知终归荒田野草乎?'通德占袖顾视烛影,以手拥髻,凄然泣下,不胜其悲。"

⑰鲛(jiāo)珠:指眼泪。晋张华《博物志》:"南海中有鲛人,水居如鱼,不废织绩,其眼能泣珠。"

⑱霓裳:唐时流行的大曲《霓裳羽衣曲》,见姜夔《霓裳中序第一》注。

⑲天上人间:李煜《浪淘沙令》:"流水落花春去也,天上人间。"此用其意。

【今译】

　　一群群盛妆的妇女、骑马的男士,
　　踏着月影去观赏灯市,
　　看浩浩荡荡穿过街道,
　　那是官员、军人举着形形色色的旗帜。
　　望不尽歌舞欢腾,

望不尽楼台林立,
美人走过的地方
飞扬的尘土也带着香气。
待到鼓乐箫管沉寂,
少年约佳人一同归去,
不怕执金吾来管束干预。
京都大道喧闹声忽然静止,
原来是名歌手唱起美妙歌曲。

父老们还记得宣和盛世,
如今却像携盘辞国的铜仙,
清泪长流不已。
回首往日,沙河塘多么美丽,
高张起灯烛的府第,
耀眼的光影荡漾在水际,
静静的帘幕映着灯火,
红光四散美如花绮。
月浸碧水,
像新酿的葡萄酒绵延十里。
来来往往都是些才子美女,
怎肯把幸福生活一旦毁弃。

真是痛心,骑着竹马的儿郎
生不逢辰,只从前辈口中,
听说过皇家大乐队演奏的盛况。
我等待了多少时日,
却再看不到归来往昔的好春光,
在眼前的春日里,
只是昏昏欲睡、意绪茫茫。
妇女们在灯下谈起往事,
心中极度悲伤,
暗滴泪水千行。

就算我曾经亲见
故国歌舞升平的景象,
也早变作梦里幻境,
今和昔如像是人间天上。

永遇乐

刘辰翁

余自乙亥上元①,诵李易安《永遇乐》②,为之涕下。今三年矣,每闻此词,辄不自堪,遂依其声,又托之易安自喻,虽辞情不及,而悲苦过之。

【题解】

这首词作于端宗景炎三年(元世祖至元十五年,公元 1278 年),临安早于两年前被元军占领,三宫被俘至元大都,二王为元军步步进逼,退到了福建、广东沿海,已是苟延残喘,南宋离彻底亡国不远了。作者在小序中说三年前元宵节,读李清照怀念京洛旧事、寄寓故国之思的《永遇乐》,为之泣下,从那以后,南宋大势已去,实际上灭亡。北宋覆亡南渡后还有半壁江山,南宋亡国则更无尺寸之地,国祚不可能再振,因此作者说自己比李清照"悲苦过之"。本词"托之易安自喻",以柔婉凄切的词笔,描绘了临安今昔盛衰的不同,抒写了种种复杂的内心感受,唱出亡国哀音,读之令人感叹不已。

【原词】

璧月初晴③,黛云远淡,春事谁主?禁苑娇寒④,湖堤倦暖,前度遽如许⑤!香尘暗陌⑥,华灯明昼,长是懒携手去。谁知道、断烟禁夜⑦,满城似愁风雨。　宣和旧日,临安南渡,芳景犹自如故⑧。缃帙流离⑨风鬟三五⑩,能赋词最苦。江南无路,鄜州今夜⑪,此苦又谁知否?空相对、残釭无寐,满村社鼓⑫。

【注释】

①乙亥上元:宋恭帝德祐元年(公元1275年)元宵节。
②李易安《永遇乐》:李清照号易安居士,《永遇乐》见后李清照词作。
③璧月:以圆形的玉比喻明月。南朝宋何偃《月赋》:"满月如璧。"
④禁苑:帝王园囿,禁百姓入内,故称。
⑤前度:见晁礼之《忆少年》注。遽(jù):骤然。
⑥香尘暗陌:李白《古风》第二十四:"大车扬飞尘,亭午暗阡陌。"
⑦禁夜:实行军事戒严,禁止夜行。
⑧芳景句:《世说新语》记周颉云:"风景不殊,正自有山河之异",此用其意。
⑨缃(xiāng)帙(zhì)流离:指北宋覆亡,李清照追随小朝廷南渡,与其夫赵明诚共同搜集珍藏的珍本古籍书画大多丧失遗落,见李清照《金石录后序》。缃帙,包在书卷外的浅黄色封套,也作书卷的代称。"流离",原本作"离离",据别本改。
⑩风鬟:李清照《永遇乐》:"如今憔悴,风鬟雾鬓,怕见夜间出去。"
⑪鄜州今夜:杜甫安史乱时独在沦陷的长安,思念家人,写下《月夜》诗,有云:"今夜鄜州月,闺中只独看。"此用其意。刘辰翁此时与家人离散,因以杜甫自比。
⑫社鼓:见辛弃疾《永遇乐》注。

【今译】

　　我从德祐元年元宵节诵读李清照《永遇乐》词,感动得流泪,到现在已有三年光景,每一听到这首曲子词,就总是不由自主地悲哀难禁,因而依照原词的声韵写了和词,又假托清照自比,虽然我的文藻才情比不上她,而悲苦之情却比她更深。

　　暮雨初晴,璧月东升,
　　云色如黛,淡远轻盈,
　　这芳春的美好景物,
　　到底属于谁人?
　　故宫内苑一片微寒,
　　西湖堤岸暖意倦软,
　　我重又来到此地,
　　变化竟是这样骤然!
　　记得从前元夜,

游人车马熙熙攘攘,
香尘蔽天,大路昏暗迷茫,
五光十色的花灯
照耀得白昼一般明亮,
我也总是没有心思
与友人携手同去观赏。
谁知道到如今,
人家稀少,炊烟断绝,
上元佳节竟会禁止夜行。
满城萧条冷寂,
就像笼罩着凄风惨雨。

犹记宣和年间,
汴京无比繁丽,
南渡后的临安山河虽异,
美好风光却一如旧日。
辛苦珍藏的书画古籍,
几乎散失无余,
我孤独一人流落异地,
饱经磨难,憔悴衰老,
在元宵佳节写下愁苦词句。
如今,江南已经无路可走,
我像当年的杜甫,
在明月之夜,
怀念着远方的亲属,
有谁能够领会
我内心深深的痛苦?
空自对一盏残灯,
我长夜不能入睡,
听满村响起社鼓声声。

摸鱼儿·酒边留同年徐云屋

刘辰翁

【题解】

理宗景定三年(公元 1262 年),刘辰翁举进士第,结识同年徐云屋,正当"西湖烟柳"的暮春时节,多年以后,二人又在杭州重逢,恰巧仍值暮春,而友人将要离去,作者为他饯行,写下此词,表示依依惜别,并在描述二人作为文朋诗友深挚友谊的同时,抒发无尽的今昔之慨与个人身世飘零之悲。作者面对知友细叙家常,语言朴实平易,表现的感情却回环曲折、底蕴深厚。词中多用问句,以加强感慨意味,如"问前度桃花,刘郎能记,花复认郎否"几句,诉尽世事沧桑,发问的语调却似乎带着调侃戏谑,举重若轻,使人读后倍感心酸。此词艺术上并不特别出色,而是以抒情的真挚凄婉取胜。

【原词】

怎知他、春归何处?相逢且尽尊酒。少年袅袅天涯恨,长结西湖烟柳。休回首,但细雨断桥①,憔悴人归后。东风似旧,问前度桃花,刘郎能记②,花复认郎否? 君且住,草草留君剪韭③,前宵正恁时候。深杯欲共歌声滑,翻湿春衫半袖。空眉皱,看白发尊前,已似人人有。临分把手,叹一笑论文④,清狂顾曲⑤,此会几时又?

注释

①断桥:在杭州西湖白堤上,原名宝祐桥,唐时称为断桥,又名段家桥。"断桥残雪"为"西湖十景"之一。
②刘郎:翻用刘禹锡诗意,见晁补之《忆少年》注。
③草草:随随便便。王安石《示长安君》诗:"草草杯盘供笑语,昏昏灯火话平生。"剪韭:杜甫《赠卫八处士》诗:"夜雨剪春韭,新炊间黄粱。"
④论文:杜甫《春日忆李白》诗:"何时一樽酒,重与细论文。"
⑤顾曲:《三国志·吴志·周瑜传》:"瑜少精意于音,虽三爵之后,其有阙误,瑜必知之,知之必顾。故时人谣曰:'曲有误,周郎顾。'"此处指在宴会上听乐。

【今译】
　　怎能知道芳菲的春天去向何地?
　　今朝同你幸运地重遇,
　　且请畅饮杯中美酒。
　　不论你我当初正值青春少年,
　　还是如今垂老依旧漂流,
　　总离不开这西湖烟柳。
　　往事不必再去回首,
　　我这憔悴的人故地重游,
　　见断桥细雨迷濛,
　　春色依然如旧。
　　我痴痴地问着桃花,
　　你从前的美丽姿容,我还记在心上,
　　而你,是否能够辨认出
　　我早已改变的模样?

　　我的朋友,请你稍稍停留,
　　我为你准备了家常饭菜,
　　剪来鲜嫩的春韭。
　　前天晚上也是这个时候,
　　我和你纵情地狂歌醉酒,
　　多少次把美酒打翻,
　　弄湿了一半衣袖。
　　唉,今日相对双眉空皱,
　　但见宴会上,
　　几乎人人都白发满头。
　　我不忍同你分离,
　　临别再三握住你的双手。
　　可叹一起谈笑着议论文章,
　　狂热地把乐曲欣赏,
　　这样清雅的聚首
　　几时才能再有?

高阳台·送陈君衡被召[①]

周 密

【作者简介】

周密(公元1232—1298年),字公谨,号草窗、苹洲,晚年别号四水潜夫、弁阳老人。世为齐历下(今山东济南)人,曾祖周秘随高宗南渡,居于吴兴,故亦称湖州人。宋亡前曾为临安府幕僚、义乌(今属浙江)令等职,宋亡不仕,抱遗民之痛,以故国文献自任,辑录家乘旧闻,著《齐东野语》、《武林旧事》等书,为野史家巨擘。周密工书善画,诗词兼擅,《宋史翼》说他"乐府妙天下,协比吕律,意味不凡。"周密为宋末词坛领袖,早年出倚声家宗师杨缵之门,结吟社于西湖,同时唱和者甚众。宋亡后又与王沂孙、张炎等十四人结社作词。高士奇《绝妙好词选序》说:"公谨所作音节凄清,情寄深远,非徒以绮丽胜者。"但今存的周密诗词皆结集于宋亡前,入元后的作品留存甚少,无法了解其创作全貌。有《草窗词》。

【题解】

《郑思肖文集》附录《王行题周草窗画像》云:"宋运既徂,吴有三山郑所南(思肖字)先生,杭有弁阳周草窗先生,皆以无所责守而志节不屈著称。"并说他"介然特立,足以增亡国之光。"陶宗仪《辍耕录》云:"宋亡,草窗才四十五岁,交好如陈允平、赵孟頫皆不固晚节,草窗与邓牧、谢翱诸子,独厉岁寒之操。"这样一位自持高节的爱国遗民,对友人陈允平应召入元当然是极不满意的,但人各有志,又相强不得,于是在送别之际写下此词,以侧笔微讽。词中描写了"朝天"队伍的威武雄壮,友人"金章宝带"的"非凡荣耀",却暗中提示"秦关汴水经行地"本是宋朝故土,希望他勿忘根本,劝谏的意思极为含蓄。作者以想像之笔描写友人在中原如何豪迈地游乐、赋诗,却只字不提他仕宦的情事,用心良苦,表现他深心盼望友人不要屈身新朝(陈允平后来未仕而还)。"冰河月冻,晓陇云飞"八字描绘北国风光,意象新妙,风致绝佳。"投老残年"以下几句内涵极为丰富复杂,多有言外之意、弦外之音,对陈允平隐含着担心、不满和劝喻、指责,也表现了对他的真挚友情,以及自己内心深处的亡国之痛与身世飘零之慨。

【原词】

照野旌旗,朝天车马,平沙万里天低。宝带金章,尊前茸帽风欹②。秦关汴水经行地,想登临都付新诗。纵英游、叠鼓清笳,骏马名姬。酒酣应对燕山雪,正冰河月冻,晓陇云飞③。投老残年④,江南谁念方回⑤?东风渐绿西湖岸⑥,雁已还、人未南归。最关情、折尽梅花,难寄相思⑦。

注释

①陈君衡:名允平,号西麓,四明(今浙江宁波)人。德祐时,授沿海制置司参议官。宋亡后,曾应召至元大都,不仕而归。有词集《日湖渔唱》。词风和婉平正,少数作品表现了故国之思。

②茸帽风欹:《北史·周书·独孤信传》:"信在秦州,尝因猎,日暮,驰马入城,其帽微侧。诘旦,而吏民有戴帽者,咸慕信而侧帽焉。"陈师道《南乡子》词:"侧帽独行斜照里,飕飕。"茸帽:皮帽;欹:侧。风欹",原本作"风欺",据别本改。

③晓陇云飞:柳永《曲玉管》词:"陇首云飞,江边日晚。"

④投老:到老、临老。

⑤方回:北宋词人贺铸字,有《青玉案》一词最负盛名,黄庭坚曾赋诗赞云:"解道江南肠断句,只今唯有贺方回。"此处作者自指。

⑥东风句:王安石《泊船瓜洲》诗:"春风又绿江南岸",此处化用其意。

⑦最关情二句:用陆凯、范晔故事,见舒亶《虞美人》注。

【今译】

猎猎旌旗光照原野,
朝觐天子的车马浩浩荡荡,
平沙万里,云天低旷。
你腰系宝带身佩金章,
饯别宴会上,
斜戴着皮帽风采异常。
故国的秦关汴水,
是你将要经行的地方,

你登山临水时，
想必会写下美妙诗行。
你将在北国纵情游历，
听叠鼓胡笳清雄悲壮。
我想见你跨着骏马驰驱，
著名的歌姬陪伴身旁。

酒酣时你将观赏
燕山白雪茫茫，
一轮凝冻的皓月，
映照在冰封的河上，
清晓时见陇头白云飞翔。
又有谁来顾念
我已是垂老残年，
像方回那样
伤心断肠在江南。
当春风渐渐染绿西湖岸，
鸿雁从北方飞回，
不知你能否南归。
最令我叹息的是折尽寒梅，
也难以把我的相思寄给。

瑶 华

周 密

后土之花，天下无二本①，方其初开，帅臣以金瓶飞骑，进之天上，间亦分致贵邸。余客辇下，有以一枝（下缺）。

【题解】

《瑶华》，词调名，一作《瑶花慢》，始见于吴文英词。

极为可惜的是此词原有一百五十余字的长序，今缺大半，使我们无从确切了解创作背景及意图,但从词意来看,讽喻之意甚明。理宗宝祐四年(公元1256年)蒙古便兵分三路大举南侵,其后步步深入,至度宗朝,国势已危如累卵,两朝皆系奸相贾似道专权,理宗、度宗均为昏君。此词将进贡琼华这一细事与唐玄宗朝进贡荔枝相提并论,意在指责君王只知在深宫中享乐,而置国家危急存亡于度外。词中"老了玉关豪杰"、"淮山春晚,问谁识、芳心高洁"等句,隐约地对国家"已失了春风一半"的局面和正直有才之士报国无门的现实,深表忧虑。"杜郎老矣"以下借怀古咏史,对国家往昔的繁荣昌盛表示极度眷恋,又借琼花作为历史的见证,发无限痛切之慨。陈廷焯评此词"不是咏琼花,只是一片感叹,无可说处,借题一发泄耳"(《白雨斋词话》)。此词寄托深远,言婉而意挚,外柔而内刚,是一首将咏物、抒怀、讽喻结合得很好的作品。

【原词】

　　朱钿宝玦②,天上飞琼③,比人间春别。江南江北,曾未见,漫拟梨云梅雪④。淮山春晚,问谁识、芳心高洁?消几番、花落花开,老了玉关豪杰⑤。　金壶剪送琼枝,看一骑红尘⑥,香度瑶阙⑦。韶华正好,应自喜、初识长安蜂蝶⑧。杜郎老矣⑨,想旧事、花须能说。记少年、一梦扬州,二十四桥明月⑩。

【注释】

　　①后土二句:周密《齐东野语》卷十七"琼花":"扬州后土祠琼花,天下无二本,绝类聚八仙,色微黄而有香。"

　　②朱钿宝玦(jué):比喻琼花的珍贵美丽。钿:见俞国宝《风入松》注。玦:古玉器名。环形,有缺口。

　　③飞琼:传说中西王母的侍女许飞琼,此处借仙女喻花为天上奇葩,又以美玉形容琼花。

　　④梨云:王建《梦梨花诗》:"落落漠漠路不分,梦中唤作梨云花。"梅雪:段成式《嘲飞卿》七首之四:"柳烟梅雪隐青枝,残日黄鹂语未休。"

　　⑤玉关:玉门关的简称。汉武帝置,因西域输入玉石取道于此而得名,故址在今甘肃敦煌西北小方盘城。

　　⑥一骑红尘:杜牧《过华清宫绝句》:"一骑红尘妃子笑,无人知是荔枝来。"

　　⑦瑶阙:宫殿的美称。

⑧初识:原本作初乱,据别本改。
⑨杜郎:唐诗人杜牧,此处作者自指。
⑩一梦二句:见姜夔《扬州慢》注。

【今译】

　　扬州后土祠的琼花,世间没有第二株,当它初开时,地方官派人将剪下的琼花插入金瓶,骑快马飞送宫廷,有时也送给达官贵人。我客居京都,有人把一枝……

　　琼华秀妍而珍贵,
　　仿佛朱钿和宝玉,
　　又若天上仙葩,
　　比人间春花别样奇丽。
　　江南江北,
　　从不曾见过第二株花枝,
　　如琼花这般名贵,
　　人们凭空比拟
　　她该像云似的梨花,雪样的寒梅。
　　淮山一带春光将尽,
　　试问有谁能真正理解
　　琼花那高洁的心灵?
　　用得着几度花开花落,
　　就会白白老去边关的豪杰和精英。

　　看琼枝装入金瓶,
　　快马飞速传递,
　　一路上扬起多少灰尘,
　　奇花的幽香才飘进宫里。
　　她芳华正茂,
　　想来暗自欣喜
　　同京城的蜂蝶初次相遇。
　　我似杜郎已经老去,

盛衰兴亡的历史,
琼花一定能够向人细叙。
还记得当年,
扬州风光旖旎,
二十四桥清月明丽,
叹往昔繁华恍如梦里。

玉京秋

周　密

长安独客①,又见西风、素月、丹枫,凄然其为秋也,因调夹钟羽一解。

【题解】

《玉京秋》,词调名,始见于吴文英词。

此词抒写客中秋思,应是宋亡前客居临安时作。上片从秋容、秋声、秋色几个方面绘出一幅高远而萧瑟的图景,衬托作者独客京华及相思离别的幽怨心情。下片感慨情人疏隔、前事消歇,"怨歌长、琼壶敲缺"句又不仅限于寄托离愁别恨,也隐含着长年沉沦下僚,郁郁不得志的喟叹。结尾画出侧耳细听远处箫声悲咽,举头凝望朦胧淡月的主人公的幽独形象,凄寂情状不言自见。整首词语言清丽精工,风格高秀婉雅。

【原词】

烟水阔,高林弄残照,晚蜩凄切②。碧砧度韵,银床飘叶③。衣湿桐阴露冷,采凉花时赋秋雪④。叹轻别,一襟幽事,砌虫能说。　客思吟商还怯⑤,怨歌长、琼壶暗缺⑥。翠扇恩疏⑦,红衣香褪⑧,翻成消歇。玉骨西风,恨最恨、闲却新凉时节。楚箫咽⑨,谁倚西楼淡月⑩。

【注释】

①长安:此处借指南宋都城临安。

②晚蜩(tiáo)句:柳永《雨霖铃》:"寒蝉凄切,对长亭晚,骤雨初歇。"蜩:蝉。

③银床:井上辘轳架。古乐府《淮南王篇》:"后园作井银作床,金瓶素绠汲寒浆。"庾肩吾《九日传宴》诗:"玉醴吹岩菊,银床落井桐。"

④凉花:指菊花、芦花等秋日开放的花,此地系指芦花。陆龟蒙《早秋》诗:"早藕擎霜节,凉花束紫梢。"

⑤吟商:吟咏秋天。商:五音之一,《礼记·月令》:"孟秋之月其音商。"

⑥琼壶暗缺:见周邦彦《浪淘沙慢》注。

⑦翠扇句:见史达祖《玉胡蝶》注。

⑧红衣句:古代女子有赠衣给情人以为表记的习俗:屈原《九歌·湘夫人》:"捐余袂兮江中,遗余褋兮醴浦。"

⑨楚箫咽:相传为李白所写《忆秦娥》词:"箫声咽,秦娥梦断秦楼月。"

⑩谁倚;原本作"谁寄",据别本改。

【今译】

我独自客居京华,又见西风、素月、丹枫,一派萧瑟秋光,心中凄然,于是制成夹钟羽一曲。

轻烟笼湖天寥廓,
高林挂一轮残阳,
弄暮色凄凉,
晚蝉不住哀切啼唱。
捣衣砧敲出声声秋韵,
井栏边梧叶飘黄。
我在桐阴下久立,
清冷的夜露沾湿衣裳。
我采一枝芦花,
不时赋满汀芦花如秋雪茫茫。
我感叹着同她轻易别离,
一腔心事幽怨悲伤,
阶畔虫声唧唧,
像是代我低诉衷肠。

客中吟咏秋天,

只觉得心情寒怯,
曼声唱怨歌激越,
玉壶暗暗被我敲缺。
如同夏日翠扇早被捐弃,
她与我恩情断绝,
赠我的红罗衣芳香褪去,
欢乐往事都已消歇。
我在西风中独自伫立,
心中怨恨
白白虚度这新凉时节。
远处传来箫声悲咽,
我久久地凭倚西楼,
凝望着朦胧淡月。

曲游春

周 密

　　禁烟湖上薄游①,施中山赋词甚佳②,余因次其韵。盖平时游舫,至午后则尽入里湖,抵暮始出断桥,小驻而归,非习于游者不知也③。故中山亟击节余"闲却半湖春色"之句,谓能道人之所未云。

【题解】

　　《曲游春》,词调名,始见于施岳词。

　　周密早年出乐律家杨缵之门,曾在西湖杨氏环碧园由杨缵、张枢组织的吟社中赋词,多优游湖山、流连光景之作,如《木兰花》〔西湖十景〕。周密宋亡前的生活内容、生活情调,正如他《龙吟曲》一词中所述:"花底朝回多暇。……乐闲中日月,清时钟鼓,结春风社",完全是一派承平风光,这首《曲游春》即是他前期的得意之作。他的《武林旧事》卷三"西湖游幸"云:"都城自过收灯,贵游巨室,皆争先出郊,谓之'探春',至禁烟为最盛。……都人士女,两堤骈集,几于无置足地。水面画楫,栉比如鱼鳞,亦无行舟之路。歌欢箫鼓之声,振动远近,其盛可以想见。若游之次第,则先南而后北,至午则尽入西泠桥里湖,其外几无一舸矣。弁阳老人有词云:"看画船尽入西泠,闲却半湖春色",盖纪实也。既而小泊断桥,千舫骈聚,歌管喧奏,粉黛罗列,最为繁盛。……至花影暗而月华生,始渐散去。绛纱笼烛,车马争斗,日以为常。"这首词就用清丽的画笔,细致地、极有层次地描绘了寒食佳节西湖上自午至夜、画船歌管游春的盛况,"看画船"二句极得时人称赏,以为"能道人之所未云。"马臻《西湖春日壮游》诗赞曰:"画船过午入西泠,人拥孤山陌上尘;应被弁阳模写尽,晚来闲却半湖春。"其实"看画船"二句造意虽新,末几句绘湖上碎月摇花、空濛清幽的夜色,意境更美,令人神往。

【原词】

　　禁苑东风外④,飐暖丝晴絮,春思如织。燕约莺期,恼芳情偏在,翠深红隙。漠漠香尘隔,沸十里,乱丝丛笛。看画船尽入西泠⑤,闲却半湖春色。　　柳陌,新烟凝碧,映帘底宫眉,堤上游勒。轻暝笼寒,怕梨云梦冷⑥,杏香愁幂⑦。歌管酬寒食,奈蝶怨良宵岑寂。正满湖、碎月摇花,怎生去得!

注释

①薄游:即游历,薄为发语词。无意义。
②施中山:施岳,名仲山,吴人,精于音律。其《曲游春》〔清明湖上〕云:"画舸西陵路,占柳阴花影,芳意如织。小楫冲波,度鞠尘扇底,粉香帘隙,岸转斜阳隔,又过尽、别船箫笛。傍断桥,翠绕红围,相对半篙晴色。顷刻,千山暮碧,向沽酒楼前,犹系金勒。乘月归来,正梨苑夜缟,海棠烟幂。院宇明寒食,醉乍醒,一庭春寂。任满身露湿东风,欲眠未得。"
③盖平时五句:见本词题解。
④禁苑:皇家园林,南宋都杭,西湖一带因称禁苑。
⑤西泠:西湖一桥名。
⑥梨云:见周邦彦《瑶花》注。
⑦幂(mì):覆盖、罩。《周礼·天官·幂人》:"祭祀,以疏布巾幂八尊,以画布巾幂六彝。"晁礼之《洞仙歌》:"青烟幂处,碧海飞金镜。"

【今译】

　　寒食节在湖上游玩,施中山写下一首绝好的词,我也依韵作了一首。平时的游船,到午后便都进入里湖,黄昏时才划出断桥,稍作停留然后归去,不是经常游湖的人就不知道这种情形,所以中山击节而极口称赏我词中"闲却半湖春色"之句,说是道出了他人未能说出的话语。

西湖上东风和煦,
晴日下飘扬着游丝落絮,
这春光引人芳思万缕。
可恼莺燕温存软语、密约幽期,
在那翠叶林间、红花丛底,
偏偏撩拨起感春情绪。
仕女如云,
隔漠漠香雾迷离,
急管繁弦远近相应、彼伏此起,
欢声沸腾,振荡十里。
看一艘艘画船,
全都渡过西泠桥底,
半湖春色多么清绮,
却被白白闲置废弃。

湖边柳色如烟,
凝成一片新绿,
掩映着堤岸上
策马俊游的翩翩男士,
车帘里风姿绝艳的佳丽。
暮色轻笼散放出寒意,
梨花怕夜梦凄冷,
红杏也被愁云遮蔽,
寒食歌管渐渐停息,
连蝴蝶都怨恨
这良宵过于岑寂。
当清月映满湖涟漪,

摇花影纷披,
幽美夜色叫我怎忍舍弃。

花犯·水仙花

周 密

【题解】

水仙花,顾名而思义,作者将她比作湘江女神,极为贴切,上片用如梦似幻的画笔,不去描摹水仙的色相,而写她不同凡艳的清姿、高洁的流品、芳心难寄的幽怨、"香云随步起"的丰神和月下亭亭玉立的逸韵,笔意十分轻灵雅秀,使人读之忘俗而思飘云外。过片用湘灵鼓瑟故事代水仙抒恨,遗憾屈原没能把她写进诗篇,感叹世人不懂得水仙的宝贵价值,而特别表明作者将她当作有清操厉节的岁寒之友相依相伴。末几句写作者在灯下爱赏水仙的别样情味,令人神清意远。本篇尽洗靡曼,独标清丽,词情婉转,一气旋折,把人与花写得极缠绵悱恻,在咏赞作为清赏的水仙的同时,隐约地表现作者高蹈尘俗、绝世独立的精神、品格。

【原词】

楚江湄①,湘娥再见②,无言洒清泪,淡然春意。空独倚东风,芳思谁寄?凌波路冷秋无际③。香云随步起,漫记得、汉宫仙掌④,亭亭明月底。　　冰丝写怨更多情⑤,骚人恨,枉赋芳兰幽芷⑥。春思远,谁叹赏、国香风味⑦?相将共、岁寒伴侣⑧。小窗静,沉烟熏翠袂⑨。幽梦觉,涓涓清露,一枝灯影里。

注释

①湄(méi):水滨,水和草交接的地方。《诗·秦风·蒹葭》:"所谓伊人,在水之湄。"

②湘娥:即湘妃,传说帝舜南行,死于苍梧之野,其二妃娥皇、女英追踪而至,在洞庭湖边听到舜死的消息,南望痛哭,自投湘水而死。后成为湘水女神。此处比喻水仙。

③凌波:见贺铸《青玉案》注。

④汉宫仙掌:见晏几道《阮郎归》注。

⑤冰丝写怨:用湘灵鼓瑟故事。《楚辞·远游》:"使湘灵鼓瑟兮,令海若舞冯夷。"钱起《省试湘灵鼓瑟》诗:"善鼓云和瑟,常闻帝子灵。冯夷空自舞,楚客不堪听。苦调凄金石,清音入杳冥。苍梧来怨慕,白芷动芳馨。流水传湘浦,悲风过洞庭。曲终人不见,江上数峰青。"刘禹锡《潇湘神》词:"斑竹枝,斑竹枝,泪痕点点寄相思。楚客欲听瑶瑟怨,潇湘深夜月明时。"

⑥骚人恨二句:屈原《离骚》:"扈江离与辟芷兮,纫秋兰以为佩。"

⑦国香:指极香的花。《左传·宣公三年》:"以兰有国香,人服媚之如是。"后因称兰为国香,此处称水仙为国香。黄庭坚《次韵中玉水仙花》诗:"可惜国香天不管,随缘流落小民家。"

⑧岁寒伴侣:古人以松、竹、梅为岁寒三友,水仙开在冬末春初,流品高洁,作者因称其为岁寒伴侣。

⑨翠袂:原本作翠被,据别本改,指水仙叶。

【今译】

和不同凡品的水仙相依,
仿佛在楚江畔,
重又看见幽怨的湘妃,
暗洒清泪默然无语,
却给人间带来淡淡春意。
她空自独倚东风,
满怀芳情向谁托寄?
踏着水波轻轻走来,
路途凄冷如秋色无际。
随着她的步履,
升腾起香云清雅奇异。
我依稀记得,
她正像捧着承露盘的金铜仙女,
在明月下亭亭玉立。

她是拨弄冰弦的湘妃,
弹奏出一腔忧悒,

屈子抒发牢骚怨恨,
只把香兰幽芷写了进去,
却忘记水仙更加高洁,多情无匹。
她含着悠远的春思芳意,
可惜有谁来叹赏
这难得的国香韵味。
我和她同在一起,
如与岁寒三友结为伴侣。
小窗静悄悄,
沉水香缕将她的翠袖缭绕。
夜半时,当我一枕幽梦初醒,
灯影下见盈盈水仙,
沾带着露珠点点,
更使人觉得神清意远。

瑞鹤仙·乡城见月

蒋 捷

【作者简介】

　　蒋捷,生卒年不详,字胜欲,号竹山,阳羡(今江苏宜兴)人。咸淳十年(公元1274年)进士。宋亡,隐居不仕,气节为时人所称。蒋捷的词作虽然没有正面反映时代的巨变,却仍与时代息息相关。在流亡途中,在隐遁生活里,他写了不少表现亡国剧痛的词章,如《贺新郎》〔兵后寓杭〕、〔梦冷黄金屋〕、《女冠子》〔元夕〕、《尾犯》〔寒夜〕、《南乡子》〔塘门元宵〕等。他感叹着"二十年来,无家种竹,犹借竹为名"(《少年游》),表白道"浩然心在,我逢着梅花便说"(《尾犯》)。他的《虞美人》〔听雨〕一词,选取了一生中三个阶段听雨这平常生活小景,概括了自少至老不同的生活经历、心理感受,寓意沉痛而深刻。蒋捷词内容风格都较丰富,有些小词如《一剪梅》〔舟过吴江〕、《昭君怨》〔卖花人〕、《霜天晓角》等,轻灵秀逸,富有生活情趣。尽管历代词评家对他褒贬不一,但他毫无疑问是宋元之交的一位重要词人。有《竹山词》

一卷。

【题解】

本词题作〔乡城见月〕,作于宋亡后。作者回到故里,在一个明月之夜,面对如霜月色,抚今思昔,百感交集。"风檠背寒壁"、"放冰蟾、飞到蛛丝帘隙"二句极言生活环境的萧条冷落,可与《诗·小雅·东山》"果蠃之实,亦施于宇,伊威在室,蠨蛸在户"等句比美。"漫将身化鹤归来"句用丁令威故事,对山河依旧、人事全非发深沉感慨,言简而意永。过片三句用绚丽的彩笔描绘故国上元之夜的欢乐情景,然后笔锋急转直下,借用神话故事,抒发往事如梦、恍若隔世的怅惘之情。"劝清光"等句充满了江山易主的悲怨,又隐含着对那些亡国后依旧征歌逐舞、全无心肝的人们的指责。此词格调悲凉沉郁,辞情深微含蓄,字精语炼,章法缜密。

【原词】

绀烟迷雁迹①,渐碎鼓零钟,街喧初息。风檠背寒壁②,放冰蟾③,飞到蛛丝帘隙。琼瑰暗泣④。念乡关、霜华似织。漫将身、化鹤归来⑤,忘却旧游端的。　欢极,蓬壶蕖浸⑥,花院梨溶⑦,醉连春夕。柯云罢弈⑧,樱桃在,梦难觅⑨。劝清光,乍可幽窗相照,休照红楼夜笛。怕人间、换谱《伊》《凉》⑩,素娥未识。

注释

①绀(gàn):天青色,一种深青带红的颜色。
②檠(qíng):灯架,也指灯,风檠,灯光在风中摇曳不定,故称。
③冰蟾:传说月中有蟾蜍,故以蟾代指月,明月皎洁晶莹,因称冰蟾。
④琼瑰:指美玉。《诗·秦风·渭阳》:"琼瑰玉佩。"《左传·成公十七年》:"声伯梦涉洹,或与己琼瑰食之,泣而为琼瑰,盈其怀。"此处形容泪珠晶莹如玉。
⑤化鹤归来:见王安石《千秋岁引》注。
⑥蕖(qú):芙蕖,荷花,《诗·郑风·山有扶苏》:"隰有荷华。"郑玄笺:"未开曰菡萏,已发曰芙蕖。"此处指荷花灯。宋代元宵多点红莲灯,见姜夔《鹧鸪天》注。
⑦花院梨溶:晏殊《寓意》诗:"梨花院落溶溶月,杨柳池塘淡淡风。"
⑧柯云罢弈:用烂柯典故。《述异记》:"信安郡石室中,晋时樵者王质,逢二

童子弈棋,与质一物,如枣核食之,不饥,置斧子坐而观。童子曰:'汝斧柯烂矣。'质归乡间,无复时人。"此处指时移世改。

⑨樱桃二句:段成式《酉阳杂俎》:"姑婿裴元裕言群从中有悦邻女者,梦女遗二樱桃,食之,及觉,核堕枕边。"此处指往事如梦,空留记忆。

⑩《伊》《凉》:唐曲调名,即伊州、凉州二曲。王灼《碧鸡漫志》卷三:"唐史及传载称'天宝乐曲,皆以边地为名,若凉州、伊州、甘州之类'",均为少数民族乐曲,此处借指元人的北方曲调。

【今译】
　　青红色的烟云,
　　隐蔽了飞雁踪迹,
　　渐听钟鼓零零落落,
　　市街喧闹声初息。
　　风中摇曳的孤灯,
　　背向寒冷的空壁,
　　天宇升起一轮皓月,
　　光华透进我蛛丝缠结的帘隙。
　　我暗自伤心悲泣,
　　乡关月色如霜,洒满大地,
　　化鹤归来的我,
　　已忘却故国旧游如何惬意。

　　从前今夜,世界淹没在红莲灯里,
　　恍如置身欢乐的蓬壶仙境。
　　月华溶溶的梨花院落,
　　我们往往通宵达旦纵情醉饮。
　　斧柄烂收了棋局,
　　樱桃核坠在枕边,
　　美丽梦境难再寻觅。
　　明月呵明月,
　　你的清光宁可映我的小窗幽寂,
　　千万不要去照耀

那红楼上的清歌夜笛,
我恐怕人间的江南旧腔,
换作了北方《伊》、《凉》新曲,
嫦娥就会感到生疏诧异。

贺新郎·怀旧

蒋 捷

【题解】

　　这首词以隐喻的手法透露深沉的亡国之恨。上片描写一位宋旧宫人"化作娇莺飞归去",但是故国的繁华梦冷,故宫内一片凄凉荒落,从前经常拨弄的筝弦扑满尘土,碧纱窗犹在,却已时移世改,飞雨过处,樱桃如豆,不禁涌起无限今昔之慨。词中以"弹棋局"来比喻她难以平息的亡国愁恨,又用"消瘦影,嫌明烛"句刻画这位宫女极度悲愤的心情,辞意曲折,形象鲜明。下片从作者这方着笔,将故国幻化成那位宋旧宫人,深情地抒写对她的思恋与后会无期的怅恨,作者想像她依然穿着旧时宫妆,以此表现爱国孤臣的拳拳之心。"彩扇红牙"两句以无人解听盛世乐曲,抒发物是人非、时无知音之叹。末句以幽独佳人自况,表现不与世俗同流的高洁情怀。此词极宛转迷离之致,谭献评其"瑰丽处鲜妍自在,然词藻太密"(《谭评词辨》),甚为允当,但瑕不掩瑜,仍不失为一首佳作。

【原词】

　　梦冷黄金屋①,叹秦筝、斜鸿阵里②,素弦尘扑。化作娇莺飞归去,犹认纱窗旧绿③。正过雨、荆桃如菽④。此恨难平君知否?似琼台、涌起弹棋局⑤。消瘦影,嫌明烛。　鸳楼碎泻东西玉⑥,问芳踪、何时再展?翠钗难卜。待把宫眉横云样,描上生绡画幅,怕不是、新来妆束。彩扇红牙今都在⑦,恨无人、解听开元曲⑧。空掩袖,倚寒竹⑨。"

注释

　　①黄金屋:见姜夔《疏影》注,此处借指南宋故宫。

②斜鸿阵,见张先《菩萨蛮》注。

③纱窗旧绿:元稹《连昌宫词》:"舞榭欹倾基尚在,文窗窈窕纱犹绿。"此用其意。

④荆桃如菽:周邦彦《大酺》词:"红糁铺地,门外荆桃如菽。"

⑤此恨二句:李商隐《无题》诗:"莫近弹棋局,中心最不平。"《柳枝》:"玉作弹棋局,中心亦不平。"此用其意,比喻心中幽恨难平。琼台:即弹棋局,弹棋枰,以玉石做成,曹丕《弹棋赋》:"局似荆山妙璞。"其形状中间突起,周围低平。弹棋:古博戏。

⑥鸳楼:即鸳鸯楼,楼殿名,唐孙逖有《登鸳鸯楼应制》诗。东西玉,酒器名。黄庭坚《次韵吉老》诗:"佳人斗南北,美酒玉东西。"此处以宫中杯碎酒泻暗喻亡国。

⑦彩扇:歌扇。红牙:红牙拍板。

⑧开元曲:唐代开元盛世的歌曲,此处借指宋朝盛时的乐曲。

⑨空掩袖二句:杜甫《佳人》诗:"天寒翠袖薄,日暮倚修竹。"

【今译】

故宫的繁华梦早已冷却,
可叹往时弹弄的秦筝,
斜列如雁的弦索扑满埃尘。
我化作娇小的黄莺飞回去,
还认得出旧日纱窗,
依然是那样碧绿。
疏雨过处,庭院中
樱桃如豆,春光已尽,
你可知我心中愁恨
就像玉做的弹棋局,起伏难平。
我怕对明亮烛光,
照见消瘦的身影。

鸳鸯楼殿杯碎酒倾,
伊人芳踪几时才能重现?
我用翠钗占卜,
终究难以应验。
我要把她纤云般的宫眉,

描上生绢画幅,
想必她依然是旧时妆束。
歌扇和红牙拍板还在,
恨只恨,没有人懂得欣赏
往昔盛世美妙的乐曲。
时无知音,我空掩罗袖,
独自把寒竹斜倚。

女冠子·元夕

蒋 捷

【题解】

《女冠子》,唐教坊曲名,后用作词调,始见于温庭筠词,双调,四十一字。柳永衍为长调。

本词用今昔对比手法抒元夕感怀。前六句用浓墨重彩绘出一个以花香、月华、灯光、乐声、人影编织成的、五光十色的元宵节美丽图画,读之几疑是赋,"而今"句笔锋陡转,才恍然惊悟那图景不过是作者回忆中的故国风光,作者俯仰今昔的哀痛之情不言自明,章法上有"水逝云卷、风驰电掣之妙"(陈廷焯《白雨斋词话》)。以下几句直抒非复旧日时世,作者早已心灰意懒的情状。下片描写当前的冷落索寞。作者伤极而问苍天,希望故国繁华还能恢复,但它毕竟一去无迹,作者再度以梦境重现往昔风光,并以"待把旧家风景,写成闲话",表示他对故国的纪念、凭吊,却听到不知盛衰兴亡之痛的邻家少女还在唱着南宋著名的元宵词,这使他倍觉伤情。一个"笑"字包藏着多少辛酸。本篇词情顿宕婉曲,字字句句使人领会作者对故国深深的眷恋,感人心腑。

【原词】

蕙花香也,雪晴池馆如画。春风飞到,宝钗楼上[1],一片笙箫,琉璃光射[2]。而今灯漫挂,不是暗尘明月[3],那时元夜。况年来、心懒意怯,羞与蛾儿争耍[4]。 江城人悄初更打,问繁华谁解,再向天公借?剔残红烛[5],但梦里隐隐,钿车罗帕[6]。吴笺银粉砑[7],待把旧家风景,写成闲话。笑绿鬟邻女，倚窗犹唱，夕阳西下⁸。

注释

①宝钗楼：见张镃《满庭芳》注，此处泛指歌楼舞榭。
②琉璃：指灯。周密《武林旧事》卷二"元夕"："灯之品极多，每以'苏灯'为最，圈片大者径三四尺，皆五色琉璃所成"，"禁中尝令作琉璃灯山，其高五丈"。
③暗尘明月：苏味道《上元》诗："暗尘随马去，明月逐人来。"
④蛾儿：见辛弃疾《青玉案》注。
⑤灺(xiè)：烧残的烛灰。
⑥钿车罗帕：见周邦彦《解语花》〔上元〕注。
⑦银粉砑(yà)：有光泽的银粉纸。砑：光洁貌。
⑧笑绿鬟三句：张相《诗词曲语汇释》认为"此亦欣喜之辞，言喜邻女犹能唱当时'夕阳西下'之词，旧家风景，尚存一二也。"可备一说。夕阳西下：指南宋康与之(一说为范周)《宝鼎现》咏元夕词，首三句为："夕阳西下，暮霭红隘，香风罗绮。"

【今译】

蕙兰花散放阵阵幽香，
皎月照临池馆台亭，
活画出大雪初晴的美丽图景。
春风飞到歌楼舞榭，
处处笙箫管乐和鸣，
琉璃灯晶光四射，
将快乐的人群辉映。
如今，随随便便挂几盏灯，
就算是上元应景，
再不像从前的明月夜，
车水马龙，万众欢腾。
何况近年来，
我早已心灰意懒，无情无绪，
哪有兴致去观灯嬉戏。

冷落江城人声沉寂，

听得更鼓初打,
有谁能去向老天爷
讨回那昔日繁华?
我剔除红烛的灰烬,
轻梦中恍惚重现:
熙熙攘攘钿车辚辚,
手挥罗帕的游女如云。
我正想用吴地精美的银粉纸,
记下故国旖旎风情,
笑叹邻家那位年轻姑娘,
并不懂得今夜是多么令人伤心。
深夜里她还凭倚窗栏,
高兴地把"夕阳西下"的旧曲唱吟。

高阳台·西湖春感

张 炎

【作者简介】

张炎(公元1248—1320年),字叔夏,号玉田,又号乐笑翁,祖籍西秦(今陕西),家居临安。六世祖为南宋名将张俊,曾祖张镃、父亲张枢均为著名词人。宋亡前其祖父张濡镇守独松关时,曾杀死元使者廉希贤,公元1276年元兵入杭,斩杀张濡并籍没其家产。宋亡时张炎三十二岁,家资丧尽,四处飘泊,生活潦倒,甚至设卜肆以维持生计。他常同前朝遗老如周密、郑思肖等人交往。四十三岁时曾被元世祖召至大都缮写金字藏经,旋即不仕而归。他"生平好为词章,用功逾四十年",与姜夔齐名,号为"姜张"。其词"往往苍凉激楚,即景抒情,备写其身世盛衰之感,非徒以剪红刻翠为工"(《四库全书总目》)。从现存作品来看,他抒写亡国哀思的篇章大大超过周密、王沂孙,如两首《高阳台》及《甘州》、《凄凉犯》、《长亭怨》、《月下笛》、《忆旧游》等。其诸多咏物词刻划精微,寄情深远,曾因赋春水、咏孤雁绝妙而被人称作"张春水"、"张孤雁"。有《山中白云词》及重要词论著作《词源》。

【题解】

《高阳台》,词调名,始见于僧皎如词。毛先舒《填词名解》谓调名"取宋玉赋神女事"。宋玉《高唐赋序》载神女云:"妾在巫山之阳,高丘之阻,旦为朝云,暮为行雨,朝朝暮暮,阳台之下。"

本篇是张炎的代表作,借歌咏西湖暮春景色抒写亡国哀痛,悲愤至极,凄咽至极。这里所描画的西湖,不是太平时的明丽风光,而是敌骑过后的残山剩水,一片惨目伤心的景象;面对着"万绿西泠,一抹荒烟"的故都,作者满怀凄怆,借寻问燕子、借"苔深韦曲,草暗斜川"的凄迷景色表达"国破山河在,城春草木深"(杜甫《春望》诗)的深深感慨。"无心再续笙歌梦"以下几句,写出作者清醒的人生态度和江山易主后心如死灰的沉痛感情。整首词一气转折,情调沉郁幽咽,语言清丽工致,有人将它看成玉田词的压卷之作。谭献《谭评词辨》引张炎《词源》所云:"最是过变(片)不可断了曲意",盛赞此词章法精妙。

【原词】

接叶巢莺①,平波卷絮,断桥斜日归船②。能几番游?看花又是明年。东风且伴蔷薇住,到蔷薇、春已堪怜。更凄然,万绿西泠③,一抹荒烟。　　当年燕子知何处④?但苔深韦曲⑤,草暗斜川⑥。见说新愁,如今也到鸥边⑦。无心再续笙歌梦,掩重门、浅醉闲眠。莫开帘,怕见飞花,怕听啼鹃。

注释

①接叶巢莺:杜甫《陪郑广文游何将军山林》诗:"卑枝低结子,接叶暗巢莺。"
②断桥句:见周密《曲游春》题解及注。
③西泠:西湖一桥名。
④当年句:刘禹锡《金陵五题·乌衣巷》诗:"旧时王谢堂前燕,飞入寻常百姓家。"此化用其意。
⑤韦曲:在长安南郊,唐时韦氏世居于此,因名韦曲。潏水绕其前,风景佳胜。郑谷《郊墅》诗:"韦曲樊川雨半晴,竹庄花院遍题名。"此处借指西湖风景区。
⑥斜川:在江西省星子与都昌两县的湖泊中。陶渊明有《游斜川》诗咏其景色。此处借指西湖风景区。
⑦见说二句:沙鸥色白,因说系愁深而白,如人之白头。辛弃疾《菩萨蛮》词:"拍手笑沙鸥,一身都是愁。"

【今译】
　　黄莺在暗密的碧叶间巢居,
　　湖面轻泛微波,
　　翻卷着飘坠的柳絮。
　　日落黄昏,断桥下
　　游船渐渐归去。
　　还能有几番游历?
　　看花又要等待来年。
　　东风呵,你且伴同蔷薇稍稍迁延,
　　蔷薇开时,春光已少得可怜。
　　万绿丛中的西泠,
　　横一抹荒寒暮烟,
　　更叫人惨目伤情。

　　当年栖息在高门大宅的旧燕,
　　不知飞向哪边?
　　往日风景佳胜的地方,
　　只见处处长满苔藓,
　　荒草掩没了池台亭榭。
　　你看那,本不知忧愁的沙鸥,
　　如今也愁白了头。
　　我没有心思去重续纵情欢乐的旧梦,
　　只把自家的门户紧掩,
　　借酒浇愁,闷来独自闲眠。
　　请不要打开窗帘,
　　我怕见飞花片片,怕听声声啼鹃。

渡江云

张　炎

　　山阴久客,一再逢春,回忆西杭,渺然愁思[①]。

【题解】

张炎本为贵公子,累世生活在杭州,家中盛有园林声伎。宋亡后家资丧尽,四处漂泊,杨缵曾称他为"佳公子,穷诗客",这首词抒写他久客绍兴念远伤别之情。首三句绘倚楼极目所见山空海阔、水天相接、暮潮汹涌的景象,高远壮伟。"一帘鸠外雨"三句描写雨中春耕的农村风光,真切新丽,生意盎然。作者渐次写出由眼前春景引起对西湖风光及往昔美好和平生活的无尽眷念,均借柳色言之,含思清婉隽永。下片抒写宋亡后身世飘零无以为家、消瘦憔悴的哀愁及怀人深情,层层翻进,曲折幽渺。

【原词】

山空天入海,倚楼望极,风急暮潮初。一帘鸠外雨,几处闲田,隔水动春锄。新烟禁柳,想如今、绿到西湖。犹记得、当年深隐,门掩两三株。　　愁余,荒洲古溆[2],断梗疏萍[3],更漂流何处?空自觉、围羞带减[4],影怯灯孤[5]。长疑即见桃花面[6],甚近来、翻致无书。书纵远,如何梦也都无[7]?

注释

①原本题为"久客山阴,王菊存问予近作,书以寄之",据别本改。

②溆(xù):浦,水滨。王维《三月三日曲江侍宴应制》诗:"画旗摇浦溆,春服满汀洲。"

③断梗:用桃梗故事。《战国策·齐策》载,苏代谓孟尝君曰:"臣来过于淄上,有土偶人与桃梗相与语。桃梗谓土偶曰:'子西岸之土也,挺子以为人,淄水至则汝残矣。'土偶曰:'吾,西岸之土也,土则复西岸耳。今子,东国之桃梗也,刻削子以为人,淄水至,流子而去,则漂漂者将如何耳?'"后以桃梗或断梗比喻漂流无定的旅人。石孝友《清平乐》词:"自怜俗状尘容,几年断梗飞蓬。"疏萍:犹言飘萍、流萍、泛萍,萍浮水面,随风飘荡,因以比喻飘泊的身世。

④围羞带减:用沈约典故,见李之仪《谢池春》注。

⑤灯孤:原本作"烟孤",据别本改。

⑥桃花面:见晏殊《清平乐》注。

⑦书纵远二句:翻用赵佶《宴山亭》词"怎不思量?除梦里有时曾去,无据,和梦也新来不做"句意。

【今译】
　　我长久客居在绍兴,一再逢春,回忆杭州的风光及往事,愁思渺渺。

山色清空,
无垠的蓝天与碧海接壤,
我倚楼极目,
见疾风卷暮潮初涨。
帘外一阵疏雨,
听斑鸠啼唱声声。
隔漠漠水田,
见几处农家在挥锄春耕。
如淡烟轻笼,柳色初新,
想如今,春风已染绿西湖滨。
还记得当年我在那里隐居,
重门掩三两棵柳树青青。

我是多么忧愁烦闷,
在这荒落的洲渚,
古老的水浦,
我就像断梗、浮萍,
不知还要漂流到何处?
我只觉得腰带渐松,体重减轻。
怕对孤灯照见这瘦削的身影。
我总以为很快能够看到
她桃花般美丽的容颜,
为什么近来反连书信都不见?
纵然音信茫远,
如何梦里也未曾出现?

八声甘州

张　炎

辛卯岁,沈尧道同余北归,各处杭、越。逾岁,尧道来问寂寞,语笑数日,又复别去。赋此曲,并寄曾心传①。

【题解】

元世祖二十七年(公元1290年),张炎曾与沈钦、曾遇同时被召北上缮写金字《藏经》,次年即未仕而归,本词系张炎四十五岁(公元1291年)寓居绍兴时所作。词中抒写了作者北游归来的落寞忧伤、与友人离别的愁情,以及心中深深的亡国隐痛。他北游途中所写《凄凉犯》一词,曾表白被迫赴召、不愿出仕新朝的心志,和在政治高压下怨怼不敢形于色的忧惧心情。本词开头几句回忆在严寒荒远的北地饮马黄河的情景,气象苍莽,"此意悠悠"句,暗含许多难以言说的苦衷。"短梦依然江表,老泪洒西州"二句极其沉痛,对故国山河表示了凭吊的哀情。"一字无题处",极写内心悲愁之深,欲吐不可,以致"落叶都愁"。过片用湘君、湘夫人故事,比喻友人离去后的失意彷徨,以下几句抒写对友人的情谊、离恨及身世零落之感,并叹息故友星散,人事已非,结尾处表现了十分痛切的故国之思。

【原词】

记玉关、踏雪事清游,寒气脆貂裘。傍枯林古道,长河饮马,此意悠悠。短梦依然江表,老泪洒西州②。一字无题处,落叶都愁③。　载取白云归去④,问谁留楚佩,弄影中洲⑤?折芦花赠远,零落一身秋。向寻常、野桥流水,待招来,不是旧沙鸥。空怀感,有斜阳处,却怕登楼⑥。

注释

①曾心传:原本作赵学舟,据别本改。
②西州:古城名,在今南京市西。《晋书》载,谢安扶病入西州门。安死后,他

的知友羊昙行不由西州路。一次大醉,不觉至西州门,于是恸哭而去。此处指经故国旧京(杭州),不胜其悲。

③一字二句:翻用红叶题诗典故,见周邦彦《六丑》注。

④载取白云归去:表示隐居。〔南朝·梁〕陶弘景《诏问山中何所有赋诗以答》:"山中何所有,岭上多白云。只可自怡悦,不堪持赠君。"后以白云深处为隐士所居。王维《送别》诗:"君言不得意,归卧南山陲。但去莫复问,白云无尽时。"

⑤问谁留二句:屈原《九歌·湘君》:"捐余玦兮江中,遗余佩兮澧浦。""君不行兮夷犹,蹇谁留兮中洲?"此化用其意。

⑥空怀感三句:古乐府《悲歌》云:"悲歌可以当泣,远望可以当归。"因南宋江山已属他人之手,故曰"有斜阳处,却怕登楼。"与李煜《浪淘沙令》:"独自莫凭栏,无限江山,别时容易见时难",意思相仿。

【今译】

　　至元二十八年,沈尧道(沈钦字)和我一同由北地南归,分别寓居于杭州、绍兴。过了一年,尧道来看望我,以慰我的寂寞,同他谈笑了几天,他又别我而去,因而写下此曲,一并寄给他和曾心传(曾遇字)。

　　还记得当年在北国,
　　我们踏雪同游,
　　貂皮袍在朔风中变得脆硬,
　　凛凛寒气把肌骨侵透。
　　依傍着枯林古道饮马长河,
　　有谁知我心中难言的情由。
　　一觉短梦醒来,
　　依然在江东漂流,
　　老泪点点洒在
　　曾是旧京的杭州。
　　满怀幽怨无从诉说,
　　片片落叶代表着片片哀愁。

　　你匆匆地走来,
　　又匆匆地载着白云归去,
　　有谁为我解下佩玉,

你又为了什么在他乡逗留?
我折一枝芦花赠给远方故友,
这芦花就是我,
身世零落如萧瑟残秋。
在这寻常的野桥流水,
我想要呼朋唤友,
可惜都不是旧时的胜流。
空自怀着百样感慨,
想排遣却怕登上高楼,
故国山河正映着斜阳,
令人伤心悲愁。

解连环·孤雁

张 炎

【题解】

张炎以咏物词见称于世,这首词与《南浦》〔春水〕同为享有盛名之作。孔行素《至正直记》载:"钱塘张叔夏……尝赋孤雁词……人皆称之曰'张孤雁。'"本词以失群的孤雁来比喻作者国破家亡后的漂泊孤凄,令人触目惊心。词中又以暗喻的手法表示他对被俘北上、守节不屈的故人的忆念,并代他们抒写家国愁思,全词委婉缠绵,刻划新警深微,其中"写不成书,只寄得、相思一点"两句,形容断雁孤飞、怨怀无托的苦况,精巧生动,真是丹青难画。"未羞他、双燕归来,画帘半卷"二句,表明作者自守清操的心迹,语婉而志坚,使人寻绎无尽。整首词明畅贴切,将咏物、抒怀、叙事紧密结合,寄托幽微而不流于晦涩,正如他在《词源》中所主张的:"体认稍真则拘而不畅,模写差远则晦而不明",这首词托物寄怀恰到好处,是咏物词中的上品。

【原词】

楚江空晚,恨离群万里,恍然惊散①。自顾影、却下寒塘②,正沙净草枯,水平天远。写不成书,只寄得、相思一点③。料因循误了④,残毡拥雪⑤,故人心眼。　谁怜旅愁荏苒⑥,漫长门夜悄,锦筝弹怨⑦。想伴侣、犹宿芦花,也曾念春前,去程应转。暮雨相呼⑧,怕蓦地、玉关重见。未羞他、双燕归来,画帘半卷。

注释

①怳(huǎng)然:失意貌。怳,"恍"的异体字。

②自顾影句:崔涂《孤雁》诗:"暮雨相呼失,寒塘欲下迟。"

③写不成书二句:雁群飞行,行列整齐如字,故称雁字。孤雁独飞排不成字,故云。句中又暗用《汉书·苏武传》雁足传书事。

④因循:随便。

⑤残毡拥雪:《汉书·苏武传》载匈奴"幽武置大窖中,绝不饮食。天雨雪,武卧啮雪与毡毛并咽之,数日不死。"此处借喻南宋被迫北行、守节不屈者的艰难景况。

⑥荏苒:展转,迁延。

⑦漫长门二句:长门:见辛弃疾《摸鱼儿》注,杜牧《早雁》诗:"金河秋半虏弦开,云外惊飞四散哀。仙掌月明孤影过,长门灯暗数声来。须知胡骑纷纷在,岂逐春风一一回?莫厌潇湘少人处,水多菰米岸莓苔。"锦筝弹怨,钱起《归雁》诗:"潇湘何事等闲回?水碧沙明两岸苔。二十五弦弹夜月,不胜清怨却飞来。"此处化用二诗意。

⑧暮雨相呼:见注②。

【今译】

楚江上日色已晚,
我空恨离群万里,
怅然与同伴失散。
我自怜幽独再三顾影,
想飞下寒塘,又迟疑不定,
只看见草枯沙净、水平天远,
多么寂寥凄清。
孤雁排不成字,
只能寄托深心的一点相思。
我生怕这样迁延,
会贻误了北地吞毡嚼雪的故人,

托咐我传达丹心一片。

我隐约听见幽冷的故宫,
在沉沉静夜,
有锦瑟弹出无限哀怨。
料想我离散的伴侣,
依然相守芦花丛底,
他们是否正在惦念,
春天到来以前
我也应当飞往北边。
我仿佛听到暮雨中声声呼唤,
想想看,在玉门关忽地重见
我将是怎样悲乐交集、惊喜万千!
当画帘半卷,双燕飞归,
纵然我和同伴寄身荒野,
内心也不会感到一点儿羞愧。

绿意·咏荷叶①

张 炎

【题解】

　　张炎《山中白云词》卷六《红情》序云:"《疏影》、《暗香》,姜白石为梅着语。因易之曰《红情》、《绿意》,以荷花荷叶咏之。"舒岳祥《赠玉田序》称其"画有赵子固(孟坚)潇洒之意",本词上片就用丹青妙笔描绘"碧圆自洁"、"亭亭清绝"、"翠云千叠"的荷叶,形神兼备,芳姿清品,令人精神为之一爽。"鸳鸯密语同倾盖"美如有声画幅,情味浓至。"且莫与"以下几句抒写作者对荷叶无限爱惜之意。下片借赵飞燕留仙裙故事,代荷叶回首往昔盛事,实则表现作者对故国繁华的眷念。"恋恋青衫"五句抒老大之慨,又暗含自甘淡泊的情志,并以铜仙故事寄托亡国哀思。末几句以欣赏月下清景,表白终老林泉的心迹。

【原词】

　　碧圆自洁,向浅洲远浦,亭亭清绝。犹有遗簪,不展秋心,能卷几多炎热?鸳鸯密语同倾盖②,且莫与、浣纱人说③。恐怨歌忽断花风,碎却翠云千叠。　　回首当年汉舞,怕飞去漫皱,留仙裙摺④。恋恋青衫,犹染枯香,还叹鬓丝飘雪。盘心清露如铅水⑤,又一夜西风吹折。喜净看、匹练飞光,倒泻半湖明月。

注释

①《绿意》:原本作《疏影》,据别本改。

②倾盖:车盖相碰,表示一见如故。《史记·邹阳传》:"有白头如新,倾盖如故。"《后汉书·朱穆传》注:"孔丛子曰:'孔子与程子相遇于途,倾盖而语。'"

③且莫句:浣(huàn)纱人,春秋时越国美人西施原是浣纱女,此处泛指。郑谷《莲叶》诗:"多谢浣溪人未折,雨中留得鸳鸯盖。"此化用其意。

④留仙裙摺:《飞燕外传》:"帝于太液池作千人舟,号合宫之舟。后(赵飞燕)歌舞《归风送远》之曲。侍郎冯无方吹笙以倚后歌。中流歌酣,风大起,后扬袖曰:'仙乎仙乎,去故而就新,宁忘怀乎?'帝令无方持后裙,风止,裙为之皱。他日,宫姝或襞裙为皱,号'留仙裙'。"辛弃疾《江城子·戏同官》词:"留仙初试砑罗裙。小腰身,可怜人。"

⑤盘心句:用金铜仙人事,见刘辰翁《宝鼎现》注。

【今译】

　　碧绿圆叶多么雅洁,
　　在浅浅汀洲、远远水浦,
　　你亭亭卓立,清超至极。
　　身边坠几点花片,
　　犹如美人遗落的钗钿。
　　你不肯舒展肃爽的心,
　　又能把多少炎热卷起?
　　有你绿色车盖的荫庇,
　　看那双鸳鸯谈得何其亲密。
　　不要对浣纱女说这番情景,
　　花风忽地吹断她的怨歌,
　　我怕她会折碎荷叶,如散千叠翠云。

回忆当年在汉宫旋舞轻盈,
天子生怕你乘风飞去,
叫人把你的衣衫扯住,
尽变作留仙皱摺的裙裾。
我眷恋自己的一领青衫,
它沾染着枯荷的幽芳,
还又叹息鬓丝已如白雪飘扬。
绿盘样的荷叶承着露水,
就像铜仙辞国的点点清泪,
一夜西风终于把你吹碎。
当如练月华从天宇斜飞,
喜看倒泻半湖澄净的光辉。

月下笛

张　炎

孤游万竹山中①,闲门落叶,愁思黯然,因动黍离之感②。时寓居甬东积翠山舍。

【题解】

《月下笛》,词调名,始见于周邦彦词。

本词系张炎于元成宗大德二年(公元 1298 年)流寓甬东(今浙江定海)时所作。二十年来,他一直怀着深深的亡国隐痛飘零湖海、怆怀禾黍,吊古伤今,长歌当哭,把山残水剩之感,故国旧家之思寄托于词章,本篇就很有代表性,词中把孤云般浮游无定的身世感慨,故交零落、故宫荒凉、故家残破的无限伤悼之情,以及对故国旧家的深切怀念,表现得十分曲折、沉痛。末二句赞扬隐居不仕自持高节的故人,借以自明心志。此词如杜鹃啼血、夜猿叫月,危弦苦调,令人凄绝,而篇终作孤傲清高的穿云裂竹之声,将全词格调进一步提高。

【原词】

　　万里孤云,清游渐远,故人何处?寒窗梦里,犹记经行旧时路。连昌约略无多柳③,第一是难听夜雨。漫惊回凄悄,相看烛影,拥衾谁语④。　张绪归何暮⑤?半零落依依,断桥鸥鹭。天涯倦旅⑥,此时心事良苦。只愁重洒西州泪⑦,问杜曲人家在否⑧?恐翠袖正天寒,犹倚梅花那树⑨。

注释

　　①万竹山:《山中白云词》江昱注引《赤诚志》:"万竹山在(天台)县西南四十五里。绝顶曰新罗,九峰回环,道极险隘。岭上丛薄敷秀,平旷幽窈,自成一村。"
　　②黍离:见姜夔《扬州慢》注。
　　③连昌句:连昌,唐别宫名,在河南宜阳,宫中多植柳树,元稹名作《连昌宫词》,极写连昌宫战乱后的荒废景象。此处借指南宋故宫。约略:大概。
　　④拥衾谁语:原本作"无语",据别本改。
　　⑤张绪:《艺文类聚·木部》载:"齐刘悛之为益州刺史,献蜀柳数株,条甚长,状若丝缕,武帝值于太昌云和殿前。常嗟玩之曰:'杨柳风流可爱似张绪'。"按张绪《南齐书》有传,少有文才,喜谈玄理,风姿清雅。此处作者自比。
　　⑥天涯倦旅:郑思肖《山中白云词序》说张炎"三十年汗漫数千里。"
　　⑦西州泪:见张炎《八声甘州》注。
　　⑧杜曲:见张炎《高阳台》注。
　　⑨恐翠袖二句:化用杜甫《佳人》"天寒翠袖薄,日暮倚修竹"诗意。"正天寒",原本作"天寒",据别本改.

【今译】

　　我独自在万竹山中漫游,寂寞的门前落满败叶,不由得心凄神伤、愁思万千,引动了《黍离》之感。其时我寓居于甬东积翠山舍。

　　我像一片孤云飘荡万里,
　　独自在远方游历。
　　故人今在哪里?
　　寒窗下一枕幽梦,
　　从前经行的道路还记得清晰。
　　故宫千万株翠柳,

想来已所剩无几,
最难堪又听得夜雨淅沥。
短梦惊醒,凄凉沉寂,
空对着烛下孤影,
我独抱寒被,
有谁能来同我共语?

我风流儒雅、一如当年张绪,
为什么迟迟不能归去?
想断桥畔,鸥鹭半已零落,
见了人,依依不忍别离。
我浪迹天涯倦于行旅,
此时心中凄苦无比。
满怀归思又怕重游故地,
洒不尽,凭吊的伤心泪滴。
西湖滨旧时人家,
是否还在那里?
想故人寒天中,
翠袖仍把梅树斜倚。

天香·龙涎香①

王沂孙

【作者简介】

王沂孙,字圣与,号碧山,又号中仙,又号玉笥山人,会稽(今浙江绍兴)人。生卒年不详,与周密为同辈人而年齿少于周密。宋亡后,王沂孙曾与周密、张炎等十四人结社作词,借咏物抒写亡国之痛。袁桷《延祐四明志》载其入元后曾任庆元路(今浙江宁波一带)学正,他在许多词章中表明他出仕的不得已和归隐的迫切愿望,事实上也只做了短期学官即辞职回乡,张炎《洞仙歌》说"野鹃啼月,便角巾还第",即指此事。张炎尝称其"能文工词,琢语峭拔,有白石(姜夔)意度"(《琐窗寒》词序)。清代常州派论词重寄托,多推崇王沂孙词。他善于以隐晦曲折的艺术手段,通过咏物来表现亡国沉哀,其他词亦多抒时移事去、乐往哀来之慨,表现了一个怀着故国之爱的文人深长的忧思和无力的悲叹。有《碧山乐府》,又称《花外集》。

【题解】

周密《癸辛杂识·别集上》载元僧杨琏真伽发宋陵,因"理宗含珠有夜明,倒悬其尸树间,如此三日夜,竟失其首。"夏承焘先生《乐府补题考》说:"此龙涎香所赋采铅捣唾之本事也。"本词描写龙涎香被采集、制作的神秘而凄然魂断的情形,富有神话悲剧色彩,引人入胜,作者以此寄托宋陵被发和厓山兵败的悲哀,抒发亡国伤痛,并织入个人身世感慨,格调沉郁幽咽,使事用典,贯以意脉,意味深长,辞采精丽,字凝语炼,只是稍嫌晦涩。

【原词】

孤峤蟠烟②,层涛蜕月③,骊宫夜采铅水④。汛远槎风⑤,梦深薇露⑥,化作断魂心字⑦。红瓷候火⑧,还乍识、冰环玉指⑨。一缕萦帘翠影,依稀海天云气。 几回殢娇半醉⑩,剪春灯、夜寒花碎。更好故溪飞雪,小窗深闭。荀令如今顿老⑪,总忘却尊前旧风味。漫惜余熏,空篝素被⑫。

注释

①龙涎香:一种名贵的香料。《宋史·礼志》:"绍兴七年,三佛齐国进贡南珠、象齿、龙涎、珊瑚、琉璃、香药。"《岭南杂记》:"龙涎香于香品中最贵重,出大食国西海之中,上有云气罩护,则下有龙蟠洋中,卧而吐涎,飘浮水面,为太阳所烁,凝结而坚,轻若浮石,用以和众香,能聚香烟。""鲛人采之,以为至宝,新者色白……入香焚之,则翠烟浮空,结而不散。"龙涎香实际上是抹香鲸肠内的分泌物。抹香鲸是鲸的一种,有的长达五六丈,鼻孔位于头上,常露出水面喷水,因而被人想像为龙,并传说"上有云气罩护。"

②峤(jiào):尖而高的山,此处指海中礁石。蟠(pán),盘曲而伏。

③蜕(tuì):脱去皮壳。

④骊宫:骊龙的宫殿。骊:骊(黑)龙的省称。铅水:泪水,李贺《金铜仙人辞汉歌》:"忆君清泪如铅水"此处借指龙涎。

⑤汛:潮汛。槎(chá):竹、木筏,张华《博物志》:"旧说云天河与海通,近世有人居海渚者,年年八月有浮槎来去不失期,人赍粮乘槎而去,十余日,至天河。"

⑥薇露:蔷薇花制成的香水。《岭南杂记》说制龙涎香,要"用以和众香"。《香谱》说制龙涎香时须取龙涎与蔷薇水共同研和。

⑦化作句:指龙涎被制成心字盘香。杨慎《词品》:"所谓心字香者,以香末篆成心字也。"杨万里《谢胡子远郎中惠蒲太韶墨报以龙涎香》诗:"遂以龙涎心字香,为君兴云绕明窗。"

⑧红瓷候火:《香谱》说制龙涎香。须用"慢火焙,稍干带润,入瓷合窨。"红瓷:存放龙涎香的红色瓷合。候火:焙制时需要守候的适当文火。

⑨冰环玉指:指龙涎香制成指环的形状。《香谱》云:"造作花子佩香及香环之类。"

⑩殢(tì)娇:故意撒娇缠人。

⑪荀令:东汉荀彧,字文若,为汉侍中,守尚书令,称荀令。李商隐《韩翃舍人即事》诗:"桥南荀令过,十里送衣香。"又《牡丹》诗:"荀令香炉可待熏。"冯浩注:"习凿齿《襄阳记》:'荀令君至人家,坐幕三日,香气不歇。"此处作者自况。

⑫空篝(gōu)素被;见周邦彦《花犯》注。

【今译】
　　海中礁石缭绕着浓烟,
　　层层云涛蜕、淡月初现,
　　鲛人趁着夜晚
　　到骊宫去采集清泪般的龙涎。
　　风送竹筏随海潮去远,
　　夜梦深沉,龙涎研和薇露,
　　化作心字篆香,凄然魂断。
　　龙涎装入红瓷盒,用文火烘焙,
　　又巧妙地制成晶莹的指环。
　　点燃时一缕翠烟
　　飘浮萦回在帘幕,
　　仿佛海上沉沉的云雾。

　　想从前,有多少次她故意撒娇,
　　当她喝得半醉。

在春夜的清寒中,
她轻轻把灯花剪碎。
故乡纷纷落雪天气,
将我的小窗深闭,
燃起龙涎香最有情味。
而今,我如荀令已经老去,
早忘却,尊前温馨的旧梦,
我徒然地爱惜当年留下的余香,
把素被放上空空的熏笼。

眉妩·新月

王沂孙

【题解】

《眉妩》,词调名,毛先舒《填词名解》云:"汉张敞为妇画眉,人传'张京兆眉妩'。词取以名。"始见于姜夔词。

周济《宋四家词选·序论》云:"碧山胸次恬淡,故《黍离》、《麦秀》之感,只以唱叹出之,无剑拔弩张习气。"本词寄寓君国之忧,用意虽较显豁,情调仍是婉曲深微。全篇逐句环绕"新月"着笔,上片以工笔刻画新月初上之境和人间拜月之情,再以缺月比拟嫦娥愁眉及夜幕帘钩,形象新丽、意境清奇而含思凄哀。下片意转双关,引典设喻,以新月难圆寄寓金瓯难整的悲愤之情,又在反复感叹故国山河残破之余,对恢复故土仍寄与热望,表达了他的"一片热肠,无穷哀感"(陈廷焯《白雨斋词话》)。

【原词】

渐新痕悬柳,淡彩穿花,依约破初暝。便有团圆意①,深深拜②,相逢谁在香径?画眉未稳,料素娥,犹带离恨③。最堪爱,一曲银钩小,宝帘挂秋冷④。　千古盈亏休问⑤,叹慢磨玉斧,难补金镜⑥。太液池犹在,凄凉处、何人重赋清景⑦?故山夜永,试待他、窥户端正⑧。看云外山河,还老尽桂花影⑨。

注释

①团圆意：牛希济《生查子》词："新月曲如眉，未有团圆意。"此处反用其意。

②拜：指拜月，古代有妇女拜新月的风俗。李端《拜新月》诗："开帘见新月，即便下阶拜。"吴自牧《梦粱录·七夕》："于广庭中设香案及酒果，遂令女郎望月瞻斗列拜。"

③画眉二句：陈叔宝《有所思》三首之一："初月似愁眉"。李商隐《嫦娥》诗："嫦娥应悔偷灵药，碧海青天夜夜心。"此处化用其意。

④一曲二句：刘瑗《新月》诗："仙宫云箔卷，露出玉帘钩。"沈佺期《和洛州康士曹庭芝望月有怀》诗："台前疑挂镜，帘外似垂钩。"宝帘：原本作"宝奁"，据别本改。

⑤千古盈亏：苏轼《水调歌头》词："人有悲欢离合，月有阴晴圆缺，此事古难全。"

⑥叹慢磨二句：以缺月难补比喻残破山河难以收拾。段成式《酉阳杂俎·天咫》："旧言月中有桂，有蟾蜍。故异书言月桂高五百丈，下有一人斫之。树创随合。人姓吴名刚，西河人，学仙有过，谪令伐树。"又"太和中郑仁本表弟，不记姓名……方眠熟。即呼之……问其所自。其人笑曰：'君知月乃七宝合成乎？月势如丸，其影日烁其凸处也。常有八万二千户修之，予即一数。'因开襆，有斤（斧）凿数事。"以上两事，后来成为"玉斧修月"典故的出处。曾觌《壶中天慢》词："何劳玉斧，金瓯千古无缺。"此处反用其意。金镜：比喻月亮。李贺《七夕》诗："天上分金镜，人间望玉钩。"

⑦太液池句：陈师道《后山诗话》载，宋太祖赵匡胤于后池赏新月，学士卢多逊应诏赋《咏月》诗云："太液池头月上时，晚风吹动万年枝。何人玉匣开新镜，露出清光些子儿。"此处暗用其事，感叹宋时盛世难以重现。太液池：汉、唐宫中池名，借指宋宫池苑。

⑧端正：指圆月。韩愈《和崔舍人咏月二十韵》："三秋端正月，今夜出东溟。"

⑨看云外二句：感叹国土沦丧，时光虚掷。陆游《桃源忆故人》词："云外华山千仞，依旧无人问。"桂花影：月影，见注⑥。"还老尽桂花影"，原本作"还老桂花旧影"，据别本改。

【今译】

一痕新月渐渐挂上柳梢，
淡淡光华穿过花树，
隐约地划破初暗的夜幕。
新月包含着团圆意态，

人间女儿向它深深礼拜。
小路上花香迷濛,
不知能否与故人相逢?
新月像没有画好的眉痕,
一定是嫦娥还带着离恨。
最叫人怜爱的是
天边那一弯银钩小小,
挂住宝帘在清冷的秋霄。

千古以来月儿圆缺不住变易,
不必细问其中道理,
我叹息的是徒然磨快玉斧,
难以把金瓯修补。
故国池苑依旧存在,
只见一片荒落凄凉,
有谁来重赋那盛世风光?
在故乡的漫漫长夜,
我期待着圆月澄明,
端端正正照我门庭。
可惜云外山河无限,
却白白老尽大好光阴。

齐天乐·蝉

王沂孙

【题解】

夏承焘《乐府补题考》云:"周密《癸辛杂识》记:'一村翁于孟后陵得一髻,发长六尺余,其色绀碧。'谢翱作《古钗叹》,有云:'白烟泪湿樵叟来,拾得献慈陵中髻,青长七色光照地,发下宛转金钗二。'此赋蝉十词九用鬓髻字之本事也。"本词借蝉传说为齐女所化比拟南宋后妃,写她化蝉之后向人诉说离愁、凄楚动人的情景,"镜暗妆残,为谁娇鬓尚如许"二句,暗指发陵见孟后髻一事,用意显豁。过片由蝉餐风饮露,联想到国已覆亡,铜仙携盘去远,秋蝉更无所倚,她是"病翼惊秋,枯形阅世",身世艰危,朝不虑夕,这里也含有作者对于自身无寄的感慨。末二句忽然转折,以追怀当年盛时的欢乐,反衬目前景况的凄苦,充满故国沧桑的哀思。整首词字字凄恻,声声悲楚,婉转曲折,诉尽作者暗伤亡国的幽恨。

【原词】

一襟余恨宫魂断①,年年翠阴庭树。乍咽凉柯,还移暗叶,重把离愁深诉。西窗过雨,怪瑶佩流空,玉筝调柱②。镜暗妆残③,为谁娇鬓尚如许④? 铜仙铅泪似洗,叹移盘去远,难贮零露⑤。病翼惊秋,枯形阅世⑥,消得残阳几度?余音更苦,甚独抱清商,顿成凄楚。漫想熏风⑦,柳丝千万缕。

注释

①一襟句:马缟《中华古今注》:"昔齐后忿而死,尸变为蝉,登庭树嘒唳而鸣。王悔恨。故世名蝉为齐女焉。"此处因称蝉为宫魂。

②瑶佩二句:比喻蝉声。

③镜暗妆残:不梳洗打扮。徐幹《杂诗》:"自君之出矣,明镜暗不治。"

④娇鬓:借喻蝉翼娇美。崔豹《古今注》载魏文帝宫人莫琼树"制蝉鬓,缥缈如蝉。"

⑤铜仙三句:见刘辰翁《宝鼎现》注。温峤《蝉赋》:"饥噆晨风,渴饮朝露。"李贺《金铜仙人歌》:"忆君清泪如铅水。""携盘独出月荒凉,渭城已远波声小。"

⑥枯形:孙楚《蝉赋》;"形如枯槁。"

⑦熏风:南风。古《南风歌》:"南风之熏兮。"苏轼《阮郎归》词:"绿槐高树咽新蝉,熏风初入弦。"夏天是蝉的黄金时代,此处借指南宋盛世。

【今译】

宫人忿然魂断,
满怀余恨未消,
又化作哀蝉,
年年在庭间翠树鸣叫。

你刚在秋天的枝头呜咽,
一会儿还迁移到幽暗的密叶,
重把离愁向人倾诉。
西窗外如闻秋雨簌簌,
奇怪那鸣声如玉佩在空中流响,
又像谁人抚弄着筝柱。
当年明镜变得昏暗,你无心梳洗,
为了谁鬓发依旧这样美丽?

金铜仙人去国辞乡,
铅泪如洗滴下千行。
可叹她携盘去远,
难以为你再把清露贮藏。
你病弱的双翼害怕秋天,
枯槁的形骸历尽人世沧桑,
还能禁受多少个黄昏时光?
凄咽欲绝的啼鸣一声声更苦,
为什么独自把哀怨的曲调吟唱,
一时间变得无限悲伤?
你徒然地追忆那逝去的薰风,
那时有碧柳万缕轻轻飘扬。

长亭怨慢·重过中庵故园

王沂孙

【题解】

　　本词题为〔重过中庵故园〕,旧注以为中庵系元曲家刘敏中,非是。上片直叙其事,描写作者泛舟独至友人故园、追寻旧梦,回忆往昔种种赏心乐事,并由眼前的人去庭空、故友星散,引起无限今昔盛衰之慨。下片"水远"三句,抒发与知友山隔水阻、天各一方的离情别绪,只借景物言之,笔墨淡远而感情浓至。"天涯梦短"二句隐隐责备友人忘记了故国生活,而在责备中又带着体恤对方苦衷之意,轻轻写来,含义深永。"望不尽"以下几句,抒无尽故国乔木与年华空晚的伤悼感情。结拍借"数点红英"写出花落园空、时移事去的极度怅惋。周尔墉特赏其下片,称其"一片神行,笔墨到此俱化"(《周批碧山词》)。

【原词】

泛孤艇①,东皋过遍②。尚记当日,绿阴门掩。屐齿莓苔③,酒痕罗袖事何限。欲寻前迹,空惆怅、成秋苑④。自约赏花人,别后总、风流云散⑤。　水远。怎知流水外,却是乱山尤远⑥。天涯梦短,想忘了、绮疏雕槛⑦。望不尽,冉冉斜阳⑧,抚乔木⑨、年华将晚。但数点红英,犹识西园凄婉。

注释

①艇(tǐng):轻快小船。
②东皋:泛指田野或高地。潘岳《秋兴赋》:"耕东皋之沃壤兮。"李善注:"水田曰皋,东者,取其春意。"陶渊明《归去来辞》:"登东皋以舒啸。"
③屐齿:《急就篇》颜师古注:"屐者,以木为之,而施两齿,可以践泥。"
④成秋苑:见姜夔《淡黄柳》注。
⑤风流云散:各自分散。王粲《赠蔡子笃》诗:"风流云散,一别如雨。"
⑥水远三句:欧阳修《踏莎行》词:"离愁渐远渐无穷,迢迢不断如春水"、"平芜尽处是春山,行人更在春山外。"此用其意。
⑦绮疏:镂花的窗格。《后汉书·梁冀传》:"窗牖皆有绮疏青琐。"雕槛:雕花的栏槛。
⑧冉冉斜阳:周邦彦《兰陵王·柳》:"斜阳冉冉春无极。"
⑨抚乔木:《孟子·所谓故国者章》:"所谓故国者,非有乔木之谓也,有世臣之谓也。"王充《论衡》:"睹乔木,知故都。"江淹《别赋》:"视乔木兮故里,决北梁兮永辞。"

【今译】

我独自泛一叶轻舟,
走遍水滨去寻访他的故园。
还记得当年,
绿阴深深,门户紧掩,

我们一同游玩，
屐齿印上满地苔藓。
常常纵情豪饮，
也不管酒痕把罗袖沾遍，
只觉得赏心乐事无限。
我想找见往事的踪迹，
空惆怅着百花芳园，
已变成一片凄凉秋苑。
从前一同赏花的友人，
别离后早都风流云散。

流水迢迢，多么遥远，
又怎知流水外，乱山横斜，
故人更加遥远。
他独处天涯，
归梦何其短暂，
想是早就忘掉了
家园的绮窗雕栏。
抬头望不尽
斜阳依依，暮色如染，
抚乔木，空叹年华将晚。
只见落红数点，
还眷恋着凄婉的庭院。

高阳台·和周草窗寄越中诸友韵①

王沂孙

【题解】

　　宋亡后周密湖州故家毁于兵火，终身寄居杭州，作《高阳台》词寄越中诸友，抒发破国家亡、思乡念友的无限凄伤之情。王沂孙此词为和作，以哀婉含蓄的诗笔写出亡国后春天来临却毫无知觉的遗民之痛和深挚的思友感情。"但凄然,满树幽香,满地横斜"三句,以极其凄美的景象衬托梦后不见故人的怅惘情怀。过片明言离愁苦,寄寓他乡无以为家的流浪之苦尤不堪忍受,更何况相思情与日俱增,却与挚友天各一方,会合无因,再加上惜花伤春的哀伤,这种种愁怀萦回纠结,令人无以开解。正如况周颐所说:"结笔低徊掩抑,荡气回肠"(《蕙风词话》)。本词寄意深远,层层勾勒而愈见浑厚,感时伤世之言,出之以委婉缠绵,动人至深。

【原词】

残雪庭阴,轻寒帘影,霏霏玉管春葭②。小帖金泥③,不知春是谁家?相思一夜窗前梦④,奈个人、水隔天遮。但凄然、满树幽香,满地横斜⑤。　江南自是离愁苦,况游骢古道,归雁平沙。怎得银笺,殷勤说与年华。如今处处生芳草,纵凭高、不见天涯⑥。更消他,几度东风,几度飞花。

【注释】

①周草窗:周密,号草窗,详见周密小传。周密《高阳台》〔寄越中诸友〕:"小雨分江,残寒迷浦,春容浅入蒹葭。雪霁空城,燕归何处人家?梦魂欲渡苍茫去,怕梦轻、还被愁遮。感流年、夜汐东还,冷照西斜。萋萋望极王孙草,认云中烟树,鸥外平沙。白发青山,可怜相对苍华。归鸿自趁潮回去,笑倦游、犹是天涯。问东风,先到垂杨,后到梅花?"

②玉管春葭:见卢祖皋《宴清都》注。

③小帖金泥:古代风俗,立春日贴"宜春帖子"。帖子上或写"宜春"二字,或写诗句。金泥即泥金,用金粉粘着于物体。小帖金泥,泥金纸的宜春帖子。范成大《代儿童作立春贴门》诗:"剪彩宜春胜,泥金祝寿幡。"

④相思句:化用卢仝《有所思》:"相思一夜梅花发,忽到窗前疑是君"诗句。

⑤满树幽香二句:化用林逋《山园小梅》:"疏影横斜水清浅,暗香浮动月黄昏"诗句。

⑥如今二句:暗用淮南小山《招隐士》:"王孙游兮不归,春草生兮萋萋",并化用苏轼《蝶恋花》词"天涯何处无芳草"句意。

【今译】

庭院背阴处堆积着残雪,

透过帘幕,还感到轻微寒意,
葭灰飞扬,
已吹出春天的韵律。
门前虽有泥金帖子,
我却不知,春天来到谁人家里。
我深深地把你想念,
夜梦中你仿佛到我窗前,
无奈同你终究水隔天遮,
醒来时心情凄黯,
但见满树幽香的梅花,
遍地枝影横斜。

你我同居江南,离愁已是无限,
何况古道策马,
都过着羁旅生涯,
见纷纷归雁飞落在平沙。
哪儿能得到洁白的信纸,
我要殷勤地向你诉说
那与年光一道增添的相思。
如今处处长满芳草,
纵然把高楼凭倚,
也望不到知友所在的天际。
还怎么能再禁受几番东风劲吹,
几度落花霏微。

法曲献仙音·聚景亭梅次草窗韵①

王沂孙

【题解】

《法曲献仙音》,原为唐曲,后用作词调名。陈旸《乐书》:"法曲兴于唐,其声始出清商部,比正律差四律,有铙、钹、钟、磬之音。《献仙音》其一也。"始见于柳永词。

周密原词题作〔吊雪香亭梅〕，《萍洲渔笛谱》江昱疏证说此词实为聚景园而作。王沂孙此词首三句化用姜夔《暗香》"千树压、西湖寒碧"句意，描绘聚景园梅花盛开的美景，一状红梅，一状白梅，各极其妍。继而感叹景物如旧，却"相逢几番春换"，满心"物是人非事事休"之慨，由此接入对往日乐事的追寻，仍以梅花挽合，词情婉曲。下片发今昔盛衰之感，昔时盛况只以"夜深归辇"四字轻轻点出，自觉无限苍凉。江山易主、自身漂泊无定的凄怆、与友人远隔天涯的愁情，作者不从正面铺叙，而以落花喻铜仙铅泪，以折梅只能"自遣一襟幽怨"的曲笔来表现，更使人感到情味悠远醇厚。

【原词】

层绿峨峨②，纤琼皎皎，倒压波痕清浅。过眼年华，动人幽意，相逢几番春换。记唤酒寻芳处，盈盈褪妆晚。　已消黯，况凄凉、近来离思，应忘却明月，夜深归辇③。荏苒一枝春，恨东风、人似天远。纵有残花，洒征衣、铅泪都满。但殷勤折取④，自遣一襟幽怨。

注释

①周密原词云："松雪飘寒，岭云吹冻，红破数椒春浅。衬舞台荒，浣妆池冷，凄凉市朝轻换。叹花与人凋谢，依依岁华晚。共凄黯，问东风几番吹梦，应惯识当年，翠屏金辇。一片古今愁，但废绿平烟空远。无语消魂，对斜阳、衰草泪满。又西泠残笛，低送数声春怨。"聚景园，吴自牧《梦粱录》卷十九"园囿"："显应观西斋堂观南聚景园，孝、光、宁三帝尝幸此，岁久芜圮，迨今仅存一堂两亭耳，堂扁曰'鉴远'，亭曰'花光'，一亭无扁，植红梅……"

②层绿峨峨：指苔梅。见姜夔《疏影》注。峨峨：高峻貌。《后汉书·冯衍传》"山峨峨而造天兮。"

③夜深归辇：董嗣杲《西湖百咏注》："聚景园在清波门外，阜陵（指孝宗）致养北宫（指高宗），拓圃西湖之东，斥浮屠之庐九，曾经四朝临幸。"

④但殷勤句：暗用陆凯折梅寄范晔事，此处表示无从赠远。

【今译】

长满绿苔的梅枝多么高大，
白梅如皎皎细玉点缀树间，

千花倒压湖面,碧波更觉清浅。
年华匆匆像烟云过眼,
你动人的幽意依然如故,
重逢时却几度春光改变。
还记得从前,朋友们一同豪饮,
一同把芳景探访,
美丽的你总是久开不败,
宛若佳人迟迟不愿卸妆。

感叹往日欢乐都已消歇,
何况近来心境凄凉,离思茫茫,
差不多忘却以前明月下,
夜深时金辇归去的盛况。
可惜辜负这一枝春色,
恨东风把友人吹到天边。
纵然还剩有残梅点点,
凋零的花片洒上我的征衣,
正如清泪落满胸前。
我殷勤地将你折取,
却只能独自赏鉴,
聊以排遣满腔幽怨。

疏影·寻梅不见

彭元逊

【作者简介】

彭元逊,生卒年不详,字巽吾,庐陵(今江西吉安)人。景定二年(公元1261年)解试,与刘辰翁友善。《须溪词》中屡有与之唱和篇章。刘辰翁《忆旧游》〔和巽吾相忆寄韵〕有:"去年相携流落,回首隔芳洲"之句;《摸鱼儿》〔和巽吾留别韵〕有云:"叹君已归休,吾方俯仰",彭元逊《临江仙》亦云:"自结床头麈尾,角巾坐枕孤松",可知他宋亡不仕、隐居林泉。《全宋词》录其词二十首。

【题解】

　　此词别本调名作《解佩环》。词中把梅花描写成一位远远离去的迟暮美人,抒发作者寻访她无着的怅恨之情,并以梅花落后的萧疏景象衬托心中愁情。"日晏山深闻笛"句,以《梅花落》笛曲照应眼前梅花落的实景,加深作者叹惋的感情,十分巧妙有味。词中又化用《九歌·湘君、湘夫人》诗意,渲染作者对梅花的爱慕和离愁别怨,别有一种淡远的情致。

【原词】

　　江空不渡,恨蘼芜杜若①,零落无数。远道荒寒,婉娩流年②,望望美人迟暮。风烟雨雪阴晴晚,更何须③,春风千树。尽孤城、落木萧萧,日夜江声流去④。　　日晏山深闻笛⑤,恐他年流落,与子同赋。事阔心违⑥,交淡媒劳⑦,蔓草沾衣多露⑧。汀洲窈窕余醒寐⑨,遗佩浮沉澧浦⑩。有白鸥、淡月微波,寄语逍遥容与⑪。

注释

　　①蘼(mí)芜:香草名,亦名"蕲茝"、"茳蓠"。古乐府《上山采蘼芜》:"上山采蘼芜,下山逢故夫。"杜若:香草名。屈原《九歌·湘君》:"采芳洲兮杜若,将以遗兮下女。"
　　②婉娩(wǎn):指仪容柔顺,亦指天气温和。欧阳修《渔家傲》词:"三月清明天婉娩,晴川祓禊归来晚。"
　　③须:等待。
　　④落木二句:杜甫《登高》诗:"无边落木萧萧下,不尽长江滚滚来。"本绘秋景,此处借以描写萧疏景象。
　　⑤笛:指《梅花落》笛曲。
　　⑥阔:疏略,缺。
　　⑦交淡句:屈原《九歌·湘君》:"心不同兮媒劳,恩不甚兮轻绝。"此用其意。
　　⑧蔓草句:《诗·郑风·野有蔓草》:"野有蔓草,零露漙兮。"此处化用其意。蔓草,蔓生的杂草。
　　⑨窈(yǎo)窕(tiǎo):美好貌。《诗·周南·关雎》:"窈窕淑女,君子好逑。"亦用作美女之代称。陆龟蒙《婕妤怨》诗:"后宫多窈窕,日日学新声。"

⑩遗佩句:原本作"遗佩环",据别本改。屈原《九歌·湘君》:"捐余玦兮江中,遗余佩兮澧浦。"佩:玉佩。澧(lǐ):流入洞庭湖的水名。

⑪逍遥容与:《九歌·湘君》:"时不可兮再得,聊逍遥兮容与。"容与:亦即"逍遥"意。

【今译】
　　江天空阔,看不见梅花清影,
　　又恨蘼芜杜若,
　　芳草零落将尽。
　　我一直去到荒寒的远道,
　　苦苦地把她追寻,
　　年华这样温煦美好,
　　她却如美人已过了青春。
　　经受多少雨雪风烟,
　　度过多少晴日阴天,
　　如今春光已晚,
　　哪里还能找得到,
　　梅花千树竞放的景观。
　　孤城中只看见落木萧萧,
　　只听见江水日夜奔流不断。

　　暮色中,听深山传来笛曲,
　　怕梅花终究要流落,
　　人们把她谱进了乐曲。
　　我想同她见面,
　　却不能如愿以偿,
　　她和我交情太淡,
　　再殷勤也是枉费心肠。
　　蔓蔓野草带着浓重的露水,
　　沾湿了我的衣裳。
　　美丽的她或许在江边小洲熟睡,
　　不知水滨是否留下环佩?

汀上白鸥、天边淡月
同着江中微波都把我劝,
叫我且自逍遥,将忧愁排遣。

六丑·杨花

彭元逊

【题解】

　　这首词咏杨花。作者模仿苏轼《水龙吟》咏杨花词,想要把杨花与人物形象融合为一,但因词情较晦涩,托意看得不甚分明,然而从"江山身是寄,浩荡何世?""何人念、流落无几"这些词句,似乎可以理解为作者主要是想借随风飘荡的杨花,来比喻自己宋亡后无所归依的身世,表达他的痛苦心情。

【原词】

　　似东风老大,那复有当时风气。有情不收①,江山身是寄,浩荡何世?但忆临官道,暂来不住,便出门千里。痴心指望回风坠②,扇底相逢,钗头微缀。他家万条千缕,解遮亭障驿,不隔江水。　瓜洲曾杙③,等行人岁岁,日下长秋④,城乌夜起。帐庐好在春睡,共飞归湖上,草青无地。愔愔雨⑤,春心如腻,欲待化、丰乐楼前帐饮⑥,青门都废⑦。何人念、流落无几,点点抟作雪绵松润⑧,为君浥泪⑨。

注释

　　①有情:杜甫《白丝行》:"落絮游丝亦有情,随风照日宜轻举。"苏轼《水龙吟》咏杨花词:"抛家傍路,思量却是无情有思。"此处化用其意。
　　②回风:旋风。屈原《九章·悲回风》:"悲回风之摇蕙兮,心冤结而内伤。"
　　③瓜洲:镇名,又称瓜埠洲,亦作瓜州,在江苏邗江县南部,大运河入长江处。此处泛指渡口。杙(yì):附船着岸。
　　④长秋:汉宫名,皇后所居。此处泛指。
　　⑤愔(yīn)愔:静寂无声貌。周邦彦《瑞龙吟》词:"愔愔坊陌人家,定巢燕子,归来旧处。"
　　⑥丰乐楼:孟元老《东京梦华录》卷一"酒楼":"大货行通煤纸店白矾楼,后改

为丰乐楼,宣和间,更修三层相高。"南宋时杭州也有丰乐楼,见吴文英《高阳台》注。帐饮:见柳永《雨霖铃》注。

⑦青门:古长安城门名。门外出好瓜,秦广陵人邵平为东陵侯,秦亡,为民,种瓜青门外。此处借指南宋都城。

⑧抟(tuán):捏之成团,《礼记·曲礼》:"毋抟饭。"

⑨浥(yì),沾湿。陶潜《饮酒》诗:"浥露掇其英。"

【今译】
　　暮春时东风渐老,
　　哪里还有当初的繁情芳意,
　　多情杨花无人收留,
　　江山空阔,身世如寄,
　　飘荡在怎样的时世?
　　记得她曾经依傍着京都大道,
　　却未能长久地留居,
　　又还悠悠出门千里。
　　痴心指望被旋风吹坠,
　　飞落到佳人扇底,
　　轻轻在钗头点缀。
　　别人家千万缕柳丝,
　　懂得遮掩长亭、屏障驿站,
　　不隔断长流的江水。

　　她曾经在瓜洲停靠,
　　一年年等待着行人返回。
　　黄昏时,望斜日落下故宫,
　　夜晚看城上栖息的乌鹊被月光惊起。
　　又曾在帐中沉沉春睡,
　　和友伴一同飞到湖上,
　　四处芳草芊芊,没有归宿地。
　　天空沉寂,落绵绵丝雨,
　　沾湿杨花,她飘飞不起。

想去到丰乐楼前饯别的宴席,
想飞至青门以外都不可以,
谁来怜念她流落漂泊、生命无几,
点点滚作松润的雪团,
只有我为了她泪流如许。

紫萸香慢·重阳感怀

姚云文

【作者简介】

姚云文,生卒年不详,字圣瑞,高安(今属江西)人。咸淳四年(公元1268年)进士。曾任兴县(今属山西)县尉。入元,授承直郎,抚、建两路儒学提举。《全宋词》录其词九首。

【题解】

《紫萸香慢》,词调名,始见于姚云文词。

这首词记重阳感怀。上片抒写羁旅之愁与怀念故友之情,发无限沧桑之慨。下片追怀往事,"紫萸一枝传赐……"、"华发如此星星"等句,表达了对故国生活的深切眷念和亡国隐痛。此词以拟趁兴出游始,以"歌罢涕零"结,感情转宕变化出乎自然。作者虽入元为学官,却始终不曾忘怀故国,其《摸鱼儿》〔艮岳〕一词有"落红万点孤臣泪"、"便乞娲皇,化成精卫,填不尽遗恨"之句,可鉴其耿耿忠心。

【原词】

　　近重阳、偏多风雨,绝怜此日暄明。问秋香浓未,待携客、出西城。正自羁怀多感,怕荒台高处①,更不胜情。向尊前、又忆漉酒插花人②。只座上、已无老兵③。　　凄清,浅醉还醒,愁不肯、与诗平。记长楸走马,雕弓笮柳④,前事休评。紫萸一枝传赐⑤,梦谁到、汉家陵。尽乌纱便随风去⑥,要天知道,华发如此星星,歌罢涕零。

注释

①荒台：见吴文英《霜叶飞》注。
②漉(lù)酒：萧统《陶渊明传》载，陶渊明尝取头上葛巾漉酒。漉：过滤。陆游《野饭》诗："时能唤邻里，小瓮酒新漉。"
③老兵：用谢奕事。《晋书》载谢奕尝逼桓温饮，温走避之。奕遂引温一兵帅共饮曰："失一老兵，得一老兵。"
④长楸(qiū)二句：曹植《名都篇》"斗鸡东郊道，走马长楸间。"朱敦儒《雨中花》词："故国当年得意，射麋上苑，走马长楸。"此化用其意。长楸：古时道旁植楸树，绵延很长，故称长楸。䩞(zhà)柳：即百步穿杨意。䩞，射击。
⑤紫萸：见吴文英《霜叶飞》注。
⑥乌纱：帽子，用孟嘉事，见刘克庄《贺新郎》注。

【今译】

临近重阳风雨偏多，
我特别珍惜今天晴朗暖和。
不知秋光是否已深，
我想同朋友一起走出西城。
正满怀旅愁容易感发，
真怕登上荒凉的戏马台，
更是不胜悲哀。
欲待安排酒宴，
举起酒杯，又把从前
滤酒、插花的友人怀念，
而眼前的座席上，
已没有了能够替代的同伴。

我感到无限凄清，
借酒浇愁浅醉还醒，
心中忧愁
比诗笔写出的更甚。
记得在植满长楸的大道，
我和友伴一同走马，
又展示百步穿杨的技巧，

唉,过去的事还是不提最好。
总记得每当重阳,朝廷传赐紫萸,
故国陵园如今梦魂也难飞到。
我任随秋风把帽子吹跑,
头发变得如此斑白,
一定要让老天爷知道,
我长歌一曲清泪流下多少。

金明池·伤春

僧 挥

【作者简介】

僧挥,又称僧仲殊,生卒年不详,俗姓张名挥,字师利,安州(今湖北安陆)人。进士出身。后弃家为僧,先后寓居苏州承天寺、杭州宝月寺。与苏轼交情深厚。徽宗崇宁年间自缢。苏轼称其"能文,善诗及歌词,皆操笔立就,不点窜一字。"又赞其"胸中无一毫发事"(《东坡志林》)。词章成就较高,有些登临怀古词风格高迈清超,如《金蕉叶》、《定风波》、《南徐好》等。小令多清婉奇丽,间有秾艳之作。有近人所辑《宝月集》。

【题解】

《金明池》,词调名,《词律》录为秦观始作,首句为"琼苑金池",《全宋词》列为无名氏作品。僧挥此词《全宋词》题调名作《夏云峰》。

此词别本题作〔伤春〕。仲殊抒写相思别离和感伤时序的词章以小令为佳,黄升竟至称其小令"篇篇奇丽,字字清婉,高处不减唐人风致"(《花庵词选》)。这首抒发伤春怨别之情的长调除个别写景描情句子略有韵味,整篇作品并不见佳。

【原词】

天阔云高,溪横水远,晚日寒生轻晕。闲阶静、杨花渐少,朱门掩莺声犹嫩。悔匆匆、过却清明,旋占得余芳,已成幽恨。却几日阴沉,连宵慵困,起来韶华都尽。　怨入双眉闲斗损,乍品得情怀,看承全近。深深态,无非自许,厌厌意,终羞人问。争知道、梦里蓬莱,待忘了余香,时时音信。纵留得莺花,东风不住,也则眼前愁闷。

【今译】

　　一横溪水平远,
　　高阔的天空飘着浮云。
　　夕阳余晖如晕,
　　天气变得稍稍清冷。
　　我的空阶寂静,
　　杨花飞坠渐少,
　　深深关闭朱门,
　　黄莺歌声还很娇嫩。
　　我后悔匆匆过了清明,
　　等到观赏剩下的春光,
　　已生出许多幽愁暗恨。
　　这几日又天气阴沉,
　　连夜来慵倦乏困,
　　起来时芳景都已消尽。

　　我的双眉皱紧,
　　锁多少伤春愁情,
　　刚刚领略相知的意味,
　　他待我是那样亲近。
　　深深的相思,
　　只有自己心里知情,
　　百无聊赖的愁绪,
　　羞于让别人探听。
　　有谁知道和他相会,
　　只能是梦中的蓬莱仙境,
　　我真想忘却与他同在的温馨。
　　不能相见只要时传音信。
　　唉,纵然留得莺花,

东风不肯暂停,
眼前的残败景象,
依旧令人伤心。

如梦令·春晚

李清照

【作者简介】

　　李清照(公元1084—1155年?),自号易安居士。济南章丘(今属山东)人。父格非,官至礼部员外郎、京东路提点刑狱,曾以文章受知于苏轼。李清照自幼刻苦勤学,博闻强记,精通书史。"自少年便有诗名,才力华赡,逼近前辈"(王灼《碧鸡漫志》)。十八岁时与太学生赵明诚结婚,夫妇志同道合,均工诗词,酷爱金石图书,二人一起钩沉古籍,收藏极为丰富。靖康二年(公元1127年)北宋覆亡,李清照夫妇南渡,赵明诚于高宗建炎三年(公元1129年)在赴湖州太守任上病逝建康(今南京)。此后,李清照追踪高宗,往来流徙于杭州、绍兴、金华一带,所藏书画百不存一,孑然一身四处漂泊,晚景十分凄凉。《宋史·艺文志》载《易安居士文集》七卷,又《易安词》六卷,可惜大多散失,今仅存词五十余首,还有少数诗、文、赋、序跋。李清照是抒情词大家,公认的正宗词人。王世贞称:"仆谓婉约以易安为宗,豪放唯幼安(辛弃疾)称首"(《花草蒙拾》);《四库全书总目》说李清照:"词格乃能抗轶周、柳,虽篇帙无多,固不能不宝而存之,为词家一大宗矣。"易安词以北宋覆亡分为前后两期,前期主要描写真挚爱情和生活小景,佳作甚多。后期词不仅写个人痛苦,也表现了时代的悲音,思想更加深刻,词风从前期的婉丽清新,变为凄楚沉咽。易安词艺术成就很高,连不满意她的王灼也不得不承认她"作长短句能曲折尽人意,轻巧尖新,姿态百出"(《碧鸡漫志》)。她的词清新、自然、优美、精巧,语言有鲜明的个性特色,其词被称为"易安体",不断为后人所学习、仿效。有《漱玉集》一卷。

【题解】

　　《如梦令》,词调名。苏轼《东坡乐府》卷下《如梦令》词序:"此曲本唐庄宗(李存勖)制,名《忆仙姿》,嫌其名不雅,故改为《如梦令》。庄宗作此词,卒章云:'如梦,如梦,和泪出门相送。'因取以为名云。"

　　此词别本题作"春晚"或"暮春"。这首词化自晚唐韩偓《懒起》诗:"昨夜三更雨,临明一阵寒。海棠花在否?侧卧卷帘看。"词中使用一问一答的表现手法,更觉跌宕有致。作者描写了闺房里日常生活的一个场景,在"卷帘人"丝毫没有感知的景物的细微变化中,倾注了女主人公惜花伤春的无限情意,实际上,这首小词还隐约地表现了她的相思别离之情,"浓睡不消残酒"、"应是绿肥红瘦"等句都富于暗示性,有着弦外之音,"短幅中藏无限曲折"(黄了翁《蓼园词选》)。"绿肥红瘦"十分形象地绘出雨后春景,向以造语清新为人称道。

【原词】

　　昨夜雨疏风骤,浓睡不消残酒。试问卷帘人,却道海棠依旧。知否?知否?应是绿肥红瘦。

【今译】

　　昨夜雨疏风狂,
　　我喝了过量的酒,
　　进入沉沉梦乡,
　　酒意到早晨仍然残留。
　　我问卷帘的人:
　　"海棠花是否无恙?"
　　她说:"依旧和原先一样。"
　　"你可知道,你可知道,
　　该是绿叶更加肥硕,
　　红花却瘦损零落。"

凤凰台上忆吹箫

李清照

【题解】

《凤凰台上忆吹箫》,词调名,始见于李清照词。毛先舒《填词名解》云:"《列仙传》载秦弄玉事,词以取名。"

李清照是一个热烈大胆咏唱爱情的女歌手,她抒写闺阁的幽怨、别离的愁苦、相思的深情,不但"以我手写我心",极其真挚,而且具有强烈细腻的表现力,以及独特、鲜明的艺术形象。只有像她这样有性灵的女词人,才能把中国女性心灵中蕴藏着的许多优美诗情充分展示出来。这首词就以极其缠绵悱恻的笔调,抒写她的"一腔临别心神"(李攀龙《草堂诗余隽》),词中用白描手法写出临别时女主人公那种诸务无心、百无聊赖的情状,写她万千心事无从诉说的哀愁。"新来瘦"三句及"休休"四句,婉曲地表现了她的一怀深情和留人不住的极度幽怨。"惟有楼前流水"以下,平空生出一段痴想,以抒其一片痴情,动人至极。整首词似乎任随感情流泻,虽觉波澜起伏,却舒卷自如,无一毫斧凿痕,真可谓"大巧若拙",自然流丽。

【原词】

香冷金猊①,被翻红浪②,起来慵自梳头。任宝奁尘满,日上帘钩。生怕离怀别苦,多少事、欲说还休。新来瘦,非干病酒,不是悲秋。休休,者回去也,千万遍《阳关》③,也则难留。念武陵人远④,烟锁秦楼⑤。惟有楼前流水,应念我、终日凝眸。凝眸处,从今又添,一段新愁。

注释

①金猊(ní):狮子形的铜香炉。
②红浪:锦被上的绣文。
③者:通"这"。阳关:王维《送元二使安西》诗:"渭城朝雨浥轻尘,客舍青青柳色新。劝君更尽一杯酒,西出阳关无故人。"后据此诗谱成《阳关三叠》,为送别

之曲。此处泛指离歌。

④武陵人远：陶渊明《桃花源记》云武陵（今湖南常德）渔人入桃花源，归后路径迷失，无人寻见。此处借指爱人去到远方。韩琦《点绛唇》词："武陵凝睇，人远波空翠。"

⑤烟锁秦楼：意谓独居妆楼。秦楼：即凤台，相传春秋时秦穆公女弄玉与其夫箫史乘凤飞升之前的住所。冯延巳《南乡子》词"烟锁秦楼无限事。"

【今译】

狮形铜炉中，
烧残的沉水香已经冷透，
锦被乱摊着，如红浪翻滚，
起身来我懒得梳头。
任随华美的镜匣积满尘埃，
任随太阳高高照上帘钩。
生怕离恨别愁，
有多少心事想向他诉说，
到底还是没有开口。
近来我变得这样消瘦，
并不是喝了过量的酒，
也不是因为悲秋。

没有办法了，没有办法，
这回他一定要走，
哪怕唱上千万遍《阳关》曲，
也终究不能把他挽留。
我将思念远方亲人，
独自幽居妆楼。
只有楼前流水，
会怜惜我整天痴痴地凝眸。
从今后在离别的痛苦中，
又要增添久久伫望的新愁。

醉花阴·重阳

李清照

【题解】

《醉花阴》,词调名,始见于毛滂词。

此词别本题作"重阳"或"九日"。这首词诉说爱情、诉说相思的苦况,然而不用一字道破,读来却处处使人感到缠绵的思情,咀嚼到其中的苦味。词中以黄花比人的瘦损,进一层暗示瘦的原因是长时间相思之苦的销蚀。整首词无一字言情,却句句是刻骨铭心的情语,使人深深感知作者呼之欲出却欲言又止的感情,达到"此时无声胜有声"的艺术效果。伊世珍《嫏嬛记》说易安以此词寄明诚,"明诚叹赏,自愧弗逮,务欲胜之。一切谢客,忘食忘寝者三日夜,得十五阕。杂易安作,以示友人陆德夫。德夫玩之再三,曰:'只三句绝佳。'明诚诘之。答曰:'莫道不消魂,帘卷西风,人比黄花瘦。'正易安作也。"

【原词】

薄雾浓云愁永昼,瑞脑消金兽①。佳节又重阳,玉枕纱厨,半夜凉初透。 东篱把酒黄昏后②,有暗香盈袖③。莫道不消魂,帘卷西风,人比黄花瘦。

注释

①瑞脑:即龙脑,香料。金兽:兽形的铜香炉。
②东篱:菊圃的代称,语出陶渊明《饮酒》诗其五:"采菊东篱下,悠然见南山。"
③暗香:幽香,原指梅花,林逋《山园小梅》诗:"暗香浮动月黄昏。"此处指菊花。

【今译】

天边笼罩着薄雾浓云,
我发愁如何消磨这漫长的白昼,

兽形铜炉里,
已渐渐燃尽龙脑香。
又一度佳节重阳,
卧在瓷枕纱帐,
半夜里,沁透金秋的凄凉。

黄昏后,
我独自在东篱边饮酒,
菊花幽香一阵阵袭人衣袖。
请别说此情此景
不令人黯然凝愁,
当西风卷起帷帘,
你会看到人比菊花还更消瘦。

声声慢

李清照

【题解】

《声声慢》,词调名,始见于晁补之词。毛先舒《填词名解》云:"词以慢名者,慢曲也。拖音袅娜,不欲辄尽。"

本词系千古名篇,杨慎《词品》盛赞易安词,并说:"《声声慢》一词最为婉妙。"南渡后,国家的残破和个人丧偶流离的双重痛苦,使清照不得开解,她想在迷茫中寻找失落的一切,寻觅的结果却一无所有,只剩下冷冷清清的自己,她怎能不感到凄惨悲戚呢,开头七对叠字感情层层递进,步步深入,且造成一种音乐效果,"真似大珠小珠落玉盘"(徐釚《词苑丛谈》),强烈地表现了作者难以尽诉的凄惋之情。"乍暖"以下借景抒情:悲凉的秋天,鸿雁飞来,欲待传书,却是"天上人间,没个人堪寄",而那鸿雁竟是曾经为她和丈夫传递过书信的老相识,这奇异的设想包含着多少无可安慰的幽怨!凭窗枯坐,眼望满地堆积的黄花,再没有"东篱把酒黄昏后,有暗香盈袖"的情致,只感到由一片衰败引起的悲戚,更兼雨滴梧桐单调愁闷的听觉的刺激,此情此景,令她百感交集,正因为这悲愁太深、太重,无以形容,直截了当地说:"怎一个愁字了得!"内涵反觉无穷无尽。陈廷焯说:"后幅一片神行,愈唱愈妙"(《白雨斋词话》),又用"点点滴滴"与篇首照应,并用"黑"、"得"等险韵,工妙自然,笔力矫拔。此词顿挫凄绝,不但深切地表现了作者内心的痛苦,也让人看到那个愁云惨雾笼罩下的社会生活的图画。

【原词】

寻寻觅觅,冷冷清清,凄凄惨惨戚戚。乍暖还寒时候,最难将息。三杯两盏淡酒,怎敌他、晚来风急。雁过也,正伤心,却是旧时相识。　满地黄花堆积,憔悴损、如今有谁堪摘。守着窗儿,独自怎生得黑?梧桐更兼细雨,到黄昏、点点滴滴。这次第①,怎一个愁字了得?

【注释】

①这次第:这许多情况。

【今译】

　　茫茫中我苦苦寻觅,
　　那失落的一切,
　　如今又在哪里?
　　只留下冷冷清清的自己,
　　满心凄惨悲戚。
　　忽而回暖、忽而又冷的天气,
　　最难调理身体。
　　三杯两盏淡酒,
　　怎能抵御晚来寒风迅急。
　　鸿雁飞过,正自伤心,
　　那雁儿竟然是旧时相识。

　　满地黄花堆积,
　　如今憔悴瘦损,
　　哪里还有心思赏菊?

守着窗儿,
独自一人如何熬到天黑?
萧萧梧桐、淋漓细雨,
黄昏时点点滴滴。
此情此景,
一个愁字又怎能诉尽。

念奴娇

李清照

【题解】

　　这是一首闺怨词,词中塑造了一个刻意伤春复伤别的女主人公形象,她与柳、秦等人笔下的女性形象迥然不同,这是一个多情的妻子、一个诗人、学者。开头"只写心绪落寞,近寒食更难遣耳,陡然而起,便尔深邃"(黄了翁《蓼园词选》)。"宠柳娇花"四字,新丽奇俊,与"绿肥红瘦"同妙。词中写出女主人公以"险韵诗"、"扶头酒"排遣愁闷,却仍无济于事,她只为相思所苦的情状。下片描写环境的清冷和女主人公无所倚托的心情,能"用浅俗之语,发清新之思"(邹祗谟《远志斋词衷》)。"清露"二句用《世说》成语,以故为新,自然入妙。毛先舒云:"词贵开宕,不欲沾滞,忽悲忽喜,乍远乍近,斯为妙耳",此词"本闺怨,结云'多少游春意,更看今日晴未?'忽尔开拓,不但不为题束,并不为本意所苦,直如行云,舒卷自如,人不觉耳"(《词苑丛谈》引)。

【原词】

　　萧条庭院,又斜风细雨①,重门须闭。宠柳娇花寒食近,种种恼人天气。险韵诗成②,扶头酒醒③,别是闲滋味。征鸿过尽,万千心事难寄。　　楼上几日春寒,帘垂四面,玉阑干慵倚。被冷香消新梦觉,不许愁人不起。清露晨流,新桐初引④,多少游春意。日高烟敛,更看今日晴未。

注释

①又斜风细雨:"又"原本作"有",据别本改。
②险韵诗:用冷僻生疏、难押的字做韵脚的诗。
③扶头酒:容易喝醉的酒。杜牧《醉题五绝》:"醉头扶不起,三丈日还高。"贺铸《南乡子》词;"易醉扶头酒,难逢敌手棋。"
④清露二句:刘义庆《世说新语·赏誉》:"于时清露晨流,新桐初引。"

【今译】

庭院里冷冷清清,
又飘来斜风细雨,
我把一重重门儿紧闭。
柳媚花娇近寒食,
种种天气困扰人心境不宁。
难做的险韵诗已经写成,
沉沉酒意也终于清醒,
依然是百般无情无绪。
飞鸿过尽,
万千心事难以托寄。

楼上连日春寒料峭,
四面帘幕垂得低低,
明知望远徒增烦恼,
我懒得去把栏杆凭倚。
被子冷冰冰,沉香燃尽,
一枕短梦已醒,
我这忧愁的人也不能不起。
早晨清露涓涓,
桐叶一片新绿,
添多少游春情意!
迟日初上,云烟收敛,
且看今朝可是晴和天气。

永遇乐

李清照

【题解】

张端义《贵耳集》说李清照"南渡以来,常怀念京、洛旧事。晚年赋《永遇乐》词。"并说首句"'落日熔金,暮云合璧'已自工致,至于'染柳烟浓,吹梅笛怨,春意知几许?'气象更好。"但是,国已破,家已亡,此身不知何所归依,尽管是"元宵佳节,融和天气",作者却发出"人在何处?"的悲呼和"次第岂无风雨"的疑问,她再也没有心情去游玩。她用细致的笔墨追忆、缅怀汴京元宵节的欢乐情景,以与目前的凄凉心境相对照,在个人怀感的抒写中,寄寓了对故国深切的眷念,抒发了对于国事兴衰的沉痛感情。"如今憔悴"五句"皆以寻常语度入音律,炼句精巧则易,平淡入调者难"(《贵耳集》),于平淡中见醇厚,正是李清照词独特的风貌。刘辰翁说:"诵李易安《永遇乐》,为之涕下,每闻此词,辄不自堪。"并依韵和词,可见此词强烈的艺术感染力。

【原词】

落日熔金①,暮云合璧,人在何处?染柳烟浓,吹梅笛怨②,春意知几许?元宵佳节,融和天气,次第岂无风雨?来相召、香车宝马,谢他酒朋诗侣。 中州盛日③,闺门多暇,记得偏重三五④。铺翠冠儿⑤,捻金雪柳⑥,簇带争济楚⑦。如今憔悴,风鬟雾鬓⑧,怕见夜间出去。不如向帘儿底下,听人笑语。

注释

①落日熔金:廖世美《好事近》词:"落日水熔金。"
②吹梅笛怨:即笛吹梅怨,汉《横吹曲》有笛曲《梅花落》。李白《与史郎中钦听黄鹤楼上吹笛》诗:"黄鹤楼中吹玉笛,江城五月落梅花。"
③中州:今河南省,此处指北宋都城汴京。
④三五:古人常称阴历十五为三五,此处指正月十五元宵节。柳永《倾杯乐》词:"元宵三五。"

⑤铺翠冠儿：吴自牧《梦粱录》卷一"元宵"："戴花朵肩,珠翠冠儿。"为元宵应时装饰。

⑥捻金：金线捻丝。雪柳：孟元老《东京梦华录》卷五：正月十六日,"市人卖玉梅、夜娥、蜂儿、雪柳……"雪柳以绢或纸制成,捻金雪柳,则另加金线捻丝的雪柳,较为贵重。

⑦簇带：宋时方言,插戴满头之意。周密《武林旧事》卷三"都人避暑"云："茉莉花为最盛,初出之时,其价甚穹（高）,妇人簇带,多至七插。"济楚：宋时方言,整齐美丽。《宣和遗事》卷上载曹组《脱银袍》词："济楚风光,升平世界。"周邦彦《红窗迥》词："有个人人,生得济楚。"

⑧风鬟雾鬓：李朝威《柳毅传》："见大王爱女牧羊于野,风鬟雨鬓,所不忍睹。"苏轼《题毛女真》诗。"雾鬓风鬟木叶衣。"

【今译】

　　落日灿烂似金熔水里,
　　暮云连接如相合的白玉,
　　我却不知自己置身何地！
　　新柳如绿烟点染,
　　《梅花落》笛曲传出声声幽怨,
　　春意是多么浓郁。
　　但在这元宵佳节
　　融和天气,
　　谁知道一转眼会不会有急风暴雨？
　　酒朋诗友驾着华丽车马,
　　来邀我一同游历,
　　我婉言辞去。

　　汴京繁盛的岁月,
　　闺中多有闲暇,
　　记得特别看重上元之夜。
　　帽儿镶着翡翠、珠子,
　　还有应节的捻金柳丝,
　　一个个插戴满头,
　　争相打扮得俊俏美丽。

如今容颜憔悴,
头发蓬松散乱无心梳理,
我懒得夜间出去。
不如就在帘儿底下,
听听别人家欢声笑语。

浣溪沙①

李清照

【题解】

　　李清照这位才情卓荦、胸襟豪迈的女词人,在旧时代却完全被剥夺了参预广阔生活的权利,她只能把全部身心集中在婚姻生活方面,她常常为相思别离所苦,为"酒意诗情谁与共"(《蝶恋花》)而叹惋,于是借词章尽情吐出。这首词以清新精丽的诗笔,写出她伤春怨别的心情。"淡月来往月疏疏"句写景极清疏淡远、富有韵致。词中以心情的慵倦、以华美而冷寂的生活环境来表现念远之情,极婉约之旨。

【原词】

　　髻子伤春慵更梳②,晚风庭院落梅初,淡云来往月疏疏。　玉鸭熏炉闲瑞脑③,朱樱斗帐掩流苏④,通犀还解辟寒无⑤。

注释

　　①王仲闻《李清照集校注》卷一将此词列为"存疑之作";《全宋词》以此首为李清照作品。
　　②髻子句:《诗经·卫风·伯兮》:"自伯之东,首如飞蓬。岂无膏沐,谁适为容。"此处暗用其意,明写伤春,其实主要为怨别。
　　③玉鸭熏炉:指鸭形香炉。李商隐《促漏》诗:"睡鸭香炉换夕照。"
　　④朱樱斗帐:指绣或绘有红樱桃花纹的小型方帐。《集韵》:"斗帐,小帐也,形如覆斗。"温庭筠《偶游》诗:"红珠斗帐樱桃熟,金尾屏风孔雀闲。"流苏:庞元英《文昌杂录》卷五云;"流苏,五彩毛杂而垂之。挚虞《决疑要注》曰:'凡下垂为苏。'"五彩羽毛或丝绒制成的下垂的穗子,称流苏。王维《扶南曲歌词》:"翠羽流苏帐。"

⑤通犀句:《开元天宝遗事》卷上:"开元二年冬至,交趾国进犀一株,色黄似金。使者请以金盘置于殿中,温温然有暖气袭人。上问其故。使者对曰:'此辟寒犀也。顷自隋文帝时,本国曾进一株,直至今日。'"通犀:《汉书·西域传》:"通犀翠羽之珍。"注引如淳曰:"通犀谓中央色白通两头。"此处似指犀角梳。

【今译】

　　因为伤春,
　　我无心把头发梳理,
　　晚风吹入庭院,
　　梅花片片飞落满地。
　　淡云在天际浮游来去,
　　清疏的月光一缕缕透出云隙。

　　玉鸭熏炉冷冰冰,
　　龙脑香已经燃尽,
　　绣着红樱桃的帐子流苏低掩,
　　屋里空寂凄清。
　　听说通犀能够避寒,
　　这犀角梳可能温暖我的心?

附 录

原 序

　　词学极盛于两宋,读宋人词当于体格、神致间求之,而体格尤重于神致。以浑成之一境为学人必赴之程境,更有进于浑成者,要非可躐而至,此关系学力者也。神致由性灵出,即体格之至美,积发而为清晖芳气而不可掩者也。近世以小慧侧艳为词,致斯道为之不尊;往往涂抹半生,未窥宋贤门径,何论堂奥!未闻有人焉,以神明与古会,而抉择其至精,为来学周行之示也。彊村先生尝选《宋词三百首》,为小阮逸馨诵习之资;大要求之体格、神致,以浑成为主旨。夫浑成未遽诣极也,能循涂守辙于三百首之中,必能取精用闳于三百首之外,益神明变化于词外求之,则夫体格、神致间尤有无形之䜣合,自然之妙造,即更进于浑成,要亦未为止境。夫无止境之学,可不有以端其始基乎? 则彊村兹选,倚声者宜人置一编矣。中元甲子燕九日,临桂况周颐。

图书在版编目(CIP)数据

宋词三百首全译/沙灵娜注译. —贵阳:贵州人民出版社,2008.9
(2017.2重印)
(中国历代名著全译丛书)
ISBN 978-7-221-08200-8
I.宋… II.沙… III.①宋词–选集②宋词–译文 IV.I 222.844
中国版本图书馆 CIP 数据核字(2008)第 133447 号

书　　名	宋词三百首全译
译　　注	沙灵娜
责任编辑	程小铭、曹维琼
特约编辑	黄涤明
装帧设计	余强
出版发行	贵州人民出版社
地　　址	贵阳市中华北路 289 号
印　　刷	三河市明华印务有限公司
版　　次	2008 年 9 月第 1 版
印　　次	2017 年 2 月第 2 次印刷
开　　本	787×1092mm　　1/16
字　　数	570 千字
印　　张	38.5
印　　数	1–3000 册
定　　价	96.00 元(上下)